KNAUR

Im Knaur Taschenbuch Verlag sind bereits folgende Bücher der Autorin erschienen:

Die Wanderhure
Die Kastellanin
Das Vermächtnis der Wanderhure
Die Tochter der Wanderhure
Töchter der Sünde
Die List der Wanderhure

Die Rache der Wanderhure

Dezembersturm
Aprilgewitter
Juliregen

Das goldene Ufer
Der weiße Stern
Das wilde Land

Die Goldhändlerin
Die Kastratin
Die Tatarin
Die Löwin
Die Pilgerin
Die Feuerbraut
Die Rose von Asturien
Die Ketzerbraut
Feuertochter
Flammen des Himmels
Die Rebellinnen

Im Knaur HC ist erschienen:

Die Steinerne Schlange

Über die Autorin:

Hinter dem Namen Iny Lorentz verbirgt sich ein Münchner Autorenpaar, dessen erster historischer Roman »Die Kastratin« die Leser auf Anhieb begeisterte. Mit »Die Wanderhure« gelang ihnen der Durchbruch; der Roman erreichte ein Millionenpublikum. Seither folgt Bestseller auf Bestseller. Die Romane von Iny Lorentz wurden in zahlreiche Länder verkauft. Die Verfilmungen ihrer »Wanderhuren«-Romane und zuletzt der »Pilgerin« haben Millionen Fernsehzuschauer begeistert. Im Frühjahr 2014 bekam Iny Lorentz für ihre besonderen Verdienste im Bereich des historischen Romans den »Ehrenhomerpreis« verliehen. Die Bühnenfassung der »Wanderhure« in Bad Hersfeld hat im Sommer 2014 Tausende von Besuchern begeistert und war ein Riesenerfolg.
Besuchen Sie auch die Homepage der Autoren: www.inys-und-elmars-romane.de

INY
LORENTZ

Die Fürstin

ROMAN

KNAUR

Bei »Die Fürstin« des Bestseller-Autoren-Duos Iny Lorentz handelt es sich um eine überarbeitete Neuausgabe von »Die Fürstin«, die 2005 unter dem Pseudonym Eric Maron erschienen ist.

FSC
www.fsc.org
MIX
Papier aus verantwortungsvollen Quellen
FSC® C083411

Vollständige Taschenbuchausgabe Februar 2016
Knaur Taschenbuch

Ein Imprint der Verlagsgruppe
Droemer Knaur GmbH & Co. KG, München

Umschlaggestaltung: ZERO Werbeagentur, München
Umschlagabbildung: © Malgorzata Maj / Trevillion Images; »Ansicht von Dresden«. Gemälde, 1840, von Theobald von Per (1807–1885). Öl auf Leinwand, 37 × 56,7 cm. Inv. Nr. C 5271
Satz: Adobe InDesign im Verlag
Illustration: Shutterstock / Magenta10
Druck und Bindung: CPI books GmbH, Leck
ISBN 978-3-426-51853-3

8 10 9

ERSTER TEIL

Die Braut

1

Charlotte suchte sich eine Astgabel, auf der sie bequem sitzen und gleichzeitig die Straße im Auge behalten konnte, pflückte einen Apfel und biss so fest hinein, dass es krachte. Dann warf sie einen Blick auf ihre Schwestern, die wie aufgescheuchte Hühner unter dem Baum hin und her liefen und erwartungsvoll zu ihr hochsahen. Ausnahmsweise schimpfte keine von ihnen, obwohl es sich für eine Tochter der fürstlichen Familie von Ostheim-Veldenburg nicht gehörte, auf Bäume zu klettern, zumal sie, da sie sich schon so ungehörig benahm, nicht einmal Früchte hinabwarf, um die aufgebrachten Gemüter zu beruhigen. An diesem Tag interessierten sich ihre Schwestern nicht für Obst, und das lag nicht daran, dass die Äpfel noch zu sauer waren.

Dorothea hüpfte auf und ab und schwenkte die Arme. »Kannst du schon etwas sehen?«

»Nein! Noch nicht einmal eine Staubwolke in der Ferne.« Charlotte schüttelte den Kopf, weniger, um ihre Worte zu unterstreichen, als um die Verwunderung über die Aufregung auszudrücken, die ihre Schwestern gepackt hatte. Die vierzehnjährige Henriette, die mit ihren schwellenden Formen viel weiblicher wirkte als sie mit ihren siebzehn Jahren, rang die Hände und machte dabei so ein verklärtes Gesicht, als hoffe sie, es erschiene ein Märchenprinz, der sie hinwegführe. Dabei war sie noch viel zu jung, um als Braut in Frage zu kommen, und bei dem sehnsüchtig erwarteten Besucher handelte es sich keineswegs um einen lockigen Jüngling, sondern um einen ältlichen Witwer mit gutem Auskommen, also genau um den Mann, der nach Ansicht ihrer Mutter in der Lage war, der Nächsten aus ihrer vielköpfigen Töchterschar die Zukunft zu sichern.

Charlotte war sich bewusst, wie wenig die Lebensumstände ihrer Familie dem hohen Rang entsprachen, den sich einer ihrer Vorfahren erworben hatte. Von dem Vermögen, das dieser einst zusammengerafft hatte, war nur noch die Veldenburg übrig geblieben, ein verfallendes Gemäuer an der Grenze zur Bayreuther Markgrafschaft, dazu ein kleines Meierdorf und so viel reichsfreies Land, dass man es zu Fuß in einer guten Stunde umrunden konnte. Ihre Schwestern benötigten natürlich viel länger für diesen Spaziergang, denn sie schritten, wie ihre Mutter Charlotte oft genug vor Augen hielt, nicht ungehörig schnell aus, sondern betrugen sich jederzeit so, wie es sich für junge Damen von hohem Adel gehörte.

»Siehst du denn noch immer nichts?« Henriettes quengelnde Stimme erinnerte Charlotte daran, aus welchem Grund sie auf ihrem Aussichtsposten saß. Sie starrte wieder über die Reste der alten Wehrmauer und sah, wie eine zweispännige Kutsche aus dem Schatten der Bäume kam und sich den steilen Weg zur Burg hochquälte.

»Ich glaube, da kommt unser Besucher!«, rief sie hinab.

Dorothea jubelte auf und machte einen Tanzschritt, obwohl sie wusste, dass nicht sie, sondern die Zweitälteste ihrer Schwestern den Ankömmling heiraten sollte. Michaela war sich dessen wohl bewusst, denn sie presste die Hände auf ihren üppigen Busen, um ihr Herz zu beruhigen, und reckte den Hals. Doch vom Boden aus konnte sie hinter den Lücken in der Mauer nur blauen Himmel erkennen. »Ist es der Herr von Fuchsheim?«, wollte sie wissen.

Charlotte kniff die Augen zusammen und versuchte, das Wappen auf dem Wagenschlag zu erkennen. »Ich nehme es an.

Das Wappen könnte einen silbernen Fuchs auf blauem Grund darstellen.«

Ihre Worte lösten ein aufgeregtes Quieken aus. Ihre Schwestern rafften gleichzeitig ihre Röcke und liefen wie eine Gänseschar eine hinter der anderen in den inneren Teil der Burganlage. Charlotte hatte es nicht eilig. Sie aß in Ruhe ihren Apfel auf, warf das Kerngehäuse über die Burgmauer und stieg vom Baum herab. Als sie endlich in den Palas kam, hatten ihre Schwestern sich bereits umgezogen und standen in ihren besten Kleidern aufgereiht wie Soldaten, während Cordelia von Ostheim-Veldenburg von einer Tochter zur nächsten ging und den Sitz ihrer Garderobe überprüfte. Als Charlotte eintrat, drehte sie sich um und rümpfte die Nase.

»Warum hast du dich noch nicht umgezogen? Mach, dass du in deine Kammer kommst! Wasch dich aber vorher, du läufst ja wieder herum wie eine Bauernmagd. Wenn du Herrn Walram so unter die Augen trittst, bekommt er einen denkbar schlechten Eindruck von unserer Familie und zieht vielleicht sogar seine Bewerbung zurück.«

Dorothea und Henriette zuckten bei den Worten zusammen und zischten Charlotte an. Die Ältere benahm sich, als mache sie sich gegen allen Brauch Hoffnungen, der Reichsritter von Fuchsheim würde sie statt Michaela erwählen, und Henriette schien sich das Gleiche zu wünschen, rechnete sie sich in dem Fall doch Chancen aus, den nächsten Freier zu bekommen. Beide wussten, dass Michaela zarte Bande mit dem Nachbarssohn Gerolf von Weitelburg geknüpft hatte, und hofften immer noch, dieser würde sie bald heimführen. Charlotte lächelte über den sinnlosen Eifer, denn Gerolf war nur ein jüngerer Sohn ohne Aussichten, und für Romantik gab es im Leben mittelloser Fürstentöchter keinen Platz.

Sie streckte ihren beiden jüngeren Schwestern, die sie immer noch mit Blicken angifteten, die Zunge heraus und nahm sich vor, ihnen an einem der nächsten Tage einen Frosch ins Bett zu legen. Dann aber eilte sie von einem mahnenden Räuspern ihrer Mutter getrieben hinaus. In der Spülküche wusch sie sich ausgiebig, um die Harzflecken von Armen und Beinen zu entfernen, und rannte dann die Treppen hoch in die Kammer, die sie mit Henriette und der elfjährigen Adelaide teilte. Sie brauchte nicht lange, um sich für eines der beiden Kleider zu entscheiden, die nicht sichtbar geflickt waren, denn ihr Konfirmationskleid war nur für hohe Feiertage bestimmt. So zog sie das andere an, auch wenn sie keine besonders gute Figur darin machte. Da die Familie sparen musste, wurden die Kleider von einer Schwester an die andere weitergereicht, bis der Stoff so fadenscheinig geworden war, dass er kaum noch für Putzlappen taugte. Aber selbst die eifrigste Nadelarbeit konnte nicht verbergen, dass die Gewänder ihrer älteren Schwestern Charlotte zu kurz und zu weit waren. An diesem Tag machte es ihr allerdings nicht viel aus, denn der Fuchsheimer würde ihr wohl kaum einen Blick schenken.

Gerade, als sie die Kammer verlassen wollte, fiel ihr Blick auf ihre nackten Zehen, und sie kehrte seufzend um. Ihre Schuhe waren ihr schon wieder zu klein geworden, aber sie wagte es nicht, ihre Mutter zu verärgern, indem sie barfuß vor dem Gast erschien. Als sie ihre Füße endlich in das Schuhwerk gepresst hatte, tat ihr jeder Schritt weh, und um den Schmerz zu lindern schlurfte sie o-beinig dahin.

Die Mutter hatte ihre Schwestern schon wie eine Hühnerschar in die große Halle getrieben und ermahnte sie gerade, nicht zu schwatzen. Charlotte hinkte die Treppe hinab und drückte sich hinter zwei der reich verzierten, aber auch stark zerschrammten Rüstungen, die ebenso wie die an der Wand hängenden Waffen und die mächtige Tafel aus Eichenholz in der Mitte des Saals an den längst verblichenen Glanz früherer Zeiten erinnerten.

Charlottes Mutter, Cordelia von Ostheim-Veldenburg, war eine üppige Dame knapp unter vierzig, mit blondem Haar, das schon leicht silbrig glänzte, und blassblauen Augen, die überall zugleich hinzublicken schienen. Sie entdeckte ihre dritte Tochter sofort, zerrte sie aus ihrem Versteck und schob sie zwischen Michaela und Dorothea, wo sie vom Alter her hingehörte. In dem Augenblick erschien Bernward von Ostheim-Veldenburg, ein hoch gewachsener, schon leicht vom Alter gebeugter Herr mit schmalem Gesicht, einer kühn gebogenen Nase und durchdringenden blauen Augen. Er nickte seiner Frau zu und bat dann den Gast herein.

Charlotte hatte das Gefühl, alle Blicke seien kritisch auf sie gerichtet, denn in Momenten wie diesem wurde ihr mehr als sonst bewusst, dass sie wie ein Fremdkörper zwischen ihren wie Orgelpfeifen aufgereihten Schwestern wirkte. Die um zwei Jahre ältere Michaela reichte ihr gerade bis zur Schulter, war aber fast dreimal so breit wie sie, und die noch etwas kleinere Dorothea glich ihrer älteren Schwester wie ein Ei dem anderen. Sie selbst aber besaß nicht einmal einen nennenswerten Ansatz von Hüften oder Busen, und es sah bisher auch nicht danach aus, als würde sie noch ein wenig von jener weiblichen Fülle ansetzen, die ihre Mutter und die Schwestern im Übermaß besaßen.

Charlotte war sich der Mängel ihrer Figur durchaus bewusst, bekam sie doch beinahe tagtäglich zu hören, wie hässlich und aus der Art geschlagen sie sei, und daher nahm sie es dem Brautwerber nicht übel, dass sein Blick, der sich abwechselnd an Michaela und Dorothea festsaugte, über sie hinwegglitt, als wäre sie nicht vorhanden. Die beiden hatten annehmbar hübsche Gesichter und lockige, blonde Haare, die wie ihre Formen dem herrschenden Schönheitsideal entsprachen. In Charlottes Augen waren sie viel zu schade für einen Mann wie Walram von Fuchsheim, und mit einem Mal taten die Schwestern ihr Leid. Der künftige Bräutigam war klein, sogar noch etwas kleiner als Michaela, und dabei so beleibt, dass er wie ein Ball auf Beinen wirkte. Dazu hatte er eine ausgeprägte Stirnglatze und ein breites Gesicht mit einer rötlichen Knollennase und unedlen Hamsterbacken, die von einem struppigen Kinnbart betont wurden. Seine Hände waren fleckig, wahrscheinlich vom Schnupftabak, und unter seinen Fingernägeln saßen schwarze Ränder.

Diesen unansehnlichen Menschen behandelte ihre Mutter, als wäre er Adonis und der sagenhaft reiche König Midas in einer Person, und Dorothea himmelte ihn an. Ihr Vater war höflich zu ihm, aber sein unbewegtes Gesicht verriet Charlotte, dass er ebenfalls nicht sehr glücklich über diesen Bewerber war. Trotzdem hatte er zu Ehren dieses Tages seinen besten Rock angezogen, der zwar schon zehn Jahre alt war, ihm aber immer noch wie angegossen passte. Bernward von Ostheim-Veldenburg wirkte trotz seiner fünfzig Jahre jünger als sein Gast, der, wie Charlotte sich erinnerte, drei noch unmündige Söhne aus erster Ehe sein Eigen nannte. Gerade, als sie sich fragte, wie Michaela sich wohl als Stiefmutter bewähren würde, hob ihr Vater die Hand, um die Aufmerksamkeit seiner Familie auf sich zu lenken.

»Ich freue mich, euch allen mitteilen zu dürfen, dass Herr Walram mich soeben um Michaelas Hand gebeten hat.«

Charlotte erwartete, einen entsetzten Aufschrei zu hören oder gar einen Wutausbruch. Michaela war nämlich durchaus von heftigem Temperament, und im Vergleich zu dem von ihr umschwärmten Gerolf von Weitelburg war Walram von Fuchsheim nur ein fetter, alter Mann mit eher abstoßendem Äußeren. Zu ihrer Verwunderung trat ihre Schwester jedoch lächelnd auf ihren Freier zu und bot ihm die Lippen zum Kuss.

»Begrüßt auch ihr unseren neuen Verwandten!«, forderte Frau Cordelia ihre restlichen Töchter auf. Dorothea verdrehte die Augen, als hätte Michaela ihr eben alles Glück der Welt gestohlen, doch sie knickste vor dem Reichsritter und ließ zu, dass er ihr erst die Hand und dann die Wange küsste. Henriette schob sich schnell an Charlotte vorbei, sank in einen Hofknicks, der einem Grafen oder Herzog hätte gelten können, und streckte ihrem zukünftigen Schwager ebenfalls die Hand zum Kuss hin.

Walram von Fuchsheim lächelte geschmeichelt. »Ihr habt prächtige Töchter, Frau von Ostheim-Veldenburg. Da werden Euch die Freier die Türen gewiss nur so einrennen.«

»Michaela ist bereits die Zweite, die ihr Heim verlässt. Ihre Schwester Cornelia wurde im letzten Jahr mit dem Reichsritter Balduin von Kreuztriebenbach vermählt«, antwortete Frau Cordelia sichtlich zufrieden.

Charlotte wandte sich ab und zog die Nase kraus. Einfache Reichsritter wie die Herren Balduin und Walram waren normalerweise nicht die bevorzugten Schwiegersöhne für eine Familie fürstlichen Standes, so verarmt diese auch sein mochte. Ihre Eltern aber waren froh um jeden Herrn von annehmbar altem Adel, der über die fehlende Mitgift hinwegsah, denn sie hatten insgesamt acht Töchter zu versorgen. So konnte Charlotte hoffen, dass ihr wenig anziehendes Äußeres ihr das Schicksal ersparte, dem nächstbesten Interessenten in die Arme gedrückt zu werden. Lieber blieb sie als unverheiratete Tante bei ihrem kleinen Bruder Leopold, der einst die Veldenburg erben würde, oder zog zu einer ihrer Schwestern und kümmerte sich um die dort zu erwartende Schar ihrer Nichten und Neffen.

Walram von Fuchsheim bemerkte Charlottes kritischen Blick und glaubte eine gewisse Verachtung darin zu lesen. Sofort plusterte er sich auf wie ein gereizter Hahn und starrte die Hausherrin empört an. »Eure hübschen Töchter werden gewiss Freier finden, doch diese unansehnliche Bohnenstange dort drüben werdet Ihr wohl kaum unter die Haube bekommen.«

Seine Worte verletzten Charlotte, die eben noch dem Leben einer unverheirateten Jungfer den Vorzug gegeben hatte, so sehr, dass ihr die Tränen in die Augen stiegen. Ihre Mutter lachte jedoch siegesgewiss auf. »Ihr könnt versichert sein, Herr von Fuchsheim, dass ich für alle meine Töchter standesgemäße Ehen arrangieren werde!«

In Charlottes Ohren klangen diese Worte wie eine Drohung.

2

Eine eifrig umherwieselnde Schar von Dienern in grünschwarzen Livreen umgab drei Herren, die sich um das Bett eines vierten versammelt hatten und den Kranken darin anstarrten, als könnten sie die Fragen, die sie bewegten, von seiner schweißnassen Stirn ablesen.

Bergius, der Hofmedikus, hatte sich ein wenig zurückgezogen, um seine beiden Kollegen zu konsultieren, die er zu seiner Unterstützung herbeigerufen hatte, und beäugte zwischendurch ängstlich seinen Landesherrn, der aus seiner Verbitterung keinen Hehl machte. Carl Anton, Fürst von Sachsen-Saalstein-Tresskau, war der Vornehmste unter den Anwesenden, das konnte man auch an seiner Kleidung ablesen. In seinem hellblauen, mit kunstvollen Goldstickereien geschmückten Satinrock, Kniehosen aus beiger Naturseide, weißen Seidenstrümpfen und zierlichen roten Schuhen mit Silberschnallen sah er so aus, als habe er ein Fest besuchen wollen. Stattdessen stand er nun am Sterbebett seines Bruders und Erben Albrecht Eugen.

Nachdem er eine Weile auf den Kranken gestarrt hatte, drehte der Fürst sich zu seinem Leibarzt um und wies auf das wachsbleiche, ausgezehrte Gesicht auf den Kissen. »Wie steht es nun wirklich um ihn? Spreche Er ohne Umschweife und gelehrtes Gewäsch!«

Bergius zuckte unter dem ungewohnt strengen Tonfall zusammen, und seine Kollegen wichen hinter seinen Rücken zurück, um den Zorn ihres Fürsten nicht auch auf sich zu lenken. Der Hofmedikus räusperte sich mehrfach, während sein Blick durch das große Zimmer irrte, das einem lebensfrohen Edelmann den passenden Rahmen geben und nicht einen Sterbenden beherbergen sollte. Die Brokatvorhänge des Himmelbetts waren aufgebunden, so dass die zahlreichen Facetten der vergoldeten Pfosten die Flammen der Kerzen widerspiegelten, die den Raum in ein weiches Licht tauchten. Der zierliche Tisch mit seiner Intarsienarbeit aus kostbaren Hölzern und schimmerndem Perlmutt und die beiden Stühle waren an die Wand gerückt worden und verdeckten den unteren Teil eines fast dreimannshohen Gobelins, auf dem der junge Herr als Jagdpatron Hubertus dargestellt war. Das wertvolle Stück war nach Albrecht Eugens Vorgaben in einer französischen Manufaktur gefertigt worden und hatte seine immensen Schulden noch anwachsen lassen. Der Erbprinz hatte sich auch auf einem lebensgroßen Gemälde verewigen lassen, welches ihn als Paris zeigte, der einer dankbar lächelnden, nackten Aphrodite den goldenen Apfel reicht, während die ebenfalls unbekleideten Göttinnen Hera und Athene ihn voll unerfüllter Sehnsucht anschmachten. Nun aber hätte niemand mehr eine Ähnlichkeit zwischen dem im Fieber dahindämmernden Kranken und dem kraftstrotzenden Jüngling auf Bild und Wandteppich feststellen können. Trotzdem musste Bergius allen Mut zusammennehmen, um seinem Herrn reinen Wein einzuschenken.

»Der Erbprinz wird diese Nacht nicht überstehen, Euer Durchlaucht.«

Die Lippen des Fürsten glichen zwei bleichen Strichen in einer Maske roten Zorns. »Möge er auf ewig in der Hölle schmoren und du mit ihm, Medikus, weil du ihn nicht retten konntest!«

Bergius gab seine einträgliche Stellung als Leibarzt des Fürsten schon verloren und fragte sich, ob man ihn wohl in der Veste Saalstein einkerkern würde. Der Zorn über die Ungerechtigkeit des Schicksals beflügelte seinen Mut, und er hob das Kinn. »Kein Arzt der Welt hätte den jungen Herrn von dieser Krankheit heilen können!«

Er trat an das Bett, lüftete die Bettdecke und zeigte auf das grotesk angeschwollene, schwarz verfärbte und von Eiterbeulen übersäte Glied des Prinzen, von dem eine Wolke Ekel erregenden Gestanks aufstieg, die die Diener sofort mit Parfüm aus den Flakons zu bekämpfen suchten, die auf dem Toilettentisch standen.

»Es handelt sich um einen besonders schweren Fall der Französischen Seuche, Eure Hoheit. Wir können nur hoffen, dass sie nicht weiter um sich greift.«

Alexander von Pößnitz, der Kanzler des Fürsten, ein hoch gewachsener, hagerer Mann mit scharf geschnittenen Gesichtszügen und einer vorstechenden Habichtsnase, nickte besorgt. »Die Befürchtung des Arztes ist nicht von der Hand zu weisen. Erlaubt, dass ich den Polizeipräfekten anweise, die üblichen Maßnahmen zu treffen.«

Fürst Carl Anton ballte die Fäuste, äußerte sich aber nicht, und das wertete Pößnitz nach alter Gewohnheit als Zustimmung. Er verstand, was in dem Herrn über Saalstein-Tresskau vorging. Der Erbprinz war bei seinen Frauenbekanntschaften wenig wählerisch gewesen und hatte Edeldamen ebenso beglückt wie Zimmermädchen, Wäscherinnen und käufliche Dirnen, so als hätte er der Welt beweisen wollen, dass er sich von seinem Bruder, dem Regierenden Fürsten, unterschied, dessen Zuneigung zum eigenen Geschlecht hinlänglich bekannt war. Pößnitz' Blick wanderte zu Rainaud de Tailleur, dem dritten Herrn im Raum, und er nahm wahr, dass dessen schönes Gesicht sich in eine Grimasse nackter Angst verwandelt hatte.

Rainaud de Tailleur war als schlichter Reinhold Schneider geboren worden, und sein Verhältnis zum Fürsten verglichen spöttische Zungen gerne mit dem des Patroklos zu Achilles. Im Gegensatz zu seinem Herrn machte Pößnitz sich wenig Illusionen über den Charakter des fürstlichen Liebhabers, denn er wusste von seinen Zuträgern, dass der Mann ein Heuchler war, der seine Leidenschaft für den Fürsten nur spielte. Der Mann stieg außerhalb des Palastes in die Betten von Frauenzimmern und hatte sich schon des Öfteren die eine oder andere lockere Person mit dem Erbprinzen geteilt. Für einen Augenblick wünschte der Kanzler sich, die Rollen wären vertauscht und de Tailleur läge anstelle des Erbprinzen auf dem Sterbebett. Doch das Schicksal hatte es anders gewollt.

»Deck das zu«, herrschte er Bergius an, der dem Befehl erleichtert Folge leistete.

De Tailleur näherte sich dem Arzt mit schlecht verhohlener Besorgnis und legte ihm die Hand auf die Schulter. »Hat Er einen Hinweis darauf, wo Albrecht Eugen sich diese schreckliche Krankheit zugezogen haben könnte?«

Bergius zuckte hilflos die Schultern. »Ich kenne nicht einmal die Hälfte der Frauen, mit denen Seine Hoheit geschlafen hat, und habe die wenigsten von ihnen vorher untersuchen dürfen.«

»Es ist erschreckend, einen Menschen in so kurzer Zeit zugrunde gehen zu sehen.« De Tailleur schüttelte sich und hätte den Raum am liebsten sofort verlassen, doch solange der Fürst keine Anstalten machte zu gehen, musste auch er ausharren.

Carl Anton starrte seinen Bruder anklagend an, als habe dieser ihn inmitten einer alles entscheidenden Schlacht im Stich gelassen. »Gott verdamme dich!«

Da sich im Gesicht des Sterbenden nichts regte und nichts darauf hinwies, dass er noch einmal erwachen würde, wandte er sich ab und schritt zur Tür. Dort blieb er stehen und drehte sich zu den Ärzten um. »Tut für ihn, was ihr könnt, und meldet mir, wenn er hinübergegangen ist.«

»Sehr wohl, Euer Durchlaucht.« Bergius verbeugte sich und atmete erleichtert auf, als der Fürst den Raum verlassen hatte.

3

Carl Anton von Sachsen-Saalstein-Tresskau eilte so rasch die Korridore entlang, dass sein Favorit Mühe hatte, mit ihm Schritt zu halten. Pößnitz folgte ihnen schwerfällig wie ein Greis, denn er musste gegen die Schatten ankämpfen, die sein Gemüt zu verdüstern drohten. Der Tod des Erbprinzen gefährdete die Herrschaft des Fürsten, denn er gab jenen Kräften Auftrieb, die Carl Anton wegen seiner Neigungen die Legitimation absprachen und schon seit Jahren gegen ihn hetzten und wühlten. In seiner Niedergeschlagenheit dachte der Kanzler sogar daran, die Bürde seines Amtes abzulegen und sich auf seine Ländereien zurückzuziehen. Mit einem solchen Schritt aber würde er seinen Souverän denjenigen schutzlos ausliefern, die ihm sogar die Luft zum Atmen missgönnten. Ein Rückzug wäre Verrat an allem, für das er bisher gelebt hatte, hielt er sich vor, und bisher hatte er sich noch nie kampflos dem Schicksal ergeben.

Er beschleunigte seine Schritte und schob sich an die Seite des Fürsten. »Euer Durchlaucht, ich bitte Euch um eine sofortige Unterredung. Die Lage ist ernst, und Ihr werdet einige harte Entscheidungen treffen müssen.«

De Tailleur ärgerte es, dass der Kanzler ihn weggedrängt hatte, und winkte heftig ab. »Bei Gott, nein! Pößnitz, lasst unserem erhabenen Herrn doch Zeit, sich von dem Schock des Verlustes zu erholen und seinen Bruder zu betrauern.«

Pößnitz bedachte den Mann, den er still für sich nur die männliche Hure nannte, mit einem tadelnden Blick. De Tailleur strich nervös über seinen hellroten Samtrock, den er über einer Kniehose aus dem gleichen Stoff und einer ebenfalls hellroten Seidenweste trug, und zog eine gekränkte Miene. Dabei wirkte er ganz und gar nicht so, als würde er das Ableben des Erbprinzen bedauern. Das mochte daran liegen, dass Albrecht Eugen ihn oft verspottet und ihm seine Verachtung für die Rolle, die er am Hof spielte, offen gezeigt hatte. Andererseits hatte der Erbprinz de Tailleur häufig zum Mitwisser seiner Affären gemacht und ihn hinter dem Rücken des ahnungslosen Fürsten auf seine nächtlichen Ausflüge in gewisse übel beleumundete Häuser mitgenommen.

Dem Kanzler war bewusst, was der selbstgefällige Ausdruck im Gesicht des Favoriten bedeutete. De Tailleur hoffte wohl, dass sein Einfluss nach dem Tod Albrecht Eugens groß genug werden würde, um ihn, Pößnitz, zu entmachten oder gar vom Hof zu vertreiben. Bereits jetzt empfand der Fürst jede Kritik an seinem Liebhaber als persönliche Beleidigung und nahm den Mann sogar dann noch in Schutz, wenn dieser sich in seiner plumpen Art einen Affront gegen höher gestellte Gäste oder Mitglieder der Hofgesellschaft erlaubt hatte. Deswegen reagierte der Kanzler nicht auf de Tailleurs Einwand, sondern öffnete die Tür zum kleinen Salon und bat den Fürsten einzutreten.

»Ich sehe, Ihr wollt mich auch heute nicht entkommen lassen, Pößnitz«, klagte der Fürst theatralisch, folgte aber der Bitte.

De Tailleur schob sich vor Pößnitz in den Raum und stampfte dann mit dem Fuß auf. »Macht schnell, denn Seine Durchlaucht benötigt dringend Trost!« An welche Art von Trost er dabei dachte, zeigte die Geste, mit der er seinem fürstlichen Gönner vor Pößnitz' Augen in den Schritt griff.

Der Kanzler wandte sich ab, um ein verächtliches Lächeln zu verbergen. Die früheren Liebhaber des Fürsten hatten sich weitaus diskreter verhalten, aber auch bei weitem nicht so viel Macht über ihn besessen wie dieser eitle Schönling. Während er und de Tailleur sich wie in einem unerklärten Zweikampf mit Blicken maßen, trat Carl Anton an den runden Tisch, dessen Oberfläche die Karte des Fürstentums Sachsen-Saalstein als Intarsienarbeit zeigte. Sein Blick wanderte unwillkürlich über die Grenzen seines kleinen Reiches, dann setzte er sich in einen Brokatsessel, der mit dem Wappen des Fürstentums geschmückt war. Dem herbeieilenden Diener befahl er, für sich und seinen Favoriten Wein zu bringen.

Der Lakai warf dem Kanzler einen Seitenblick zu, und de Tailleur lächelte selbstzufrieden. Pößnitz aber schien die Brüskierung nicht wahrzunehmen, denn er war hinter dem Sessel stehen geblieben, stützte seine Hände auf die Lehne und starrte mit gerunzelter Stirn auf die kunstfertig in das Holz eingearbeitete Karte, die jeden noch so kleinen Ort, jede Straße und jeden größeren Bach des Fürstentums wiedergab. Ein dünner, in zahlreichen Windungen verlaufender Seidenfaden trennte die Abbildung in zwei ungefähr gleich große Hälften. Pößnitz schien sich nicht für den Tresskauer Teil zu interessieren, der mit der gleichnamigen Residenzstadt auf der dem Fürsten zugewandten Seite lag, sondern für Mittstadt, das ebenfalls nach seinem Hauptort benannt worden und vor einer Generation durch Erbteilung entstanden war. Diese Hälfte des alten Staatsgebiets war an eine jüngere Linie gefallen, so dass es nun ein Fürstentum Sachsen-

Saalstein-Tresskau und ein Fürstentum Sachsen-Saalstein-Mittstadt gab. Plötzlich beugte Pößnitz sich vor und setzte seinen Zeigefinger auf die Hauptstadt des zweiten Fürstentums.

»Auch wenn das bevorstehende Ableben des Erbprinzen uns alle bewegt, Eure Hoheit, müssen wir doch an die Zukunft denken.«

Das Gesicht des Fürsten verzog sich. »Welche Zukunft, Pößnitz? Mein elender Vetter hat sein Ziel doch so gut wie erreicht, denn nun kann er nach meinem Tod beide Saalsteins unter seiner Herrschaft vereinen.«

De Tailleur streichelte seinen Liebhaber, als wolle er ihn beruhigen. »Warum sich denn jetzt schon den Kopf zerbrechen? Bis dorthin werden noch Jahrzehnte ins Land gehen.«

»Niemand wünscht mehr als ich, dass Seine Hoheit noch bis ins hohe Alter die Zügel seiner Herrschaft in der Hand hält«, antwortete Pößnitz ungewohnt deprimiert. »Genau deswegen gilt es, Maßnahmen zu ergreifen, die Ulrich von Saalstein-Mittstadt jede Hoffnung nehmen, seine Pläne verwirklichen zu können.«

Carl Anton schüttelte verständnislos den Kopf. »Nach dem Tod meines Bruders ist er der nächste Thronanwärter, Pößnitz, und nichts kann ihn oder seinen Erben daran hindern, an meine Stelle zu treten.«

»Ihr habt es in der Hand, das zu ändern, Euer Hoheit. Ihr müsst nur selbst einen Sohn zeugen.«

De Tailleur stieß prustend die Luft aus den Lungen, als hätte er einen besonders schmutzigen Witz vernommen, der Fürst aber funkelte seinen Kanzler zornig an. »Ihr sprecht von einer Ehe? Bei Gott, Pößnitz! Ich habe meinem Vater die Stirn geboten, als er mich zu einer Heirat zwingen wollte, und ich werde mich auch von Euch nicht zu einem Schritt überreden lassen, der mir aus tiefster Seele zuwider ist.«

Der Favorit kicherte leise vor sich hin, denn es hatte ganz den Anschein, als würde Pößnitz sich das letzte Fünkchen fürstlichen Wohlwollens schneller verscherzen, als er gehofft hatte. Er beschloss, dem Fürsten noch am gleichen Abend die Entlassung des Kanzlers nahe zu legen.

Pößnitz kommentierte de Tailleurs lebhaftes Mienenspiel mit einem angedeuteten Schulterzucken. Wenn es ihm nicht gelang, den Fürsten zu Vernunft zu bringen, dann würde er dieses Land freiwillig verlassen. Es gab genug andere kleine Staaten im Heiligen Römischen Reich der Deutschen, in denen er ein neues Leben beginnen konnte, ohne Tag für Tag die Zerstörung seines Werks mit ansehen zu müssen. Aber so schnell, wie die männliche Hure es sich einbildete, würde er den Kampf nicht aufgeben. Sein Zeigefinger stach wie ein beutegieriger Habicht auf die Karte hinab.

»Ich bin mir sicher, dass sich Seine Hoheit, Prinz Albrecht Eugen, nicht zufällig mit der Französischen Krankheit angesteckt hat.«

Während de Tailleur verächtlich abwinkte, hob der Fürst verwirrt den Kopf. »Was wollt Ihr damit sagen, Pößnitz?«

»Im Allgemeinen dauert es Jahre, bis diese Seuche zu einem solch fatalen Ergebnis führt wie bei dem Erbprinzen. So rasch hätte er nicht aufs Sterbelager sinken dürfen, selbst wenn er seine Manneskraft bereits in viel zu jungen Jahren erprobt hätte. Man muss ihn in eine Falle gelockt und ihm eine Frau im höchsten Stadium der Krankheit zugeführt haben. Nach einigen Gläsern Wein und bei düsterem Licht hat er ihren Zustand wohl nicht bemerkt, besonders, wenn sie gut geschminkt und stark parfümiert war.«

Pößnitz kniff kurz die Lippen zusammen. »Es war allgemein bekannt, dass der Erbprinz eine morbide Vorliebe für jene Etablissements zeigte, in denen normalerweise nur Schiffer und

Soldaten verkehren. Dort war es ein Leichtes für Euren hochwohlgeborenen Vetter, dafür zu sorgen, dass man Albrecht Eugen eine verseuchte Hure zuführte. Selbst wenn der Plan nicht so schnell aufgegangen wäre, hätte die Krankheit es Eurem Bruder unmöglich gemacht, einen Erben zu zeugen. So oder so wäre Saalstein-Tresskau nach diesem Anschlag an Ulrich oder dessen Erben gefallen.«

De Tailleur bemerkte, dass der Fürst nachdenklich geworden war, und winkte heftig ab. »Das sind doch lächerliche Hirngespinste, Euer Durchlaucht! Ihr wollt diese Phantastereien doch nicht etwa für bare Münze nehmen?«

Pößnitz lachte hart auf. »Sind es wirklich nur Phantastereien? Was, frage ich, könnte den Mittstädter jetzt noch daran hindern, den Erbfall zu beschleunigen? Es gibt genügend langsam wirkende Gifte, die Euer Vorkoster nicht wahrnehmen kann, und nicht jeder Koch oder Küchenjunge ist gegen Bestechung gefeit. Noch unauffälliger und sicherer wäre es, einen Jagdunfall zu inszenieren. Nur wenn ein Erbe vorhanden wäre – oder besser noch zwei –, dürfte Seine Hoheit gegen so beschaffene Zufälligkeiten des Lebens geschützt sein.«

Pößnitz sah, wie es im Gesicht des Fürsten arbeitete. Jetzt steht es auf Messers Schneide, dachte er. Entweder stellt er sich auf meine Seite, oder ich kann meinen Hut nehmen.

»Ich soll ein Weib schwängern?« Carl Anton würgte es sichtlich. Sein Blick suchte den seines Favoriten, und er las Abscheu und ein inniges Flehen in dessen Augen. Lass dir so etwas nicht antun, mein Geliebter, schien de Tailleur ihm zurufen zu wollen.

Carl Anton von Sachsen-Saalstein-Tresskau stellte sich einen Augenblick lang vor, wie es wäre, lange Jahre nur mit dem bewundernswerten Rainaud an seiner Seite zu regieren, ohne einen Kanzler, der ihm ständig mit Problemen in den Ohren lag. Er wollte Pößnitz schon sagen, dass er seine Mahnungen und Verdächtigungen herzlich leid war, aber er erinnerte sich an seltsame Zwischenfälle und Gerüchte, die er auf den Rat seines Geliebten bisher ignoriert hatte, und ihm wurde klar, dass sein Kanzler Recht haben konnte. Der Gedanke, ein Weib in seiner Nähe zu wissen, noch dazu eine Gemahlin, die Ansprüche an ihn stellen und seine traute Zweisamkeit mit Rainaud stören würde, stieß ihn jedoch zutiefst ab. Im Schloss gab es nur wenige weibliche Bedienstete, und diesen war streng verboten, sich ihm zu nähern oder dort zu verweilen, wo er sich aufzuhalten gedachte. So begegnete er Frauen nur dann, wenn er ausritt, oder an hohen Festtagen, an denen er den Adel seines Landes samt den dazugehörenden Damen empfangen musste.

»Die Vorstellung, eine Frau um mich zu haben, ist mir zuwider, Pößnitz, aber Eure Überlegungen haben Hand und Fuß. Mein Vetter hat uns oft genug bewiesen, dass er nicht eher Ruhe geben wird, als bis ich in der Gruft liege und er auf meinem Stuhl sitzt.«

Kaum hatte der Fürst diese Worte ausgesprochen, warf der Tailleur sich ihm zu Füßen. »Tut mir dies nicht an, mein Herr, mein Abgott! Ich flehe Euch an, vertreibt mich nicht von Eurer Seite, nur weil Pößnitz Euren Kopf mit seltsamen Grillen füllt.«

Carl Anton hob seinen Günstling auf und zog ihn an sich. »Wie kommst du nur auf den Gedanken, ich könnte dich von meiner Seite stoßen, mein Herz? Zwischen uns wird sich nichts ändern, glaube mir. Unsere Liebe wird durch diese Prüfung nur noch stärker werden, denn niemand wird uns beide trennen können, kein Mann und erst recht kein Weib.«

De Tailleur klammerte sich an den Fürsten und warf über dessen Schulter dem Kanzler einen triumphierenden Blick zu, denn für ihn war Pößnitz bereits auf dem halben Weg in die Veste Saalstein, die dem Fürstentum zwar den Namen gegeben hatte, aber seit der Erhebung Tresskaus zur Hauptstadt als Unterkunft für Soldaten und als Gefängnis diente. Er kannte Carl Antons Abneigung gegen das weibliche Geschlecht besser als jeder andere und war sich sicher, dass der Fürst morgen schon anderen Sinnes sein und den Kanzler entmachten würde. War Pößnitz erst aus dem Weg geräumt, gab es nur noch einen, auf den der Fürst hören würde, und das war er, Rainaud de Tailleur. Ihm schwindelte bei dem Gedanken an die Möglichkeiten, die sich dann für ihn ergeben mochten.

Da Carl Anton das vierzigste Lebensjahr überschritten hatte und seinen Vetter aus tiefster Seele hasste, benötigte er tatsächlich einen Nachfolger. De Tailleur kannte die Erbfolgegesetze des Landes nicht genau, war sich aber sicher, dass sein Liebhaber die Macht besaß, ihn als Erbprinz einzusetzen. Fürst Rainaud, dachte er, ja, das hat einen guten Klang. Oder sollte er sich dann besser wieder Reinhold nennen? Auch wenn Frankreich allen anderen Staaten als Vorbild diente, so war Sachsen-Saalstein-Tresskau doch ein Land des Heiligen Römischen Reiches Deutscher Nation, und sein Herrscher sollte einen deutschen Namen tragen. De Tailleur schloss die Augen und stellte sich vor, wie Kaiser Karl VI. ihn mit allen Ehren in Wien empfangen würde und ihm eine Heirat mit einer Erzherzogin oder einer anderen Dame aus uraltem Adel antrug.

Während de Tailleur seinen Träumen nachhing, atmete Pößnitz erst einmal auf. Carl Anton würde, wie er ihn kannte, seine Zustimmung zu einer Heirat so bald nicht widerrufen, aber er musste schnell handeln, ehe die männliche Hure den Fürsten mit ihren beständigen Einflüsterungen umstimmen konnte. »Eure Hoheit, darf ich Euch bitten, mir Eure Vorstellung bezüglich Eurer zukünftigen Gemahlin mitzuteilen?«

Carl Anton schürzte die Lippen. »Ihr dürft nicht, Pößnitz. Sucht mir eine Zuchtstute aus und führt sie mir zu, damit ich sie pflichtgemäß besteigen kann. Aber belästigt mich mit dieser Angelegenheit nicht mehr als notwendig. Und nun geht! Ich will mich zurückziehen und für die Seele meines Bruders beten.«

Pößnitz kniff die Lippen zusammen, denn beinahe hätte er seinen Herrn daran erinnert, dass der Erbprinz dieses Leben noch nicht ganz verlassen hatte, aber er wollte sich nicht auch den letzten Rest Wohlwollen verscherzen. Daher verbeugte er sich nur stumm und verließ den Salon, ohne de Tailleur noch eines Blickes zu würdigen.

4

Während der Fürst sich mit seinem Liebhaber in seine Gemächer zurückzog und die Diener fortschickte, wanderte Pößnitz gedankenverloren in den Flügel des Palastes, in dem sich seine Zimmerflucht befand. Als er den kleinen, aber exquisit eingerichteten Vorraum zu seinen Privatgemächern betrat, grübelte er immer noch über die nächsten Schritte nach. Er zog seinen anthrazitfarbenen Rock aus, reichte ihn seinem Leibdiener und lockerte seine Halsbinde, als wäre ihm die Luft knapp geworden. Dann fiel ihm auf, dass der Lakai schon zum zweiten Mal leise hüstelte und auf die Tür des Arbeitszimmers wies.

»Herr von Zinggen wartet auf Euch.« Die Stimme des Dieners klang leicht schockiert, doch Pößnitz hob erfreut den Kopf.

»Das ist gut! Bringe Er Wein und einen Imbiss für Zinggen und mich. Heute Abend kann es spät werden.«

»Sehr wohl.« Der Diener verbeugte sich tief und eilte hinaus, während Pößnitz die Tür zu seinem Arbeitszimmer öffnete und noch einmal tief Luft holte, ehe er eintrat.

Der Raum wirkte durch die massiven Bücherschränke, die kaum eine Handbreit Wand frei ließen, und die dunkel gebeizte

Decke klein und düster. Den größten Teil der Fläche zwischen den Schränken nahm ein schmuckloser Tisch aus ebenfalls dunkel gebeiztem Holz ein, auf dem mehrere Stapel Bücher und etliche Akten lagen. In einem der beiden bequemen Ledersessel, die das wuchtige Möbelstück flankierten, saß ein kleiner, puppenhaft zierlicher Mann in einem wie angegossen sitzenden tannengrünen Rock, lindgrünen Kniehosen und zartgrünen Strümpfen. Es handelte sich um Philipp von Zinggen, dem seine Vorliebe für diese Farbe den Beinamen »Der grüne Baron« eingetragen hatte.

Er blätterte in dem neuesten Adelskalender, hob aber bei Pößnitz' Eintreten den Kopf, so dass dieser in ein weiß gepudertes Gesicht mit einem blutrot geschminkten Mund und einem daumennagelgroßen Schönheitspflästerchen auf der rechten Wange blickte.

»Guten Abend, Herr von Pößnitz! Ihr kommt früher, als ich erwartet habe. Seht her, ich habe bereits ein wenig vorgearbeitet und nach passenden Bräuten für unseren Durchlauchtigsten Fürsten gesucht.«

Pößnitz betrachtete den Jugendfreund und ehemaligen Liebhaber des Fürsten, dem Carl Anton trotz einiger Affären mit jungen Schauspielern und Tänzern jahrelang die Treue gehalten hatte, bis dieser unsägliche Reinhold Schneider am Hof erschienen war, mit einer gewissen Wehmut. »Seid Ihr Euch so sicher gewesen, dass Seine Durchlaucht meinen Vorschlag annehmen würde?«

Zinggen lächelte sanft. »Ich habe mindestens ebenso sehr auf Eure Überzeugungskraft vertraut wie auf die Abscheu Seiner Durchlaucht gegenüber seinem Mittstädter Vetter.«

»Ihr solltet das Vertrauen in beides nicht überstrapazieren. Wenn wir die Braut nicht rasch finden und mit unserem Achilles vermählen, werden wir Ulrich von Sachsen-Saalstein-Mittstadt schon bald hier begrüßen müssen. Das heißt, wenn wir beide uns nicht vorher in einem Kerker der Festung gegenübersitzen.«

Pößnitz blieb neben Zinggen stehen, verschränkte die Arme vor der Brust und sah auf ihn hinab. »Bevor wir den nächsten Schritt angehen, muss ich den wichtigsten Punkt mit Euch klären.«

Zinggen sah das mit einem Male grimmig wirkende Gesicht des Kanzlers über sich und zog sich tiefer in die Polster zurück. »Ich stehe Euch zu Diensten.«

»Ihr kennt Carl Anton seit sehr vielen Jahren und habt selbst erlebt, was damals vorgefallen ist. Glaubt Ihr, er wäre nach all dem, was ich gerüchteweise vernommen habe, überhaupt in der Lage, die Ehe zu vollziehen?«

Um Zinggens Lippen spielte ein trauriges Lächeln. »Ich nehme an, Ihr spielt auf jenen Vorfall in seiner Jugend an, als sein erlauchter Vater ihm den Geschmack am weiblichen Geschlecht mit Gewalt beibiegen wollte. Carl Anton war damals noch keine siebzehn und die Frau, die ihn sozusagen entjungfern sollte, gut doppelt so alt und mindestens dreimal so schwer wie er. Es handelte sich um eine abgelegte Mätresse seines Vaters, dem die Formen einer Frau nicht üppig genug sein konnten. Man zwang den Prinzen, sich vor ihr auszuziehen, und die ebenfalls unbekleidete Dame ging mit den Händen daran, seinen Degen zu stählen. Dann zog sie ihn auf sich, um ihn zur Kopulation zu bringen. Das Ergebnis war jedoch nicht im Sinne des Herrn Vaters.«

»Was hat sich damals wirklich abgespielt?«, wollte Pößnitz wissen.

»Der Prinz hat sich auf der Dame übergeben.«

»… und seinen Ruf damit ein für alle Mal ruiniert.« Pößnitz schüttelte seufzend den Kopf. »Glaubt Ihr, Seine Durchlaucht könnte trotzdem in der Lage sein, seine Pflicht zu erfüllen?«

»Wie ich Euch kenne, wird ihm gar nichts anderes übrig bleiben. Körperlich ist ihm eine Vereinigung gewiss möglich.« Zinggens Stimme verriet, dass er Mitleid mit seinem Landesherrn und ehemaligen Liebhaber empfand und alles tun wollte, um weiteres Unglück von ihm fern zu halten.

»Es wird einen Erben geben, und wenn ich die zukünftige Frau des Fürsten in Männerkleider stecken und dazu zwingen muss, sich ihm in Stellungen hinzugeben, die nicht mit den Lehren der Kirche zu vereinbaren sind.« Pößnitz warf einen kurzen Blick auf die Bücher, die Zinggen vor sich aufgeschlagen hatte und in denen die Stammbäume verschiedener Adelsgeschlechter verzeichnet waren. »Doch nun heraus mit der Sprache, Zinggen. Welche Braut schwebt Euch für unseren Fürsten vor?«

»Die Hausgesetze des Fürstentums Sachsen-Saalstein, die sowohl für die Tresskauer wie auch die Mittstädter Linie gelten, fordern die Gleichrangigkeit der Ehefrau des Fürsten. Sie muss einem souveränen Haus oder zumindest dem höchsten Reichsadel entstammen.«

Pößnitz winkte ärgerlich ab. »Das ist mir nicht neu.«

Über Zinggens Gesicht huschte ein unsicheres Lächeln. »Ich wollte damit nur ausdrücken, dass es nicht leicht sein wird, eine passende Braut zu finden, da Fürst Ulrich alles in seiner Macht Stehende getan hat, um unseren erlauchten Herrn bei den hohen Häusern des Reiches in ein möglichst schlechtes Licht zu rücken.«

Pößnitz schüttelte unwillig den Kopf. »Es gibt genug andere, die in schlechterem Ruf stehen als Seine Fürstliche Durchlaucht Carl Anton.«

Zinggen hob mit einer bedauernden Geste die Hände und wies dann auf einen Band, in dem die Adelsgeschlechter der Habsburger Erblande aufgelistet waren. »Es geht nicht um den

Ruf eines Schurken, denn der hat andere Geschlechter nur selten gehindert, ihre Töchter herzugeben. Aber ein – drücken wir es so bösartig aus wie Fürst Ulrich – Sodomit ist alles andere als ein willkommener Bräutigam. Ich habe in den österreichischen Besitzungen außer dem Herrscherhaus in Wien selbst und seinen Seitenlinien noch genau sieben Familien gefunden, die von ihrer Abkunft her in Frage kämen. Eine Braut aus dem Umkreis des Kaisers könnte unser Herr jedoch nur dann heimführen, wenn er barfuß und in Sack und Asche nach Wien pilgern würde, de Tailleur dort auf dem Scheiterhaufen verbrennen ließe, sich selbst zum katholischen Glauben bekennen würde und vom Papst persönlich die Vergebung aller Sünden erhielte.«

Pößnitz kniff die Augenlider zusammen. »So schlecht steht es um unser Anliegen?«

»Noch schlechter, als Ihr es Euch vorstellen könnt. Das Fürstentum Saalstein-Tresskau ist nicht so bedeutend, dass die hohen Familien sich um eine Verbindung mit unserem Herrn reißen würden. Daher werden wir auch in Sachsen und in den thüringischen Staaten vergeblich auf Erfolg hoffen.«

»Ausgerechnet in Sachsen würde man uns abweisen?«

Zinggen sah so aus, als wolle er jeden Augenblick in Tränen ausbrechen, doch er nickte nur.

Pößnitz schlug mit der Faust auf den Tisch. »Verdammt sollen diese Pharisäerseelen sein! Ich werde nie begreifen, wieso August der Starke, vor dem kein halbwegs ansehnliches Frauenzimmer zwischen Dresden und Warschau sicher ist und der Hunderttausende von Talern und bedeutende Teile seines sächsischen Erbes für den Erwerb der polnischen Krone verschleudert hat, als ruhmreicher Herrscher und leuchtendes Vorbild gilt, während unser Fürst, der das Vermögen seines Landes zusammenhält und seine Bewohner nicht bis aufs Blut auspresst, als wahrer Stiefbruder des Satans bezeichnet wird, obwohl er seine Schwäche mit unzähligen Schwarzkitteln teilt, die sich mit ihren Chorknaben vergnügen.«

Zinggen schlug das Buch über den österreichischen Adel zu und legte es beiseite. »Die katholische Kirche, in deren Schoß Kurfürst August zurückgekehrt ist, um König der Polen werden zu können, sieht die Liebe eines Mannes zu Frauen als von Gott gegeben an und drückt im Fall eines Souveräns wie ihm großzügig beide Augen zu. Die evangelischen Reichsstände prangern zwar die Ausschweifungen des Sachsenherrschers an, doch ihre Diplomaten umschwänzeln ihn, weil Sachsen nun einmal eines der Kurländer des Reiches ist. Saalstein-Tresskau aber ist in ihren Augen nur ein Staubkorn, ein Ländchen ohne jeglichen Einfluss, und es hat nichts, was die in ihren Augen skandalösen Zustände an seinem Hof entschuldigen könnte.«

Pößnitz hörte so etwas gar nicht gern. »Ich weiß selbst, dass Sachsen von seiner Landfläche und seiner Bevölkerung her mehr als zehnmal so groß ist wie beide Saalsteins zusammen, aber Thron ist Thron, und es dürfte doch genug Familien fürstlichen Geblüts geben, die ihre Tochter gern als Fürstin eines souveränen Landes sehen würden.«

»Nicht so viele, wie Ihr Euch wünscht«, antwortete Zinggen freundlich. »Die österreichischen Besitzungen fallen für die Brautsuche aus, ebenso die übrigen katholischen Dynastien des Reiches und unsere direkten Nachbarn Sachsen und Thüringen. Die Preußen und die mit ihm verbündeten Staaten werden uns ebenso die Tür weisen wie die Verwandten und Freunde der Mittstädter Linie. Die Liste der Familien, bei denen wir mit einer gewissen Aussicht auf Erfolg um eine Braut werben können, ist leider sehr kurz, Herr von Pößnitz.«

»Wie kurz?« Pößnitz' Stimme traf Zinggen wie ein Peitschenhieb.

»Bedauerlicherweise stehen nicht überall heiratsfähige Töchter zur Verfügung. Entweder sind sie bereits vermählt, schon zu alt oder noch viel zu jung.«

Pößnitz ballte die Fäuste. »Wenn ich etwas hasse, ist es Geschwafel, das sich im Kreis dreht. Ich will wissen, wie viele Familien in Frage kommen!«

Zinggens Gesicht nahm einen schmollenden Ausdruck an. »Ich habe genau drei Familien gefunden, bei denen wir Erfolg haben könnten. Hier ist die Liste.« Er reichte dem Kanzler ein Blatt, auf dem er die Namen der Familien in seiner zierlichen, verspielten Handschrift aufgeführt hatte.

Pößnitz überflog sie kurz und reichte sie dann zurück. »Eine gute Auswahl, Zinggen. Die neue Fürstin wird aus einem dieser Geschlechter kommen.«

»Dessen walte Gott!« Zinggen wirkte eher bedrückt als froh über das Lob, denn ihm behagte der Gedanke nicht, dass sein Landesherr, den er mit jeder Faser seines Herzens liebte, zu etwas gezwungen werden sollte, das seiner Natur völlig zuwiderlief.

Pößnitz schien seinen Kummer nicht zu bemerken. Er lächelte erleichtert und klopfte Zinggen anerkennend auf die Schulter. »Noch einmal bravo, Zinggen! Ich wusste doch, dass ich mich auf Euch verlassen kann.«

Zinggen sah mit einem gewissen Misstrauen zu ihm auf. »Ich habe mich schon gefragt, weshalb Ihr mich in dieser Sache zu Eurem Vertrauten gemacht habt.«

»Es gibt in ganz Saalstein-Tresskau keinen Edelmann, der die hohen Häuser des Reiches besser kennt als Ihr, und Ihr seid der Einzige, bei dem ich sicher sein kann, dass er nicht im Sold des Mittstädters steht.«

»Ich würde Seine Hoheit nie verraten!«, erklärte Zinggen überraschend heftig.

Pößnitz lächelte ihm so freundlich zu wie eine Dogge, die sich satt und zufrieden genug fühlt, einen kleinen Pudel in ihrer Nähe zu dulden. »Deswegen werdet Ihr Euch morgen auf die Reise machen und die passende Braut nach Tresskau holen.«

Zinggen warf entsetzt die Hände hoch. »Ich soll das Mädchen aussuchen? Nein, das ist unmöglich! Wenn es um einen jungen Mann ginge, der diesen unsäglichen Schneider aus dem Herzen des Fürsten vertreiben könnte, wäre ich allzu gerne dazu bereit, doch mit Frauen hatte ich nie etwas zu tun und vermag sie nicht einzuschätzen.«

Pößnitz beugte sich zu ihm hinab und sah ihm in die Augen. »Keiner am Hof kennt den Geschmack Seiner Hoheit besser als Ihr. Nur Ihr könnt ihm eine Braut beschaffen, die ihn nicht schon beim ersten Anblick abstößt oder gar Erinnerungen in ihm weckt, die unserer Sache schaden würden. Also geht jetzt und macht Euch reisefertig. Eure Kutsche steht morgen früh bereit.«

Zinggen senkte den Kopf und wankte davon, als trüge er eine unsichtbare Last. Während Pößnitz ihm nachblickte, musste er sich sagen, dass er wohl ebenso leichtfertig handelte wie Seine Durchlaucht, denn auch er wälzte die Verantwortung für die Wahl der Braut auf fremde Schultern ab. Schnell berichtigte er sich, denn es war nur die Suche, die er Zinggen übertrug, nicht die Konsequenzen für deren Ausgang. Wenn Carl Anton seine zukünftige Gemahlin verabscheute, würde es auf ihn zurückfallen und nicht auf den Mann, der ihn gerade verlassen hatte. Bei diesem Gedanken lachte er grimmig auf. Carl Anton würde seine Braut höchstwahrscheinlich von ganzem Herzen verabscheuen, doch wenn er für einen Erben sorgte, war seine Herrschaft gesichert, und dann blieb auch der Kopf seines Kanzlers fest auf den Schultern sitzen.

5

Am nächsten Tag wurden die Bürger von Tresskau vom dumpf dröhnenden Geläut der Domglocken geweckt, die den Tod des Erbprinzen verkündeten. Ihre Trauer hielt sich jedoch in Grenzen, denn Albrecht Eugen war nicht sehr beliebt gewesen. Die Ehemänner schöner Frauen und die Väter von hübschen Töchtern atmeten sogar erleichtert auf, weil sie den Hunger des Prinzen nach willigen Frauenschenkeln nicht mehr fürchten mussten. Der Dompropst von Tresskau sah in dem Ereignis ein Zeichen des Himmels und wetterte mehr als eine Stunde von der Kanzel herab gegen die Unmoral und Verderbtheit am Hofe, obwohl er ebenso gut wusste wie seine Gemeinde, dass sein Vorgänger wegen solcher Reden in der Veste Saalstein eingekerkert worden war.

In Mittstadt, der Residenz des anderen Saalsteiner Teilfürstentums, wurde die Nachricht vom Ableben Albrecht Eugens mit offener Freude aufgenommen. Fürst Ulrich saß auf der Terrasse vor der alten Stadtburg, die sein Vater zur fürstlichen Wohnstätte ausgebaut hatte, und blickte triumphierend nach Norden, wo eine knappe Tagesreise entfernt Tresskau lag.

Die alte, beengte Burg, die die Anhöhe über Mittstadt krönte, wies keinerlei Ähnlichkeit mit dem nach französischen Vorbildern errichteten Tresskauer Palast auf, und die Erscheinung ihres Besitzers hatte ebenso wenig mit der seines Vetters Carl Anton gemein. Fürst Ulrich von Sachsen-Saalstein-Mittstadt war ein großer, wuchtig gebauter Mann mit einem breitflächigen Gesicht, dem Ansatz von Hamsterbacken und stark gelichteten, blonden Haaren, die keine Perücke gnädig verbarg. Sein Rock war von schlichtem Braun ohne jede Verzierung, seine Kniehose saß locker um die Schenkel und seine Strümpfe waren aus ungefärbter Wolle gewirkt. Neben dem Fürsten hatte seine Gemahlin Mathilde sich niedergelassen, eine kleine, hagere Frau, der von Zeit zu Zeit ein selbstzufriedenes Lächeln über das spitze Gesicht huschte, während sie sich gleichzeitig die Hände rieb. Ihre glatten, mausfarbenen Haare waren kunstlos hochgesteckt, und sie trug ein blaues Kleid, dem man ansehen konnte, dass es mindestens schon einmal gewendet worden war.

»Gott ist gerecht, findet Ihr nicht auch, Meller?«, sagte sie eben salbungsvoll zu ihrem Hofprediger, der an der gemauerten Balustrade der Terrasse lehnte.

Meller, ein magerer Mann mittleren Alters mit schmalem Gesicht und fanatisch leuchtenden Augen, nickte zustimmend. »So ist es, Euer Hoheit. Gott hat die Sünden dieses verfluchten Geschlechts gewogen und für zu schwer befunden.«

Fürst Ulrich warf seinem Prediger einen mahnenden Blick zu. »Meine beiden Vettern sind verflucht, Meller, aber nicht unser ganzes Geschlecht.«

»Sehr wohl, Eure Hoheit. Ich werde dies bei meiner Predigt heute Abend mit allem Nachdruck klarstellen, wenn ich den Gläubigen die Folgen gottlosen Treibens vor Augen führe.« Meller sah sich schon in der Mittstädter Heiliggeistkirche stehen und die Sünden der Tresskauer Linie geißeln.

Fürst Ulrich hob jedoch erneut die Hand. »Es wäre gut, wenn Ihr für die Sünden des armen Albrecht Eugen weniger den Jungen selbst als vielmehr seinen fürstlichen Bruder verantwortlich machen würdet.«

Meller verneigte sich lächelnd. »Selbstverständlich, Euer Hoheit. Ich werde diesen verderbten Sodomiten gewiss nicht schonen, und mein verehrter Tresskauer Kollege wird dies ebenfalls nicht tun.« Meller nahm zwar nicht die Stelle eines Dompropstes ein, fühlte sich dem obersten Tresskauer Seelsorger jedoch gleichrangig.

Fürst Ulrich stieß die Luft durch die Zähne. »Ich hoffe, mein verderbter Vetter sperrt ihn ebenso ein wie seinen Vorgänger. Dieser Skandal würde die Liste seiner Schandtaten bereichern und ihn wieder einmal an allen Höfen bis nach Wien zum Gesprächsstoff werden lassen.«

»Da ich mit den meisten geistlichen Herren in Tresskau in Verbindung stehe, könnte ich sie dazu bringen, von ihren Kanzeln aus den unchristlichen Lebenswandel ihres Fürsten heftig anzuklagen. Der Tresskauer kann nicht alle Pfarrer in den Kerker werfen lassen, ohne das Volk gegen sich aufzubringen.« Meller blickte seinen Herrn auffordernd an, doch Fürst Ulrich schüttelte den Kopf.

»Der Pöbel soll arbeiten und nicht gegen seine Herrschaft aufbegehren. Es reicht, wenn ein oder zwei Seelsorger die Stimmen erheben. Mögen sie danach ruhig in Saalstein schmachten. Sobald ich mein Erbe angetreten habe, werde ich sie ausreichend belohnen.«

»Sehr wohl, Euer Hoheit. Ich werde Euren Wunsch an meine Gewährsleute weiterleiten.« Meller neigte in Erwartung weiterer Anweisungen den Kopf, sah sich jedoch mit einer ungeduldigen Handbewegung entlassen und schritt nach einer tiefen Verbeugung steif davon.

Die Fürstin blickte ihm sinnend nach und wandte sich, als er außer Hörweite war, ihrem Gemahl zu. »Sobald das Tresskauer Fürstentum uns gehört, sollten wir Meller einem anderen Souverän empfehlen. Er mag zwar ein frommer Mann sein, doch langsam stören mich seine ständigen Predigten von einem einfachen, gottgefälligen Leben. Wie sähe es denn aus, wenn ich in diesen Lumpen in das Tresskauer Schloss einziehen würde?«

Fürst Ulrich tätschelte ihre Hand. »Mit diesem Wunsch steht Ihr nicht allein, meine Liebe. Zurzeit brauchen wir Meller noch, denn seine Verbindungen werden uns den Weg nach Tresskau ebnen helfen. Dort aber würde er uns nur stören. In Sachsen verspottet man mich wegen meines schlichten Rockes bereits als den Mittstädter Bauern, und das muss spätestens in dem Moment ein Ende haben, in dem wir das alte Fürstentum Sachsen-Saalstein wieder errichten. Mit Albrecht Eugens Tod ist dieser Tag näher gerückt, also sollten wir den Jungen gebührend betrauern.«

Seine Gemahlin stimmte ihm lächelnd zu. »Das werden wir, in der Hoffnung, dass sein verderbter Bruder ihm bald ins Grab folgen wird.«

Fürst Ulrich stieß ein kurzes, kehliges Lachen aus. »Mich juckt es jetzt schon in den Händen, dort drüben gründlich aufzuräumen, und es wird mir eine besondere Freude sein, diesen verdammten Pößnitz in der Veste Saalstein einzukerkern. Der Kerl würde seine Seele dem Teufel verkaufen, nur um mich daran zu hindern, Herr über Tresskau zu werden.«

»Das hat er gewiss schon getan, denn ohne ihn wäre die Tresskauer Herrschaft längst zusammengebrochen.«

»Nun, ich denke, jetzt dürfte auch er mit seinem Latein am Ende sein«, antwortete der Fürst selbstgefällig. »Der Erbe ist tot und mein Vetter mit Bändern, wie sie nur der Teufel schmieden kann, an seine männliche Hure gebunden.«

Seine Gemahlin lächelte boshaft. »Nun erntet Ihr die Früchte der Saat, die Ihr vor acht Jahren in weiser Voraussicht in die Tresskauer Erde gesetzt habt. Seit jenem Tag hat Euer Vetter kaum etwas unterlassen, sich vor aller Welt zum Narren zu machen, und nun dürfte ein kleiner Luftzug reichen, ihn vom Thron zu stoßen.«

»Gott gebe es!«, antwortete ihr Gemahl. Den Tod des Erbprinzen allerdings verdankte er keinem göttlichen Eingriff, sondern einer mittlerweile der Französischen Seuche erlegenen Hure, die sein Vertrauter Lukas, ein für solche Aufgaben äußerst brauchbarer Mann, besorgt und Albrecht Eugen ins Bett gelegt hatte. Vor Fürst Ulrichs innerem Auge stieg das Bild des Tresskauer Schlosses auf, das er wegen des Zwistes der beiden Saalsteiner Linien nur einmal als Kind hatte betreten dürfen. Es war ein unvergessliches Erlebnis gewesen. Nach französischem Vorbild gestaltet, besaß es neben einer Unmenge an Zimmern eine Reihe luftiger, kostbar ausgestalteter Säle, die der Repräsentation dienten und gegen die der Rittersaal der Mittstädter Burg einer Dienstbotenkammer glich. Er hätte sich längst ein gleichwertiges Domizil errichten lassen, doch dafür gab sein kleines Land nicht genug Steuern her. Ihm fehlten die Silberfunde, welche der Tresskauer Linie die Taler nur so in die Geldtruhen spülten. Leider war das Edelmetall erst nach der Spaltung des alten Fürstentums entdeckt worden, sonst hätte Christian Ludwig von Sachsen-Saalstein die Minen gewiss seinem Liebling, dem jüngeren Sohn Ernst Magnus, zugeschlagen und nicht Friedrich August, der das Land um Tresskau und die Veste Saalstein geerbt hatte.

Fürst Ulrich ärgerte sich immer noch über die Ungerechtigkeit des Schicksals, welches die Schätze dem ungeliebten älteren Sohn in den Schoß geworfen hatte, aber er tröstete sich damit, dass sein Tresskauer Verwandter ein gutes Dutzend Jahre älter war als er und ein in seinen Augen ausschweifend zu nennendes Leben führte, das seine Kräfte vorzeitig erschöpfen musste. Für einen Augenblick zog Ulrich in Erwägung, dem Erbfall ein wenig nachzuhelfen, aber er entschied sich wie schon so oft dagegen, denn das Risiko war zu groß. Ginge etwas schief und könnte man ihn für den frühen Tod seines Vetters verantwortlich machen, würde die übrige Verwandtschaft ihm das Erbe unter allerlei Vorwänden abjagen. Selbst Kurfürst Friedrich August von Sachsen würde nach Tresskau greifen, denn er hatte eine ganze Reihe von Bastarden zu versorgen, die er mit adeligen Mätressen gezeugt hatte.

6

Michaelas Hochzeit lag schon geraume Zeit zurück, doch die Gedanken der Bewohner kreisten immer noch um die vergangenen Festlichkeiten, zumal sich in der Ferne bereits ein ähnlich großes Ereignis abzeichnete. Der in Bayreuther Diensten stehende Baron Alban von Nikolsberg hatte deutlich zu erkennen gegeben, dass ihm ein fürstlicher Stammbaum für seine Brautwahl wichtiger war als eine große Mitgift, und seine Vorliebe für Dorothea bekundet. Henriette konnte sogar auf eine noch bessere Partie hoffen, denn die Reichsgräfin Magdalena von Grüningen, eine Tante ihres Vaters, war von der Vierzehnjährigen entzückt gewesen und hatte einen weiteren Besuch für den kommenden Herbst angekündigt, bei dem ihr Enkel Albert Michael sie begleiten sollte.

Zwar hatte Frau Cordelia stets betont, sie würde ihre Töchter in der Reihenfolge ihrer Geburt verheiraten, aber Charlotte war klar, dass ihre Mutter sich diese Verbindungen nicht entgehen lassen würde, auch wenn es ihr dann umso schwerer fallen musste, die übergangene Tochter unter die Haube zu bringen. Es war nun einmal Sitte, eine ältere Schwester vor der jüngeren zu vermählen, denn sonst fragte sich jeder, ob jene mit einem Makel behaftet war. Charlotte störte es wenig, dass Dorothea oder Henriette vor ihr verlobt werden könnten, denn sie hatte sich mit dem Gedanken angefreundet, eine alte Jungfer zu werden, und übte schon einmal die Rolle einer geduldigen Zuhörerin.

Wie schon öfter in den letzten Wochen saß sie unter dem großen Walnussbaum am Teich und lauschte Gerolf von Weitelburg, der mit brechender Stimme das harte Schicksal beklagte, welches ihm seine angebetete Michaela entrissen hatte. Bei den ersten Begegnungen hatte Charlotte noch geglaubt, ihn trösten zu müssen, und sich deshalb über alle Konventionen hinweggesetzt, die verlangten, dass sich zumindest eine Magd in der Nähe aufhalten musste, um ihre Tugend zu bewachen. Mittlerweile aber langweilten sie die in tragische Verse gekleideten Ergüsse, mit denen der junge Mann die Tugenden ihrer Schwester pries. Die Michaela, die sie kannte, war kein Engel gewesen, wie es ihn auf Erden kein zweites Mal mehr gab, sondern ein hinterhältiges Ding, das die kleinsten Verfehlungen ihrer Schwestern der Mutter zugetragen hatte.

»Hätte Euer Vater nicht warten können, bis ich mein Auskommen in den Diensten eines hohen Herrn gefunden hätte und um Michaela hätte werben können?«, rief Gerolf nach dem Ende seines Vortrags jammervoll aus.

Charlotte vermochte nur den Kopf über so viel Einfalt zu schütteln. Um eine solche Stellung zu erreichen, hätte der junge Mann sich gehörig ins Zeug legen müssen, doch Gerolf gehörte zu den Menschen, die warteten, bis das Leben ihnen alles in den Schoß fallen ließ. »Warum hast du nicht an deinen Onkel Claudius geschrieben und ihn gebeten, dich zu protegieren?«

Gerolf blickte sie mit seinen blassblauen Augen erschrocken an. »Ich kann doch nicht bei meinem Verwandten betteln gehen. Welchen Eindruck hätte Michaela denn von mir gewonnen?«

Charlotte zuckte mit den Schultern. »Hättest du es rechtzeitig getan, wäre sie jetzt deine Frau und nicht die dieses unsäglichen Walram von Fuchsheim. Wenn du schon nicht deinen Onkel um Hilfe bitten wolltest, hättest du wenigstens zum Militär gehen können. Einem schmucken Offizier hätte Papa Michaela gewiss nicht verweigert.«

Gerolf schob beleidigt die Unterlippe vor. »Ich habe nicht das Geld, mir ein Offizierspatent zu kaufen, und ein Weitelburg kann doch nicht als Gemeiner dienen!«

Charlotte wandte sich ab, damit er den verächtlichen Ausdruck in ihren Augen nicht sehen konnte. Als gebildetem Mann von Stand wäre es ihm gewiss gelungen, eine Stelle als Sekretär eines höheren Offiziers oder wenigstens als Regimentsschreiber zu erhalten; Ränge, von denen aus er nach Höherem hätte streben können. Doch er haderte mit seiner Armut, statt sein Schicksal in die eigenen Hände zu nehmen. »Ich glaube, wir sollten uns nicht mehr treffen«, sagte sie unvermittelt. »Es ist nicht besonders schicklich, weißt du?«

Gerolf starrte sie an, als hätte sie etwas Unanständiges von sich gegeben. »Warum bist du nur so hart und ungefällig?«, rief er theatralisch aus. Charlotte war klar, dass er nicht den einzigen Menschen verlieren wollte, der bereit war, sich seine in langen, schlaflosen Nächten zu Papier gebrachten Verse anzuhören, aber seine Weinerlichkeit stieß sie mehr und mehr ab. Entnervt sprang sie auf und eilte mit einem nicht sehr ernst gemeinten »Auf Wiedersehen!« davon. Der junge Mann blickte ihr noch einen Augenblick nach, dann machte er sich mit einer bitteren Leidensmiene auf den Heimweg.

Charlotte hoffte, sich heimlich in die Burg schleichen zu können, doch Cordelia von Ostheim-Veldenburg erwartete sie bereits am Tor des Palas.

»Wo warst du?«, fragte sie streng.

»Im Garten am Teich.« Das ist wenigstens keine Lüge, dachte Charlotte.

»So, im Garten warst du!« Die Stimme der Mutter nahm jenen spöttischen Klang an, den Charlotte am meisten fürchtete. »Aber wie ich hörte, nicht allein. Der Ruf eines jungen Mädchens ist rasch ruiniert, wenn man von derlei Dingen hört. Ein heimliches Rendezvous mit einem jungen Mann ist nur dann entschuldbar, wenn er vorher die Erlaubnis der Eltern eingeholt hat oder einen Rang innehat, der ihn als Brautwerber willkommen sein lässt. Aber das ist der fünfte Sohn eines Landadeligen gewiss nicht.«

Charlotte schüttelte verwirrt den Kopf. »Mein Gott, Mutter, du tust ja so, als hätte ich versucht, Gerolf so zu kompromittieren, dass er mich heiraten muss. Dabei nimmt er mich ja nicht einmal als weibliches Wesen wahr. Und selbst wenn er eine Frau in mir sähe, wäre er der letzte Mann, dem ich ungehörige Dinge erlauben würde.«

»Wenn du nicht versucht hast, ihn dir zu angeln, dann bist du noch dümmer, als ich dachte! Ich hätte schon dafür gesorgt, dass Claudius von Hackenheim Gerolf protegiert, so dass er eine Frau ernähren kann. Das wäre wohl die einzige Möglichkeit für dich gewesen, noch vor Dorothea vermählt zu werden. Jetzt muss ich schauen, wo ich schnell noch einen anderen Kandidaten finde, der bereit ist, um deine Hand anzuhalten.« Frau Cordelia schwieg und legte ihre Stirn in nachdenkliche Falten.

Charlotte begriff ihre Mutter nicht. Zuerst behauptete sie, Gerolf sei unpassend für eine Ostheim-Veldenburg, und im nächsten Augenblick tat sie so, als wäre sie glücklich gewesen, wenn er sich erklärt hätte. Sie will mich unbedingt unter die Haube bringen, hält mich aber für zu unansehnlich, um mir einen Bräutigam verschaffen zu können, dachte sie erbittert. Sie war es leid, immer mit anhören zu müssen, um wie viel schöner ihre Schwestern waren, nur weil ihnen die Busen aus den Miedern quollen und sie zu ihren künftigen Ehemännern aufsehen konnten. Sie hingegen war dem Vater nachgeschlagen, so dass die meisten Männer in ihrer Umgebung zu ihr hochblicken mussten. Wäre sie als Knabe geboren worden wie ihr Bruder Leopold, würden die Mutter und ihre Schwestern sich vor Stolz auf sie überschlagen.

Frau Cordelia hob den Kopf und blickte ihre Tochter mit einem Mal triumphierend an. »Ich weiß jetzt, wie ich dich noch vor Dorothea vor den Altar bringen kann! Graf Leienburg ist schon wieder Witwer geworden und wird sich nach Ablauf der Trauerzeit gewiss noch einmal vermählen wollen. Ich werde sofort seiner Schwester, Baronin Halden, schreiben, damit sie ihn auf die richtige Idee bringt.«

Charlotte hatte das Gefühl, als täte sich ein Abgrund zu ihren Füßen auf. Leienburg war beinahe sechzig Jahre alt und hatte in drei Ehen ein gutes Dutzend Kinder gezeugt, die zum Teil schon um etliches älter waren als sie selbst. Als er wegen irgendeiner Angelegenheit ihren Vater aufgesucht hatte, hatte sie ihn als schroffen, unfreundlichen Patron kennen gelernt. Hinzu kamen die Gerüchte, dass er seine letzte Frau so lange mit dem Stock traktiert habe, bis sie an den Folgen seiner Grausamkeit gestorben sei.

»Ehe ich Leienburg heirate, gehe ich ins Wasser!«, brach es aus Charlotte heraus.

Im selben Augenblick saß ihr die Hand der Mutter im Gesicht. »Du solltest Gott danken, wenn dich überhaupt einer nimmt. Als Strafe für dein ungebührliches Verhalten erhältst du bis auf weiteres Zimmerarrest. Wie ich von Adelaide gehört habe, warten die meisten deiner Kleidungsstücke dringend auf Nadel und Faden. Du erhältst natürlich kein Abendessen …« Frau Cordelias Blick glitt prüfend über die schmale Gestalt ihrer Tochter, und sie korrigierte sich sofort: »Doch, du bekommst genügend zu essen und wirst nichts übrig lassen. Vielleicht setzt du wenigstens etwas an, wenn du nicht mehr herumspringen kannst wie ein ungebärdiges Füllen.«

Charlotte nickte, um keine weitere Ohrfeige zu riskieren, aber in ihren Gedanken drehte sie ihrer kleinen Schwester den Hals um. Adelaide war eine noch schlimmere Petze, als Michaela es gewesen war, und sie war sich sicher, dass sie ihr nachgespürt und ihre heimlichen Treffen mit Gerolf entdeckt hatte. In diesem Augenblick wünschte Charlotte sich, sie hätte wirklich etwas Ungebührliches getan, wie zum Beispiel Gerolf geküsst, denn es tat ihr weh, ausgerechnet für ihre Bereitschaft bestraft zu werden, sich Gerolfs Loblieder auf Michaela anzuhören.

7

Philipp von Zinggen starrte mit düsterer Miene durch das Fenster seiner gut gepolsterten und mit grünem Samt ausgeschlagenen Kutsche und fragte sich, was er verbrochen haben musste, dass sein Vorhaben unter einem so schlechten Stern stand. Der Vater der ersten von ihm ins Auge gefassten Braut hatte ihn bereits nach den ersten Worten mit eisiger Miene des Schlosses verwiesen, so dass er sich mitsamt seiner Begleitung noch zu später Stunde eine Herberge hatte suchen müssen. Er schüttelte sich bei der Erinnerung an die unbequemen, flohverseuchten Betten, in denen sie die Nacht hatten zubringen müssen, und seine Hand wanderte zu seinem Schienbein, dem bevorzugten Angriffsziel der Blutsauger.

Im Schloss der nächsten Familie hatte man sie gastfreundlich empfangen und ihn sogar im Familienkreis speisen lassen, doch obwohl er alle Beredsamkeit aufgewendet hatte, war es ihm auch dort nicht gelungen, eine Braut für den Fürsten von Saalstein-Tresskau zu finden. Der Vater des Mädchens hatte ihn abends noch mit unverbindlichen Worten abgespeist und ihm am Morgen einen sichtlich überraschten und erfreuten Nachbarssohn als den Verlobten seiner Tochter vorgestellt. Unter vier Augen hatte er Zinggen dann erklärt, dass er seinem Kind jedwede Mesalliance erlaubt hätte, anstatt sie um eines Titels willen einem verderbten Knabenstecher wie dem Fürsten Carl

Anton zu überlassen. Danach hatte er Zinggen höflich, aber bestimmt verabschiedet und ihm geraten, sein Glück auf der Veldenburg zu suchen, da die verarmte Familie acht Töchter zu versorgen habe und deswegen wohl über den Ruf des Brautwerbers und seines Abgesandten hinwegsehen müsse.

Tatsächlich waren die Ostheim-Veldenburgs die letzte Familie auf Zinggens Liste, und er hatte sich nur schwer dazu entschließen können, eine Verbindung seines Herrn mit diesem Geschlecht ins Auge zu fassen. Schon frühere Generationen waren für ungewöhnlich viele Töchter bekannt gewesen, und diesmal war ihnen der ersehnte Erbe sogar erst als neuntes Kind geboren worden. Zinggen wagte sich nicht einmal vorzustellen, wie sein Fürst reagieren würde, wenn ein Mädchen nach dem anderen zur Welt käme. Schon nach dem zweiten, fürchtete er, würde er das letzte Wohlwollen seines Herrn verlieren und den Rest seines Lebens in der Veste Saalstein verbringen müssen, womöglich noch in derselben Zelle wie die widerspenstigen lutherischen Prediger.

Zinggen stöhnte bei dieser Vorstellung schmerzvoll auf und weckte damit die Aufmerksamkeit der Dame, die die Kutsche mit ihm teilte.

»Was ficht Euch an, Vetter? Jucken Euch Eure Flohbisse allzu sehr?« Sabina von Rüthens Tonfall war zu entnehmen, dass sie ihm nach dieser Nacht alles erdenkbar Schlechte vergönnte. Sie war eine Base von ihm, die mangels Mitgift nie hatte heiraten können und hauptsächlich von seinen Zuwendungen lebte. Das hinderte sie jedoch nicht daran, ihn für seine – wie sie es nannte – sodomitische Natur zu verachten und sich gleichzeitig auf ihn zu berufen, wenn sie sich bei den Juden Geld lieh, um ihre reichhaltige Garderobe zu finanzieren. Sie war das letzte Frauenzimmer, das Zinggen sich als Reisebegleiterin gewünscht hätte, doch ihm war keine andere Wahl geblieben, denn die zukünftige Gemahlin des Fürsten von Saalstein-Tresskau durfte auf keinen Fall ohne Anstandsdame reisen. Zinggen ärgerte sich immer noch darüber, dass seine Base erst dann zu dieser Reise bereit gewesen war, nachdem er ihr den Titel und das Salär einer Oberhofmeisterin der neuen Fürstin versprochen hatte. Trotz dieser Aussichten ließ sie keine Gelegenheit aus, ihre scharfe Zunge an ihm zu wetzen.

Einer der Vorreiter, ein junger Mann in einer schmucken grünen Montur, die Zinggen selbst entworfen hatte, zügelte seinen Grauschimmel und klopfte an den Kutschenschlag. »Verzeiht, Herr Baron. Die Veldenburg kommt in Sicht.«

Zinggen war froh, dass diese Meldung ihn einer Antwort an seine Base enthob, und streckte den Kopf zum Wagenfenster hinaus, um einen Blick auf sein Ziel zu werfen. Ihr Weg führte an einem schmalen Flüsschen entlang zwischen bewaldeten Hügeln hindurch, an die sich ärmliche, strohgedeckte Katen schmiegten. Dahinter erhob sich die alte Burg des fürstlichen Geschlechts derer von Ostheim-Veldenburg.

Zinggen hatte auf seinen Reisen Ruinen gesehen, die einen anheimelnderen Eindruck gemacht hatten als dieser Komplex aus teilweise halbzerfallenen Gebäuden hinter einer beinahe nur noch aus Lücken bestehenden Burgmauer, die schon viele Jahrhunderte Wind, Wetter und anderen Feinden getrotzt haben musste. Wohl sahen die Stammburgen anderer, oft uralter Geschlechter kaum besser aus, doch waren sie in der Regel nicht mehr bewohnt, sondern blickten auf prunkvolle, nach französischem Vorbild errichtete Schlösser herab. Beim Anblick der traurigen Ruine wuchs Zinggens Selbstvertrauen wieder. Wenn Bernward von Ostheim-Veldenburg so arm war, wie es den Anschein hatte, würde er es sich kaum leisten können, die Werbung des Fürsten von Sachsen-Saalstein-Tresskau auszuschlagen, die mit einer durchaus ansehnlichen Zuwendung an Gold verbunden werden konnte. In weiser Voraussicht hatte Pößnitz zu diesem Zweck eine größere Summe lockergemacht.

Zinggen klopfte mit seinem Spazierstock gegen die Kutschendecke, und als sich die kleine Klappe im Dach öffnete, wies er den Kutschergehilfen an, ihren Besuch mit seinem Horn anzukündigen.

Gleich darauf klang ein heller Ton über das Land, der die in Lumpen gekleideten Bauern auf ihren Feldern innehalten und aufschauen ließ. Mit offenen Mündern bestaunten sie die von vier prächtigen Grauschimmeln gezogene Kutsche und das Wappen auf dem Schlag, das sich auf den Monturen der sechs bewaffneten Vorreiter und der beiden Lakaien wiederfand. Einige Ältere kratzten sich am Kopf und riefen sich zu, dass seit mindestens zwanzig Jahren kein Gast mehr mit so vielen Vorreitern auf der Veldenburg erschienen war.

Oben auf der Burg erregte Zinggens Erscheinen kaum weniger Aufsehen. Charlotte konnte nur einen kurzen Blick durch das Fenster ihres Zimmers auf die fahrende Kutsche werfen, denn sie hatte immer noch Stubenarrest, während ihre Schwestern auf der Freitreppe vor dem Palas zusammenliefen, um den Besucher in Augenschein zu nehmen. Als der hübsche Page, der neben einem würdig aussehenden Lakaien hinten auf der Kutsche stand, seinen Platz verließ, eine kleine Treppe neben den Schlag stellte und diesen öffnete, stöhnten sie erwartungsvoll auf. Einen so prunkvoll reisenden Herrn hatte noch keine von ihnen gesehen.

Dann kommentierte jede der fünf die Erscheinung des kleinen, grün gekleideten Mannes, der nun mit gezierten Bewegungen die Kutsche verließ. Selbst auf diese Entfernung konnten sie erkennen, dass die Kniehosen des Besuchers aus Seide waren und sein Jabot aus bestem Tuch bestand, aber am auffälligsten waren der Hut, dessen aufgebogene Krempe mit einer grünen Straußenfeder geschmückt war, und die goldenen, mit blitzenden Steinen geschmückten Ringe, die er über Handschuhen aus dünnem, grünem Leder trug.

Bernward von Ostheim-Veldenburg musterte den Besucher nicht weniger erstaunt als seine Töchter und warf seiner Frau einen verwirrten Blick zu. Erst auf ihre energische Aufforderung hin nahm er sich zusammen und schritt dem Gast entgegen. »Seid uns willkommen!«, begrüßte er Zinggen, während er sich heimlich fragte, wie er einen so sichtbar anspruchsvollen Besucher und dessen Begleitung unterbringen solle, denn da die Mittagsstunde bereits vergangen war, gebot es die Gastfreundschaft, die Ankömmlinge zu verköstigen und sie so anständig wie möglich übernachten zu lassen.

Zinggen hob sein Lorgnon und musterte Fürst Bernward mit wenig Höflichkeit, aber viel Interesse. Der Hausherr musste in seiner Jugend ein Traum von einem Mann gewesen sein, ein wahrer Adonis, und er glich noch heute einer schlanken, biegsamen Tanne, die der Sturm des Schicksals gebeugt, aber nicht gebrochen hatte. Der Fürst wirkte etwas irritiert, aber nicht abweisend, sondern freundlich und verständlicherweise auch recht neugierig. In diesen verlassenen Winkel Frankens, dachte Zinggen, verirrten sich wohl nicht viele Gäste. Sein Blick glitt von dem Burgherrn zu dessen Gattin und blieb auf der Mädchenschar im Hintergrund hängen. Es waren weniger Töchter im heiratsfähigen Alter, als er gehofft hatte, denn er zählte nur eine, die vom Alter her in Frage kam, und vielleicht noch eine Zweite, die mit gutem Willen als mannbar bezeichnet werden konnte. Zwei Kandidatinnen waren besser als keine, sagte er sich und verneigte sich graziös vor dem Vater der Schar.

»Bonjour, mon Prince«, grüßte er auf Französisch und ging dann auf die deutsche Sprache über, da er nicht wusste, ob der Geist der neuen Zeit dieses altersgraue Gemäuer bereits gestreift hatte. »Ich bin Philipp von Zinggen, Emissär Seiner Fürstlichen Durchlaucht Carl Anton von Sachsen-Saalstein-Tresskau, und komme in einer delikaten, aber, wie ich hoffe, erfreulichen Mission, Eure Töchter betreffend.«

Während Bernward von Ostheim-Veldenburg den Besucher noch immer leicht verwirrt anstarrte, leuchtete das Gesicht seiner Gemahlin jäh auf. Diese Einführung ließ nur einen Schluss zu: Herr von Zinggen war als Brautwerber erschienen, jedoch nicht für sich selbst, sondern für seinen Landesherrn. Frau Cordelia hatte erst kürzlich im Brief einer Freundin gelesen, dass der Bruder und Erbe des Tresskauer Fürsten unerwartet jung verstorben sei, und schloss daraus, dass der Wunsch nach einem Erben den hohen Herrn dazu zwang, eine Ehe einzugehen. Diese Vorstellung ließ das Blut schneller in ihren Adern kreisen, und sie trat rasch an die Seite ihres hilflos dastehenden Mannes und sprach den Besucher an.

»Seid uns willkommen, Baron. Ich hoffe, Ihr werdet Euch bei uns wohl fühlen, und Ihr ebenfalls, Madame.« Sie bedachte Fräulein von Rüthen, die gerade schnaufend aus der Kutsche kletterte, mit einem huldvollen Lächeln und reichte ihr die Hand. Sie hatte jedoch nicht die Absicht, sich lange mit ihr abzugeben, sondern rief nach ihrer Wirtschafterin.

»Meta! Führe die Dame in ein Zimmer, in dem sie sich frisch machen kann, und sorge dafür, dass ihr an nichts fehlt. Dann kannst du eine Stärkung für uns und unsere Gäste in den Saal bringen.« Sie nickte Fräulein von Rüthen noch einmal zu und reichte dem wichtigeren Gast ihren Arm. »Ihr solltet erst einmal etwas zu Euch nehmen, Herr von Zinggen. Über den Grund Eures überraschenden Besuchs können wir danach sprechen.« Sie warf dabei ihrem Gemahl einen viel sagenden Blick zu, denn sie kannte ihn nur allzu gut und wusste, dass sie ihn jetzt nicht mit dem Besucher allein lassen durfte.

Zinggen hasste es, von Frauen angefasst zu werden, rang sich aber ein Lächeln ab, da er in Frau Cordelia eine Verbündete erkannt hatte. Die Burgherrin befahl ihren schnatternden Töchtern, auf ihre Zimmer zu gehen, und führte den Gast ins Haus. Ihr Gemahl folgte ihr mit einer Miene, als fürchte er, das Dach würde gleich über ihm einstürzen.

Frau Cordelia übernahm es persönlich, Zinggen eine der letzten Flaschen von jenem Wein zu kredenzen, den sie noch als Aussteuer auf die Veldenburg mitgebracht hatte, und sie reichte ihm dazu eigenhändig von ihr gebackene Biskuits. Zinggen kostete vorsichtig und fand sie nicht einmal so schlecht. Fürst Bernward setzte sich derweil so langsam, als misstraue er der Stabilität seines Stuhls, und warf dabei der Weinflasche einen sehnsüchtigen Blick zu. Ein Schluck von dem sorgsam gehüteten Getränk würde vielleicht seine Gedanken klären, die wie Hummeln in seinem Kopf herumschwirrten. Eine Weile sah er zu, wie seine Frau den Gast zu verwöhnen suchte, dann straffte er seine Schultern, als bereite er sich auf eine Auseinandersetzung vor, und wandte sich selbst an den Besucher. »Ihr sagtet, Ihr kommt als Brautwerber zu uns?«

Zinggen neigte lächelnd seinen Kopf. »So ist es, Hoheit. Mein Durchlauchtigster Landesherr wünscht sich nichts sehnlicher, als mit einer Eurer Töchter den heiligen Bund der Ehe einzugehen.« Gleichzeitig dachte er, dass es einem nicht häufig gelang, so viele Lügen in einen einzigen Satz zu packen.

Frau Cordelia breitete die Arme aus und stieß einen Jubelruf aus, ihr Gatte aber machte ein zweifelndes Gesicht. »Ich hoffe, Ihr werdet mir ein gewisses Misstrauen nicht übel nehmen, aber dieser Antrag überrascht mich. Was mir bisher über den Fürsten von Tresskau zu Ohren kam, deutete nicht darauf hin, dass er sich nach einer Gemahlin sehnen könnte.«

Frau Cordelia schnaubte verärgert. »Auch eine Fürstliche Durchlaucht kann seine Meinung ändern! Dieser Antrag ist eine hohe Ehre, und wir werden ihn annehmen.«

Fürst Bernward hob besänftigend die Hand. »Meine Liebe, du vergisst, dass Baron Nikolsberg um Dorothea freien will und Henriette dem Reichsgrafen Grüningen so gut wie versprochen ist.«

Wieder ein Vater, den das Gerede aus Mittstadt veranlasst, seine Töchter lieber dem erstbesten Bewerber an den Hals zu werfen, anstatt sie einem souveränen Herrn zur Gattin zu geben, der ihr zumindest ein sorgenfreies Leben bieten kann, dachte Zinggen erbittert und richtete seine ganze Hoffnung auf die Mutter.

Frau Cordelia bedachte ihren Mann mit einem Blick, als sei er plötzlich schwachsinnig geworden, und winkte lachend ab. »Erstens hat Baron Nikolsberg sich noch nicht erklärt, und zweitens liegt ihm weniger an Dorothea selbst als an dem fürstlichen Wappenschild, welches er sich durch diese Verbindung in seinen Stammbaum hängen kann. Er wird genauso gern Charlotte nehmen.«

Fürst Bernward wollte ihr widersprechen, doch der strafende Blick seiner Gattin ließ ihn verstummen. Er stellte sich Nikolsberg neben Charlotte vor, die ihn um Haupteslänge überragte, und schüttelte innerlich den Kopf. Nein, um Charlotte würde der überstolze Baron nicht werben. Frau Cordelia schien sich jetzt ebenfalls an den Größenunterschied zwischen Dorotheas Freier und Charlotte zu erinnern, denn sie schnippte mit den Fingern. »Warum sollte nicht Henriette die Gemahlin des Fürsten von Tresskau werden? Grüningen ist noch jung und kann warten, bis Adelaide das heiratsfähige Alter erreicht.«

Ihr Gemahl stieß die Luft aus und stützte sich mit gespreizten Fingerspitzen auf den Tisch. »Nach allem, was ich über den Fürsten von Saalstein-Tresskau gehört habe, will ich keine meiner Töchter unglücklich machen, indem ich sie ihm anvertraue!«

Frau Cordelias Gesicht färbte sich zornrot. »Du bist wirklich nicht ganz bei Sinnen, Mann! Wir haben einen Stall voller Töchter und kaum einen roten Heller für ihre Mitgift, und da willst du die Chance ausschlagen, eine von ihnen mit einem so hohen und edlen Herrn zu vermählen? Cornelia und Michaela mussten sich an simple Reichsritter wegwerfen, um unter die Haube zu kommen, und Dorotheas einziger Freier ist ein lumpiger Baron. Sollen denn all meine anderen Lieblinge ebenfalls solche Mesalliancen eingehen müssen?«

Der heftige Ausbruch erschreckte Charlottes Vater, und er versuchte seine Frau zu beruhigen, doch sie funkelte ihn nur zornig an. »Ich bin schon wieder schwanger! Was ist, wenn auch das eine Tochter wird, für die wir eines Tages einen Bräutigam suchen müssen? Denk doch mal daran, wie viele standesgemäße Freier zu uns kommen werden, wenn einer unserer Lieblinge die Fürstin zu Sachsen-Saalstein-Tresskau geworden ist!«

Fürst Bernwards Augen weiteten sich vor Freude. Er würde wieder Vater werden. Vielleicht würde ihm ja doch noch ein zweiter Sohn geboren, so dass die Erbfolge nicht allein von dem jetzt dreijährigen Leopold abhing. Anders als die Töchter, die seine Frau geboren hatte, waren ihm bereits zwei Knaben im ersten Lebensjahr wieder genommen worden, und Leopold kränkelte häufig. Ich darf meine Frau nicht aufregen, dachte er besorgt, sonst verliert sie noch das Kind. Schnell stand er auf, trat auf sie zu und zog sie an sich. »Ich verstehe dich ja gut, meine Liebe. Doch bedenke, wie unglücklich das Mädchen, das wir dem Tresskauer geben, an seinem Hof sein wird. Willst du wirklich eines unserer Kinder zu einem solchen Opfer zwingen?«

»An einen Fürsten verheiratet zu werden, ist sicher nicht das schlechteste Los. Und außerdem bin ich durchaus bereit, von einer Tochter Opfer zu verlangen, wenn das die Chancen der anderen erhöht«, stellte seine Frau mit schneidender Stimme klar.

Bernward wusste nach den langen Jahren seiner Ehe, wann er aufzugeben hatte, und senkte den Kopf. »Wenn es dein Wunsch ist, wird es geschehen.«

Zinggen hatte den Streit des Paares schaudernd verfolgt und schätzte sich glücklich, dem Schicksal eines Ehemanns entgangen zu sein. Einige Sekunden hatte er geschwankt, ob er nicht den Raum verlassen sollte, am besten sogar die gesamte Burg, deren repräsentativster Raum so aussah, als hätte bereits Kaiser Barbarossa auf dem Stuhl gesessen, den man ihm angeboten hatte. Sein Pflichtgefühl aber hatte ihn ausharren lassen, und er atmete auf, als er das Einlenken seines Gastgebers bemerkte.

»Wenn es Euch genehm ist, würde ich gerne Eure Töchter sehen und mit ihnen sprechen. Mein Herr stellt gewisse Ansprüche an seine zukünftige Gemahlin …«

»Die jede meiner Töchter erfüllen wird«, fiel Frau Cordelia ihm selbstbewusst ins Wort.

8

Während ihre Eltern unten im Rittersaal ihre Meinungsverschiedenheit austrugen, platzten die fünf noch auf der Veldenburg lebenden Schwestern wie eine Naturkatastrophe in Charlottes Arrest. »Stell dir vor, eine von uns wird Fürstin über ein eigenes Land werden!«, überschrie Dorothea die anderen.

Charlotte begriff erst einmal gar nichts, denn ihre Schwestern redeten wild durcheinander, sogar die siebenjährige Thérèse, die all die Weisheiten, die man ihr eingetrichtert hatte, auf einen Schlag loswerden wollte.

Schließlich stieg Charlotte auf einen Stuhl und schlug mit ihrer Schere gegen einen Blechnapf. »Was ist denn los?«

Für einen Augenblick verstummten ihre Schwestern, Dorothea aber fand ihre Sprache sofort wieder. »Seine Durchlauchtigste Hoheit, Fürst Carl Anton von Sachsen-Saalstein-Tresskau, geruht, um eine von uns anzuhalten. Gewiss wird Papa den Antrag in meinem Namen annehmen, da ich nach Cornelia und Michaela die Nächstältere bin«, erklärte sie mit entrückter Stimme und übersah dabei großzügig, dass Charlotte ein Jahr älter war als sie.

Henriette protestierte scharf. »Du bist doch schon so gut wie mit Baron Nikolsberg verlobt. Der Fürst muss mich nehmen, mich, mich …!« Sie trampelte dabei mit den Füßen auf den Boden und bedachte Dorothea mit einem mörderischen Blick.

»Warum kann ich nicht ein paar Jahre älter sein? Dann würde ich Fürstin werden!«, begann Adelaide zu jammern.

»Du bist ganz still!«, fuhr Henriette sie an, obwohl die beiden sonst immer ein Herz und eine Seele waren.

Charlotte, die besonders feine Ohren hatte, vernahm trotz des Lärms die zornige Stimme ihrer Mutter. Das hörte sich nicht so an, als würde ein hoher Herr seine Bewerbung vorbringen. »Also, ich weiß nicht …«, sagte sie zweifelnd, aber ehe sie den Satz vollenden konnte, zog die achtjährige Isabelle die Aufmerksamkeit der anderen auf sich, denn sie schleppte ein altes, in narbiges Leder gebundenes Buch herbei.

»Hier habe ich etwas Interessantes gefunden!« Triumphierend schlug sie das Buch auf. Es handelte sich um eine gelehrte Beschreibung der Länder und Herrschaften im Heiligen Römischen Reich der Deutschen und ihrer regierenden Familien. Isabelle deutete auf den mit großen Lettern gedruckten Namen

Sachsen-Saalstein und das handgemalte Wappen des Herrscherhauses. Unter der kurzen Beschreibung des Landes fand sich der handschriftliche Zusatz, dass Sachsen-Saalstein im Jahre des Herrn 1682 zwischen der älteren Linie Saalstein-Tresskau und der jüngeren Linie Saalstein-Mittstadt aufgeteilt worden sei.

Dorothea nahm ihr das Buch ab und hielt es hoch. »Der Tresskauer ist es, der um mich wirbt!«

»Nein, um mich wirbt er!«, kreischte Henriette auf.

Charlotte begann zu lachen. »Ich glaube, ihr beide macht euch falsche Hoffnungen. Wir Ostheim-Veldenburgs sind gewiss nicht die Familie, aus der ein Fürst von Saalstein-Tresskau sich seine Gemahlin wählen muss. Vielleicht sucht er eine Braut für einen missgestalteten Verwandten, den kein Mädchen aus den hohen Häusern zu heiraten bereit ist.«

»Du bist eine alte Unke, Charlotte!«, empörte sich Dorothea, während Henriette zu kichern begann.

»Eine von uns, sagst du? Dich Bohnenstange sieht doch nicht einmal ein Krüppel an.«

Adelaide schüttelte ihren strohblonden Schopf. »Das würde ich nicht sagen! Charlotte ist kräftig und könnte einem Kriegshelden mit nur noch einem Bein eine wahre Stütze sein.«

Charlotte wusste in diesem Augenblick nicht, welches von diesen boshaften Geschöpfen sie mehr hassen sollte, doch noch während sie überlegte, wie sie es beiden heimzahlen konnte, ertönte von unten die Stimme ihrer Mutter.

»Dorothea, Henriette, Adelaide! Husch! Husch! Zieht eure besten Kleider an und kommt herunter in den Saal. Ach ja, Charlotte könnt ihr auch mitbringen.«

Sie tut so, als wäre ich kein Mensch, sondern ein Gegenstand, den man nach Belieben hin- und herschieben kann, dachte Charlotte bedrückt. Während ihre Schwestern aufgeregt herumflatterten und ihre besten Kleider heraussuchten, griff sie aufs Geratewohl in den Schrank und brachte ein unscheinbares, herbstbraunes Kleid zum Vorschein, das von einer verstorbenen Tante stammte und welches die anderen empört zurückgewiesen hatten. Für einen Augenblick wünschte sie sich, eine Garderobe zu besitzen, die eigens für sie angefertigt war, so dass sie nicht mehr einer Magd glich, die die Gewänder ihrer Herrin auftragen durfte. Dann würde man vielleicht nicht mehr so über sie spotten.

Sie hatte wenig Lust, nach unten zu gehen und sich dem Abgesandten des Fürsten von Tresskau zu zeigen, nur um sich wieder beschimpfen zu lassen. Ihre Mutter würde es jedoch nicht dulden, dass sie so einem wichtigen Ereignis fernblieb, und so machte sie sich hinter ihren Schwestern auf den Weg. Da die anderen alle Aufmerksamkeit auf sich zogen, hatte sie Zeit, die beiden Besucher zu mustern. Beim Anblick des elegant gekleideten Herrn, der bei ihren Eltern saß, dachte sie unwillkürlich daran, dass allein der Hut des Mannes mehr kosten mochte, als ihr Vater für seine Garderobe im Jahr ausgeben konnte, und das malvenfarbene Kleid der Dame, deren Gesichtsausdruck sie an ein Wiesel erinnerte, war sicher teurer gewesen als die Kleider aller ihrer Geschwister und die der Mutter zusammen. Die Frau schien das Gleiche zu denken, denn sie plusterte sich auf und musterte die schnatternde Schar, als wären es Gänse, unter denen sie sich die Fetteste aussuchen wolle.

Zinggen betrachtete die Mädchen, die die Treppe herabstolzierten und dabei versuchten, sich möglichst gut zu präsentieren, und seufzte innerlich. Wie er bei seiner Ankunft schon vermutet hatte, waren nur zwei von ihnen im heiratsfähigen Alter, und die konnten die Abstammung von ihrer üppig gebauten Mutter nicht leugnen. Die Ältere schenkte ihm, als sie vor ihm knickste, einen seelenvollen Blick und ließ ihn ihr gut gefülltes Dekolleté sehen. Pößnitz hätte dieser Anblick sicher gefallen, dachte er. Er selbst besaß jedoch eine gewisse Scheu vor allzu weiblichen Formen, und was sein Fürst zu einer Braut wie dieser sagen würde, konnte er sich lebhaft vorstellen.

»Meine Tochter Dorothea«, stellte Frau Cordelia ihm das Mädchen vor.

»Ich bin entzückt«, log Zinggen mit freundlichster Miene und wandte sein Augenmerk der Nächsten zu. Auch sie versprach spätestens mit dreißig jedes Kleid zu sprengen, und in ihren Augen las er trotz ihrer Jugend eine Leidenschaft, die erahnen ließ, dass sie, sollte die körperliche Zuwendung ihres Gemahls nicht ihren Ansprüchen genügen, Trost bei Lakaien und Gardesoldaten suchen würde. Außerdem verströmte sie ebenso wie Dorothea jenen kräftigen, süßlichen Geruch, der sinnlichen Frauen zu Eigen war und viele Männer zu brünstigen Hengsten werden ließ. Zinggen war einmal im betrunkenen Zustand von einer solchen Frau in ein abgelegenes Kämmerchen geschleift worden und hatte versucht, mit ihr zu verkehren. Beim Umarmen war noch alles gut gegangen, auch ihren Busen hatte er aus seiner Umhüllung befreien und die rosigen Spitzen mit Küssen überschütten können. Doch als sie ihr Kleid gehoben hatte, war ihm bei ihrem Geruch der Wunsch vergangen, sich einmal als normaler Mann zu beweisen.

Zinggen schüttelte die unangenehme Erinnerung ab, während Frau Cordelia ihm die zweite Tochter als Henriette vorstellte. Dann sah er irritiert auf, denn in seinem Augenwinkel war eine hoch aufgeschossene, rothaarige Gestalt in einem sackartigen Kleid aufgetaucht, die sich ein wenig in den Hintergrund drückte. Im ersten Augenblick nahm er an, ein Sohn des Hauses hätte die Gerüchte über seinen Herrn vernommen und sich ein Kleid übergeworfen, um ihm einen Streich zu spielen. Zinggen erwartete schon, die Hausherrin schimpfen zu hören, stattdessen aber winkte Frau Cordelia das Wesen mit leicht säuerlicher Miene zu sich.

»Meine Tochter Charlotte.«

Das Mädchen knickste mit einer für ihre Größe bewundernswerten Grazie, so dass er die glänzenden, aber kunstlos aufgesteckten Flechten betrachten konnte. Was hätte dieses Geschöpf für einen hübschen Jüngling abgeben können, dachte er, und mit einem Mal war sein Interesse geweckt. Diese Charlotte besaß ein ebenmäßiges Gesicht, aus dem ihn zwei grüngraue Augen ebenso ängstlich wie ablehnend anblickten, eine hübsche, gerade Nase, die höchstens eine Spur zu lang war, und wohlgeformte, aber nicht zu volle Lippen. Ihr Haar war von einem dunklen Rotblond, das an Tannenhonig erinnerte und sich sicher elegant frisieren ließ, doch ihre Gestalt wirkte inmitten der ausladenden Figuren ihrer Mutter und der älteren Schwestern so mager, als sei sie halb verhungert. Da sie jedoch ganz nah vor ihm stand, konnte Zinggen sich davon überzeugen, dass ihre Haut glatt war und sie gesund und kräftig wirkte. Würde sie ihren Rücken straffen und nicht versuchen, sich kleiner zu machen, als sie war, gäbe sie eine beeindruckende Amazone ab.

»Bitte dreh dich einmal um deine Achse«, forderte er sie auf.

Charlotte blickte ihn verwirrt an, denn das hatte er weder von Dorothea noch von Henriette verlangt, und sie gehorchte stumm. Dabei las sie Missbilligung in den Blicken ihrer Mutter und ihrer beiden heiratsfähigen Schwestern. Die drei schienen anzunehmen, dass der Gast sie für eines jener bedauernswerten Geschöpfe hielt, die man für einen halben Kreuzer auf dem Jahrmarkt zu sehen bekam. Ihre Mutter schämte sich ganz offensichtlich, sie dem Brautwerber vorgestellt zu haben, und schob Dorothea und Henriette vor sich, als wollte sie sie noch einmal nachdrücklich präsentieren, um den schlechten Eindruck, den Charlotte hinterlassen haben musste, zu verwischen.

Zinggen schenkte jedoch weder seiner Gastgeberin noch den von ihr bevorzugten Töchtern einen weiteren Blick, sondern betrachtete das Mädchen, das rot vor Scham vor ihm stand. Obwohl ihr Kleid ihre Gestalt verbarg, konnte er darunter ein knabenhaftes Hinterteil erahnen und spürte mit einem Mal eine leichte Erregung, die er angesichts einer Frau bisher noch nie empfunden hatte. Einen Augenblick war er schockiert und schnupperte, um festzustellen, ob ihn der Geruch des Mädchens abstieß. Aber sie strömte nicht jenes intensive Odeur aus, welches die Mutter und die Schwestern im Übermaß umgab. Dennoch beschlich ihn ein ungutes Gefühl bei dem Gedanken, er müsse Carl Anton eine Braut vorstellen, die ihm von gleich zu gleich in die Augen sehen konnte.

Das verkniffene Lächeln auf seinen Lippen ließ Frau Cordelia das Schlimmste befürchten, und sie winkte Charlotte heftig, sich zurückzuziehen. Zinggen aber hielt das Mädchen am Rock fest. »Un moment, s'il vous plaît. Parlez-vous français?«

»Ma fille parle un peu français«, radebrechte Frau Cordelia, da Charlotte kein Wort hervorbrachte. »Ich habe darauf geachtet, dass alle meine Töchter die Erziehung erhielten, die ihrem Stand entspricht.«

Damit sagte sie nur die halbe Wahrheit, denn sie hatte weder Lehrer noch Gouvernanten einstellen können und daher den Unterricht ihrer Töchter persönlich übernehmen müssen. Frau Cordelia fragte sich zwar, weshalb ihr Gast ausgerechnet Charlotte nach ihren Sprachkenntnissen fragte, hielt es aber für ein gutes Zeichen. Wenn ihn schon die Unansehnlichste ihrer Töchter interessierte, so würden ihre Lieblinge Dorothea und Henriette den hohen Ansprüchen des fürstlichen Bewerbers erst recht entsprechen.

Zinggens nächste Worte belehrten sie eines Besseren. Er stand auf, wandte sich an Fürst Bernward und verneigte sich. »Seine Fürstliche Hoheit, Carl Anton von Sachsen-Saalstein-Tresskau, bittet um die Hand Eurer Tochter, Prinzessin Charlotte.«

… und wird mich für diese Wahl wahrscheinlich erwürgen, setzte er in Gedanken hinzu.

Charlotte erstarrte zur Salzsäule und fragte sich ein paar Mal, ob sie richtig gehört hatte. Neben ihr stieß Dorothea einen spitzen Schrei aus und sank dann lautlos zu Boden, während Henriette erbleichte.

Frau Cordelia schnappte nach Luft. Dann fuhr sie Henriette an: »Such sofort Meta auf und sage ihr, dass sie sich um Dorothea kümmern muss, die wieder einmal in Ohnmacht gefallen ist.«

Zinggen fing unterdessen einen bestürzten Blick seiner Base auf. »Bist du denn von allen guten Geistern verlassen?«, zischte sie ihm zu. »Glaube nicht, dass ich dich bedauern werde, wenn man dich dafür in die Veste schafft.«

Dann drehte Sabina von Rüthen sich zu Charlotte und griff sich an die Stirn. »Da wird ein Wunder nötig sein, um diese Hopfenstange in eine präsentable Braut für unseren Fürsten zu verwandeln, der, wie jedermann weiß, einen sehr eigenen Geschmack aufweist.«

Sie wollte noch mehr sagen, doch Zinggen brachte sie mit einer heftigen Handbewegung zum Verstummen. »Du solltest die zukünftige Fürstin von Sachsen-Saalstein-Tresskau nicht schmähen, meine Liebe, wenn du deinen Posten als Oberhofmeisterin nicht verlieren willst, bevor du ihn angetreten hast.«

Fräulein von Rüthen presste für einen Moment die Lippen zusammen, dann nahm ihr Gesicht einen Ausdruck devoter Freundlichkeit an. Sie stand auf, trat vor Charlotte und sank in einen Knicks. »Erlaubt mir, Euch meine von ganzem Herzen kommenden Glückwünsche zu übermitteln, Euer Fürstliche Hoheit.« Ihre Worte klangen so aufrichtig, dass Zinggen tief Luft holte. Seine Base konnte ihm in puncto Lüge und Heuchelei noch einiges vormachen.

Frau Cordelia schien auch nicht zurückstehen zu wollen, denn sie eilte auf Charlotte zu, schlang ihre Arme um sie und zog sie strahlend an sich. »Mein allerliebstes Kind! Ich bin ja so glücklich! Du wirst eine wunderbare Fürstin werden.« Bei sich aber dachte Frau Cordelia, dass sie jetzt, da ihre unansehnlichste Tochter die Gemahlin Carl Antons von Saalstein-Tresskau werden würde, für ihre übrigen Töchter nach den Sternen greifen durfte.

9

Viel früher, als sie erwartet hatte, musste Charlotte ihr Elternhaus verlassen. Als sie sich auf der Freitreppe vor dem Palas von ihren Eltern und Geschwistern verabschiedete und die Tränen in den Augen ihres Vaters bemerkte, hätte sie sich am liebsten an ihn geklammert und ihn gebeten, bei ihm bleiben zu dürfen. Doch es gab kein Zurück. Sie würde mit nicht mehr Besitz als eine arme Bauernmagd aus dem Haus gehen, nämlich mit dem, was sie auf dem Leib trug. Es war ihr Konfirmationskleid, das einzige, das je für sie genäht worden war. Ihr Vater hatte sich geschämt, sie ohne Brautausstattung fortschicken zu müssen, doch nichts von der kleinen Aussteuer, die die Mutter für Dorothea zusammengetragen hatte, war für sie geeignet. Die Stoffe waren bereits zurechtgeschnitten, um zu neuen Kleidern verarbeitet zu werden, und die Tischtücher und Bettüberzüge mochten wohl den Ansprüchen eines ländlichen fränkischen Reichsritters genügen, gewiss jedoch nicht denen eines so glanzvollen Fürstenhofs wie dem von Saalstein-Tresskau.

Zinggen versuchte noch einmal, seinen Gastgeber zu beruhigen. »Seine Fürstliche Durchlaucht Carl Anton hat vollstes Verständnis für Eure Lage und mich daher angewiesen, persönlich für die Aussteuer seiner Braut zu sorgen. Wir werden in Dresden Station machen und dort alles Nötige besorgen.«

»Dresden!« Dorothea verdrehte die Augen. Im gesamten Heiligen Römischen Reich Deutscher Nation wurde Dresden als Residenzstadt höchstens noch von der Kaiserstadt Wien übertroffen. Einmal dort hinreisen zu können und an einem der Feste am kurfürstlichen Hof teilnehmen zu dürfen, war der Wunschtraum aller fürstlichen Prinzessinnen von Ostheim-Veldenburg, doch bisher hatte es noch nicht einmal für eine Fahrt in das weniger als zwei Tagesreisen entfernte Bayreuth gereicht.

Charlotte sah den Neid in den Augen ihrer Schwestern und hätte liebend gerne mit einer von ihnen getauscht. Die letzten zwei Tage war sie wie betäubt im Haus herumgewandert und hatte keinen einzigen klaren Gedanken fassen können. Jetzt aber fragte sie sich bang, warum Baron Zinggen ausgerechnet sie ausgesucht hatte, obwohl ihre Schwestern, wie man ihr immer versichert hatte, viel attraktiver und begehrenswerter waren. Für einen Moment fürchtete sie, dass eine böse Absicht dahinter steckte, dann aber schob sie den Gedanken von sich, denn der Baron strahlte über das ganze Gesicht, als würde ihn der Erfolg seiner Werbung glücklich machen.

Jetzt mahnte sein Blick, dass es Zeit wurde, sich zu verabschieden. Sie umarmte zuerst den kleinen Leopold, der noch nicht begriff, was vorging, und dann ihre jüngeren Schwestern. Isabelle und Thérèse schluchzten hemmungslos, und selbst Adelaide drückte ein paar Tränen aus den Augenwinkeln, aber als sie sich Henriette zuwandte, warf diese die Arme hoch und wich zurück.

»Rühre mich nicht an!« Mit diesen Worten drehte sie sich um und lief heulend ins Haus. So schritt Charlotte weiter zu Dorothea, die ihre Umarmung so steif wie ein Besenstiel über sich ergehen ließ. Die Mutter hingegen zog Charlotte an sich und versicherte ihr unter Tränen, wie stolz sie auf sie sei, während ihr Vater so aussah, als müsse er sie zu ihrer eigenen Beerdigung schicken.

»Ich lasse dich nur ungern gehen, mein Kind, aber …« Er brach ab und warf seiner Frau einen verzweifelten Blick zu.

»Adieu, Papa, Mama.« Charlotte kämpfte gegen ihre Tränen an und stolperte blind auf die Kutsche zu. Zinggens Page hielt sie fest, bevor sie gegen eines der großen Räder laufen konnte, und entschuldigte sich im selben Augenblick dafür, sie ungebührlich angefasst zu haben.

»Es ist schon gut, Max! Wenn Ihre Fürstliche Hoheit sich eine Beule geholt hätte, hätte ich dich züchtigen müssen.« Zinggens Stimme klang geradezu fröhlich. Er lächelte Charlotte aufmunternd zu, ergriff ihren Arm und half ihr in die Kutsche. Fräulein von Rüthen stützte sich auf den Pagen und stieg mit seiner Hilfe ebenfalls ein. Drinnen setzte sie sich schnaufend zurecht und bemühte sich dann, den unangenehmen Eindruck, den sie auf Charlotte gemacht haben mochte, durch übertriebene Freundlichkeit und Fürsorge vergessen zu machen. Nachdem auch Zinggen Platz genommen hatte, klopfte er gegen das Wagendach. Gleich darauf konnte man hören, wie der Kutscher die Pferde schnalzend antrieb. Das ist der endgültige Abschied, dachte Charlotte und starrte zu dem im Kutschenschlag eingelassenen Fenster hinaus. Sie konnte jedoch nur noch die Wirtschafterin Meta und das restliche Gesinde erkennen, das den Weg zum Tor säumte und sich tief verneigte, als der Wagen vorüberrollte.

Die heimatliche Burg versank hinter einem Hügel, und Charlotte begriff, dass sie auf sich allein gestellt war und ohne eine vertraute Person an ihrer Seite in eine Zukunft reiste, die sich all ihren Vorstellungen entzog. Entschlossen kämpfte sie die Angst nieder, die ihre scharfen Klauen nach ihr ausstreckte, und nahm sich vor, dem Fürsten von Saalstein-Tresskau eine liebende und gehorsame Ehefrau zu werden, wie er es gewiss von ihr erwartete.

Zinggen bemerkte, wie es in Charlottes Gesicht arbeitete. »Habt keine Angst, Durchlaucht. Mit unseren Vorreitern haben wir gewiss keine Räuber zu fürchten.«

»Ich dachte nicht an Räuber, sondern ...« Charlotte brach ab, weil sie ihre Gefühle nicht vor einem Menschen ausbreiten wollte, den sie erst seit zwei Tagen kannte. Wohl war Zinggen stets höflich und zuvorkommend, so dass sie hoffte, in ihm einen Freund zu finden. Doch wenn sich diese Freundschaft entwickeln sollte, durfte sie ihn nicht sofort mit ihren Sorgen und Ängsten überfallen, sonst hielt er sie für eine Jammerliese und wandte sich von ihr ab. So zog sie es vor, aus dem Kutschenfenster zu blicken, um sich die Landschaft anzusehen. Da sie die heimatliche Veldenburg nur selten hatte verlassen dürfen, war alles, was sie sah, neu für sie. Sie konnte den Ausblick jedoch nur wenig genießen, denn die Pferde rannten so schnell, dass die Kutsche oft bockte und wie ein Ball hochsprang und Felder, Wälder und Dörfer an ihren Augen vorbeizufliegen schienen.

Als die Räder in ein besonders tiefes Schlagloch sanken, konnte Charlotte sich gerade noch festhalten und den Kopf zurückziehen, sonst wäre sie im Kutschenfenster eingeklemmt worden. Sie blickte Zinggen erschrocken an. »So geschwinde Pferde wie Ihr besitzt niemand von den Nachbarn und Bekannten meiner Eltern.«

»Mein Vetter ist als Pferdekenner bekannt«, erklärte Fräulein von Rüthen an seiner Stelle in einem Tonfall, als wäre es das Einzige, von dem ihr Verwandter etwas verstand.

Zinggen zwinkerte Charlotte zu und neigte das Haupt vor der Dame. »Zu viel des Guten, liebe Base. Gegen unseren Durchlauchtigsten Fürsten bin ich, was Pferde betrifft, nur ein armer Laie.«

Charlotte rutschte ganz aufgeregt auf dem grünen Samt hin und her. »Besitzt Seine Durchlaucht viele Pferde?«

Als Zinggen ihre Frage bejahte, leuchteten ihre Augen auf. »Glaubt Ihr, er wird mir erlauben auszureiten? Ich hatte Reitunterricht, aber ich konnte nicht viel Zeit im Sattel verbringen, denn ich musste unsere brave, alte Liese mit meinen Schwestern teilen.«

»Seine Durchlaucht wird Euch gewiss eine hübsche, sanfte Stute zur Verfügung stellen.« Zinggen hoffte, nichts Falsches versprochen zu haben, denn er war sich nicht sicher, wie Carl Anton auf seine Zukünftige reagieren würde. Den Abstecher nach Dresden hatte er nicht nur deswegen geplant, um die Prinzessin standesgemäß auszustatten, denn er hätte auch in Tresskau Kleider für sie nähen lassen können. Vor allen Dingen wollte er verhindern, dass man in Saalstein die junge Braut in ihrem unvorteilhaften Aufzug zu Gesicht bekam, sonst würden der Spott und das Gerede sie wohl ihr Leben lang verfolgen. Gleichzeitig wollte er die Zeit nutzen, das junge Mädchen besser kennen zu lernen und ein wenig auf das vorzubereiten, was auf sie zukommen würde. Die größte Sorge bereitete ihm dabei die Frage, wie er das Verhältnis ihres künftigen Gatten zu seinem Favoriten umschreiben sollte, ohne sie in die Flucht zu treiben.

Charlotte war viel zu aufgeregt, um die Schatten wahrzunehmen, die von Zeit zu Zeit Zinggens Gesicht verdüsterten, und sie quälte sich auch selbst nicht mehr mit bösen Vorahnungen, sondern begann die Reise zu genießen. Sie amüsierte sich über die spitzfindigen Ausführungen ihres Begleiters und lauschte ein wenig schockiert den bissigen, aber treffenden Kommentaren seiner Base. Für sie war es ein Traum, in vornehmen, blitzsauberen Gasthöfen übernachten zu dürfen, deren Wirte sich beinahe überschlugen, um ihr jeden Wunsch von den Augen abzulesen. Ihr wurden Mahlzeiten aufgetischt, die es zu Hause nicht einmal zu Weihnachten gegeben hatte, meist köstliche Braten mit Klößen und wohlschmeckende Fische und Krebse aus den Bächen und Flüssen des Umlands. Zum Nachtisch gab es phantastische Kuchen, für die ihre Schwestern ihre halbe Seeligkeit hergegeben hätten.

Als sie Dresden erreichten, hing Charlotte wieder am Fenster der jetzt gemütlich dahinrollenden Kutsche, um sich keine Einzelheit der wunderbaren Stadt entgehen zu lassen. Nach der Einsamkeit der Veldenburg erschreckte sie das Menschengewimmel auf den gepflasterten Straßen, und sie hatte das Gefühl, dass sie auf sich allein gestellt hier unweigerlich verloren gehen müsse. Gleichzeitig wunderte sie sich, wie wenig Aufmerksamkeit Zinggens prachtvolle Kutsche erregte. Unterwegs hatten die Landleute die Hälse gereckt, wenn sie vorbeikam, aber hier drehte sich kaum jemand nach ihr um, und man wich ihr auch nur deswegen aus, weil die Vorreiter die Menschen auseinander trieben. Sie kamen nur im Schritttempo vorwärts. Einer der Männer ritt schließlich voraus, um sie im Blauen Karpfen, einem der besten Gasthöfe der Stadt, anzukündigen.

Als sie die Herberge erreichten, ließ Zinggen die Kutsche trotz der Aufforderung eines Hausdieners nicht in den Hof einfahren, sondern auf der Straße anhalten, so dass die Wirtsknechte das Gepäck unter den wachsamen Augen des Lakaien und des Pagen und den Kommentaren neugieriger Zuschauer abladen und ins Haus tragen mussten.

Charlotte blickte ihren Begleiter verwundert an. »Wollen wir denn nicht aussteigen?«

Zinggen hob mit einer beruhigenden Geste die Hand. »Noch nicht. Ich möchte vorher noch etwas erledigen.«

Fräulein von Rüthen schnaubte ärgerlich. »Ich hoffe, das dauert nicht zu lange. Ich bin ganz steif von der Reise und außerdem sehr müde.«

»Ich bin Euch nicht böse, meine Liebe, wenn Ihr in der Herberge bleibt und Euch ein wenig ausruht. Prinzessin Charlotte und ich kommen auch allein mit Madame Aiguille zurecht.«

»Ihr wollt die berühmte Modistin aufsuchen?« Fräulein von Rüthen lebte sichtlich auf und zwinkerte Charlotte verschwörerisch zu. »Manchmal kann ich meinem Vetter einen gewissen Verstand nicht absprechen. Es ist wirklich am besten, wenn wir Euch umgehend in die kundigen Hände Madames geben. Sie ist eine wahre Künstlerin, allerdings auch nicht gerade billig.« Das Letzte klang so entsagungsvoll, als hätte die Dame soeben an ihre nicht gerade wohl gefüllte Börse gedacht.

Zinggen musterte sie. »Ihr benötigt ebenfalls ein paar neue Kleider, liebste Sabina, denn Euer Rang als Oberhofmeisterin Ihrer Durchlaucht verlangt ein standesgemäßes Auftreten.«

Als Fräulein von Rüthen die Hände hob, lächelte er. »Die Kosten wird natürlich Seine Durchlaucht tragen.«

… oder ich, wenn er in Zorn gerät und sich weigert, setzte er in Gedanken hinzu. Da er seiner Verwandten oft genug unter die Arme gegriffen hatte, ohne Dank dafür zu bekommen, kam es ihm auf ein paar Kleider mehr nun auch nicht an.

Max, der Page, klopfte an den Schlag und meldete, dass das Gepäck auf die Zimmer gebracht worden war und der Lakai sich um das Abendessen kümmere. Zinggen streckte die Hand zum Kutschenfenster hinaus und klopfte ihm auf die Schulter. »Brav, mein Junge. Jetzt steig wieder auf, damit wir endlich zur Schneiderin kommen.«

10

Madame Aiguilles Laden lag an einer der vornehmeren Straßen und schien lebhaft frequentiert zu werden, denn es stand ein gutes Dutzend vornehmer Kutschen davor. Als der eigene Wagen einen Platz gefunden hatte, stellte Max die Trittleiter neben den Wagen, öffnete den Schlag und reichte Charlotte den Arm, damit sie sich beim Aussteigen auf ihn stützen konnte. Zinggen bemerkte, dass der Junge sich vor ihr mindestens ebenso tief verbeugte wie vor ihm, und fühlte einen Hauch von Eifersucht.

Der elternlose Knabe war ihm von adeligen, aber einflusslosen Verwandten vor einigen Jahren als Page übergeben worden, obwohl den Leuten seine Neigung zum eigenen Geschlecht bekannt gewesen war. Auf Max schien der Wechsel seines Geschicks wie eine Erlösung gewirkt zu haben, denn er hing mit großer Verehrung an ihm und hatte ihm seine Dankbarkeit auf jene Art erwiesen, die Zinggen am meisten entzückte. Der Baron erinnerte sich mit einem wohligen Gefühl daran, wie er Max' nackten Körper auf seiner Haut gespürt hatte und eine Befriedigung durch den ehrlichen und unverdorbenen Burschen erfahren hatte, die sich gewiss grundlegend von jener unterschied, die sein einstiger Geliebter, Fürst Carl Anton, mit seinem jetzigen Favoriten erlebte. Rainaud de Tailleur war auch in seinen Augen das, was man ihm hinter vorgehaltener Hand nachsagte, nämlich eine männliche Hure. Vor diesem Schicksal wollte er seinen Schützling bewahren, und daher hatte er sich vorgenommen, Max keine Steine in den Weg zu legen, wenn der Junge sich eines Tages dem anderen Geschlecht zuwenden würde.

Seine Base stieß ihn an. »Träumt Ihr, Vetter? Ihr könnt doch Ihre Durchlaucht nicht einfach auf der Straße stehen lassen!«

Zinggen zuckte zusammen und stieg mit einem entschuldigenden Lächeln aus. Draußen reichte er Charlotte den Arm, um sie in den Laden zu führen.

Madame Aiguille war die Nachkommin eines der wenigen Hugenotten-Geschlechter, die in Dresden Zuflucht gefunden hatten, eine kleine, drahtige Person, deren Augen alles zu prüfen und zu taxieren schienen. Sie arbeitete für etliche der Damen am Hof und hatte zumeist auch die Kleider für die anspruchsvollen Mätressen des Königs gefertigt. Daher war sie bis zu dem Augenblick, in dem Baron Zinggen Arm in Arm mit einer ungewöhnlichen Frauensperson durch ihre Tür trat, der Meinung gewesen, es gäbe nichts mehr, was sie erschüttern könne. Die Neigung des grünen Barons zum eigenen Geschlecht war beinahe ebenso oft das Gesprächsthema ihrer Kundinnen wie das Verhältnis des Fürsten von Tresskau zu seinem Liebhaber, und so vermochte sie einen leisen Aufschrei nicht zu unterdrücken. Als sei es eine Aufforderung gewesen, drehten ihre Kundinnen sich um und starrten ebenso verblüfft auf das ungleiche Paar.

Zinggen blickte lächelnd von einer Dame zur anderen, und als er fühlte, dass die Spannung auf dem Höhepunkt angekommen war, verneigte er sich leicht. »Darf ich vorstellen, Ihre Fürstliche Hoheit, Prinzessin Charlotte Louise Karola Amelia von Ostheim-Veldenburg, die Braut meines Landesherrn, des Fürsten Carl Anton von Sachsen-Saalstein-Tresskau.«

Dem Baron war klar, dass er mit diesen Worten eine Glocke in Bewegung setzte, gegen deren Schall sich das Geläut der Frauenkirche wie ein feines Gesäusel ausnahm. Die anwesenden Damen sanken sofort in einen Hofknicks, und das sah komisch aus, denn ihnen blieben die Münder vor Überraschung weit offen stehen.

Die Baronin Teudnitz konnte sich gar nicht beruhigen. »Die Braut des Tresskauer Fürsten? Ja, steht die Welt denn jetzt ganz auf dem Kopf?«

Ehe die Dame, die für ihre Unverblümtheit bekannt war, einen Skandal verursachen konnte, bat Madame Aiguille die neu eingetroffenen Kunden in ihren privaten Salon. An der Tür bedachte sie die übrigen Kundinnen mit einem höflichen Lächeln und teilte ihnen mit, dass sie sie nun den geübten Händen ihrer Stellvertreterin, Frau Lepin, überlassen würde. Die Angesprochene, die trotz ihres französischen Namens blonde Haare und ein rundes Gesicht besaß wie die Frauen in den Bauerndörfern an der Elbe, übernahm auch sofort das Regiment über die Ladenmädchen und Näherinnen, die zwischen den Kundinnen herumschwirrten.

Madame Aiguille schloss die Tür hinter sich und musterte Zinggen und seine beiden Begleiterinnen gespannt. »Princesse, Monseigneur, Madame, womit kann ich dienen?«

Zinggen wies auf Charlotte. »Ihre Durchlaucht benötigt dringend neue Kleider.«

»Das sehe ich«, antwortete Madame mit einem leicht schockierten Blick auf das etwas zu kurz geratene schwarze Kleidchen, das Charlotte trug. »Geht es nur um ein Kleid, um einen Notfall zu überbrücken, oder um eine umfangreichere Ausstattung?«

»Ihre Durchlaucht benötigt eine vollständig neue Garderobe mit allem, was dazugehört, von den Schuhen angefangen bis zu den Hüten.«

Die Modistin schüttelte befremdet den Kopf. »Monseigneur wissen, dass ich weder eine Cordonniere bin noch eine Chapellerie führe.«

»Aber Ihr kennt die besten Schuster und Hutmacher Dresdens und könnt Ihrer Durchlaucht gewiss auch in diesen Dingen zu Diensten sein.«

»Das ist wahr«, stimmte Madame ihm zu. »Wollt Ihr so gut sein, mir aufzuzählen, zu welchen Anlässen La Princesse die Kleider benötigt?«

Zinggens Lächeln vertiefte sich. »Einfach zu jedem, angefangen von leichten Hauskleidern bis zu Roben für die Vorstellung hier bei Hofe und für andere festliche Anlässe, und nicht zu vergessen ein Brautkleid! Madame, ich wäre Euch sehr verbunden, wenn Ihr so schnell wie möglich ein Tageskleid und die ersten beiden Hofroben anfertigen könntet.«

Die Modistin wollte einwenden, dass alles seine Zeit bräuchte, doch ein Blick in die Börse, die Zinggen ihr überreichte, ließ sie verstummen.

11

Charlotte hatte gehofft, sich schon am nächsten Tag einige der herrlichen Gebäude ansehen zu können, mit denen Kurfürst Friedrich August, der als August II. auch König in Polen war, Dresden hatte schmücken lassen, doch Zinggen führte sie in die Suite, die er für sie und Fräulein von Rüthen gemietet hatte, und bestand darauf, dass sie die drei Räume erst dann wieder verließ, wenn sie standesgemäß gekleidet sei. Um ihr das Warten zu erleichtern, umsorgte er sie wie eine Glucke, brachte ihr zu lesen und tat alles, damit sie sich nicht wie eine Gefangene fühlte. Wohl war sie ein wenig traurig, weil sie sich nicht so frei bewegen konnte, wie sie es gewohnt war, aber sie verstand, dass Zinggen die Braut seines Fürsten der vornehmen Gesellschaft Sachsens erst dann präsentieren wollte, wenn sie in ansehnlicheren Kleidern steckte.

Ihr Auftauchen bei der Modistin schien die vornehme Welt von Dresden neugierig gemacht zu haben, denn ständig hielten Kutschen vor dem Blauen Karpfen, deren Insassen zu den Fenstern im ersten Stock hochstarrten, um einen Blick auf die Fürstliche Hoheit erhaschen zu können, deren Name im Augenblick in aller Munde war. Ein paar besonders Hartnäckige ließen Zinggen ihre Karten überbringen und baten darum, ihn sprechen zu dürfen. Er empfing sie in einem Privatsalon hinter der Gaststube, so dass sie nach dem Austausch von Höflichkeiten wieder abziehen mussten, ohne Charlotte zu Gesicht bekommen zu haben.

Zinggen war mit diesem Erfolg sehr zufrieden, saß aber gleichzeitig wie auf heißen Kohlen. Friedrich August, Kurfürst von Sachsen und König in Polen, hatte Warschau verlassen, um in Dresden Hof zu halten, gedachte aber dem Vernehmen nach nicht lange zu bleiben. Da die Etikette es gebot, seine Anwesenheit zu melden, hatte Zinggen Max mit einem Brief an den Oberhofmeister zum Palast geschickt und harrte nun ungeduldig einer Antwort.

Er hoffte, dass man ihm gestattete, Charlotte Seiner Majestät vorzustellen, denn das würde sie an allen bedeutenden Höfen bekannt machen und sein Ansehen ebenso wie das seines Fürsten heben. Unter normalen Umständen wäre angesichts von Charlottes Rang und dem ihres Bräutigams eine Einladung ganz selbstverständlich gewesen, doch da August der Starke zum katholischen Glauben übergetreten war, um polnischer König werden zu können, war es möglich, dass er sich wegen des Rufs, der dem Fürsten von Saalstein-Tresskau anhing, weigerte, Charlotte zu empfangen.

Als ein devoter Lakai in den sächsischen Farben im Blauen Karpfen erschien und eine Einladung zur abendlichen Soiree des Kurfürsten überbrachte, fiel Zinggen ein zentnerschwerer Stein vom Herzen. Sofort schickte er Max zu Madame Aiguille, mit der Bitte, die erste Hofrobe für Charlotte zu übersenden. Madame, die beinahe an jedem Tag mit einem Schwarm von Schneidern, Putzmacherinnen und anderen dienstbaren Geistern im Blauen Karpfen erschien, um Maß zu nehmen und die Anprobe dieses oder jenes Teils zu überwachen, kam auch diesmal mit ihrem gesamten Gefolge und kleidete Charlotte ein, während Fräulein von Rüthen wie ein aufgeschrecktes Huhn umherflatterte und düster prophezeite, dass sie nicht pünktlich am Hof erscheinen und sich den Unmut des Kurfürsten und Königs zuziehen würden.

Als Charlotte in den Spiegel blickte, den zwei von Madames Lehrmädchen vor sie hielten, fühlte sie sich wie das Aschenputtel im Märchen. War diese wunderschöne Frau mit dem schlanken, wohlgeformten Nacken, den ihre hochgesteckte Frisur noch betonte, wirklich sie selbst? Die sanft abgestuften Grüntöne des Kleides, das Madame Aiguille für sie gezaubert hatte, harmonierten mit ihren Augen, was daran liegen mochte, dass die Farben um Hals und Schultern sehr dezent gehalten waren, erst an der Taille satter wurden und am Saum so dunkel waren, dass man sie beinahe als Schwarz bezeichnen konnte. Zierliche, hellgrüne Puffärmel mit eingewebten Silberfäden wurden durch die bis über die Ellbogen reichenden Handschuhe von gleicher Farbe ergänzt. Auf die auch bei den Damen übliche Perücke hatte sie auf Zinggens Rat verzichtet, denn diese hätte sie noch größer gemacht und ihre Proportionen verzerrt. Ihr Dekolleté war bewusst eher züchtig gehalten, brachte aber ihre kleinen Brüste umso stärker zur Geltung, so dass sie verwundert über sie strich, um zu prüfen, ob Madame mit eingelegten Polstern nachgeholfen hatte. Das aber war nicht der Fall. Verwirrt zog sie ihre Hände zurück und ging zwei, drei Schritte, um zu sehen, wie sie sich in dieser Fülle von Stoff bewegen konnte. Wie es der Hofmode entsprach, musste sie unter dem Kleid ein Drahtgestell tragen, welches ihre Hüften so ausladend werden ließ, dass sie normale Türen nur seitlich gehend passieren konnte. Auf ihre Frage hin versicherte ihr Madame, die Damen am Hofe würden noch weitaus umfangreichere Reifröcke tragen. Da die Zeit drängte, konnte Charlotte nur seufzend nicken und einen letzten Blick auf das märchenhafte Geschöpf im Spiegel werfen, dem Zinggen gerade den Arm bot.

Als sie das Schloss erreicht hatten und in den Festsaal geführt wurden, waren die anderen Gäste bereits um den Kurfürsten versammelt. Der Zeremonienmeister, der sie an der Tür empfing und in seiner grüngoldenen Uniform selbst sehr hoheitsvoll wirkte, hielt einen goldbeschlagenen Stab in der Hand, mit dem er auf den Boden zu pochen pflegte, um die Aufmerksamkeit auf Neuankömmlinge zu richten. Er wollte sie ankündigen, aber Zinggen bat ihn, angesichts ihrer Verspätung darauf zu verzichten, denn er wollte dem Kurfürsten nicht gleich unangenehm auffallen.

Charlotte war es recht, noch unbeachtet zu bleiben, denn als sie an Zinggens Arm in den Saal hineinschritt, war es, als täte sich eine Traumwelt vor ihr auf. Nie zuvor hatte sie eine solche Pracht erlebt. Auf filigran geformten Kristalllüstern brannten Hunderte von Kerzen, die den Raum in ein festliches Licht tauchten und sich in den goldfarbenen Tapeten spiegelten. Farbenprächtige Gemälde, die den Kurfürsten und polnischen König als neuen Caesar und Alexander verherrlichten, wechselten sich mit den Darstellungen wunderschöner, kaum bekleideter Frauen ab, die nach Zinggens Worten Aphrodite, Artemis und Athene darstellen sollten, die Göttinnen des alten Griechenlands. Kunstvoll gestaltete Stuckarbeiten schmückten die Deckensimse in Form von Ranken, Blättern und Putten; und die schlanken Halbsäulen, die die Wände stützten, waren mit vielfarbenem Marmor verkleidet.

Charlotte spürte ein leichtes Zupfen am Ärmel und zuckte erschrocken zusammen, denn vor lauter Staunen hatte sie beinahe vergessen, wo sie sich befand. Sie sah Zinggen ihr beruhigend zulächeln und folgte ihm zu dem goldenen Sessel, auf dem August der Starke Platz genommen hatte.

Friedrich August, Kurfürst von Sachsen und als August II. König in Polen, war mit dreiundfünfzig Jahren etwas älter als ihr Vater und seit fast drei Jahrzehnten Herrscher über beide

Länder. Die meisten Geschichten, die über ihn im Umlauf waren, hatten sie und ihre Schwestern heimlich erlauscht und nur dann darüber gesprochen, wenn die Mutter es nicht hören konnte. Er hatte unzählige Mätressen besessen, und seine Bastarde waren nicht mehr zu zählen. Der Kaiser in Wien hatte seine Huld über den Kurfürsten leuchten lassen, weil dieser zum katholischen Glauben übergetreten war, und Friedrich Augusts Kindern selbst dann, wenn sie nicht von adeligen Damen geboren worden waren, hohe Titel verliehen.

In seiner Jugend soll Friedrich August ein wahrer Herkules gewesen sein, der Hufeisen und Zinnbecher verbiegen und zwei seiner Mätressen zugleich bis zur Decke stemmen hatte können, und Charlotte fand, dass der hohe Herr auch jetzt noch sehr beeindruckend wirkte. Seine Figur war im Lauf der Jahre etwas in die Breite gegangen, strahlte jedoch immer noch eine urwüchsige Kraft aus, und sein leicht rundliches Gesicht wirkte lebhaft und sympathisch, vor allem, wenn er lachte. Er trug einen fingerdick mit Goldfäden bestickten Brokatrock über blauen Beinkleidern und hatte seine Hände mit mindestens einem Dutzend edelsteinbesetzter Ringe geschmückt. Die mächtige Perücke, die seinen Kopf wie eine Löwenmähne umgab, ließ ihn noch wuchtiger erscheinen, und als er plötzlich aufstand und auf Zinggen zutrat, kam Charlotte sich das erste Mal in ihrem Leben winzig klein vor.

»Zinggen? Ihr seid es wirklich! Ich hoffe, man hat nicht vergessen, die jungen Männer an meinem Hof vor Euch zu warnen.«

Zinggens Antwort ging in lautstarkem Gelächter unter, das den ganzen Saal zu füllen schien. Während Charlotte sich noch verwirrt fragte, was diese seltsame Begrüßung wohl bedeuten mochte, vernahm sie Fräulein von Rüthens mahnendes Räuspern und sah, dass der König sich ihr zuwandte. Sofort sank sie in einen tiefen Knicks.

»Euer Majestät, es ist mir eine Ehre, Euch Prinzessin Charlotte Louise Karola Amelia von Ostheim-Veldenburg vorstellen zu dürfen, die erwählte Braut meines Durchlauchtigsten Fürsten Carl Anton von Sachsen-Saalstein-Tresskau«, sagte Zinggen neben ihr mit weit tragender Stimme.

In diesem Augenblick wurde es so still, dass man hören konnte, wie die Manschetten Augusts des Starken raschelten, als er sich verwundert an den Kopf griff. Dann hallte der Saal von seinem Gelächter wider, in das seine vor Verblüffung erstarrten Gäste nach und nach einfielen.

Nach einigen Augenblicken lief Friedrich August rot an und schnappte nach Luft. »Der Tresskauer will heiraten? Das ist der köstlichste Witz, den ich seit langem gehört habe. Sagt, Zinggen, was begehrt Ihr dafür, dass Ihr mich so zum Lachen gebracht habt? Wenn Ihr wollt, drücke ich beide Augen zu, wenn Euch einer meiner Pagen gefallen sollte.«

Der Kurfürst ignorierte das tadelnde Hüsteln seines Beichtvaters, der wie ein schwarzer Schatten an seiner Seite aufgetaucht war, und strahlte Charlotte mit der Fröhlichkeit eines kleinen Jungen an, der sich über ein hübsches Spielzeug freut.

»Seid mir willkommen, Hoheit. Ich bin begeistert, Euch kennen zu lernen.« Er klatschte in die Hände und befahl zwei Dienern, einen Stuhl für Charlotte herbeizuschaffen. »Ich bitte Euch, Prinzessin, gewährt mir für ein Weilchen Eure Gesellschaft.«

Charlotte brachte kein Wort über die Lippen, denn in ihrem Kopf wirbelten die Gedanken wie Blätter im Herbstwind. Warum fanden die Leute um sie herum es so seltsam, dass der Fürst von Saalstein-Tresskau sie zur Gemahlin nehmen wollte? Stimmte etwas nicht mit ihm? Und was war mit Zinggen? Der Kurfürst hatte ihrem Begleiter gegenüber schon zweimal eine Anspielung gemacht, die einen spöttischen Tadel enthalten hatte, und sie begriff, wie wenig sie von der Welt, den Menschen, die sie jetzt umgaben, und ganz besonders von ihrem zukünftigen Gemahl wusste. Wie alt mochte er sein, und wie sah er aus? Würde er es ihr übel nehmen, dass sie seine Vorlieben und Abneigungen nicht kannte? Sie warf Zinggen einen Hilfe suchenden Blick zu, doch dieser wies nur lächelnd auf den Stuhl, den die eifrigen Diener gebracht hatten, und zog sich nach einer Verbeugung vor dem Kurfürsten und ihr zurück.

August der Starke hielt Charlotte fest, ehe sie sich setzen konnte, ging einmal um sie herum, legte die Hand auf ihren Kopf und presste ihre kunstvoll geordneten Haare zusammen, als wolle er herausfinden, wie groß sie nun wirklich sei. »Zwei, drei Zoll dürfte ich Euch voraushaben.« Er klang fast ein wenig erleichtert.

Schließlich brach er seine Musterung ab und nickte ihr huldvoll zu. »Ihr dürftet die größte Frau sein, die ich je gesehen habe, abgesehen vielleicht von jener Russin, die mir Friedrich Wilhelm von Preußen vor ein paar Jahren vorgestellt hat. Sie war als Ehefrau eines seiner Langen Kerls, den Zar Peter ihm geschenkt hatte, nach Berlin gekommen. Natürlich war sie bei weitem nicht so hübsch wie Ihr und besaß auch nicht so eine nymphenhafte Gestalt. Beinahe bedauere ich, dass Ihr dem Tresskauer angelobt seid, denn andernfalls hätte ich Euch gebeten, für eine Weile meinen Hof zu schmücken.«

Charlotte begriff nicht, was er meinte, und als sie das Getuschel im Hintergrund vernahm und die neiderfüllten Blicke einiger stark aufgeputzter Damen bemerkte, war sie so verunsichert, dass sie am liebsten in Tränen ausgebrochen wäre. Bisher hatte man sie immer als hässlich, ja sogar als Missgeburt bezeichnet, doch dem Kurfürsten von Sachsen schien sie so zu gefallen, dass einige der Damen ihr dies offensichtlich übel nahmen.

Dann kam ihr ein Gedanke, der sie wieder aufrichtete und sie sogar zum Lächeln brachte. Wenn der Kurfürst von Sachsen und König in Polen sie hübsch fand, dann war es auch möglich, dass sie ihrem Bräutigam gefiel und er ihr zumindest Sympathie entgegenbringen würde. Die Erleichterung zauberte ein Strahlen auf ihr Gesicht, durch das sie August den Starken noch mehr für sich einnahm. Trotz aller körperlichen Unterschiede erinnerte Charlotte ihn an eine seiner ersten Mätressen, Gräfin Maria Aurora von Königsmarck. Ihre Schönheit, ihr unvergleichlicher Charme und ihre Diskretion hatten ihm Wonnen ohnegleichen beschieden und ihm gleichzeitig all das Gerede, den Zank und die Skandale erspart, die ihm Fürstin Ludomirska, Gräfin Cosel und andere zuhauf beschert hatten.

»Ihr seid eine bemerkenswerte Person, Prinzessin«, sagte er lächelnd zu Charlotte. »Ich hoffe, Ihr werdet wenigstens ein paar Tage lang in Dresden bleiben, denn bevor ich nach Warschau zurückkehre und den sächsischen Kurfürstenhut wieder mit der Krone der Jagiellonen vertausche, will ich einen Maskenball feiern, an den sich meine Hofgesellschaft noch lange erinnern wird. Ich war mir nur noch nicht im Klaren, welches Kostüm ich wählen sollte, doch nun weiß ich es. Ich werde wieder als Herkules erscheinen, so wie früher, und ich wäre entzückt, Euch als Jagdgöttin Diana begrüßen zu dürfen.«

»Eure Majestät sind zu gütig.« Charlotte neigte den Kopf und warf aus den Augenwinkeln einen zweifelnden Blick auf die Darstellung der griechischen Göttin Artemis, die man im antiken Rom als Diana verehrt hatte, und hoffte, etwas mehr Kleidung tragen zu dürfen als die barbusige Schöne. Trotz dieser Vorbehalte freute sie sich über die Einladung. Ihre Mutter hatte nicht viel von Maskenbällen gehalten, aber es war der Traum ihrer Schwestern gewesen, wenigstens einmal in ihrem

Leben eines dieser viel gerühmten Feste erleben zu dürfen, und nun wurde ausgerechnet sie vom Kurfürsten von Sachsen und König in Polen persönlich dazu eingeladen.

Zinggen beobachtete den Flirt zwischen August dem Starken und seinem Schützling mit gemischten Gefühlen. Einerseits war er erleichtert, dass Charlotte in der Dresdener Hofgesellschaft Eindruck machte, andererseits aber fragte er sich, wohin das Interesse des wohl berüchtigsten Frauenhelden des Reiches an ihr führen mochte. Carl Anton von Saalstein-Tresskau war kein Lubomirski oder Graf Esterle, die für ihre Rangerhöhung und ein paar dezent überreichte Beutel Gold darüber hinweggesehen hatten, dass ihre Gattinnen dem sächsischen Herkules die Nächte versüßten. Schlug er die Einladung jedoch aus, würde er den Zorn des aufbrausenden Potentaten auf sich und Charlotte herabbeschwören und damit einen Skandal auslösen, der auch auf seinen Landesherrn zurückfallen musste. Er schwor sich, den Ruf seines Schützlings mit allen gebotenen Mitteln zu wahren, doch ihm blieb nur zu hoffen, dass August der Starke die Braut eines anderen Souveräns im Heiligen Römischen Reich der Deutschen nicht als leichte Beute ansah.

12

Von diesem Tag an wurde Charlotte beinahe allabendlich in den Palast geladen, und jedes Mal bekam sie ein neues, kostbares, perfekt sitzendes Kleid. Trotzdem hatte sie Mühe, sich angesichts der Pracht des verschwenderisch ausgestatteten Schlosses, der von goldenen Litzen und Tressen blitzenden Uniformen der Offiziere und der eleganten Roben der übrigen Damen nicht unscheinbar oder gar hässlich zu fühlen.

August der Starke betrachtete sie mit der Miene eines Frauenkenners und machte keinen Hehl aus seiner Vorliebe für das Mädchen aus der fränkischen Provinz, auch wenn es nicht so kokett flirten konnte wie die Damen an seinem Hof. Dafür besaß Charlotte eine Gabe, die er nur selten bei einer Frau gefunden hatte – sie war eine begnadete Zuhörerin, die sich bei keiner noch so langatmigen Anekdote zu langweilen schien. Für Friedrich August, der auf die Erinnerungen eines langen, aufregenden Lebens zurückblicken konnte, war sie das ideale Opfer, denn wie viele alternde Männer liebte er es, sich in vergangenen Ereignissen zu verlieren. Bei ihren etwas einseitigen Gesprächen berührte der Kurfürst wohl das eine oder andere Mal Charlottes Wange oder ihre Schultern, blieb ansonsten jedoch sittsamer, als man es von ihm gewohnt war. Er achtete sogar peinlich genau darauf, dass Charlotte und er niemals allein blieben, sondern stets von einer Schar hochrangiger Damen und Herren umgeben waren.

Da Zinggen angesichts der vielen Klatschmäuler nicht auf die Anwesenheit seiner Base als Anstandsperson setzen konnte, um Charlottes Ruf zu schützen, dankte er Friedrich August im Stillen für seine Umsicht, denn er hatte seit jenem ersten Empfang unter der Vorstellung gelitten, die zukünftige Fürstin könnte in weniger als neun Monaten nach der Hochzeit mit einem Kind niederkommen. Es durfte keinen Anlass geben, die Legitimität des Tresskauer Erben in Frage zu stellen. Das würde die Wirkung der Hochzeit ins Gegenteil verkehren und dem Mittstädter die Möglichkeit geben, den Kaiser auf seine Seite zu ziehen und Tresskau offiziell für sich zu beanspruchen. Zinggen traute dem Vetter seines Fürsten alles zu, sogar einen offenen Krieg, wenn er sich der Billigung des Hofes in Wien und seiner Nachbarn sicher sein konnte.

Als Zinggens Ängste, die das unerwartete Interesse des Kurfürsten an Charlotte ausgelöst hatte, sich allmählich legten, sah er sich mit einem Problem konfrontiert, welches er bisher beiseite geschoben hatte. Es wurde Zeit, Charlotte auf die Situation am Tresskauer Hof und ihre Rolle darin vorzubereiten, aber er wusste nicht, wie er es anfangen sollte. Weniger sensible Naturen als er hätten ihr ohne Umschweife erklärt, dass sie keine Liebe, ja noch nicht einmal Sympathie von Seiten ihres Gemahls zu erwarten hatte, weil sie nur für den Zweck ausgewählt worden war, ihm einen Erben zu schenken. Aber er brachte es ebenso wenig fertig, ihr dies zu erklären wie auch die Tatsache, dass Carl Anton in den Armen eines Mannes Zärtlichkeit und Entspannung suchte.

Charlotte allerdings hätte schon taub sein müssen, um in der brodelnden Gerüchteküche des Dresdner Hofes die Anspielungen zu überhören, die ihrem zukünftigen Gemahl galten, ihr aber unverständlich blieben. Als sie Zinggen auf das Gerede ansprach, versicherte er ihr, dass ihre Stellung als Fürstin von Tresskau von keiner Mätresse gefährdet sei.

»Allerdings«, setzte er mit fahrigen Bewegungen seiner Hände hinzu, »hat Seine Durchlaucht im Lauf der Jahre Vorlieben und Angewohnheiten entwickelt, von denen er wohl kaum noch Abstand nehmen wird. So verbindet ihn eine tiefe Freundschaft mit seinem Sekretär de Tailleur, und er verbringt viel Zeit mit ihm.«

Charlotte blickte ihn nachdenklich an. »Verzeiht, Herr von Zinggen, doch ich habe Euch nie gefragt, wie alt Fürst Carl Anton ist. Ich hoffe doch, dass mein Gemahl noch nicht das Greisenalter erreicht hat.« Sie brach ab und senkte beschämt den Kopf.

»Mein Herr steht in seinem fünfundvierzigsten Lebensjahr und ist so gesund, wie man es bei einem bedächtigen Lebenswandel nur sein kann. Dazu besitzt er ein angenehmes Äußeres und ein gutartiges Wesen.«

Charlotte atmete sichtlich auf. »Ich hatte schon befürchtet, er habe sich ein Mädchen aus armer Familie ausgesucht, weil er wegen eines schwer wiegenden körperlichen Makels bei den hohen Häusern des Reiches nicht auf Erfolg hoffen durfte.«

Sie hat einen scharfen Verstand und kommt der Wahrheit recht nahe, fuhr es Zinggen durch den Kopf. Trotzdem wagte er es nicht, ihr die wahre Natur der Beziehung zwischen seinem Landesherrn und dessen Favoriten zu offenbaren. Da sie aus einer ländlichen, strenggläubig lutherischen Familie stammte, würde sie die Neigung ihres Bräutigams verdammen und sich vielleicht sogar weigern, seine Frau zu werden. Zinggen mochte sich gar nicht vorstellen, was sie von ihm halten würde, wenn sie die Wahrheit nach ihrer Hochzeit erfuhr. Sie würde ihn und wahrscheinlich auch ihren Gemahl aus tiefster Seele hassen und verachten, und er konnte nur hoffen, dass sie sich Carl Anton nicht aus lauter Abscheu verweigern würde. Um weiteren Fragen auszuweichen, die dieses delikate Thema betrafen, sprach er schnell von etwas anderem.

»Übrigens hat Madame Aiguille mir versichert, sie könne Euer Kostüm für den bevorstehenden Maskenball rechtzeitig liefern, Hoheit.«

Der kritische Ausdruck in Charlottes Gesicht wich einer beinahe kindlichen Freude. »Das ist ja wundervoll! Ich bin so glücklich, an diesem Fest teilnehmen zu dürfen. Aber sagt, Herr von Zinggen, als was werdet Ihr erscheinen?«

»Seine Durchlaucht, der Kurfürst, bestand darauf, mich als Cupido zu sehen. Er hat nämlich befohlen, dass alle seine Gäste die Götterwelt der alten Griechen darstellen sollen«, bekannte Zinggen etwas unglücklich.

Charlotte krauste die Nase. »Dann müsste er selbst aber als Jupiter oder Zeus auftreten.«

»Angesichts seines Beinamens der Starke hielt er die Rolle des Herkules für passender.«

Es gelang Zinggen auch in den folgenden Tagen, seine immer noch vorhandene Besorgnis über die Absichten des Kurfürsten vor Charlotte zu verbergen, dafür sprach er das Thema mehrmals bei seiner Base an. Sabina von Rüthen hätte am liebsten auf die Teilnahme an diesem Ball verzichtet, denn sie empfand das Kostüm einer Nymphe, das sie auf Wunsch des Kurfürsten tragen sollte, als denkbar unangebracht. Doch da sie Charlotte bei dem ausgelassenen Treiben nicht aus den Augen lassen wollte, erklärte sie, dass sie ihre Pflicht bis zur Selbstaufgabe erfüllen würde. Vergeblich hatte sie versucht, die Modistin dazu zu bewegen, die Reize des jungen Mädchens hinter einer größeren Stofffülle zu verbergen. Noch in der Kutsche zupfte sie an Charlottes Kleid herum.

August der Starke empfing sie auf der Treppe vor dem Saal, so als habe er nur auf Charlotte gewartet. Er hatte sich in ein echtes Löwenfell gekleidet und trug eine vergoldete Keule in der Hand. Bei Charlottes Anblick weiteten sich seine Augen, denn das von Madame Aiguille entworfene Kleid betonte ihre schlanke Taille ebenso wie den sanften Schwung ihrer Hüften und ihre kleinen, festen Brüste.

»Ein so bezaubernder Anblick wie Ihr wird einem wirklich nicht alle Tage geboten, Prinzessin.« Der Kurfürst lächelte geradezu übermütig, als er Charlotte den Arm bot und sie in mit Blumengirlanden und Seidendraperien ausgeschmückten Saal führte. Der Zeremonienmeister kündete sie mit hallender Stimme an.

»Seine Königliche Majestät und Kurfürstliche Durchlaucht Friedrich August, Rex Poloniae und Elector Saxoniae, und Ihre Fürstliche Hoheit Charlotte Louise von Ostheim-Veldenburg.«

Charlotte sah, wie die Damen rechts und links in ihren tiefsten Knicks versanken und die Herren sich ehrerbietig verbeugten. Während sie neben Friedrich August durch den Saal schritt und auf die gebeugten Nacken niederblickte, die den Vertretern der edelsten Geschlechter Polens und Sachsens gehörten, begann sie zu ahnen, wie grundlegend sich ihr Leben gewandelt hatte. Sie kam aber nicht dazu, den Gedanken weiterzuverfolgen, denn der Kurfürst blieb mitten im Saal stehen, verbeugte sich vor ihr und befahl den Musikern, zum ersten Tanz aufzuspielen. Die Gäste tuschelten verwundert, denn August der Starke hatte seit mehr als zwei Jahren nicht mehr an einem Tanz teilgenommen. Daran war eine alte Fußverletzung schuld, die wieder aufgebrochen war.

Jetzt aber erlaubte sich der Kurfürst keine Schwäche, sondern führte Charlotte, die sich anmutig in den Tanzschritten wiegte, fehlerfrei über das Parkett und beschämte so die jüngeren Herren, die bei den komplizierten Schrittfolgen oft aus dem Takt gerieten.

Als der Tanz endete, atmete August der Starke sichtlich auf, strahlte Charlotte dann aber an wie ein kleiner Junge, dem eben ein besonderer Streich gelungen war. »Ihr seid eine bewundernswerte Frau, Prinzessin. Ich bedauere, dass Ihr mich nicht nach Warschau begleiten könnt. Welch herrliche Söhne würden wir beide in die Welt setzen!«

13

Auf dem Weg nach Tresskau schwelgte Charlotte in der Erinnerung an den Maskenball, auch wenn ihr das zweifelhafte Kompliment Augusts des Starken immer noch die Röte ins Gesicht trieb. Bis auf diesen einen Augenblick hatte sie sich wie in einem Märchenland gefühlt, in dem alles nur eitel Sonnenschein war. Die jungen Herren hatten sich beinahe um das Recht duelliert, mit ihr tanzen zu dürfen, und sie mit lächerlich übertriebenen, meist schlecht gereimten Lobeshymnen auf ihre Schönheit überschüttet. Auch wenn sie selbst zu glauben begann, dass sie bei weitem nicht so abstoßend und hässlich war, wie man es ihr zu Hause weiszumachen versucht hatte, so war sie doch weit davon entfernt, einer Sylphide oder Nymphe zu gleichen. Am angenehmsten war es ihr gewesen, mit Zinggen zu tanzen, der wohl der beste Tänzer von allen gewesen war. Er hatte sie vergessen lassen, dass er ihr nicht einmal bis zum Kinn reichte, und ihr Vergnügen an der Musik weder mit honigsüßen Worten noch mit Zweideutigkeiten gestört.

Sie hielt sich bei weitem nicht für so weltfremd, wie ihr Begleiter anzunehmen schien, und glaubte die Anspielungen, die ihn betrafen, begriffen zu haben. Da sie aber gewohnt war, verachtet und unverdient bestraft zu werden, war sie fest überzeugt, in ihm eine verwandte Seele gefunden zu haben, und nahm sich vor, niemals etwas zu tun und zu sagen, was ihn verletzen könnte. Bald aber kehrten ihre Gedanken wieder zu Friedrich August von Sachsen zurück, der sie nur ungern hatte scheiden lassen, und sie sagte sich, dass sie sich glücklich schätzen musste, wenn ihr Bräutigam ihm auch nur halbwegs ähnelte.

Je näher sie ihrer künftigen Heimat kamen, umso mehr beschäftigte Charlotte sich mit der Frage, was sie in Tresskau erwarten mochte. Sie wusste, dass es gewisse Dinge zwischen Männern und Frauen gab, über die nicht geredet wurde. Ihre Mutter hatte sich in Andeutungen geflüchtet, was nach der Hochzeit geschah, und ihr schließlich den Rat gegeben, ihrem zukünftigen Gemahl in allen Dingen zu gehorchen. Charlotte hatte oft genug erlebt, wie Hengste zu Stuten und Bullen zu Kühen geführt wurden, und mancherlei Bemerkungen entnommen, dass es zwischen Mann und Frau ähnlich zuging. Die Vorstellung stieß sie ab, denn vernunftbegabte Wesen sollten sich anders benehmen als Tiere. Ein wenig bedauerte sie es, dass sie ihre verheirateten Schwestern nicht wieder gesehen hatte, denn die hätte sie fragen können, wie es zwischen Mann und

Frau wirklich zuging. So aber sah sie ihrer Ankunft in Tresskau mit einem gewissen Bangen entgegen.

Sie war so tief in ihre Überlegungen und Ängste verstrickt, dass sie nicht mehr auf ihre Umgebung achtete und daher zusammenzuckte, als Zinggen ihren Arm berührte und nach draußen zeigte. »Das dort ist Tresskau, Hoheit. Wir sind bald daheim.«

Charlotte streckte den Kopf hinaus und betrachtete die vor ihnen auftauchende Stadt. Vor ihrem Aufenthalt in Dresden wäre Tresskau ihr überwältigend groß vorgekommen, jetzt blickte sie auf ein ausgesprochen hübsches Städtchen herab, das malerisch in einer Schleife der Saale lag. Putzige kleine Fachwerkhäuschen umgaben mehrere Kirchen und einen Dom, dessen Turmspitzen höher reichten als das Dach des auf einer Anhöhe über der Stadt errichteten Palastes. Die Tresskauer Residenz war nicht so groß wie das Dresdener Schloss, wirkte mit dem lang gezogenen Hauptbau und den beiden vorgesetzten Seitenflügeln aber sehr imposant.

Zinggen bemerkte Charlottes Überraschung und erklärte ihr, dass Friedrich August von Saalstein-Tresskau, der Vater des jetzigen Fürsten, nicht nur den Namen mit dem König in Polen und Kurfürst von Sachsen geteilt hatte, sondern auch die Vorliebe für schöne Bauwerke. Daher hatte auch er einen Palast nach französischem Vorbild errichten lassen. »Das Schloss von Versailles ist selbstverständlich größer, denn der König von Frankreich ist nach dem Kaiser in Wien der bedeutendste Herrscher der Christenheit«, schloss er seine Erklärungen mit ehrfürchtiger Stimme.

Charlotte schürzte verwundert die Lippen. »Wenn es stimmt, was in den Büchern meiner Eltern steht, zählt allein die Stadt Paris mehr Einwohner als das gesamte Fürstentum Tresskau.« Sie wollte noch mehr sagen, biss sich aber schnell auf die Lippen, denn sie fürchtete, Zinggen zu beleidigen. Ihr erschien es recht seltsam, dass sich der Herr eines so kleinen Landes einen derart großen und gewiss recht prunkvollen Palast hatte errichten lassen können, und unwillkürlich fragte sie sich, ob der Vater ihres Bräutigams seine Untertanen bis aufs Blut ausgepresst hatte, um seiner Baulust zu frönen. Für eine Weile hatte sie Angst, die Herrin über geknechtete, halb verhungerte Untertanen werden zu müssen, doch als sie in die Stadt einfuhren, stellte sie mit Erleichterung fest, dass die Menschen, die in ihren Mauern lebten, gut genährt und wohlhabend wirkten. Die Straßen waren gepflastert und so sauber, als würden sie ständig gekehrt, und die Häuser trugen zwischen dem rotbraunen Fachwerk einen leuchtend weißen Anstrich und waren zumeist mit stolzen Inschriften geschmückt.

Überall waren Menschen unterwegs, so dass sie nur Schritt fahren konnten, und auf dem großen Marktplatz herrschte ein solches Gedränge, dass die Vorreiter schreien mussten, um der Kutsche Platz zu verschaffen. Während Charlotte das Gewimmel um sie herum neugierig betrachtete, machte Zinggen sich Sorgen, weil man seine Kutsche kaum eines Blickes würdigte. Die Bürger der Stadt hätten nach Sitte und Brauch informiert werden müssen, dass er ihre künftige Fürstin mitbrachte, und ihn beschlich die Angst, dass Carl Anton seine Ansicht inzwischen geändert hatte und nicht mehr bereit war, sich zu vermählen.

14

Der Fürst von Saalstein-Tresskau saß in seinem Privatsalon und spielte mit seinem Liebhaber Schach, als das Geräusch einer auf dem Vorplatz haltenden Kutsche ihn aus seiner Konzentration riss. Er warf einen Blick aus dem Fenster und sah Zinggen den Wagen verlassen. All die Tage hatte er keinen Gedanken daran verschwendet, in welch delikater Mission Pößnitz den kleinen Baron ausgesandt hatte, denn er war sich sicher gewesen, dass sein Jugendfreund mit leeren Händen zurückkommen würde. Aber als er die beiden Damen sah, die aus der Kutsche stiegen, und in einer von ihnen Zinggens Base Sabina von Rüthen erkannte, wurde ihm klar, dass er den bitteren Kelch der Ehe würde ausleeren müssen. Er kam jedoch nicht dazu, einen Blick auf seine künftige Braut zu werfen, denn sie verschwand zu schnell hinter der Tür, die Zinggens Page ihr aufhielt.

De Tailleur schlug eben mit seinem Springer einen Bauern des Fürsten und lächelte stolz. »Nun, was sagt Ihr zu diesem Zug, mein Geliebter?« Als er bemerkte, dass die Aufmerksamkeit des Fürsten nicht ihm, sondern den Vorgängen unten auf dem Vorplatz galt, richtete er sich schnell auf und starrte hinab. »Wie ich sehe, ist Zinggen zurück. Sollte er tatsächlich ein Frauenzimmer mitgebracht haben, wird es sich über den herzlichen Empfang wundern, der ihm hier zuteil wird.«

Carl Anton erinnerte sich, dass de Tailleur dem Majordomus verboten hatte, Vorbereitungen für die Ankunft der Braut zu treffen, und machte sich nun Vorwürfe, dass er ihn hatte gewähren lassen. Unwillkürlich fragte er sich, was die junge Frau angesichts leerer Zimmer und unbezogener Betten empfinden musste. Schließlich war es ja nicht ihre Schuld, dass man sie hierher geschleppt hatte, um ihm den von seinem Gefolge erhofften Thronerben zu verschaffen.

»Euer Zug, mein Fürst!«, drängte de Tailleur.

Carl Anton warf einen kurzen Blick auf das Spielbrett, zog seinen eigenen Springer und setzte de Tailleur schachmatt. Dann blickte er ihn mit einem leicht traurigen Lächeln an. »Mein lieber Rainaud, wie du eben gesehen hast, ist Zinggen mit der zukünftigen Fürstin eingetroffen. Bitte schicke einen Lakaien zu Pößnitz und lasse ihm ausrichten, dass er sich der Dame annehmen soll.«

De Tailleur ballte die Fäuste unter dem Tisch, versuchte aber, ein Lächeln aufzusetzen. Bis zu diesem Zeitpunkt hatte er angenommen, sein fürstlicher Liebhaber würde sich doch noch dem Ansinnen widersetzen, ein Weib in seiner Nähe zu dulden, aber danach sah es im Augenblick nicht aus. Als Carl Anton sich mahnend räusperte, sprang er so hastig auf, dass die Schachfiguren zu Boden rollten, und winkte den im Hintergrund wartenden Diener zu sich.

»Paul, geh zu Pößnitz und trage ihm auf, sich um die Zuchtstute des Fürsten zu kümmern. Dann komm zurück und lese die Schachfiguren auf.«

»Sehr wohl.« Der Lakai verbeugte sich mit steinerner Miene und entfernte sich fast lautlos.

Als de Tailleur auf seinen Stuhl zurücksank und seinen Liebhaber mit einem schmelzenden Lächeln bedachte, bemerkte er eine scharfe Falte auf dessen Stirn. »Mein lieber Rainaud, es wäre mir angenehm, wenn du Bemerkungen, die unter uns beiden fallen, nicht an die Dienerschaft weitertragen würdest.«

De Tailleur schluckte und starrte Carl Anton fassungslos an. So kritisch und abweisend hatte er ihn noch nie erlebt, und er gab sofort der unbekannten Braut die Schuld daran. Obwohl die Weibsperson gerade erst angekommen war, trieb sie bereits einen Keil zwischen ihn und seinen Fürsten.

15

Während Zinggen Charlotte durch die langen Korridore des Schlosses führte, beschlich ihn ein ungutes Gefühl. Die betonte Zurückhaltung der Lakaien, die eifrig ihrer Arbeit nachgingen, ohne die Ankömmlinge zu beachten, gab ihm ebenso zu denken wie das Fehlen des Majordomus und der weiblichen Dienerschaft, die er für Charlotte hätte einstellen sollen. Er warf der Prinzessin einen forschenden Blick zu, doch das Mädchen schien zu angespannt zu sein, um sich Gedanken über die Missachtung ihrer Person zu machen.

»Ich werde Euer Hoheit als Erstes Herrn von Pößnitz, den Geheimen Staats- und Finanzrat Seiner Durchlaucht, vorstellen«, sagte er zu Charlotte.

Ihr wäre es zwar lieber gewesen, direkt zu ihrem künftigen Gatten geführt zu werden, aber da sie die Gepflogenheiten hierzulande nicht kannte, nickte sie nur zustimmend und folgte Zinggen durch ein Gewirr von Sälen und Korridoren. Eine Weile hatte sie nur Augen für all die Säulen und Vertäfelungen aus Marmor, die kunstvollen Stuckarbeiten, die gedrechselten Türstöcke und die zahllosen Deckengemälde, die wohl sämtliche antiken Sagen wiedergaben. Anders als in Dresden schüchterte diese Pracht, deren Herrin sie werden sollte, sie ein, und je tiefer sie in den Palast vordrang, umso weniger konnte sie sich vorstellen, den Ansprüchen des Besitzers dieser Herrlichkeit zu genügen. Daher war sie nun froh, dass sie sich ihrem Gemahl nicht müde und erschöpft und in einem staubigen, von der Reise zerdrückten Gewand präsentieren musste, sondern zuerst seinen Kanzler kennen lernen durfte. Vielleicht würde ihr dieser Auskunft darüber geben, wie sie den besten Eindruck auf den Fürsten machen konnte.

Pößnitz' Leibdiener wartete bereits vor der Zimmerflucht seines Herrn auf Zinggen und seine beiden Begleiterinnen. Bei Charlottes Anblick vergaß er für einen Augenblick seine Contenance und riss Mund und Augen weit auf, konnte aber gerade noch einen Ausruf unterdrücken. Er gewann seine Beherrschung sofort wieder zurück, öffnete die Tür und meldete sie an. »Herr von Zinggen und zwei Damen!«

Pößnitz blickte von seinen Akten auf und wollte Zinggen entgegeneilen. Dann entdeckte er Charlotte und blieb halb aufgerichtet stehen. Fassungslosigkeit machte sich auf seinem Gesicht breit. Als er Zinggen losgeschickt hatte, um eine passende Braut für den Fürsten zu finden, hatte er erwartet, der kleine Baron würde eines jener üppig gestalteten Mädchen mittlerer Größe bringen, wie sie auch seinem eigenen Geschmack entsprachen. Doch jetzt stand ein Geschöpf vor ihm, das ihn um mehr als eine Handbreit überragte und bei dem es eines zweiten Blickes bedurfte, um es als weibliches Wesen erkennen zu können. Pößnitz war sich sicher, dass dieses Mädchen sich zu einer jener herrschsüchtigen Frauen entwickeln würde, die glaubten, alle Welt müsse sich nach ihren Vorstellungen richten, und verzog das Gesicht. »Sagt mal, Zinggen, seid Ihr verrückt geworden? Wie könnt Ihr mir eine solche Hopfenstange anschleppen?«

Angesichts dieses unfreundlichen Empfangs musste Charlotte sich zusammenreißen, um nicht in Tränen auszubrechen. Zinggen schien eine Handbreit zu wachsen und sah so aus, als wolle er mit blanker Faust auf den Kanzler losgehen. »Darf ich Euch darauf hinweisen, Herr von Pößnitz, dass Ihr mir freie Hand bei der Auswahl der Braut gegeben habt? Prinzessin Charlotte ist die erste Wahl unter den Damen gewesen, die ich begutachten konnte, und ich preise die Begegnung mit ihr als wahren Glücksfall. Keine andere hätte den Geschmack unseres Herrn nur annähernd getroffen.«

Pößnitz wich unwillkürlich zurück. So aggressiv hatte er den kleinen Baron noch nie erlebt. Der Pudel kann ja Zähne zeigen, dachte er leicht spöttisch und betrachtete Charlotte genauer. Abgesehen von ihrer ungewöhnlichen Größe und einer unmodisch knabenhaften Figur machte sie einen angenehmen Eindruck, und mit einem Mal begann er zu verstehen, was sein

Emissär in ihr sah. Er schloss die Knöpfe seines schwarzen Rockes, zog seine Halsbinde zurecht und wies lächelnd zur Tür. »Nun denn, Zinggen! Gehen wir zu Seiner Durchlaucht und hören uns an, was er zu Eurer Wahl zu sagen hat.«

Charlotte, die vor wenigen Augenblicken sich noch Gedanken um ihr Äußeres gemacht und Angst vor einer Begegnung mit dem Fürsten gehabt hatte, hob das Kinn und setzte eine hochmütige Miene auf. »Besonders höflich ist der Herr ja nicht!«, sagte sie zu Zinggen.

Der Kanzler lächelte und deutete eine Verbeugung an. »Seid mir herzlich willkommen, Hoheit. Ich kann nur hoffen, dass Seine Durchlaucht, Fürst Carl Anton von Sachsen-Saalstein-Tresskau, Euch wohlwollend empfängt, denn er besitzt, wie Herr von Zinggen Euch gewiss nicht verschwiegen hat, einen ganz eigenen Geschmack.«

Charlotte nickte knapp. »Ich habe davon gehört und hoffe, Seine Durchlaucht wird mit mir zufrieden sein.«

»Das werden wir gleich feststellen.« Es klang wie ein Stoßseufzer.

Als Pößnitz an der Spitze der Gruppe, der Fräulein von Rüthen unbeachtet und mit langem Gesicht folgte, durch die Gänge schritt, eilten die Diener herbei, die Charlotte eben noch ignoriert hatten, um unter tiefen Verbeugungen die Türen zu öffnen und hinter ihnen wieder zu schließen.

Carl Anton hatte eben eine neue Partie Schach mit de Tailleur begonnen, als ihm Pößnitz und seine Begleiter gemeldet wurden. Da er nicht recht bei der Sache gewesen war, schob er das Brett von sich und befahl dem Diener, die Besucher einzulassen. Er stand auf, um Zinggen zu begrüßen, für den er immer noch eine gewisse Freundschaft empfand, dann aber fiel sein Blick auf Charlotte, die hinter dem Baron eintrat, und er erstarrte. Für einen Augenblick musterte er sie ungläubig, dann wanderte sein Blick ebenso fragend wie vorwurfsvoll zu seinem Jugendfreund. Wie konnte der Mann sich unterstehen, ihm eine Braut auszusuchen, die manchen der Langen Kerls im Garderegiment des Königs von Preußen überragte? Wollte Zinggen sich nun an ihm rächen, weil er ihn vor acht Jahren von sich gestoßen und de Tailleur zu seinem Vertrauten gemacht hatte?

Man sah Carl Anton an, dass er seinen Zorn über Zinggen ausgießen wollte, daher schob Charlotte sich schützend vor den Mann, in dem sie einen guten Freund sah. Der Fürst starrte sie einen Augenblick lang an, als wolle er seinen Ärger an ihr auslassen, dann glätteten sich seine Züge und nahmen einen verwunderten Ausdruck an. Ihre hohe, schlanke Gestalt stieß ihn bei weitem nicht so ab wie die schwellenden Formen der Frauen, die dem Schönheitsideal der Zeit entsprachen, und er fragte sich, ob ihr beinahe knabenhaftes Äußeres es ihm möglich machen würde, seine Pflicht ohne allzu großen Widerwillen zu erfüllen. Er trat auf sie zu, um sie näher zu betrachten, und stellte erleichtert fest, dass sie zumindest nicht größer war als er. Lächelnd neigte er sein Haupt. »Sei mir willkommen, mein Kind.«

»Ihre Fürstliche Hoheit, Charlotte Louise Karola Amelia von Ostheim-Veldenburg«, stellte Zinggen sie vor.

Charlotte versank in einen tiefen Hofknicks und bemerkte daher weder die Besitz ergreifende Geste, mit der de Tailleur die Hand auf die Schulter des Fürsten legte, noch Carl Antons ärgerliche Bewegung, mit der dieser sie abstreifte. Sie war zufrieden mit dem, was sie gesehen hatte. Ihr zukünftiger Gatte war kein Schönling und auch nicht mehr ganz jung, doch sie empfand ihn als gut aussehend. Er war vielleicht ein Fingerbreit größer als sie und so schlank, dass er beinahe schon hager zu nennen war. Sein noch volles, dunkelblondes Haar war nicht unter einer Perücke versteckt, wie es eigentlich Mode war, und seine blaugrauen Augen wirkten sanft, ja beinahe ein wenig traurig.

»Ich hoffe, Ihr hattet eine angenehme Reise«, sagte Carl Anton, da ihm nichts Besseres einfiel.

Charlotte hob den Kopf und blickte ihn lächelnd an. »Danke ergebenst, Euer Durchlaucht! Die Reise war wundervoll.«

Er lauschte dem Klang ihrer Stimme und fühlte sich zum zweiten Mal erleichtert, denn sie klang dunkel und weich, ganz anders als die der meisten anderen Frauen, die er als unangenehm schrill und misstönend empfand. Er blickte noch einen Augenblick auf sie herab, dann bat er sie freundlich, sich zu erheben. Dabei erinnerte er sich daran, dass noch nichts für ihren Empfang vorbereitet worden war.

»Ihr werdet Eure Gemächer noch ein wenig kahl vorfinden, doch war es mein Herzenswunsch, dass Ihr sie nach Euren persönlichen Wünschen einrichten lasst.« Das klang in seinen eigenen Ohren aufrichtig, auch wenn de Tailleurs Hetzereien die Ursache für die leere Zimmerflucht gewesen waren, und er fühlte, dass in seiner Beziehung zu seinem Geliebten ein feiner Riss entstanden war.

16

Charlottes Einzug in Tresskau war zwar den Bürgern verborgen geblieben, da kein Ausrufer herumgegangen war und kein Anschlag das Ereignis kundgetan hatte, im nahen Mittstadt aber wusste man bereits Bescheid. Das Fürstenpaar saß im spärlich möblierten Damensalon und starrte auf einen mehrseitigen Brief, den eine Freundin aus Dresden der Fürstin geschickt hatte. Ulrichs Gemahlin las einige Zeilen daraus mit wachsendem Ingrimm vor.

»… ist die zukünftige Fürstin von Tresskau wohl hoch gewachsen, aber von unvergleichlicher Anmut, und hat mit ihrem Charme die Herzen aller gewonnen, zuvorderst das unseres allergnädigsten Souveräns Friedrich August.«

Mathilde von Saalstein-Mittstadt warf das Blatt mit einer Geste des Abscheus auf einen kleinen Tisch. »Gebe Gott, dass dieses Frauenzimmer nicht bereits einen Bastard des sächsischen Hurenbocks trägt. Ganz gleich, was geschieht, mein Gemahl, Ihr dürft die Legitimität der Nachkommen Eures Vetters auf keinen Fall anerkennen.«

»Wahrscheinlich echauffiert Ihr Euch umsonst, meine Liebe.« Fürst Ulrich deutete lächelnd auf ein Blatt des Briefes, das er selbst in der Hand hielt. »Hier steht, dass die Mutter der Braut erst nach acht Töchtern den ersehnten Erben zur Welt gebracht hat, und es sollen in dieser Familie schon seit Jahrhunderten viel mehr Mädchen als Knaben geboren worden sein. Also dürfte es ein hartes Stück Arbeit für meinen Vetter werden, den erhofften Erben zu zeugen. Spätestens nach der zweiten oder dritten Tochter wird er es aufgeben und sich mit den Reizen der männlichen Hure begnügen, die ich ihm vor acht Jahren habe unterschieben lassen.«

»Was hat uns der Kerl, dieser Schneider, denn gebracht?«, rief seine Frau erregt aus. »Es hat Euch etliche Beutel Gold gekostet, ihn in Tresskau zu lancieren, und doch vermochte er Carl Anton diese Heirat nicht auszureden. Ich prophezeie Euch, dass Euer Vetter seine gekaufte Frau unter einen kräftigen Stallknecht legen wird, um uns Tresskau vorzuenthalten. Geht, mein Gemahl, wendet Euch an den Kaiser, denn nur er kann noch verhindern, dass ein Bastard das Erbe in Besitz nimmt, das rechtmäßig Euch und unserem geliebten Sohn Magnus zusteht.«

Fürst Ulrich blickte durch das Fenster in den Garten hinaus, in dem sein vor kurzem vierzehn Jahre alt gewordener Sohn mit seinen drei Schwestern herumtollte, während der zweijährige Rudolf sich an die Kindsmagd klammerte und das Spiel seiner Geschwister von ihrem Arm aus verfolgte. Es schüttelte ihn, als er sich vorstellte, eine ähnliche Szene könne sich saaleabwärts in Tresskau abspielen. Wenn es wider Erwarten dort wirklich zu einem Erben kam, würde er wissen, was er zu tun hatte.

ZWEITER TEIL

Der Anschlag

1

Die ersten Tage in Tresskau flogen wie ein aufregender Traum an Charlotte vorbei. Ihren Gemahl sah sie nur selten und eher zufällig, aber da sie viel zu tun hatte, wurde ihr das kaum bewusst. Von Zinggen unterstützt, dessen guten Geschmack sie mehr und mehr schätzen lernte, plante sie die Einrichtung ihrer Gemächer und kümmerte sich dabei um jede Einzelheit. Unbeirrt durch den vorsichtig geäußerten Tadel Fräulein von Rüthens sprach sie persönlich mit jedem Handwerker und Lieferanten und erwies sich dabei als so energisch und zielbewusst, dass der nachgiebige Baron sie bewunderte. Zwar hatte Charlotte nur in Dresden Räumlichkeiten gesehen, die sich mit denen des Tresskauer Palastes vergleichen ließen, aber sie besaß ein natürliches Gespür für die Auswahl passender Tapeten, Gobelins und Möbel.

Während in dem Flügel des Palastes, in dem Charlotte von nun an residieren sollte, ein beinahe hektisches Kommen und Gehen herrschte, begannen die Besonnenen unter den Domestiken die höfliche, aber bestimmte Art der künftigen Fürstin zu schätzen und änderten ihr Verhalten. Ein größerer Teil der Lakaien gehorchte zwar weiterhin de Tailleurs Anweisungen, Charlotte zu ignorieren; diejenigen aber, denen die in Tresskau herrschenden Zustände schon lange missfielen und die sich von der neuen Herrin einen guten Einfluss auf ihren Fürsten erhofften, lasen ihr bald ebenso wie die neu eingestellten weiblichen Bediensteten jeden Wunsch von den Augen ab.

Zinggen hatte jede Frauensperson von der Kammerzofe der neuen Fürstin bis hin zur Waschmagd persönlich ausgewählt, denn er hielt den Haushofmeister für eine Kreatur der männlichen Hure und traute ihm nicht über den Weg. Da Charlotte neben dem weiblichen Dienstpersonal auch einen standesgemäßen Hofstaat benötigte, ergingen zum ersten Mal seit Jahren Einladungen an den Tresskauer Landadel mit dem Zusatz, sich samt den Töchtern bei Hofe einzufinden. Diese Gelegenheit ließ sich keine der Damen entgehen, und so sah Charlotte sich schon am dritten Tag nach ihrer Ankunft mit einer Schar ebenso neugieriger wie aufdringlicher Mädchen und erwartungsfroher Mütter konfrontiert.

Zinggen, dem die Damen weniger die Neigung zu seinem Geschlecht übel nahmen als vielmehr die Ablehnung ihres eigenen, wusste auch hier Rat. Er schlug Charlotte vor, all den Mädchen und Matronen Aufgaben zu übertragen, mit denen sie deren Eignung zur Hofdame prüfen konnte, und sie den Fortgang der Handwerksarbeiten und die Vorbereitungen zur Hochzeit überwachen zu lassen. Charlotte folgte seinem Rat mit dem ihr eigenen Charme und ließ die schnatternde Schar nicht fühlen, dass sie mehr störte als half. Statt nachdenken und in Ruhe ihre Entscheidungen treffen zu können, musste sie ständig Fragen beantworten und Anweisungen geben, und so war sie angesichts des Trubels froh, dass sie sich zu Hause um Dinge hatte kümmern müssen, die in anderen Häusern vom führenden Dienstpersonal stillschweigend erledigt wurden.

Begegnete sie auf ihren Wegen durch den Palast ihrem künftigen Gemahl, so betrug Carl Anton sich äußerst höflich, wenn auch spürbar distanziert. Sein Kanzler Pößnitz sprach sie nur an, wenn es unumgänglich war, und gab sich dabei kaum Mühe, seine Abneigung ihr gegenüber zu verbergen. Die Braut seines

Fürsten wirkte in seinen Augen trotz ihrer Kleider wie einer jener Langen Kerls, mit denen sich Friedrich Wilhelm von Preußen schmückte, und er bezweifelte, dass sie sich so von ihm lenken lassen würde, wie es für die Belange des Staates nötig war. Und de Tailleur, der ihr als Sekretär des Fürsten vorgestellt worden war, missachtete sie in einer derart beleidigenden Art und Weise, dass Charlotte Zinggen auf ihn ansprach. »Was hat es eigentlich mit Herrn de Tailleur auf sich? Er vermittelt mir das Gefühl, hier unerwünscht zu sein.«

Der kleine Baron überlegte verzweifelt, wie er ihr das Verhältnis zwischen Carl Anton und seinem Liebhaber begreiflich machen konnte, ohne zu viel zu verraten. »De Tailleur steht seit acht Jahren in den Diensten Seiner Durchlaucht und ist ihm in dieser Zeit ein guter Freund geworden. Seine Durchlaucht vertraut ihm mehr als seinem Kanzler, und bedauerlicherweise hat der Mann sich vehement gegen diese Heirat ausgesprochen.«

Diese Worte hatten die Einleitung zu einer längeren Rede darstellen sollen, doch da Zinggen eine Pause machte, glaubte Charlotte, es wäre bereits alles gesagt.

»Seine Durchlaucht war wohl ein arger Hagestolz, der sich nur der Not gehorchend ein Weib nehmen will.« Ihre Worte verrieten ihre innere Anspannung, aber auch den Willen, alles zu tun, um die Zuneigung des Fürsten zu erringen.

Zinggen nickte unwillkürlich. »Wäre sein Bruder, der Erbprinz, nicht vor wenigen Monaten verstorben, hätte er den Gedanken an eine Ehe weit von sich gewiesen. Ihr dürft aber nicht denken, Ihr wäret hier nicht willkommen. Die Menschen in Tresskau sind überglücklich, dass ihr Herr sich vermählen will.«

Charlotte seufzte erleichtert und lächelte wieder. »Ihr versteht es, meine Sorgen zu vertreiben und mich aufzurichten, Herr von Zinggen. Fast wünschte ich, Ihr hättet statt des Fürsten um mich geworben.«

Zinggen hatte Mühe, einen erschrockenen Ausruf zu unterdrücken. Eine Braut, mochte sie auch noch so reizend sein wie Charlotte, war das Letzte, was er sich wünschte. Aber er rang sich schnell eine Antwort ab, ehe ihr sein Zögern auffiel. »Bei Eurer Größe gäben wir ein arg seltsames Paar ab.«

»Nicht, wenn ich Hosen und Jabot trüge und Ihr Frauenkleidung!«, antwortete Charlotte lachend.

Zinggen wusste in den unergründlichen Tiefen seiner Kleidertruhen einige wunderschöne Frauenkleider verborgen, die er von Zeit zu Zeit anzog, um sich damit im Spiegel zu bewundern, und verbarg seine Verblüffung hinter einem Hustenanfall. »Ihr seid wirklich originell, Fürstliche Hoheit. Doch jetzt sollten wir uns wieder ernsthafteren Themen zuwenden. Wie Ihr wisst, möchte Seine Durchlaucht nicht länger mit der Hochzeit warten.«

Das war eine höfliche Umschreibung der Bemerkung, die Carl Anton in seiner Gegenwart Pößnitz und de Tailleur gegenüber fallen gelassen hatte. Er wolle das Unangenehme nicht länger hinausschieben, da es ihm mit jedem Tag schlimmer vorkäme, hatte er ihnen mitgeteilt und im nächsten Moment an den Takt seiner Zuhörer appelliert, diesen ungezogenen Ausspruch nicht an die Ohren anderer dringen zu lassen. Zinggen und der Kanzler hielten sich an diese Aufforderung, de Tailleur ließ jedoch keine Gelegenheit innerhalb und außerhalb des Schlosses aus, die Bemerkung des Fürsten unter die Leute zu tragen. Zinggen tat alles, um dieses Gerede von Charlotte fern zu halten, und hoffte inständig, die männliche Hure würde sich mit ihren Indiskretionen bald ihr eigenes Grab schaufeln. Carl Anton war, was Höflichkeit und Taktgefühl betraf, ein wahrer Edelmann und würde gewiss nicht zulassen, dass seine Braut in seinem eigenen Haus gedemütigt wurde.

Charlotte sah nichts von Zinggens Wut, die sich in dem Mienenspiel des kleinen Barons spiegelte, denn sie blickte etwas traurig zum Fenster hinaus und betrachtete die zu Pyramiden und quadratischen Kuben geschnittenen Bäume im Park. »Es tut mir Leid, dass meine Eltern nicht an der Zeremonie teilnehmen können. Sie hätten sich gewiss darüber gefreut.«

Was ihren Vater betraf, fühlte sie echtes Bedauern, denn sie hätte es gerne gesehen, wenn er ihren Bräutigam, gegen den er eine ihr unbegreifliche Abneigung gefasst zu haben schien, persönlich kennen lernen würde. Und ihrer Mutter hätte sie den Glanz Tresskaus vor Augen führen und sie an die Worte Walram von Fuchsheims erinnern können, der ihr prophezeit hatte, sie würde vergebens auf einen passenden Freier warten. Nun aber würde sie die Gemahlin eines Souveräns werden, der himmelhoch über einem kleinen Reichsritter stand.

Carl Anton wünschte jedoch nicht, die Familie der Braut in Tresskau zu sehen, und Zinggen suchte nach den passenden Worten, Charlotte diese Tatsache zu erklären, ohne ihr wehzutun. »Ihr müsst Seine Durchlaucht verstehen, Hoheit. Die Trauer um seinen Bruder lässt eine aufwändige Feier nicht zu. Euer zukünftiger Gemahl wird Eure Eltern zu einer besseren Zeit nach Tresskau einladen, dessen bin ich mir sicher.« Zinggen hätte keinen halben Kreuzer darauf verwettet, dass Carl Anton Charlottes Eltern je einladen würde, aber er wollte ihn nicht in ein schlechtes Licht rücken.

»Wenn Ihr und Seine Durchlaucht euch besser kennen gelernt habt, werdet Ihr gewiss ein offenes Ohr für Eure Wünsche bei ihm finden«, sagte er in der Hoffnung, sein Jugendfreund würde die fehlende Zuneigung zu seiner Braut mit allerlei Zugeständnissen wettmachen. Gleichzeitig fürchtete er de Tailleurs schlechten Einfluss, und aus Angst, seine Zweifel könnten sich auf seinem Gesicht abzeichnen und Charlotte verunsichern, verabschiedete er sich mit einem Hinweis auf andere Pflichten.

2

Charlottes Eltern fehlten bei der Hochzeit, dafür hatten andere Gäste sich selbst zu den Feierlichkeiten eingeladen. Als Erster erschien August der Starke, der bereits eine Tagesreise auf dem Weg von Dresden nach Warschau zurückgelegt und dann überraschend den Befehl zum Wenden gegeben hatte, und mindestens ebenso unerwartet tauchte Carl Antons Vetter Ulrich von Saalstein-Mittstadt samt seiner Gemahlin und dem Hofprediger Meller auf.

Beide Besucher stellten die Nerven des Fürsten, seiner Edelleute und der Dienerschaft auf eine harte Probe. Die gut eintausend Begleiter des polnischen Königs und Kurfürsten von Sachsen, vom gemeinen Fuhrknecht bis hin zu den polnischen Edelleuten, von denen jeder von einem Schwarm Diener und Wäscherinnen begleitet wurde, mussten verköstigt und untergebracht werden, und das war eine Herkulesaufgabe, die ohne den selbstlosen Einsatz der Bürger der Stadt Tresskau nicht hätte bewältigt werden können.

Zu Augusts Begleitung zählte auch sein oberster Minister Flemming, ein ebenso adelsstolzer wie prachtliebender Herr, dessen prunkvolle Kleidung der seines Souveräns nur wenig nachstand. Der etwas verkniffene Mund und die lange, gebogene Nase verliehen ihm ein überhebliches Aussehen, doch seinen kleinen, von schweren Lidern beschatteten Augen entging nicht das Geringste. August der Starke war nach Tresskau gekommen, um sich zu amüsieren, sein Minister aber hoffte, diesem überraschenden Besuch einiges mehr abgewinnen zu können. Während Friedrich August sich von seinem Gastgeber durch den Palast führen ließ und dabei die Gemäldegalerie bewunderte, in der neben einigen erst vor kurzem erworbenen

Canelottos und Tizians auch die Porträts gemeinsamer Vorfahren hingen, ließ Flemming sich bei Pößnitz melden.

Der Kanzler erhob sich, um den mächtigen polnisch-sächsischen Minister mit aller gebotenen Höflichkeit zu begrüßen. In seinem schmucklosen schwarzen Rock wirkte er im Vergleich zu seinem mit erlesener Eleganz gekleideten Gegenüber wie ein Rabe neben einem Goldfasan. Die Blicke, mit denen die beiden sich maßen, zeigten jedoch, dass sie auf dem Feld der Politik einander ebenbürtig waren.

Flemming verneigte sich eher herablassend und ließ den Blick über die mit Büchern und Akten voll gestopfte Kammer gleiten, die sich gewaltig von den hellen, luftigen Sälen unterschied, in denen er seinem Herrn diente oder, besser gesagt, seine Sekretäre und Schreiber von Zeit zu Zeit beaufsichtigte.

»Ein eher ungewöhnliches Ambiente«, spöttelte er.

Pößnitz wies mit einer Handbewegung auf die Bücherschränke und die aufgetürmten Akten. »Hier ist alles um mich versammelt, was ich benötige, und ich kann arbeiten, ohne mich über einen Sekretär oder Diener ärgern zu müssen, der mir unter Garantie die falschen Papiere bringen würde.«

»Gott hat die Menschen wahrlich verschieden geschaffen. Mir würde es hier nicht behagen.«

Pößnitz fand es an der Zeit, das Geplänkel zu beenden. »Ihr habt mich sicher nicht aufgesucht, um mit mir über die Gestaltung meines Arbeitszimmers zu sprechen.«

Flemming betrachtete scheinbar interessiert den großen Diamantring an seinem Mittelfinger und lächelte. »Gewiss nicht, Pößnitz. Wie Ihr wisst, erheben sowohl Sachsen wie auch beide Saalsteins Anspruch auf das Erbe des letzten Reichsgrafen von Hollenberg. Wäre es da nicht an der Zeit, sich zu arrangieren? Die Aussichten des Tresskauer Fürsten wären gewiss größer, wenn Seine Majestät, der König von Polen, zu seinen Gunsten verzichten würde.«

Die Wortwahl des Ministers verriet Pößnitz, dass Sachsen diese Einigung mit etlichen harten Talern bezahlt sehen wollte, und er wollte versuchen, die Summe in einem vernünftigen Rahmen zu halten. »Unsere Ansprüche sind weitaus begründeter als die der anderen.«

»In Euren Augen vielleicht, doch mein Souverän genießt das Wohlwollen des Kaisers in Wien, und das Reichskammergericht wird gewiss nicht gegen den Willen Karls VI. entscheiden.«

Pößnitz musste Flemming im Stillen Recht geben. Carl Antons Chancen, die Reichsgrafschaft zu erben, würden erheblich steigen, wenn Friedrich August von Sachsen ihm den Vortritt ließ. Aber da waren noch einige Punkte zu klären, und er versuchte sein Gegenüber zu verunsichern, um seine Verhandlungsposition zu verbessern. »Ich werde Seiner Durchlaucht Euren Vorschlag übermitteln, doch er wird gewiss auf seinem stärkeren Rechtsanspruch bestehen.«

Flemming war zu abgebrüht, um auf die Taktik seines Gegenübers einzugehen. »Diese Angelegenheit ist keines größeren Aufwands wert, deswegen sollten wir sie unter uns aushandeln. Ich habe die Verzichtserklärung bereits anfertigen und von meinem Souverän unterzeichnen lassen.«

»Wie viel verlangt Ihr?«, fragte Pößnitz, der wusste, dass jedes weitere Zögern den Preis in die Höhe treiben würde.

»Zwanzigtausend Taler für den König und Kurfürsten, und zehntausend für mich!« Flemmings Besitz konnte sich mit dem der reichsten Herren im Reich messen, und doch sah er es als sein gutes Recht an, für jeden seiner Dienste eine – wie er es nannte – kleine Aufmerksamkeit zu fordern.

Pößnitz zögerte ein wenig. Dreißigtausend Taler waren eine Summe, die sein Fürst durchaus aufbringen konnte. Doch er war nicht bereit, so viel Geld auszugeben, wenn die Gefahr bestand, dass Hollenberg genau wie Tresskau in die Hand Ulrichs von Mittstadt fiel. Ein Blick in Flemmings Gesicht zeigte ihm, dass ihm nicht viel Zeit blieb, das Angebot anzunehmen. »Ich bin bereit, meinem Herrn zu empfehlen, diesen Vertrag zu unterzeichnen. Allerdings müssen einige Klauseln genau bedacht werden.«

»Welche Klauseln?«, fragte Flemming.

»Es muss sichergestellt sein, dass mein Fürst Hollenberg frei vererben kann ...«

»Nicht an seine männliche Hure!«

Pößnitz winkte ärgerlich ab. »Natürlich nicht! Aber eine Tochter oder seine Witwe muss erben können.«

Flemming lachte auf. »Ach so! Ich vergaß den Mittstädter Bauern. Die Zuneigung der beiden Vettern scheint ja heiß und innig zu sein, wie ich mich beim Erscheinen Herrn Ulrichs überzeugen konnte.«

Pößnitz erinnerte sich ebenfalls an die eisigen Blicke, mit denen die beiden fürstlichen Vettern sich begrüßt hatten, und fiel in das fröhliche Gelächter seines Gastes ein.

3

Charlotte hatte nicht erwartet, den polnischen König so rasch wiederzusehen, und freute sich aufrichtig über sein Erscheinen, Carl Anton hingegen wurde zur Beute zwiespältiger Gefühle. Friedrich Augusts Anwesenheit verlieh der geplanten Zeremonie einen Glanz, der jeden Zweifler im Reich verstummen lassen würde; gleichzeitig aber fragte er sich besorgt, ob der Sachse die in Liebesdingen unerfahrene Charlotte bereits in

Dresden umgarnt hatte und versuchen wollte, sie nach vollendeter Eheschließung zu verführen.

Das war nicht seine einzige Sorge. Obwohl er seinem Geliebten versprochen hatte, die ihm aufgezwungene Ehe würde keinen Keil in ihre Beziehung treiben, lief Rainaud seit Tagen mit Leichenbittermiene herum und klagte ihn der Untreue an. Dabei hatte er ihm bei allem, was ihm heilig war, geschworen, dass er die Liebe seines Lebens sei und Charlotte nichts als ein Mittel zum Zweck. Um Rainaud zu beruhigen, begegnete Carl Anton seiner Braut einige Tage mit einer fast eisigen Höflichkeit und schämte sich, als er ihre ängstliche Reaktion bemerkte. Er fühlte sich zwischen Liebe und Pflicht zerrissen und hatte die Hochzeit schon absagen und seine Braut mit einer größeren Mitgift als Entschädigung zu ihren Eltern zurückschicken wollen, doch das Auftauchen des Polenkönigs und vor allem das seines Mittstädter Vetters ließ ihn anderen Sinnes werden.

Die Gier und der ungezügelte Neid, mit denen Ulrich und seine Gemahlin Mathilde die Pracht des Tresskauer Palastes in sich aufsogen, waren Balsam für seine gekränkte Seele und bestärkten seinen Willen, den einmal eingeschlagenen Weg weiterzugehen und all jene Unannehmlichkeiten zu ertragen, die mit der Aussicht auf einen Erben verbunden waren. Dazu gehörte auch der festliche Empfang, der am Vorabend der Hochzeit in den Sälen des Schlosses stattfinden sollte.

Schon den ganzen Nachmittag über waren die Kutschen der Tresskauer Landedelleute und der hoffähigen Bürger vor dem Schloss vorgefahren. Der Kastellan des Fürsten und der Zeremonienmeister, die lange Jahre ein gemütliches Leben geführt hatten, kamen an diesem Tag kaum dazu, Atem zu schöpfen. Letzterer musste seine Stimme bis zur Erschöpfung verausgaben, um all die Damen und Herren anzukündigen, die prachtvoll aufgeputzt den Saal betraten. Der Fürst empfing die Besucher am Fuß der Treppe und amüsierte sich still über die zweifelnden Blicke, die man ihm und Charlotte zuwarf. Mit der geplanten Eheschließung hatte er seinen Untertanen offensichtlich Gesprächsstoff für viele Monate geliefert.

Als der Strom der Gäste abriss, bot er Charlotte den Arm und führte sie an ihren Platz. Da die Tafel im großen Saal nicht ausreichte, um allen Geladenen Platz zu bieten, saßen nur die hochrangigsten Gäste und ihre Damen am Tisch des Brautpaares. Für den niederen Adel und die Bürgerschaft war eine zweite, erheblich längere Tafel aufgestellt worden. Als Ranghöchster nahm der polnische König den Ehrenplatz ein, der eigentlich dem Hausherrn gebührt hätte. Ihm gegenüber, aber durch die ganze Länge der Tafel getrennt, saßen Charlotte und zu ihrer Rechten als hochrangigster weiblicher Gast die Gräfin Orzelska, die Gerüchten zufolge nicht nur die Mätresse Augusts des Starken, sondern auch dessen leibliche Tochter war. Die biederen Tresskauer Lutheraner betrachteten die junge Dame ebenso verwirrt wie neugierig, und man konnte ihnen den Gedanken von der Stirn ablesen, dass es im Heiligen Römischen Reich gekrönte Häupter gab, die mindestens im gleichen Maße gegen Gottes Gebote verstießen wie ihr eigener Landesherr.

Die Blicke der meisten Besucher aber richteten sich bald neugierig und argwöhnisch auf den berüchtigten Favoriten, und die Tresskauer freuten sich diebisch, weil der Mann nicht an die Seite des Fürsten platziert worden war, sondern zwischen Landedelleuten und nachrangigen polnischen Rittern sitzen musste. De Tailleur starrte seinerseits die Begleiter Augusts des Starken, die in ihren malerischen Trachten ein prachtvolles Bild abgaben, so angewidert an, als hielte er sie für verkleidete Pferdeknechte, die sich unter den Adel gemischt hatten, und er zeigte deutlich, wie stark ihn die Verbannung in diese Gesellschaft kränkte. Nach kurzer Zeit stand er auf und befahl einem Diener, seinen Stuhl und sein Gedeck an die Seite des Fürsten zu bringen.

Der Zeremonienmeister schritt sofort ein. »Verzeiht, Herr de Tailleur, doch Euer offizieller Rang als Sekretär Seiner Durchlaucht gestattet es Euch nicht, an der Seite von Damen und Herren aus altehrwürdigen Geschlechtern oder gar neben gekrönten Häuptern Platz zu nehmen.«

De Tailleur lief dunkelrot an und hob die Hand, als wolle er den Mann schlagen. »Ihr verschafft mir jetzt einen Platz in der Nähe des Fürsten, oder Ihr werdet mich kennen lernen!« Seine Stimme hallte so laut durch den Saal, dass jeder aufmerksam wurde. Um einen Eklat zu vermeiden, warf Carl Anton seinem Favoriten einen entschuldigenden Blick zu, wies aber gleichzeitig auf den anderen Tisch. Seine Handbewegung glich fatal jener Geste, mit der man Hunde auf ihren Platz verweist, und de Tailleur wollte wütend aufbegehren. Er biss sich jedoch auf die Zunge, denn sein Liebhaber war in letzter Zeit nicht mehr so leicht lenkbar, und ihm war klar, dass er zu diesem Zeitpunkt keinen offenen Streit provozieren durfte. Daher zog er sich zu seinem Platz zurück und versuchte sich mit der Tatsache zu trösten, dass dieses hochnäsige Polengesindel bald wieder verschwinden würde. Dann würde niemand ihn daran hindern können, diese Demütigung der fürstlichen Zuchtstute auf Heller und Pfennig zurückzuzahlen.

Um seinen Gefühlen Luft zu verschaffen, versuchte er, seine Tischnachbarn mit Gerüchten gegen dieses impertinente Frauenzimmer einzunehmen. Zu seinem Pech aber saß der Mittstädter Hofprediger ihm direkt gegenüber, maß ihn mit einem verächtlichen Blick und unterbrach schließlich die Schmähungen gegen die zukünftige Fürstin, indem er Gott pries, der die reuigen Sünder – und damit meinte er ganz offensichtlich Fürst Carl Anton – in seine Arme nahm, und den heilsamen Einfluss der jungfräulichen Braut auf den Bräutigam mit glühenden Worten lobte.

De Tailleur verzog höhnisch das Gesicht. »Ihr glaubt doch nicht ernsthaft, dass die Zuchtstute dem hochgeborenen Hurenbock August in Dresden entgangen ist? Wahrscheinlich brütet sie bereits seinen nächsten Bastard aus.«

Die Tresskauer, die diese Bemerkung gehört hatten, machten Anstalten, aufzustehen oder ihrer Empörung lautstark Luft zu machen, doch Claudius Schliebrantz, der Tresskauer Domdekan, bat sie mit einer Geste, sich zu beruhigen. Dann blickte er den Favoriten strafend an. »Eure Worte werden sich bald als üble Verleumdung erweisen, denn die Saalsteiner Hausgesetze schreiben vor, dass eine fürstliche Braut, so sie nicht Witwe ist, von sechs ehrbaren Frauen auf ihre körperliche Unversehrtheit geprüft werden muss. Meine Gattin gehört zu den Matronen, die für diese Aufgabe ausgewählt wurden, und sie wird Seiner Durchlaucht die Wahrheit nicht vorenthalten. Wie Ihr seht, versammeln die Damen sich bereits, um ihrer Pflicht Genüge zu tun.« Schliebrantz wies auf seine Ehefrau, die sich aus einem Kreis von sechs Damen löste, auf Charlotte zutrat und sie bat, sie in den Pariser Salon zu begleiten.

De Tailleur spürte eine gewisse Erregung in sich aufsteigen und überlegte, wie er unauffällig an den Frauen vorbeischlüpfen konnte, um hinter einem Fauteuil versteckt der Prüfung zuzusehen. Doch da führten die Damen die Braut bereits in den Salon und schlossen die Tür hinter sich. Zwei Gardisten in den grünen Monturen der Tresskauer Jäger zu Pferd stellten sich mit blankem Säbel davor und machten so grimmige Gesichter, als wollten sie jeden niederstechen, der sich ihnen näherte.

Charlotte hatte noch nichts von den Hausgesetzen gehört und fühlte sich beklommen, als Frau Schliebrantz, die ihr erst vor ein paar Tagen als Ehefrau des Domdekans vorgestellt worden war, den Schlüssel im Schloss herumdrehte, während ihre Erste Kammerfrau, Baronin Ließnitz, die Vorhänge an allen Fenstern zuzog.

Als die Baronin sich Charlotte zuwandte, wirkte sie peinlich berührt. »Ich bedauere, Euer Fürstlichen Hoheit Unannehmlichkeiten bereiten zu müssen, doch uns wurde aufgetragen, die körperliche Unversehrtheit Eurer Fürstlichen Hoheit zu inspizieren.«

Charlotte blickte sie entgeistert an. »Ihr wollt meine Tugend prüfen?«

Frau Schliebrantz sprang der Baronin bei. »So bestimmt es das Hausgesetz von Sachsen-Saalstein, und in Eurem Fall, Fürstliche Hoheit, ist unsere Aufgabe von besonderer Wichtigkeit, denn es gibt Lügenmäuler, die behaupten, Ihr wäret die Mätresse des Polenkönigs gewesen!« Sie sprach das Wort Polenkönig in einer Weise aus, als würde sie ihren Mund damit beschmutzen.

»Das ist eine infame Verleumdung!« Charlotte kniff die Lider zusammen, um ihre innere Ruhe zurückzugewinnen, und begann sich mit heftigen Bewegungen aus ihrer in Grün und Zartrosa gehaltenen Robe zu schälen. Bevor das prachtvolle Kleid Schaden nehmen konnte, eilten die Damen ihr zu Hilfe.

Auch wenn die sechs Frauen sich ein wenig genierten, waren sie doch neugierig, Charlottes Figur ohne die vielen Schichten Stoff betrachten zu können. Die junge Braut überragte die Größte von ihnen um mehr als Haupteslänge und wog nicht mehr als die Leichteste. Frau Schliebrantz und Baronin Ließnitz atmeten erleichtert auf, als Charlotte nackt vor ihnen stand und sie sich überzeugen konnten, dass die junge Frau von durchaus harmonischer Gestalt war. Sie erinnerte sie ein wenig an die Statuen der griechischen Göttinnen Diana und Athene im Tresskauer Schlosspark, welche die Damen nur dann zu betrachten wagten, wenn kein männliches Wesen sie dabei beobachten konnte.

»Seine Durchlaucht kann mehr als zufrieden sein. Wenn Eure Fürstliche Hoheit so gütig sein wollen, Euch auf das Fauteuil zu setzen.« Baronin Ließnitz zeigte dabei auf einen bequemen Sessel mit grüngoldenem Brokatbezug, der mit den Tapisserien an den Wänden harmonierte.

Charlotte kniff die Lippen zusammen, folgte aber der Anweisung. Durch das enge Zusammenleben mit ihren Schwestern war sie es gewohnt, Frauen und Mädchen nackt zu sehen und sich ihnen nackt zu zeigen. Hier aber fühlte sie sich gedemütigt und wäre am liebsten in Tränen ausgebrochen. Sie verspottete sich innerlich wegen dieses Gefühls, denn sie wusste inzwischen, was man von ihr erwartete. Vor zwei Tagen erst war sie wider Willen Zeugin eines Gesprächs zwischen zwei Lakaien geworden und hatte einigen drastischen Worten entnommen, dass sie nur als Zuchtstute für den Fürsten nach Tresskau geholt worden war, um ihm zu einem Erben zu verhelfen. Unter diesen Umständen durfte sie sich nicht beschweren, wenn man sie wie einen Gaul auf dem Pferdemarkt behandelte.

Die Damen waren sich uneins, wer die schwere Aufgabe übernehmen sollte. Schließlich fasste die Frau des Dekans sich ein Herz und beugte sich über Charlottes Unterleib. »Fürstliche Hoheit sollten die Güte haben, die Beine ein wenig zu spreizen«, bat sie und griff dann so vorsichtig zu, als habe sie eine zerbrechliche Kostbarkeit vor sich.

Charlotte sog scharf die Luft ein, als sie die kühlen Finger der Frau an einer Stelle spürte, an der sie sich selbst kaum zu berühren wagte. Für einen Augenblick überkam sie sogar die Angst, die Dekanin könnte zu dem Schluss kommen, sie sei keine Jungfrau mehr. Doch da winkte diese die Baronin und die anderen Damen herbei.

»Es ist kein Zweifel möglich. Ihre Fürstliche Hoheit ist, wie wir erwartet haben, Virgo intacta.«

Warum muss die Frau lateinisch reden?, schoss es Charlotte durch den Kopf, denn sie hatte in diesem Moment sämtliche Vokabeln vergessen, die sie im Verlauf vieler Unterrichtsstunden bei ihrem Vater gelernt hatte. Die überschäumende Gratulation der Damen erklärte ihr jedoch den Sinn jener Worte. Schon atmete sie auf, weil sie glaubte, das Schlimmste überstanden zu haben, und ließ sich von der Frau des Dekans und den anderen Damen beim Ankleiden helfen.

Baronin Ließnitz zog ein Gesicht, als hätte sie ihr Canossa noch nicht erreicht. »Euer Fürstliche Hoheit müssen noch etwas erfahren.«

Charlotte seufzte. »Was blüht mir denn jetzt noch?«

Die Baronin presste ihre Worte so schnell heraus, dass Charlotte sie im ersten Moment nicht verstand. »Es ist auch unsere Aufgabe, dem Vollzug der Ehe beizuwohnen.«

»Was?« Charlotte hob abwehrend die Arme. Die Vorstellung, mit einem fremden Menschen die Nacht und das Bett teilen und dabei Dinge tun zu müssen, von denen sie nur einen ungefähren Begriff hatte, war schon beängstigend genug, aber der Gedanke, dass sie dabei auch noch beobachtet werden sollte, schockierte sie zutiefst.

»Das ist leider unumgänglich, Fürstliche Hoheit. Es darf keinen Zweifel daran geben, dass Seine Durchlaucht seinen Pflichten als Gatte nachkommt. Daher werden sechs Damen und sechs sorgfältig ausgewählte Herren der Hochzeitsnacht beiwohnen.«

»Sind wir hier im aufgeklärten Deutschland oder bei den Barbaren in der hinteren Walachei?«, rief Charlotte empört aus. Sie wusste von der Walachei nicht mehr, als dass sie irgendwo im Reich der Osmanen lag, das vor vierzig Jahren Wien und das Abendland in höchste Bedrängnis gebracht hatte. Ihr Großvater Ottokar hatte als einer der Hauptleute des Fränkischen Kreises an der Entscheidungsschlacht am Kahlenberg bei Wien teilgenommen, ohne bei der Verteilung der reichen Beute nennenswert berücksichtigt worden zu sein.

Die Frau des Domdekans ergriff Charlottes Hände und drückte sie gegen ihre Stirn. »Bitte verzeiht uns, Fürstliche Hoheit! Aber hier geht es leider nicht nach Eurem oder unserem Willen. Wir alle müssen tun, was das Hausgesetz befiehlt.«

Charlotte sah die Angst in den Augen der Frau und begriff, dass sie trotz des seltsamen Empfangs, den man ihr hier bereitet hatte, Macht über diese Menschen besaß.

»Da ihr nur eurer Pflicht gehorcht, habe ich euch nichts zu verzeihen«, antwortete sie mit einem Lächeln, das ihr einiges an Kraft abforderte. Sie fragte sich, wer wohl die Herren sein mochten, die sie und den Fürsten bei dem intimsten Beisammensein beobachten sollten, das es zwischen Mann und Frau gab.

Dieses Thema wurde zur gleichen Zeit auch im Festsaal angesprochen. Pößnitz hatte seinen Platz in der Mitte der Tafel verlassen, um dem Fürsten seine Vorschläge zu unterbreiten. »Euer Durchlaucht, nach Einsicht der alten Statuten ist es meine Pflicht als Euer Kanzler, dem Vollzug der Ehe beizuwohnen und ihn zu beeiden. Außerdem sollte der Mittstädter Hofprediger Meller als Vertreter Eures Vetters anwesend sein.«

Carl Anton nickte, ohne etwas zu sagen, behielt aber den polnischen König im Auge.

August der Starke gluckste amüsiert. »Ich nehme auch daran teil, denn ich will mich mit meinen eigenen Augen davon überzeugen, wie Ihr mit einem Frauenzimmer zurechtkommt, und Euer werter Vetter dürfte nicht minder daran interessiert sein.«

Carl Anton biss die Zähne zusammen. Ihm war bewusst, dass dem Polenkönig weniger an der Beeidung der ordnungsgemäßen ehelichen Vereinigung lag als daran, seine perverse Neugier zu stillen. Seinem Vetter hingegen gönnte er die Enttäuschung. Ulrich sollte ruhig mit ansehen, dass er alles tat, um ihn als Erben auszuschalten. Daher stimmte er dem Arrangement höflich und scheinbar gelassen zu.

»Also gut, Pößnitz. Seine Königliche Hoheit«, er neigte den Kopf in Augusts Richtung, »Ihr, Meller und dessen Herr sollten als Zeugen genügen.«

»Nach den Regeln müssen sechs Damen und sechs Herren dem Vollzug beiwohnen«, antwortete der Kanzler so gleichmütig, als spräche er über das Wetter. »Einer davon sollte Domdekan Schliebrantz sein …«

»Der Sechste bin ich.« De Tailleur hatte gesehen, wie die Herren die Köpfe zusammensteckten, und sich neugierig herangeschlichen.

Der Kanzler maß ihn mit einem spöttischen Blick. »Ich glaube nicht, dass Ihr den Regeln des ehrwürdigen Hauses Sachsen-Saalstein-Tresskau genügt. Die Zeugen müssen verheiratete Edelleute sein …«

»Das ist Meller auch nicht!«, unterbrach ihn de Tailleur verärgert.

»… oder Kirchenmänner von hohem Rang«, fuhr Pößnitz im gleichen Ton fort, so als habe er de Tailleurs Einwand nicht gehört. »Ihr hingegen weist weder die entsprechende Anzahl der erforderlichen Ahnen noch das nötige Amt auf, zumal Euch die Verwendung, die Ihr am Hofe findet, wenig geeignet macht, Seine Durchlaucht bei der Erfüllung seiner Pflicht zu überwachen.«

So scharf war Pößnitz dem Favoriten des Fürsten noch nie in die Parade gefahren. De Tailleur warf seinem Geliebten einen Hilfe suchenden Blick zu, fand zu seinem Ärger aber keine Unterstützung, sondern erhielt nur einen stummen Wink, endlich Ruhe zu geben.

»De Tailleur, Euch gebricht es an dem nötigen Takt«, spöttelte Pößnitz, laut genug, dass es jedermann hören konnte, und zum Ärger seines Favoriten nickte Carl Anton.

»Der Sechste sollte Herr von Flemming sein«, schlug der Kanzler vor und blickte seinen Fürsten dabei fordernd an. Ihn interessierte es wenig, was Carl Anton von dieser weiteren Zumutung hielt, denn für ihn zählte nur die Tatsache, dass die Unterschriften des Kurfürsten von Sachsen und Königs von Polen und seines Ersten Ministers eine scharfe Waffe darstellten, falls es notwendig werden sollte, den vorschriftsmäßigen Vollzug der Ehe zu beweisen.

Ein Diener berührte de Tailleur am Arm und wies auf dessen Platz. »Pardon, mein Herr, Ihr stört das Zeremoniell.«

»Der Teufel soll das Zeremoniell holen!«, schrie de Tailleur ihn an. »Und die Zuchtstute des Fürsten dazu!« Carl Anton wurde kreidebleich, und seine Lippen glichen grauen Strichen. Unwillkürlich hob er die Hand, als wolle er seinen Favoriten schlagen, und de Tailleur beantwortete die Geste mit einem giftigen Blick.

4

Carl Anton hatte ursprünglich nur eine schlichte Zeremonie in der Schlosskapelle abhalten lassen wollen, doch der kleine Raum konnte kaum ein Zehntel der Gäste aufnehmen. Daher hatte Pößnitz den Befehl erteilt, den Dom von Tresskau mit Tannengrün und Blumengirlanden zu schmücken, so gut es in der kurzen Zeit ging. Die Hälfte der Bänke wurde aus dem Kirchenschiff entfernt und durch gepolsterte Stühle ersetzt, und das gemeine Volk musste sich damit begnügen, dem Einzug des Brautpaars und der Ehrengäste auf dem Domplatz zuzusehen. Die Honoratioren der Stadt, die nicht zu den Glücklichen zählten, die am Vorabend zum Fest geladen gewesen waren und nun auf den restlichen Bänken sitzen durften, ergatterten noch einen Stehplatz am Eingang und konnten so der Zeremonie folgen.

Den Großteil der Plätze im Dom nahm die Begleitung Augusts des Starken ein, der der schlichten lutherischen Feier mit dem nachsichtigen Lächeln eines Mannes folgte, der die pompösen, von Weihrauchdüften erfüllten Zeremonien der katholischen Kirche gewohnt war. Seinem Blick nach schien er sich jedoch daran zu erinnern, dass er vor drei Jahrzehnten seine Bayreuther Braut Christine Eberhardine in einer schlichten protestantischen Feier nach calvinistischem Ritus geheiratet hatte. Da seine Gemahlin es abgelehnt hatte, gleich ihm zum Katholizismus überzutreten, galt sie nur als Kurfürstin von Sachsen, nicht aber als Königin von Polen. Sie weigerte sich auch, dieses Land zu betreten, und blieb, wenn ihr Gemahl nach Warschau reiste, in Dresden zurück.

Anders als der polnische König empfand Charlotte die protestantische Zeremonie als überwältigend. Sie musste an die schlichten Gottesdienste in der kleinen, karg eingerichteten Veldenburger Kirche denken und fühlte sich in dem hoch aufragenden Kirchenschiff, das von vergoldeten Säulen getragen und durch große, vielfarbige Fenster in helles Licht getaucht wurde, als von Gott ganz besonders gesegnet. Immer wieder streifte ihr Blick ihren Bräutigam, der mit ernster Miene neben ihr saß und sich ihr kein einziges Mal zuwandte. In seinem dunkelblauen, mit Silberstickereien verzierten Rock und seinen anthrazitgrauen Kniehosen wirkte er imposant, aber auch etwas düster. Das mochte an den schwarzen Strümpfen und Handschuhen liegen, die er wegen der Trauer um seinen Bruder tragen musste.

Charlotte hatte sich ebenfalls schwarze Handschuhe übergestreift, denn mit dem heutigen Tag gehörte sie der Familie des Fürsten an und teilte seine Trauer. Ihr Brautkleid wirkte jedoch so fröhlich, wie es der Feier angemessen war. Zinggen hatte es ausgesucht, und daher war es, wie beinahe alles, was ihn umgab, in verschiedenen Grüntönen gehalten. Goldene Pailletten schmückten Mieder und Saum und ließen es im Licht der Kerzen glitzern. Der kleine Baron hatte sich auch um ihre Frisur und ihre Schuhe gekümmert, denn ihre Haare durften nicht aufgetürmt und ihre Absätze kaum wahrnehmbar sein, damit sie Carl Anton nicht überragte.

Nachdem der Domdekan den Trausegen gespendet hatte und das letzte Amen verklungen war, verließ sie an der Seite ihres Gemahls den Dom, um unter dem vielfachen »Vivat« der Tresskauer Bürger in eine Kutsche zu steigen. Eine junge Frau zwängte sich geschickt zwischen den Wachen hindurch, ergriff Charlottes Hand und küsste sie. »Mit Euch kehren Glück und Segen nach Tresskau zurück!«, rief sie begeistert aus und verschwand wieder in der Menge.

Charlotte blickte Carl Anton verwirrt an. Er rang sich ein Lächeln ab und machte sie darauf aufmerksam, dass eine ihrer Fußspitzen noch ins Freie ragte und die Lakaien den Schlag nicht schließen konnten. Rasch zog sie den Fuß in das Wageninnere und winkte unsicher den jubelnden Menschen zu. In einer der Kutschen hinter ihr schäumte de Tailleur vor Wut, denn er empfand den begeisterten Empfang der jungen Fürstin durch die Tresskauer Untertanen als persönliche Beleidigung.

Das Hochzeitsmahl entlockte sogar einem Feinschmecker wie August dem Starken ein Lob; Charlotte kam sich wie eine Bäuerin vor, denn sie kannte die meisten der aufgetragenen Gerichte nicht und hatte Probleme, die vielen Gabeln, Löffel und Messer, die um ihren Teller herum lagen, den einzelnen Speisen zuzuordnen. Carl Anton, der diesmal neben ihr saß, bemerkte ihre Unsicherheit und deutete bei jedem Gang auf das richtige Besteck. Ihm hatte vor diesem Tag gegraust, seit Pößnitz ihn zur Heirat genötigt hatte, und doch fühlte er sich so zufrieden wie nur selten in seinem Leben. So viel Jubel und Zustimmung hatten seine Untertanen ihm seit seinem Regierungsantritt nicht mehr entgegengebracht. Aus diesem Grund beschloss er, sein Verhältnis zu de Tailleur etwas diskreter zu gestalten und nach außen hin seiner Gemahlin den Vorzug zu geben.

De Tailleur ahnte nichts von den Überlegungen seines fürstlichen Liebhabers, aber selbst diese hätten seine Laune kaum noch verschlechtern können. Der Zeremonienmeister hatte ihm einen schlechten Platz am Nebentisch zuweisen lassen, wo er mit dem Rücken zu den hohen Herrschaften sitzen musste. Zwei Frauen aus dem niederen Adel, denen seiner Nase nach der Geruch nach Pferdeställen anhaftete, tuschelten eifrig miteinander und schienen es darauf abgesehen zu haben, den Dolch in seiner Wunde herumzudrehen.

»Du hast Recht, meine Liebe! Bei einer so wundervollen Gemahlin kann Seine Durchlaucht nicht anders, als sich Hals über Kopf in sie zu verlieben«, erklärte eine der beiden mit einem boshaften Seitenblick auf den berüchtigten Favoriten.

Ihre Freundin seufzte tief und verdrehte gefühlvoll die Augen. »Nicht wahr? Fürstin Charlotte ist so zauberhaft und überdies, wie ich von Angelika von Rotenturm gehört habe, die Güte in Person! Vor allem aber bin ich froh, dass die von Gott gewollte Ordnung in unserem Land endlich wieder hergestellt ist. Es war ja zum Erbarmen, wie unser Fürst sich aufgeführt hat.«

Die Ältere, der man ansehen konnte, dass sie zum ersten Mal ein über dem Busen weit ausgeschnittenes Hofkleid trug, schnaubte empört. »Das war nicht die Schuld Seiner Durchlaucht, sondern die jener unaussprechlichen Kreatur, die sich bei ihm eingeschlichen und ihm die Sinne verwirrt hat! Wie man hört, soll dieser geborene Schneider, der sich nun hochnäsig de Tailleur nennt, seinem Herrn nicht einmal treu gewesen sein. Ich habe da Sachen erfahren, die einem gleich doppelt die Schamröte ins Gesicht treiben …« Sie setzte eine wissende Miene auf, presste aber die Lippen zusammen, als wäre ihr die Erinnerung peinlich.

Ihre Freundin rutschte unruhig auf dem Stuhl herum. »Was hast du gehört? Nun erzähl doch schon!«

»Wie du weißt, war der verstorbene Erbprinz hinter jedem Weiberrock her, und von diesem unsäglichen de Tailleur heißt es, dass er es genauso schlimm getrieben hat. Bei manchem losen Frauenzimmer hatte der Erbprinz das Haus noch nicht durch die Vordertür verlassen, da schlüpfte dieser Mensch schon durch den Hintereingang zu ihr herein.«

De Tailleur musste an sich halten, um nicht aus der Haut zu fahren. Am liebsten hätte er nach den Dienern gerufen, um diese impertinenten Frauenzimmer aus dem Palast werfen zu lassen, aber das hätte einige unangenehme Fragen zur Folge gehabt. Hier zog eine Gefahr herauf, mit der er nicht gerechnet hatte. Nun, da viel mehr Leute als früher den Palast betraten und das Personal, das ihm aus der Hand fraß, an Einfluss verloren hatte, würden diese Mauern hier die Gerüchte, die in der Stadt über ihn im Umlauf waren, wohl nicht länger fern halten. Noch war Carl Anton felsenfest von seiner Treue überzeugt, doch was würde geschehen, wenn er von seinen Ausflügen in die einschlägigen Häuser und seinen sonstigen Eskapaden erfuhr?

De Tailleur drehte sich um und blickte zu seinem Liebhaber hinüber. Carl Anton sagte gerade etwas zu Charlotte und lächelte dabei so freundlich, dass dem Beobachter die Galle hochkam. Er griff nach seinem Weinglas, um den bitteren Geschmack herunterzuspülen, und bemerkte, dass es leer war. Mit einer herrischen Geste winkte er einen Lakaien heran, ließ sich nachschenken und stürzte den Inhalt des Pokals ohne abzusetzen herunter. Da er weder der Stimme der Zuchtstute noch dem boshaften Geschwätz um sich herum entkommen konnte, ging er daran, seine Wut zu ertränken.

Während de Tailleur den Wein beinahe kannenweise in sich hineinschüttete, überbrachten die Landstände von Tresskau dem Fürsten und seiner jungen Gemahlin ihre Glückwünsche und kleine Geschenke. Eine kunstfertig geschnitzte Wiege, die von den Drechslern und Möbeltischlern der Residenzstadt gefertigt worden war, unterstrich mehr als alles andere die Sehnsucht der Bevölkerung nach einem Erben, und Carl Anton, der mit der linken Hand nachdenklich über das polierte Holz strich, spürte, wie dieses Gefühl auch von ihm Besitz ergriff. Er lächelte Charlotte aufmunternd zu, nahm ihre Rechte in die seine und legte sie auf die Wiege.

»Möge Euer Einzug in unser Land gesegnet sein.«

»Der Segen liegt in Gottes Hand! Euch aber danke ich für diesen Wunsch und werde beten, dass er in Erfüllung geht.« Charlotte hatte die Zweideutigkeit in seinen Worten durchaus wahrgenommen und neigte den Kopf, um ihre Unsicherheit zu verbergen. Carl Anton war weitaus freundlicher zu ihr als in den letzten Tagen, und das nahm sie als gutes Omen.

August der Starke überbrachte seine Glückwünsche auf eine recht eindeutige Art und Weise, zeigte sich aber sehr großzügig, denn er schenkte Charlotte ein Collier, das gewiss mehrere tausend Taler gekostet haben mochte, und überreichte Carl Anton einen mit Diamanten und Rubinen besetzten türkischen Säbel, der aus der Kriegsbeute eines früheren Feldzugs im Auftrag des Kaisers stammte. Ulrich von Mittstadt und seine Gemahlin hatten keine Geschenke mitgebracht, und ihre Glückwünsche klangen beinahe wie Verwünschungen.

Während die Noblen des Landes und die Vertreter der Bürgerschaft dem Brautpaar gratulierten, blieb de Tailleur wie festgewachsen auf seinem Stuhl sitzen und umklammerte den Pokal, als sei er sein einziger Halt. Erst als sich auf einen anzüglichen Scherz Augusts des Starken hin die sechs ausgewählten Damen erhoben, um Charlotte ins Brautgemach zu geleiten, sprang er auf und gesellte sich zu der Gruppe der Herren, die die eheliche Vereinigung des Fürstenpaars bezeugen sollten. Dabei ignorierte er Pößnitz' drohenden Blick ebenso wie Carl Antons unübersehbare Ablehnung.

Wie es Brauch war, warteten die Herren noch eine Weile, um den Damen Zeit zu geben, die Fürstin auf die Hochzeitsnacht vorzubereiten. Auf ein Zeichen Augusts des Starken, der als Ranghöchster die Führung übernommen hatte, nahmen sie den Bräutigam in die Mitte und geleiteten ihn ins Brautgemach. Als de Tailleur sich ihnen wie selbstverständlich anschloss, bemerkte Carl Anton das halb spöttische, halb erwartungsvolle Lächeln auf den Mienen des Polenkönigs und seines Ersten Ministers und lief rot an.

Bevor er jedoch etwas sagen konnte, vertrat Pößnitz dem Favoriten den Weg. »Ich glaube, Ihr habt Euch in der Treppe geirrt!«

»Ich habe ein Recht darauf, die Räume Seiner Durchlaucht zu betreten«, sagte de Tailleur mit schwerer Zunge.

Pößnitz warf den Kopf hoch. »In den Gemächern Ihrer Durchlaucht habt Ihr nicht das Geringste verloren!«

Carl Anton wurde klar, dass de Tailleur es darauf anlegte, einen Skandal zu provozieren, und gab ihm mit einer heftigen Geste zu verstehen, sich zu entfernen. Dann drehte er seinem

Liebhaber den Rücken zu und stieg die Treppe hoch. Pößnitz streifte den Favoriten noch mit einem spöttischen Blick und folgte seinem Herrn.

De Tailleur starrte ihnen hasserfüllt nach und sah, als er sich abrupt abwandte, geradewegs in Ulrich von Mittstadts Gesicht. Verwirrt strich er sich über die Stirn, ging auf den Mittstädter zu und packte ihn am Rock. »Dich kenne ich doch! Du warst doch damals in …«

Was er auch immer hatte sagen wollen, wurde von Carl Antons zorniger Stimme abgeschnitten. Der Fürst war auf halber Treppe stehen geblieben und bedachte seinen Favoriten mit einem tadelnden Blick. »Es reicht, Rainaud! Geh auf dein Zimmer und versuche des Weines, der dich überwältigt hat, im Schlaf Herr zu werden.«

De Tailleur zuckte zusammen wie unter einem Schlag, denn er hatte nicht erwartet, vor all diesen Leuten wie ein Schulbub abgekanzelt zu werden. Er warf die Arme hoch und machte Miene, Carl Anton mit einem Schwall von Anklagen zu überhäufen, doch auf Pößnitz' Wink packten ihn zwei Lakaien und zogen ihn fort, so dass er nicht mehr als ein paar Verwünschungen gegen den Kanzler und Charlotte ausstoßen konnte, ehe sich die Tür hinter ihm schloss. Außer Ulrich von Mittstadt war niemandem aufgefallen, dass der ehemalige Schneiderlehrling ihn bis zum letzten Moment fragend angestarrt hatte.

Die Lakaien schleiften de Tailleur in sein Zimmer und warfen ihn in voller Kleidung auf sein Bett. Er wehrte sich nicht, sondern bearbeitete, als sie die Tür hinter sich geschlossen hatten, sein Kissen mit den Fäusten. Doch die Wut über die Missachtung seiner Person wich bald Bildern, die er in den acht Jahren des Wohllebens vergessen zu haben glaubte. Es war, als hätten die Demütigungen, die er an diesem Tag einstecken hatte müssen, die Erinnerung an jene von damals geweckt, und er durchlebte noch einmal die seltsame Wendung seines Geschicks.

Sein Vater hatte ihn zu einem angesehenen Schneidermeister in die Lehre gegeben, doch kurz bevor er als Geselle freigesprochen werden sollte, hatte der Meister ihn bei der Obrigkeit des Diebstahls verklagt, aus Rache, weil er dessen Tochter zu ebenso unerwarteten wie unerwünschten Mutterfreuden verholfen hatte. Man hatte ihn in den Schandblock auf dem Marktplatz gesperrt, wo ihn jedermann sehen und verhöhnen konnte, und ihn am nächsten Tag stäupen und aus der Stadt weisen wollen. Gegen Nachmittag aber war eine Kutsche mit einem Wappen auf dem Schlag auffällig langsam an ihm vorbeigerollt, so dass die beiden Männer darin ihn ausgiebig mustern konnten. Der vornehmer Gekleidete war später nicht mehr aufgetaucht, aber er hatte sich dessen Gesicht gemerkt, und nach der Begegnung auf der Treppe war er sicher, dass es sich damals um den Fürsten von Mittstadt gehandelt hatte. Dessen Begleiter war eine Stunde später bei Gericht erschienen, hatte seine Strafe gegen etliche blanke Taler ausgelöst und ihn nackt, wie er war, in eine Kutsche gesetzt. Das Ziel des Fremden war eine nicht besonders gut beleumundete Herberge vor der Stadt gewesen, in der der Mann eine Kammer gemietet hatte. In ihr hatte er ihn untersucht wie einen Gaul auf dem Pferdemarkt.

De Tailleur konnte sich noch an das zufriedene Grinsen und die ersten Worte des Fremden erinnern. »Du kannst mich Lukas nennen, Bursche, und du wirst mir jetzt deine Dankbarkeit dafür beweisen, dass ich dich vor der Stäupung bewahrt habe. Knie nieder und reck mir dein Hinterteil hin!«

Aus Angst, wieder den Bütteln ausgeliefert zu werden, hatte er gehorcht und sich auf alle viere niedergelassen. Der Mann hatte seinen Hosenschlitz geöffnet und war lachend in ihn eingedrungen. »Auch wenn du einem Bürgermädchen zu einem dicken Bauch verholfen hast, so machst du das hier auch nicht zum ersten Mal.«

Er hatte nur unterwürfig genickt und war den Bewegungen des anderen entgegengekommen, um ihm mehr Lust zu bereiten. »Der Mönch, der mich lesen und schreiben gelehrt hat, mochte es auf die gleiche Weise, und da er mir jedes Mal die Münzen zusteckte, die er von meinem Vater für den Unterricht erhielt, war ich nicht abgeneigt.«

»Das kommt meinen Absichten entgegen. Ich hatte schon befürchtet, ich würde dich erst anlernen müssen. Da gibt es nämlich jemanden, der es ebenfalls auf diese Weise mag, und er wird weitaus großzügiger sein als jener Mönch. Du bist doch Schneider von Beruf, also weißt du einen Rock aus Samt und Seide zu schätzen.« Da der Rock, den Lukas über die Stuhllehne gehängt hatte, zwar von guter Qualität, aber nicht aus Samt oder Seide gewesen war, hatte er ungläubig den Kopf geschüttelt. Doch hatte er ihn nicht fragen können, denn der Mann war in Fahrt gekommen und erst wieder ansprechbar gewesen, nachdem er mit einem letzten, tierischen Grunzen seine Befriedigung erlangt hatte.

»Du kannst dein Glück machen, wenn du einem Herrn, zu dessen Bekanntschaft Freunde von mir dir verhelfen werden, dein hübsches Hinterteil ebenso verlockend hinstreckst wie mir eben!« Bei diesen Worten hatte Lukas ihm zwischen die Beine gegriffen und sein durch die Erregung steinhart gewordenes Glied gepackt. »Du wirst dich auch damit ein wenig rühren müssen. Aber daran gewöhnst du dich schnell. Ich ziehe im Normalfall zwar Weiber vor, habe aber auch nichts dagegen, meinen Nagel in den Hintern eines hübschen Knaben zu schlagen. Das ist auf alle Fälle angenehmer, als sich mit der Hand Entspannung zu verschaffen, wie du es jetzt tun darfst.«

In den nächsten Wochen hatte Lukas Reinhold alles beigebracht, was er wissen musste, um den Tresskauer Fürsten zu verführen und ihn sich hörig zu machen. Dazu hatte er höfische Umgangsformen lernen müssen und vieles andere, das man nicht in der Stube eines Schneiders beigebracht bekam. Lukas' gründliche Vorbereitung und seine Verbindung zu einigen höheren Dienstboten im Tresskauer Palast hatten es dem Jungen namens Reinhold Schneider, der sich auf Lukas' Rat nun Rainaud de Tailleur nannte, leicht gemacht, zu Carl Anton vorzudringen und sich ihm angenehm zu machen. Nach kurzer Zeit schon war es ihm gelungen, Zinggen als Favoriten auszustechen und sich selbst an dessen Stelle zu setzen.

Nun lebte er seit acht Jahren als der erklärte Liebling des Fürsten in Tresskau, aber seine Vergangenheit hatte er nicht abstreifen können, denn Lukas war allgegenwärtig geblieben. Er schickte ihm häufig Botschaften und traf sich von Zeit zu Zeit mit ihm in einer Schifferkneipe, um ihn über Carl Anton auszuhorchen oder ihm Anweisungen zu erteilen. In seinem Auftrag hatte er den damals noch blutjungen Erbprinzen dazu gebracht, jedermann beweisen zu wollen, dass er die Neigungen seines Bruders nicht teilte. Als Albrecht Eugen auf den Geschmack gekommen war und nach Abwechslung gierte, hatte er ihm neben willigen Mägden und hübschen Bürgermädchen auch Huren aller Klassen zugeführt, die zu Dingen bereit gewesen waren, die die Kirche mit Strafen belegte.

Obwohl er betrunken war, begriff de Tailleur nun die Zusammenhänge. Lukas hatte im Auftrag Ulrichs von Saalstein-Mittstadt dafür gesorgt, dass er sich Carl Anton unentbehrlich machte und den jüngeren Vetter in schlechte Gesellschaft lockte. Wahrscheinlich hatte der Mann Albrecht Eugen auch die Hure untergeschoben, bei der der Erbprinz sich mit der tödlichen Krankheit angesteckt hatte. De Tailleur erinnerte sich mit Schaudern an all die Frauen, die er mit dem Erbprinzen geteilt hatte, und verging nicht zum ersten Mal vor Angst, er könne ebenfalls ein Opfer dieser Krankheit werden. Mit einem Ruck sprang er auf, streifte seine Kleidung ab und untersuchte Glied und Hoden. Auch diesmal fand er keine Anzeichen der Lustseuche und atmete auf. Aber er spürte, dass ihn die Angst vor einem Ende, wie Albrecht Eugen es gefunden hatte, nie mehr loslassen würde.

5

Charlotte fühlte sich für einen Augenblick in die peinliche Situation im Pariser Salon zurückversetzt. Die Damen entkleideten sie unter nervösem Kichern und leicht schlüpfrigen Andeutungen, und als sie nackt vor ihnen stand, führte Baronin Ließnitz sie mit feierlich gezierten Schritten zum Brautlager, einem breiten Bett mit einem hohen Betthimmel, dessen Brokatvorhänge abgenommen und durch weiße, noch aufgebundene Tüllgardinen ersetzt worden waren. Ein großes, ebenfalls makellos weißes Laken bedeckte das Bett, auf das Charlotte sich auf eine leichte Berührung der Baronin hin legen musste. Frau Schliebrantz zog eine dünne Satindecke über sie, die sich so eng an ihren Körper schmiegte, dass sie ihre Formen eher enthüllte als verbarg. Dann winkte sie den Damen, ihre Plätze zur Linken einzunehmen, und ließ den Vorhang auf dieser Seite herunter. Die Stühle, die für die Herren bereitgestellt worden waren, befanden sich den Damen gegenüber auf der rechten Seite des Bettes, so dass auch hier Sitte und Anstand gewahrt blieben.

Während Charlotte auf das Erscheinen des Fürsten wartete, gingen ihr tausend Gedanken durch den Kopf. Ihr graute weniger vor dem ersten intimen Zusammensein mit dem Fürsten als vor der Tatsache, dass es vor einem Dutzend Zeugen stattfinden musste. Nun fühlte sie sich tatsächlich wie eine jener unglücklichen Kreaturen, die man für ein paar Kreuzer auf dem Jahrmarkt betrachten konnte. Ihre Schwester Michaela hatte eines Tages den Vorschlag gemacht, sie wegen ihrer unnatürlichen Größe an einen Schaubudenbesitzer zu verkaufen, und anstatt sie zu tadeln, war ihre Mutter in das Gelächter ihrer Schwestern eingefallen. Der Lärm übermütiger Männerstimmen ließ Charlotte hochschrecken, und ihre düsteren Erinnerungen verflogen angesichts der Ängste vor dem, was jetzt kommen musste. Zitternd vor Anspannung und mit geballten Fäusten wartete sie auf das Unvermeidliche.

Carl Anton war nicht weniger nervös als seine Braut, und es bereitete ihm Mühe, so zu tun, als amüsierten ihn die zotigen Bemerkungen seines polnisch-sächsischen Gastes. Ihm graute bei der Vorstellung, in wenigen Minuten seine junge Frau vor Zeugen entjungfern zu müssen, die auf sein Mienenspiel, seine Gesten und jede einzelne seiner Bewegungen achten würden. Sein Glied fühlte sich auf einmal so an, als bestände es nicht aus Fleisch und Blut, sondern aus altem, verschrumpeltem Leder, und er bereute nun, das potenzsteigernde Mittel ausgeschlagen zu haben, welches Pößnitz ihm in weiser Voraussicht angeboten hatte.

Ein Diener öffnete die Tür des Brautzimmers, und August der Starke schob den Bräutigam wie ein kleines Kind in den Raum. »Nun zeigt uns, was Ihr zustande bringt!«, rief er mit dröhnender Stimme.

Da kein Lakai anwesend sein durfte, übernahmen Pößnitz und Schliebrantz die Rolle des Kammerdieners und halfen Carl Anton, sich seiner Kleidung zu entledigen. Dann geleiteten sie ihn zum Bett und zogen zur Enttäuschung des erwartungsvoll grinsenden Polenkönigs die andere Hälfte des Tüllvorhangs zu. Carl Anton wartete, bis die Herren sich gesetzt hatten, und betrachtete dann die schmale Gestalt seiner Braut unter der leichten Decke. Er empfand nicht die geringste Erregung und musste sich förmlich zwingen, den Körper neben sich zu enthüllen. Für einige Augenblicke wünschte er sich, es würden weniger Kerzen im Raum brennen, und wollte schon befehlen, sie bis auf eine zu löschen. Dann aber wurde ihm klar, dass die Zeugen das Licht benötigten, um sein Manneswerk mitverfolgen zu können.

In Charlottes Augen stand jene Mischung aus Angst und Neugier, die wohl jeder Braut vor der ersten Nacht zu Eigen ist, und Carl Anton sagte sich, dass er es schlechter hätte treffen können. Was wäre gewesen, wenn Zinggen ihm ein Weib mit gewaltigen Brüsten und einem ausladenden Hinterteil ins Haus gebracht hätte? Sogleich stand jener beschämende Abend vor seinen Augen, an dem er zu einem fetten Koloss von Frau geführt worden war, um sich als Mann zu beweisen, und er empfand Dankbarkeit, dass ihm eine solche Gemahlin erspart geblieben war. Charlottes Brüste waren nicht größer als Pfirsiche, und ihre Hüften hätten auch einem hübschen Jüngling gehören können. Carl Antons Blick glitt weiter bis zu der Stelle, die Rainaud in der letzten Nacht als den Abtritt der Hölle bezeichnet hatte, und er ärgerte sich noch im Nachhinein über seinen Geliebten. Anstatt ihm Mut zu machen, das Unumgängliche mit Anstand hinter sich zu bringen, hatte Rainaud ihm das Zusammensein mit einer Frau in Ekel erregenden Worten ausgemalt.

Tu es endlich!, befahl der Fürst sich selbst. Er schloss die Augen, massierte sein Glied und stellte sich vor, Rainauds makelloser Körper läge vor ihm. Sofort überkam ihn eine gewisse Erregung. Bevor sie wieder verging, glitt er auf den Körper neben ihm. Zum Glück war das, was er spürte, so fest, dass er sich vorstellen konnte, auf einem Knaben zu liegen. Mit immer noch fest zusammengepressten Augenlidern ertastete er die Pforte, schob sich in Position und drang zögernd ein. Er traf auf Widerstand und beseitigte ihn mit einem kurzen Ruck, dann ließ Charlottes halb unterdrückter Aufschrei ihn zurückzucken. Unwillkürlich öffnete er die Augen, blickte geradewegs in ihr angespanntes Gesicht und spürte, wie sein Glied ihm den Dienst versagte. Er biss die Zähne zusammen und ließ Rainauds Körper vor seinem inneren Auge entstehen. Als er sich vorstellte, sein Liebhaber würde sein Geschlechtsteil sanft streicheln, kehrte die Lust zurück. Nach einer Weile spürte er ein kurzes Ziehen in seinen Lenden und gleichzeitig die Erleichterung, es hinter sich gebracht zu haben. Während er sich erhob, fegte August der Starke den Vorhang beiseite und trat an das Bett.

»Ihr habt Euch wacker geschlagen!« Dabei versuchte er, einen Blick auf die nackte Charlotte zu erhaschen.

Sie aber hatte schnell die Satindecke, die halb zu Boden geglitten war, um sich geschlungen, sprang nun auf der dem Polenkönig abgewandten Seite aus dem Bett und ließ sich von den Damen einen Morgenmantel umlegen. August der Starke lachte über ihre Flucht, zog dann das weiße Laken vom Bett und hielt es Ulrich von Mittstadt so nahe vor das Gesicht, dass dessen Nasenspitze beinahe den kleinen roten Fleck darauf berührte.

»Wie Ihr seht, wurde die Ehe ordnungsgemäß und an einer jungfräulichen Braut vollzogen.«

Der Mittstädter lief rot an und schüttelte sich vor Zorn, denn er war trotz des Zeugnisses der sechs Damen davon überzeugt gewesen, Charlotte habe den Aufenthalt in Dresden nicht unbeschadet überstanden. Im Gegensatz zu ihm wirkte Meller erleichtert. Er griff nach dem Tablett mit der Urkunde, auf der der ordnungsgemäße Verlauf der Brautnacht bezeugt werden sollte, und reichte es dem polnischen König. Friedrich August trat an den Tisch, unterzeichnete das Pergament und drückte sein Siegel in das Wachs, welches Flemming geschickt neben seinen Namen tropfen ließ. Dann drückte er Ulrich von Mittstadt die Feder in die Hand.

»Eurem Vetter waren meine Ansprüche auf die Reichsgrafschaft Hollenberg, die ich auch Euch angeboten hatte, zwanzigtausend gute Taler wert«, sagte er wie beiläufig.

Ulrich von Mittstadt ballte die Linke zur Faust, so dass die Knöchel weiß hervortraten. Mehr noch als die eben vollzogene Ehe bewies ihm diese Nachricht, dass sein Tresskauer Verwandter ernsthaft gewillt war, für einen Erben zu sorgen, um ihn an der Wiedervereinigung Saalsteins zu hindern. Während er fahrig seinen Namen auf die Urkunde setzte und es Meller überließ, das Mittstädter Siegel daneben zu setzen, trat Schliebrantz sichtlich nervös auf seinen Landesherrn zu.

»Verzeiht, Euer Durchlaucht, wenn ich Euch zu dieser Stunde mit einer Angelegenheit belästige, die mir am Herzen liegt. Ich möchte Euch bitten, Euer Augenmerk auf meinen unglücklichen Vorgänger zu lenken und anlässlich der feierlichen Stunde Gnade walten zu lassen.«

Carl Anton wollte schon ablehnend den Kopf schütteln, zuckte dann aber mit den Schultern. »Wegen mir kann der Kerl freikommen. Aber er soll keine Gelegenheit mehr finden, sein Gift hier zu verspritzen! Deswegen muss er noch am gleichen Tag das Land verlassen.«

Schliebrantz atmete sichtbar auf. »Euer Durchlaucht sind zu gütig. Ich werde am kommenden Sonntag der Gemeinde von Eurer Großzügigkeit berichten und mit ihr zusammen den Segen Gottes für Euch und Eure Gemahlin erflehen.«

Er verbeugte sich tief vor dem Fürsten und ebenso devot vor Charlotte, die eben von seiner Frau aus dem Raum geführt wurde.

Die hastig gestammelten Glückwünsche der Domdekanin glitten an Charlottes Ohr vorbei, denn sie stand noch ganz unter dem Bann dessen, was eben geschehen war. Sie kämpfte mit ihrem quälenden Schamgefühl und dem Grauen, vor so vielen Augen wie eine Stute für den Hengst bereitgestellt worden zu sein. Gleichzeitig war sie so erleichtert, die Sache mit Anstand hinter sich gebracht zu haben, dass sie am liebsten losgeheult hätte. Ein wenig tröstete sie, in welch vorbildlicher Haltung ihr Gemahl die gewiss auch für ihn schwierige Situation gemeistert hatte. Das machte es ihr leichter, ohne Panik an all die anderen gemeinsamen Nächte zu denken, die noch vor ihnen lagen.

6

Frau Mathilde machte ihrem Gemahl noch in der Nacht heftige Vorwürfe, weil er den Vollzug der Ehe beurkundet hatte, und er fragte sie voller Zorn, wie er sich in Gegenwart des Polenkönigs hätte weigern können. Da sie dieses Argument nicht gelten lassen wollte und andeutete, dass er dem sächsischen Kurfürsten die Stirn hätte bieten müssen, stritt sich das Paar bis zur Morgendämmerung. Unversöhnt und denkbar schlechter Laune verließen sie Tresskau in aller Frühe und setzten ihre Auseinandersetzung noch in der Kutsche fort. In einem zumindest waren sie sich einig, nämlich in ihrem Zorn auf Meller, der es gewagt hatte, die junge Tresskauer Fürstin und ihren offensichtlich guten Einfluss auf Carl Anton in den höchsten Tönen zu loben.

August der Starke blieb samt seinem Gefolge noch drei Tage in Tresskau und brach dann nach Warschau auf. Mit seiner Abreise verblasste der imperiale Glanz, der die kleine, beschauliche Fürstenresidenz für kurze Zeit erhellt hatte, und der Alltag kehrte wieder ein. Die Dienerschaft, die eben noch um sächsische Barone und polnische Magnaten herumgewieselt war, wandte sich wieder dem unerklärten Zweikampf zwischen dem Favoriten des Fürsten und dessen Gemahlin zu, so als hätte das Zwischenspiel um die Hochzeit nie stattgefunden.

Charlotte genoss die Ruhe bei einem Spaziergang im Schlosspark, auf dem nur Fräulein von Rüthen sie begleitete. Als sie in den Palast zurückkehrte und ihre Gemächer betreten wollte, blieb der Lakai, der ihr die Türe hätte öffnen sollen, mit vor der Brust verschränkten Armen an die Wand gelehnt stehen und tat, als wäre sie nicht vorhanden. Es war nicht das erste Mal, dass das Personal Charlotte mit Missachtung begegnete. Bisher war sie darüber hinweggegangen und hatte die Lakaien ebenfalls mit Nichtbeachtung gestraft, diesmal aber wurde sie zornig.

»Will Er mir nicht die Türe öffnen?«, herrschte sie den Mann an. Der aber grinste nur höhnisch und starrte weiter in die Luft.

Fräulein von Rüthen griff schon nach der Klinke, Charlotte aber packte ihre Hand und schob sie zurück. Wenn sie jetzt nachgab, würde die Dienerschaft in Zukunft keinen Finger mehr für sie rühren.

Sie schob das Kinn vor. »Fräulein von Rüthen, wäret Ihr so gut, den Kastellan zu holen?«

Ihre Begleiterin nickte und eilte zurück in den Korridor, den sie eben passiert hatten. Der Lakai unterdrückte ein Lachen, denn er wusste den Kastellan auf de Tailleurs Seite und stellte sich bereits vor, wie dieser die Zuchtstute abfahren lassen würde.

Als Zinggens Base mit dem Kastellan zurückkehrte, hielt Charlotte sich jedoch nicht mit Klagen auf, sondern deutete auf den Türsteher. »Dieser Mann ist entlassen!«

Der Kastellan blickte sie im ersten Augenblick verwirrt an und lachte dann schallend auf. »Ich glaube nicht, dass es in deiner Befugnis steht, jemanden den Dienst aufzusagen.«

»Erstens hat deinesgleichen mich mit Euer Durchlaucht anzusprechen, und zum Zweiten werde ich meinem Gemahl wohl berichten müssen, dass Ihr für den Posten, den Ihr bekleidet, mehr als ungeeignet seid.« In Charlottes Stimme schwang die Autorität einer Prinzessin mit, deren Vorfahren dem Haus der Herzöge von Luxemburg entstammten, welches weit höher im Rang stand als das Haus Saalstein-Tresskau. Auch wenn der Reichtum und der Glanz der Fürsten von Ostheim-Veldenburg längst verblichen waren, so hatte sie nicht vor, sich hier in Tresskau wie eine Dienstmagd behandeln zu lassen.

Der Kastellan wollte ihr schon eine weitere höhnische Antwort geben, erinnerte sich jedoch gerade noch rechtzeitig daran, dass der Fürst de Tailleur zurechtgewiesen und wegen dieser Frau sogar in seine Gemächer verbannt hatte. Erschrocken zog er den Kopf ein. »Weswegen soll der Mann entlassen werden, Euer Durchlaucht?«

»Er hat sich geweigert, mir die Tür zu öffnen.«

Der Kastellan warf dem Lakaien einen vorwurfsvollen Blick zu und öffnete mit einer tiefen Verbeugung die Tür. »Verzeiht, Euer Durchlaucht! Ich werde dafür sorgen, dass solche Despektierlichkeiten nicht mehr vorkommen.«

»Das hoffe ich für Ihn!« Charlotte schwebte an ihm vorbei in den Trakt, in dem ihre eigenen Gemächer lagen, und Sabina von Rüthen folgte ihr mit einem verblüfften Lächeln. Offensichtlich war es nicht gut, dachte sie, sich mit diesem so harmlos wirkenden Mädchen vom Lande anzulegen.

Zu diesem Schluss war auch der Kastellan gekommen, der Lakai aber protestierte vehement. »Bist du übergeschnappt, vor dieser Person zu buckeln? Die gilt doch nicht einmal so viel wie eine der Zuchtstuten im Marstall Seiner Durchlaucht.«

Empört über diese respektlose Bemerkung fuhr der Kastellan auf. »Idiot! Du warst wohl noch nie im Stall, denn sonst wüsstest du, wie fürsorglich Seine Durchlaucht seine Zuchtstuten behandeln lässt. Erst letzte Woche hat er einen Stallburschen davongejagt, weil dieser es gewagt hatte, Fatima mit einer Gerte zu schlagen. Um wie viel mehr gilt diese menschliche Zuchtstute unserem Fürsten, dem sie schließlich zu einem Erben verhelfen soll?«

Der Lakai winkte spöttisch ab. »Was soll mich das interessieren? De Tailleur wird nicht zulassen, dass ich entlassen werde.«

Der Kastellan bleckte die Zähne. »Darf ich dich daran erinnern, dass du bereits entlassen bist?«

Jetzt begriff der Lakai, dass er zu weit gegangen war. »Das meinst du doch nicht im Ernst! Oh nein, das kannst du nicht machen. Ich gehe zu de Tailleur und werde ihm berichten, wie du vor der fürstlichen Zuchtstute gekuscht hast. Dann bist du es, der entlassen wird!«

Der Kastellan hätte den aufmüpfigen Untergebenen am liebsten eigenhändig zum Tor hinausgeworfen, doch die Drohung verfing. »Rede nicht so dummes Zeug! In einer Situation wie dieser müssen wir zusammenhalten. Selbstverständlich bist du nicht entlassen, aber komme Ihrer Durchlaucht in nächster Zeit nicht unter die Augen.«

Der Lakai lachte auf. »Fängst du jetzt an, vor der Zuchtstute zu kriechen, und nennst sie Ihre Durchlaucht?«

»Du solltest es auch tun. Wie du weißt, achtet Seine Durchlaucht sehr streng auf das Protokoll. Oder möchtest du, dass er einmal Zeuge deiner Unbotmäßigkeiten wird? Die Kerkerzellen auf der Veste Saalstein sollen alles andere als ein angenehmer Aufenthaltsort sein.«

Der Lakai starrte den Kastellan für einen Augenblick mit offenem Mund an, dann zog er den Kopf zwischen die Schultern und blickte auf die Tür, hinter der Charlottes Gemächer lagen. »Ich wollte, diese Person wäre niemals hergekommen.«

»Dieses Gefühl teilst du mit etlichen anderen, nicht zuletzt mit Herrn de Tailleur. Aber nicht einmal er hat diese Heirat verhindern können. Also liegt es nicht in unserer Macht, das Rad zurückzudrehen. Finde dich damit ab und geh wieder an deine Arbeit. Du wirst ab heute in den Gemächern des Fürsten im Westflügel dienen, bis Ihre Durchlaucht dein Gesicht vergessen hat.«

7

In den nächsten Tagen bekam Charlotte den Fürsten kein einziges Mal zu Gesicht. Er erschien auch nicht zu den Mahlzeiten, die sie in Begleitung ihrer Damen in dem offiziell dafür vorgesehenen Speisezimmer einnahm. Eigentlich mochte sie den Raum nicht, denn die Augen auf dem Gemälde des letzten Herrn über das ungeteilte Sachsen-Saalstein schienen jedermann zu durchbohren und raubten ihr ein wenig den Appetit, noch mehr aber fürchtete sie sich davor, sofort neue Sitten einzuführen.

Zunächst war sie ganz froh, keiner Forderung von Seiten ihres Gemahls ausgesetzt zu sein, denn sie beschäftigte sich immer noch mit der Ausgestaltung ihrer Suite. Nach einigen Tagen aber kämpfte sie mit einem Gefühl der Unsicherheit und da sie nicht die Vorliebe für feine Handarbeiten teilte, mit denen

Baronin Ließnitz und Fräulein von Rüthen sich stundenlang beschäftigen konnten, entschloss sie sich, zur Ablenkung den Palast und seine Umgebung zu erkunden.

Am liebsten wäre sie durch sämtliche Winkel gestreift, ohne auf jemand Rücksicht nehmen zu müssen; die Etikette forderte jedoch von ihr, dass sie ihre Gemächer niemals ohne Begleitung verließ. Da Baronin Ließnitz nicht viel von körperlicher Bewegung hielt, nahm sie deren Nichte Gesine von Ohrdruf mit, der sie offiziell die Aufsicht über ihre Leib- und Bettwäsche übertragen hatte. Charlotte hatte zunächst gehofft, in der Gleichaltrigen eine Freundin finden zu können, musste aber bald feststellen, dass Fräulein Gesine ihren Familiennamen wortwörtlich nahm, denn sie hatte überall ihr »Ohr druff«, wie es im Volksmund hieß, und war eine schlimmere Schwätzerin als Michaela und Adelaide zusammen. Vertraute Charlotte ihr einen Gedanken an, waren die Baronin und Fräulein von Rüthen eine halbe Stunde später über alles informiert. Aus diesem Grund beschränkte die junge Fürstin sich in Fräulein von Ohrdrufs Gegenwart bald darauf, nur noch über das Wetter und die Mode zu reden. Auch hatte die junge Dame stark übertriebene Vorstellungen von dem Leben einer fürstlichen Prinzessin und wäre schockiert gewesen zu erfahren, dass die Herrin über Saalstein- Tresskau daheim den Pferdestall ausgemistet hatte, wenn der alte Knecht Veit sich vor Rheuma nicht hatte rühren können.

Charlotte war stolz darauf, ihre Hände nicht in den Schoß gelegt zu haben, und die mageren Jahre auf der Veldenburg hatten ihre Sinne für Unzulänglichkeiten geschärft. So fiel ihr bald auf, welche Verschwendung in der Küche des Palastes betrieben wurde. Mochte Fräulein Gesine noch so maulen, weil ihre Herrin sie auch in diese Niederungen der fürstlichen Residenz schleppte, der Oberhofkoch, der ein erkleckliches Sümmchen an den unterschlagenen Lebensmitteln verdiente, lernte ihren kritischen Blick zu fürchten und rächte sich für ihren Tadel, indem er die Speisen für die Tafel der Fürstin mit Absicht schlecht zubereiten ließ. Beim ersten Mal nahm Charlotte das schwarz verbrannte Fleisch und die völlig geschmacklose Suppe hin, aber als am nächsten Tag eine versalzene Suppe, lederartig vertrockneter Braten und eine Ekel erregende Pastete aufgetragen wurden, platzte ihr der Kragen.

»Schicke Er das in die Küche zurück und lass Er eine Mahlzeit aus einem der besseren Gasthöfe der Stadt holen«, wies sie Thomas, den sie bedienenden Lakaien, an.

Ihre Damen lächelten erleichtert, und Fräulein von Rüthen, die mit dem Silberlöffel unlustig in ihrer Suppe herumstocherte, schlug den Gasthof zum Roten Löwen vor, der für seine ausgezeichnete Küche bekannt war. »Nicht dass dort Speisen für eine fürstliche Tafel gekocht würden, aber das, was seine Küche zu bieten hat, wird uns gewiss besser munden als das hier«, schloss sie mit einer Geste der Verachtung.

Charlotte nickte lächelnd. »Das glaube ich Euch aufs Wort. Allerdings wünsche ich nicht, mich auf Dauer aus einer Gasthofküche zu ernähren, sondern werde einen eigenen Koch engagieren. Können die Damen mir jemanden empfehlen?«

Die Baronin und ihre Nichte blickten sich fragend an, und Fräulein von Rüthen erklärte mit einem gewissen Tadel in der Stimme, dass sie keine Bekanntschaft mit Köchen pflege.

Thomas stieg hinter Charlottes Stuhl nervös von einem Bein auf das andere und räusperte sich kaum hörbar, bis sie begriff, dass er etwas auf dem Herzen hatte, und ihn aufforderte zu sprechen.

»Muss der Koch unbedingt eine männliche Person sein, Euer Durchlaucht?«, fragte der Mann etwas ängstlich. »Der jetzige Besitzer des Roten Löwen in Tresskau, den Fräulein von Rüthen soeben lobend erwähnt hat, ist mein Onkel, bei dem meine Geschwister und ich aufgewachsen sind. Meine Schwester Anne hat den älteren Sohn des Wirts vom Ochsen geheiratet und ihm bis zu seinem Tod die Küche geführt. Nun verlangen ihre Schwiegereltern, dass sie das Haus verlässt, weil ihr jüngerer Schwager heiraten und den Gasthof übernehmen will. Nichts für ungut, Euer Durchlaucht, aber …«

»Kein Aber!«, unterbrach Charlotte ihn. »Hole Er seine Schwester. Ich werde es mit ihr versuchen.«

Thomas verbeugte sich fast bis zum Boden. »Euer Durchlaucht sind zu gütig.«

»Die Frau dürfte keine Ahnung von französischer Küche haben«, wandte die Baronin naserümpfend ein.

Um Charlottes Lippen spielte ein nachsichtiges Lächeln. »Das trifft sich gut! Ich nämlich auch nicht.« Bevor die Baronin darauf antworten konnte, tupfte sie sich die Lippen mit der Serviette ab und stand auf. »Bis uns eine genießbare Mahlzeit serviert wird, werde ich noch einen kleinen Spaziergang zu den Stallungen machen. Welche von den Damen möchte mich begleiten?«

Aller Augen richteten sich auf Gesine von Ohrdruf, die mit entsagender Miene knickste und Charlotte folgte. Obwohl die junge Fürstin nicht gerade langsam ging, wurden ihr die Türen rechtzeitig geöffnet, und die Verbeugungen der Lakaien waren tief genug, jeden Zeremonienmeister zu entzücken. Charlotte durchquerte mehrere Flure und verließ das Schloss über die Terrasse. Die Ställe befanden sich seitlich hinter dem westlichen Schlossflügel und waren erst vor kurzem im maurischen Stil neu errichtet worden. Charlotte hatte die schlanken Säulen, Rundbögen und die kupfergedeckten Kuppeln, die das Dach bildeten, bisher nur vom Garten aus bewundert und fühlte ein gewisses Herzklopfen, als sie sich dem mit Sternen und Halbmonden geschmückten Portal näherte. Sie liebte Pferde und erinnerte sich nur allzu gut an Baron Zinggens lobende Beschreibungen der Tiere, die in diesem Gebäude untergebracht waren.

Ein Pferdeknecht sah sie kommen und eilte herbei, um ihr das Tor zu öffnen. »Euer Durchlaucht!« Er verbeugte sich so linkisch, dass er das Gleichgewicht verlor.

Charlotte fing ihn auf und stellte ihn wieder auf die Füße. »Ist Er immer so schwungvoll?«

»Verzeiht, Euer Durchlaucht, ich …« Der Stallknecht kam ins Stottern und brach ab.

»Wie heißt Er?«, wollte Charlotte wissen.

»Alban, Euer Durchlaucht.«

»Nun, Alban, ich wünsche die Pferde zu sehen. Zeige Er sie mir.«

Der Knecht nickte eifrig und wollte sich erneut verbeugen, doch Charlotte hielt ihn vorsichtshalber fest. »Ich sagte, Er soll mir die Pferde zeigen, und nicht, mir vor die Füße fallen.«

Alban richtete sich steif auf und wies auf einen breiten, mit Holzbohlen belegten Gang, der auf beiden Seiten von großen, luftigen Verschlägen gesäumt wurde. Über jeder Tür war in orientalisch anmutender Schrift der Name des Pferdes gemalt, das darin stand und seinen Kopf bei Charlottes Schritt neugierig hinausstreckte. Es waren herrliche Tiere, nicht sonderlich groß, aber mit eleganten Rümpfen, schmalen Köpfen und dunklen Augen, in denen ein Feuer glomm, das Charlotte entzückte.

»Das sind Araberpferde, nicht wahr?«

Alban schien nicht weniger ergriffen als Charlotte, obwohl er die Tiere Tag für Tag sah. »Es handelt sich um die Nachkommen der sechs Rosse, die Fürst Friedrich August, der Vater Unserer Durchlaucht, als Beute aus der Schlacht am Kahlenberg mit nach Hause gebracht hat.«

Charlotte musste an ihren Großvater Ottokar denken, der ebenfalls in der Schlacht am Kahlenberg gefochten hatte, und sagte sich, dass es besser um die Veldenburg stehen würde, hätte er damals statt einer Hand voll schnell verschleuderten Goldes nur ein einziges Pferd dieser Güte als Beute mitgebracht. Sie schob den trüben Gedanken beiseite und ließ sich die einzelnen Tiere vorstellen. Da der Knecht bäuerlicher Herkunft und von de Tailleurs Hetzreden völlig unberührt war, schätzte er sich überglücklich, seiner Herrin zu Diensten sein zu können. Als Erstes reichte er Charlotte getrocknete Rübenschnitzel, die von den Pferden als Leckerbissen geschätzt wurden, damit sie sich schneller mit den Tieren anfreunden konnte, und nahm erfreut wahr, wie selbstverständlich sich die junge Fürstin in seinem Reich bewegte. Charlotte bewunderte alle Pferde und lachte, wenn sie mit ihren weichen Lippen über ihre Hand fuhren oder sie mit prüfend geweiteten Nüstern anschnaubten. Eine hübsche rostrote Stute schien sich nicht sofort mit ihr anfreunden zu wollen, sondern stampfte unruhig und zog misstrauisch die Oberlippe hoch. Schließlich ließ sie sich doch mit einigen frischen Rübenschnitzeln bestechen und streicheln.

»Das ist Fatima, der besondere Stolz Seiner Durchlaucht«, erklärte Alban eifrig. »Sie ist die beste Zuchtstute im Stall und hat bisher vier prächtige Fohlen geboren.«

Charlotte spürte, wie sich ihre Rückenmuskeln verkrampften, denn das Wort Zuchtstute ließ Säure aus ihrem Magen hochsteigen. Die Tatsache, dass ihr Gemahl sie mied, als litte sie unter einer ansteckenden Krankheit, und Pößnitz' Anweisung, die Gemächer des Fürsten unter keinen Umständen zu betreten, hatten ihr die letzten Illusionen geraubt. Wer, fragte sie sich, mochte in Carl Antons Augen mehr gelten, sie oder diese Stute?

Mit einer heftigen Bewegung drehte sie Fatimas Box den Rücken zu und verließ den Stall. Gerade, als sie ins Freie trat, bog eine kleine Reiterkavalkade um die Ecke, an ihrer Spitze Carl Anton. Er trug einen tiefblauen Rock, helle Reithosen aus

Leder und schwarze Stiefel ohne Sporen. Sein Kopf war unbedeckt, doch einer der Reitknechte, die ihm und seinen drei Begleitern wie Schatten folgten, hielt einen mit einer Feder geschmückten Dreispitz in der Hand, den der Wind wohl vom fürstlichen Haupt geweht hatte.

Charlotte lächelte Zinggen freundlich zu, der zwischen dem auch jetzt rabenschwarz gekleideten Pößnitz und dem pfauenhaft wirkenden de Tailleur einem kleinen grünen Waldgeist glich, neigte kurz den Kopf in Richtung des Kanzlers und sank, ohne dem vorgeblichen Sekretär auch nur einen flüchtigen Blick zu gönnen, vor ihrem Gemahl in einen Knicks.

Der Fürst blickte auf seine junge Frau herab und erinnerte sich daran, dass er seit dem Hochzeitsmahl kein Wort mehr mit ihr gewechselt hatte. Nun machte er sich Vorwürfe, denn schließlich war sie für einen Zweck an den Hof geholt worden, den sie ohne ihn nicht erfüllen konnte. »Einen schönen guten Tag, meine Liebe«, grüßte er sie freundlicher, als es seinem Favoriten gefiel.

Charlotte erhob sich und blickte ihm in die Augen. »Herzlichen Dank, Euer Durchlaucht. Erlaubt mir, Euch ebenfalls einen wundervollen Tag zu wünschen.«

»Ihr dürft, meine Liebe. Verzeiht, wenn ich Euch in der letzten Zeit ein wenig vernachlässigen musste, doch die Staatsgeschäfte erfordern manchmal den ganzen Mann.« Die Lüge ging Carl Anton, der sich seit der Eheschließung um alles andere, nur nicht um seine Staatsgeschäfte gekümmert hatte, glatt von den Lippen. Charlotte spürte zwar, dass er die Unwahrheit sagte, vermutete aber einen anderen Grund. Ihr Gemahl war trotz seines guten Aussehens in einem Alter, in dem viele Herren bereits unter der Gicht litten, ein für den Körper wie das Gemüt gleichermaßen verheerendes Leiden.

»Ihr braucht Euch nicht zu entschuldigen, Euer Durchlaucht. Euch wohlauf zu sehen, ist mir Freude genug.« Charlotte knickste noch einmal und wies dann mit der Rechten auf den Stall. »Ist es mir erlaubt, eine Bitte zu äußern?«

Der Fürst nickte. »Nur zu, meine Liebe.«

»Ihr besitzt herrliche Pferde, Euer Durchlaucht, und da wollte ich fragen, ob ich …« Charlotte fiel es schwer, die Worte zu formulieren, denn es schien ihr, die in Armut aufgewachsen war, beinahe verwegen, ihren Gemahl um einen seiner Lieblinge zu bitten.

Zinggen kam ihr zu Hilfe. »Verzeiht, Euer Durchlaucht, doch ich muss mich schelten. Ihre Durchlaucht trug mir bereits auf unserer Reise nach hier auf, Euch um eine fügsame Stute zu bitten, damit sie ihre gewohnten Ausritte fortsetzen kann.«

Charlotte hätte den kleinen Baron am liebsten umarmt. Kein anderer Mann besaß in ihren Augen mehr Verständnis für eine Frau, und sie wunderte sich immer mehr über seine Vorliebe für Knaben, die man ihr bereits in Dresden hinterbracht hatte. Im gleichen Moment musste sie an seinen Pagen Max denken und rümpfte im Geist die Nase. Der Junge befleißigte sich ihr gegenüber der besten Manieren und versuchte, ihr die Wünsche von den Augen abzulesen. Aber sie spürte die enge Verbindung zwischen ihm und seinem Herrn, und während sie bei dem kleinen Baron allerlei Entschuldigungen für seine Neigung fand, nahm sie Max diese aus einem ihr selbst unerfindlichen Grund übel und ärgerte sich gleichzeitig über diese Empfindung, denn eigentlich war ihr der Junge recht sympathisch.

Der Fürst stieg vom Pferd und warf einem der Knechte den Zügel zu. »Führe Osmin dreimal um den Stall und reibe ihn gründlich ab. Er soll die doppelte Menge Hafer erhalten.«

Der Knecht gehorchte wortlos. Auch die übrigen Reiter waren inzwischen abgestiegen und hatten ihre Reittiere den Knechten anvertraut, die wie auf einen unhörbaren Befehl herbeigeeilt waren. Während die Pferde fortgeführt wurden, scharten sich die

Herren um ihren Fürsten. Carl Anton beachtete sie kaum, sondern reichte Charlotte mit einem leichten Senken des Hauptes den Arm und geleitete sie in den Stall. »Es ist ein weiteres Mal an mir, Euch um Verzeihung zu bitten, meine Liebe, denn ich hätte daran denken müssen, Euch ein Reitpferd zur Verfügung zu stellen.«

Seine Augen flogen über die Boxen und blieben kurz an der Fatimas haften. »Diese Stute kann ich Euch leider nicht überlassen. Sie ist trächtig und viel zu temperamentvoll für eine Dame. Doch seht Euch Ramira an, die neben ihr steht. Ich glaube, sie ist genau die Richtige für Euch.« Der Fürst deutete auf eine hellbraune Stute mit einer prächtigen schwarzen Mähne. Sie war etwas größer als Fatima, und ihr kräftiger Kopf mit der geraden Nase zeigte an, dass nur wenig Araberblut in ihren Adern floss. Dennoch fand Charlotte das Tier allerliebst.

»Euer Durchlaucht sind zu gütig«, sagte sie ergriffen und wollte in einen weiteren tiefen Knicks sinken.

Carl Anton hielt sie lachend auf. »Es freut mich, dass Ramira Euch gefällt. Sie ist ein sehr ruhiges Pferd und kann von einer Dame leicht geritten werden. Doch nun verzeiht mir, denn ich muss Euch wieder verlassen.« Carl Anton wollte sich schon abwenden, als ihm noch etwas einfiel. »Erwartet mich heute Abend gegen neun Uhr in Euren Gemächern.«

»Ich werde für Euer Durchlaucht bereit sein«, antwortete Charlotte mit belegter Stimme.

Der Fürst nickte ihr noch einmal lächelnd zu und verließ den Stall mit elastischen Schritten. De Tailleur folgte ihm so dichtauf, dass er ihm beinahe in die Hacken getreten wäre. Wohl war es dem Favoriten gelungen, seinen fürstlichen Liebhaber beinahe zwei Wochen lang von seiner Gemahlin fern zu halten, doch im Augenblick schmeckte er das bittere Gefühl einer Niederlage. Ganz gleich, was er sagte und tat, er konnte Carl Anton nicht von dem Gedanken abbringen, dem Land zu einem Erben verhelfen zu müssen. Dabei war diese Charlotte nicht einmal hinlänglich hübsch, sondern erschreckend mager und ohne nennenswerte Formen. Unwillkürlich drehte er sich um und musterte die junge Fürstin, um zumindest in Gedanken über diese ausgetrocknete Henne spotten zu können. Er fragte sich, was ein Mann wie August der Starke an ihr hatte finden können, nahm dann aber wahr, dass sie trotz ihrer Größe vollendet harmonisch wirkte. In diesem Moment erfasste ihn ein Verlangen, über das er vor Minuten noch höhnisch gelacht hätte, und er beneidete seinen fürstlichen Liebhaber glühend, weil er dieses junge, kaum dem Kindesalter entwachsene Weib schon in wenigen Stunden unter sich spüren würde. In einem Anfall kaum zu bändigender Eifersucht überlegte er, wie er Carl Anton von seinem eben angekündigten Besuch bei Charlotte abhalten konnte. Als er das Gespräch auf dieses Thema lenkte, traf ihn ein tadelnder Blick seines Achilles. »Ich denke, es ist auch in deinem Sinne, wenn Ihre Durchlaucht bald geschwängert wird, denn dann haben wir viele Monate Zeit für uns.«

8

Während der Fürst und sein Liebhaber den Palast betraten, blieben Pößnitz und Zinggen bei Charlotte zurück. Der Kanzler wirkte so zufrieden wie ein Kater, der eben an einer großen Schüssel Sahne genascht hatte, und bedachte die junge Fürstin mit einem anerkennenden Blick. »Es war äußerst geschickt von Euch, meine Liebe, den Fürsten hier zu erwarten und ihn an seine Pflichten zu erinnern.«

Charlotte hatte den kühlen Empfang noch nicht vergessen, den Pößnitz ihr in Tresskau bereitet hatte, und hob die Nase, bis sie fast auf ihn herabschauen konnte. »Mich ›Liebe‹ zu nennen ist allein das Vorrecht Seiner Durchlaucht, Herr Kanzler. Seinesgleichen hat mich mit Euer Durchlaucht anzusprechen.«

Über Pößnitz' Gesicht huschte eine Mischung von Verblüffung und Ärger, aber er hatte sich sofort wieder in der Gewalt und verneigte sich leicht. »Sehr wohl, Euer Durchlaucht.« Dann winkte er Zinggen, ihm zu folgen, und eilte mit langen Schritten davon.

Charlotte sah den beiden so unterschiedlichen Männern nach und versuchte ihrer wirbelnden Gedanken Herr zu werden. Natürlich war sie froh, dass ihr Gemahl sich ihrer erinnert hatte, doch anders als Pößnitz annahm, hatte sie nicht beabsichtigt, sich Carl Anton in den Weg zu stellen und angesichts der hasserfüllten Miene des Sekretärs um seine Aufmerksamkeit zu betteln. Sie fragte sich, warum ihr Gemahl diesem de Tailleur, dessen Benehmen eine niedere Herkunft und eine schlechte Erziehung verriet, so viele Rechte einräumte.

»Verzeiht, Euer Durchlaucht, doch wir sollten ins Speisezimmer zurückkehren. Das Essen wird sicher gleich serviert werden.« Fräulein von Ohrdruf liebte weder lange Spaziergänge noch den Geruch, der dem Pferdestall entströmte. Zudem brannte es ihr auf der Zunge, ihrer Tante und den anderen Damen von dem angekündigten Besuch Seiner Durchlaucht bei seiner Gemahlin zu berichten.

»Man wird uns rechtzeitig rufen.« Charlotte lächelte ihr beruhigend zu, drehte sich um, nahm ein paar Rübenschnitzel aus dem Kasten und ging zu Ramiras Box, um sich von ihr zu verabschieden. »Na, meine Gute, schmeckt es dir? Morgen früh werden wir beide ausreiten«, sagte sie zu der Stute, die die gereichten Leckerbissen vorsichtig aus der Hand ihrer Herrin nahm und ihr, als sie nichts mehr fand, zärtlich ins Gesicht prustete.

Fräulein von Ohrdruf stand unglücklich neben ihrer fröhlich

lächelnden Herrin. Ihre Tante und Fräulein von Rüthen hatten ihr die wohl ehrenhafte, aber auch anstrengende Aufgabe übertragen, die junge Fürstin überallhin zu begleiten, und das schloss auch Ausritte mit ein. Seufzend überflog sie die Reihe der Sättel, die durch die offene Tür der Schirrkammer zu sehen waren, und bedauerte es, die jüngste und rangniedrigste Dame im Hofstaat der jungen Fürstin zu sein.

9

Kaum hatte Charlotte den Speisesaal betreten, da platzte ihre Begleiterin bereits mit der überraschenden Neuigkeit heraus. Baronin Ließnitz wechselte einen zufriedenen Blick mit Fräulein von Rüthen und beglückwünschte ihre Herrin. »Es ist ein gutes Zeichen, Euer Durchlaucht, dass Seine Durchlaucht sich so spontan zu einem Besuch entschlossen hat. Seine Sehnsucht nach Euch scheint nach der Hochzeitsfeier noch gewachsen zu sein.«

Charlotte lächelte ihr freundlich zu, fragte sich aber, ob die Sehnsucht des Fürsten ihr persönlich galt oder nur dem Erben, den er durch sie zu erhalten hoffte. Aber da es ihre heiligste Pflicht war, ihm zu einem Sohn zu verhelfen, würde sie sich ihm nicht entziehen.

Durch den bevorstehenden Besuch des Fürsten war aus dem verspäteten Mittagessen ein frühes Abendessen geworden. Es gab weniger Gänge als an den Tagen vorher, dafür schmeckten die in Brotkruste gebackenen Pasteten und die gebratenen Gänsemedaillons ausgezeichnet. Selbst die Baronin, die wegen ihres empfindlichen Gaumens gefürchtet war, rang sich ein paar anerkennende Worte ab.

Thomas, der Charlotte wieder vorlegte, glänzte vor Freude über das ganze Gesicht. »Mein Onkel hat meiner Schwester gestattet, Euer Mahl in der Küche des Löwen zuzubereiten. Sie kann gut kochen, nicht wahr?« Dann erinnerte er sich, dass eine solche Redeweise an diesem Ort ungehörig war, und wurde puterrot. »Ich bitte um Verzeihung, Euer Durchlaucht, ich …«

Charlotte hob lächelnd die Hand. »Es ist schon gut. Teile Er seiner Schwester mit, dass wir mit ihren Kochkünsten sehr zufrieden waren und uns freuen würden, sie in unseren Diensten zu begrüßen.«

»Danke, Euer Durchlaucht!« Thomas machte eine Bewegung, als wolle er Charlotte die Hand küssen, wagte es aber nicht, sondern hob von seinem Tablett noch ein Schälchen köstlicher Creme Caramel für sie herab und beobachtete erfreut, wie sie mit leuchtenden Augen davon naschte. Solch eine Delikatesse hatte es auf der Veldenburg höchstens einmal im Jahr gegeben, und dann auch nur ein einziges Löffelchen für jede Schwester.

Nach dem Essen wuselten die Damen wie aufgescheuchte Hühner umher, um alles für den Besuch des Fürsten vorzubereiten. Charlotte wurde wie ein kleines Kind aus- und angezogen, denn sie musste ihr Tageskleid gegen eine formellere Garderobe eintauschen. Dann schloss Fräulein von Ohrdruf feierlich die Vorhänge im Schlafzimmer, und Fräulein von Rüthen versprühte Parfüm aus französischen Flakons. Als der Fürst schließlich erschien, knicksten die Damen und verließen kichernd den Salon. Die junge Frau sah ihren Hofdamen nach, bis die Tür hinter ihnen geschlossen wurde, und blickte dann ihren Gemahl an, als wolle sie jede Einzelheit in sich aufnehmen. Carl Anton war auch heute mit ausgesuchter Eleganz gekleidet. Er trug einen nachtblauen Rock mit silbernen Tressen, hellblaue Kniehosen und weiße Strümpfe, und auf seinem gepuderten Haar saß ein Dreispitz in der Farbe des Rockes.

Der Fürst ließ die Musterung lächelnd über sich ergehen und hob nach einer Weile fragend die rechte Augenbraue. »Ich hoffe, meine Garderobe missfällt Euch nicht, meine Liebe.«

»Euer Durchlaucht sehen ausnehmend gut aus!«

»Ein Kompliment, das ich nur erwidern kann.« Carl Anton verbeugte sich dabei, so dass Charlotte nicht in seine Augen sehen konnte. Seine junge Gemahlin gefiel ihm zwar besser als alle übrigen Frauen, aber er war weit davon entfernt, sie schön zu finden. Er wies mit der rechten Hand auf die Tür zu Charlottes Schlafgemach. Die junge Frau verstand den Wink und eilte ihm voran. Sie fühlte sich ganz zappelig und nervös, denn noch nie war sie mit ihm allein gewesen, und sie wusste nicht, wie sie sich verhalten sollte. Als sie sah, dass Carl Anton seinen Rock aufknöpfte und seine Halsbinde löste, begann sie sich ebenfalls auszukleiden. Sie war schneller fertig als ihr Gemahl, dessen Hände gleichzeitig fahrig und wie gelähmt wirkten, und stand bereits im Evakostüm vor ihm, während er noch mit den Knöpfen seiner Hose kämpfte.

Carl Anton betrachtete seine junge Frau mit dem Blick eines Mannes, der eine schwierige Pflicht zu erfüllen hat, und überlegte, ob er ihre Hand nehmen und ihr aufs Lager helfen sollte. In dem Moment wandte Charlotte ihm den Rücken zu und beugte sich über das Bett, um die Decke zurückzuziehen. Dabei präsentierte sie ihm ihr kleines, aber wohlgeformtes Hinterteil, und Carl Anton empfand in diesem Moment eine Erregung, die ihn selbst überraschte.

»Bleibt so, wie Ihr jetzt seid, Madame!«, befahl er ihr heftiger als beabsichtigt.

Charlotte war auf einmal wie gelähmt, denn sie wusste nicht, was sie davon halten sollte. Sie drehte den Kopf und sah zu, wie ihr Gemahl sich hastig seiner Hose entledigte und hinter sie trat. Seine Hände strichen über ihre Hinterbacken und den Rücken und drückten diesen noch tiefer, so dass ihr Kopf auf die Bettkante zu liegen kam.

Diesmal hatte Carl Anton es nicht nötig, seinem Verlangen nachzuhelfen und sein Glied mit der Hand kampfbereit zu machen. »Hättet Ihr die Güte, Eure Beine ein wenig zu spreizen?«, forderte er Charlotte auf.

Nun erst begriff die junge Frau, was er von ihr erwartete, und krampfte vor Schreck die Hände zusammen. Es war eine schwere Sünde, bei einer Frau zu liegen, als wäre sie ein Tier, und sie hätte ihn am liebsten abgewehrt. Gleichzeitig glaubte sie die Stimme ihrer Mutter zu hören, die ihr als Einziges den Rat mitgegeben hatte, ihrem Gemahl in allen Dingen gehorsam zu sein. Sie erinnerte sich an den Streit zwischen ihren Eltern und musste nun annehmen, dass ihnen die mit den Regeln der Kirche nicht zu vereinbarenden Gelüste des Fürsten bekannt gewesen waren. Trotzdem hatten sie sie ihm überlassen, und nun blieb ihr nichts anderes übrig, als sich seinem Willen zu fügen. Sie rutschte mit den nackten Zehen über den Teppich, bis ihre Beine weit auseinander standen. Carl Anton keuchte erregt. Seine Hände packten ihre Hüften so fest, dass seine Finger sich in ihr Fleisch bohrten. Er zog sie an sich und drang mit einem heftigen Ruck in sie ein. Zu ihrer Erleichterung war es nicht so schmerzhaft wie beim ersten Mal, und so ließ sie seine hastigen Bewegungen über sich ergehen.

Der Fürst wunderte sich selbst über seine Erregung und schämte sich gleichzeitig, seine junge Frau zu etwas gezwungen zu haben, das in katholischen Ländern gebeichtet werden musste und mit langem Fasten, vielen Vaterunser oder gar einer Wallfahrt bestraft wurde. Auch die lutherischen Prediger verboten den Männern, auf diese Art mit ihren Frauen zu verkehren. Trotz seiner Gewissensbisse vermochte er nicht innezuhalten, bis er seine Erfüllung gefunden hatte. Nun quälte ihn ein zweifaches Schuldgefühl, denn bislang hatte er nur bei einem seiner Liebhaber eine ähnliche Erregung empfunden, und das war der göttliche Rainaud. Für einen Moment überkam ihn das Gefühl, er habe den einzigen Menschen betrogen, der ihn aufrichtig liebte, und er musste sich mühsam daran erinnern, dass er ja nur seine Pflicht erfüllt hatte. Also war es wohl besser, wenn er ein gewisses Vergnügen dabei empfand, als bei seinem Manneswerk zu versagen. Er beschloss, sein schlechtes Gewissen durch zwei hübsche Geschenke an seine Gemahlin und de Tailleur zu besänftigen, schlüpfte in seine Kleider und verließ so eilig den Raum, als wäre er auf der Flucht.

Charlotte blieb mit widerstrebenden Gefühlen auf dem Bett liegen und verbarg ihr Gesicht im Laken. Es bedrückte sie, etwas so Ungehöriges getan zu haben, gleichzeitig wunderte sie sich über das eigenartige Gefühl, das ihr Gemahl in ihrem Bauch ausgelöst hatte. Es war alles andere als unangenehm gewesen, und sie hoffte, es bei seinem nächsten Besuch wieder zu verspüren. Wenn es auch ihm gefiel, würde er vielleicht noch ein wenig bleiben und mit ihr plaudern, anstatt den Raum danach so schnell zu verlassen, als habe er sich einer unangenehmen Aufgabe entledigen müssen.

10

Am nächsten Morgen nahm Charlotte die Glückwünsche ihrer Damen zum Besuch des Fürsten entgegen, empfand aber die Erleichterung in den Worten der Baronin und Fräulein von Rüthens als reichlich übertrieben. Die beiden Damen schienen angenommen zu haben, Carl Anton wäre in der Hochzeitsnacht so unzufrieden mit ihr gewesen, dass er sie fürderhin meiden würde. Jetzt aber wirkten sie überglücklich, weil diese Gefahr gebannt schien. Um dem Geplapper ihres Hofstaats zu entgehen, dessen Unterhaltung sich nur um den Besuch des Fürsten drehte, verkündete Charlotte, nach der Morgenschokolade ausreiten zu wollen. Aber gerade, als ihr die Damen in ihr neues Reitkleid geholfen hatten, wurde Zinggen in ihren Salon geführt.

Er verbeugte sich und erklärte mit ungewohnt bedrückter Miene, dass der Kanzler sie zu sprechen wünsche. »Herr von Pößnitz hält es für unabdingbar, Euch auf einige Dinge hinzuweisen, mit denen man Eure Ohren bisher verschont hat. Es ist nicht mein Wille, Euch mit etwas zu konfrontieren, das Euch beleidigen oder gar verletzen könnte, und nehmt bitte jetzt schon meine Entschuldigung für die Zumutung entgegen, der Ihr ausgesetzt sein werdet.«

Charlotte spürte, wie er litt, und machte den Kanzler dafür verantwortlich. Im ersten Augenblick wollte sie die Einladung ablehnen, sagte sich aber dann, dass Pößnitz seine Wut darüber an Zinggen auslassen würde. Das wollte sie dem kleinen Baron ersparen, denn sie hatte ihn so lieb gewonnen wie einen verständnisvollen älteren Bruder. Als sie sich zur Tür wandte, winkte Zinggen seiner Base, mit ihnen zu kommen. Baronin Ließnitz rümpfte die Nase, denn sie hatte es bis jetzt nicht verwinden können, dass nicht sie, sondern Fräulein von Rüthen zur Oberhofmeisterin der neuen Fürstin ernannt worden war und nun das Privileg besaß, in deren Geheimnisse eingeweiht zu werden.

Getrieben von Nervosität und Neugier eilte Charlotte so undamenhaft schnell durch die Korridore, dass sie die Lakaien, die die Türen kaum früh genug öffnen konnten, in Verlegenheit brachte. In den Gemächern des Kanzlers baute sie sich mit erhobenem Kinn vor Pößnitz auf. »Ihr wünscht mich zu sprechen?«

Pößnitz verneigte sich und wies auf die Tür seines Studierzimmers. »Wenn Ihr mir bitte folgen wollt, Euer Durchlaucht.« Er öffnete ihr eigenhändig die Tür und wartete, bis auch Zinggen und dessen Base eingetreten waren. Fräulein von Rüthen keuchte überrascht, denn ihres Wissens wurden nur wenige in das Allerheiligste des Kanzlers eingelassen, und sie betrachtete den mit Büchern voll gestopften Raum mit der erschreckten Faszination einer Frau, deren Lektüre sich auf französische Liebesromane beschränkte.

Pößnitz rückte eigenhändig einen Stuhl für Charlotte zurecht und befahl seinem Leibdiener, dessen Gesicht nur aus Haut und Knochen zu bestehen schien, Wein für alle zu holen. Nachdem der Mann das Getränk kredenzt hatte, wies der Kanzler ihn grob an zu verschwinden. Dann setzte er sich auf eine Tischkante und musterte Charlotte wie einen Gegenstand, der seinen Wert erst noch beweisen muss. Bevor er das Wort an sie richtete, drehte er sich kurz zu Fräulein von Rüthen um. »Was Ihr nun hört, muss unter uns bleiben, sonst geht Ihr Eurer Stellung als Oberhofmeisterin Ihrer Durchlaucht verlustig und müsst in das Stift Laatzen zurückkehren.«

Fräulein von Rüthen spürte, dass das keine leere Drohung war, und versicherte Pößnitz wort- und gestenreich, er könne sich auf ihre Diskretion verlassen. Charlotte fragte sich, um welch schlimme Dinge es hier gehen mochte, wenn der Kanzler schon im Vorfeld solche Drohungen ausstieß. Sie blickte Zinggen fragend an, doch der Baron starrte nur unglücklich zu Boden.

Pößnitz räusperte sich, als wollten ihm die Worte nicht über die Zunge gleiten. »Euer Durchlaucht weilen noch nicht lange in Tresskau und kennen die hiesigen Gegebenheiten nicht. Erlaubt mir also daher, einige Worte darüber zu verlieren.« Er wartete nicht ab, bis Charlotte zustimmend nickte, sondern erzählte ihr die Geschichte des nun schon über zwei Generationen gehenden Erbstreits der beiden Saalsteiner Linien. »Die Abscheu Seiner Durchlaucht gegenüber seinem Mittstädter Vetter ist groß genug, jedes Opfer zu bringen, um Fürst Ulrich vom Erbe auszuschließen. Seine Ehe mit Euch ist so ein Opfer«, beendete er seinen Vortrag.

Charlotte glaubte schon alles über die Feindschaft zwischen Fürst Ulrich und ihrem Gemahl erfahren zu haben, und das Wort Zuchtstute war so oft im Dunkel der Flure an ihr Ohr gedrungen, dass ihr das alles nicht neu war. Sie wollte den Kanzler schon fragen, warum er solch ein Aufheben wegen dieser Geschichte machte, aber seine nächsten Worte verschlugen ihr die Sprache.

»Seine Durchlaucht vermag Frauen wenig abzugewinnen, sondern ist dem zugetan, was man im Allgemeinen Knabenliebe nennt. Ihr seid mit Sicherheit die erste Frau, mit der er verkehrt hat, und er tat es dem Zwang gehorchend, einen Sohn zeugen zu müssen. Nur aus diesem Grund verlässt er die Arme seines Liebhabers de Tailleur, um bei Euch seine Pflicht zu tun.«

Charlotte fühlte den Boden unter sich wanken. »Das ist eine infame Rede, Herr von Pößnitz.«

Der Kanzler schüttelte mit einem grimmigen Lachen den Kopf. »Oh nein, Euer Durchlaucht! Ich nehme mir nur das Recht heraus, ohne jegliche Umschweife die Wahrheit auszusprechen. Ihr seid gerufen worden, um dem Fürsten einen Sohn zu gebären, und bei Gott, genau das werdet Ihr tun.« Er kniff die Lippen zusammen, stand auf und trat hinter sie. Seine nächsten Worte würden sie verletzen und kränken, das wusste er, doch es erschien ihm besser, wenn sie die Verhältnisse, die hier in Tresskau herrschten, aus seinem Mund erfuhr, als durch

Zuträger, die hofften, ihr Abscheu vor ihrem Gemahl einflößen zu können. Wenn Carl Anton sich dazu aufraffte, seine Gemahlin aufzusuchen, musste er mit bereitwilliger Ergebenheit empfangen werden und nicht mit hysterischen Ausbrüchen.

»Seine Durchlaucht ist sehr heikel, und ich wünsche nicht, dass Ihr ihm mit falschen Handlungen oder Worten Widerwillen einflößt. Aus diesem Grund wird Zinggen, der lange Zeit der vertraute Freund Seiner Durchlaucht war und ihn sehr genau kennt, Euch einige Bilder aus seiner geheimen Sammlung zeigen. Diesen werdet Ihr entnehmen können, wie Ihr Seine Durchlaucht zu erfreuen habt.«

Der leise Spott, mit dem er die Worte »vertrauter Freund« aussprach, machte Charlotte klar, wie nahe ihr Gemahl und der kleine Baron sich einmal gestanden haben mussten. Zinggens in sich zusammengesunkene Haltung und sein trauriger Blick verrieten ihr, dass er auch jetzt noch mit jeder Faser seines Herzens an seinem Fürsten hing. Gleichzeitig aber schien er sich zu schämen, weil Pößnitz sein Verhältnis zu Carl Anton in so unzarter Weise vor anderen Ohren ausbreitete.

Charlotte erhob sich und blickte dem Kanzler in die Augen. »Wenn ich Euch richtig verstanden habe, ist dieser de Tailleur nicht bloß der Sekretär Seiner Durchlaucht, sondern sein …« Sie brach ab, weil ihr kein Ausdruck einfiel, der Zinggen nicht beleidigt hätte. Sie hielt den jetzigen Favoriten ihres Gemahls für einen ordinären und grundschlechten Menschen, den kleinen Baron aber auch jetzt noch für einen wahren Edelmann.

Pößnitz verstand, was sie hatte sagen wollen. »Ja, genau das ist er. Zinggen wird Euch jetzt die Bilder zeigen.« Sein Ton ließ keinen Widerstand zu.

Zinggen erhob sich müde, schlurfte mit hängenden Schultern zu einem der Bücherschränke und zog das Buch mit kolorierten Kupferstichen heraus, das Pößnitz ihm schon vor Tagen abgefordert hatte. Der Kanzler hatte es durchgesehen und einige Seiten markiert. Da der kleine Baron seiner Weisung nicht schnell genug nachkam, nahm er ihm das Buch aus der Hand, legte es auf den Tisch und schlug es auf.

Charlotte zuckte zusammen, als sie die erste Zeichnung sah. Die Darstellung kam dem, was der Fürst am Abend zuvor mit ihr gemacht hatte, sehr nahe. Fräulein von Rüthen versuchte, über ihre Schulter zu spähen, wurde aber durch einen zornigen Blick des Kanzlers zurückgescheucht. »Das hier ist nichts für eine ledige Frauensperson und würde Euch nur in Unruhe versetzen. Bleibt daher an der Tür stehen und waltet Eures Amtes als Anstandsdame Ihrer Durchlaucht.«

Charlotte zeigte mit ihrem Finger auf die Darstellung der beiden kopulierenden Männer und schüttelte sich. »Ich weiß nicht, wo hier der Anstand bleibt.«

»Im Gegensatz zu Fräulein von Rüthen seid Ihr eine verheiratete Frau und müsst wissen, was Eurem Gemahl gefällt. Wenn er es von Euch fordert, werdet Ihr Euch ihm in der gleichen Position präsentieren wie der junge Mann auf diesem Bild.« Die Stimme das Kanzlers erinnerte Charlotte an die Berichte über jene schrecklichen Mönche, die im Dienste der päpstlichen Inquisition angebliche Ketzer gefangen, gefoltert und auf Scheiterhaufen verbrannt hatten, und sie fragte sich, welche unchristlichen Dinge er noch von ihr verlangen würde.

»Blättert weiter!«, forderte Pößnitz sie auf. Widerwillig gehorchte sie ihm und sah nun Bilder vor sich, auf denen ein Mann und eine Frau Dinge trieben, die die Kirche als verdammenswert betrachtete. In diesem Moment wünschte sie sich eine mütterliche Freundin, mit der sie sich hätte aussprechen können. Gleichzeitig fragte sie sich, ob die Ehemänner ihrer älteren Schwestern von ihren Frauen ähnliche Dienste verlangten.

Pößnitz nahm Charlottes Zögern wahr und sah sie tadelnd an. »Wenn Ihr tut, was ich Euch sage, wird Seine Durchlaucht Euch zwar nicht mit großer Freude, aber doch mit einer gewissen Erwartung aufsuchen. Das ist Eure einzige Chance, Eure Pflicht zu erfüllen und die Mutter eines Erben zu werden. Also werdet Ihr Euch dieses Buch ansehen, ob Ihr wollt oder nicht! Wenn Ihr Fragen dazu habt, wird Herr von Zinggen sie gerne beantworten.«

Zinggen sah so aus, als würde er lieber seine Zunge verschlucken, als die Bilder zu kommentieren, und Charlotte nahm sich vor, ihn nicht noch unglücklicher zu machen. Daher blätterte sie das Buch mit einer gewissen Abscheu, aber auch aufkeimender Neugier durch und schüttelte zuletzt den Kopf über die Dinge, zu denen die menschliche Phantasie sich verirren konnte. Pößnitz hatte ungeduldig im Hintergrund gewartet und ihr Mienenspiel interessiert verfolgt. Nachdem sie das Buch zugeklappt hatte, reichte er es an Zinggen weiter, der es sofort wieder im Schrank verbarg. Charlotte erhob sich und wollte den Raum verlassen, um sich in die Stille ihres Schlafzimmers zurückzuziehen und dort ihre Gedanken zu ordnen, aber Pößnitz deutete ihr mit einer Geste an, dass er noch nicht fertig sei.

Er ließ eine kleine Messingglocke ertönen, und sofort streckte sein Diener den Kopf zur Tür herein. »Soll ich den Schneider holen, Herr Baron?«

Der Kanzler nickte, und kurz darauf trippelte ein Männchen ins Zimmer, das noch kleiner war als Zinggen und so mager, dass sich seine Rippen unter der eng sitzenden Weste abzeichneten. In der rechten Hand hielt er ein Maßband aus Leder, in der linken einen Stift und eine sauber geglättete Wachstafel. Die großen Augen in seinem schmalen wohlgeformten Schädel musterten die beiden anwesenden Herren mit einem fragenden

Blick, ohne Charlotte oder Fräulein von Rüthen auch nur zu streifen.

»Wo ist der junge Herr, bei dem ich Maß nehmen soll?«

Pößnitz deutete mit dem rechten Zeigefinger auf Charlotte. »Hier.«

»Aber das ist kein Herr, sondern eine junge Dame, und …«

»Das ist Ihre Durchlaucht, Fürstin Charlotte von Saalstein-Tresskau, und Er wird ihr die Kleidung nähen, die ich Ihm aufgetragen habe«, unterbrach der Kanzler ihn rüde.

Der Schneider blickte Zinggen Hilfe suchend an, doch dieser hob in einer ohnmächtigen Geste die Hände. »Es ist der Wille des Kanzlers, mein guter Zwirn. Ihr solltet ihm gehorchen, wenn Ihr nicht in der Veste Saalstein enden wollt.«

Pößnitz sah auf den Schneider nieder wie eine Dogge auf einen fast abgenagten Knochen. »Ihr solltet beginnen. Da Fräulein von Rüthen als Duenna genügt, werden Herr von Zinggen und ich das Zimmer verlassen.«

Der Schneider starrte Fräulein von Rüthen an, als habe er eine Gorgone erblickt, und fasste Zinggen zitternd am Revers. »Edler Herr, habe ich Euch so gekränkt, dass Ihr mir dies antut? Bitte lasst mich nicht allein!«

Pößnitz zog die Augenbrauen hoch und schien ein paar böse Worte sagen zu wollen, schluckte seine Bemerkung nach einem Blick in die Miene des entnervten Schneiders jedoch wieder hinunter. »Wenn Ihre Durchlaucht es erlaubt, werden wir hier bleiben. Ich sehe einige Akten durch, und Herr von Zinggen mag sich mit dem Gesicht zur Tür stellen. Dies dürfte wohl genügen.« Er ging zu einem Schrank, öffnete ihn aber nicht, sondern drehte sich zu Charlotte um. »Zwirn gehört ebenfalls zu jenen … ähm, Männern, die den Frauen nichts abgewinnen können. Aber er ist der beste Schneider in Tresskau, und ich wünschte, er würde mehr für mich arbeiten, als er es bis jetzt tut.«

Der kleine Schneider maß ihn mit einem empörten Blick. »Das würde ich tun, wenn Ihr Euch für Kleidung entscheiden könntet, mit der ich Ehre einlegen kann. Aber solange Ihr Schwarz tragt wie ein papistischer Pfaffe und der Schnitt, den ihr fordert, eine Beleidigung Eurer Figur ist, mögen Euch andere Eure Röcke anmessen.« Er nickte noch einmal bekräftigend und umkreiste dann Charlotte, als müsse er feststellen, ob sie stillhalten oder ihn beißen würde.

Pößnitz hielt ihn mit einem Fingerschnalzen auf. »Auf ein Wort, Zwirn! Wenn etwas über das, was hier in diesem Zimmer geschieht, an andere Ohren gelangt, werdet Ihr dem ehemaligen Domdekan von Tresskau in der Veste Gesellschaft leisten.«

Zwirn warf ihm einen vernichtenden Blick zu. »Das wird wohl kaum möglich sein, da Seine Durchlaucht ihn anlässlich seiner Vermählung in die Freiheit entließ.«

Der Kanzler legte die Akte, die er aus dem Schrank genommen hatte, vor sich auf den Tisch und lachte hart auf. »Sei Er versichert, dass ich jemanden auftreibe, der Ihm den Aufenthalt im Kerker noch mehr verleiden kann als jenes predigende Lästermaul.«

Der Schneider stakste mit Bewegungen, die an einen Weberknecht erinnerten, um Charlotte herum und sah mit sichtlicher Abscheu zu, wie Fräulein von Rüthen ihr aus dem Kleid half. Dann begann er, bei seiner unfreiwilligen Kundin Maß zu nehmen. Charlotte hatte sich zunächst über seine unverhohlen zur Schau gestellte Abscheu geärgert, amüsierte sich dann aber im Stillen, weil er sorgfältig darauf achtete, seine Hände so weit wie möglich von intimeren Stellen fern zu halten. Gleichzeitig war sie froh darüber, denn sie schwankte zwischen Wut und Scham und hätte wohl schon bei einer unbedachten Berührung ihres Busens die Nerven verloren. Als Zwirn zurücktrat und die letzten Zahlen notierte, war sie nicht weniger erleichtert als der zappelige Schneider.

Zwirn schob die Wachstafel in ihre Hülle, damit keine unbedachte Berührung die Zahlen unleserlich machte, und verneigte sich dann vor dem Kanzler. »Ich bin fertig, Euer Exzellenz.«

Pößnitz hob den Kopf und musterte ihn. »Wenn Er es sagt, wird es wohl stimmen. Doch sollte die bestellte Garderobe nicht passen, wird Er es bereuen.«

»Die Kleidung wird Ihrer Durchlaucht wie angegossen sitzen.« Der Schneider schnaubte empört, weil seine Kunstfertigkeit in Zweifel gezogen wurde.

Pößnitz verzog die Lippen zu einem freudlosen Lächeln. »Ich hoffe es für Ihn. Weiß Er noch, was Er zu nähen hat?«

Zwirn begann die sechs bestellten Ausstattungen aufzuzählen, angefangen von der Livree eines Pagen bis hin zur Montur eines Tresskauer Jägers zu Pferd. Ihm schwebte ganz offensichtlich die Frage auf den Lippen, was die Fürstin mit solch ungewöhnlichen Kleidern anfangen würde, denn vor fremden Leuten konnte sie sich nicht mit ihnen zeigen. Dann bemerkte er Pößnitz' zufriedenes Lächeln und begriff, dass die Männerkleidung die Triebe Seiner Durchlaucht auf seine Gemahlin lenken sollte. Für einen Augenblick tat Zwirn sein Landesherr, in dem er einen Schicksalsgenossen sah, Leid. Dennoch war er bereit, seine Kunst ganz in den Dienst der Sache zu stellen, denn er mochte sich nicht einmal vorstellen, wie es den Bürgern von Tresskau ergehen mochte, wenn Ulrich von Mittstadt seinem doch recht liberalen Vetter nachfolgen würde. Unter der Herrschaft dieses bigotten Menschen würden er und seine Freunde sich wohl alle in der Veste Saalstein wiederfinden.

Zwirn verbeugte sich vor dem Kanzler und vor Zinggen und wollte schon den Raum verlassen, als ihm einfiel, dass er auch der Fürstin seine Achtung nicht versagen durfte. Er erwies ihr seine Reverenz und nickte sogar Fräulein von Rüthen zu, die schnell wegblickte, als würde sein Anblick sie beleidigen.

Der Kanzler winkte Meister Zwirn noch einmal zu sich. »Ich wünsche spätestens morgen Nachmittag die erste Garderobe zu sehen!« Dann scheuchte er ihn mit einer Handbewegung hinaus.

Als sich die Tür hinter dem Schneider geschlossen hatte, kehrte Pößnitz an den Tisch zurück, nahm sein Weinglas, das unberührt dort stand, und trank Charlotte zu, die sich mit Fräulein von Rüthens Hilfe rasch wieder angezogen hatte.

»Meinen Dank, dass Ihr bereit seid, das Eure zum Erhalt der Dynastie zu tun, Euer Durchlaucht.«

Charlotte schob ihr Glas mit einer heftigen Bewegung beiseite. »Anstatt mir zu danken, solltet Ihr mich lieber bedauern.« Mit diesen Worten drehte sie sich um und rauschte in verzweifelter Wut zur Türe hinaus.

Fräulein von Rüthen machte eine Bewegung, als wolle sie ihr folgen, blieb aber neben Zinggen stehen. »Könntet Ihr mir dieses bewusste Buch nicht einmal leihen, werter Vetter?«

»Lieber nicht. Das letzte ältliche Frauenzimmer, das derlei zu sehen bekam, wurde daraufhin mannstoll und stellte den Domestiken nach.« Zinggen erntete einen vernichtenden Blick seiner Base und nahm, als sie das Zimmer verlassen hatte, das von Charlotte verschmähte Weinglas und trank einen Schluck. Dann bedachte er Pößnitz mit einem vorwurfsvollen Blick. »Musste das wirklich sein? Seine Durchlaucht hat seine Gemahlin gestern ohne jeden Zwang oder Überredung aufgesucht.«

»Ich gehe kein Risiko ein. Carl Anton benötigt so rasch wie möglich einen Erben, und deshalb werde ich alles unternehmen, was sein Interesse an seiner Gemahlin fördern kann. Dabei solltet Ihr mir nach besten Kräften beistehen, mein Guter.

Bedenkt die Konsequenzen!« Der Kanzler schlug mit der geballten Rechten in seine linke Hand und starrte durch das Fenster in die Richtung, in der er Mittstadt wusste. »Sollte Fürst Ulrich der Nachfolger Seiner Durchlaucht werden, müssen wir beide und einige andere sehr schnell das Land verlassen, wenn wir auf freiem Fuß bleiben wollen. Aber ohne unsere Besitztümer, die wir in dem Fall zurücklassen müssten, Zinggen, sind wir Bettler und würden kaum irgendwo als Gäste willkommen geheißen.«

Zinggen senkte unglücklich den Kopf. »Aber musstet Ihr Ihre Durchlaucht so sehr quälen?«

Pößnitz' Antwort bestand in einem nachsichtigen Blick.

11

Nach dem, was sie erlebt hatte, graute es Charlotte vor der Gesellschaft ihrer Damen samt deren hohlem Geschwätz. Daher lenkte sie ihre Schritte zur Terrasse und wollte eben das Schloss verlassen, als Fräulein von Rüthen atemlos neben ihr auftauchte. »Euer Durchlaucht, was habt Ihr vor?«

Charlotte deutete auf ihr Reitkleid. »Das, was ich am Morgen schon tun wollte: Ich werde ausreiten.«

»Aber Euer Durchlaucht, Ihr dürft doch ...« Fräulein von Rüthen brach ab, denn es kam ihr nicht zu, die Fürstin zu kritisieren. Sie holte tief Luft und knickste. »Ich werde Fräulein von Ohrdruf rufen, damit sie Euch begleiten kann.«

»Tut dies.« Charlotte nickte ihr kurz zu und setzte ihren Weg zu den Stallungen fort. Im Gegensatz zum Vortag wimmelte es darin von Pferdeknechten, die ihr mit offenen Mündern entgegenstarrten und miteinander wisperten. Alban schien ihnen von Charlottes Gespräch mit dem Fürsten erzählt zu haben, denn einer der Männer lief, ohne einen Befehl abzuwarten, zu Ramiras Verschlag und führte die Stute herbei, während ein anderer einen neuen Damensattel aus der Schirrkammer holte.

Charlotte war von der Schnelligkeit beeindruckt, mit der Ramira für sie bereitstand, und vergaß darüber beinahe ihre Wut auf den Kanzler. Während sie Ramira mit einem Rübenschnitzel beglückte, erschien Fräulein von Ohrdruf und knickste keuchend.

»Verzeiht meine Verspätung, Euer Durchlaucht, doch ich war überzeugt, Ihr würdet vor dem Ausreiten noch einmal Eure Gemächer aufsuchen.«

Ein Lächeln kräuselte Charlottes Lippen. »Wie Ihr seht, habe ich das nicht getan. Aber beruhigt Euch, Ihr seid ja noch rechtzeitig gekommen.«

Sie drehte sich um und trat auf die dreistufige Holztreppe zu, die einer der Knechte neben die Stute gestellt hatte, während ein anderer das Tier festhielt und ein weiterer bereitstand, seiner Herrin zu helfen. Charlotte stieg leichtfüßig hoch und setzte sich in den Sattel, so dass dem dritten Pferdeknecht nicht mehr zu tun blieb, als ihren Rock zurechtzulegen. Charlotte spürte den schon erwartungsvoll bebenden Leib der Stute unter sich und hätte am liebsten aufgejubelt. Es war ein anderes Gefühl, auf einem Pferd wie Ramira zu sitzen, als auf der alten Liese mit ihrem breiten, schaukelnden Hintern. Die Stute kaute übermütig auf der Trense, reagierte aber auf die kleinste Bewegung und ging vom Schritt in den Trab über, kaum dass ihre Reiterin den Befehl gedacht hatte. Gesine von Ohrdruf und ein Pferdebursche, der im Sattel eines stämmigen braunen Wallachs saß, folgten ihr wie zwei Schatten, so dass sie ihren ersten Ritt ungestört genießen konnte.

12

Pößnitz sah die kleine Kavalkade zwischen den Bäumen des Parks verschwinden und hieb verärgert mit der Hand durch die Luft. »Ich sollte Euch nachträglich noch den Hals herumdrehen, Zinggen, diese Frau hier angeschleppt zu haben. Sie ist viel zu störrisch, und ich fürchte, wir werden noch unser blaues Wunder mit ihr erleben.«

»Darf ich Eure Exzellenz daran erinnern, dass Ihre Durchlaucht die einzige Braut war, bei der mein Werben für Seine Durchlaucht Erfolg hatte?«

Pößnitz bemerkte den herausfordernden Ausdruck im Gesicht des kleinen Barons und nickte mit verkniffener Miene.

»Kommt, Zinggen, wir woll'en Seine Durchlaucht aufsuchen. Was die Fürstin angeht, so trifft es sich vielleicht ganz gut, dass sie über ein robustes Gemüt verfügt. Eine zarter besaitete Dame wäre vorhin in Ohnmacht gefallen.«

Der Kanzler lachte bei der Erinnerung an Charlottes ebenso wütende wie entschlossene Miene auf und verließ den Raum. Zinggen trippelte unglücklich hinter ihm her, denn ihm schwante, dass eine weitere unangenehme Szene auf ihn wartete.

Als sie eintraten, saßen der Fürst und de Tailleur beim Schach. Carl Anton blickte missmutig auf das Brett, von dem die weißen Figuren seines Favoriten beinahe schon alle entfernt worden waren, und begrüßte Pößnitz mit ungewohnter Erleichterung. »Ah, Pößnitz, Ihr kommt gerade zur rechten Zeit. Mein lieber Rainaud ist heute ein wenig unkonzentriert, und ich würde mich freuen, eine Partie mit Euch zu spielen.«

Pößnitz streifte de Tailleur mit einem raschen Blick, befand, dass der Favorit weniger geistesabwesend als vielmehr beleidigt wirkte, und strich sich zufrieden über das Kinn. Er wusste, dass man sich Carl Antons Wohlwollen mit nichts rascher verscherzen konnte als mit Launenhaftigkeit. Da de Tailleur nicht daran dachte, dem Kanzler seinen Stuhl zu überlassen, und der Fürst auch nicht den Befehl gab, eine weitere Sitzgelegenheit herbeizuschaffen, musste Pößnitz die Partie im Stehen spielen. Trotzdem brachte er Carl Anton mehrmals an den Rand des Schachmatts, bis es dem Fürsten endlich gelang, mit der schwarzen Dame den Turm zu schlagen, der den weißen König schützte.

»Schachmatt«, erklärte Carl Anton hörbar zufrieden.

»Aber nur in diesem Spiel«, antwortete Pößnitz gelassen. »Wenn Eure Durchlaucht mir nun gestatten würde zu sprechen. Es stehen Dinge an, die einer Entscheidung bedürfen.«

Carl Anton hob den Blick in gespielter Verzweiflung zur Decke. »Welche denn nun schon wieder, Pößnitz?«

Der Kanzler beugte sich vor und stellte die Schachfiguren wieder auf. »Euer Durchlaucht, ich denke, es ist an der Zeit, dass Ihr Euch nach Wien an den Kaiser wendet, um seine Zustimmung zu einer Änderung der Tresskauer Erbgesetze zu erbitten. Jetzt, wo der Kaiser mit der Pragmatischen Sanktion eine Regelung zugunsten seiner Tochter Maria Theresia erreichen will, wäre die Gelegenheit günstig, die weibliche Erbfolge auch im Fürstentum Saalstein-Tresskau einzuführen.«

Carl Anton schürzte angewidert die Lippen. »Ihr schlagt allen Ernstes vor, dass eine Frau meinen Thron besteigt?«

Pößnitz zog nur leicht die rechte Schulter hoch. »Euer Durchlaucht sollten sich fragen, ob Ihr lieber eine Tochter auf dem Thron sehen wollt, falls das Schicksal Euch einen Sohn versagt, oder Euren Vetter. Im letzteren Fall wäre all Euer Bemühen vergeblich gewesen.«

De Tailleur lachte gehässig. »Was sehr wahrscheinlich ist, denn wie ich hörte, hat die Mutter der Zuchtstute nur Töchter geworfen.«

Carl Anton fuhr zornig auf. »Einen solchen Ton wünsche ich in meinen Gemächern nicht zu vernehmen, und ich dulde nicht, dass meine Gemahlin mit solch schmähenden Beinamen versehen wird!«

Pößnitz klopfte sich in Gedanken auf die Schulter. Sein Vorschlag hatte den Favorit erneut dazu gebracht, Carl Anton zu kränken, und wenn der Mann so weitermachte, würde er sich die Gunst seines fürstlichen Liebhabers bald verscherzt haben. Aber es gab Wichtigeres als diesen ungehobelten Menschen, und so kehrte er zum Grund seines Besuches zurück. »Der Kaiser wird erfreut sein, wenn Eure Durchlaucht ihm anbietet, im Gegenzug für diese Gunst für die Pragmatische Sanktion stimmen zu wollen. Sollte dies nicht ausreichen, könnte man ihm das von Sachsen gekaufte Erbrecht auf die Reichsgrafschaft Hollenberg abtreten. Herr Karl ist einer Mehrung seiner Besitzungen stets aufgeschlossen.«

Der Fürst warf den Kopf in den Nacken und maß seinen Kanzler mit einem vorwurfsvollen Blick. »Stimmt es, dass die Mutter meiner Gemahlin nur Töchter geboren hat?«

»Selbstverständlich nicht, Euer Durchlaucht. Ihre Durchlaucht besitzt wohl mehrere Schwestern, aber auch einen Bruder, den Veldenburger Erbprinzen Leopold.« Pößnitz verneigte sich mit einer für ihn ungewohnten Grazie und warf dem Favoriten einen triumphierenden Blick zu.

Carl Anton atmete sichtlich auf, nahm dann aber die schwarze Dame vom Brett und streichelte sie. »Wir sollten diese Regelung ins Auge fassen, mein guter Pößnitz.«

Der Kanzler verbeugte sich erneut. »Ich werde das Nötige in die Wege leiten, Euer Durchlaucht. Wenn ich mich nun verabschieden darf?«

»Ihr dürft!« Der Fürst bedauerte sichtlich, dass er Pößnitz nicht zu einer weiteren Partie Schach auffordern konnte, aber es war an der Zeit, ein klärendes Gespräch mit seinem Favoriten zu führen, dessen Verhalten ihn mehr und mehr störte.

Pößnitz verließ vor Zinggen, der neben der Tür stehen geblieben war, den Raum und drehte sich auf dem Korridor zu dem kleinen Baron herum. »Ihre Durchlaucht benötigt einen persönlichen Reitknecht. Den Kerlen im Stall ist nicht zu trauen, denn es braucht nur ein Beutel Gold aus Mittstadt kommen, und schon gibt es einen Sattelriemen mit halb aufgetrennter Naht. Also werdet Ihr der Fürstin Euren Lustknaben abtreten. Wie ich beobachten konnte, ist Max Euch hündisch ergeben und wird auf Ihre Durchlaucht Acht geben.«

Zinggen tat es körperlich weh, dass Max als Lustknabe bezeichnet wurde, aber noch weniger wünschte er, ihn zu verlieren. Ein Blick in Pößnitz' Miene machte ihm klar, dass jeder Widerstand vergebens sein würde.

13

Als sich die Tür hinter Pößnitz geschlossen hatte, trat Carl Anton ans Fenster und starrte in den Park hinaus. De Tailleur fühlte sich missachtet und schürzte die Lippen, als wolle er eine neue Anklage vorbringen. Dann aber winkte er Paul, den Leibdiener des Fürsten, und ließ sich sein leeres Weinglas füllen. Er trank es in einem Zug leer und hielt es dem Lakaien sofort wieder hin. Carl Anton hatte die kleine Szene im spiegelnden Glas verfolgt, drehte sich abrupt um und musterte den einstigen Schneider mit einem ungewohnt kalten Lächeln.

»Ich bin in letzter Zeit nicht ganz zufrieden mit dir, mein lieber Rainaud. Ich hatte gehofft, du würdest mich unterstützen und es mir leichter machen, die Bürde zu tragen, die mein

Amt mir aufzwingt. Stattdessen machst du mir das Leben noch schwerer und vergreifst dich zunehmend im Ton.«

Dieser Tadel empörte de Tailleur und fachte seinen Hass auf die junge Fürstin weiter an. Trotz des reichlich genossenen Weines wusste er jedoch, dass er seinen Gönner jetzt nicht mit weiteren Klagen erzürnen durfte. »Verzeiht mir, mein Achilles, aber wie kann ich Euch glücklich machen, wenn Ihr immer wieder von meiner Seite gerissen werdet?«

Er trat neben den Fürsten und ließ seine Hände, die seinen Liebhaber bisher immer in Ekstase versetzt hatten, über dessen Körper wandern. Doch der Fürst entwand sich ihm mit einer heftigen Bewegung, ging ein paar Schritte beiseite und verschränkte die Arme.

»Ich lasse nicht zu, dass meine Gemahlin in meinem Palast geschmäht wird!«

De Tailleur bedachte die fränkische Hinterwäldlerin, die sich hier eingenistet hatte, in Gedanken mit ein paar obszönen Flüchen und erstickte fast an den Worten, die sich über seine Lippen drängen wollten. Da zuckte ein verlockender Gedanke durch seinen Kopf. Um das triumphierende Lächeln zu verbergen, das sich auf seinem Gesicht breit machte, warf er sich dem Fürsten zu Füßen und umklammerte seine Beine.

»Ich wollte Euch doch nicht kränken, mein Achilles, sondern nur meiner Trauer Ausdruck verleihen, Euch mit dieser … mit Ihrer Durchlaucht teilen zu müssen. Ich verstehe sehr gut, wie schwer es Euch ankommen muss, ihr beizuwohnen.«

De Tailleur nahm nicht die leichte Röte wahr, die über die Wangen seines Liebhabers huschte. Carl Anton musste daran denken, dass er es weder in der Hochzeitsnacht noch am Vortag als unangenehm oder abstoßend empfunden hatte, mit seiner jungen Frau zu verkehren. Bei der Erinnerung an das letzte Mal verspürte er sogar eine leichte Erregung und er beschloss,

Charlotte bald wieder aufzusuchen. Der Gedanke an ihre knabenhafte Gestalt, die auch einem hübschen Jüngling hätte gehören können, lenkte ihn von de Tailleurs nächsten Worten ab.

»Mein Herr und Gebieter, so wie wir die Glückseligkeit unserer Liebe gemeinsam empfinden, sollten wir diese Last ebenfalls gemeinsam tragen.«

Der Fürst blickte verwirrt auf. »Ich verstehe nicht, was du meinst.«

»Wenn Ihr das nächste Mal Eure Gemahlin aufsucht, werde ich Euch begleiten und Eure Last mit Euch teilen.« De Tailleurs Augen glitzerten bei diesen Worten begehrlich auf. Die Zuchtstute hatte es gewagt, sich zwischen ihn und seinen Geliebten zu drängen, und zu seiner Genugtuung würde sie ihm zu Willen sein müssen.

Carl Anton glaubte im ersten Moment, sich verhört zu haben, aber als er de Tailleurs erwartungsvolle Miene sah, begriff er, dass sein Favorit diesen Vorschlag ernst gemeint hatte. Sein Blick wanderte zu dem Weinkrug, den Paul ihm so hinhielt, dass er den Boden des Gefäßes sehen konnte. Da er kaum etwas getrunken hatte, musste de Tailleur ihn beinahe alleine geleert haben. Dem Diener war anzusehen, dass er an sich halten musste, um nicht hell aufzulachen. Im Gegensatz zu dem Favoriten wusste er, dass nur ein schwachsinniger Narr auf einen solchen Vorschlag eingegangen wäre.

Carl Anton schenkte seinem Liebhaber einen Blick, als hätte er eine besonders hässliche Raupe vor sich. »Die legitime Geburt meines Erben muss über jeden Zweifel erhaben sein. Käme meinem verachtenswerten Vetter auch nur der Verdacht, ein anderer könnte dem Bett meiner Gemahlin zu nahe gekommen sein, würde er meinen Sohn als Bastard bezeichnen und Tresskau für sich fordern. Ich will nicht zornig werden, sondern die Schuld an deinen unbedachten Worten dem Wein geben, den du heute genossen hast. Sei gewarnt, Rainaud. Meine Zuneigung zu dir gibt dir nicht das Recht, dich über alle Regeln hinwegzusetzen. Es ist deine Aufgabe, mir zu Diensten zu sein, nicht mehr, aber auch nicht weniger. Wenn du dir meine Freundschaft erhalten willst, wirst du lernen müssen, dich besser zu benehmen. Und nun erlaube ich dir, dich in deine Gemächer zurückzuziehen, damit du zur Besinnung finden kannst.«

Carl Anton scheuchte seinen Favoriten mit einer knappen Handbewegung von sich und winkte seinem Diener. »Paul, in Zukunft ist es Ihm und den anderen Lakaien untersagt, Herrn de Tailleur mehr als fünf Gläser Wein am Tag zu kredenzen.«

Der Favorit lief dunkelrot an, als hätte man ihm eine schallende Ohrfeige gegeben. In den acht Jahren, in denen er am Tresskauer Hof weilte, hatte der Fürst ihn kein einziges Mal auch nur annähernd so harsch behandelt wie an diesem Tag. Er öffnete den Mund, um sich zu verteidigen, aber ehe er die richtigen Worte fand, öffnete Paul auf einen Wink seines Herrn hin die Tür. »Seine Durchlaucht wünschen allein zu sein!«

De Tailleur schnaufte halb erstickt und drehte Carl Anton mit einer heftigen Bewegung den Rücken zu. Einen Augenblick wartete er noch, ob sein Liebhaber ihn nicht doch zum Bleiben auffordern würde, aber als er ein ungeduldiges Räuspern hinter sich hörte, stapfte er mit eckigen Bewegungen hinaus. In eine graue Wolke des Zorns gehüllt wanderte er durch die Korridore und nahm in seiner Erregung eine falsche Abzweigung. Er bemerkte es erst, als er plötzlich vor der Suite der Fürstin stand. Noch während er überlegte, ob er hineingehen und der Zuchtstute ungeschminkt sagen sollte, was er von ihr hielt, hörte er Schritte hinter sich. Er drehte sich um und sah die Fürstin auf sich zukommen. Sie hatte ihren Ausritt beendet und war ihrer Kammerfrau vorausgeeilt.

Aus einem plötzlichen Impuls heraus vertrat de Tailleur ihr den Weg, packte sie und stieß sie in einen Raum, in der die Bediensteten Besen und anderes Reinigungsmaterial aufbewahrten.

»Was soll das?«, fragte Charlotte und wehrte de Tailleur ab, der ihren Rock heben wollte.

»Jetzt werde ich das tun, was Euer stockschwuler Gemahl eh nicht zusammenbringt, nämlich Euch schwängern«, höhnte er und drängte sie gegen die Wand.

Sein weinsaurer Atem nahm Charlotte den Atem, und ihr Magen stieg vor Ekel bis zur Kehle. Für einen Augenblick empfand sie eine alles überwältigende Wut auf diesen unverschämten Menschen, dann kam die Situation ihr eher lächerlich vor. Zwar war sie eine Frau und überdies eingezwängt in viele Schichten mit Fischbein verstärktem Stoff, aber noch nicht durch die bequemen Jahre am Hof verweichlicht. Mit einem Ruck befreite sie sich, stieß de Tailleur zurück, packte einen Besen und schwang ihn drohend.

De Tailleur war zu wütend und vielleicht auch zu betrunken, um die Warnung zu begreifen, denn er streckte die Arme aus und wollte sie ein zweites Mal an sich ziehen. Im selben Moment schlug sie zu. Er schrie auf und versuchte, ihr mit fahrigen Bewegungen den Besen zu entwinden, doch ihre Hiebe fielen so dicht, dass er sich nicht vor ihnen schützen konnte.

Der Lärm, der aus der Kammer drang, hatte Aufmerksamkeit erregt, die Türe wurde aufgerissen, und Zinggens Page Max streckte den Kopf herein. Als er sah, wie Charlotte den fürstlichen Favoriten durch den Raum prügelte, biss er sich in die Hand, um sich das Lachen zu verkneifen. Dann gab er die Tür frei und machte de Tailleur mit einer spöttischen Verbeugung auf diesen Fluchtweg aufmerksam.

Der Favorit wirbelte mit einem Aufkreischen herum, schoss an Max vorbei und rannte davon, als wären sämtliche Dämonen des papistischen Fegefeuers hinter ihm her. Max sah ihm entgeistert nach und erstickte fast an dem zurückgehaltenen Lachen. Nach drei, vier verkrampften Atemzügen verbeugte er sich vor Charlotte, nahm den Besen entgegen, den sie ihm reichte, und stellte ihn mit immer noch zuckendem Brustkorb an seinen Platz zurück.

Charlotte schüttelte irritiert den Kopf. »Wenn Er wieder bei Sinnen ist, kann Er mir einen Dolch oder einen Degen besorgen, damit ich Angriffen wie diesem nicht wehrlos ausgeliefert bin.«

Der junge Bursche japste. »Ihr und wehrlos? Die männliche Hure dürfte das wohl anders sehen. Glaubt mir, der Kerl wird Euch kein zweites Mal zu nahe treten.« Noch während die Worte seine Lippen verließen, begriff er, was er gesagt hatte, und erstarrte vor Schreck. »Verzeiht mir, Euer Durchlaucht, das hätte ich nicht sagen dürfen.«

»Ich bin mir über die Verbindung Seiner Durchlaucht zu diesem Subjekt durchaus im Klaren.« Charlotte warf den Kopf in den Nacken und schritt an Max vorbei, als wäre er Luft.

14

Als der Fürst an diesem Abend die Gemächer seiner Gemahlin betrat, wunderte er sich, in ihrem Schlafzimmer einen hoch gewachsenen jungen Mann in der kleidsamen Tracht eines Pagen zu sehen. Er wollte schon auffahren und den Burschen fragen, was er an diesem Ort zu suchen hätte, da drehte dieser sich zu ihm um und entpuppte sich als Charlotte. Ihre Miene wirkte ernst, fast ein wenig abwehrend und hochmütig, doch sie verbeugte sich vor ihrem Ehemann nach der

Art eines hochrangigen Bediensteten, wie Zinggen es ihr beigebracht hatte.

»Euer Durchlaucht sind mir willkommen.«

Der Fürst öffnete den Mund, brachte aber kein Wort heraus, sondern starrte das Wesen an, an dem außer einem selbst für einen Jüngling zu weichen Gesicht nichts mehr an eine Frau erinnerte. Selbst die kleinen Hügel ihrer Brüste, die sonst von den Frauenkleidern betont wurden, waren wie weggezaubert. Meister Zwirn hatte sich selbst übertroffen und innerhalb eines einzigen Tages Charlottes erstes Männerkostüm abgeliefert. Obwohl er sie beim Maßnehmen kaum berührt hatte, waren der grüne Rock und die gelbe Kniehose aufs Beste verarbeitet und saßen wie angegossen. Der kleine Baron hatte einen Dreispitz geopfert, um die Verkleidung vollkommen zu machen, und mithilfe seiner Base Charlottes Haar aufgebunden und so geschickt unter dem Hut verborgen, dass nur ein kurzer Zopf zu sehen war, wie ihn Soldaten und Bürger trugen.

Carl Anton ging mehrmals um seine Gemahlin herum und konnte sich kaum an ihr satt sehen. Dabei wuchs mit jedem Schritt seine Erregung, und seine eigenen Hosen spannten sich wie seit langem nicht mehr. Schließlich blieb er stehen, trat auf Charlotte zu und ließ dann die Hände über ihren Rücken bis zum Gesäß wandern. Seine Finger krallten sich schmerzhaft in ihre Muskeln und ließen sie aufstöhnen. Mit einem letzten Rest an Selbstbeherrschung küsste Carl Anton sie auf jene empfindliche Stelle dicht unter dem Ohrläppchen.

»Meine Liebe, Ihr wisst nicht, welch köstliches Geschenk Ihr mir macht.«

Er nestelte mit fiebernden Händen ihre Hosenknöpfe auf, drehte sie herum, bis sie mit dem Rücken zu ihm stand, und streifte ihr das Kleidungsstück über die Hüften. Der Anblick ihrer bloßen Hinterbacken über den engen Beinkleidern entflammte ihn noch mehr. In aller Eile zog er seine eigene Kleidung aus und drängte sich an sie. Im letzten Moment erinnerte er sich, dass sie eine Frau war, und wählte ohne eine Spur von Widerwillen die richtige Pforte. Plötzlich empfand er es nicht mehr als Pflicht, ihr beizuwohnen, um für einen Sohn zu sorgen, sondern als das Ausleben einer Leidenschaft, wie er sie nur in den ersten Jahren mit seinem Jugendfreund, Baron Zinggen, erlebt hatte.

Als er Erfüllung gefunden hatte und seine Frau keuchend in den Armen hielt, schämte er sich für die tierhafte Weise, in der er sie genommen hatte, und senkte betroffen den Kopf.

»Verzeiht, meine Liebe, ich wollte Euch nicht ungebührlich behandeln.«

Charlotte war noch ein wenig erschrocken, weil sie auf so eine wilde Leidenschaft nicht gefasst gewesen war, lächelte jedoch ein wenig verschämt. »Es gibt nichts zu verzeihen, Euer Durchlaucht, denn ich … ich habe selbst Vergnügen dabei empfunden.« Dieses Geständnis fiel ihr nicht leicht, denn derlei gehörte sich nicht für eine ehrbare Frau.

Carl Anton lachte wie befreit auf und gab ihr einen zärtlichen Klaps auf die immer noch nackten Hinterbacken. »Wenn es nach mir geht, werdet Ihr dieses Vergnügen noch öfter empfinden, meine Liebe. Doch verratet mir, wem ich diese Überraschung zu verdanken habe. War es Zinggen?«

»Herr von Pößnitz bestand darauf, mich so kleiden zu lassen.«

»Ich wusste doch, warum ich ihn zu meinem Kanzler gemacht habe.« Er küsste sie erneut und ließ sie fast widerstrebend los. »Ich werde aber auch meinem Freund Zinggen ein angemessenes Geschenk machen müssen, denn immerhin ist er es gewesen, der Euch zu mir gebracht hat.« Da er keinen Drang verspürte, seine Frau sofort wieder zu verlassen, wanderte sein Blick durch Charlottes Zimmer und blieb auf einem kleinen, weiß lackierten Tischchen hängen, auf dem ein Schachspiel stand.

»Ihr spielt Schach, meine Liebe?«

»Ein wenig.« Charlotte dachte an ihren Vater, der ihr das Spiel beigebracht und sie fast täglich zu einer Partie eingeladen hatte, weil ihre Mutter und ihre Schwestern kein Talent für dieses Spiel besaßen.

Carl Anton öffnete den Figurenkasten und nahm eine schon etwas abgegriffene schwarze Dame heraus. »Wenn mich nicht alles täuscht, stammen die Figuren aus Zinggens Besitz. Er hat früher sehr an ihnen gehangen.«

»Er hat sie mir geliehen, als ich ihn um ein Schachspiel bat, und gibt mir von Zeit zu Zeit die Ehre einer Partie. Ich bewahre den Kasten jedoch in meinem Schafgemach auf, weil ich fürchte, dass er im Salon Schaden nehmen könnte. Wenn Herr von Zinggen erscheint, spielen wir selbstverständlich dort.« Charlotte sprach so heftig, als hätte ihr Gemahl eben Zweifel an ihr geäußert.

Carl Anton zog lachend seine Hose an. »In meinem Freund Zinggen habt Ihr wohl einen glühenden Verehrer gefunden. Seid jedoch unbesorgt, denn er weiß, was sich ziemt, und wird anders als weniger gefestigte Charaktere niemals die Grenzen der Schicklichkeit überschreiten.«

Charlotte hob verblüfft den Kopf. War ihrem Gemahl der Zwischenfall mit de Tailleur zu Ohren gekommen? Doch nichts an seiner Haltung deutete darauf hin. Er trat auf sie zu, nahm ihr den Dreispitz vom Kopf und wies mit dem Kinn auf ihren Morgenrock, den Rosa, ihre Zofe, bereitgelegt hatte.

»Ihr solltet Euch in eine züchtige Frau zurückverwandeln, meine Liebe, damit Eure Damen nicht erschrecken, wenn sie Euch sehen. Wenn Ihr umgezogen seid, bitte ich Euch um die Ehre einer Partie Schach.«

Charlotte nickte und streifte die Männerkleidung ab. Dabei drehte sie ihrem Gemahl den Rücken zu, sah aber im Spiegel, dass er sie mit interessierter Miene beobachtete. Am liebsten hätte sie sein Ansinnen abgelehnt, denn sie war überzeugt, keine würdige Partnerin für ihn zu sein. Er musste ihre Zweifel gespürt haben, denn er nahm das Schachspiel an sich und trug es in den Salon. Als Charlotte ihm kurz darauf folgte, hatte er die Figuren bereits aufgestellt.

Bei ihrem Eintreten huschte ein Lächeln über seine Lippen. »Ich nehme stets Schwarz, so dass ich Euch bitten muss, mit der Farbe der Unschuld vorlieb zu nehmen.«

»Wie Eure Durchlaucht befehlen.«

»So gefallt Ihr mir. Eine brave Ehefrau soll ihrem Mann stets gehorchen.«

Charlotte war sich nicht sicher, ob der Fürst sie nur necken wollte oder es ernst meinte, und senkte den Kopf. »Ich habe vor Gott geschworen, Euch in allem zu gehorchen, mein Herr.«

»Dann setzt Euch jetzt und beginnt die Partie.«

Als Baronin Ließnitz den Salon betrat, nachdem sie eine in ihren Augen schickliche Zeitspanne hatte verstreichen lassen, glaubte sie ihren Augen nicht zu trauen. Sie hatte kaum erwartet, den Fürsten noch vorzufinden, und noch viel weniger, ihn und seine Gemahlin über ein Schachspiel gebeugt zu sehen. Die beiden waren so in die Partie versunken, dass sie ihrer Umgebung keinen Blick gönnten, sie schenkten einander nichts. Carl Antons verbissene Miene hellte sich erst auf, als es ihm gelang, Charlotte schachmatt zu setzen.

»Ihr seid eine ungewöhnlich hartnäckige Gegnerin, meine Liebe. Wenn Ihr Euch auch im normalen Leben so verhaltet, wünsche ich nicht, Euer Feind zu sein.«

»Euer Durchlaucht wissen, dass Ihr es nicht seid.«

Carl Anton streckte die Hand aus und streichelte Charlotte über die Wange. »Das weiß ich, meine Liebe, und ich danke Gott, dass er Euch zu mir geschickt hat.«

Baronin Ließnitz schnappte nach Luft, denn sie hätte sich niemals vorstellen können, dass der Fürst, den sie als erbitterten Frauenfeind kennen gelernt hatte, seiner Gemahlin Komplimente machen würde. Dann aber ging ein Strahlen über ihr Gesicht, und sie drückte die Hände auf den Busen, um ihre Gedanken darin zu verschließen. Wie es aussah, geriet die bislang fast absolute Herrschaft des Herrn de Tailleur am Tresskauer Hof ins Wanken, und es würde gewiss nicht mehr lange dauern, bis es nur noch eines kleinen Stoßes bedurfte, um ihn endgültig zu stürzen.

15

In den nächsten Wochen wurden all jene enttäuscht, die ein rasch schwindendes Interesse des Fürsten an seiner jungen Gemahlin prophezeit und behauptet hatten, Charlotte würde in absehbarer Zeit in einem abgelegenen Winkel des Palastes dahinvegetieren. Seine Durchlaucht suchte Ihre Durchlaucht regelmäßig auf und gab sich den Gerüchten zufolge nicht nur alle Mühe, für einen Thronerben zu sorgen, sondern trieb auch sonst allerlei Kurzweil mit ihr. Ganz offensichtlich war der Stern de Tailleurs im Sinken begriffen, und spitzzüngige Lakaien berichteten hinter vorgehaltenen Händen von heftigen Streitigkeiten zwischen dem Favoriten und seinem fürstlichen Herrn.

Lange Zeit verschloss de Tailleur die Augen vor der Tatsache, dass sich der Wind am Hof gedreht hatte und ihm ins Gesicht blies, und versuchte mit allen ihm einfallenden Mitteln, den Fürsten seiner Gemahlin zu entfremden. Doch was er auch unternahm, es misslang. Carl Anton reagierte weder auf seine flehentlichen Bitten noch auf seine Vorhaltungen, auch wenn er sich meist geduldig anhörte, was sein Liebhaber zu sagen hatte.

Eines Tages aber wurde es ihm zu viel, und seine sonst eher gelangweilte Miene versteinerte. »Hör auf, Rainaud! Es genügt. Du musst endlich begreifen, dass Ihre Durchlaucht schon nach Gesetz und Sitte eine zentrale Rolle an meinem Hof zu spielen hat.«

Die Worte enthielten eine unmissverständliche Drohung, und de Tailleur fühlte sich, als hätte man ihm einen Schlag in die Magengrube versetzt. Sein Achilles, dem er acht Jahre lang seinen Körper zur Verfügung gestellt hatte und dem er in einer Weise zu Diensten gewesen war, die diese fränkische Hinterwäldlerin nicht einmal erahnen konnte, war eher bereit, ihn von sich zu stoßen, als auf seine Zuchtstute zu verzichten. Seit jener Begebenheit in der Besenkammer hasste er diese Megäre mit schmerzhafter Intensität, und wenn er nachts in seinem eigenen Bett lag, weil Carl Anton sein Lager immer seltener mit ihm teilte, legte er in Gedanken die Hände um ihren Hals und drückte genussvoll zu, bis der letzte Funken Leben aus ihr entwichen war.

Er musste dringend etwas unternehmen, um seine Position zurückzugewinnen. Er beschloss, sofort ans Werk zu gehen und seinen unwilligen Liebhaber nach allen Regeln der Kunst zu verführen. Doch Carl Anton hatte gerade einen Kasten geöffnet, den er vor zwei Tagen von Pößnitz erhalten hatte, und entnahm ihm eine Urkunde, die aus mehreren Blättern bestand und mit bunten Seidenfäden geheftet war. De Tailleur räusperte sich mehrmals, in der Hoffnung, sein Liebhaber würde die Akte beiseite legen und sich ihm zuwenden. Aber der Fürst las Seite für Seite aufmerksam durch, hob dann erst den Kopf und warf seinem Favoriten einen tadelnden Blick zu. »Ich habe zu tun, Rainaud. Wäre es dir möglich, mich eine Weile allein zu lassen? Geh doch ein wenig im Park spazieren.«

Carl Anton wartete die Antwort nicht ab, sondern griff nach einer weiteren Akte. Bei dieser handelte es sich um das Gesuch an den Kaiser, dem fürstlichen Haus von Saalstein-Tresskau die weibliche Thronfolge zu gestatten. Unwillkürlich musste er beim Lesen an die exzentrische Königin Christine von Schweden denken, die vor sieben Jahrzehnten von schwärmerischem Eifer erfasst dem Thron entsagt hatte und zum katholischen Glauben übergetreten war. Es schüttelte ihn bei dem Gedanken an so viel Pflichtvergessenheit. Was würde aus Tresskau werden, wenn ihm eine Frau auf den Thron folgte? Als er sich dann aber vorstellte, was sein geliebtes Land würde erdulden müssen, wenn sein Mittstädter Vetter es erbte, kam er zu dem Schluss, dass er es doch lieber einer Tochter hinterlassen wollte.

Während er sich mit einer Zukunft beschäftigte, die nach menschlichem Ermessen noch in weiter Ferne lag, nahm er gar nicht wahr, dass de Tailleur wutschnaubend den Raum verließ. Der einstige Schneiderlehrling hätte sich am liebsten mit einem großen Krug Wein in sein Zimmer zurückgezogen, doch die Lakaien hielten sich an die Weisung des Fürsten, ihm nur noch fünfmal am Tag das Glas zu füllen. In der Absicht, sich einen Platz zu suchen, wo er seiner Wut freien Lauf lassen konnte, verließ er den Palast und stapfte in tiefem Groll durch den Park.

Das Wetter war klar und warm, und die Blumenrabatten und kunstvoll beschnittenen Bäume und Sträucher boten im Sonnenlicht einen märchenhaften Anblick. De Tailleur aber hatte kein Auge für die Pracht, sondern sah sich bereits wie ein räudiger Hund vor die Tür gejagt. Vielleicht würde man ihn sogar hier behalten und zu einem einfachen Schreiber degradieren, der sich dem Fürsten nur noch nach ausdrücklicher Aufforderung nähern durfte. Er wusste nicht, was schlimmer sein würde, und verfluchte das Schicksal, das ihn in Gestalt dieser weiblichen Bohnenstange heimgesucht hatte.

Eine Gruppe von Gärtnern und ihren Gehilfen war gerade dabei, eine neue Hecke zu pflanzen, die später zu einer Art lebendigem Relief zurechtgeschnitten werden sollte. Als sie de Tailleur vor sich hin fluchen hörten, stießen sie sich grinsend an. Einer lachte sogar höhnisch, und als de Tailleur auf ihn zusteuerte, um seine Wut an ihm auszulassen, schnaubte er verächtlich und stellte sich kampfbereit auf. Ehe der Favorit den Mann erreichte, stieß der Älteste der Gruppe einen Pfiff aus und scheuchte seine Leute mit einer knappen Geste in einen anderen Teil des Parks. Während de Tailleur noch darüber nachdachte, ob er ihnen folgen und ihnen sagen sollte, dass sie entlassen seien, klang hinter ihm eine laute Stimme auf. Jemand rief in die Stallungen hinein, dass die Stute Ihrer Durchlaucht gesattelt werden sollte.

Er überlegte, ob er hingehen und dieses Weib vor allen Bediensteten so beleidigen sollte, dass sie fluchtartig den Palast verließe. Aber so wie sein Achilles in letzter Zeit gelaunt war, würde er ihm das wohl nie verzeihen. Doch irgendetwas musste er tun, um die Situation zu seinen Gunsten zu wenden. Sein Blick blieb auf einem Haufen Laub und abgeschnittenen Zweigen hängen, aus dem ihn die klein gehackten Stücke eines Dornbusches geradezu anzulachen schienen. Er rieb sich über das Kinn. Was wäre, fragte eine Stimme in ihm, wenn das Pferd der Fürstin durchginge und sie abwürfe? Frauen waren zarte Geschöpfe und kamen leicht zu Schaden. Selbst wenn die Zuchtstute den Sturz überlebte, würde sie höchstwahrscheinlich verkrüppelt sein und konnte seinen Achilles nicht mehr verhexen.

De Tailleur hob ein fingerlanges Stück auf und starrte es an. Die Dornen waren so spitz, dass sie ihn trotz seiner Handschuhe schmerzhaft in die Finger stachen. Vorsichtig, damit der Stoff nicht zerriss, verbarg er den Zweig im Aufschlag seines rechten Ärmels. Dann sah er sich um, ob ihn jemand beobachtet hatte. Es hielt sich jedoch niemand in seiner Nähe auf, und ein Rosenspalier verhinderte, dass man ihn vom Palast aus beobachten konnte. Am liebsten wäre er auf den Stall zugerannt, aber er zwang sich, unauffällig hinüberzuschlendern. Am Tor blieb er stehen und spähte in das Dämmerlicht.

Alban hatte Ramira den Sattel aufgelegt und zog gerade den Gurt fest. Dann band er die Zügel an einen Pfosten, fütterte die aufwiehernde Stute mit einem Rübenschnitzel und ging Richtung Futterkammer, um eine unterbrochene Arbeit wieder aufzunehmen. Offensichtlich rechnete er damit, dass Charlottes Reitknecht Max seiner Herrin in den Sattel helfen würde.

De Tailleur vergewisserte sich noch einmal, dass niemand sonst im Stall war, und lief auf Zehenspitzen zu der Stute hinüber. Ramira schnaubte leise und drehte ihm den Kopf zu, als er sich hinter ihr versteckte, aber sonst blieb alles ruhig. Er überlegte, ob er den Gurt lösen und den Zweig zwischen Sattel und Decke stecken sollte. Die Dornen waren lang genug, sich durch den Filz zu bohren, und die Stute würde sie spüren, sobald die Fürstin im Sattel saß. Das könnte seinen schönen Plan vereiteln, denn hier im Stall würde der Reitknecht das Tier unter Kontrolle bringen oder die Fürstin aus dem Sattel reißen. Also durfte die Stute erst dann gestochen werden, wenn die Reiterin unterwegs ihr Gewicht verlagerte. So schob er den Dornenzweig ganz vorne unter den Sattelbogen und achtete dabei darauf, die Stute nicht zu verletzen. Ramiras Haut zuckte dort, wo die scharfen Spitzen sie berührten, und die Stute schüttelte abwehrend die Mähne, doch zu seiner Erleichterung blieb sie ruhig.

De Tailleur flüsterte Ramira noch ein »Braves Pferdchen« ins Ohr, sah sich kurz um und verließ den Stall so lautlos, wie er ihn betreten hatte. Dabei übersah er Alban, der mit einem Eimer um die Ecke bog und ihm nachblickte. Der Knecht fragte sich, warum der Favorit im Stall gewesen war, ohne nach jemandem zu rufen, der ihm ein Pferd sattelte. Achselzuckend trug er den Eimer zu einem erkrankten Tier und fütterte es mit Kleiebrühe.

Kurz darauf erschien Max, grüßte den Knecht und überprüfte den Sitz von Zaumzeug und Sattelgurt. Er fand nichts daran auszusetzen und führte Ramira zu der stabilen Aufstieghilfe, die extra für Ihre Durchlaucht errichtet worden war. Als Charlotte und Fräulein Gesine hereinkamen, brachten zwei andere Knechte die Stute für das Hoffräulein und den grobrahmigen Wallach, den Max zu reiten pflegte. Max schenkte ihnen keine Beachtung, sondern reichte Charlotte die Hand, um ihr zu helfen. Sie raffte ihre Röcke, ohne ihn zu beachten, griff nach dem Zügel und stieg ohne jegliche Hilfe in den Sattel. Der zum Reitknecht ernannte Page senkte betroffen den Kopf, als ihr Blick hochmütig über ihn hinwegglitt. Nicht zum ersten Mal fragte er sich, womit er sich den Unmut seiner Herrin zugezogen haben mochte.

Charlotte ordnete mit einem Handgriff ihr Kleid und lenkte Ramira aus dem Stall, ohne auf ihre Begleiter Rücksicht zu nehmen. Max schwang sich in den Sattel, musste aber warten, bis Fräulein von Ohrdruf ihre sich drehende Stute im Griff hatte und ebenfalls den Stall verlassen konnte. Als er endlich ins Freie kam, war von Charlotte nichts mehr zu sehen. Zu seiner Erleichterung konnte die Hofdame ihm die Richtung weisen, die Ihre Durchlaucht eingeschlagen hatte, und er trieb seinen Wallach heftig an, bis er Charlotte vor sich sah.

Der Weg führte zum hinteren Ausgang des Schlossparks und dann weiter durch die bewaldeten Höhen, in denen in einiger Entfernung die Kohlenmeiler rauchten. Max erinnerte sich daran, dass die Fürstin vor einigen Tagen den Wunsch geäußert hatte, einem der Köhler bei der Arbeit zuzusehen, und richtete sich auf einen längeren Ausritt ein. Charlotte ritt so schnell, dass Fräulein Gesine nicht mithalten konnte, und brachte Max damit einen Augenblick in Gewissensnöte, denn er war für beide Damen verantwortlich. Sein Auftrag, Ihre Durchlaucht zu beschützen, hatte jedoch Vorrang, und so spornte er seinen Wallach an und verlor das Hoffräulein bald aus den Augen. Zunächst ärgerte er sich nur, weil Charlotte ein so hohes Tempo einschlug und es ihm nicht gelang, zu ihr aufzuschließen. Dann aber begriff er, dass etwas nicht stimmen konnte. Obwohl seine Herrin keine Peitsche oder Sporen benutzte, wurde ihre Stute immer schneller und raste zuletzt kopflos dahin.

»Vorwärts!«, schrie er seinen Braunen an und gab ihm die Sporen. Das Tier stöhnte auf und streckte sich, fiel aber immer noch zurück, so dass Max ihm in seiner Verzweiflung die Reitpeitsche überzog. Die Bäume schienen an ihm vorbeizufliegen, und er nahm außer der sich immer weiter von ihm entfernenden Stute und ihrer Reiterin nichts mehr wahr. Längst hatte die Fürstin den Zügel verloren und schien sich in aller Kraft an den Sattelbogen zu klammern, um nicht den Halt zu verlieren. Max spürte das Unglück, noch ehe er es kommen sah, und peitschte seinen Wallach wie ein Wahnsinniger, um rechtzeitig zur Stelle sein und das Schlimmste verhindern zu können.

Charlotte hatte Ramiras Galopp zunächst genossen, aber als sie bemerkte, dass Gesine von Ohrdruf zurückblieb, wollte sie das Pferd zügeln. Ramira warf nur unwillig den Kopf hoch, so weit der Riemen es erlaubte, stieß ein schmerzerfülltes Schnauben aus und wurde noch schneller.

»Brrr! Halt! Bleib stehen!«, schrie Charlotte auf, zerrte mit aller Kraft am Zügel und beugte sich dann schnell nach vorne, um einem Ast zu entgehen, der sie beinahe am Kopf getroffen hätte. In dem Moment wieherte die Stute schmerzerfüllt auf und schwang so heftig den Kopf, dass der Reiterin der Lederriemen aus der Hand gerissen wurde. Charlotte beugte sich tief über den Hals der Stute, um den Zügel zu fassen, und im gleichen Moment schien Ramira ihre Geschwindigkeit zu verdoppeln. Der Ruck ließ Charlotte den Halt verlieren. Im letzten Moment krallte sie sich am Sattel fest und konnte einen Sturz vermeiden. Was dann folgte, hatte sie in ihren schlimmsten Albträumen noch nicht erlebt. Die Stute raste kopflos zwischen eng stehenden Bäumen hindurch geradewegs auf eine Lichtung zu, in deren Mitte ein Kohlenmeiler rauchte, der wie eine schwarze Wolke auf Reiterin und Pferd zuzuschießen schien.

In dem Moment, in dem Charlotte die tödliche Gefahr erkannte, hörte sie Max hinter sich auftauchen. Sie wagte nicht, sich umzudrehen, stieß aber einen Hilferuf aus. Während der Meiler näher und näher kam, schob sich Max' Wallach neben sie. Schaumfetzen stoben von seinem Maul, und sein Fell war nass von Schweiß und Blut. Charlotte sah, wie Max dem armen Tier die Sporen in die Weichen stieß und gleichzeitig den Arm nach ihr ausstreckte.

»Herrin, schnell, fasst zu! Die Stute prallt gleich gegen den Kohlenmeiler!«

Charlotte kämpfte die Angst nieder, die sie zu lähmen drohte, löste die Hände vom Sattel und reckte sie Max entgegen. Sogleich spürte sie seinen Griff. »Jetzt!«, schrie er und riss sie an sich. Sie schlug gegen ihn wie ein nasser Sack und spürte, wie er im Sattel wankte. Im gleichen Moment brach der erschöpfte Wallach in die Knie und streifte die Menschen auf sich ab. Max gelang es, zuerst auf dem Boden aufzukommen und Charlotte seinen Körper als Polster zu bieten. Sie hörte, wie ihr Gewicht ihm die Luft aus den Lungen trieb, und sah gleichzeitig ihre Stute in den Meiler hineinrennen.

Es gab einen heftigen Schlag; die aus Grassoden bestehende Abdeckung des Meilers riss auf und öffnete der Luft den Weg ins Innere. Ein, zwei Herzschläge später schossen Flammen wie Fontänen gen Himmel. Die vom Feuer eingehüllte Stute schrie so entsetzlich auf, dass sie das Brausen der Flammen übertönte und Charlotte und Max sich unwillkürlich aneinander klammerten, bis das Geräusch in einem klagenden Laut endete. Im gleichen Moment zerrissen die Reste des Meilers und überschütteten die Umgebung mit glühenden Funken.

Max sprang auf, hob Charlotte in der gleichen Bewegung hoch und setzte sie auf seinen zitternden Braunen, in dessen Fell der brennende Staub zischte. Als er Reiterin und Pferd aus dem Gefahrenkreis gebracht hatte, kam der Köhler angerannt und bedrohte sie mit einer schweren Axt. »Das lasse ich mir nicht gefallen! Ich habe einen Monat gebraucht, um diesen Meiler aufzubauen, und ihr zerstört ihn mir. Dafür werdet ihr bezahlen!«

Max fuhr ihn wütend an. »Mach doch die Augen auf, Mann! Siehst du denn nicht, dass das ein Unfall war? Die Stute Ihrer Durchlaucht ist durchgegangen.«

Der Mann zuckte zusammen, ließ die Axt fallen und verneigte sich unwillkürlich. »Ihrer Durchlaucht, sagst du? Verzeiht mir, aber ich habe die hochwohlgeborene Dame noch nie gesehen und …«

Charlotte hob beschwichtigend die Hände. »Er wird dafür entschädigt werden.« Sie wollte noch mehr sagen, doch da stieß Max einen keuchenden Laut aus.

»Ihr seid ja verletzt!«

Charlotte schüttelte den Kopf, sah es dann aber selbst. Die Fingerspitzen ihres rechten Handschuhs waren rot von Blut, und die Flecken breiteten sich immer noch aus. Gleichzeitig spürte sie Schmerzen und entdeckte mehrere Dornen, die durch das Leder ihres Handschuhs bis ins Fleisch gedrungen waren. Sie streckte schon die Linke aus, um die Dornen zu entfernen, als Max aufstöhnte und bleich wurde.

»Bei Gott, das war kein Unfall, Euer Durchlaucht. Jemand hat versucht, Euch umzubringen.«

»Was redet Er da? Das ist doch Unsinn.« Charlotte winkte ab, doch Max ließ sich nicht beruhigen.

»Jemand muss Eurer Stute einen Dornenzweig unter den Sattelbogen gelegt haben, und Ihr habt in ihn hineingefasst.«

»Ich kann sie unterwegs abgestreift haben«, antwortete Charlotte, aber im selben Augenblick wurde ihr klar, dass er Recht haben musste. Bevor sie über die Konsequenzen nachdenken konnte, tauchte Gesine von Ohrdruf auf. Das Hoffräulein schmollte ganz offensichtlich, starrte dann aber entsetzt auf die immer noch hoch lodernden Flammen des zerstörten Meilers. Als Max ihr seinen Verdacht mitteilte, brach sie in Tränen aus.

»Ihre Durchlaucht schwebt in höchster Gefahr. Seid so gut, reitet zum Palast und sucht Herrn von Zinggen auf. Er soll uns so schnell wie möglich Hilfe schicken!«

Charlotte schüttelte den Kopf und ließ sich aus dem Sattel rutschen. »Ich habe keine Lust, hier herumzustehen. Kommt, Max, lasst uns zum Palast zurückwandern. Fräulein von Ohrdruf kann mit ihrer Stute an unserer Seite bleiben.«

»Wenn Euer Reitknecht mir beim Absteigen hilft, könnt Ihr mein Pferd reiten«, bot Fräulein Gesine an, obwohl sie nicht gut zu Fuß war und ihr vor dem langen Weg graute.

»Unsinn, Fräulein von Ohrdruf! Ich bin Wanderungen eher gewohnt als Ihr. Was ist, Max? Warum zögert Er noch? Nehme Er sein Pferd am Zügel und führe es. Das brave Tier hat es verdient, in den Stall gebracht und mit Hafer gefüttert zu werden.« Sie drehte sich um und sah den immer noch fassungslos dastehenden Köhler an. »Komme Er morgen zum Palast und wende Er sich an den Haushofmeister. Dieser wird Ihm seine Entschädigung auszahlen.«

Charlotte nickte dem Mann bekräftigend zu und drehte sich abrupt um, denn der Anblick des zerstörten Meilers, der beinahe auch ihr Grab geworden wäre, trieb ihr die Tränen in die Augen. Eine Weile schritt sie starr wie eine Gliederpuppe dahin, die Bilder von Ramiras qualvollem Ende ließen sich nicht verdrängen. Die stummen Gebete, in denen sie Gott für ihre Rettung dankte und in die sie Max fast widerwillig einschloss, halfen nichts gegen die Trauer, die sie empfand. Es war ihr, als hätte sie keine edle Stute, sondern eine gute Freundin verloren. Tief in ihre Gedanken verstrickt, riss sie sich die Dornen aus den Fingerkuppen, ohne die Schmerzen und das stärker herausquellende Blut wahrzunehmen, und warf sie fort. Max aber sammelte die rot leuchtenden Splitter ein und barg sie in einem sauberen Taschentuch.

Als Charlotte es bemerkte und eine wegwerfende Handbewegung machte, schüttelte er energisch den Kopf. »Ihr seid beinahe einem Mordanschlag zum Opfer gefallen, Euer Durchlaucht, und wir brauchen die Dornen, um das beweisen zu können.«

Charlotte nickte hilflos, denn sie konnte sich immer noch nicht vorstellen, wer es auf sie abgesehen haben sollte. Aber selbst wenn keine böse Absicht hinter dem Ganzen gesteckt hatte, sollte der Schuldige um Ramiras willen gefunden werden und für seine Tat büßen.

16

Der Palast geriet in Aufruhr, als Charlotte zu Fuß und in einem schmutzigen, zerrissenen Rock zurückkehrte. Man hatte sie und ihre Begleiter bereits vermisst und wollte schon nach ihnen suchen. Eine Gruppe Soldaten in den Uniformen der Tresskauer Jäger war dabei, ihre Tiere zu satteln, und Alban führte gerade die beiden Pferde ins Freie, die für Baron Zinggen und ihn bestimmt waren, als einer der Stallburschen Charlotte entdeckte und ihre Ankunft meldete. Zinggen fiel sichtlich ein Stein vom Herzen, und er eilte seiner Fürstin mit wehenden Rockschößen entgegen. Kaum aber hatte er ihr noch von Schrecken gezeichnetes Gesicht gesehen und von Max gehört, was geschehen war, verwandelte er sich in ein Bündel glühenden Zorns und befahl dem Stallburschen, der ihm gefolgt war, zu Pößnitz zu laufen und ihn herzubitten. Die kleine Gruppe um Charlotte hatte den Stall noch nicht erreicht, da erschien nicht nur der Kanzler, sondern auch der konsterniert wirkende Fürst.

»Was habe ich da gehört? Es soll einen Anschlag auf meine Gemahlin gegeben haben?« Carl Antons Blick irrte über Charlottes Äußeres, als müsse er sich vergewissern, dass alles an ihr noch heil war.

Max nickte heftig und erinnerte sich gerade noch rechtzeitig daran, sich vor dem hohen Herrn zu verbeugen. »So ist es, Euer Durchlaucht! Seht Euch die rechte Hand Ihrer Durchlaucht an. Hier, diese Dornen haben sich in ihre Finger gebohrt, nachdem sie sich an ihren Sattelbogen hatte klammern müssen. Jemand muss einen Dornenzweig darunter gesteckt haben, deswegen ist ihre Stute durchgegangen.«

Carl Anton ergriff Charlottes immer noch blutende Hand und zog ihr sanft den durchlöcherten Handschuh aus. »Meine

Liebe, ich bedauere, dass Ihr so etwas Schreckliches erleben musstet, und preise Gott, der Euch in Seiner Gnade wohlbehalten hat zurückkehren lassen. Glaubt mir, wir werden den Schuldigen finden und ihn seiner gerechten Strafe zuführen. Kehrt nun in Eure Gemächer zurück und ruht Euch aus. Und Ihr, Fräulein von Ohrdruf, sorgt dafür, dass mein Leibarzt nach Ihrer Durchlaucht sieht.«

Charlotte wehrte ab. »Das wird nicht nötig sein, Euer Durchlaucht. Mir fehlt wirklich nichts.« Carl Anton ließ sich jedoch nicht beirren, sondern wiederholte seinen Befehl und gab überdies noch die Anweisung, dass außer Gesine von Ohrdruf und Doktor Bergius nur Fräulein von Rüthen und Baronin Ließnitz seine Gemahlin aufsuchen durften.

»Mein Leibdiener Paul wird vor Eurer Tür Wache halten. Wenn ich ihm nicht mehr trauen kann, dann kann ich es niemandem mehr«, setzte er hinzu und bat Charlotte in einem Ton, der keinen Widerspruch duldete, sich zurückzuziehen.

Er blickte seiner Gemahlin nach, die in Begleitung von Fräulein Gesine und Baron Zinggen über die Terrasse schritt, bis eine der Flügeltüren für sie geöffnet wurde und sich ihre Gestalt im Halbdunkel auflöste. Dann wandte er sich an Max und befahl, ihm noch einmal jede Einzelheit zu berichten. Als der junge Mann endete, wirkte Carl Anton für einen Augenblick so betroffen, als habe er selbst dem Tod ins Auge geblickt. Dann aber straffte er die Schultern, setzte seine gewohnt gleichmütige Miene auf und deutete auf Ramiras leeres Stallabteil.

»Das hat Er gut gemacht, und Er wird seine Belohnung erhalten. Rufe Er nun den Stallknecht, der die Stute meiner Gemahlin gesattelt hat.«

Max brauchte nichts anderes zu tun, als zu winken, denn Alban stand bereits wie ein Häufchen Elend in der Nähe und knetete seine Mütze. »Ich habe das nicht getan, Euer Durchlaucht. Ich schwöre es!«

Carl Antons Blick schien ihn durchbohren zu wollen. »Er hat das Pferd gesattelt. Erzähle Er, was danach geschah.«

Der Stallknecht dachte kurz nach und zeigte auf einen Balken. »Ich habe die Stute hier vorne angebunden, bin dann in die Futterkammer gegangen und habe dort den Kleietrank für das kranke Fohlen zubereitet.«

»Und Er hat niemanden sonst gesehen? Keinen anderen Stallknecht, der sich an der Stute zu schaffen machte, oder einen Menschen, der den Stall betrat oder ihn verließ?«

Alban wollte den Kopf schütteln. Dann aber öffnete er den Mund, erschrak im gleichen Moment sichtlich und kniff die Lippen zusammen.

Carl Anton hatte sein Mienenspiel genau beobachtet und herrschte den Knecht an. »Rede Er, wenn ihm sein Leben lieb ist! Ich sehe doch, dass Er etwas zu verbergen hat.«

Alban sank noch mehr in sich zusammen und murmelte etwas Unverständliches. Dann hob er den Kopf und blickte den Fürsten unglücklich an. »Euer Durchlaucht, ich habe etwas gesehen, aber Ihr werdet mir nicht glauben und mich für meine Worte bestrafen!«

Carl Anton und Pößnitz sahen sich ahnungsvoll an, und Max stieß hart die Luft aus.

»Versprecht dem Mann, dass ihm nichts geschieht, Euer Durchlaucht«, forderte der Kanzler seinen Herrn auf.

Der Fürst nickte gequält. »Ich gewähre Ihm Gnade.«

Der Knecht atmete sichtlich auf. »Als ich aus der Futterkammer zurückkam, habe ich Herrn de Tailleur den Stall verlassen sehen.«

Carl Anton lächelte etwas von oben herab und machte eine Handbewegung, als sei der Hinweis die Aufregung darum nicht wert. Pößnitz setzte ein Gesicht auf wie ein Jagdhund über der Schweißspur eines verletzten Wildes. »De Tailleur war hier im Stall?«

Alban nickte eifrig. »Wohl, wohl! Als ich die Stute sattelte, sah ich ihn durch das Tor im Park herumspazieren. Danach muss er herübergekommen sein, denn ich habe gerade noch gesehen, wie er durch die Stallgasse nach draußen schritt. Ich habe ihn aber nicht nach einem Knecht rufen hören.«

Der Kanzler verzog so grimmig den Mund, als hätte er den Schuldigen schon dingfest gemacht, aber er wusste, dass er dem fürstlichen Favoriten nur mit einem handfesten Beweis beikommen konnte. »Wo genau ist de Tailleur spazieren gegangen?«

Der Stallknecht zeigte zu einer hohen Blutbuche, deren Äste sich wie ein Dach über den grünen Rasen spannten. »Bei jenem Baum. Die beiden Gärtner und ihre Gehilfen haben dort drüben an der neuen Hecke gearbeitet und ihn ebenfalls gesehen.«

Pößnitz fixierte die Stelle und nickte Max zu. »Suche die beiden Männer und bringe sie hierher. Ich sehe mich inzwischen bei dem Baum dort um.«

Alban und der Fürst folgten dem Kanzler auf dem Fuß, und als er stehen blieb und auf einen Haufen abgeschnittener Zweige deutete, sahen sie ihn erwartungsvoll an. »Euer Durchlaucht, seht Ihr die klein gehackten Stücke der alten Dornenhecke? Vergleicht sie bitte mit den Resten, die Max uns übergeben hat.«

Seine Blicke, die zwischen dem alten Baum, den Gartenabfällen und dem Pferdestall hin- und herwanderten, offenbarten seine Gedanken. Die Dornenzweige lagen unübersehbar auf dem Weg zwischen der Blutbuche und dem Stall, aber ehe Carl Anton, der sichtlich zwischen Erkenntnis und Abwehr des Verdachts schwankte, etwas sagen konnte, tauchte Max mit den beiden Gärtnern auf. Die Männer hatten bereits von dem Unfall gehört und schienen Angst zu haben, man wolle ihnen eine Mitschuld unterstellen. Pößnitz zeigte ihnen die blutigen Dornen und deutete auf die Zweigstücke am Boden. »Sind das die gleichen Dornen?«

Einer der Männer bückte sich, hob einen Dornenzweig auf und hielt ihn daneben. »Keine Zweifel, edler Herr, die Dornen in Eurer Hand müssen von diesem Busch stammen.«

»Seid ihr Herrn de Tailleur am frühen Vormittag hier begegnet?«

Die beiden Gärtner warfen einen ängstlichen Blick auf den Fürsten und wagten erst zu nicken, als er eine auffordernde Handbewegung machte. »Ja, wir haben Herrn de Tailleur bei der Blutbuche spazieren gehen sehen. Er schien schlechter Laune zu sein, und daher haben wir uns entfernt, um ihn nicht zu stören.«

Pößnitz kniff die Lippen zusammen, schickte die beiden Gärtner mit einer Handbewegung fort und wartete, bis sie außer Hörweite waren. »Es ist an der Zeit, Herrn de Tailleur zu uns zu bitten.«

Für einen kurzen Moment sah der Fürst aus, als wolle er diese Forderung ablehnen, dann aber nickte er zustimmend.

»Es soll geschehen. Max, bitte meinen Sekretär zu mir.«

Während der junge Bursche davoneilte, atmete Pößnitz erleichtert auf. Ihm war nicht ganz wohl bei der Sache gewesen, denn bis vor kurzem noch hatte der Fürst jede Klage abgewiesen, die seinem Favoriten galt. Nun aber sah es so aus, als wäre de Tailleurs Macht über seinen fürstlichen Liebhaber am Schwinden. Der Kanzler hoffte nun inständig, dass Carl Anton sich nicht wieder von schmeichelnden Worten einlullen ließ, sondern um der Wahrheit willen hart blieb.

Diesmal dauerte es erheblich länger, bis Max zurückkehrte. De Tailleur trippelte mit verbissener Miene vor ihm her, ohne ihm einen Blick zu schenken. Aber als er vor seinem Liebhaber stand, nahm seine Miene einen schmeichlerischen Ausdruck an, und er verbeugte sich geziert. »Euer Durchlaucht haben geruht, mich rufen zu lassen?«

Pößnitz ließ sich von dem demütigen Lächeln nicht täuschen, sondern konstatierte das Zittern in der Stimme des Favoriten und das unstete Umherwandern seiner Augen.

Carl Anton sah für einen Moment so aus, als sei er bereit, den Verdacht fallen zu lassen und den einstigen Schneider an sein Herz zu ziehen. Dann aber richtete er sich straff auf und zog die Augenbrauen zusammen. »Heute wurde ein Anschlag auf meine Gemahlin verübt«, begann er.

De Tailleur machte ein scheinbar besorgtes Gesicht, konnte das Aufleuchten seiner Augen aber nicht verhindern. Als der Fürst weitersprach, machte seine klammheimliche Freude sichtbarer Enttäuschung Platz. »Es ist nur dem Eingreifen eines mutigen Burschen zu verdanken, dass nicht sie, sondern nur ihre Stute zu Schaden kam. Dennoch muss die Person, die dafür verantwortlich ist, gefunden und zur Rechenschaft gezogen werden.«

De Tailleur tat überrascht. »Wer sollte Ihrer Durchlaucht etwas antun wollen?«

»Jetzt nennt Ihr sie plötzlich Ihre Durchlaucht, aber bis vor kurzem habt Ihr sie vor aller Ohren als die Zuchtstute bezeichnet«, spottete Pößnitz.

De Tailleur zog ein parfümiertes Taschentuch aus der Brusttasche seines Rockes und tupfte sich damit die Stirn ab. Dann setzte er zum Sprechen an. Im gleichen Augenblick schrie Max auf und deutete auf den rechten Handschuh des Favoriten, der zwei rot verfärbte Fingerkuppen aufwies. Pößnitz vergaß alle

Zurückhaltung, die er bisher dem Favoriten des Fürsten gegenüber an den Tag hatte legen müssen, packte ihn beim Handgelenk und zog ihm den Handschuh aus. Zwei Fingerspitzen waren rot von getrocknetem Blut und wiesen mehrere Löcher auf, wie sie nur von dicken Nadeln oder scharfen Dornen stammen konnten.

Carl Antons Gesicht wurde kalkweiß. »Sag, dass das nicht wahr ist!«, flehte er de Tailleur an.

Der Favorit erkannte, dass ihm nur noch Frechheit helfen konnte, und baute fest auf die jahrelange Treue und Anhänglichkeit seines fürstlichen Liebhabers.

»Was soll nicht wahr sein?«, fragte er mit einem scheinbar verwunderten Augenaufschlag.

Pößnitz schnaubte. »Die Schuld dieses Mannes ist wohl eindeutig erwiesen, Euer Durchlaucht. Die Male haben ihn verraten! Nur derjenige, der den Dornenzweig unter den Sattel Ihrer Durchlaucht gesteckt hat, kann sich so verletzt haben. Gebt den Befehl, ihn in die Festung zu bringen und ihn hochnotpeinlich zu verhören.«

Der Fürst zögerte. Zwar waren die Beweise schlüssig, aber er hoffte wider alle Vernunft auf eine Erklärung seines Favoriten, die ihn von dem schrecklichen Verdacht reinigen konnte. De Tailleurs Miene hatte sich in eine Maske kindlichen Trotzes verwandelt, die sein schlechtes Gewissen kaum verbarg. Ehe Carl Anton ihn auffordern konnte, sich zu rechtfertigen, kam Bergius, sein Leibarzt, mit wehenden Rockschößen über den Rasen gerannt.

Froh über die Unterbrechung, die die unvermeidliche Auseinandersetzung noch ein wenig hinausschob, begrüßte der Fürst ihn mit einem Lächeln. »Wie geht es meiner Gemahlin?«

»Ihre Durchlaucht verfügt gottlob über eine erstaunlich robuste Natur, nur deshalb kann ich es mir erlauben, Eurer

Durchlaucht eine sehr erfreuliche Nachricht zu übermitteln: Ihre Durchlaucht ist guter Hoffnung!«

Carl Anton fühlte, wie ihm der Atem stockte, Pößnitz aber wirkte ungläubig. »Könnt Ihr Euch da sicher sein?«

Der Hofmedikus nickte eifrig und versicherte dem Kanzler zweimal, es beständen keinerlei Anzeichen, dass das Unglück die Schwangerschaft gefährden könnte. Dabei nahm er mit heimlicher Freude wahr, dass sich auf den sonst so unerschütterlich wirkenden Gesichtszügen des Fürsten ein ungewohnt weicher Zug breit machte und er eine Bewegung machte, als wolle er vor Freude aufjauchzen.

»Meine Gemahlin ist schwanger! Das ist die beste Nachricht seit langem.« Der Fürst atmete tief durch und dachte flüchtig an seinen Mittstädter Vetter, den diese Nachricht wohl sehr enttäuschen würde. Dann musste er an seinen Bruder Albrecht Eugen denken, der sich allen Ratschlägen und Ermahnungen widersetzt hatte und seinen Ausschweifungen zum Opfer gefallen war. Mit Gottes Hilfe würde nun ein anderer Erbprinz seinen Platz einnehmen.

Ein Räuspern des Kanzlers riss Carl Anton aus seinen Überlegungen. »Verzeiht, Euer Durchlaucht, Ihr habt noch eine Entscheidung zu treffen.«

Pößnitz wies auf de Tailleur, der regungslos dastand. Carl Anton trat auf seinen Favoriten zu und legte ihm die Hand auf die Schulter. »Warum hast du das getan?«

De Tailleur las den Schmerz und die Enttäuschung in den Augen seines Liebhabers und begriff, dass Leugnen ihm nun nicht mehr half, also musste er versuchen, das Herz seines Herrn zu rühren. Er sank aufschluchzend vor dem Fürsten nieder und umklammerte dessen Knie. »Mein Geliebter, ich flehe Euch an, mich zu verstehen. Dieses Weib hat sich zwischen uns gedrängt und mich aus Eurem Herzen vertrieben. Wie glücklich waren wir, als es sie noch nicht gab und wir die köstlichsten Wonnen teilten.«

Pößnitz brummte etwas, das wie »Komödiant!« klang.

Carl Anton beachtete ihn nicht weiter, sondern blickte traurig auf de Tailleur herab. Er musste an die acht meist wunderbaren Jahre denken, die sie miteinander geteilt hatten, und bedauerte, dass sein Favorit sich nicht mit der Anwesenheit seiner Gemahlin hatte abfinden können. Er verstand, dass de Tailleur sich vor Eifersucht zerfraß, und hatte Mitleid. Auch schauderte es ihn bei der Vorstellung, den wunderbaren Körper seines Geliebten von der Folter entstellt zu sehen und Zeuge zu werden, wie dieser nach der Hinrichtung einer höhnischen Menge preisgegeben würde. Andererseits durfte er sich nicht schützend vor einen Mann stellen, der seine Gemahlin und sein ungeborenes Kind gefährdet hatte.

Carl Anton seufzte und löste die Hände des Favoriten von seinen Knien. »Ich würde dir gerne verzeihen, Rainaud, doch ich vermag es nicht. Wegen der glücklichen Jahre, die ich dir verdanke, werde ich dich jedoch nicht dem Henker übergeben oder zu Festungshaft verurteilen, sondern nur des Landes verweisen.«

Mit einem Ruck drehte er seinem einstigen Favoriten den Rücken zu und kehrte mit schleppenden Schritten in den Palast zurück. Pößnitz' verkrampftes Gesicht zeigte deutlich, dass er dieses Urteil für einen Fehler hielt, aber er wusste, er würde seinen Fürsten nicht dazu bringen, es zu revidieren. Daher schnippte er mit dem Finger und winkte Max zu sich. »Hol einen Korporal und vier Soldaten. Sie sollen de Tailleur in eine Kutsche stecken und außer Landes schaffen. Es ist ihm erlaubt, so viel von seinem Besitz mitzunehmen, wie er tragen kann.«

Dann drehte er sich ebenso heftig um wie sein Landesherr und schritt auf den Palast zu. Er hätte Triumph empfinden müssen, den verhassten Favoriten endlich gestürzt zu sehen, doch er fühlte sich wie ein alter, gereizter Dachs, der mit gefletschten Zähnen den Jagdhund erwartet, der in seinen Bau eindringen will.

17

De Tailleurs Abschied von Tresskau war kurz und unspektakulär. Er war gewohnt, dass die Diener herbeieilten, sobald er nur den Finger krümmte, und nun liefen alle vor ihm davon, als hätte er den Aussatz. So musste er die Sachen, die er mitnehmen wollte, mit eigener Hand packen. Viel war es nicht, denn außer ein paar prächtigen, wenn auch recht auffallenden Kleidungsstücken und einer Hand voll mit Edelsteinen besetzter Goldringe besaß er persönlich nichts, nicht einmal ein paar lächerliche Scheidemünzen. Er hatte jederzeit in die fürstliche Kasse greifen und sich nicht vorstellen können, dass diese schöne Zeit einmal zu Ende gehen würde.

Die Soldaten, die Pößnitz zu seiner Bewachung abgestellt hatte, gaben ihm auch nicht die Zeit, sich nach etwas umzusehen, das des Mitnehmens wert gewesen wäre, sondern stießen ihn, kaum dass er seine Sachen in Ermangelung eines Koffers in eine Tischdecke gepackt hatte, vor sich her wie einen störrischen Esel und hoben ihn wie einen Lumpensack in die Kutsche. Dabei überschütteten sie ihn mit Hohn und Spott und zeigten deutlich, wie viel Spaß ihnen dieser Auftrag machte. Auch in der Kutsche kam er nicht zur Ruhe, sondern sah sich zwischen seinen Bewachern eingepfercht, während ein Trupp Tresskauer Jäger zu Pferd sie an die Grenze eskortierte. Als er sich beschwerte, weil die Soldaten sich so breit machten, dass ihm kaum die Luft zum Atmen blieb, befahl der Korporal ihm, den Mund zu halten, sonst würde er anhalten und seine Männer mit ihm machen lassen, was der Fürst all die Jahre mit ihm getrieben hätte, aber eben auf ihre Art. De Tailleur verstummte und starrte während des Rests der Fahrt beleidigt zum Fenster hinaus. Dabei versuchte er, all die Witze zu überhören, die man auf seine Kosten riss.

Kurz nach Mitternacht erreichte die Kutsche die Grenze zu Sachsen-Altenburg. Verschlafene Grenzwächter stolperten im Schein der Fackeln, die die Vorreiter entzündet hatten, aus ihrer Hütte und hielten ihre Hosen mit den Händen fest. Der Korporal stieg vergnügt aus und rieb sich die Hände. »Wir haben einen edlen Herrn außer Landes zu bringen!«

Einer der Reiter hielt die Fackel so, dass die Wachen de Tailleur erkennen konnten. Für einen Augenblick starrten die Männer den einst beinahe allmächtigen Favoriten des Fürsten ungläubig an, dann aber begannen sie schadenfroh zu lachen, bot ihnen der Anblick doch ein wenig Genugtuung für den Spott, den sie Tag für Tag von hoch gestellten Reisenden und den Altenburger Grenzposten erdulden mussten.

»Dass ich den Tag noch erlebe, dafür danke ich Gott!«, rief der auf seinem Posten ergraute Sergeant der Wache aus und befahl einem seiner Untergebenen, über die Grenze zu gehen und den Altenburgern zu erklären, dass ein hoher Herr ihr Land zu betreten wünsche. Der Mann eilte so schnell davon, als könne er es nicht erwarten, den verhassten Favoriten aus dem Land zu weisen, und kehrte kurz darauf ganz abgehetzt zurück.

»Der Leutnant drüben sagt, der Herr muss sich gedulden, bis der Schlagbaum morgen früh geöffnet wird.«

Die Soldaten hatten es nicht anders erwartet, und so holten sie de Tailleur aus der Kutsche, sperrten ihn in den Keller des

Grenzgebäudes, der für Häftlinge vorgesehen war, und überließen ihn der Gesellschaft der Ratten. Es war so nass und kalt, dass de Tailleur kein Auge zumachen konnte, aber er wagte nicht, sich zu beschweren, auch nicht, als man ihn am nächsten Morgen ohne Frühstück über die Grenze trieb. Die Altenburger Grenzbehörden verlangten einen Tresskauer Taler als Zollgebühr, und da er kein Geld besaß, nahmen sie ihm einen seiner Ringe ab. Der Leutnant, der schon einmal in Tresskau gewesen war, fragte ihn frech, ob Fürst Carl Anton endlich den Unterschied zwischen einem angenehm weichen Frauenspalt und dem Furzloch seiner männlichen Hure kennen gelernt hätte, und befahl ihm dann, möglichst schnell zu verschwinden.

De Tailleur hastete halbblind vor Wut und Hass die Straße entlang, bis die Grenze und damit auch der Spott der Leute hinter ihm zurückblieben. Doch seine Hoffnung, auf seinem weiteren Weg in Ruhe gelassen zu werden, erfüllte sich nicht. Ein Mann in einem wie angegossen sitzenden hellblauen Rock mit Goldstickereien, engen hellblauen Kniehosen aus Seide und einem mit Straußenfedern verzierten Dreispitz, der zu Fuß ging und einen Packen über der Schulter trug, fiel nun einmal auf, umso mehr, als die Nacht im Keller Spuren an der Kleidung hinterlassen hatte. Da er kein Geld für eine Mahlzeit besaß, musste er bei dem Wirt der Herberge, in der er einkehrte, einen weiteren Ring weit unter Wert gegen Taler eintauschen, und wurde schließlich noch mit Schimpfworten bedacht, weil er mit Trinkgeld geizte.

Ein Gutes hatte die Kleinräumigkeit der sächsisch-thüringischen Staaten, denn er erreichte die Residenzstadt Altenburg bereits am Nachmittag. Dort ging er zu einem Juden, der sich als weniger erpresserisch erwies als der Herbergswirt und ihm zwei seiner Ringe gegen so viel Bares eintauschte, dass er wenigstens in bescheidenem Maße so auftreten konnte, wie es einem Edelmann zukam. Als er wieder auf der Straße stand, stellte er sich zum ersten Mal die Frage, wohin er sich wenden sollte. Bis zu diesem Zeitpunkt hatte er nur an sein verlorenes Paradies in Tresskau denken können und seinen Hass auf die fürstliche Zuchtstute genährt. Da er auf Dauer nicht davon leben konnte, einen seiner Ringe nach dem anderen zu versetzen, musste er sich eine andere Möglichkeit einfallen lassen, seinen Lebensunterhalt zu bestreiten. Doch es gab kaum etwas, das für ihn erstrebenswert war. Er würde versuchen müssen, sich einem anderen hochwohlgeborenen Herrn als Bettgefährte anzudienen. Namen von Adeligen, denen diese Neigung nachgesagt wurde, kannte er genug, doch es widerstrebte ihm, nach dem souveränen Fürsten von Tresskau einem weniger bedeutenden Herrn für geringeren Lohn zur Verfügung zu stehen. Aber wie er es auch drehte und wendete, er benötigte einen wohlhabenden und einflussreichen Gönner.

Als er in einer städtischen Herberge zu Abend aß, erschien plötzlich ein selbstzufriedenes Lächeln auf seinem Gesicht. Es gab da sehr wohl jemanden, an den er sich wenden konnte, ohne sich mühsam anbiedern zu müssen, und das war Ulrich von Mittstadt. Der Vetter seines früheren Liebhabers würde ihn gewiss reich belohnen, wenn er mit seinem Wissen über den Hof zu Tresskau zu ihm kam. Kurz entschlossen kaufte de Tailleur sich eine Passage für die nächste Postkutsche, die von Altenburg nach Schwarzenfeld fuhr. Von dort aus gab es eine Verbindung nach Mittstadt, die nicht über Tresskauer Gebiet ging. Am nächsten Morgen bezahlte er frohgemut seine Zeche, und diesmal fiel sein Trinkgeld fürstlich aus.

18

Die Wachen am Eingang zur Mittstädter Burg sahen einen gut gekleideten jungen Mann mit gezierten Schritten auf sich zukommen und wussten nicht so recht, wie sie ihn empfangen sollten. Schließlich erinnerte einer sich an seine Pflicht und senkte seine Pike. »Halt, im Namen Seiner Durchlaucht, des Fürsten von Saalstein.«

»Du hast den Zusatz Mittstadt vergessen, mein Guter«, korrigierte de Tailleur ihn mit einem spöttischen Lächeln. »Doch nun beeile Er sich und melde mich bei Seiner Durchlaucht.«

Der Soldat ließ sich durch de Tailleurs selbstsicheres Auftreten einschüchtern und schulterte die Pike. »Wenn Ihr mir folgen wollt, edler Herr.« Erst unterwegs fiel ihm auf, dass er vergessen hatte, den Besucher nach seinem Namen zu fragen, wagte aber nicht mehr, es nachzuholen, und reichte die Verantwortung dafür an einen Lakaien weiter. Der Bedienstete musterte de Tailleurs Garderobe und fand, dass es im ganzen Fürstentum Mittstadt niemand gab, dessen Äußeres sich mit diesem Besucher messen konnte. Daher verbeugte er sich ehrfürchtig und winkte dem Türsteher, rasch zu öffnen.

»Wenn Ihr mir folgen wollt, edler Herr.« Kurz darauf reichte der Lakai de Tailleur an einen der persönlichen Diener des Fürsten weiter und beantwortete dessen Frage, um wen es sich handele, mit einem kurzen Achselzucken. »Der Herr wollte inkognito bleiben«, sagte er und war erleichtert, sich geschickt aus der Affäre gezogen zu haben.

19

Fürst Ulrich war an diesem Tag noch schlechter gelaunt als sonst, denn er hatte von de Tailleurs Anschlag auf die Tresskauer Fürstin erfahren und haderte mit Gott, weil die Sache schief gegangen und seine beste Waffe stumpf geworden war. Er ließ seinen Vertrauten Lukas zu sich rufen, um mit ihm zu beraten, wie die Zuchtstute seines Vetters unauffällig entfernt werden konnte. In dem Moment, in dem der ehemalige Favorit die Burg betrat, empfing Fürst Ulrich Lukas in einem kleinen düsteren Turmzimmer, das nur durch zwei winzige Fenster und eine kleine Öllampe erhellt wurde, und rekapitulierte die neue Situation, bis ein Diener an die Tür klopfte und einen Besucher meldete. Ulrich wollte schon sagen, der Mann solle sich zum Teufel scheren und später wiederkommen, warf aber dann doch einen neugierigen Blick an dem Diener vorbei in den Saal, durch den man die Turmstube betreten konnte, und erkannte de Tailleur.

Sofort warf er vor dem verdutzten Diener die Tür ins Schloss und hieb mit der Faust auf den Tisch. »Es ist dieser Schneider! Woher nimmt dieser Unglücksrabe die Frechheit, nach Mittstadt zu kommen? Wenn ihn jemand erkennt, heißt es sofort, ich hätte hinter seinem blödsinnigen Anschlag gesteckt. Ich werde diesen verdammten Kerl festnehmen und von meinen Soldaten aus dem Land peitschen lassen!« Er wollte den Raum verlassen, um seine Drohung in die Tat umzusetzen, doch Lukas sprang auf und hielt ihn am Ärmel fest.

»Halt! Nein! Der Bursche kann uns doch noch nützen. Ich habe da eine Idee. Geht und schüchtert ihn ordentlich ein, damit er hinterher umso bereitwilliger auf meine Vorschläge eingeht.«

Fürst Ulrich sah Lukas fragend an, doch dieser schüttelte den Kopf. »Wir haben keine Zeit für Plaudereien. Geht und kümmert Euch um den Burschen, und wenn er handzahm genug ist, bringt ihn zu mir.« Da der Fürst nicht sofort reagierte, öffnete Lukas die Tür und schob ihn kurzerhand hinaus. Ulrich von Mittstadt ärgerte sich über das respektlose Verhalten seines ehemaligen Lakaien, ließ es ihm aber durchgehen, denn er konnte es sich nicht leisten, auf dessen außerordentliche Dienste zu verzichten. Draußen wartete ein anderer, über den er seinen Zorn ergießen konnte. Er zog seinen Rock zurecht, trat auf de Tailleur zu und musterte ihn wie eine besonders Ekel erregende Made.

»Du elende Kreatur wagst es, hierher zu kommen? Willst du den Anschein erwecken, ich stünde mit dir im Bunde? Das wirst du mir büßen!« Er setzte noch etliche drastische Worte hinzu, denen der wie erstarrt zuhörende Diener entnehmen musste, dass er einen schweren Fehler begangen hatte, den Fremden in die Gemächer des Fürsten zu bringen. Lautlos schlich der Lakai zur Tür und verschwand, ehe auch er dem fürstlichen Zorn zum Opfer fiel.

De Tailleur stand wie ein begossener Pudel vor dem bulligen Mittstädter und wusste nicht, wie ihm geschah. Er war der Meinung gewesen, willkommen zu sein, stattdessen aber wurde er in einer Weise beschimpft und beleidigt, wie er es in den letzten acht Jahren nicht mehr erlebt hatte. Verzweifelt versuchte er sich zu rechtfertigen, doch Fürst Ulrich schnitt ihm immer wieder das Wort ab.

»Ich werde dich in Ketten schlagen lassen und meinem Tresskauer Vetter übergeben, damit du deine gerechte Strafe erhältst!«, schloss er nach einer Weile.

De Tailleur sank vor ihm auf die Knie und rang die Hände, und da Fürst Ulrich nun Luft holen musste, kam er endlich zu

Wort. »Ich wurde völlig zu Unrecht aus Tresskau verbannt und komme nun zu Euch, um Euch um Geld zu bitten oder wenigstens um ein Empfehlungsschreiben, damit ich einen neuen Herrn finde. Als Gegenleistung werde ich Euch alles berichten, was ich von Tresskau weiß.«

»Als wenn du Wurm etwas wüsstest, was meine Spione mir noch nicht berichtet haben«, antwortete der Fürst spöttisch, obwohl er vor Neugier fast verging. Er fand, dass er den vertriebenen Favoriten seines Vetters genug eingeschüchtert hatte, und forderte ihn barsch auf, ihm in das Nebenzimmer zu folgen. De Tailleur trottete hinter ihm her und blieb im ersten Moment hilflos in dem düsteren Raum stehen. Dann drehte jemand den Docht der Lampe höher und leuchtete ihm ins Gesicht.

Es war Lukas, der ihn schadenfroh musterte. »Sieh an, da ist ja mein lieber Freund Schneider, den ich damals für Seine Tresskauer Durchlaucht zurechtgeritten habe. Fein hast du dich herausgeputzt. So ein Stöffchen, wie du es trägst, findet man hier in Mittstadt nicht. Schade, dass du dir dein Tresskauer Wohlleben durch eigene Dummheit verscherzt hast.«

»Daran ist nur die Zuchtstute des Fürsten schuld! Jetzt ist sie auch noch trächtig, und ihr Gemahl will das Plazet des Kaisers für eine Änderung der Erbgesetze, damit auch er eine Tochter auf seinen Thron setzen kann.« De Tailleur hatte sich diese Nachricht eigentlich teuer bezahlen lassen wollen, doch seine Angst, wie ein räudiger Hund davongejagt zu werden, war in diesem Augenblick größer als seine Gier.

Fürst Ulrich erstarrte zur Salzsäule. »Was faselst du da? Die Gemahlin meines Vetters soll schwanger sein?«

De Tailleur nickte eifrig. »So ist es. Diese Nachricht müsste Euch doch einen Haufen Taler wert sein, nicht wahr?«

Bevor Fürst Ulrich antworten konnte, lachte Lukas auf. »Willst du dich wirklich mit ein paar lumpigen Talern zufrieden geben, wo du doch weit größere Reichtümer erringen kannst?«

»Welche Reichtümer?« In de Tailleurs Augen glitzerte es gierig auf.

Lukas rieb sich unbewusst die Hände, denn er sah den Mann schon an seiner Angel zappeln. »Wie du weißt, gilt derzeit noch Fürst Ulrich als Carl Antons Erbe, und er wird dem, der ihm zu dieser Erbschaft verhilft, mit Sicherheit sehr dankbar sein.«

»Ich würde denjenigen mit Gold überschütten!«, rief der Fürst, der begriff, worauf sein Handlanger hinauswollte.

De Tailleur schüttelte verwirrt den Kopf. »Dazu müsste ich nach Tresskau zurückkehren und Carl Anton samt seiner Zuchtstute umbringen. Das kann ich nicht! Man würde mich erkennen und gefangen setzen, bevor ich einen von beiden auch nur aus der Ferne sehe.«

»Wir könnten zusammen nach Tresskau gehen, und zwar heimlich und in Verkleidung. Denke an das viele Gold, das dich als Belohnung erwartet, und daran, dass du dich für die schlechte Behandlung rächen kannst, die dir dieser undankbare Fürst und seine – wie nanntest du sie? – Zuchtstute haben angedeihen lassen.« Lukas sprach leise, aber so eindringlich, dass de Tailleur sich der hypnotischen Macht seiner Stimme nicht entziehen konnte.

Er leckte sich über die Lippen und nickte. »Ich würde mich nur allzu gerne rächen, vor allem, wenn ich dafür gut bezahlt werde. Aber es ist unmöglich. Der Palast wird Tag und Nacht scharf bewacht.«

Um Lukas' Mund spielte ein überlegenes Lächeln. »Du wirst doch nicht behaupten wollen, du hättest acht Jahre im Tresskauer Palast gelebt, ohne dass dir dein fürstlicher Liebhaber den einen oder anderen Geheimgang gezeigt hätte. Die sind in einem Bau wie jenem doch sicherlich zuhauf vorhanden.«

De Tailleurs unbewusstes Nicken verriet, dass er einiges wusste. Doch nun hatte der verjagte Favorit sein Pfund erkannt und begann damit zu wuchern. »Gebt mir den Lohn, der dem Thron von Tresskau würdig ist, Euer Durchlaucht, und Ihr werdet ihn besteigen.«

»Was forderst du?«, fragte Fürst Ulrich unwirsch.

De Tailleur wollte sich nicht auf eine Summe festlegen. »Genug Geld und einen angemessenen Besitz, um den Rest meines Lebens als Herr von Stand leben zu können.«

Fürst Ulrich wechselte einen raschen Blick mit seinem Vertrauten, der sich zu amüsieren schien, und für einen Augenblick kräuselten sich seine Mundwinkel. »Bescheiden bist du ja gerade nicht. Mein braver Lukas gibt sich mit zweitausend Talern im Jahr und einem hübschen Häuschen in Mittstadt zufrieden. Doch ich werde deine Forderung erfüllen. Zum Erbe meines Tresskauer Vetters gehört die Reichsgrafschaft Hollenberg. Ich bin bereit, sie dir zu überlassen, und werde mich beim Kaiser dafür einsetzen, dass dir der entsprechende Titel verliehen wird. Bist du damit zufrieden?«

De Tailleur schwindelte bei diesem mehr als großzügigen Angebot. Reichsgraf Reinhold von Hollenberg, dachte er, das hat Klang! Triumphierend reckte er die Hände. »Ich bin Euer Mann!«

Lukas trat neben ihn und klopfte ihm auf die Schulter. »Ausgezeichnet! Morgen früh machen wir uns als wandernde Handwerksburschen verkleidet auf den Weg.«

De Tailleur schüttelte den Kopf. »So schnell geht das nicht! Zuerst verlange ich eine schriftliche Zusage.«

Lukas blickte ihn fragend an. »Was willst du haben?«

»Die Zusicherung, dass ich die Reichsgrafschaft und den Titel bekomme.«

Der Fürst warf Lukas einen Hilfe suchenden Blick zu. Auf den Lippen seines Handlangers erschien ein breites Lächeln, das jedoch nicht die Augen erreichte.

»Selbstverständlich erhältst du dieses Versprechen mit Siegel und Unterschrift. Du wirst das Schreiben aber nicht mit nach Tresskau nehmen können. Ich schlage vor, du versteckst es in dem Haus, in dem ich wohne, an einer nur dir bekannten Stelle.«

De Tailleur öffnete den Mund, um heftig zu widersprechen, doch Fürst Ulrich legte ihm den Arm um die Schultern. »Lukas hat Recht. Du bekommst das Schreiben, aber du wirst es nicht mitnehmen. Wenn du es in Tresskau verlierst und man findet es, würde es deine Schuld beweisen, und nicht einmal ich könnte dich dann noch retten.«

De Tailleur war nicht gerade begeistert, stimmte aber zu, denn er war davon überzeugt, dass ihm ein sicheres Versteck für die Urkunde einfallen würde. Und selbst ohne das Schreiben würde Fürst Ulrich ihm die Belohnung nicht verweigern können, denn er war jederzeit in der Lage, ihn als Auftraggeber des Mordes an dem Tresskauer Herrscherpaar anzuprangern.

»Stellt mir eine schriftliche Versicherung aus und sorgt dafür, dass mir eine Mahlzeit aufgetischt wird. Ich habe seit heute Morgen nichts mehr zu mir genommen.«

Der Fürst schnaubte und verließ die Kammer, um das verlangte Papier anzufertigen. De Tailleur wollte ihm folgen, doch Lukas hielt ihn zurück. »Halt! Nicht da entlang! Wir werden diesen Raum auf einem anderen Weg verlassen. Ich bringe dich in mein Haus, und dort bekommst du so viel zu essen, wie du nur willst. Für die Diener Seiner Durchlaucht muss es so aussehen, als hättest du die Burg bereits wieder verlassen.«

De Tailleur blickte unsicher durch den schmalen Spalt der nicht ganz geschlossenen Tür. Er sah den Rücken des Fürsten, der über einem Tisch gebeugt etwas auf ein Blatt Papier schrieb und es schließlich siegelte. Zu seiner Erleichterung kehrte Ulrich kurz darauf zurück und streckte ihm das Schreiben hin. »Bist du damit zufrieden?«

Der einstige Schneiderlehrling überflog das Blatt und nickte begeistert. Unterdessen schob Lukas einen abgetretenen Flickenteppich beiseite und öffnete eine Falltür, die den Blick auf eine schmale Wendeltreppe freigab. »Nicht nur in Tresskau gibt es Geheimgänge. Komm mit!« Er drückte de Tailleur eine Lampe in die Hand und deutete ihm an, voranzugehen.

Der verstoßene Favorit ging einige Stufen hinab, blieb dann aber stehen und drehte sich zu Fürst Ulrich um. »Wenn wir uns wiedersehen, werdet Ihr der Herrscher des vereinigten Saalsteins sein, und ich bin der Reichsgraf von Hollenberg. Ich hoffe, wir werden das gebührend feiern können, mit einem großen Ball oder so.« In dieser angenehmen Vorstellung schwelgend sprang er fast übermütig die Treppe hinab.

Als Lukas ihm folgen wollte, packte der Fürst ihn an den Rockaufschlägen.

»De Tailleur darf den Tresskauer Palast nicht mehr lebend verlassen! Hast du mich verstanden?«, raunte er ihm so leise zu, dass der vertriebene Favorit nicht einmal ein Wispern vernehmen konnte.

Um Lukas' Lippen spielte ein böses Lächeln. »Über Selbstverständlichkeiten pflege ich keine Worte zu verlieren, Euer Durchlaucht.« Damit tauchte er in das Halbdunkel des Treppenschachts hinab und überließ es dem Fürsten, die Falltür zu schließen. Während Fürst Ulrich den Geheimgang verbarg, fragte er sich, ob er sich nach dieser Sache nicht auch seines Handlangers entledigen sollte, denn lange konnte er sich die Frechheiten dieses Mannes nicht mehr bieten lassen.

20

Zwei Abende später saß der Fürst von Tresskau in Charlottes Gemächern und spielte mit ihr Schach. Fräulein von Rüthen und Baronin Ließnitz beschäftigten sich mit Handarbeiten, während Fräulein von Ohrdruf sich bemühte, das Fürstenpaar auf einem Aquarell einzufangen. Noch vor wenigen Wochen hätte Carl Anton eine häusliche Szene dieser Art zutiefst verabscheut, nun aber fühlte er sich in der Runde der Damen wohl und genoss die Gesellschaft seiner knabenhaft schlanken Gemahlin. Nein, ganz so schlank war sie nicht mehr, dachte er lächelnd, denn um ihre Leibesmitte spannte sich ihr Kleid bereits ein wenig. Plötzlich verlangte es den Fürsten danach, den Leib, in dem sein Erbe oder seine Erbin heranwuchs, näher zu betrachten.

Gerade als Charlotte nach der weißen Dame griff, legte er die Hand auf ihren Arm. »Ich schlage vor, meine Liebe, wir ziehen uns ein wenig zurück.«

Charlotte senkte leicht verschämt den Kopf, aber ihre Hofdamen warteten ihre Antwort nicht ab, sondern verließen unter allerlei Vorwänden das Gemach. Carl Anton starrte ihnen verblüfft nach. »Was ist denn in Euren Hofstaat gefahren? Eure Damen tun ja direkt so, als hätte ich etwas Ungebührliches von Ihnen verlangt.«

»Verzeiht ihnen, Euer Durchlaucht, ich bitte Euch. Es ist nur die Freude über die Wendung des Schicksals, die ihnen Flügel wachsen lässt.« Charlotte stand auf, knickste vor ihrem Gemahl und reichte ihm die Hand, um ihn in ihr Schlafgemach zu führen.

Als Charlotte sich ungeniert vor ihm zu entkleiden begann, wirkte Carl Anton plötzlich unsicher. »Ich möchte nichts von

Euch verlangen, was Ihr nicht gerne tut, denn ich will weder Euch noch dem Kind Schaden zufügen. Ich habe gehört …«

Charlotte legte ihm lächelnd die Hand auf den Arm. »Seid unbesorgt! Baronin Ließnitz sagte mir, wir könnten gewiss noch zwei, drei Monate das Lager miteinander teilen, und ich verlasse mich auf ihr Wort.«

Carl Anton blickte sie erstaunt an. »So lange noch?«

Charlotte senkte betroffen den Kopf. »Wenn es Euch zuwider ist, Euer Durchlaucht, können wir darauf verzichten.«

»Ich werde Euch zeigen, wie zuwider es mir ist.« Carl Anton schlüpfte aus seinen Hosen, fasste sie lachend um die Taille und schob sie, obwohl sie noch in ihren Unterröcken steckte, auf das Bett zu. Charlotte keuchte überrascht, ließ ihn aber gewähren. Er drückte sie sanft zurück, so dass sie auf dem Rücken lag – etwas, das er bisher noch nie getan hatte –, und entblößte ganz vorsichtig ihren Bauch.

»Gott lässt ein Wunder an dieser Stelle geschehen«, flüsterte er ergriffen. Vorsichtig legte er die Hand auf die sanfte Wölbung und spürte zu seiner Überraschung, dass es ihn erregte. Nachdem er ihr die restliche Kleidung abgestreift und sie so gebettet hatte, dass er ihr beim Geschlechtsakt ins Gesicht blicken konnte, drang er so zärtlich in sie ein, als bestünde sie aus Glas. Es dauerte diesmal viel länger, bis er zur Erfüllung kam, doch er hatte sich selten besser gefühlt. An Charlottes entrücktem Gesicht sah er, dass es ihr nicht anders erging. Er beugte sich zu ihr und drückte ihr einen Kuss auf die Wange.

»Ich danke Euch, meine Liebe.« Sie blickte lächelnd zu ihm auf und sah zu, wie er sich ankleidete und sich mit einer vollendeten Verbeugung von ihr verabschiedete.

Kaum hatte er die Schlafkammer geschlossen, schlüpfte ihre Zofe herein. Rosa war unverheiratet, aber nicht ganz ohne Erfahrungen mit dem anderen Geschlecht, und so lächelte sie zweideutig, als sie Charlottes Garderobe im Zimmer verstreut liegen sah. »Seine Durchlaucht scheinen heute ja sehr stürmisch gewesen zu sein.«

Charlotte war nicht danach, über so intime Dinge zu sprechen. »Hilf mir, mich zur Nacht umzuziehen, danach kannst du gehen«, befahl sie Rosa, während sie das Mieder hochhob, das noch unter ihr lag.

Ihre Zofe knickste, half ihr mit flinken Händen in das Nachtgewand und bettete sie wie eine zerbrechliche Kostbarkeit. Sie schenkte einen Fingerbreit Wasser aus dem Krug, den sie mitgebracht hatte, in ein Glas und trank es aus. Dann wischte sie das Gefäß aus, füllte es erneut, zögerte aber, es ihrer Herrin zu reichen, sondern horchte mit angespannten Gesichtszügen in sich hinein.

Charlotte blickte sie verständnislos an. »Was soll das?«

Rosa knickste und reichte ihr den Becher. »Eine Vorsichtsmaßnahme gegen Giftanschläge, Euer Durchlaucht, auf Anweisung Seiner Exzellenz, des Kanzlers Pößnitz.«

»Aber deswegen musst *du* es doch nicht trinken. Hat man denn keinen alten Hund oder eine Katze dafür?« Charlotte wünschte keinem Tier, durch Gift zu sterben, war aber noch weniger bereit, einen Menschen diesem Risiko ausgesetzt zu sehen.

Rosa wusste genau, dass in einem Raum hinter der Küche verschiedene Tiere allein für den Zweck gehalten wurden, die Getränke und Speisen des fürstlichen Paares vorzukosten, hatte sich aber ein wenig in Szene setzen wollen. »Der Kanzler wünscht Eures delikaten Zustands wegen keine Tiere in Eurer Nähe. Doch es muss eine letzte Prüfung stattfinden, und ich bin gewiss viel weniger wichtig, als Ihr es seid.«

Sie lächelte Charlotte ein wenig verschmitzt zu, sank in einen tiefen Knicks und verließ mit einem von Herzen kommenden »Gute Nacht« das Zimmer.

Charlotte trank einen Schluck und legte sich dann zu Bett. Ihre Gedanken waren jedoch so aufgewühlt, dass sie den Schlaf fern hielten. Eigentlich hätte sie rundum glücklich sein müssen. Ihr Gemahl war freundlich zu ihr, liebte sie vielleicht sogar ein wenig, und in einigen Monaten würde sie Mutter werden. Die Dienerschaft glaubte, sie habe ein Wunder vollbracht, und verehrte sie nun über alle Maßen, und wenn sie ausfuhr, jubelten die Menschen in Tresskau bei ihrem Anblick. Mit de Tailleurs Verschwinden schien der Schatten, der auf ihr Leben und ihre Seele gefallen war, aus dem Schloss verbannt worden zu sein, und dennoch glaubte sie zu spüren, dass ein Unheil nahte. Sie nahm an, dass ihre Schwangerschaft an diesen eigenartigen Empfindungen schuld war, und beschloss, am nächsten Morgen mit der Baronin Ließnitz darüber zu reden.

21

Als Carl Anton Charlottes Gemächer verlassen hatte, sah er Zinggens ehemaligen Pagen Max, der seiner Gemahlin nun als Reitbursche diente, auf einem Stuhl neben der Tür sitzen. Beim Anblick des Fürsten sprang der junge Bursche hastig auf und stolperte beinahe über den Degen, der an seiner Hüfte hing.

»Euer Durchlaucht, ich bitte um Verzeihung! Hätte ich gewusst, dass Ihr das Zimmer verlassen wolltet, hätte ich Euch die Tür geöffnet«, stammelte er.

Carl Anton klopfte ihm leutselig auf die Schulter. »Du konntest schließlich nicht durch die Wände sehen. Doch sag, was machst du hier?«

Max legte die Rechte auf den Degengriff und blickte mit sichtlichem Stolz zu seinem Fürsten auf. »Seine Exzellenz, der

Herr von Pößnitz, traut kaum noch jemandem und trug mir deswegen auf, vor der Tür Ihrer Durchlaucht Nachtwache zu halten. Da Ihre Durchlaucht aufgrund ihrer Schwangerschaft nicht mehr ausreiten darf, braucht sie mich nicht mehr als Reitknecht, und auf diese Weise kann ich ihr am besten dienen.«

»Mein braver Kanzler sieht überall Ränke und Gefahren. Aber halte sorgsam Wache, mein Junge. Ich fühle mich wohler, wenn ich meine Gemahlin in guter Hut weiß.« Der Fürst nickte Max zu und schritt durch den von Dutzenden von Kerzen erleuchteten Korridor, bis er den Flügel erreichte, in dem seine Gemächer lagen. Sein Leibdiener Paul erwartete ihn an der Tür und öffnete sie, obwohl einer der Lakaien zu diesem Dienst bereitstand.

Der Fürst ließ sich auskleiden und seinen Morgenmantel umlegen und setzte sich dann in einen Sessel. »Du kannst dich zurückziehen, Paul. Ich komme schon allein zurecht.«

»Sehr wohl, Euer Durchlaucht. Haben Euer Durchlaucht noch Befehle für mich?« Als der Fürst den Kopf schüttelte, verbeugte sich der Diener und verließ rückwärts den Raum. Er tat es mit einem solchen Geschick, als hätte er Augen im Hinterkopf.

Nachdem sich die Tür hinter ihm geschlossen hatte, versuchte Carl Anton, es seinem Leibdiener gleichzutun, prallte aber ein gutes Stück von der Tür entfernt gegen die Wand und riss eines der Gemälde herab. Er fing es rechtzeitig auf, hängte es lachend an seinen Haken und ging in sein Schlafgemach hinüber. Beim Anblick des mächtigen Bettes mit dem ausladenden Betthimmel empfand er plötzlich den Wunsch, Charlotte einmal hier zu lieben. Dann aber musste er daran denken, wie oft er das Bett mit seinem verräterischen Liebhaber geteilt hatte, und schüttelte bedauernd den Kopf. Hier würde er seiner Gemahlin nicht beiwohnen können, denn die Schatten der Vergangenheit waren noch zu bedrückend.

Er zog seinen Morgenrock aus, ließ ihn achtlos zu Boden gleiten und legte sich zu Bett. Während er die Decke zurechtzog, musste er daran denken, wie er seine Hand auf Charlottes Bauch gelegt und das neue Leben in ihr gespürt hatte. Er glaubte fest daran, dass es ein Sohn werden würde, aber er würde auch nicht klagen, wenn Charlotte ein Mädchen gebar. Deswegen wurde es Zeit, das zu tun, was er nun schon wochenlang aufgeschoben hatte: er musste sich an den Kaiser wenden und die Erbgesetze von Sachsen-Saalstein-Tresskau ändern lassen. Mit diesem Gedanken schlief er ein und versank in angenehme Träume.

Während der nächsten Stunde brannten die Kerzen auf dem Leuchter, den der Fürst zu löschen vergessen hatte, langsam nieder, und die Geräusche des Palastes verebbten. Mit einem Mal raschelte es in der Wand, als würden Mäuse oder Ratten dort nagen. Dann öffnete sich ein Spalt in der Tapete und entpuppte sich als eine verborgene Tür. Ein Mann in der Tracht eines wandernden Handwerksburschen streckte vorsichtig den Kopf in den Raum und atmete erleichtert auf, als alles ruhig blieb. Wäre der Fürst wach gewesen, hätte er Mühe gehabt, seinen ehemaligen Favoriten wiederzuerkennen.

De Tailleur und Lukas waren vor zwei Tagen in Mittstadt aufgebrochen, hatten die Grenze zwischen den beiden Saalsteins in der nächsten Nacht ungesehen überquert und sich in einer außerhalb der Stadt gelegenen Herberge einquartiert, deren Wirt nicht fragte, woher seine Gäste stammten. De Tailleur konnte kaum fassen, dass es so einfach gewesen war, zu dem Ort vorzudringen, an dem er acht Jahre gelebt hatte. Jetzt galt es nur noch die Tat zu vollbringen, die ihn weit über den Stand des Schoßhunds eines undankbaren Fürsten hinaus in den höchsten Adel hob.

Doch anstatt in das Zimmer zu treten, blieb der einstige Favorit in Gedanken verstrickt stehen, so dass Lukas ihn beiseite schieben musste, um selbst etwas erkennen zu können. Die herunterbrennenden Kerzen flackerten zwar, spendeten aber noch genug Licht, dass er an das Bett treten und Maß nehmen konnte. Er zog seinen Dolch, wählte die günstigste Stelle für den Todesstoß aus und stach ohne jede Gemütsregung zu. Carl Anton stieß nur noch einen leisen Seufzer aus und starb.

Lukas zog den Dolch aus der Wunde und wischte ihn an der Bettdecke sauber. »So, jetzt auf zur Fürstin. Bring mich zu dem Geheimgang, der in ihre Gemächer führt.«

De Tailleur hob hilflos die Arme. »Den kenne ich nicht. Bevor die Zuchtstute kam, war jener Flügel geschlossen. Ich habe ihn nie betreten.«

»Das gefällt mir nicht. Aber ich nehme an, dass die Leute im Schloss wohl alle schlafen werden. Leise jetzt, damit kein Laut zu den Wachen dringt! Und halte nicht Maulaffen feil, sondern führe mich auf dem kürzesten Weg zur Fürstin.«

»Keine Sorge, das werde ich! Auf das, was jetzt kommt, habe ich mich schon lange gefreut«, antwortete de Tailleur mit unechter Fröhlichkeit. Er wandte schnell den Kopf, um den Toten nicht ansehen zu müssen, der ihn acht Jahre lang weit über seinen Stand hinausgehoben und zu einem der mächtigsten Männer in seinem Land gemacht hatte. Gewissensbisse konnte er sich jetzt nicht leisten, daher richtete er seine Gedanken auf Charlotte. Ihren Tod würde er genießen, denn es war allein ihre Schuld, dass er die Liebe und das Vertrauen seines fürstlichen Liebhabers verloren hatte. Mit einem heftigen Ruck wandte er sich der Tür zu. »Hier entlang!«

Der Meuchelmörder nahm eine frische Kerze aus einem bereitstehenden Kasten und zündete sie an einem flackernden Stummel an. »Leuchte mir den Weg aus. Höchste Zeit, der Zuchtstute an den Kragen zu gehen.« Er deutete die Geste des Halsabschneidens an und wog seinen Dolch in der Hand. Der

Fürst von Saalstein-Tresskau war nicht der erste Mensch, den er umgebracht hatte, aber noch nie war eines seiner Opfer von so hohem Stand gewesen. Nun gierte er danach, seine Klinge in den Leib einer hochadeligen Dame zu stoßen. Er bedauerte nur, dass ihm nicht die Zeit bliebe, sich länger mit ihr zu beschäftigen, denn an einem durchlauchtigsten Körper hatte er seine Lust bis jetzt noch nicht stillen können. Wenn er sie vorher tötete, schoss es ihm durch den Kopf, konnte er den warmen Körper benutzen, ohne ihre Schreie fürchten zu müssen.

»Gleich sind wir da!« De Tailleurs hastig geflüsterte Worte rissen Lukas aus seinen Überlegungen, und er bemerkte, dass er einen langen Flur entlanggegangen war, ohne auf die Umgebung zu achten. Wütend auf sich selbst, schalt er sich einen geilen Narren, spürte aber gleichzeitig, dass er vor Begierde zitterte. In dem Moment fiel der Lichtschein der Kerzen auf eine neben dem Eingang zu den Gemächern der Fürstin zusammengesunkene Gestalt.

Max war kurz eingenickt, doch de Tailleurs überdeutliches Flüstern weckte ihn gerade noch rechtzeitig. Er sah die beiden Männer auf sich zukommen, nahm den Dolch in Lukas' Faust wahr und warf sich beiseite. Um Haaresbreite entging er der Klinge, doch bevor er seinen Degen aus der Scheide ziehen konnte, war Lukas über ihm. Max war sofort klar, dass er dem stärkeren und kampfgewohnten Mann nicht lange würde standhalten können, und er stieß einen gellenden Schrei aus, um die Fürstin zu warnen und Hilfe herbeizurufen.

Lukas fluchte wüst und versuchte, seinen schlangenhaft wendigen Gegner am Boden festzunageln und zu erstechen. Doch Max umklammerte den Arm mit dem Dolch und biss und trat und kreischte dabei wie ein verletztes Schwein. Einen Moment später wurde die Tür geöffnet, und Charlotte starrte entgeistert hinaus. Sie war nur mit einem Nachthemd bekleidet und hielt einen Kerzenleuchter in der Hand. Lukas erkannte seine Chance, riss sich von Max los und schnellte auf sie zu.

Charlotte sah sein wutverzerrtes Gesicht und schlug instinktiv mit dem Kerzenständer zu. Sie traf Lukas an der Schulter und prellte ihm die Klinge aus der Hand. Gleichzeitig packte Max den Meuchelmörder von hinten und versuchte, ihn niederzuringen.

»Hilf mir endlich, du Narr!«, brüllte Lukas de Tailleur an, der von dem Kampfgeschehen völlig überrascht worden war und sich zitternd an die Wand presste. Der ehemalige Favorit starrte seinen Begleiter abwehrend an, begriff dann aber, dass es auch um sein Leben ging. Er zog seinen Dolch und stach auf Max ein. Die Klinge rutschte an Max' Rippen ab, aber der Schmerz lähmte den Jungen. Lukas entwand sich den schlaff gewordenen Händen, drehte sich um und schlug mit beiden Fäusten zu, so dass Max ein Stück über den Boden rutschte und regungslos an der Wand liegen blieb. Dann packte Lukas seinen Dolch und ging auf Charlotte los, um sein Werk zu vollenden. Ehe er sie erreichte, stellte sich ihm jedoch ein neues Hindernis in den Weg.

Es war Rosa, die in ihrer Kammer neben den fürstlichen Gemächern geschlafen hatte und von dem Lärm geweckt worden war. Sie warf nur einen Blick auf das Getümmel vor der Tür, packte den Schürhaken, der neben dem Kachelofen im Salon hing, und eilte ihrer Herrin zu Hilfe. In dem Moment, in dem Max ohnmächtig geschlagen wurde, stellte sie sich wie eine aufgeplusterte Glucke vor Charlotte auf.

Lukas lachte auf und packte Max' Degen, um ihn der Dienerin in den Leib zu rammen. In dem Moment hallten Schritte durch den Korridor, und eine befehlsgewohnte Stimme ertönte: »Lasst die Waffen fallen!«

Lukas drehte sich nur für den Bruchteil eines Augenblicks zu den vier Wachsoldaten um, doch es genügte Rosa, Charlotte ins

Schlafzimmer zurückzuziehen, die Tür hinter ihnen zuzuwerfen und den Schlüssel herumzudrehen.

»Herrin, bitte! Stemmt Euch mit gegen die Tür, damit der Kerl nicht hereinkommen kann«, flehte die Zofe. Charlotte schüttelte den Schock ab, der ihr die Glieder zu lähmen drohte, und tat es Rosa gleich. Dabei umklammerte sie den Kerzenständer, um nicht völlig wehrlos zu sein, wenn es dem Eindringling gelingen sollte, die Tür aufzubrechen.

Außer sich vor Wut, weil ihm sein Opfer im letzten Moment entkommen war, warf Lukas sich gegen die Tür und versuchte gleichzeitig, mit dem Dolch in seiner Linken das Holz um das Schloss aufzubrechen. Einer der Soldaten glaubte die Fürstin in Gefahr und hob die Muskete. Der Schuss hallte durch den engen Korridor wie ein Donnerschlag. Lukas spürte zunächst keinen Schmerz und glaubte schon, der Soldat hätte ihn verfehlt, da sah er plötzlich das Blut, das aus seiner Brust herausquoll. Neben ihm warf de Tailleur seinen Dolch weg und hob kreischend vor Angst die Arme.

Lukas' Hass entlud sich gegen den Mann, der ihm nur ein Klotz am Bein gewesen und nun an seinem Tod schuld war. Mit einem letzten Aufbäumen hob er den Dolch und stieß ihn de Tailleur ins Herz. Der gestürzte Favorit sank mit einer Miene schieren Unglaubens zu Boden, Lukas aber wankte bleich wie ein Untoter auf die Soldaten zu und hob den Degen. Die Schlosswachen schrien erschrocken auf, aber sie ergriffen nicht die Flucht, sondern stachen mit ihren Bajonetten auf den Eindringling ein, bis dieser sich nicht mehr rührte.

In dem Augenblick, in dem Lukas stürzte, erschien Zinggen in Morgenrock und Schlafhaube auf dem Kopf und einem Degen in der Faust. Ihm folgte Pößnitz, der sich mit zwei Pistolen bewaffnet hatte. Beide erkannten sofort, dass sie nicht mehr eingreifen mussten, und während Zinggen zu Max eilte, der wieder zu sich gekommen war und die Hand auf seine blutgetränkte Livree drückte, wandte der Kanzler sich an die Soldaten.

»Was ist hier passiert?«

Der Leutnant der Wache nahm Haltung an, um Meldung zu machen, kam aber nicht dazu, etwas zu sagen, denn aus den Gemächern des Fürsten drang Geschrei. Pößnitz warf Zinggen einen alarmierten Blick zu, vergaß all seine Würde und begann zu rennen. Er kam jedoch nicht weit, denn an der Biegung des Ganges stieß er mit dem Leibdiener des Fürsten zusammen. Paul taumelte ein paar Schritte weiter und hielt sich dann an der Wand fest. Sein Gesicht war so weiß wie frisch gebleichtes Leinen, und ihm liefen Tränen über die Wangen. »Seine Durchlaucht ist tot, ermordet!«, stieß er zwischen heftigen Schluchzern hervor.

Pößnitz stöhnte auf, als hätte man ihn mit glühendem Eisen gebrandmarkt. »Was ist mit Ihrer Durchlaucht, ist ihr etwas geschehen?«

»Ich bin wohlauf.« Charlotte hatte die Stimme des Dieners durch die Tür vernommen und trat auf den Flur. »Paul! Sag Er, was ist mit Seiner Durchlaucht?«

»Seine Durchlaucht wurde ermordet.« Der alte Mann senkte den Kopf, als schäme er sich dafür, seinen Herrn nicht beschützt zu haben.

»Das müssen diese beiden Kerle hier gewesen sein!« Pößnitz stieß einen der beiden Leichname mit dem Fuß an und keuchte auf. »Zinggen, seht her! Das ist de Tailleur!«

Der kleine Baron überließ Max Rosas geschickteren Händen und trat neben den Kanzler. Zunächst schüttelte er ungläubig den Kopf, doch als der Kanzler einem der Soldaten die Laterne aus der Hand nahm und in das im Tod noch erstaunt wirkende Gesicht leuchtete, nickte er verblüfft. »Ihr habt Recht! Es ist tatsächlich die männliche Hure. Ach hätte ihn doch Seine Durchlaucht in Saalstein einkerkern lassen …«

»Das sagte ich schon damals, doch Seine Durchlaucht wollte nicht auf mich hören. Wohl selten ist Mitleid mit so gemeiner Münze zurückgezahlt worden.« Pößnitz knirschte mit den Zähnen und hob den Fuß, um seine Wut an dem Toten auszulassen. Dann aber bezwang er sich und ging zu Lukas. Als er ihn musterte, kerbte eine scharfe Falte seine Nasenwurzel.

»Den Kerl kenne ich! Der stand früher einmal in den Diensten des Mittstädter Fürsten.«

Zinggen blies die Backen auf. »Heißt das, Fürst Ulrich steckt hinter dem Ganzen?«

»Das könnte ich beschwören. Ich wünschte nur, ich könnte es auch beweisen. Doch Ulrich wird alles, was ich sage, als infame Verleumdung zurückweisen.«

»Dann hat er das Spiel um Tresskau gewonnen.« Zinggen sah so aus, als sähe er sich schon in Saalstein eingekerkert, doch der Kanzler stieß ein höhnisches Lachen aus.

»Nicht wenn ich und Ihre Durchlaucht es verhindern können! Madame, jetzt ist es wichtiger denn je, dass Ihr einen Sohn zur Welt bringt, denn ohne die persönliche Einwirkung Seiner Durchlaucht wird der Kaiser einer Änderung der Erbregeln nicht zustimmen.«

Pößnitz' Blick saugte sich an Charlottes Leibesmitte fest, und er gab Rosa den barschen Befehl, Max liegen zu lassen und sich um Ihre Durchlaucht zu kümmern.

Empört über diese Gefühllosigkeit vertrat Charlotte Pößnitz den Weg. »Max hat mir eben zum zweiten Mal das Leben gerettet! Ihr könnt ihn nicht einfach hier verbluten lassen.«

Pößnitz zeigte mit einer ärgerlichen Geste auf die Leute, die sich mit erschrockenen Gesichtern um sie scharten. »Keine Sorge, der Bursche wird schon nicht ohne Hilfe bleiben. Doch

Eure Person ist für dieses Land jetzt wichtiger als alles andere auf dieser Welt.«

»Ihr meint nicht mich damit, sondern das Kind, das in mir heranwächst, und das auch nur, wenn es sich um einen Knaben handeln sollte!« Charlotte packte all die Wut, die sie empfand, in ihren Blick.

Der Kanzler ließ sich jedoch nicht auf einen Disput ein. »Ihr kehrt jetzt in Eure Gemächer zurück und legt Euch hin. Ich schicke Euch den Leibmedikus Seiner Hoheit, damit er Euch einen leichten Schlaftrunk verabreicht. In den nächsten Monaten habt Ihr nur an eines zu denken: an Euer Kind! Für alles andere mag später Zeit sein, auch für Gefühlsausbrüche.«

Charlotte empfand seine Bemerkung als roh und gefühlskalt, denn sie hatte mit Carl Anton nicht nur ihren Gemahl, sondern auch einen guten Freund verloren, und der Ton, den der Kanzler ihr gegenüber anschlug, versprach nichts Gutes für die Zukunft.

Als Charlotte von Rosa umsorgt in ihrem Bett lag, richteten sich ihre Gedanken weniger auf die Zukunft als auf das, was geschehen war. Pößnitz' scharfe Reaktion hatte sie in ihrem ersten Schrecken über den Tod ihres Gemahls innerlich erstarren lassen, nun aber empfand sie ihren Verlust doppelt. Sie konnte nicht begreifen, dass der Mann, den sie im Lauf der Monate immer mehr schätzen und – wie sie jetzt sagen musste – auch lieben gelernt hatte, nicht mehr unter den Lebenden weilte. Carl Anton hatte ihr mit seiner Zuneigung ein wundervolles Geschenk gemacht, und nun war es ihr, als sei ein Stück aus ihr herausgerissen worden. Sie musste daran denken, wie seine Hand erst vor wenigen Stunden ihren Bauch gestreichelt hatte und wie er seine Vorfreude auf ihr erstes, gemeinsames Kind ausgedrückt hatte. Nun würde das kleine Leben, das in ihr heranwuchs, das Einzige sein, was ihr von ihm geblieben war, doch sie bezweifelte, dass das Kind die Lücke in ihrem Sein würde füllen können. Bei diesem Gedanken löste sich der Klumpen in ihrer Kehle, und sie konnte endlich weinen.

22

Als ihre Stunde nahte, lag Charlotte mit geschlossenen Augen auf ihrem Bett und versuchte, die flüsternd geführten Gespräche um sie herum zu ignorieren. In ihrem Elternhaus war eine Geburt ein beinahe genauso intimer Akt gewesen wie die Zeugung, und daher hatte sie geglaubt, ihr Kind nur mithilfe der Hebamme und einiger kundiger Damen auf die Welt bringen zu können. Aber der Kanzler war ihr kein Haarbreit entgegengekommen, sondern hatte darauf bestanden, dass dieses Ereignis im großen Festsaal des Schlosses vor vielen, möglichst bedeutenden Zeugen stattfinden musste. Zu diesem Zweck hatte er nicht nur die adeligen Damen und Herren aus Tresskau zusammengerufen, sondern auch die Abgesandten der Bürgerschaft, der Zünfte und der Kirche. Charlotte öffnete die Augen und sah das Gesicht des Domdekans wie einen bleichen Fleck neben dem des Kanzlers auftauchen. Auch Frau Schliebrantz war anwesend, denn sie gehörte zu den Damen, die ihr beistehen sollten.

Sie war wohl die Erfahrenste unter den Geburtshelferinnen, denn sie brachte die anderen Damen mit ruhiger Autorität dazu, nicht wie eine Herde Gänse herumzuschnattern, und sprach begütigend auf die verängstigte Wehmutter ein. Die Hebamme fürchtete sich offensichtlich vor den vielen hochwohlgeborenen Menschen um sie herum und glaubte, man würde sie dafür verantwortlich machen, wenn ein Mädchen zur

Welt käme, oder – noch schlimmer – wenn es ein Knabe wäre und er die Geburt nicht überlebte. All das aber lag, wie Frau Schliebrantz der bäuerlich wirkenden Frau versicherte, allein in Gottes Hand. Nachdem sie der Hebamme Mut zugesprochen hatte, trat die Frau des Domdekans zu Charlotte, legte ihr einen mit Essig getränkten Lappen auf die Stirn und lächelte ihr aufmunternd zu. »Wenn Ihr schreien müsst, dann tut es, Euer Durchlaucht. Das ist ganz normal und sogar hilfreich.«

Charlotte spürte im Moment nicht die geringsten Schmerzen. Aber da sie sich in der letzten Zeit Hunderte von Berichten und Ratschlägen von den Müttern ihrer Hofdamen und anderen Damen aus der Tresskauer Gesellschaft hatte anhören müssen, glaubte sie recht genau zu wissen, was ihr bevorstand. Wäre sie zarter besaitet gewesen, hätte sie wohl jetzt schon vor Angst geweint. Stattdessen gehorchte sie den Anweisungen der Domdekanin und der Hebamme und versuchte, sich zu entspannen.

Ihre Gedanken glitten zurück zu jenen Tagen, in denen Carl Anton ermordet worden war. Damals hatte Pößnitz sie in ihren Gemächern eingesperrt und ihr nicht einmal erlaubt, am Begräbnis ihres Gemahls teilzunehmen. In strengerer Haft wurden selbst die Gefangenen auf der Veste Saalstein nicht gehalten, davon war sie überzeugt. Der Kanzler hatte jeden Schritt von ihr überwachen lassen und bestimmt, wo sie sich aufzuhalten hatte und was sie essen durfte. Unbarmherzig hatte er jeden aus ihrer Nähe entfernt, dem er nicht hundertprozentig vertraute. Bevor sie im Schwarm ihrer Damen und von einer Leibwache begleitet zu festgesetzten Zeiten im Park spazieren ging, musste eine Hundertschaft Soldaten die gesamte Umgebung absuchen, und während sie sich draußen aufhielt, standen Posten auf den Dächern, die alles im Auge behielten. Ihr größter Ärger aber war, dass sie ohne die Begleitung Fräulein von Rüthens oder der Baronin Ließnitz nicht einmal mehr ihr Kabinett benutzen durfte, aus Angst, ein Meuchelmörder könne sich dort eingeschlichen haben. All diese Einschränkungen hatten Charlotte den Zeitpunkt herbeisehnen lassen, an dem sie ihr Kind in den Armen halten würde, denn sie freute sich darauf, sich endlich wieder frei bewegen zu dürfen. Trotz des schrecklichen Zwischenfalls, bei dem Ramira getötet worden war, konnte sie den Tag kaum erwarten, an dem sie wieder ausreiten durfte.

Eine erste Schmerzwelle durchzuckte ihren Körper und ließ sie aufstöhnen. Sie kniff die Lippen zusammen und nahm sich vor, den Umstehenden nicht das Bild einer hysterisch schreienden Frau zu bieten. Um sich abzulenken, ließ sie ihre Gedanken weiterhin um die Ereignisse der letzten Monate kreisen. Auch wenn sie Pößnitz dafür hasste, dass er sie zu seiner ganz persönlichen Gefangenen gemacht hatte, war sie ihm gleichzeitig dankbar, denn er hatte Fürst Ulrichs Pläne geschickt durchkreuzt. In weiser Voraussicht hatte er schon am Tag nach Carl Antons Tod einen Boten zu August dem Starken geschickt und ihn gebeten, eine Warnung an den Mittstädter auszusprechen. Zum Glück hatte der Polenkönig schnell reagiert und Fürst Ulrich unter der Wahrung höflichen Scheins gebeten abzuwarten, ob ein Erbe geboren wurde oder nicht, denn dieser war schon dabei gewesen, Truppen zu sammeln, um Tresskau zu besetzen. Charlotte war klar, dass der Mittstädter in dem Moment, in dem bekannt wurde, dass sie eine Tochter zur Welt gebracht hatte, hier einmarschieren würde.

Sie öffnete die Augen und sah den Mittstädter Hofprediger Meller so nah an ihrem Bett stehen, wie es sein Stand und die Schicklichkeit erlaubten. Er hatte den Auftrag, zu verhindern, dass sein Herr durch ein untergeschobenes Kind betrogen wurde. Neben ihm stand ein Freiherr von Barsingshausen als Abgesandter des Polenkönigs, der die Geburt für seinen Herrn überwachen sollte.

Friedrich August war ein Freund, Gefahr für sie ging nur von Mittstadt aus, wo nun alle Ohren auf die Veste Saalstein gerichtet waren, um die Anzahl der Salutschüsse zu zählen, die die Geburt eines Mädchens oder eines Knaben anzeigten. Die Nachricht würde sofort zu Fürst Ulrich weitergetragen werden, der schon alle Vorbereitungen für eine Übernahme getroffen hatte. In Mittstadt standen Tag und Nacht Karossen bereit, die Fürst Ulrich, seine Gemahlin und ein genügend großes Gefolge im Erbfall sofort nach Tresskau bringen sollten, damit sie Besitz von dem Land und besonders auch von der Fürstenwitwe und ihrer Tochter ergreifen konnten.

Der Aufwand galt weniger dem Land, welches Fürst Ulrich zwangsläufig in die Hände fallen musste, als vielmehr der Reichsgrafschaft Hollenberg, die der Mittstädter Charlotte allenfalls als Witwensitz überlassen wollte, aber nicht, wie vertraglich vereinbart, als Reichslehen für ihre Tochter. Pößnitz und Zinggen hatten auch hier vorgesorgt, denn in Tresskau standen ebenfalls Kutschen bereit, um die Fürstin und ihr Kind, falls es nötig sein sollte, sofort außer Landes zu bringen. Bei diesem Gedanken huschte ein spöttisches Lächeln über Charlottes Lippen, doch eine weitere Schmerzwelle schwemmte es hinweg. Jetzt konnte sie nicht mehr an sich halten und stieß einen gellenden Schrei aus.

Das schien das Signal für die Hebamme zu sein. Hatte die Frau eben noch so ausgesehen, als wünsche sie sich ans andere Ende der Welt, zählte nun nichts anderes mehr für sie als die Gebärende und ihr Kind.

Die Anwesenden wagten kaum mehr zu atmen, und als ein Mann sich aus Nervosität räusperte, sah er sich mehr als einem Dutzend strafender Blicke ausgesetzt. Meller verkörperte in diesem Augenblick weniger den Abgesandten Fürst Ulrichs als den Seelsorger, der sich um ein Mitglied seiner Herde kümmerte, so selbstvergessen faltete er die Hände und betete für die junge Fürstin und ihr ungeborenes Kind. In seinen Augen war es allein Gottes Wille, ob die Witwe des Tresskauer Fürsten einen Knaben zur Welt brachte oder nicht. War der Herr der himmlischen Heerscharen bereit, beide Saalsteins unter der Herrschaft Ulrichs zu vereinen, so würde Charlotte eine Tochter gebären, doch sollte der Schöpfer sie mit einem Knaben segnen, würde sein Herr dies akzeptieren müssen.

Pößnitz' Blicke galten kaum Charlotte, sondern wanderten unablässig durch den Saal, so als befürchte er noch in letzter Minute einen Anschlag. Er nahm angespannte Gesichter wahr, Münder, die sich lautlos im Gebet bewegten, teilweise sogar die verzweifelten Mienen jener, die sich vor der bigotten Herrschaft Fürst Ulrichs fürchteten. Keiner der Anwesenden machte Miene, einen Dolch oder eine Pistole zu ziehen, um den Erbstreit auf diese Weise zu beenden. Der Kanzler hatte offiziell verkünden lassen, dass jeder der Anwesenden, der auch nur eine verdächtige Bewegung machte, von den Wachen ergriffen und – wenn man eine Waffe bei ihm fand – auf der Stelle getötet werden würde. Pößnitz wechselte einen kurzen Blick mit Max, dessen Treue zu Zinggen und der Fürstin über alle Zweifel erhaben war. Der Bursche hatte die ihm von Lukas und de Tailleur zugefügten Verletzungen überstanden und war seinen eigenen Worten zufolge so gut wie neu.

Nach Pößnitz' Meinung hatte jeder am Hof das Seine getan, um das Schicksal Tresskaus zum Guten zu wenden. Jetzt musste nur noch die Fürstin ihre Pflicht erfüllen. Er wagte es nicht einmal, sich vorzustellen, was geschehen würde, wenn doch nur ein Mädchen geboren würde, und litt so unter der Anspannung, dass jedes Organ seines Körpers rebellierte.

Als er glaubte, das Warten nicht mehr ertragen zu können, erscholl der Ruf der Hebamme. »Gleich ist es so weit!«

Charlotte nahm kaum noch etwas von ihrer Umgebung wahr, denn sie hatte das Gefühl, innerlich zerrissen zu werden, und schrie, wie sie es nie für möglich gehalten hätte. Wie aus weiter Ferne vernahm sie die Stimme der Wehmutter. »Ihr müsst noch einmal pressen, Euer Durchlaucht, nur noch einmal!« Irgendwie brachte sie es fertig, zu tun, was die Frau ihr riet, und während sie nach dieser letzten Anstrengung kraftlos in die Kissen sank, sah sie, wie die Hebamme zwischen ihren Beinen ein schmieriges, verknittert wirkendes Bündel zum Vorschein brachte. Noch bevor die Frau die Nabelschnur durchtrennen konnte, schob Pößnitz sie beiseite und starrte auf das Geschlecht des Kindes. Seine Augen weiteten sich, und er reckte die Faust im überschäumenden Triumph zur Decke.

»Es ist ein Knabe!« Dann sank er auf die Knie und beugte sein Haupt vor dem Erben von Tresskau.

DRITTER TEIL

Die Kaiserstadt

1

Charlotte schloss den ledernen Fenstervorhang der Kutsche und lehnte sich zurück. Bei der Wahl zwischen zwei Übeln hatte sie sich gegen den Staub, den die Vorreiter und die Wagenräder aufwirbelten, und für die Hitze entschieden, die ohne den steten Luftzug rasch zunahm. Zinggen, der ihr gegenübersaß, holte ein grünseidenes Tuch aus seiner Westentasche und tupfte sich die feinen Schweißperlen von der Stirn, während Fräulein von Rüthen neben ihr sich hektisch Luft zufächelte und Rosa immer wieder an ihrer Bluse zupfte, um sich auf diese Weise Kühlung zu verschaffen.

Zu Charlottes Erleichterung war keinem in der Kutsche zum Reden zumute, und so konnte sie sich ungestört in sich zurückziehen. Seit der Geburt ihres Sohnes vor drei Jahren galt sie als Regentin von Tresskau und wurde daher immer noch als Fürstin und nicht als Fürstinwitwe bezeichnet. Dabei gab es für sie nichts zu regieren. Die Führung des Landes lag in Pößnitz' Händen, und er ließ sich von niemand reinreden, am wenigsten von ihr. Ihre Wangenmuskeln spannten sich allein bei dem Gedanken an den Kanzler. Sie hatte ihn noch nie besonders gemocht, aber mittlerweile verabscheute sie ihn von ganzem Herzen, wenngleich sie zugeben musste, dass er das Erbe ihres Sohnes treu bewahrte.

Ausgerechnet das Kind trieb den stärksten Keil zwischen Pößnitz und sie. Da er jeder fremden Amme misstraute, hatte sie ihrem Sohn selbst die Brust gegeben, obwohl das bei Damen von Stand als verpönt galt. Es war die einzige Anweisung gewesen, der sie sich gern gefügt hatte, nicht nur wegen ihres Kindes, sondern auch in der Erwartung, sie würde sich nach dem Abstillen weiterhin um ihren Sohn kümmern können. Ihrer Ansicht nach hätte er so ähnlich aufwachsen sollen wie sie selbst, in einer Umgebung mit grünen Feldern, Wäldern und Menschen, deren Sorgen und Nöte er spielerisch verstehen hätte lernen können.

Pößnitz hatte jedoch all ihren Plänen eine Absage erteilt und dafür gesorgt, dass kein raues Lüftchen den Jungen berührte. Aus Angst vor Meuchelmördern ließ er es nicht zu, dass das Kind auch nur die Nase aus den Palastmauern steckte, verwöhnte es gleichzeitig aber so maßlos, dass der kleine Georg Wilhelm von Saalstein-Tresskau bereits im Alter von drei Jahren Gefahr lief, ein eitler, ungezogener Knabe zu werden.

»Was erzürnt Euch so, Durchlaucht?« Zinggen konnte in Charlottes Zügen lesen wie kein Zweiter.

Die Fürstin winkte mit einem wehmütigen Lachen ab. »Ich habe nur an den Grund unserer Reise gedacht, mein Freund.«

Fräulein von Rüthen hielt mit Fächeln inne. »Ich dachte, Ihr würdet Euch freuen, nach Dresden zu kommen.«

»Ich vermisse meinen Sohn.«

»Das verstehe ich! Er ist ja so ein goldiges Kind«, rief Zinggens Base empathisch aus.

Charlotte sah ihr jedoch an, dass sie in Wahrheit froh war, Georg Wilhelms Streichen fürs Erste entkommen zu sein. Rosa, die ebenfalls mehr als Spielzeug denn als Spielkamerad für den Jungen herhalten musste, lächelte still vor sich hin. Es gab nur eine Person, die das Kind respektierte, und das war nicht Pößnitz, der ihm beinahe jeden Wunsch erfüllte, sondern seine Mutter. Die Zofe hatte oft genug erlebt, dass die Fürstin strenger mit dem Kind war, als es ihr selbst gefiel, doch es musste wenigstens eine Person geben, die dem ungebärdigen Burschen Zügel anlegte.

Was bei einem Dreijährigen noch als niedlich bezeichnet wurde, galt bei einem heranwachsenden Knaben als Zeichen schlechter Manieren und machte ihm selbst und seiner Umgebung das Leben schwer. Rosa wunderte sich, dass Pößnitz das nicht begriff, war er doch sonst ein außergewöhnlich kluger Mann.

»Glaubt Ihr, Kurfürst Friedrich August wird sich für Euch und Euren Sohn verwenden?« Die Zofe war trotz ihres bürgerlichen Standes ein Mitglied der kleinen, beinahe verschworenen Gemeinschaft geworden und durfte es daher wagen, das seit längerer Zeit eingeschlafene Gespräch in Gang zu bringen.

Charlotte nickte lächelnd. »Dessen bin ich mir sicher. Seine letzten Briefe waren voller Verständnis für unsere Lage.«

Zinggen räusperte sich und zog die Schultern hoch. »Leider kommt es nicht allein auf Seine Königlich-Kurfürstliche Hoheit, sondern vor allem auf den Kaiser an. Es wirkt sich nicht gut für uns aus, dass Fürst Ulrichs Erbprinz Magnus seine militärischen Erfahrungen als Kornett im kaiserlichen Kürassierregiment Modena sammeln kann. Das gibt dem Mittstädter die Gelegenheit, einen lebhaften Briefwechsel mit einflussreichen Höflingen in Wien zu führen oder – wie jetzt geschehen – sogar selbst dorthin zu reisen, um am Kaiserhof gegen uns zu intrigieren.«

Charlotte nickte erbittert. Alarmierende Nachrichten aus Mittstadt hatten sie zu dieser überstürzten Reise nach Dresden veranlasst, denn sie wollte den am Wiener Hof hoch angesehenen Kurfürsten von Sachsen und König in Polen bitten, bei Kaiser Karl VI. zu ihren Gunsten zu intervenieren.

Da die Fürstin gedankenverloren schwieg, setzten Zinggen und seine Base das Gespräch fort, das rasch von der Politik zur Mode wechselte und, wie nicht anders zu erwarten, bei Madame Aiguille endete, die Charlotte und Fräulein von Rüthen aufsuchen wollten. Zinggen mochte in Tresskau mit Meister Zwirn über einen ausgezeichneten Schneider verfügen, die Damen aber waren zu ihrem Leidwesen mit weniger kunstfertigen Händen gesegnet und mussten von Zeit zu Zeit nach Sachsen reisen, um sich dort nach der neuesten Mode einkleiden zu lassen.

Trotz der kaum zu ertragenden Hitze und der Trennung von ihrem Sohn war Charlotte froh, von Tresskau wegzukommen, denn auf diese Weise hatte sie ihre fränkische Verwandtschaft nach Hause schicken können. Seit dem Tod ihres Gemahls suchten ihre Mutter und ihre unverheirateten Schwestern sie unter allerlei Vorwänden heim und waren beinahe mehr in Tresskau als auf der Veldenburg anzutreffen. Das wäre nicht schlimm gewesen, träte Cordelia von Ostheim-Veldenburg den Bediensteten gegenüber nicht so auf, als sei sie die Hausherrin. Sie stellte ständig Forderungen an Charlottes Gefolge, die weit über die normale Gastfreundschaft hinausgingen, und quittierte jede Ablehnung mit Wutausbrüchen.

Mittlerweile war Charlotte dahinter gekommen, dass Zinggen ihren Eltern bei seiner Werbung eine jährliche Apanage zugesichert hatte, die Pößnitz treulich zahlte und die jedes Mal, wenn sie die Haushaltsbücher prüfte, in ihr das Gefühl hinterließ, sie sei nichts als eine zu einem einzigen Zweck gekaufte Ware. Fürstin Cordelia reichte die hohe Zuwendung jedoch nicht, denn von ihrem ersten Besuch in Tresskau an hatte sie Apanagen für ihre beiden Söhne Leopold und Ferdinand gefordert und Pößnitz beschimpft, der nicht bereit war, weiteres Geld fließen zu lassen. Um ihre Mutter zu besänftigen, hatte Charlotte nicht mit Geschenken für die Mitgift ihrer Schwestern Dorothea und Henriette gegeizt und war auch bereit, ihre restlichen Schwestern gut auszustatten. Kürzlich aber war ihr zu Ohren gekommen, dass ihre Mutter den Prinzen zu Wied-

Heuningen mit einer reichen Mitgift für Adelaide geködert hatte und darauf vertraute, dass Charlotte zahlen würde, damit ihre Familie nicht das Gesicht vor dem hochgeborenen Freier verlor.

Charlotte schüttelte sich bei der Erinnerung an den darauf folgenden Streit. Zinggens Worten zufolge hatten sie und ihre Mutter sich wie Marktweiber angekeift, und daher war sie froh gewesen, als die Berichte über die Umtriebe des Mittstädter Fürsten ihr den Grund für die Fahrt nach Dresden lieferten und sie ihrer Mutter und Adelaide die Heimreise anempfehlen konnte. Cordelia von Ostheim-Veldenburg hatte ihrer Tochter daraufhin groben Undank vorgeworfen und sie bezichtigt, von goldenen Tellern zu speisen, während ihre Familie darben müsse. Charlotte erinnerte sich nur allzu gut an die vielen Ohrfeigen, die sie wegen Adelaides Petzereien von ihrer Mutter erhalten hatte, und ballte die Fäuste.

»Wem dreht Ihr nun den Hals um, Euer Durchlaucht?« Zinggen konnte sich diesen lockeren Ton erlauben, denn er galt als Charlottes engster Vertrauter.

»Meiner Schwester Adelaide«, antwortete Charlotte wahrheitsgemäß.

»Pößnitz hat angedeutet, dass er die geforderte Summe zahlen und Eurer Durchlaucht danach empfehlen wird, die verwandtschaftlichen Beziehungen zu den Bewohnern der Veldenburg auf das Notwendigste zu beschränken.« Der Baron ärgerte sich ebenfalls über die Erpressungsversuche von Charlottes Mutter, weniger um des Geldes willen als wegen des Kummers, den diese Frau seiner verehrten Fürstin bereitete.

Charlotte stieß einen fauchenden Laut aus. »Ich verbiete es! Adelaide soll sich nicht auf meine Kosten oder, besser gesagt, auf die Kosten meines Sohnes einen hochadeligen Bräutigam kaufen. Dafür war sie mir nicht Schwester genug.«

2

Anders als vor vier Jahren mussten Charlotte und ihre Begleiter nicht mit einem Gasthof vorlieb nehmen, sondern fuhren durch das Tor der kurfürstlichen Residenz und sahen sich sofort von diensteifrigen Domestiken umringt. Es war jedoch Max, der den mit dem Tresskauer Wappen geschmückten Schlag öffnete und Charlotte die Hand hinstreckte, um ihr aus dem Wagen zu helfen. Der junge Bursche war nun erwachsen und beinahe genauso groß wie sie selbst. Er hatte ein schmales, energisches Gesicht mit scharfen, grauen Augen und war von schlanker, geschmeidiger Gestalt. Charlotte konnte sich seiner Ergebenheit sicher sein, und doch brachte sie es nicht fertig, seine Treue richtig zu würdigen, denn sie vermutete, dass er auch jetzt noch von Zeit zu Zeit Zinggens Bett teilte. In gewisser Weise sah sie ihn als Konkurrenten um die Zuneigung des kleinen Barons an, obwohl ihre Beziehung zu Zinggen eine ganz andere war.

Daher ergriff sie pro forma seine Hand, stieg aber aus, ohne seine Hilfe spürbar in Anspruch zu nehmen. Ehe sie sich weitere Gedanken über Max machen konnte, lenkte das Auftauchen des Kastellans sie ab. Der Mann, der mit besorgter Miene auf sie zukam, trug die prachtvolle Kleidung, die den sächsischen Hof auszeichnete, doch er war so in Eile, dass ihm die Perücke verrutscht war, und er versuchte ebenso verzweifelt wie vergebens, sie wieder gerade zu rücken.

»Willkommen, Euer Durchlaucht! Wir wussten nicht …« Es gehörte sich nicht, die Fürstin von Tresskau daran zu erinnern, dass sie keinen Boten geschickt hatte, um ihre Ankunft in Dresden zu melden, und so verbeugte er sich tief, um seine Verlegenheit zu verbergen.

»Ich bedauere, dass Unser Besuch Ungelegenheiten bereitet, doch der Entschluss zu dieser Reise entstand spontan.« Charlottes Antwort erinnerte den Mann daran, dass es seine höchste Pflicht war, die Gäste seines Herrn würdig zu empfangen und an einem so heißen Tag wie diesem für Erfrischungen zu sorgen. Er klatschte in die Hände und rief einem Lakaien einen kurzen Befehl zu. Nur wenige Augenblicke später eilten Diener herbei und kredenzten den Gästen Pokale mit gekühltem Wein.

»Wenn Eure Durchlaucht mir folgen wollen.« Der Kastellan verbeugte sich erneut und ging Charlotte gemessenen Schrittes voraus. Seine Haltung verriet, dass er immer noch überlegte, in welchem Trakt des Palastes er die Gäste unterbringen sollte. Wohl gab es noch einige freie Kammern unter dem Dach, aber die konnten einer Fürstin von Tresskau nicht zugemutet werden. Nach kurzem Überlegen führte er Charlotte in einen neu errichteten Anbau, in dem es noch nach frischer Farbe roch. Charlotte beschwerte sich nicht über die Ausdünstungen der Wände, sondern genoss den Blick aus den Fenstern, die sich malerisch zur Elbe hin öffneten. Während sie noch die Landschaft bewunderte, erschienen etliche Zimmermädchen und Lakaien und richteten die Räume in Windeseile wohnlich ein.

Der Kastellan legte seine Stirn in würdige Falten und wandte sich mit devoter Stimme an Charlotte. »Ihre Durchlaucht, die Kurfürstin, wie auch das Kurprinzliche Paar werden erfreut sein, Euer Durchlaucht empfangen zu können.«

»Was ist mit Seiner Majestät? Ich kam her, um mit ihm zu sprechen!«, antwortete Charlotte schärfer als gewollt.

»Seine Majestät, der König von Polen, ist leider indisponiert und kann derzeit keine Besucher empfangen.«

Das war keine gute Nachricht. Charlotte war nicht nach Dresden gekommen, um sich von Kurfürstin Christine Eberhardine zu einem Kaffeestündchen einladen zu lassen oder mit dem Kurprinzen zu parlieren, sondern wollte August den Starken um persönliche Unterstützung bitten. Sie dachte jedoch nicht daran, ihr Vorhaben ohne weiteres aufzugeben, sondern hob gebieterisch die Hand.

»Melde Er Seiner Majestät meine Ankunft und überbringe Er ihm meinen Wunsch nach einer Audienz.« Da sie die Mengen an Wein kannte, die der Polenkönig zu trinken pflegte, nahm sie an, er habe am Abend vorher zu stark gezecht und würde bald wieder in der Lage sein, sie zu empfangen.

Der Kastellan starrte unglücklich zu ihr hinauf. »Seine Majestät fühlte sich bereits in Polen unwohl und trat die Reise nach Dresden an, um hier die besten Ärzte zu konsultieren. Ich werde jedoch dafür Sorge tragen, dass Seine Majestät von Eurer Ankunft unterrichtet wird.« Man konnte ihm ansehen, dass er sich auf diese Weise aus der Affäre zu ziehen hoffte, denn er verließ das Zimmer nach einer letzten Verbeugung so steif, als habe er einen Stock verschluckt.

Während Fräulein von Rüthen und Rosa die Diener, die das Gepäck hereinbrachten, anwiesen, wo sie die Koffer und Reisetruhen abstellen sollten, kam Max auf Charlotte zu und salutierte. »Haben Euer Durchlaucht Befehle für mich?«

Charlotte schüttelte den Kopf. »Im Moment nicht.« Ihre Worte klangen selbst in ihren Ohren zu harsch, und sie milderte sie mit einem Lächeln.

Zinggen war neben Max getreten und legte ihm mit einer vertraulichen Geste den Arm auf die Schulter. »Ruhe dich aus, mein Junge. Ihre Durchlaucht wird dich rufen lassen, wenn sie dich benötigt.«

Max verbeugte sich formvollendet und verließ den Raum, in dem die Stuckateure weder mit Gips noch mit Blattgold gespart hatten und der trotzdem ungemütlich wirkte. Charlotte blickte ihm nach, bis sich die Tür hinter ihm geschlossen hatte.

Zinggen gesellte sich mit betrübter Miene zu ihr. »Ich bedauere, dass Max Euch so wenig zusagt, Euer Durchlaucht. Einen treueren Diener werdet Ihr wohl nirgends mehr finden.«

Charlotte drehte sich mit einer heftigen Bewegung um. »Das weiß ich doch! Schließlich habe ich ihm zweimal mein Leben zu verdanken. Dafür wurde er auch zu meinem Reisemarschall ernannt.«

»Bedauert Ihr es? Hättet Ihr lieber Gerolf von Weitelburg mit dieser Aufgabe betraut?«

Charlotte verzog angewidert den Mund. Gerolf von Weitelburg, der frühere Verehrer ihrer Schwester Michaela, war einst zu stolz gewesen, seinen Oheim um Protektion zu bitten; ihr gegenüber aber hatte er sich weniger zurückhaltend gezeigt. Er hatte ihre Mutter schon bei ihrer ersten Reise nach Tresskau begleitet und Charlotte gleich am Tag der Ankunft um eine Stellung am Hofe ersucht, die sowohl seinen Fähigkeiten wie auch seiner Herkunft entspräche. Um ihm eine Chance zu geben, hatte sie ihn Pößnitz als Kanzleischreiber empfohlen. Weitelburg war dieser in seinen Augen zu nachgeordneten Tätigkeit bald überdrüssig geworden und hatte sie bedrängt, ihm einen bedeutenderen Posten zu verleihen. Seinen Vorstellungen zufolge wäre jedoch nur eines der höchsten Hofämter in Frage gekommen, zu dem er jedoch weder die notwendige Erfahrung besaß noch jene Verdienste um das Land, die für einen solchen Posten unabdingbar waren. Als Charlotte sein Ansinnen ablehnte, war Weitelburg beleidigt nach Mittstadt weitergereist und hatte sich mit seinem Wissen über Tresskauer Interna und mit allerlei erfundenen Skandalgeschichten über Charlotte und ihren Hofstaat bei Fürst Ulrich beliebt gemacht. Diesen schamlosen Verrat gedachte Charlotte so schnell nicht zu vergessen, daher antwortete sie kühl: »Ich bin mit Max als Reisemarschall sehr zufrieden und würde ihn gewiss nicht durch einen Gerolf von Weitelburg ersetzen wollen.«

»Aber Ihr zeigt deutlich, dass Max Euch unsympathisch ist. Ich frage mich nur, weshalb?«

Charlotte wollte dieser Frage zuerst ausweichen, aber dann breitete sie in einer hilflosen Geste die Hände aus. »Ich weiß es nicht, Baron. Max ist treu und brav und hat sich meine Achtung und Dankbarkeit vielfach erworben.«

»Dann besteht ja noch Hoffnung, Euer Durchlaucht, dass Ihr ihn einmal so behandeln werdet, wie er es verdient hat. Wenn Ihr Tresskau erhalten wollt, braucht Ihr Männer, die für Euch und Euren Sohn zu sterben bereit sind. Max ist ein solcher Mann.« Zinggen hatte seinen Tadel mit dem gleichen sanften Tonfall ausgesprochen, der ihm auch sonst zu Eigen war. Jetzt verbeugte er sich mit einem freundlichen Lächeln und bat Charlotte, sich zurückziehen zu dürfen, was Charlotte ihm huldvoll zunickend gestattete.

3

Bei ihrem ersten Besuch war Charlotte Friedrich Augusts Gemahlin Christine Eberhardine nicht begegnet, und sie war nun sehr neugierig, als deren Hofdame Johanna von Schorzell, eine ältere und nicht besonders ansehnliche Frau, sie zu den Gemächern der Kurfürstin geleitete. Charlotte fragte sich, ob Christine Eberhardine Damen wie Frau von Schorzell den Vorzug gab, damit das wählerische Auge ihres Gemahls nicht auf ihnen haften blieb. Dann erinnerte sie sich an eine Anekdote, der zufolge August der Starke beim Anblick einer besonders hässlichen Hofdame geschworen haben soll, besagtes Fräulein dürfe nicht als Jungfrau sterben, und angeblich hatte er diesen Schwur noch am selben Abend in die Tat umgesetzt. Charlotte fragte sich, ob Johanna von Schorzell jene besagte Dame gewesen sein mochte, und kicherte bei dem Gedanken. Damit verwirrte sie den Lakai, der ihr die Tür zu den Gemächern der Kurfürstin öffnete.

Die Gemahlin Augusts des Starken empfing sie in einem allerliebst ausgestatteten Salon mit grün und weiß gemusterten Tapeten. Vier filigrane Stühle mit gepolsterten Sitzflächen gruppierten sich um einen zierlichen Tisch, den ein silberner Ritter als Aufsatz zierte. Die Kurfürstin, eine stattliche Frau in einem seegrünen Kleid, stand auf und kam Charlotte ein paar Schritte entgegen; die jüngere Frau, die ebenfalls bei Christine Eberhardine zu Gast war, blieb sitzen und begnügte sich mit einem huldvollen Nicken. Noch bevor Charlotte der Dame vorgestellt wurde, war ihr klar, dass es sich um Maria Josepha handeln musste, eine Nichte des Kaisers und die Gemahlin des einzigen legitimen Sohnes von Friedrich August.

Die Kurfürstin wartete, bis Charlotte Platz genommen hatte, und setzte sich dann neben sie. »Ich freue mich, Euch endlich in Dresden begrüßen dürfen zu können.«

»Die Freude ist ganz meinerseits.« Charlotte neigte kurz das Haupt vor ihrer Gastgeberin und dann etwas knapper vor deren Schwiegertochter. Die junge Österreicherin erwiderte die Geste, aber ihr war anzusehen, dass es ihr wenig gefiel, hinter der Kurfürstin zurückstehen zu müssen.

»Wir haben uns erlaubt, eine Schokolade für uns zubereiten zu lassen. Sie kennen dieses Getränk doch gewiss schon.« Der weiche Wiener Dialekt der Kurprinzessin vermochte ihren Hochmut nicht zu kaschieren.

In Charlotte stieg eine unziemliche Heiterkeit auf, die sie mühsam hinter einer freundlichen Miene verbarg. Tresskau mochte im Vergleich zu Dresden eine unbedeutende Stadt sein, aber man lebte dort nicht hinter dem Mond. Natürlich kannte sie Schokolade, aber sie zog Kaffee diesem Getränk vor, da er ihr anregender und erfrischender erschien. Da sie es jedoch zu schätzen wusste, von den beiden Damen eingeladen worden zu sein, nickte sie und lächelte Maria Josepha zu. »Seid meines Danks versichert, Kaiserliche Hoheit.«

Offiziell trug die junge Dame natürlich nur den Titel einer Kurprinzessin von Sachsen, aber es war gewiss kein Fehler, sie besonders höflich zu behandeln, denn sie war nicht nur eine Nichte des jetzigen Kaisers Karl VI., sondern auch die Tochter seines Bruders und Vorgängers Joseph. Die Schmeichelei verfing, denn Maria Josephas Miene glättete sich. »Ich freue mich sehr, Euch kennen zu lernen, denn wir sind ja entfernt miteinander verwandt, über Friedrich den Streitbaren, dem Ersten Kurfürsten des erlauchten wettinischen Hauses, einem Ahnherrn meines Gemahls.«

»Die Fürsten von Sachsen-Saalstein-Tresskau, also mein verstorbener Gemahl und mein Sohn, zählen ihn zu ihren Ahnherren. Ich aber bin eine Prinzessin aus dem Hause Ostheim-Veldenburg und stamme somit von Karl IV. ab, dem Ersten Kaiser aus dem erhabenen Haus Luxemburg.« Diesen Stich musste Charlotte Maria Josepha versetzen. Ein solcher Fauxpas, sie genealogisch in die Familie ihres Gemahls einzureihen, hätte der Tochter eines Kaisers und Schwiegertochter eines Kurfürsten, dessen Land an Tresskau grenzte, nicht passieren dürfen.

Die Kurprinzessin hob erstaunt die Augenbrauen. »Ich wusste nicht, dass Eure Familie von so hoher Abkunft ist.«

»Wollen wir unsere Ahnen zählen oder unsere Schokolade trinken?« Christine Eberhardine hatte die Spannung zwischen ihrem Gast und ihrer Schwiegertochter bemerkt und bemühte sich, die Wogen zu glätten. Als Spross der markgräflichen Familie zu Bayreuth stammte sie aus derselben Gegend wie Charlotte, und ihre Sprache nahm bald schon heimatliche Färbung an. Die Kurfürstin fragte Charlotte nach etlichen Familien, die sie in diesem Teil Frankens einst gekannt hatte, und die junge Fürstin war zum ersten Mal froh um die ellenlangen Briefe, die sie alle paar Monate von ihrer Schwester Cornelia erhielt, die mit dem Reichsritter Balduin von Kreuztriebenbach vermählt war und sich die Zeit mit dem Sammeln von Klatsch vertrieb. Cornelias Ergüsse ermöglichten es ihr nun, Christine Eberhardines Fragen zu deren Zufriedenheit zu beantworten, und sie errang endgültig die Sympathie der Dame, als sie die Schokolade lobte und die Kurfürstin bat, ihrem Koch ihre Anerkennung auszusprechen. »Dürfte ich Euch bitten, ihm sein Rezept für mich abzuluchsen? Ich wäre Euch sehr verbunden.«

»Aber selbstverständlich, meine Liebe! Schokolade ist nur dann ein Genuss, wenn sie richtig zubereitet wird.«

Maria Josepha gähnte. Ein Gespräch über Küchenrezepte mochte für Damen aus nachrangigen fränkischen Markgrafschaften und Fürstentümern passend sein, gehörte aber gewiss nicht an einen Tisch, den eine Kaisertochter mit ihrer Gegenwart beehrte. Die beiden Fränkinnen ließen sich jedoch von der Kurprinzessin nicht beirren, sondern genossen ihr Gespräch nicht weniger als ihr Getränk.

Die Unterhaltung wurde durch ein Klopfen unterbrochen. Ein älterer Herr in einem schwarzen, silberbetressten Rock und schwarzseidenen Kniestrümpfen trat ein. Charlotte hielt ihn im ersten Augenblick für einen Herrn des Hofstaats, doch die Verbeugungen, die er vor den beiden Damen und ihr machte, wiesen ihn als Domestiken aus. »Verzeiht mein plötzliches Eindringen! Euer Durchlaucht, Seine Majestät, der König und Kurfürst, wäre erfreut, Euch empfangen zu können.«

Charlotte blickte die Kurfürstin fragend an, denn es wäre ungehörig gewesen, ihren Salon zu verlassen, ohne von ihr verabschiedet worden zu sein.

Die Dame nickte. »Geht ruhig! Es wird meinem Gemahl gut tun, ein frisches Gesicht zu sehen.«

»Erwartet jedoch nicht zu viel von ihm, denn mein Schwiegervater ist derzeit äußerst malade.« Maria Josepha streckte das Kinn hoch, als mokiere sie sich über August den Starken, und das machte sie Charlotte nicht sympathischer.

Charlotte knickste vor der Kurprinzessin und deren Schwiegermutter und verließ in angespannter Erwartung den Salon. Der alte Diener führte sie durch die schier endlosen Gänge des Schlosses zu den Gemächern des Kurfürsten und polnischen Königs. Im Gegensatz zu der angenehmen Atmosphäre in den Räumlichkeiten der Kurfürstin wirkten die Gemächer Augusts des Starken pompös und überladen. Die Decken wurden von marmorverkleideten Halbsäulen gestützt und waren ebenso wie die Wände mit großen Gemälden bedeckt, die den kriegerischen Ruhm und die Jagderfolge der Kurfürsten des wettinischen Hauses priesen. Die zierlichen, zumeist vergoldeten Möbel stammten ebenso wie die Gobelins aus teuren französischen Manufakturen.

Es war eine außergewöhnliche Umgebung, in die nur ein außergewöhnlicher Herrscher passte. Charlotte fragte sich, ob der Sohn Friedrich Augusts, der den gleichen Namen trug und die Habsburgerin Maria Josepha geehelicht hatte, das Format besaß, diesen Palast dereinst mit der Ausstrahlung seiner Person zu füllen.

»Kommt näher und lasst Euch anschauen!«

Charlotte wurde vor ein mächtiges Himmelbett geführt, das einer vielköpfigen Familie als Nachtlager hätte dienen können. In seiner besten Zeit war diese Lagerstatt der richtige Ort für August den Starken gewesen, um seine Gespielinnen zu verführen, nun aber wirkte der hünenhafte Herrscher darin wie ein einsames Kind. Seine Stimme war brüchig geworden und trug kaum mehr bis zur Tür, und Charlotte erinnerte sich mit einem Gefühl von Mitleid daran, wie das Lachen des Kurfürsten bei ihrer Hochzeit in Tresskau den ganzen Saal erfüllt hatte. Nun aber lag ein ganz anderer Mensch vor ihr. Sein Gesicht und seine Gestalt waren erschreckend abgemagert, und an seinem Hals hingen zwei Hautfalten lose herab.

Friedrich August versuchte sich aufzurichten und sank stöhnend wieder zurück. Seinen Humor schien er trotz seines elenden Zustands nicht ganz verloren zu haben. »Willkommen in meinem Schlafgemach, Fürstin. Ihr seid nicht die erste Frau, die es betreten hat, aber wahrscheinlich die erste, die nichts von mir zu befürchten hat. Ich bin ein alter, lahmer Gaul geworden, an dem die Ärzte herumdoktern und sich dabei nicht einigen können, was mir wirklich fehlt.«

»Ich bedauere, Euch bei so schlechter Gesundheit anzutreffen, Euer Majestät«, antwortete Charlotte, während sie in ihren tiefsten Hofknicks sank.

»Ihr könnt es mit Sicherheit nicht so bedauern wie ich selbst.« Friedrich August versuchte zu lachen, doch da erfasste ihn ein Hustenanfall, und er krümmte sich nach Luft röchelnd im Bett. Sein Diener eilte zu ihm und fing den hochgewürgten Schleim mit einem Tuch auf.

Es dauerte eine Weile, bis Friedrich August wieder in der Lage war zu sprechen. »Da bin ich nun König in Polen und Kurfürst des Heiligen Römischen Reiches und habe in meinen besten Zeiten zwei Hufeisen verbogen und Silberteller zusammengerollt wie andere Leute Papier. Nun aber liege ich nutzlos herum wie ein Gaul, der bald krepieren wird.« Er ballte die Fäuste und fuhr seinen Diener an, endlich einen Stuhl für Charlotte zu bringen.

»Ihr setzt Euch doch gewiss für ein halbes Stündchen zu mir, nicht wahr?«

»Sehr gerne.« Charlotte trat näher und nahm auf dem Polsterstuhl Platz, den der Lakai ihr neben das Bett stellte.

Friedrich August krümmte sich erneut unter einem Hustenanfall, der aber nicht mehr so quälend zu sein schien, denn es gelang ihm sogar, seinem Gast zuzuzwinkern.

»Ihr seid noch genauso groß, wie ich Euch in Erinnerung habe, und habt es geschafft, noch schöner zu werden. Es ist wirklich bedauerlich, dass ich wie ein morsches Stück Holz in meinem Bett liege. Was wäre das sonst für eine Nacht geworden!« Seine Gedanken schweiften einen Augenblick lang in die Vergangenheit, in der er auch in amourösen Gefechten stets August der Starke gewesen war, und kehrten nur ungern zurück in die Gegenwart.

»Nun, mein Kind, heraus mit der Sprache! Ihr seid gewiss nicht nur nach Dresden gekommen, um einem alten, kranken Mann Eure Aufwartung zu machen.«

»Ich habe nicht erwartet, Euch krank vorzufinden.« Charlotte bemerkte, dass sie diesen Umstand ein wenig bedauerte. Sie war nun seit drei Jahren Witwe und träumte in manchen Nächten doch von starken Armen, die sie umschlungen hielten. Schnell schüttelte sie diesen Gedanken ab und begann von den Schwierigkeiten zu berichten, die Ulrich von Saalstein-Mittstadt ihr bereitete. »Der Mann setzt alles daran, um Zweifel an der Legitimität meines Sohnes zu säen, und verspritzt nun in Wien sein Gift, indem er behauptet, nicht mein ermordeter Gemahl, sondern Ihr wäret Georg Wilhelms Vater«, schloss sie erbittert.

»Ich wollte, ich wäre es.« Friedrich August lächelte versonnen, dann aber verzerrte sich sein Gesicht, und er ließ die geballte Faust auf die Bettdecke fallen. »Wäre ich auf der Höhe meiner Kraft, würde ich nach Mittstadt reisen und diesen Bauern Ulrich zum Zweikampf fordern. Die Lügen, die Gesindel seiner Art ausstreut, sind wie Ungeziefer. Egal, wie viel man davon aus der Welt schafft, irgendwo bleibt immer eine hässliche Raupe übrig und vergällt einem das Leben.«

»Genauso ist es, Euer Majestät. Ich bedauere es, Euch belästigen zu müssen, doch ich bitte Euch, Euren Einfluss am Kaiserhof geltend zu machen, um diese Verleumdungen aus der Welt zu schaffen, ehe sie Wurzeln schlagen.« Charlotte blickte den Polenkönig flehend an und faltete die Hände, so als würde sie beten.

Friedrich August versuchte erneut, sich aufzurichten, und forderte seinen Leibdiener barsch auf, ihm zu helfen. Bevor der Lakai zugreifen konnte, packte Charlotte ihren Gastgeber und hob ihn hoch. Der Diener stopfte ihm mehrere Kissen in den Rücken und zog sich diskret zurück.

»Danke meine Liebe! Ihr seid nicht nur groß, sondern auch ungewöhnlich kräftig. Das hätten nur wenige Frauen geschafft.« Friedrich August schien vergessen zu haben, wie abgemagert er war, hielt sich aber nicht länger bei seiner Schwäche auf, sondern erzählte einige Anekdoten aus früheren Zeiten. Er schien Charlottes Ansinnen vergessen zu haben, kam aber nach einer Weile ansatzlos darauf zurück.

»Ich werde nach Wien schreiben lassen und dort gegen Fürst Ulrich und dessen Sohn opponieren. Wie alt ist dieser Bengel eigentlich?«

»Soviel ich weiß, zählt er achtzehn Jahre, Euer Majestät.«

»Achtzehn Jahre und ist nicht mehr geworden als Kornett bei den Modena-Kürassieren? In diesem Alter habe ich bereits den Flügel eines großen Heeres kommandiert.« Friedrich August schnaubte verächtlich und begann mit einem ausschweifenden Bericht über die Schlachten, in denen er als Kaiserlicher Feldherr gegen die Türken gekämpft hatte. Charlotte lächelte sanft und dachte sich ihren Teil. August der Starke hatte gewiss einige

Schlachten für sich entscheiden können, aber es hieß, dass er in der Schlacht an der Bega den schon sicher geglaubten Sieg durch eine übermäßige Zecherei am Vorabend aus der Hand gegeben hatte. Auch in den Schlachten gegen den Schwedenkönig Karl XII. war ihm das Glück nur selten gewogen gewesen. Doch sie sagte nichts und wurde dafür belohnt, denn er tätschelte ihre Hand und nannte sie ein braves Mädchen. Mit einem innerlichen Auflachen stellte sie sich seine Schwiegertochter an seinem Bett vor, und ihr war klar, dass diese Dame nicht die Geduld aufbringen würde, sich seine Memoiren anzuhören.

Sprunghaft, wie Kranke oft sind, wechselte Friedrich August das Thema. »Ihr reist am besten selbst nach Wien, um Ulrichs Gerüchten die Stirn zu bieten, denn mein Einfluss wird durch die Entfernung doch arg beschränkt. Ich gebe Euch Empfehlungsschreiben an einige meiner Freunde mit, aber Ihr solltet Euch als Erstes an Prinz Eugen von Savoyen wenden.«

An eine Reise nach Wien hatte Charlotte bislang nicht gedacht, doch Friedrich August gelang es rasch, sie von den Vorteilen einer solchen Fahrt zu überzeugen. Als Fürstin des Heiligen Römischen Reiches war es ihr gutes Recht, vom Kaiser selbst empfangen zu werden. Dann konnte sie persönlich auf die Urkunden und Verträge pochen, die Fürst Ulrich anlässlich ihrer Vermählung ebenso unterschrieben hatte wie August der Starke und einige andere auch in Wien bekannte Personen.

Sie neigte artig den Kopf. »Euer Majestät haben vollkommen Recht. Man muss der Schlange den Kopf zertreten und nicht ihren Schwanz.«

Sichtlich munterer geworden begann Friedrich August zu lachen. »So ist es richtig, meine Liebe. Fahrt nach Wien und weist diesen Mittstädter Bauern in seine Schranken. Ich bedauere, dass ich nicht dabei sein kann, denn einen solchen Spaß lasse ich mir nur ungern entgehen. Ich werde Euch auf alle Fälle ein Geleit mitgeben, das Euer würdig ist. Ihr könntet mir zudem gleichzeitig einen großen Gefallen tun.«

»Mit Freuden!«, rief Charlotte aus.

»In meinem Jagdschloss Moritzburg befinden sich zwei Gäste, die ebenfalls im Begriff stehen, nach Wien zu reisen. Eigentlich hatte ich sie dorthin begleiten wollen, doch mein Zustand verschlechtert sich beinahe täglich, und ich kann die Herrschaften nicht länger warten lassen. Wäret Ihr gewillt, eine Reisegesellschaft mit ihnen einzugehen?«

»Wenn es der Wunsch Euer Majestät ist, gerne.«

»Die Herren reisen als Baron von Rankelfeld und Sohn. In Wahrheit handelt es sich um Friedrich Wilhelm von Preußen und seinen Sohn Friedrich. Sie reisen auf Einladung des Prinzen Eugen inkognito nach Wien, um dort Gespräche von großer Wichtigkeit zu führen.«

»Der König von Preußen, sagt Ihr?« Charlotte hatte schon einiges über Friedrich Wilhelm gehört und wusste nicht, ob sie sich freuen sollte, ihn kennen zu lernen, oder ärgern, weil sie so schnell zugesagt hatte, denn die Manieren des Herrn sollten nicht über jeden Tadel erhaben sein.

»Genau der!«, bestätigte ihr Gastgeber in einem Ton, der verriet, wie froh er war, dass nicht er den Preußenkönig nach Wien begleiten musste.

Charlotte beschloss, sich nicht von Gerüchten beeinflussen zu lassen, sondern Friedrich Wilhelm erst kennen zu lernen, ehe sie ihn beurteilte. Es schien ihr auch nicht sinnvoll, ihren Gastgeber auszufragen, denn der Polenkönig pflegte sich mit einer Eleganz und einer Prachtentfaltung zu umgeben, die nur noch am Kaiserhof ihresgleichen haben sollte, während es von Friedrich Wilhelm hieß, er verabscheue jeden Prunk und pflege einen Lebensstil, den selbst ein wohlhabender Bürger als zu spartanisch ablehnen würde.

Während August der Starke weiter von vergangenen Taten plauderte, überlegte Charlotte, ob sie gleich von Dresden aus nach Wien weiterreisen oder zuerst nach Tresskau zurückkehren sollte, um Pößnitz von ihren Absichten zu informieren. Dann entschied sie, dass es reichen musste, wenn sie ihren Kanzler in einem Brief von ihrer Absicht in Kenntnis setzte. Auf diese Weise würde sie einigen gewiss unangenehmen Diskussionen entgehen.

Angesichts all dieser Neuigkeiten hätte Charlotte ihren Gastgeber gern verlassen, um ihre Begleitung von den geänderten Plänen zu unterrichten, doch Friedrich August von Sachsen ließ sie so rasch nicht gehen. Glücklich, endlich jemand zu haben, der ihm zuhören musste, ließ er seine Gedanken quer durch seine Vergangenheit wandern und erzählte von seinen Abenteuern auf dem Schlachtfeld und im Bett. Dabei sparte er nicht mit pikanten Details, die Charlotte doch ein wenig verlegen machten.

»Man merkt, dass Ihr über einen recht langweiligen Hof gebietet, meine Liebe. Ihr hättet vor zehn Jahren in Warschau gewesen sein müssen. Damals …«

Charlotte dachte lächelnd, dass er sie zehn Jahre früher wohl kaum eines Blickes gewürdigt hätte, denn zu jener Zeit war sie noch ein in sich gekehrtes Kind gewesen, das von ihren älteren Schwestern als Jahrmarktskreatur bezeichnet worden war. Mittlerweile hatte sie sich mit ihrer Gestalt abgefunden und war manchmal sogar stolz darauf, die Männer in ihrer Umgebung mit ihrer Größe beeindrucken zu können.

4

Schloss Moritzburg lag an den Ufern eines in dichte Wälder gebetteten Sees und wirkte elegant und imposant zugleich. Vier große, runde Türme flankierten die beiden Flügel des Jagdsitzes, der mit seinen Ausmaßen so manche Residenz zur Unscheinbarkeit degradierte. Die Innenräume stellten seine Bestimmung unübersehbar zur Schau, denn sämtliche Wände waren mit Jagdtrophäen geschmückt, wie man sie in Franken und Sachsen sonst kaum zu sehen bekam. Die Geweihe, die August der Starke in den endlosen Wäldern Polens erbeutet hatte, waren von atemberaubender Spannbreite, und neben der Treppe zu den Obergeschossen stand ein fast zweimannshoher, ausgestopfter Bär, lebensecht aufgerichtet und mit drohend erhobenen Pranken. Charlotte konnte kaum die Augen von der Bestie abwenden und ging in einem möglichst großen Bogen an ihr vorbei.

»Diesen Bären hat Seine Majestät vor vier Jahren bei Annaberg mit einem einzigen Stoß seines Jagdspießes erlegt. Das Untier hatte vorher sechzig Schafe, sieben Rinder und drei Menschen getötet.« Die Erklärung des Lakaien klang so flüssig, als gäbe er sie jeden Tag von sich. Charlotte warf dem ausgestopften Bären einen letzten Blick zu und stieg dann die restlichen Stufen empor. Zinggen und Fräulein von Rüthen folgten ihr.

Zinggens Base zog immer noch eine lange Miene, denn als eifrige Lutheranerin sah sie in der Reise nach Wien eine Fahrt nach Sodom und Gomorrha. In Dresden hatte sie Dutzende Gründe vorgebracht, die dagegen sprachen, die Kaiserstadt aufzusuchen, war bei Charlotte jedoch auf taube Ohren gestoßen. Nun ließ sie sich ihren Unmut anmerken, wagte jedoch keinen Widerspruch mehr, um ihre Fürstin nicht zu erzürnen und nach Hause geschickt zu werden.

Zinggen sah dem Besuch in Wien ebenfalls mit zwiespältigen Gefühlen entgegen, doch galten diese weniger Charlotte als seinem eigenen Ruf, und er fragte sich, ob er die Mission seiner Herrin mit seiner Anwesenheit nicht erschwerte. Charlotte achtete nicht auf die skeptischen Mienen ihres Gefolges, sondern schritt energisch aus.

Als sie vor Friedrich Wilhelm stand, war sie im ersten Moment enttäuscht. Der Preuße war ein mittelgroßer, wohlbeleibter Mann, der in seinem schlichten blauen Rock eher einem nach langen Dienstjahren entlassenen Major oder Hauptmann glich. Neben ihm stand ein magerer Junge, der viel zu klein war für die vierzehn Jahre, die er zählen sollte, und der der Besucherin ein bleiches, verängstigtes Gesicht zuwandte. Das also ist der Erbprinz, der einmal als Friedrich II. den Thron Preußens besteigen soll, fuhr es Charlotte durch den Kopf.

Friedrich Wilhelms Augen weiteten sich beim Anblick seiner Besucherin, die ihn um mehr als eine Handspanne überragte, und er versuchte ihre Größe abzuschätzen. Er schien darin geübt zu sein, denn er erklärte ihr auf den Zoll genau, wie hoch ihr Scheitel über dem Boden schwebe. Dann stemmte er die Fäuste in die Seiten und musterte sie ein wenig enttäuscht. »Wäret Ihr ein Mann, würde ich Euretwegen ein weiteres Garderegiment einrichten und Euch zu seinem Oberst ernennen, Durchlaucht.«

Charlotte knickste so tief, wie es ihr dem König von Preußen gegenüber angebracht schien. »Euer Majestät sind zu gütig.«

Friedrich Wilhelm schnaubte. »Gütig? Nein! Eher verärgert! Zum einen, weil Ihr kein Mann seid, und zum Zweiten, weil Ihr einen so hohen Rang einnehmt. Wäret Ihr eine gewöhnliche Adelige, könnte ich Euch mit einem meiner Offiziere verheiraten.«

Charlotte neigte den Kopf, um ihr Lächeln zu verbergen. Wie es sich anhörte, züchtete Friedrich Wilhelm Offiziere und Soldaten wie andere Leute Pferde. Sie wollte jedoch nichts Ungehöriges sagen und kam deswegen ohne Einleitung auf den Zweck ihres Besuchs zu sprechen. »Seine Majestät August II., König von Polen, riet mir zu einer Reise nach Wien und empfahl mir, mich dafür unter Euren Schutz zu begeben.«

Friedrich Wilhelm schürzte die Lippen. »Damit alle Welt sieht, dass der König von Preußen zum Kaiserhof pilgert? Ich reise als Baron Rankelfeld und habe nicht vor, dies zu ändern. Was wollt Ihr in diesem Vipernnest an der Donau?«

»Gerüchte aus der Welt schaffen, Euer Majestät.«

»Ihr meint die Lügen, die dieser Ulrich von Mittstadt über Euch verbreitet? Solchen Leuten gehört das Maul gestopft.

Würde er sich mir gegenüber einen solchen Ton erlauben, meine Langen Kerls würden ihn schon zur Ordnung rufen.«

Bei dem Gedanken an das Erste Regiment seiner Garde leuchteten die Augen des Preußenkönigs auf, und er begann, Charlotte die Vorzüge seiner Elitetruppe aufzuzählen. Die junge Fürstin merkte rasch, dass sie vom Regen in die Traufe geraten war. Den ebenso prahlerischen wie schlüpfrigen Erzählungen Augusts des Starken hatte sie nach einem Tag entkommen können, der Preußenkönig aber würde ihr auf der mehrwöchigen Reise nach Wien erhalten bleiben. Bei diesem Gedanken streifte ihr Blick das Gesicht des Kronprinzen, und sie las ein gewisses Mitleid in seinen Augen.

5

Ein wunderschöner Abend lockte Charlotte ins Freie, und sie ergriff die Gelegenheit zu einer kleinen Wanderung durch die Wälder des kurfürstlichen Jagdreviers um die Moritzburg.

Rosa hatte die Absicht ihrer Herrin erkannt und war mit dem Hinweis entschwunden, eine Naht an Charlottes Reisekleid ausbessern zu müssen. Daher war Sabina von Rüthen nichts anderes übrig geblieben, als ihrer Fürstin nachzueilen.

Charlotte merkte, dass sie in Gedanken versunken so kräftig ausgeschritten war, wie sie es liebte, und ihre Begleiterin bereits völlig außer Atem gekommen war. In dem Moment stockte ihr Fuß, denn durch den Wald scholl der Klang einer Flöte, so lieblich und zart, wie sie ihn selten vernommen hatte. Unwillkürlich lenkte sie ihre Schritte in die Richtung, aus der die Töne kamen, und sah kurz darauf den jungen Friedrich mit einer hölzernen Querflöte auf einem Baumstumpf sitzen. Er war so in sein Spiel vertieft, dass er sie nicht bemerkte. Als er das Instrument nach einer Weile absetzte und Charlotte Beifall klatschte, zuckte er zusammen und sprang mit angstgeweiteten Augen auf.

Charlotte hob beruhigend die Hände. »Verzeiht, wenn ich Euch erschreckt habe!«

Der Junge ließ sich auf den Baumstumpf zurücksinken und rang nach Worten. »Ihr werdet mich doch hoffentlich nicht verraten?«

»Gewiss nicht, Euer Hoheit. Ich bin keine Plaudertasche und meine Oberhofmeisterin ebenfalls nicht.« Charlotte warf Fräulein von Rüthen dabei einen warnenden Blick zu. Zinggens Base knickste so ehrerbietig vor dem Prinzen, als stünden sie nicht inmitten grüner Bäume im Wald, sondern im Audienzsaal. »Eher soll mir die Zunge ausfallen, als dass eine Silbe von dem, was ich eben gesehen und gehört habe, über meine Lippen käme. Das schwöre ich!«

Es klang in Charlottes Augen allzu theatralisch, aber sie kannte die Dame gut genug, um zu wissen, dass sie sich an diesen Eid halten würde.

»Diese Flöte ist ein Geschenk, aber ich darf sie nur heimlich spielen und bin daher bei weitem nicht so geübt, wie ich es gerne wäre«, sagte Friedrich mit einem bedauernden Lächeln.

»Ich kann Eurer Hoheit versichern, dass Ihr ausgezeichnet spielt.« Charlottes Lob kam aus ehrlichem Herzen und tat dem Prinzen sichtlich gut.

»Meint Ihr das wirklich?«

Charlotte nickte eifrig. »Selbstverständlich! Ich kann es beurteilen, denn ich spiele selbst gerne Flöte, allerdings die Blockflöte. Meine erste hat mir Rupp, unser Stallknecht auf der Veldenburg, geschnitzt. Ich habe sie heiß und innig geliebt und bedauere es noch heute, dass sie irgendwann einmal verloren ging.«

»Das verstehe ich, denn ich würde es sehr bedauern, diese Flöte zu verlieren. Daher muss ich sie immer gut verstecken.« Friedrich stand auf, steckte seine Flöte unter seinen blauen Rock und verabschiedete sich von den Damen.

Charlotte blickte ihm nach. Es musste für einen so sensiblen Jungen wie Friedrich entsetzlich sein, sich beständig den Launen eines polternden Mannes wie Friedrich Wilhelm von Preußen ausgesetzt zu sehen.

Fräulein von Rüthen trat unruhig von einem Fuß auf den anderen und verzog schmerzerfüllt das Gesicht, als habe sie sich Blasen gelaufen. »Wir sollten zum Schloss zurückkehren.«

Charlotte nickte ihrer Oberhofmeisterin lächelnd zu. Zinggens Base war ihr als Reisebegleitung immer noch lieber als Baronin Ließnitz, die einen Spaziergang wie diesen als unter der Würde einer Fürstin von Tresskau angesehen und ihr Vorhaltungen gemacht hätte. Wenn die Baronin ihr tatsächlich einmal die Ehre gab, sich mit ihr im Park zu ergehen, wieselten ein halbes Dutzend mit Stühlen, Tischen und einem reichhaltigen Imbiss beladene Lakaien um sie herum. Charlotte zog es vor, mit

Fräulein von Rüthen oder mit Zinggen spazieren zu gehen, wobei es ihr die Schicklichkeit verbot, nur in Herrenbegleitung den Palast zu verlassen, so dass eine ihrer jüngeren Hofdamen sie begleiten musste. Dabei war eine Affaire d'Amour mit ihr wohl das Letzte, was der kleine Baron sich gewünscht hätte.

6

Friedrich Wilhelm von Preußen hatte seiner Meinung nach schon zu viel Zeit in Sachsen verschwendet und bestand auf einer unverzüglichen Weiterreise. Daher wurde Charlottes Gepäck am nächsten Morgen wieder in den großen, lederüberzogenen Reisekoffern aus Holz verstaut und von Domestiken in den Hof zu den Kutschen gebracht. Sie selbst kleidete sich mit aller Sorgfalt an und wollte gerade ihre Gemächer verlassen, als sie die sich vor Wut überschlagende Stimme des Preußenkönigs vernahm. Erschrocken eilte Charlotte ans offene Fenster und blickte hinab. Friedrich Wilhelm stampfte mit den Füßen auf den Boden, als wolle er jemand in den Staub treten, und schlug gleichzeitig mit seinem Gehstock auf seinen Sohn ein. Der Junge hielt die Arme zum Schutz vor das Gesicht, gab aber keinen Laut von sich, obwohl er Hiebe einstecken musste, wie sie sonst nur einem verurteilten Dieb verabreicht wurden.

Wütender über ihre eigene Hilflosigkeit als über die Grausamkeit des Königs folgte Charlotte dem Geschehen und erschrak, als Max mit empörter Miene auf Friedrich Wilhelm zutrat und ein paar Worte zu ihm sagte. Friedrich Wilhelms Gesicht lief noch dunkler an. Er stieß zwischen mehreren unartikulierten Schreien das Wort »Kanaille« aus und prügelte auf Max ein.

Das war Charlotte nun doch zu viel. Sie eilte mit wehenden Röcken aus dem Zimmer, stürmte die Treppe hinab und verließ das Schloss mit dem festen Vorsatz, dem gekrönten Choleriker einige deutliche Worte zu sagen. Als sie jedoch den Hof erreichte, hatte sich die Wut des Preußen bereits gelegt. Er neigte, als er Charlotte sah, grüßend das Haupt und zog wie ein Triumphator davon.

Sie wollte ihm folgen, um ihm ihre Meinung zu sagen, doch Friedrich hielt sie am Rock fest und sah sie bittend an. »Es ist vorbei. Ich bedauere sehr, dass Euer Begleiter in diese Szene hineingezogen wurde.« Dann drehte er sich zu Max um und nickte ihm mit achtungsvoller Miene zu. »Danke!«

Charlotte sah ihm immer noch etwas konsterniert nach, als er seinem Vater wie ein schmaler, blauer Schatten folgte, der durch Zaubermächte an seinen Herrn gefesselt war und ihm nicht entkommen konnte.

Max griff sich stöhnend an den Rücken. »Eigentlich sollte ich mich geehrt fühlen, weil ich denselben Stock zu spüren bekam wie der zukünftige König von Preußen. Trotzdem wünschte ich mir, sein Vater hätte einen schwächeren Arm oder einen sanfteren Charakter.«

Charlotte legte ihm die Hand auf die Schulter und blickte ihn tadelnd an. »Es tut mir Leid, dass du ein Opfer dieses schlagkräftigen Souveräns geworden bist. Doch warum musstest du dich auch einmischen?«

»Ich sah, wie er seinen Sohn verprügelte, und konnte nicht anders. Der König hätte ihn sonst zum Krüppel geschlagen.«

In gewisser Weise war Charlotte stolz auf Max. Wenn er ein Unrecht sah, versuchte er es mit aller Kraft aus der Welt zu schaffen. Eigentlich hätte sie ihn schon deswegen gern haben müssen, doch sein Verhältnis zu Zinggen störte sie mehr denn je. Sie rief sich energisch zur Ordnung, denn sie kam sich in diesem Augenblick vor wie eine eifersüchtige Rivalin des kleinen Barons und nicht wie seine beste Freundin. Das Gefühl verwirrte sie, und sie blickte Max an, als sähe sie ihn zum ersten Mal. Verblüfft stellte sie fest, dass kein schüchterner, diensteifriger Junge mehr vor ihr stand, sondern ein gut aussehender Mann, der einem Frauenherzen durchaus gefährlich werden konnte. Sie schob diesen Gedanken schnell von sich und ließ ihrer Neugier freien Lauf. »Was hat den Preußenkönig denn so sehr erzürnt?«

Max wies auf den Kiesboden, in den eine zerbrochene Flöte hineingetreten worden war. »Seine Majestät scheinen Flöten nicht zu schätzen, denn er brüllte seinen Sohn an, wenn er schon musizieren wolle, solle er gefälligst die Trommel rühren. Das sei eines Soldaten würdiger als eine Frauenpfeife.«

»Dieser Kerl hat das Gemüt eines Ochsen!«, brach es aus Charlotte heraus. Sie blickte Max sofort warnend an. »Du hast nichts gehört, verstanden? Weder den Kerl noch den Ochsen.«

»Euer Durchlaucht wissen, dass ich von Geburt an taub und stumm bin«, antwortete Max mit einem jungenhaften Lächeln.

»Du verfügst über eine Menge Talente. Deswegen hält Herr von Zinggen auch so große Stücke auf dich.« Kaum hatte sie es gesagt, tat Charlotte die Bemerkung bereits Leid. »Ich wollte dich nicht kränken, Max.«

Er verbeugte sich mit jener unvergleichlichen Grazie, die er von Zinggen gelernt hatte. »Euer Durchlaucht haben mich nicht gekränkt. Ich bin stolz darauf, dass Herr von Zinggen mit mir zufrieden ist.«

Charlotte nahm für einen Augenblick an, dass in seinen Worten eine Zurechtweisung versteckt war, und musterte Max mit hochgezogenen Augenbrauen, doch seine Miene zeigte den gewohnten freundlich-ehrerbietigen Ausdruck. Aus einem ihr unerfindlichen Grund ärgerte sie sich darüber, und sie klopfte wie ungeduldig mit dem Fuß auf den Boden. »Sind alle Vorbereitungen zu unserer Abreise getroffen?«

Der abrupte Themenwechsel brachte Max nicht aus der Ruhe. »Selbstverständlich. Euer Durchlaucht sollten sich beeilen, das Frühstück einzunehmen. Wie ich von den Bediensteten des Preußenkönigs hörte, pflegt er auf Reisen früh aufzubrechen und reagiert äußerst ungehalten auf jede Verzögerung. Ihr habt doch gewiss nicht vor, mit leerem Magen in die Kutsche zu steigen?«

Das wollte Charlotte wirklich nicht, doch gleichzeitig reizte es sie, Max doch noch einen Dämpfer zu versetzen. »Werde mir nur nicht frech, mein Guter, sonst sähe ich mich gezwungen, mir von Seiner Majestät den Stock auszuborgen.« Damit drehte sie sich um und rauschte davon.

7

Charlotte musste ihr Frühstück tatsächlich hastig hinunterschlingen. Zwar hatte der Preußenkönig sie nur höflich bitten lassen, sich zur Abreise im Hof einzufinden, aber sie wusste, dass seine Worte als Befehl gemeint waren. Als sie in ihrem neuen lila Reisekleid, welches Madame Aiguille aus einem besonders leichten und luftdurchlässigen Stoff gefertigt hatte, auf ihre Kutsche zuschritt, stand Friedrich Wilhelm bereits neben dem Gefährt und begutachtete es mit gerümpfter Nase.

»Viel zu viel Schnickschnack, meine Teuerste, aber gut gefedert. Wir werden angenehm darin reisen. Eure Zofe und Eure Haushofmeisterin werden meine Kalesche benutzen.« Er zeigte auf eine Kutsche, die sicher schon seit Jahren auf einen neuen Anstrich wartete. Das auf den Schlag gemalte Wappen sollte wohl einen Adler darstellen, glich aber eher einem mageren Huhn, dem ein Flügel abhanden gekommen war. Die Pferde hingegen wirkten kraftvoll und ausdauernd und konnten, wie Friedrich Wilhelm stolz erwähnte, jederzeit als Zugtiere für Kanonen benutzt werden.

Da der Preußenkönig bei seinem Lieblingsthema angelangt war, begann er, während er in Charlottes Wagen stieg, die Vorzüge verschiedener Kanonengießereien gegeneinander aufzuwiegen, und setzte sich ganz selbstverständlich auf den Platz in Fahrtrichtung, den Charlotte sonst einnahm. Da sie von seiner stattlichen Gestalt nicht gegen die Kutschenwand gepresst werden wollte, setzte sie sich ihm gegenüber, erregte damit aber schärfsten Widerspruch.

»Als Besitzerin dieser Kutsche steht Euch selbstverständlich der Platz an meiner Seite zu.« Zur Bekräftigung seiner Worte klopfte er auf das Stück Sitzpolster, welches sein Umfang übrig ließ, und gab nicht eher nach, als bis Charlotte sich neben ihn gezwängt hatte.

Friedrich Wilhelm setzte seinen kurz unterbrochenen Vortrag über die Kanonengießkunst fort und zwang Charlotte, ein Interesse zu heucheln, das sie bei weitem nicht mit ihm teilte. Verglichen mit den Monologen des Preußenkönigs waren sogar die Klatschgeschichten Fräulein von Rüthens anregend und unterhaltsam.

Friedrich Wilhelm hatte nichts für die Schönheiten der Landschaft und der Architektur übrig, die Charlotte gerne bewundert hätte, sondern drängte auf eine zügige Fahrt. Sein Leibdiener, der sich mit Sabina von Rüthen und Rosa die Kalesche teilte, und seine sechs Vorreiter, Lange Kerls, die sogar Charlotte überragten, schienen an das Tempo ihres Souveräns gewöhnt zu sein, doch die Männer der Eskorte, die August der Starke Charlotte mitgegeben hatte, empfanden es als Zumutung, morgens in aller

Herrgottsfrühe ihr Frühstück herunterschlingen zu müssen, im Morgenrot loszureiten und nach einer kaum nennenswerten Pause um die Mittagszeit erst nach Einbruch der Dunkelheit wieder von ihren Pferden steigen zu dürfen. Die ausgezeichneten Gasthöfe und Herbergen, die ihren Gästen jeden Luxus bieten konnten, blieben bei dieser Fahrt zumeist hinter ihnen zurück, denn Friedrich Wilhelm ließ mittags anhalten, wenn er Hunger hatte, und am Abend erst nach Einbruch der Dämmerung, wenn die Kutscher Gefahr liefen, die Straße zu verfehlen. Dabei kümmerte es ihn nicht, ob er eine königliche Poststation oder eine Bauernherberge vor sich hatte.

Er bestand darauf, sein Inkognito streng zu wahren, wurde aber fuchsteufelswild, wenn die Wirte und ihre Knechte ihn wie einen nachrangigen Begleiter Charlottes behandelten, und war mit Schlägen weitaus großzügiger als mit Trinkgeldern. Um den schlechten Eindruck zu verwischen, der ja auch auf sie abfärbte, beauftragte Charlotte Max, gute Trinkgelder zu verteilen und allzu schlimm verprügelten Knechten ein paar Taler als Schmerzensgeld in die Hand zu drücken.

Am meisten hatte der junge Friedrich unter dem aufbrausenden Temperament seines Vaters zu leiden. Stützte er nach einer langen Reiseetappe den Kopf auf eine Hand, erteilte sein Vater ihm sofort den scharfen Befehl, sich gerade hinzusetzen, wie es sich für einen Soldaten gehöre. Charlotte selbst musste nur wenig Kritik einstecken, litt aber dennoch unter dem Temperament des Mannes, denn der König wurde wegen seiner Art, sich überall einzumischen und alles zu kritisieren, in den meisten Herbergen für Charlottes Reisemarschall gehalten. Zuerst amüsierte sie sich darüber, aber sie begriff bald, dass man es ihr ankreidete, einen solchen Mann zu ihrem Hofstaat zu zählen.

Der Einzige, mit dem Friedrich Wilhelm ungewohnte Nachsicht zeigte, war Zinggen. Am ersten Tag der Reise hatte der König etliche Portionen eines scharf gewürzten Wildschweinbratens verschlungen und diesen mit vielen Gläsern Rotwein hinuntergespült. In der Nacht litt er an einer so starken Kolik, dass er behauptete, sterben zu müssen. Dem kleinen Baron, der für mancherlei Zwischenfälle ausgerüstet war, gelang es, dem König Erleichterung zu verschaffen, und seitdem hatte der Preuße einen Narren am ihm gefressen. Als Friedrich Wilhelm erfuhr, dass Zinggen einer der besten Kenner adeliger Stammbäume im Reich war, übertrug er ihm die Aufgabe, dem Kronprinzen während der Fahrt die Genealogie der herrschenden Geschlechter im Heiligen Römischen Reich der Deutschen näher zu bringen. Zinggen war zu wohlerzogen, um gegen die Verwendung als Schulmeister Einspruch zu erheben, und so wurde Charlotte abwechselnd mit den Exerzierregeln der preußischen Infanterieregimenter und dem Stammbaum der mit den Hohenzollern eng verwandten fürstlichen Familie von Oranien-Nassau traktiert, die nach dem Tode Wilhelms III., der auch König von England gewesen war, im Jahre 1702 das Amt des Provinzialstatthalters von Holland und Seeland zum zweiten Mal verloren hatte.

Das Einzige, was den König von Preußen wirklich interessierte, waren die habsburgischen Festungen, die sie unterwegs passierten. Friedrich Wilhelm ließ jedes Mal anhalten, um sich das Bauwerk genauer anzusehen. Er wanderte um das Bollwerk herum und erklärte Charlotte die Vor- und Nachteile der einzelnen Festungsteile. Kronprinz Friedrich saß derweil mit einem Zeichenblock und einem Stift in der Hand an einem Platz, von dem er die Festung überblicken konnte, und skizzierte die Verteidigungsanlage. Charlotte lebte jedes Mal in der Angst, die Österreicher könnten sie für Spione halten und einsperren. Doch zu ihrer Erleichterung kümmerte man sich nicht um sie.

Während sie selbst von den zinnenbewehrten Ungetümen beeindruckt war, die auf meist schroffen Höhen thronten, winkte ihr Begleiter verächtlich ab. »Wisst Ihr, meine Liebe, ich habe in meiner Jugend die genialen Festungswerke des großen Vauban kennen gelernt, des Baumeisters des Sonnenkönigs. An dessen Kunst gemessen ist man hier in Österreich um Jahrhunderte zurück.« Er sagte es mit dem Stolz eines Mannes, der einen guten Teil seiner eigenen Festungen nach den modernsten Erkenntnissen hatte umbauen lassen.

Er fand auch sonst viel an Österreich auszusetzen, besonders an den Uniformen und der Ausrüstung der Truppen, die ihnen unterwegs begegneten und die er einer unbarmherzigen Kritik unterzog. Charlotte war zuletzt so entnervt, dass sie ihre Ankunft in Wien herbeisehnte. Nach der Pracht Dresdens, in dem sie mit Zinggen und Frau von Rüthen einige Bauwerke besichtigt hatte, die August der Starke hatte errichten lassen, freute sie sich schon, durch die viel gerühmte Kaiserstadt zu schweifen.

Kurz bevor sie den Burgfried der Donaumetropole erreichten, rückten die Vorreiter enger zusammen und lockerten ihre Pistolen. Charlotte war eher verwundert als erschrocken, rief aber Max zu sich. Er zügelte sein Pferd, bis es neben der Kutsche lief, und beugte sich zu seiner Fürstin hinab. »Euer Durchlaucht belieben?«

»Wir sind im Herzen des österreichischen Kernlands und nähern uns der Residenzstadt des Kaisers. Warum benehmen sich die Männer unserer Eskorte so, als müssten wir jeden Augenblick auf Feinde treffen?«

»Gewiss nicht auf Feinde, Euer Durchlaucht, aber es besteht trotzdem Grund, auf der Hut zu sein. In der letzten Herberge hat man uns vor Räubern gewarnt, die sich in dieser Gegend aufhalten sollen. Wir dürften kaum etwas zu befürchten haben, denn gegen unsere eigenen Vorreiter, die Männer des Barons Rankelfeld und die sächsischen Soldaten, die nicht nur über hübsche Uniformen, sondern auch ausgezeichnete Pistolen besitzen, hat selbst eine größere Räuberbande keine Chance.«

Friedrich Wilhelm schnaubte verächtlich. »Pah! Wenn ein Sachse einen Schuss hört, läuft er wie ein Hase!« Dabei dachte er wohl an die schmählichen Niederlagen der Sachsen im Krieg gegen den Alexander des Nordens, wie Karl XII. von Schweden genannt worden war. Der Schwedenkönig hatte Sachsen geplündert und August den Starken gezwungen, auf die polnische Krone zu verzichten, aber die vernichtende Niederlage Karls XII. im fernen Poltawa hatte dem sächsischen Kurfürsten den Weg zurück nach Warschau geebnet. Charlotte war in Dresden gewarnt worden, August an jene düsteren Stunden zu erinnern, denn es gab keinen sichereren Weg, sich die Sympathie des polnischen Königs zu verscherzen.

Der Preuße aber teilte seine ätzende Kritik ohne jeden Skrupel aus und goss Häme über die Österreicher. »Es ist eine Schande, dass sich keine Stunde außerhalb der Residenzstadt Raubgesindel herumtreiben kann. Würden solche Zustände um Potsdam herum einreißen, würde ich den dafür zuständigen Beamten das Fell derartig gerben, dass man ihre blau geschlagenen Oberkörper für Uniformen halten würde.« Er streichelte seinen Stock und verzog sein Gesicht in beinahe genießerischer Vorfreude, als hoffe er, einer seiner Beamten würde sich eines solchen Vergehens schuldig machen.

Charlotte glaubte nun zu verstehen, weshalb Pößnitz von der Effizienz der preußischen Staatsverwaltung geschwärmt hatte. Wenn selbst hochrangige Herren den königlichen Stock fürchten mussten, sorgten sie dafür, dass alles nach dem Willen ihres Herrn geschah. Wie wertvoll mag ein Gehorsam sein, fragte sie sich, der nur aus der Furcht vor Strafe existiert? Ihrer Erfahrung nach ließen Menschen sich mit einem Lob leichter führen als mit Stockhieben.

Max' Hüsteln brachte sie in die Gegenwart zurück. Sie nickte und winkte ihm, sich wieder an die Spitze zu setzen. »Mag die Gefahr noch so gering sein, so bleibt doch auf der Hut!«, befahl sie ihm und wandte sich dann mit einem Lächeln an den König von Preußen. »Auch wenn die uns begleitenden Sachsen schreckhaft sein sollten, meine Männer sind es gewiss nicht.«

»Trotzdem ist jeder meiner Preußen so viel wert wie drei von ihnen«, erklärte Friedrich Wilhelm selbstbewusst und schnauzte seinen Sohn an, sich gerade hinzusetzen.

8

Die stattliche Begleitmannschaft hatte die Schnapphähne beiderseits der Donau wohl abgeschreckt, denn die Reisegesellschaft überquerte die einzelnen Arme des in seinen Auen mäandrierenden Stromes, ohne aufgehalten zu werden, und erreichte wohlbehalten die Außenbezirke der Kaiserstadt. Am Linienwall, der vor gut zwanzig Jahren als Schutz gegen ungarische Aufständische errichtet worden war, wirkte das Geleitschreiben Augusts des Starken wahre Wunder. Kaum hatte der Leutnant der Wache das sächsische Staatssiegel erkannt, salutierte er zackig genug, um selbst den Preußenkönig zufrieden zu stellen, und befahl seinen Männern, den Weg frei zu machen. Außerdem erteilte er einem Korporal den Auftrag, die hohen Herrschaften zum Palais des Prinzen Eugen zu führen.

Der Unteroffizier geleitete sie in die Stadt und deutete nach einer Weile auf einen beeindruckenden Bau. »Das ist das untere Belvedere, der Palast unseres Prinzen Eugenius, der den Franzosen und Türken gleichermaßen das Fell über die Ohren gezogen hat. Er hat denen Schlachten geliefert, sag ich Euch, das könnt Ihr Euch gar net vorstellen.«

Charlotte hatte Mühe, seine gedehnte und etwas näselnde Aussprache zu verstehen. »Das ist der Palast des Prinzen von Savoyen und nicht der des Kaisers?«, rief sie verwundert.

Der Korporal nickte eifrig. »Sehr wohl, Euer Gnaden. Der Kaiser wohnt in der Hofburg oder in der Favorita und täte es auch gern im neuen Schloss Schönbrunn, aber das so auszubauen, wie er's gern hätte, dafür fehlt ihm das Geld.«

»Aber wenn ein Feldherr wie Prinz Eugen sich einen Palast wie das Belvedere errichten lassen kann, müsste es dem Kaiser doch ein Leichtes sein, noch größer und schöner zu bauen!«

Charlottes Erstaunen amüsierte den Korporal, und er zwinkerte ihr zu. »Wissen S', Euer Gnaden, der Prinz Eugen, der muss nur für sich selber sorgen. Der Kaiser aber, der hat einen Haufen Leute am Hals. Da wären die Witwe von seinem Vater, dem seligen Kaiser Leopold, und die von seinem früh verstorbenen Bruder Joseph, dann ein Haufen Nichten und Basen und natürlich auch noch seine eigenen Töchter. Eine so große Familie, die kostet schon was, zumal die Herrschaften ja net wie unsereins von geschmälzter Brotsuppe, Blutwurst und Bier leben.«

Charlotte amüsierte sich über den redseligen Mann, doch Friedrich Wilhelm zog die Stirn kraus. Ihm war es ein Gräuel, dass ein einfacher Untertan so despektierlich von seiner Herrscherfamilie sprach. In Berlin oder Potsdam hätte er dem Mann ein Dutzend Hiebe mit dem Stock versetzt, jetzt aber schnaubte er nur verächtlich und murmelte etwas, das sich wie »österreichische Lotterwirtschaft« anhörte. Charlotte war froh, nicht darauf eingehen zu müssen, denn die Spitze ihres Zuges hatte das eiserne, mit vergoldeten Sternen und Halbmonden verzierte Tor der Palastanlage erreicht. Sofort eilte ein Wächter herbei, um ihnen zu öffnen, und nur wenige Herzschläge später erschien der Haushofmeister in eigener Person, um die ankommenden Gäste zu begrüßen. Die stattliche Anzahl an Vorreitern verwirrte den Mann, doch bevor er Fragen stellen konnte, beugte Max sich vom Sattel zu ihm nieder.

»Ihre Durchlaucht, die Fürstin von Sachsen-Saalstein-Tresskau, wünscht von Seiner Exzellenz, dem Prinzen Eugen empfangen zu werden. In Begleitung Ihrer Durchlaucht befinden sich der preußische Baron Rankelfeld und sein Sohn.«

Das Gesicht seines Gegenübers hellte sich schlagartig auf. »Der Baron Rankelfeld, sagt Ihr? Das ist eine sehr erfreuliche Nachricht. Wir haben den Herrn schon vor zwei Wochen erwartet.«

»Jetzt ist er ja da!«, antwortete Max mit leichtem Spott. Der Haushofmeister, der sich als Ignazio Sentini vorstellte, wies die Kutscher an, vor dem Haupteingang des Palastes vorzufahren, und eilte ihnen mit geradezu lächerlich hastigen Trippelschritten voraus, um den Empfang vorzubereiten. Als Charlottes Reisewagen anhielt, strömten ein halbes Dutzend Diener aus dem Haus. So rasch war ihnen der Schlag noch nie geöffnet und die Ausstiegstreppe hingestellt worden. Noch während Charlotte ihren Blick bewundernd über die imposante Front des Schlosses gleiten ließ, verneigte sich einer der Diener vor ihr und bat sie ins Innere. In der Eingangshalle reichte ein anderer Diener ihr einen Silberpokal mit Wein, während ein weiterer ihr ein Tablett mit kleinen Leckerbissen hinhielt, die so geschickt angerichtet waren, dass man sie essen konnte, ohne sich die Finger zu beschmutzen. Letzteres wäre jedoch kein Problem gewesen, denn ein kleiner Mohrenjunge in orientalischer Tracht hielt feuchte Tücher für sie bereit.

Prinz Eugen führt ein ungewöhnlich gastfreundliches Haus, dachte Charlotte mit einer gewissen erwartungsfrohen Dankbarkeit und war gespannt, den Herrn all dieser Herrlichkeit kennen zu lernen. Ihre Neugier wurde rasch gestillt, denn der Prinz stieg bereits die große Freitreppe herab. Charlotte maß ihn mit einem verblüfften Blick, denn nach all den Lobeshymnen über diesen großen Kriegshelden und Feldherrn hatte sie alles andere erwartet als einen kleinen, mageren Mann mit spitzem Gesicht und fast messerscharfem Nasenrücken. Er reichte ihr nicht einmal bis zum Kinn, doch der Ausdruck seiner Augen ließ sie seine geringe Größe sofort vergessen. Prinz Eugen war ein älterer Herr, der seinen Gehstock gewiss nicht nur aus Koketterie bei sich trug, und doch wirkte er auf eine seltsame Weise zeitlos.

Charlotte erinnerte sich gerade noch rechtzeitig, dass er ein Vetter des Regierenden Herzogs von Savoyen war, und knickste. Er verbeugte sich mit einer lässigen Grazie, die erkennen ließ, dass er mit allen Facetten höfischen Lebens vertraut war.

»Ich bin erfreut, Euch zu sehen, Euer Durchlaucht, und hoffe, Ihr hattet eine angenehme Reise.« Seine Stimme klang melodischer, als sein Aussehen es erwarten ließ, und sein Lächeln ließ seine Augen warm aufleuchten.

Charlotte bestätigte seine Annahme und schob dabei die Erinnerung an ihre immer noch schmerzenden Rippen beiseite. Neben ihr bewunderte Zinggen ausgiebig den schwarzen, mit Silberstickereien verzierten Rock seines Gastgebers und den tadellosen Sitz seiner seidenen Kniehosen. Prächtiger und zugleich eleganter als der Prinz konnte auch er sich nicht kleiden. Ein Wink Charlottes erinnerte ihn an die gebotene Höflichkeit. Er reichte Prinz Eugen das Empfehlungsschreiben Augusts des Starken und bemühte sich, seine zierlichste Verbeugung zu machen.

Prinz Eugen gab den Blick, mit dem Zinggen ihn gemessen hatte, mit gleicher Münze zurück, denn der kleine Baron war auch heute wieder in verschiedene, miteinander harmonierende

Grüntöne ohne den Hauch einer anderen Farbe gekleidet. Mit einem Mal schien sich der Gastgeber daran zu erinnern, dass es unhöflich war, dazustehen und die Gäste anzustarren. Sein Mund verzog sich zu einem durchaus wohlwollenden Lächeln. »Oh, der grüne Baron! Seid auch Ihr mir willkommen. Ich habe schon viel von Euch gehört und Euch im Geheimen bewundert.«

Zinggen strahlte vor Freude darüber auf, dass ein so bedeutender Herr ihn erkannt hatte, und bemühte sich, das Kompliment des Prinzen zurückzugeben. Eugen dankte ihm artig und wies auf Friedrich Augusts Schreiben.

»Ich hörte bereits, dass Seine Majestät August II. unpässlich sei und seine Ankunft wie auch die des Herrn Baron Rankelfeld« – er verbeugte sich dabei tief vor Friedrich Wilhelm von Preußen – »sich dadurch verzögern würde. Ich war darüber sehr betrübt und bedaure es, Seine polnische Majestät nicht begrüßen zu können. Ich hoffe, ihm fehlt nichts Ernstes.«

Charlotte zog unbehaglich die Schultern hoch, denn August der Starke war der einzig ernst zu nehmende Verbündete, den Tresskau besaß. »Bedauerlicherweise gibt der Zustand Seiner Majestät zur Besorgnis Anlass. Er hat zwar die besten Ärzte um sich, doch sein Schicksal liegt allein in Gottes Hand.«

»Unser aller Schicksal liegt in Gottes Hand«, erwiderte Eugen mit ernster Stimme. Sein Blick streifte dabei den König von Preußen und blieb auf dessen Sohn haften. Eine scharfe Falte kerbte seine Stirn, und er fuhr mit einer unbewussten Geste darüber.

»Euer Durchlaucht und Ihr, Herr Baron, werdet Euch gewiss erfrischen wollen.« Er wirkte dabei so angespannt, als würde er in Gedanken bereits Pläne für die nächste, alles entscheidende Schlacht wälzen.

»Mir reichen ein Glas Wein und ein Imbiss, den ich während unseres Gespräches einnehmen kann. Ich habe schon zu viel

Zeit verloren und will nicht noch mehr vergeuden«, antwortete der Preuße grob.

»Ihr habt mein vollstes Verständnis!« Eugen seufzte über die Ungeduld seines Gastes und bat ihn in den Salon.

»Mitkommen!«, schnauzte der Preußenkönig seinen Sohn an. Eigentlich hatte er nur Friedrich gemeint, doch Charlotte bezog den Befehl auch auf sich und folgte den Herren. Sie hatte die Tür des Raumes, den Eugen und der Preußenkönig betraten, gerade erreicht, als Friedrich Wilhelms Stimme das Zimmer und den gesamten Flur mit ihrem Dröhnen füllte.

»Was hat es mit diesem Heiratsprojekt auf sich, von dem Ihr mir geschrieben habt?«

»Das ist eine sehr delikate Angelegenheit, die mit Bedacht in Angriff genommen werden muss.« Prinz Eugens Antwort mochte anders gemeint gewesen sein, aber sie klang wie eine Zurechtweisung.

Dem Preußenkönig schien der tadelnde Unterton zu entgehen. »Ich habe mich nicht auf den weiten Weg von Potsdam hierher gemacht, um mich in Bedachtsamkeit zu üben. Ich wünsche umgehend mit dem Kaiser über diese Sache zu sprechen. Sobald wir uns geeinigt haben, kann die Verlobung zwischen Friedrich und Maria Theresia bekannt gegeben werden.«

Charlotte unterdrückte einen Laut des Erstaunens. Eine Vermählung zwischen dem preußischen Kronprinzen und der ältesten Tochter des Kaisers besaß eine Tragweite, die den gesamten Kontinent verändern würde. Dem jungen Friedrich schien der gleiche Gedanke durch den Kopf zu gehen, denn er stand da wie zu einer Salzsäule erstarrt. Offensichtlich hatte sein Vater ihn auf die Reise mitgenommen, ohne ihn über deren Zweck zu informieren.

Wenn der hochfliegende Plan des Savoyers in Erfüllung ging, würde der junge Friedrich höher steigen als jeder andere Hohenzoller vor ihm. Vereinten sich Österreich und Preußen durch diese Heirat, würde er der erste Herrscher seit fast dreihundert Jahren sein, der die Krone Karls des Großen erhielt, ohne aus dem Hause Habsburg zu stammen.

Mit einem Mal drehte Prinz Eugen sich um, so als habe er Charlottes Blick gespürt, und sah sie neben Friedrich an der Tür stehen. Bei ihrem Anblick wirkte er für einen Moment verärgert, aber er hatte sich sofort wieder in der Gewalt. »Ich hoffe, auf Eure Diskretion zählen zu können, Euer Durchlaucht.«

Charlotte neigte zustimmend das Haupt. »Ihr könnt Euch auf mich verlassen, Hoheit.«

Während der Prinz sichtlich erleichtert eine Verbeugung andeutete, winkte der Preuße verächtlich ab. »Ich kenne kein Weibsstück, das den Mund halten kann!«

»Dann werdet Ihr diesmal eines anderen belehrt werden.« Charlotte knickste geziert und wollte sich zurückziehen, aber der Prinz hob die Hand.

»Bleibt, Madame. Da Ihr die Grundzüge unseres Planes …«

»Eures Planes!«, unterbrach Friedrich Wilhelm ihn grollend.

Eugen bedachte ihn mit einem nachsichtigen Blick. »Da Ihr die Grundzüge meines Planes gehört habt, solltet Ihr auch die Feinheiten kennen lernen und die Probleme, die auf uns zukommen können. Sonst besteht Gefahr, dass Ihr Euch aus Unwissenheit verratet.«

»Dummes Zeug!«, warf der Hohenzoller mürrisch ein.

Prinz Eugen achtete jedoch nicht auf ihn, sondern reichte jedem ein Glas Wein und hob seines zum Trinkspruch. »Auf Eure glückliche Ankunft und unseren Erfolg!«

Friedrich Wilhelm verzog das Gesicht, als hätte man ihm Essig statt eines köstlichen Burgunders serviert. »Ob es ein Erfolg werden wird, bezweifle ich. Allein schon der Gedanke, mein Fritz könnte eine Erzherzogin heiraten, ist in meinen Augen ein Unding.«

Prinz Eugen schenkte ihm ein überlegenes Lächeln und begann, die Vorzüge dieser Bindung aufzuzählen. »Es geht nicht um irgendeine Erzherzogin, Euer Majestät, sondern um die Erstgeborene, die die Erbin der Habsburger Besitzungen werden wird, sollte dem Kaiser, was leider allzu wahrscheinlich ist, kein männlicher Nachkomme mehr beschieden sein. Bedenkt die anderen Folgen, die dieser Schritt mit sich brächte. Frankreich müsste seine Niederlage eingestehen und all die Gebiete und Ländereien zurückgeben, die es unter dem vierzehnten Ludwig besetzt hat.« Prinz Eugen ließ sich von seiner eigenen Begeisterung fortreißen, und für einen Augenblick gelang es ihm, Friedrich Wilhelm zu überzeugen.

»Nehmen wir einmal an, es käme so, wie Ihr es prophezeit: Welchen Nutzen würde Preußen daraus ziehen?«

»Die Krone des Heiligen Römischen Reiches für Eure Nachkommen, einen Teil der Ländereien, die Frankreich abtreten müsste, sowie eine Stellung im Reich, die sich die einstigen Burggrafen von Nürnberg nie hätten vorstellen können, als Kaiser Sigismund ihnen die Mark und die Kur Brandenburgs verlieh.« Die Stimme des kleinen Savoyers hatte etwas Beschwörendes an sich.

Friedrich Wilhelm entzog sich mit einem Grummeln ihrem Einfluss. »Ihr vergesst die Religion! Preußen ist protestantisch und wird es bleiben.«

»Gewiss, gewiss! Die religiösen Belange werden wir bis ins Einzelne klären. Euer Sohn muss sich natürlich zur katholischen Kirche bekennen, um Kaiser werden zu können. Doch in den Verträgen kann durchaus festgelegt werden, dass der Gouverneur des Kronlands Preußen stets ein calvinistischer Hohenzoller sein muss.«

Der König hob interessiert den Kopf. »Das hieße, mein August Wilhelm und dessen Nachkommen könnten Preußen regieren, während Fritz in Wien die Krone Karls VI. erbt.«

»Dies wird Gegenstand der Verhandlungen sein, aber ich sehe nichts, was dagegen sprechen könnte.«

»Dann lasst uns endlich anfangen. Können wir dem Kaiser heute noch unsere Aufwartung machen?«

Prinz Eugen sah sich gezwungen, Friedrich Wilhelm möglichst schonend über die Gebräuche am Hof aufzuklären. »Bedauerlicherweise sind wir gezwungen, auf das Zeremoniell Rücksicht zu nehmen, Euer Majestät. Nur ein gleichrangiger Herrscher besitzt das Anrecht, ungesäumt zum Kaiser vorgelassen zu werden.«

Charlotte fuhr betroffen auf. »Wer sind für den Kaiser gleichrangige Herrscher?«

»Nun, da wären in erster Linie der Papst, dann der Zar aller Russen und der türkische Sultan, so er in Frieden erscheinen würde. Hinter diesen rangieren die Könige von Frankreich und Spanien, die als Feinde der letzten Kriege jedoch mit einer gewissen Zurückhaltung empfangen würden, sowie die Könige von England, Polen, Dänemark und Schweden …«

»Und wann kommt da der König von Preußen?«, unterbrach Friedrich Wilhelm ihn gekränkt.

Prinz Eugen zauberte ein verständnisvolles Lächeln auf sein Gesicht. »Derzeit gerade noch vor den restlichen Kurfürsten, doch das würde sich ändern, wenn unsere Wünsche in Erfüllung gehen.«

»Wenn mein Fritz die Erzherzogin heiratet, käme ich also vor dem Zaren an die Reihe?«

»Sagen wir, mit Sicherheit vor dem König von Frankreich.«

Dieses Zugeständnis schien Friedrich Wilhelm zufrieden zu stellen, denn er nickte zustimmend und wollte noch etwas sagen, als sein Blick auf eine vergoldete Venusstatue fiel, deren Nacktheit sein Sohn mit großen Augen bewunderte. Der König zog seinen Hut und verhüllte damit den Busen der Venus. »Solches Zeug will ich nicht mehr sehen, solange ich hier bin, verstanden!« Er schien vergessen zu haben, dass er nicht zu einem kleinen Beamten sprach, sondern mit dem obersten Minister des Kaiserreichs.

Prinz Eugen nahm den Ausbruch gelassen hin und versicherte seinem temperamentvollen Gast lächelnd, dass alles zu seiner Zufriedenheit erledigt werde. »Doch nun erholt Euch erst einmal von der Reise. Ich werde Eure Ankunft unverzüglich dem Kaiser melden und dafür sorgen, dass die Verhandlungen möglichst bald beginnen können.«

»Ich wäre Euch sehr verbunden. So eine lange Reise unternimmt man schließlich nicht zum Vergnügen.« Friedrich Wilhelm verabschiedete sich beinahe unhöflich knapp und folgte dem Diener, der wie ein Gespenst scheinbar aus dem Nichts aufgetaucht war, um ihn in seine Gemächer zu führen. Der junge Friedrich blickte Prinz Eugen fragend an, wohl in der Hoffnung, dass dieser ihn zu einem Gespräch bitten würde, doch sein Gastgeber winkte ihm, seinem Vater zu folgen. Als sich die Tür hinter den beiden Preußen schloss, wandte der Prinz sich lächelnd an Charlotte. »Ich hoffe, Ihr begreift, warum ich Euch um Diskretion gebeten habe.«

Charlotte lächelte. »Ihr plant ein Werk von ungeheurer Kühnheit.«

»Diese Heirat wäre die Krönung meines Lebens. Sie würde dem Haus Habsburg-Österreich die Stütze verleihen, die es benötigt, um seinen Rang als erste Dynastie in Europa behaupten zu können. Es wird jedoch nicht leicht werden, sie durchzusetzen, denn mein Plan findet nicht den ungeteilten Beifall des Hofes. Wohl opponiert man nicht offen gegen mich, doch viele Höflinge und Minister favorisieren eine Vermählung Maria Theresias mit Franz Stephan von Lothringen. Er ist ein charmanter junger Herr, aber ein politisches Leichtgewicht. Frankreich wäre über eine solche Heirat natürlich entzückt, denn sie lieferte ihm genügend Grund, Lothringen an sich zu bringen und damit das Erzhaus in einen Krieg zu verwickeln, in dem es nur Schaden nehmen kann.«

Er schwieg abrupt. Offensichtlich war ihm bewusst geworden, dass er seine Gedanken vor einer ihm völlig fremden Person ausgebreitet hatte. Für einen Moment wirkte er betroffen, dann blickte er in Charlottes Augen und glaubte zu spüren, dass seine Menschenkenntnis ihn nicht im Stich gelassen hatte.

»Ihr seid eine bemerkenswerte Frau, Euer Durchlaucht. So rasch wie zu Euch habe ich selten zu einem Menschen Vertrauen gefasst. Doch seid Ihr gewiss nicht nach Wien gekommen, um Euch das Geschwätz eines vom Leben erschöpften alten Mannes anzuhören. Lasst mich wissen, wenn Ihr Hilfe benötigt.«

9

Zwei Tage, nachdem Friedrich Wilhelm von Preußen und Charlotte in Wien eingetroffen waren, trafen sich drei Herren etwas außerhalb der Stadt in einem hübschen, am Weg nach Laxenburg gelegenen Palais. Der Gastgeber war Giles de Roumaire, ein hoch gewachsener, blond gelockter Franzose in einem raffiniert geschnittenen Rock aus dunkelblauem Satin, der die Orden auf seiner Brust so richtig zur Geltung brachte. Dazu trug er Kniehosen aus eierschalenfarbiger Seide und rote Schuhe mit hohen Absätzen und goldenen Schnallen. Seine Finger waren mit Goldringen geschmückt, in deren Fassungen kunstvoll geschliffene Edelsteine steckten, und sein Halstuch endete in einem Wasserfall aus feinsten Brüsseler Spitzen.

Ihm gegenüber saß ein jüngerer Mann in einem schlichten braunen Rock und gleichfarbigen Kniehosen, der als einzigen Schmuck einen Siegelring aus Lapislazuli trug. Sein Gesicht wirkte schärfer geschnitten als das des Franzosen, und sein Blick, der mit einem kaum verhohlenen Anflug von Neid durch den reich geschmückten Raum glitt, verriet eine einfachere Herkunft.

Nach ein paar heftigen Atemzügen wandte er sich an den dritten Mann am Tisch, einem untersetzten Kleriker im Habit des Ordens Jesu. »Gestern erhielt ich die Nachricht, dass der preußische Baron in Wien eingetroffen sein soll.«

Der Jesuit, der mit seinem kantigen Gesicht und den fanatisch glühenden Augen eine fast animalische Energie ausstrahlte, nickte erleichtert, so als hätte sich eine lang gehegte Hoffnung erfüllt; der Franzose aber zog ein langes Gesicht. »Ich war schon der Überzeugung gewesen, dieser Baron Rankelfeld würde, da er so lange auf sich warten ließ, von dieser Reise Abstand nehmen. Doch diese verdammten Preußen erscheinen immer dann, wenn man sie am wenigsten erwartet.«

»Man sollte einen Gegner nie unterschätzen, sondern sich früh genug auf ihn einstellen. Es liegt jetzt an uns, die richtigen Entscheidungen zu treffen. Unser junger Freund hier wird uns dabei behilflich sein.« Monsignore Bartoluzzi bedachte Giles de Roumaire mit einem nachsichtigen Blick und wandte sich wieder Franz von Kobenzl zu, einem aufstrebenden Beamten der Geheimen Hofkanzlei am Ballhausplatz.

»Es ist meinen Freunden gelungen, Seine Majestät, den Kaiser, davon zu überzeugen, dass dieses Anliegen um Gottes willen nicht allein in den Händen des Savoyers liegen bleiben darf. Ihr werdet daher mit einigen anderen Herren den Auftrag erhalten, mit diesem preußischen Baron in aller Vertraulichkeit zu verhandeln. Macht Eure Sache gut, denn es wird sich für Euch auszahlen.«

Giles de Roumaire wirkte so erleichtert, als sei ein Zentnergewicht von seiner Brust gerollt, während Kobenzls Gesichtsausdruck an einen Jagdhund erinnerte, den man auf eine Spur angesetzt hatte. Er stand halb auf und verbeugte sich vor dem Jesuiten. »Ich bin Euch höchst dankbar, Monsignore, dass Ihr Euch für mich verwandt habt.«

Bartoluzzi lächelte wohlwollend. »Ich weiß, wie schwer es für einen jungen Edelmann ohne Protektion ist, sich gegen ein Heer missgünstiger Konkurrenten durchzusetzen.«

»Das ist es!« Kobenzl nickte eifrig und ergriff dann die Weinkaraffe, um die leeren Gläser wieder zu füllen. Nach einem stärkenden Schluck wandte er sich an den Kirchenmann. »Welche Anweisungen habt Ihr bezüglich der Verhandlungen mit dem Preußenkönig, Monsignore?«

Das Lächeln des Jesuiten wurde schier unergründlich. »Sie müssen zur Zufriedenheit Seiner Majestät, des Kaisers, verlaufen, und vor allem der Ihrer Hoheit, der Erzherzogin Maria Theresia.«

De Roumaire formulierte es deutlicher. »Erinnert Euch an die Sympathien, die Kaiser Karl VI. für Seine Hoheit, den Prinzen von Lothringen, hegt. Ihre Hoheit, die Erzherzogin, nannte ihn bereits ihren lieben Freund. Sollte dem Kaiser nicht doch noch ein Sohn geboren werden, wird sie dereinst über Österreich herrschen, und ein Hofbeamter, der nicht immer in ihrem Sinne gehandelt hat, dürfte dann keinen leichten Stand bei Ihrer Hoheit haben.«

Kobenzl spitzte die Lippen und neigte sein Haupt vor dem Franzosen. »Ich bin Euch für diesen Rat zu Dank verpflichtet, Chevalier. Seine Majestät und die Erzherzogin werden in mir immer einen treuen Diener finden.«

Bartoluzzi legte dem jungen Beamten die Hand auf die Schulter. »Die Erzherzogin hasst Preußen und wird den Mann, der ihr hilft, dieser Verbindung zu entgehen, gewiss in den Kreis ihrer engsten Berater aufnehmen.«

Kobenzl schloss die Augen und stellte sich vor, in welchem Luxus er erst schwelgen würde, gelänge es ihm, in eines der höchsten Hofämter zu gelangen. Dafür musste Maria Theresia jedoch erfahren, dass er es gewesen war, der die Verhandlungen mit Preußen zum Scheitern gebracht hatte. Er würde größte Vorsicht walten lassen müssen, damit Prinz Eugen, der mächtigste Befürworter dieser Heirat, keinen Verdacht schöpfte. Noch war der Savoyer mächtig genug, ihn in die ödeste Ecke des Reiches versetzen lassen zu können.

Er kam auf ein anderes Thema zu sprechen. »Ulrich von Mittstadt hat schon wieder in der Geheimen Hofkanzlei vorgesprochen. Dieser kleine Fürst pocht auf seine vermeintliche Wichtigkeit, will aber nicht begreifen, dass Nachforschungen und Einflussnahmen nun einmal Geld kosten.«

Bartoluzzi runzelte die Stirn und warf seinem Gastgeber einen Blick zu. De Roumaire stand auf, trat an ein verspielt wirkendes Schränkchen aus honigfarben schimmerndem Nussbaumholz und nahm eine prall gefüllte Lederbörse heraus. Er wog sie kurz in der Hand und reichte sie Kobenzl. »Akzeptiert dies als kleine Entschädigung für Eure Aufwendungen, mein Herr.«

Der junge Beamte hörte durch das Leder hindurch das Gold klirren, steckte die Börse ein und verbeugte sich dabei tiefer als vor seinem obersten Vorgesetzten. Noch im Stehen leerte er sein Glas und bat die beiden anderen Herren, ihn nun zu entschuldigen. De Roumaire gab ihm das Geleit bis zur Tür und horchte auf seine verhallenden Schritte.

Als er sich wieder zu Bartoluzzi an den Tisch setzte, wirkte er höchst angespannt. »Ich hoffe, Kobenzl kann tatsächlich etwas erreichen. Prinz Eugens Plan muss zum Scheitern gebracht werden, sonst ...«

»… ist Frankreich der Leidtragende, wolltet Ihr sagen.« Bartoluzzi lächelte überlegen, denn diese Worte hatte er sich schon mehrmals angehört.

»Nicht nur Frankreich, sondern auch der Heilige Stuhl! Mit den Preußen würde die Ketzerei in Wien Einzug halten, und dies kann nicht im Sinne des Papstes sein.« In seiner Erregung merkte de Roumaire nicht, dass Bartoluzzi ihn beobachtete wie eine Katze die Maus. Die Wege der Diplomatie waren verschlungen, und der Monsignore glaubte einer der wenigen zu sein, die im vollen Ausmaß begriffen, was in Europa gespielt wurde. Frankreich wurde von der Angst zerfressen, Habsburg und Hohenzollern könnten sich zusammentun und ihm die Landgewinne streitig machen, die es seit dem großen, dreißig Jahre dauernden Krieg im letzten Jahrhundert errungen hatte. Für dieses Ziel waren einige wichtige Leute in Wien bereit, einen als Ketzer geborenen Prinzen ihrer zukünftigen Landesherrin an die Seite zu stellen.

»Wir alle wären froh, wenn Ihre Majestät den Kaiser doch noch mit einem Erben beglücken würde. Dann geriete das Herz des Reiches nicht in Gefahr, von lutherischer Ketzerei vergiftet zu werden.«

De Roumaire schnappte nach dem Köder, den Bartoluzzi ihm hinwarf. »Ihr glaubt, da gäbe es noch Hoffnung?«

Bartoluzzi wiegte lächelnd den Kopf. »Ihre Majestät steht im fünfunddreißigsten Jahr und kann ihrem Gemahl gewiss noch weitere Kinder gebären. Ich habe von einem Arzt in Siena gehört, der bereits etlichen Frauen zu Kindersegen verholfen hat. Vielleicht sollte ich ihn rufen lassen. Die Majestäten würden mir gewiss Dank dafür wissen.«

»Sofern der Erfolg dieses Arztes nicht darauf beruht, den Damen persönlich die Kinder gemacht zu haben! Das würde Ihre Majestät gewiss nicht gutheißen.« Der Franzose maß den Jesuiten mit einem argwöhnischen Blick.

»Aus diesem Grunde werde ich Erkundigungen über den Mann einholen. Doch seid darüber hinaus versichert, etliche hohe Geschlechter bestehen nur noch deshalb, weil ein stämmiger Stallknecht oder schneidiger Adjutant die Aufgabe übernahmen, es zu erhalten. In den Archiven des Vatikans liegen Aufzeichnungen verborgen, die so manchen Skandal auslösen könnten, kämen sie in unbefugte Hände.« Bartoluzzi faltete die Hände, als müsse er Gott für all diese Sünder und Sünderinnen um Vergebung bitten.

De Roumaire schien nicht mehr zu wissen, was er von dem Kirchenmann halten sollte. »Monsignore, das ist doch alles nur Gerede. Unsere Aufgabe ist es, Prinz Eugen von seinem hohen Ross zu stürzen. Er ist ein gefährlicher Libertin, dem nichts heilig ist, und er wird nicht eher ruhen, bis er Frankreich und den Heiligen Stuhl gedemütigt hat.« Die Art, mit der de Roumaire die Belange Frankreichs mit denen des Papstes zu verknüpfen suchte, wirkte schon verzweifelt.

Bartoluzzi schlug das Kreuzzeichen und reichte ihm die Hand zum Kuss. »Verzage nicht, mein Sohn. Gott wird alles zum Guten wenden. Doch nun muss auch ich Euch verlassen.« Er wollte sich schon umwenden, als plötzlich wieder Leben in den Franzosen kam. Er eilte zu seinem Sekretär und holte eine weitere Börse heraus.

»Hier, Monsignore, für die Armen!«

»Gott wird es dir vergelten.« Bartoluzzi wog den Beutel mit zufriedener Miene, ehe er ihn wegsteckte, zeichnete erneut das Kreuz in die Luft und verließ das Zimmer. Anders als Kobenzl nahm er jedoch nicht den Weg zum Haupteingang des Palais, sondern öffnete die Tür zum Garten und schritt zwischen den penibel zu geometrischen Figuren gestutzten Bäumen auf eine Nebenpforte zu. Etliche hundert Schritt weiter tauchte er in das Halbdunkel der Simmeringer Pfarrkirche ein, die mit ihren wuchtigen Mauern und den kleinen Fenstern einem Wehrbau ähnelte. Oft genug hatte das Gotteshaus den Menschen der Umgebung Schutz gegen streifende Türken geboten, doch nun, da die Grenzen des habsburgischen Reiches bis weit auf den Balkan vorgeschoben worden waren, erschien das alte Gemäuer dem Kaiser nicht mehr zeitgemäß, und er hatte bereits die Wiener Baumeister damit beauftragt, es abzureißen und an seiner Stelle eine Kirche im modernen Barock zu errichten.

Bartoluzzi betrat die Sakristei. In dem düsteren Raum saß ein Mann in einer weiten Kutte, der sein Gesicht in der Kapuze verbarg. Bei Bartoluzzis Eintreten streifte er seine Kopfbedeckung ab und legte die weichen Gesichtszüge eines Menschen frei, der es sich im Leben gut gehen lassen konnte. »Nun, Bruder, welche Nachrichten bringst du mit?«

»Der König von Preußen hat Prinz Eugens Köder geschluckt und ist tatsächlich erschienen«, antwortete Bartoluzzi.

Der andere stieß einen leisen, französischen Fluch aus und schien zu überlegen.

Bartoluzzi beobachtete, wie es in der Miene seines Gegenübers arbeitete, und beschloss, ihn ein wenig zu reizen, um mehr zu erfahren. »Warum wäre es so schlimm, wenn die Erzherzogin den Preußenprinzen heiratet, Bruder? Wäre es nicht eine gute Ausgangsbasis dafür, die heilige Religion wieder im Norden des Reiches zu verbreiten?«

Der Mann, dem er gegenüberstand, war kein einfacher Mönch, sondern Robert de Montfroy, Titularbischof von Santa Virgen de los Indias und ein Verwandter des lothringischen Herzogs Leopold. Jetzt zog er unwillig die Stirn kraus. »Wohin verirren sich deine Überlegungen, Bruder? Erinnere dich an Sachsen! Als Kurfürst Friedrich August seine Hand nach der Krone Polens ausstreckte und dafür die heiligen Sakramente auf sich nahm, glaubten wir dieses Land für die katholische

Kirche zurückgewonnen. Doch das Volk zeigte sich störrisch und hält weiter an seinem protestantischen Irrglauben fest. August der Starke darf gegen den Willen des Pöbels nicht einmal eine katholische Kirche in Dresden errichten lassen!«

Es war nicht die Sorge um das Seelenheil der Sachsen, die dem Bischof diese flammenden Worte entlockt hatten, sondern die um seinen herzoglichen Verwandten Franz Stephan, dessen Bewerbung um die Hand Maria Theresias nicht gefährdet werden durfte. Er deutete Bartoluzzi an, dass es nicht gut wäre, diese Idee weiterzuverfolgen, und zog dabei eine wohl gefüllte Geldbörse unter seiner Kutte hervor.

»Hier, nimm das für die Aufwendungen, die du hattest, Bruder, und natürlich auch für die Armen.« Beide wussten, dass kein Bedürftiger eine Münze davon sehen würde, denn dafür waren Bartoluzzis Ausgaben zu hoch. Nicht jedes Mal fand der eifrige Diener des Heiligen Stuhls einen geneigten Mäzen, der ihm seine Auslagen so großzügig ersetzte wie der Chevalier de Roumaire.

»Von dieser preußischen Heirat will ich nun nichts mehr hören außer der Nachricht, dass sie nicht stattfinden wird. Tu du das Deine dazu; es wird dein Schaden nicht sein.« De Montfroy blickte Bartoluzzi direkt in die Augen. »Vergiss nicht: Es ist unsere Aufgabe, das Erzhaus und damit ganz Österreich von der Fäulnis der lutherischen Irrlehren freizuhalten!«

Bartoluzzi neigte scheinbar demütig den Kopf. »Das vergesse ich niemals, Bruder.«

Der Unterton in seiner Stimme gefiel dem Bischof nicht. Bartoluzzi erwartete offensichtlich eine hohe Belohnung für seine Dienste, und Montfroy fragte sich, ob er diesen Preis auch wert war.

»Du hast bei einem unserer Treffen einen Arzt aus Siena erwähnt. Was ist mit ihm? Glaubst du, er könnte Ihrer Majestät zu weiteren Schwangerschaften verhelfen?«

»Ich habe viel Gutes über ihn gehört und werde noch genauere Erkundigungen direkt von meinen Mitbrüdern in Siena einholen.«

»Tu dies, Bruder«, antwortete der Bischof lächelnd und nahm sich vor, seinem Gewährsmann in Siena zu schreiben, damit der Bericht wenig ermutigend ausfiel. Gleichzeitig musste er den allzu ehrgeizigen Mitbruder so beschäftigen, dass dieser seine Kreise nicht stören konnte.

»Du kennst doch den deutschen Fürsten Ulrich von Saalstein-Mittkau, der sich derzeit am Hof aufhält.«

»Saalstein-Mittstadt«, verbesserte ihn Bartoluzzi.

De Montfroy strich sich über die Stirn, als wolle er sich diesen Namen einprägen. »Dessen Sohn, Prinz Magnus, dient bei den kaiserlichen Kürassieren. Ich bin ihm bei Prinz Franz Stephan begegnet und hatte den Eindruck, er sei, obwohl ein ketzerischer Lutheraner, den Lehren der heiligen Kirche durchaus aufgeschlossen. Vielleicht solltest du ihn und seinen Vater aufsuchen.«

Bartoluzzis Augen leuchteten auf. »Du meinst, der Fürst ließe sich bekehren, Bruder?«

»Es wäre ein gottgefälliges Werk, welches den, der es vollbringt, schon in diesem Leben segnen wird.« Der Bischof lächelte Bartoluzzi verheißungsvoll zu und verließ die Sakristei in dem Bewusstsein, zum Frommen des Hauses Lothringen und der heiligen Kirche gehandelt zu haben.

10

Drei Tage lang nahm niemand am Wiener Hof von Charlotte Notiz, obwohl Prinz Eugen ihre Ankunft dem Oberhofmeister hatte melden lassen, und sie fragte sich schon, ob der

Einfluss des Mittstädters so groß geworden war, dass man sie als unerwünschte Person ansah. Am Mittag aber erschien ein Bote und überbrachte ihr eine Einladung zum Abendempfang in der Favorita, der Sommerresidenz des Kaisers. Sie kleidete sich sorgfältig an und nahm dabei erleichtert wahr, dass die düsteren Wolken aus ihrem Gemüt wichen und neuer Zuversicht Platz machten.

Friedrich Wilhelm hockte zur gleichen Zeit verdrossen in einem kleinen Salon und starrte durch die großen Fenster des Belvedere in den Garten, ohne dessen Schönheit wahrzunehmen. Der König von Preußen hätte die ihm zustehende Beachtung fordern und ohne Schwierigkeiten vor den Kaiser treten können, ein Baron Rankelfeld musste jedoch warten, bis er geladen wurde. Prinz Eugen hatte Mühe gehabt, Friedrich Wilhelm klar zu machen, dass sein striktes Inkognito ihn hinderte, an offiziellen Veranstaltungen bei Hof teilzunehmen. Friedrich Wilhelm musste sich damit trösten, dass die Verhandlungen über eine eheliche Verbindung der beiden Herrscherhäuser in Kürze beginnen sollten. Diese Nachricht hatte ein Beamter der Geheimen Hofkanzlei, ein gewisser Franz von Kobenzl, am Nachmittag im Auftrag des Herrn von Bartenstein überbracht, welcher die Delegation leiten sollte.

Anders als der Preuße war Prinz Eugen sichtlich erleichtert. Zwar hätte er die Verhandlungen lieber persönlich geführt, doch er setzte großes Vertrauen in Herrn von Bartenstein, einen der neuen Fixsterne der kaiserlichen Verwaltung. Die Tatsache, dass er nicht an den Gesprächen teilnehmen sollte, ermöglichte es ihm, seinem anstrengenden Gast für einige Stunden am Tag zu entrinnen. Die Einladung in die Favorita wollte auch Eugen wahrnehmen, um ein paar eindringliche Worte mit dem Kaiser zu wechseln. Die Vorliebe Karls VI. für den jungen Lothringer war ihm schon lange ein Dorn im Auge. Hätte es einen Erbprinzen gegeben, würde die Verbindung zwischen der Erzherzogin Maria Theresia und Franz Stephan keinen größeren Schaden anrichten. Doch würde Lothringen durch eine Heirat mit den habsburgischen Besitzungen verschmolzen, bedeutete das Krieg mit Frankreich, und Prinz Eugen befürchtete, dass Bayern und Preußen sich auf dessen Seite stellen würden.

»Die preußische Hochzeit muss zustande kommen, koste es, was es wolle«, murmelte er, als er neben Charlotte in einem leichten Fiaker saß, der für die Stadt weitaus besser geeignet war als eine schwerfällige Reisekutsche.

Charlotte sah ihren Gastgeber fragend an, begriff aber, dass er mit sich selbst gesprochen hatte. Daher ließ sie ihren Blick wieder durch die Umgebung schweifen. Man hatte ihr erzählt, die Innenstadt von Wien sei eng und düster, doch in der Vorstadt, durch die sie fuhren, gab es reichlich Platz für Paläste, Gärten und Parks, in denen sich die Angehörigen des Adels ergehen konnten. Charlotte verstand, warum Karl VI. diesen Ort als Sommerresidenz gewählt hatte, und freute sich auf die Favorita. Nach Auskunft ihres Gastgebers war es weitaus angenehmer, dort empfangen zu werden als in der altehrwürdigen Hofburg, die mehr einem Labyrinth aus grauer Vorzeit gleichen sollte als einer dem Kaiser angemessenen Residenz.

Prinz Eugen schüttelte seine quälenden Gedanken ab und machte Charlotte auf mehrere Palais aufmerksam, die von einflussreichen Familien errichtet worden waren und genau wie das Belvedere schon manchen Besucher zu dem Ausruf veranlasst hatten, die Untertanen würden angenehmer und standesgemäßer wohnen als der Kaiser.

Charlotte verstand die Anspielungen ihres Gastgebers erst, als sie die Favorita zu Gesicht bekam. Das Gebäude wirkte trotz seiner Größe und dem Versuch, es prunkvoller zu gestalten, gegen die Paläste der hohen Adelsfamilien schlicht und eher altmodisch. Auf ihre Bemerkung spöttelte Prinz Eugen, Seine Majestät habe eben nur einen zweitklassigen Baumeister mit der Ausgestaltung beauftragt und kein besseres Ergebnis erwarten können. Dennoch war dieses Gemäuer als derzeitige Residenz des Kaisers der Nabel des Heiligen Römischen Reiches Deutscher Nation.

Die Kutschen der Besucher verstopften den Vorplatz des Schlosses, und die der ankommenden Gäste versuchten noch in der Auffahrt einander zu überholen, um ihrem Rang und ihrer Bedeutung gemäß einzutreffen. An dem von zwei gemütlich trabenden Rappen gezogenen Fiaker des Savoyers wagte jedoch keiner vorbeizuziehen, denn Prinz Eugens Stellung am Hof war zu bedeutend, als dass es jemand wagen würde, sich wegen eines kleinen Triumphs den Zorn dieses Mannes zuzuziehen. Als der Wagen des Prinzen stand, waren sofort mehrere Diener zur Stelle. Sie öffneten den Schlag und baten ihn mit einem Dutzend Bücklingen, ihnen in die Privatgemächer Seiner Majestät zu folgen.

Prinz Eugen wandte sich mit einer um Verzeihung bittenden Geste an Charlotte. »Ich bedauere, Euch nun allein lassen zu müssen, Euer Durchlaucht, doch die Pflicht ist nun einmal wichtiger als das Vergnügen.«

Einer der Diener hatte das Wort Durchlaucht gehört und verneigte sich vor der Fürstin. »Wen darf ich Seiner Exzellenz, dem Herrn von Khevenhüller, melden?«

»Ihre Fürstliche Durchlaucht, Charlotte Louise Karola Amelia, Regierende Fürstin zu Sachsen-Saalstein-Tresskau«, antwortete Max, der den Fiaker in der prachtvollen Montur eines Offiziers der Tresskauer Jäger zu Pferd begleitet hatte.

Der Lakai wurde noch devoter und bat Charlotte, ihm in den Empfangssalon zu folgen. Max, der in seinem grünen Uniformrock und dem schwarzen, mit Goldlitzen verzierten Dreispitz die Blicke der Damen auf sich lenkte, salutierte und trat beiseite.

Währenddessen versuchte Charlotte, ihre Überraschung hinter einer gleichmütigen Miene zu verbergen, denn sie war trotz oder vielleicht auch wegen der abwertenden Worte, mit denen ihr Gastgeber die Favorita beschrieben hatte, zutiefst beeindruckt. Das Gebäude war luftig, und man hatte es sparsam, aber durchaus geschmackvoll ausgestattet. In der großen Empfangshalle drängten sich die Besucher wie auf einem Marktplatz. Ihrer Kleidung nach zu urteilen handelte es sich um Herren und Damen von höchstem Adel und die Vertreter verschiedener Souveräne, die darauf warteten, dem Kaiser ihre Aufwartung machen zu dürfen. Charlotte fand es schade, dass die Zeiten vorbei waren, in denen die Herren ihr Wappen auf dem Waffenrock getragen hatten, so dass man ihre Herkunft hatte erkennen können. Da ihr Gastgeber sie verlassen hatte, gab es niemanden, den sie ausfragen konnte.

Hofbeamte wieselten herum und platzierten die versammelten Gäste so, wie sie vor Seine Majestät geführt werden sollten. Ein mageres Männchen stellte sich vor Charlotte in Positur, verbeugte sich wie abgezirkelt und versuchte, sie nicht allzu neugierig anzustarren.

»Wenn Ihr mir bitte folgen wollt, Euer Durchlaucht«, bat er sie und ersuchte dann mehrere Personen, ihnen den Weg frei zu machen. Während er Charlotte weiter nach vorne führte, hörte sie einige der Wiener Adelsdamen miteinander tuscheln. Sie verstand zwar nur wenige der halb geflüsterten Worte, doch ihr war klar, worüber die Damen sich echauffierten.

Eine junge Frau packte ihre Nachbarin am Arm und hielt ihre Stimme weniger gut im Zaum als die anderen. »Hast du schon einmal ein so langes Gestell bei einer Frau gesehen, Mizzi?«

Die andere schüttelte den Kopf. »Nein, gewiss nicht, Fanny. Wenigstens glaube ich zu wissen, wer sie ist.«

»Na, wer denn?«

»Das kann nur die gekaufte Frau jenes sächsischen Fürsten sein, von der Magnus uns erzählt hat.«

»Die Zuchtstute? Die hab ich mir anders vorgestellt, mehr wie ein Tschapperl. Aber die tritt ja auf wie die Kaiserin des Zarenreichs.«

Charlotte hatte genug gehört. Wie es aussah, hatte Ulrich von Mittstadt keine Zeit verloren, sein Gift im kaiserlichen Wien zu versprühen. Also war es tatsächlich höchste Zeit gewesen, persönlich am Kaiserhof zu erscheinen und seinen Intrigen einen Riegel vorzuschieben.

Im nächsten Moment vernahm sie hinter sich ein wuterfülltes Schnauben. Sie drehte sich um und blickte auf den Mittstädter hinab.

Er kämpfte sichtlich mit seiner Fassung. »Ihr hier?«

»Wie Ihr seht, Fürst«, antwortete Charlotte knapp, aber um einiges höflicher als er. Ulrich von Mittstadt schien im Augenblick nicht zu wissen, wie er sich verhalten sollte, und war sichtlich froh, als der Zeremonienmeister erschien und das Erscheinen Seiner Majestät, des Kaisers, verkündete. Die ersten Gäste wurden aufgerufen und eilten so rasch die Treppe hoch, als gelte es, alle anderen weit hinter sich zu lassen. Es handelte sich ausnahmslos um die Vertreter ausländischer Fürsten und um nahe Verwandte des Kaiserhauses. Als souveräne Fürsten des Reiches durften Charlotte und Ulrich ihnen als Nächste folgen. Der Zeremonienmeister winkte sie zu sich hinauf und blickte sie abwechselnd so verwirrt und vorwurfsvoll an, als hätten sie sich verschworen, das Zeremoniell zu stören.

»Ich bin Fürst Ulrich von Sachsen-Saalstein-Mittstadt«, erklärte der Mittstädter und wollte als Erster den Saal betreten.

Charlotte legte ihm mit einem warnenden Lächeln die Hand auf die Schulter. »Als Vertreterin der älteren Saalsteiner Linie gebührt mir der Vortritt.«

Ulrich erstickte fast an ihren Worten, wusste aber, dass er sich in seiner Wut beinahe einen Fauxpas geleistet hätte. Der wahre Herr in Wien war nicht der Kaiser, sondern das allmächtige Protokoll, und das stellte die Linie eines älteren Sohnes nun einmal vor die des Jüngeren. Daher musste er warten, bis Charlotte den Saal betreten hatte und vom Hofmeister angekündigt worden war.

Der Kaiser saß wie eine kunstvoll ausstaffierte Puppe in einem zierlichen Sessel, der mit rotem Brokatpolster überzogen war und vergoldete Lehnen hatte. Sein pausbäckiges und doch verkniffen wirkendes Gesicht verzog keine Miene, als er die Hand zum Gruß hob. Er trug die längste Perücke, die Charlotte je gesehen hatte, und hatte einen schwarzen, goldbestickten Dreispitz mit überreichem Federschmuck aufgesetzt. Sein dicht bestickter Rock und die seidenen Kniehosen waren ebenfalls schwarz, während die Strümpfe darunter wie frisch gefallener Schnee leuchteten. Seine schwarzen Schuhe endeten in jenen hohen, roten Absätzen, die nur den Vertretern des hohen Adels zustanden. In der Hand hielt er ein goldenes Zepter mit einem Adler, der in seinen Krallen einen Lorbeerkranz hielt.

Neben dem Kaiser hatte seine Gemahlin Elisabeth Charlotte in einem etwas schlichteren Sessel Platz genommen. Sie war eine immer noch recht hübsche, wenn auch stattlich gewordene Frau mit heller Haut und beinahe weißblonden Haaren. Ihr Kleid wirkte unmodisch streng, bestand aber aus erlesenen Stoffen und war der steifen Gewandung des spanischen Hofes nachempfunden. Neben der Kaiserin standen ihre beiden Töchter, die Erzherzoginnen Maria Theresia und Maria Anna, die im Gegensatz zu ihrer Mutter in prachtvolle Roben gewandet waren, die Ältere in Blau und die Jüngere in Grün. Charlotte interessierte sich vor allem für Maria Theresia, die ihr Gastgeber mit dem jungen Friedrich von Preußen vermählen wollte. Die Erzherzogin war erst neun Jahre alt, aber so unkindlich ernst und gemessen, dass sie einer zu klein geratenen Erwachsenen glich. Sie hatte ein hübsches Gesicht, welches zu ihrem Glück nicht von der hängenden Unterlippe der Habsburger entstellt wurde, und große, wachsame Augen, die Klugheit und einen festen Charakter verrieten. Dieses Kind, das vielleicht einmal den Namen Habsburg an die nächste Generation würde weitergeben müssen, war ein Mensch, der schon jetzt über seine Umgebung hinausragte. Für einen Augenblick stellte Charlotte sich Maria Theresia und Friedrich als Paar vor und fragte sich, wer von den beiden wohl das Heft in der Hand halten würde. Die junge Erzherzogin wirkte viel souveräner als der Preußenprinz, doch dieser wurde zu stark von seinem Vater dominiert, als dass man ein Urteil über seinen Charakter hätte fällen können.

Ein mahnendes Hüsteln des neben den Majestäten stehenden Oberhofmeisters erinnerte Charlotte daran, dass nach ihr noch unzählige weitere Menschen dem Kaiser ihre Aufwartung machen wollten, und so schritt sie nach dem obligatorischen Hofknicks weiter. Dabei stellte sie bedauernd fest, dass das Zeremoniell es ihr unmöglich machte, ein Wort an den Kaiser zu richten. Also würde sie eine private Audienz erlangen müssen, um ihr Anliegen vorzutragen. Während sie einem bedächtig vor ihr hertrottenden Lakaien in einer roten, goldbetressten Livree in den nächsten Saal folgte, fragte sie sich besorgt, ob sie nach all dem, was sie schon gehört und nun gesehen hatte, je zu Karl VI. würde durchdringen können.

11

Noch nie hatte Charlotte sich unter so vielen Menschen so einsam gefühlt wie in der Favorita. Um sie herum tauschten die Leute den neuesten Klatsch aus, zu dem auch ihre Ankunft gehörte, und streiften sie mit geradezu unverschämt neugierigen Blicken. Ihr Rang und ihr Titel verboten es den Angehörigen des Hofadels dem alles beherrschenden Protokoll zufolge jedoch, eine Regierende Fürstin anzusprechen, ohne aufgefordert zu werden, und die Vertreter der großen Reiche interessierten sich nicht für den Souverän eines unbedeutenden, kleinen Ländchens im Heiligen Römischen Reich Deutscher Nation.

Vor ihr blieb ein Lakai mit einem Tablett voller fein geschliffener Kristallgläser stehen. Trotz seiner Last gelang es ihm, sich geziert zu verbeugen und ihr Wein anzubieten. Charlotte nahm ein Glas und nippte vorsichtig. Ihre Kehle war trocken, doch der schwere, dunkle Ungarwein war nicht das geeignete Getränk, um ihren Durst zu stillen. Als sie das Glas zurückstellen wollte, war der Diener bereits in der Menge verschwunden. Sie blickte sich um und fragte sich, ob sie es in einer stillen Ecke verschwinden lassen konnte. In dem Moment sah sie Prinz Eugen auf sich zukommen.

»Amüsiert Ihr Euch, Euer Durchlaucht?«, fragte er.

Charlotte schüttelte den Kopf. »Um ehrlich zu sein: ich langweile mich fürchterlich.«

Um die Lippen des Prinzen huschte ein Lächeln. »Verratet Euch aber bitte nicht, denn die Hofgesellschaft würde Euch das höchst übel nehmen. Die meisten hier Anwesenden langweilen sich tödlich, doch verweigerte man ihnen von heute auf morgen den Zutritt bei Hof, würden sich die Herren eine Kugel durch den Kopf schießen und die Damen zum Giftflakon greifen. Tröstet Euch damit, dass Seine Majestät in einer Stunde persönlich für die Erbauung seiner Gäste sorgen wird.«

»Ich hatte mir das alles ganz anders vorgestellt. Vor allem glaubte ich, ich könne wenigstens ein paar Worte mit dem Kaiser wechseln und ihn um ein privates Gespräch bitten. Aber so etwas ist hier wohl nicht vorgesehen. An diesem Ort geht alles so formell zu, dass ich Angst habe, unangenehm aufzufallen, wenn ich nur tief durchatme.«

Prinz Eugen unterdrückte ein Auflachen. »Seine Majestät hängen nun einmal am spanischen Hofzeremoniell. Das mag daran liegen, dass er eigentlich die Krone Kastiliens und Aragons hätte tragen sollen. Das Schicksal aber hat ihn für die Herrschaft über das Heilige Römische Reich Deutscher Nation ausersehen und ihm überdies noch den Erzherzoghut Österreichs und die Königskronen Ungarns und Böhmens in den Schoß gelegt. In seinem Herzen hat er sich nie damit abgefunden und trauert der Iberischen Halbinsel und dem Thron im Escorial nach.«

Er senkte den Kopf, um sein Lächeln unter der glatten Miene eines Höflings zu verbergen, und blickte dann wieder zu Charlotte empor. »Ihr habt Euch so suchend umgesehen. Kann ich Euch helfen?«

Charlotte wandte sich verlegen ab, nickte aber. »Ich würde gerne dieses Glas zurückgeben und etwas Leichteres zu trinken bekommen.«

Prinz Eugen nahm ihr das Glas aus der Hand und drückte es dem ihm am nächsten stehenden Edelmann in die Hand. »Seid so gut, mein lieber Kobenzl, und besorgt Ihrer Durchlaucht ein mehr für Damen geeignetes Getränk.«

Der junge Mann verneigte sich wortlos und verschwand in der Menge. Nach einigen Minuten kehrte er mit einem Lakaien zurück, der ein Tablett mit verschiedenen Weinen hinter ihm hertrug. Prinz Eugen suchte mit kundigem Griff ein Glas aus, von dem er glaubte, der Inhalt könne Charlotte munden. Dann stellte er ihr Franz von Kobenzl als eine Zierde der kaiserlichen Verwaltung vor und verabschiedete sich mit einer für sein Alter höchst eleganten Verbeugung.

Kobenzl schien die Worte des Prinzen als Befehl aufzufassen, sich Charlottes anzunehmen und ihr den weiteren Ablauf des Abends zu erklären. Von ihm erfuhr sie, dass eine Oper des genialen Pietro Metastasio im Park aufgeführt werden würde, bei der der Kaiser höchstpersönlich die Musiker zu dirigieren wünschte. Charlotte schüttelte verwundert den Kopf, denn eine solche Tätigkeit wurde normalerweise von Leuten minderen Ranges oder gar bürgerlichen Individuen ausgeübt. Ihr Gesicht musste wohl ihre Zweifel ausgedrückt haben, denn Kobenzl erklärte ihr mit leuchtenden Augen, dass musische Talente am Hofe in Mode wären und von Karl VI. intensiv gefördert würden. Für einen Moment musste Charlotte an den jungen Friedrich von Preußen denken und sagte sich, dass sein Vater ihm das Flötenspiel hätte erlauben sollen. Diese Kunstfertigkeit würde ihm gewiss Sympathien eintragen, die dem Heiratsprojekt förderlich sein konnten. Friedrich war schließlich nicht der einzige Bewerber um die Hand der Erzherzogin Maria Theresia, und Charlotte war auf einmal gespannt darauf, etwas über den anderen Kandidaten zu erfahren.

»Könnt Ihr mir sagen, wer von den anwesenden jungen Herren der Prinz von Lothringen ist?«, bat sie Herrn von Kobenzl.

Der junge Hofbeamte sah sich kurz um und deutete mit dem Kopf auf einen schlanken, hoch gewachsenen Jüngling in einem goldstrotzenden Rock, der sich malerisch gegen eine Säule gelehnt hatte. Der Prinz von Lothringen plauderte gerade mit einem etwa gleichaltrigen Mann, der gegen ihn wie ein Stallbursche wirkte und dennoch Charlottes Blick auf sich zog. Der kräftig gebaute Bursche mit dem groben Bauerngesicht trug über einem reich geschmückten, roten Rock den silberglänzenden Brustpanzer eines Kürassiers. Im Allgemeinen galten Offiziere der unteren Ränge nicht als hoffähig, also musste der Mann trotz seines derben Aussehens von edelster Abkunft sein. Er kam Charlotte vage bekannt vor. In dem Moment brachte sie eine Geste, die ihr bei Ulrich von Mittstadt aufgefallen war, auf die richtige Idee. »Ist der junge Herr neben dem Prinzen von Lothringen Magnus von Mittstadt?«

Kobenzl verzog kaum merklich das Gesicht. »Das ist richtig, Euer Durchlaucht. Ich weiß allerdings nicht, weshalb er hier und nicht bei seinem Regiment ist.«

»Wahrscheinlich, weil sein Vater sich derzeit in Wien aufhält.«

»Das ist gut möglich.« Kobenzl versuchte, seine gleichmütige Miene beizubehalten, doch seine Mundwinkel und sein Tonfall verrieten, dass er nicht viel von Fürst Ulrich und seinem Sohn hielt. Charlotte verstand die Abneigung des Höflings nur zu gut. Magnus von Mittstadt sprach viel zu laut und gestikulierte im Gegensatz zu den anderen Gästen, deren Bewegungen puppenhaft geziert wirkten, weit ausgreifend, und er ließ sich in der kurzen Zeit, in der Charlotte ihn beobachtete, zweimal ein Glas Wein reichen, das er in einem Ruck hinabstürzte. Im Gegensatz zu ihm machte Franz Stephan von Lothringen einen für seine achtzehn Jahre höchst selbstsicheren und beherrschten Eindruck. Sein angenehmes Gesicht mit großen, sehr lebendig wirkenden Augen verriet einen Esprit, der ihm gewiss die Herzen der Damen zufliegen ließ. Gegen diesen weltgewandten jungen Herrn, dachte Charlotte, konnte der eingeschüchterte Preußenprinz nur verlieren.

Magnus von Mittstadt sagte etwas, das Franz Stephan zum Lachen brachte, und Charlotte konnte beobachten, dass einige der älteren Herrschaften bei dem in diesen heiligen Hallen verpönten Geräusch zusammenzuckten und tadelnd die Köpfe schüttelten. Ein beleibter Herr im roten Gewand eines Geistlichen brach sein Gespräch ab und stach auf die beiden jungen Männer zu.

Magnus von Mittstadt bemerkte ihn nicht, denn er hatte sich umgedreht und blickte einer jungen Dame nach, deren juwelengeschmückte Hofrobe beträchtlichen Reichtum widerspiegelte. »Verzeih, wenn ich dich jetzt verlasse, mon cher François Stéphane, doch ich muss dem Fräulein von Auersperg meine Aufwartung machen!« Er verbeugte sich knapp vor dem Lothringer und eilte hinter der reichen Erbin her.

Im gleichen Augenblick gesellte sich Bischof de Montfroy mit anklagender Miene zu Franz Stephan. »Ihr solltet Euren Freunden verbieten, Euch so zu nennen wie dieser Mittkauer! Prinz Eugen bezeichnet Euch bereits als kleinen Franzosen, und Ihr könnt dem alten Haudegen keinen größeren Gefallen tun, als diesen Ruf zu unterstreichen. Denkt daran, aus welchem Grund Euer erlauchtigster Vater Euch nach Wien geschickt hat. Bestimmt nicht, um mit solchen Rabauken wie diesem Magnus durch die Gassenschenken zu ziehen und jungen Mädchen nachzustellen. Nehmt Euch in Acht, Prinz, sonst ladet Ihr den Zorn Seiner Majestät, des Kaisers, auf Euer Haupt. Das könnte Eure Hoffnung auf die Hand der Erzherzogin zunichte machen. Ihr solltet auch Eure Heiterkeit mäßigen, denn sonst könnten einige Damen und Herren von großem Einfluss glauben, Ihr wolltet Euch über sie lustig machen.«

Franz Stephan nahm die Predigt mit einem verlegenen Lächeln hin. »Ihr habt ja Recht, mein lieber Montfroy. Doch wollt Ihr mir jedwede Freude verbieten? Diese Abende sind doch so schon trist genug.«

»Das dürft Ihr nicht einmal denken, Euer Hoheit, geschweige denn aussprechen! Der Kaiser legt sehr viel Wert auf die Einhaltung des Protokolls, und wer dagegen verstößt, zieht sich seine Ungnade zu. Ein falsches Wort, eine unbedachte Geste, und die

Verbindung mit dem Erzhaus, die Lothringen den nötigen Schutz gegen den Zugriff der Franzosen bieten soll, entfliegt wie ein Falke, der die Freiheit dem Handschuh des Falkners vorzieht.«

»Schon gut, Montfroy. Das weiß ich ja alles. Jetzt aber will ich mich von Euch verabschieden, denn ich sehe gerade den lieben Esterhazy kommen. Mit ihm sollte ich unbedingt sprechen, denn wie Ihr wisst, haben die ungarischen Herren einen gewissen Einfluss bei Hofe, der unserem Ansinnen zugute kommen kann.« Franz Stephan verbeugte sich mit spöttischer Leichtigkeit vor dem Bischof und entschwand, bevor dieser seine Strafpredigt fortsetzen konnte.

Während Montfroy dem Prinzen verärgert nachstarrte, zog Charlotte, die das Gespräch belauscht hatte, sich unauffällig durch die immer dichter gedrängte Menschenmenge zurück. Zu ihrem Bedauern war ihr der junge Lothringer auf Anhieb sympathisch gewesen. Wie die meisten Edelleute seines Alters war er ein kleiner Tunichtgut, doch seine Sünden schienen eher lässlich zu sein, und sie verstand sein Bestreben, sich der Aufsicht des Bischofs zu entziehen.

»Wer ist der geistliche Herr, der eben mit Franz Stephan von Lothringen gesprochen hat?«, fragte sie Kobenzl, der wie ein Schatten an ihrer Seite geblieben war.

Der junge Wiener ließ keine Sympathie oder Antipathie erkennen. »Das ist Herr von Montfroy, ein entfernter Verwandter des Prinzen. Er weilt derzeit als Gast in Wien, um seinem Herrn, Herzog Leopold Joseph, zu berichten, wie sein Sohn bei der kaiserlichen Familie ankommt.«

»… und Franz Stephan Instruktionen zu erteilen, wie er sich zu benehmen hat«, spöttelte Charlotte.

In dem Augenblick rief der Zeremonienmeister die Gäste auf, sich in den Garten zu begeben, um dem neuesten Meisterwerk der Herren Fux und Metastasio beizuwohnen.

Kobenzl verneigte sich vor Charlotte und bot ihr den Arm. »Wären Euer Durchlaucht so gütig, sich mit meiner Begleitung zufrieden zu geben?«

»Gerne, denn dann habe ich jemand, dem ich Fragen stellen kann.«

»Ich stehe jederzeit zu Ihrer Verfügung, Euer Durchlaucht. Um ehrlich zu sein, bin ich froh, neben Euch sitzen zu dürfen, denn das kann meiner Karriere nur förderlich sein. Andernfalls müsste ich weit hinten in der letzten Reihe Platz nehmen, wo das kaiserliche Auge einen leicht übersieht.«

Charlotte ließ sich von Kobenzl in den Garten führen. Sie wusste nicht genau, was sie erwartet hatte, vielleicht ein Holzpodest im Gras mit Stühlen darum. Aber Kobenzl führte sie in ein richtiges Theater mit aufsteigenden Sitzreihen und einer großen Bühne, die sich über einen mit blühenden Seerosen bepflanzten Gartenteich spannte.

Charlotte holte tief Luft, um ihr Staunen zu verbergen. »Hier fehlen nur noch die Mauern und das Dach, dann wäre dieser Ort vollkommen.«

Kobenzl senkte seine Stimme: »Das sollten Eure Durchlaucht nicht zu laut sagen, denn Seine Majestät lieben diese Opernaufführungen unter freiem Himmel, auch wenn es manchmal dabei regnet. Beim letzten Mal hat ein heftiger Wolkenbruch dem Spektakel ein jähes Ende bereitet, und die Leute sahen danach aus wie ertränkte Katzen. Also sollten wir hoffen, dass das Wetter heute schön bleibt.« Kobenzl blickte skeptisch zum Himmel, der sich von abertausend funkelnden Sternen bedeckt über den Köpfen der Zuschauer spannte.

Ein Lakai brachte Charlotte ein Kissen, damit sie bequemer sitzen konnte, und bedachte Kobenzl mit missbilligenden Blicken. Er schien zu überlegen, wie er den jungen Hofbeamten dazu bringen könnte, sich zu einem minderrangigen Platz zu begeben, ohne gegen die gebotene Höflichkeit zu verstoßen.

Charlotte bereitete den Überlegungen ein jähes Ende. »Ich habe den Herrn gebeten, mir während der Vorstellung Gesellschaft zu leisten.«

Das Gesicht des Lakaien wurde wieder undurchdringlich freundlich, und er eilte nach einer tiefen Verbeugung weiter, um andere Gäste zu ihren Plätzen zu geleiten. Für einen Augenblick fragte Charlotte sich, ob sie wohl Gerüchten über eine mögliche Affäre mit Kobenzl Vorschub geleistet hatte.

Da in diesem Moment die Musiker einzogen, hatte sie keine Zeit, weiter über die Eigenarten der Wiener Hofgesellschaft nachzudenken. In Tresskau besaß Charlotte eine aus sechs durchaus begabten Leuten bestehende Kapelle, und sie hatte das Spiel des Orchesters am Hof Augusts des Starken als überwältigenden Kunstgenuss empfunden. Jetzt sah sie fast einhundert in prachtvolle Gewänder gekleidete Tonkünstler seitlich der Bühne Platz nehmen und ihre Instrumente stimmen und fragte sich zweifelnd, ob all diese Menschen noch harmonisch zusammenspielen konnten. Kurz nach den Musikern tauchte der Kaiser aus den Tiefen des Gartens auf. Er trug nun einen roten Rock mit goldenen Stickereien über goldgelben Kniehosen und statt des Zepters einen Stab aus Elfenbein. Der mürrische Ausdruck, den Charlotte vorhin an ihm bemerkt hatte, war wie fortgeblasen und seine erschreckend steife Haltung elastischen Bewegungen gewichen. Als Karl VI. vor das Orchester trat und gebieterisch den Dirigentenstab hob, wirkte er so glücklich und gelöst wie ein Kind vor einem Tisch voller Geschenke.

Charlotte schüttelte verwundert den Kopf. »Ich kann kaum glauben, dass das der gleiche Mensch ist, der vorhin wie eine zornige Statue auf seinem Thron saß.«

»Die Liebe Seiner Majestät gilt nun einmal der Musik. Es geht das Gerücht um, Prinz Eugen habe einmal im Zorn gesagt, Karl VI. wäre mit Sicherheit ein besserer Kompositeur geworden als ein Kaiser«, raunte Kobenzl ihr zu.

Eine solche Bemerkung kann sich nur ein Mann wie Prinz Eugen erlauben, der sich einer unangreifbaren Position bewusst ist, fuhr es Charlotte durch den Kopf, denn jedem Geringeren hätte sie die Stellung bei Hof gekostet.

Die Oper trug einen italienischen Titel, den Charlotte mangels ausreichender Sprachkenntnisse nicht verstand, und griff eine antike Sage auf, die Bezüge auf die jetzige Zeit aufwies. Zumindest gab es Parallelen zwischen dem Hauptheldеn Äneas und dem Kaiser. Äneas' Sohn Ascanius erinnerte an die Erzherzogin Maria Theresia, und als dem Helden während der Handlung ein weiterer Sohn geboren wurde, jubelten die Zuschauer unprotokollgemäß auf. Charlotte gab sich ganz der Musik und dem Klang der unbekannten Sprache hin und empfand die Oper zu Beginn noch als angenehmen Zeitvertreib. Als jedoch die dritte Stunde verstrichen war, spürte sie, dass sie seit dem frühen Nachmittag nichts mehr gegessen hatte, und fragte sich, wie lange der Kaiser seine Gäste noch darben lassen wollte. In den Pausen zwischen den fünf Akten hätte es Gelegenheit genug gegeben, einen kleinen Imbiss einzunehmen, doch da die Erzherzoginnen Maria Theresia und Maria Anna in dieser Zeit geruhten, mit feierlich gezierten Schritten auf der Bühne zu tanzen, wagte keiner der Zuschauer, sich von seinem Platz zu erheben.

Charlotte atmete auf, als es endlich zu Tisch ging, aber auch hier fiel sie dem unbarmherzigen Protokoll zum Opfer, denn es wies ihr den Platz direkt neben Fürst Ulrich zu. Der Mittstädter versuchte zunächst, sie zu ignorieren. Doch während die Diener ihnen bereits kalt gewordene Speisen vorlegten, wanderte sein Blick immer wieder zu ihr, und er verlor schließlich den

Kampf gegen seine Neugier. »Euer Sohn befindet sich wohl?«, fragte er mit einer Miene, als erhoffe er das Gegenteil.

Charlotte neigte den Kopf und versuchte, ihren Spott hinter höflicher Freundlichkeit zu verbergen. »Georg Wilhelm geht es so gut, wie man es sich bei einem munteren Dreijährigen nur wünschen kann.«

Ulrich von Mittstadt tat so, als habe er den Namen noch nie gehört. »Georg Wilhelm heißt er also. Ich hatte vermutet, Ihr würdet ihn Friedrich August nennen, wegen der, nun sagen wir, engen Verbindung, die Ihr mit dem König von Polen pflegt.«

Diesen Seitenhieb hatte sich Ulrich nicht verkneifen können, doch Charlotte ließ sich nicht aus der Fassung bringen. Sie lachte so amüsiert auf, dass die Gäste um sie herum sich ihr zuwandten. »Ihr solltet Euch bei Eurer Gemahlin erkunden, wie lange eine Frau mit einem Kind schwanger geht, Euer Durchlaucht. Georg Wilhelm wurde zwölf Monate nach meiner Heirat geboren. Zum Zeitpunkt der Zeugung befand sich Seine Majestät, August II., bereits in seiner Hauptstadt Warschau, die ja nicht gerade in der Nachbarschaft Tresskaus liegt.«

Ringsum klang unterdrücktes Gelächter auf, und Ulrich von Mittstadt erstickte fast an seiner Wut, wusste er doch, dass die feine Gesellschaft von Wien ebenso schnell, wie sie Klatsch und Skandalgeschichten aufnahm, bereit war, einen entlarvten Ehrabschneider und Verleumder fallen zu lassen. In seinem Ärger wollte er mit einem weiteren Hieb das gelassene Lächeln von Charlottes Lippen wischen. »Drei Jahre ist Euer Sohn erst alt? Nun, da mag er jetzt noch munter sein, aber in diesem Alter werden besonders Söhne von heimtückischen Krankheiten dahingerafft.«

»Ihr sprecht wohl von Rudolf, Eurem Zweitgeborenen. Ich habe schon gehört, dass der Junge im letzten Winter ein Opfer einer dieser bösen Krankheiten geworden ist und nur mit knapper Not überlebt hat. Man sagte mir, dass er nach Aussage Eurer Ärzte ein wenig behindert bleiben wird. Ich versichere Euch meines aufrichtigen Beileids.«

Mit dieser Entgegnung hatte Fürst Ulrich nicht gerechnet. Er suchte sichtlich nach einer Erwiderung, die Charlotte verletzen würde. »Da mein Rudolf für den geistigen Stand vorgesehen ist, braucht er kein Titan zu sein. Wer weiß, vielleicht wird er einmal der Domdekan von Tresskau.«

Charlotte zeigte mit keiner Regung, dass diese unbeholfenen Sticheleien sie gleichzeitig amüsierten und abstießen, sondern behielt ein gleichmäßig freundliches Lächeln bei. »Wenn es Euer Wunsch ist, wird mein Sohn ihn aufgrund der engen Verwandtschaft gewiss dazu berufen.«

Fürst Ulrich lief rot an. Er schnaubte wütend, denn er fühlte sich der Zunge seiner Nachbarin nicht gewachsen und ärgerte sich, weil seine Tischnachbarn dieser frechen Usurpatorin in Geste und Miene Beifall zollten. Daher beugte er sich über seinen Teller mit gekochtem Rindfleisch und geriebenem Meerrettich und hüllte sich für den Rest des Abends in Schweigen. Seine Ohren konnte er jedoch nicht verschließen, und so vernahm er mehr als einmal die spöttische Bezeichnung »Mittstädter Bauer«, die er Friedrich August von Sachsen verdankte. An diesem Tag hasste er den Polenkönig fast noch mehr als Charlotte, die charmant lächelnd neben ihm saß und sich meist mit ihrem Nachbarn zur Rechten, einem Grafen Kaunitz, unterhielt.

12

Als Charlotte spät in der Nacht in Prinz Eugens Kutsche saß und von den vielen Eindrücken halb betäubt auf die Lakaien starrte, die dem Gefährt mit Fackeln vorauseilten, spürte sie, wie die Beklemmung wich, die ihre Brust eingeschnürt hatte. Es war, als berste ein eiserner Ring nach dem anderen, und sie atmete tief durch. Ihr Gastgeber, der in seiner dunklen Kleidung im flackernden Licht nur als Umriss zu erkennen war, fragte sie nach einer Weile höflich, wie es ihr gefallen hätte.

»Mir ist das Ganze zu steif und förmlich. Man hat das Gefühl, nicht unter Menschen zu weilen, sondern unter plappernden Puppen.«

»Eher unter Schauspielern, die versuchen, die ihnen zugedachte Rolle zu spielen. Ich muss zugeben, ich stehe lieber im Feld, als mich in das Korsett der Zeremonien zwängen zu lassen. Doch Frieden bedeutet heutzutage, den Krieg mit den Mitteln der Diplomatie auszufechten, und deswegen ist meine Anwesenheit bei Hof zwingend erforderlich. Auch Ihr werdet hier noch Eure Schlachten schlagen müssen. Für übermorgen wird Euch der Kaiser persönlich zur Hirschjagd einladen. Ihr dürftet das Schreiben spätestens morgen Vormittag erhalten.«

»Ich muss gestehen, ich habe nicht damit gerechnet, einer Jagd beiwohnen zu müssen, und bin nicht für ein solches Ereignis ausgerüstet.« Charlottes Stimme klang leicht verärgert, denn sie liebte es nicht, dass man über sie bestimmte.

Der Prinz schien sie zu verstehen, denn seine Stimme klang auf einmal sehr sanft. »Meine Waffenkammer steht Euch natürlich ebenso zur Verfügung wie mein Leibjäger und mein Lader.«

Charlotte überlegte kurz. »Ich danke Euch für das Angebot, doch es wäre mir lieber, wenn ich mir in Wien ein Gewehr kaufen könnte.«

»Ich werde meinen guten Maestro Sentini anweisen, Euch morgen zu dem besten Büchsenmacher der Stadt zu begleiten.«

Ihre Ankunft am Belvedere beendete das Gespräch. Prinz Eugen verabschiedete sich von Charlotte und wünschte ihr eine gute Nacht. Während die junge Fürstin sich zu ihrer Zimmerflucht führen ließ, hörte sie die Stimme des Preußenkönigs durch die Gänge hallen. Neugierig mäßigte sie ihre Schritte und spitzte die Ohren.

»Da soll doch der Teufel dreinschlagen! Da verlangen die Kerls, bei einem Zustandekommen dieser Ehe müsse Brandenburg an das Erzhaus fallen, ebenso Kleve, Berg und die anderen Besitzungen Preußens im Reich. Außerdem hätten wir Hohenzollern jeden Erbanspruch, den wir jetzt besitzen oder in Zukunft erhalten würden, an Habsburg abzutreten. Soll meinem August Wilhelm denn überhaupt nichts bleiben?«

Prinz Eugen sprach ebenfalls lauter als gewöhnlich, vielleicht, weil ihn der Tonfall seines Gastes irritiert hatte. »Beruhigt Euch, Majestät, und berichtet mir ganz genau, was man Euch abgefordert hat. Natürlich muss das künftige Haus Habsburg-Hohenzollern abgesichert werden, doch das darf nicht einseitig auf Eure Kosten gehen. Ich werde Seine Majestät morgen früh sofort aufsuchen. Diese Heirat ist von fundamentaler Wichtigkeit für beide Herrscherhäuser und darf nicht durch unsinnige Forderungen gefährdet werden.«

Mehr hörte Charlotte nicht, denn hinter ihrem Gastgeber und seinem erzürnten Gast schloss sich eine Tür, und das dicke Holz schluckte ihre Stimmen. So eilte sie in ihren gewohnt raumgreifenden Schritten, denen der verdutzte Lakai kaum zu folgen vermochte, zu ihren Gemächern und wurde dort von Rosa in Empfang genommen.

Während die Zofe sie fröhlich plappernd auszog und für die Nacht vorbereitete, kreisten die eben erlauschten Worte hinter Charlottes Stirn. Sie fragte sich, wie die beiden beteiligten Parteien eine Einigung herbeiführen wollten, wenn ihre Vorstellungen so weit auseinander lagen. Friedrich Wilhelm sah in einer möglichen Heirat wohl eher eine Gelegenheit, seinen ungeliebten Ältesten auf einfache Art loszuwerden und sein Reich so souverän wie möglich seinem zweiten Sohn zu vererben. Prinz Eugen aber war bestrebt, die Hausmacht der Habsburger zu stärken, indem er Preußen so fest an Österreich band, dass dessen militärische Stärke dem Kaiserthron zugute kam. Bei den Problemen, mit denen sich die Mächtigen dieser Welt herumschlugen, schienen Charlotte ihre eigenen Schwierigkeiten mit Ulrich von Mittstadt auf einmal völlig unbedeutend zu sein.

Doch sie durfte sich nicht von den Vorgängen hier am Hof und dem vorgeblichen Primat der großen Politik beeindrucken und Ulrich von Mittstadt freie Hand lassen, sondern musste alles unternehmen, um die Herrschaft ihres Sohnes zu sichern. Deswegen mahnte sie sich, ebenso vorsichtig wie hartnäckig auf ihr Ziel zuzustreben. Mit diesem Entschluss ging sie zu Bett.

13

Am nächsten Morgen erschien Prinz Eugens Intendant Sentini bei Charlotte und meldete ihr, dass er auf Anweisung seines Herrn bereitstand, sie in die Stadt zu begleiten. Charlotte ließ sich nur den Namen und die Adresse des Büchsenmachers nennen und schickte den Mann wieder weg. Dann forderte sie Max auf, der ihm wie ein Wachhund ins Zimmer gefolgt war, Zinggen zu rufen, weil sie sich lieber auf die Erfahrung des kleinen Barons als auf die Ratschläge eines hochnäsigen Domestiken verließ.

Max senkte errötend den Kopf. »Ich bedauere, Euer Durchlaucht, doch Herr von Zinggen befindet sich derzeit nicht im Haus. Er hat gestern einen Freund getroffen und ist von diesem eingeladen worden, einige Tage bei ihm zu verbringen.«

Max wusste, dass Charlotte sich über Zinggens Neigung im Klaren war, behielt den wahren Grund für die Abwesenheit seines Mentors jedoch für sich. Dieser Freund, ein reicher Engländer, besaß nämlich einen nubischen Sklaven, den er Zinggen für ein paar Tage überlassen wollte, und diesem Angebot hatte der Baron nicht widerstehen können.

Charlotte erkannte an Max' Mienenspiel, dass ihr Begleiter auf erotischen Pfaden wandelte, nahm Zinggen dies aber nicht übel, sondern gönnte ihm die Freude. »Dann wirst du mich eben begleiten. Ich muss mir eine Jagdflinte kaufen, denn Seine kaiserliche Majestät hat geruht, mich morgen zur Hirschjagd einzuladen.«

»Das gefällt mir ganz und gar nicht!«, brach es aus Max heraus.

Charlotte hob verwundert die Augenbrauen. »So? Und warum nicht?«

Max rang die Hände. »Euer Durchlaucht, ein Jagdunfall ist leicht arrangiert, und Fürst Ulrichs Bekanntschaft mit dem Kaiser könnte diesen veranlassen, ihn zum Vormund Eures Sohnes zu ernennen.«

Charlotte war gerührt, dass Max so besorgt um sie war, und schenkte ihm ein ungewohnt herzliches Lächeln. »Ich hoffe, dass der Kaiser auf seine Jagdgäste Acht gibt. Würde jemand in seiner Gegenwart erschossen, dürften die Leute seine Einladungen in Zukunft ausschlagen.«

»Dennoch. Ich werde Euch begleiten, Euer Durchlaucht, und über Euch wachen.«

»Tu, was du nicht lassen kannst!« Charlotte wandte sich wieder ihrer Morgensuppe und den Blätterteighörnchen zu, die Prinz Eugens Leibkoch ihr hatte auftischen lassen, und lachte leise in sich hinein. Ein wenig tat es ihr Leid, dass sie Max nicht immer gut behandelt hatte, freute sie sich doch, einen Mann an ihrer Seite zu wissen, der ohne Zögern sein eigenes Leben einsetzen würde, um das ihre zu schützen. Bei diesem Gedanken schmeckte ihr das Frühstück doppelt so gut, und als sie satt war, ließ sie sich von Rosa ihr Stadtkleid überstreifen und in einen leichten Mantel helfen.

Sentini hatte einen Fiaker vorfahren lassen. Charlotte setzte sich in die bequemen Polster und wies Max an, ihr gegenüber Platz zu nehmen. Der junge Mann wand sich, als habe sie etwas Unanständiges von ihm verlangt. »Es ist nicht richtig, was Ihr tut, Euer Durchlaucht! Ich bin doch nur einer Eurer Untergebenen und gehöre nicht in die Kutsche, besonders nicht in ein offenes Vehikel wie dieses hier.«

»Rosa ist nur meine Zofe und fährt, wie du dich gewiss erinnern kannst, zumeist in meiner Kutsche mit.«

Charlotte versuchte, den jungen Mann durch einen hochmütigen Gesichtsausdruck einzuschüchtern. Max öffnete den Mund, um ihr zu widersprechen, bemerkte im gleichen Moment den aufsteigenden Zorn in den Augen seiner Herrin und klappte ihn wieder zu. Ihre Durchlaucht besaß nach außen hin ein freundliches Wesen, aber er wusste, dass sie starrköpfiger sein konnte als jeder andere Mensch, den er kannte. So lehnte er sich schweigend zurück und sah an ihr vorbei in den Park, den sie gerade verließen.

Zunächst fuhr die Kutsche im flotten Trab in Richtung Innenstadt, doch bald wurden die Straßen enger, und die Zahl der Passanten nahm zu. Die beiden Vorreiter brüllten die Leute an, beiseite zu treten, um die Kutsche Ihrer Durchlaucht passieren zu lassen, aber die Wiener, die die ständige Anwesenheit hoher und höchster Mitglieder des Adels gewöhnt waren, bewegten sich so gemächlich, dass die Kutsche nur im Schneckentempo vorankam.

Charlotte war ein solches Gedränge nicht gewöhnt und daher froh, als sie endlich den Laden des Waffenschmieds erreicht hatten. Beim Aussteigen entdeckte sie schräg gegenüber von ihrem Ziel ein Geschäft für Musikinstrumente. Durch die leicht getönten Fensterscheiben konnte sie den Meister darin sitzen und an einer Flöte arbeiten sehen. In diesem Moment schoss ihr eine Idee durch den Kopf, doch da hatte Max die Tür zur Waffenschmiede bereits geöffnet und kündigte sie an.

Der Schmied war ein kleiner, untersetzter Mann mit bereits gelichtetem Haar, einem nicht ganz sauberen Hemd, dunklen Kniehosen und einer ölglänzenden Lederschürze. Er schien sich seines Wertes bewusst zu sein, denn er kam selbstgefällig auf Charlotte zu, als beträte jeden Tag ein souveräner Landesherr den Laden. An seiner Verbeugung war jedoch nichts auszusetzen. »Womit kann ich Eurer Durchlaucht dienen?«

»Ihre Durchlaucht benötigt ein Gewehr für die Kaiserjagd«, antwortete Max an Charlottes Stelle.

Sie warf ihm einen warnenden Blick zu, den er mit einem schüchternen Lächeln und einer Verbeugung beantwortete. Auf den Waffenschmied schien die Eröffnung, Charlotte wolle ein Gewehr für die Teilnahme an der kaiserlichen Jagd erwerben, großen Eindruck zu machen, denn er scheuchte seine Gehilfen, die aus den dunklen Tiefen des Ladens auftauchten, mit scharfen Befehlen umher und ließ ihr seine besten Erzeugnisse vorlegen. Hinter dem Haus gab es einen von einer hohen Mauer umgebenen Hof mit einem Schießstand, in dem die Kunden des Meisters die in die engere Wahl genommenen Waffen ausprobieren konnten. Charlotte wählte eine schlichte Flinte aus und traf bereits beim ersten Schuss.

Die Augen des Schmiedes leuchteten auf, denn er witterte die Gelegenheit, die für die meisten seiner Kunden zu schmucklose Flinte endlich anzubringen. »Euer Durchlaucht haben einen ausgezeichneten Blick für eine gute Waffe!«

Charlotte wechselte einen raschen Blick mit Max, dessen Urteil über Waffen ähnlich unbestechlich war wie das Zinggens über Mode, sah ihn nicken und gab das Gewehr dem Schmied zurück. »Kann Er mir die Waffe bis heute Abend gravieren?«

Der Mann nickte so eifrig, dass Charlotte schon Angst bekam, sein Kopf müsse abfallen. »Aber freilich, Euer Durchlaucht! Euer Leibjäger kann das Gewehr zur fünften Stunde abholen.«

Charlotte sah Max an. »Kümmerst du dich darum?«

»Selbstverständlich, Euer Durchlaucht.« Er verbeugte sich und folgte ihr und dem Schmied wieder in den Laden. Dort schrieb Charlotte den Text auf, der auf der Silberplatte unter dem Ansatz des Laufes stehen sollte, und sah sich dann noch ein wenig um. Beim Anblick eines Paares Duellpistolen nahm jene Idee, die ihr beim Betreten des Ladens gekommen war, Gestalt an. Sie wandte sich an den Waffenschmied. »Kann Er mir ein solches Paar Pistolen verkaufen?«

»Aber natürlich, Euer Durchlaucht. Wenn es Euch beliebt, packe ich Euch dieses Paar ein, so dass Ihr es gleich mitnehmen könnt.«

»Da ich nicht vorhabe, mich heute noch zu duellieren, wird das nicht nötig sein«, antwortete Charlotte mit zuckenden Lippen und wies dann auf den Instrumentenladen.

»Sieht Er die Flöte, an der Euer Nachbar gerade arbeitet? Ich benötige einen Pistolenkoffer, und zwar mit einem Geheimfach, in den ein solches Instrument hineinpasst. Setze Er sich mit dem Mann in Verbindung und sorge Er dafür, dass dieser mir seine beste Querflöte liefert.«

Der Waffenschmied fragte sich offensichtlich nach dem Sinn dieses seltsamen Arrangements, aber sein Kopf ruckte ein weiteres Mal auf und ab, und er versprach, alles zur Zufriedenheit Ihrer Durchlaucht zu veranlassen.

Max' Augen leuchteten auf, und als er ihr die Tür aufhielt, zeigte sein Gesicht eine Mischung aus Ehrfurcht und Stolz. Erst in der Kutsche wagte er es, eine Bemerkung zu machen. »Prinz Friedrich wird sich über dieses Geschenk sehr freuen, Euer Durchlaucht, vor allem, weil sein Vater es ihm gewiss nicht missgönnen wird.«

»Du trägst einen schlauen Kopf auf deinen Schultern, Max. Kein Wunder, dass du Herrn von Zinggen aufgefallen bist.«

Max wusste nicht, ob es als Kompliment gedacht war oder als kleine Spitze, und antwortete daher lieber nicht.

14

Als der Wagen auf dem offenen Feld hielt, galt der erste Blick des Kaisers den Jagdvorbereitungen. Beim Anblick der fast neun Fuß hohen, bühnenartigen Plattform, von der aus er dem edlen Waidwerk nachzugehen gedachte, nickte er zufrieden. Das Bauwerk war wie immer groß genug, um neben seinem engeren Gefolge auch die geladenen Gäste und ihre Jagdgehilfen aufzunehmen, und eine mit grünen Tannenzweigen geschmückte Brüstung verhinderte, dass einer der Jagdteilnehmer im Übereifer hinabstürzen und Schaden nehmen konnte.

Karl VI. stieg aus, grüßte die Jagdgäste und nahm mit huldvoller Miene die Verbeugungen der Herren und die Knickse der Damen entgegen. Dabei bemerkte er zu seiner Verwunderung, dass die hoch aufgeschossene Fürstin aus einem der sächsischen Kleinreiche sich mit einer Grazie bewegte, die die meisten der anwesenden Damen plump erscheinen ließ. Der Kaiser konnte sich des Namens dieser Frau nicht entsinnen, erinnerte sich aber, dass man ihr eine Liebschaft mit seinem alten Freund Friedrich August nachsagte. Er bedauerte es, dass der sächsische Kurfürst seinen Besuch hatte absagen müssen, denn seine Anwesenheit machte jede Jagd zu einem höchst amüsanten Erlebnis, auch wenn das eine oder andere Hoffräulein nach seiner Abreise mit schamhaft gesenktem Kopf herumlief, weil es dem Charme des gekrönten Herkules erlegen war.

Karl von Habsburg dachte mit Neid an die Zahl der Söhne, die August dem Starken nachgesagt wurden. Ihn hätte schon ein einziger vieler Sorgen enthoben, dabei hatte er alles getan, was man ihm geraten hatte, um einen Erben zu bekommen. Doch weder die Gebete der zahllosen Eremiten und Priester noch die Kunst der Ärzte hatten bislang etwas bewirkt. Zuletzt war er sogar hingegangen und hatte – natürlich mit dem Segen der heiligen Kirche – in den Schlafgemächern seiner Gemahlin Bilder an die Wand malen lassen, die an jedem anderen Ort als unzüchtig galten und die Strafe der heiligen Inquisition nach sich zogen.

»Papa, die Leute warten!« Die mahnende Stimme seiner Tochter verscheuchte die düsteren Gedanken. Karl VI. lächelte Maria Theresia dankbar zu und stieg mit feierlichen Schritten die Treppe zur Plattform hoch. Sein Oberjäger und seine drei Lader folgten ihm mit Gesichtern, die jedermann zeigten, welch wichtige Persönlichkeiten sie darstellten. Erst nach ihnen durften die übrigen Gäste die Plattform in der Reihenfolge betreten, die ihnen der Zeremonienmeister zuwies. Der Erste, der neben den Kaiser trat, war Franz Stephan von Lothringen. Karl VI. schenkte ihm ein verkrampftes Lächeln, denn der junge Mann erinnerte ihn an das unerquickliche Gespräch, das er mit seinem Ersten Minister geführt hatte. Er hatte im Prinzip nichts dagegen, Preußen enger an das Reich zu binden, aber er sah nicht ein, warum er Maria Theresia dafür opfern sollte, denn schließlich hatte er mit Maria Anna eine weitere Tochter, die diese Aufgabe erfüllen konnte. Doch der alte Feldherr hatte sich nicht überzeugen lassen wollen, sondern auf einer Verbindung zwischen der Erbtochter und dem ältesten Spross des Hauses Hohenzollern bestanden.

Verärgert, weil ihm der Gedanke an die Politik sogar die Freude an der Jagd zu verderben drohte, trat der Kaiser an die Brüstung und blickte nach unten. Das Gatter, in das die Hirsche getrieben werden sollten, war bereits aufgerichtet worden, und in der Ferne konnte er die ängstlichen Schreie des aufgescheuchten Wildes und die lauten Rufe der Treiber vernehmen. Kurz darauf verriet eine im Westen aufsteigende Staubwolke, dass die Tiere sich als eine auf- und niederwallende Masse von Körpern der Jagdplattform näherten. Gebieterisch streckte er den Arm aus, und sein Oberjäger legte ihm das Gewehr, das er von dem ersten Lader übernommen hatte, in die geöffnete Hand. Nun griffen auch die übrigen Jagdgäste nach ihren Waffen, aber keiner von ihnen legte an, denn sie mussten warten, bis der Kaiser sein erstes Wild geschossen hatte.

Karl VI. hatte es nicht eilig. Bei der letzten Jagd hatte er die Jagd eröffnet, bevor die Treiber sich in Sicherheit gebracht hatten. Fast im gleichen Moment hatte einer der Gäste einen Fehlschuss getan und einen Jagdgehilfen getötet. Es war ihm ausgesprochen lästig gewesen, sich mit der jammernden Witwe und den heulenden Kindern des Mannes abgeben zu müssen, die sich angestellt hatten, als müssten sie nach dem Tod ihres Ernährers des Hungertods sterben.

»Die Hirsche sind gleich da!« Franz Stephan konnte seine Jagdleidenschaft beim Anblick der aus dem Staub auftauchenden Geweihe kaum mehr zügeln.

Es mochten mehrere Hundert Tiere sein, die nun den sanften Hang hinuntergetrieben wurden. Karl VI. legte auf ein besonders prachtvolles Exemplar an, dessen Geweih wohl zwanzig Enden zählen mochte. Sein Schuss krachte, und er sah das Tier zusammenzucken und stürzen.

Franz Stephan strahlte. »Das war ein herrlicher Blattschuss, Euer Majestät!«

»Gewiss. Doch nun, Prinz, seid Ihr an der Reihe!« Der Kaiser reichte seine abgeschossene Büchse dem Oberjäger und nahm eine geladene Waffe entgegen, während Franz Stephan den Gewehrkolben an die Wange legte, kurz zielte und schoss. Ein Achtzehnender machte noch einen kurzen Satz und brach dann zusammen. Der Kaiser wartete einen Augenblick, bis einige Knechte das Wildgatter hinter den kopflos im Kreis rennenden Tieren geschlossen hatten, und gab dann die Jagd frei.

Ulrich von Mittstadt und sein Sohn zählten ebenfalls zu den Jagdgästen und schossen mit so verbissenen Mienen, als hätten sie statt des Rotwilds die Feinde vor sich, die ihnen Tresskau vorenthielten, während Charlotte dem Ganzen wie erstarrt zusah. Als Regentin war es ihre Pflicht, mehrere Herbstjagden zu veranstalten und dabei auch den einen oder anderen Schuss abzugeben. Doch weder ihr noch Pößnitz wäre es eingefallen, etliche Dutzend Morgen gutes Ackerland, auf dem Weizen und Gerste reiften, einzuzäunen und die Ernte eines ganzen Dorfes niedertrampeln zu lassen. Sie war wohl die Einzige, die Mitleid mit den schäbig gekleideten Bauersleuten hatte, die einen guten Büchsenschuss seitlich der Jagdgesellschaft standen, die Hände rangen und weinten, weil sie zusehen mussten, wie die Mühen eines ganzen Jahres innerhalb kürzester Zeit unter den Hufen des Wildes zunichte gemacht wurden.

Charlotte hoffte zwar, dass der kaiserliche Jagdaufseher die Leute für ihren Verlust entschädigen würde, doch deren Anblick hatte ihr die Freude an der Jagd endgültig verdorben, und sie hielt die Flinte nur noch in der Hand, um nicht aufzufallen.

Einen Schritt hinter ihr stand Max, der die anderen Gäste und die Umgebung scharf im Auge behielt. Die Kugel im Lauf seiner Waffe war nicht für das Wild bestimmt, sondern für den Ersten, der es wagen sollte, seine Herrin zu bedrohen. Doch es fiel kein Schuss in Charlottes Richtung.

Plötzlich sah Charlotte, wie sich eine bereits von mehreren Kugeln getroffene Hirschkuh am anderen Ende der Einfriedung dahinschleppte, ohne dass einer der eifrigen Jäger ihr den Gnadenschuss gab. Von Mitleid erfüllt hob sie ihr Gewehr an die Wange, zielte und zog den Hahn durch. Der Schuss knallte misstönend neben ihrem Ohr, und die verwundete Hirschkuh fiel in sich zusammen.

»Ihr besitzt ein scharfes Auge und eine sichere Hand, meine Liebe.« Karl VI. nickte Charlotte anerkennend zu. Ulrich von Mittstadt, der das kleine Zwischenspiel beobachtet hatte, stieß einen unhörbaren Fluch aus. Wenn es etwas gab, mit dem man dem Kaiser imponieren konnte, so waren es waidmännische Fähigkeiten. Diesen Schuss hätte er selbst nicht zuwege gebracht, und er nahm es Charlotte übel, dass sie ihn hatte ausstechen können.

Das Abschlachten der hilflosen Tiere wurde Charlotte bald so zuwider, dass sie am liebsten die Plattform verlassen hätte und nach Wien zurückgekehrt wäre. Aber einen solchen Affront gegen Karl VI. konnte sie sich nicht erlauben. Ihr fiel auf, dass sie nicht die Einzige zu sein schien, der diese Form des Waidwerks missfiel. Nicht weit von ihr stützte sich Erzherzogin Maria Theresia auf eine für ihre Größe angefertigte Flinte und sah dem Treiben mit düsteren Blicken zu. Charlotte trat neben sie und lächelte freundlich.

»Die Jagd ist mehr ein Zeitvertreib für die Herren der Schöpfung, nicht wahr, Durchlauchtigste Hoheit?«

Maria Theresia maß sie mit einem Blick, dem nicht zu entnehmen war, ob er Zustimmung oder Ablehnung ausdrücken sollte. »Franz Stephan liebt die Jagd und freut sich, wenn er gut trifft.« Die Antwort hatte nichts mit Charlottes Frage zu tun, und ihr Ton enthielt eine unterschwellige Warnung. So blieb Charlotte nichts anderes übrig, als sich mit einem Knicks zurückzuziehen und zu warten, bis die kaiserliche Jagdgesellschaft auch das letzte Tier in der Einfriedung niedergestreckt hatte.

15

Kaiser Karl VI. war mit dem Erfolg dieser Hofjagd mehr als zufrieden und kehrte in dem stolzen Bewusstsein zu seinem Wagen zurück, sich wieder einmal als unermüdlicher Nimrod bewiesen zu haben. Er wollte Franz Stephan, dessen Strecke nur um drei Stück Wild hinter seiner eigenen zurückgeblieben war, für die Rückfahrt in seinen Wagen einladen, doch als er sich nach ihm umsah, bemerkte er, dass seine Tochter sich von dem jungen Lothringer zu dessen Jagdwagen führen ließ. Da er den beiden das unschuldige Vergnügen einer Fahrt in der offenen Kutsche nicht missgönnen wollte, stieg er allein in seinen Wagen. Während die gut gefederte Karosse losrollte, gab Karl VI. sich der erhabenen Einsamkeit eines Mannes hin, den Gottes Gnade weit über alle anderen Menschen erhoben hatte, und sann darüber nach, in welchem seiner Schlösser er die Trophäen der heutigen Jagd zur Schau stellen sollte.

Kurz darauf hielt die Kutsche und störte des Kaisers Betrachtungen. Er blickte auf und sah einen Mönch im Habit des Jesuitenordens auf der Straße stehen. Es war Monsignore Bartoluzzi, der anders als ein einfacher Klosterbruder es wagen konnte, dem Herrn des Römischen Reiches Deutscher Nation in den Weg zu treten. Karl VI. winkte einem der beiden Lakaien, die hinten auf dem Wagen standen, den Schlag zu öffnen, und forderte den Jesuiten auf, sich zu ihm zu setzen. Bartoluzzi deutete eine Verbeugung an und nahm gegen die Fahrtrichtung Platz.

»Ihr seid wohl auf der Jagd nach Seelen gewesen, so wie ich nach Hirschen«, begann der Kaiser das Gespräch.

»Die Wege des Herrn führen mich stets zu dem Ort, an dem ich gebraucht werde«, antwortete Bartoluzzi mit sanftem Lächeln und fragte nach dem Erfolg der Jagd.

»Sie war grandios, mein lieber Bartoluzzi. Ich habe einen Zwanzigender erlegt, wie man ihn sich prächtiger nicht wünschen kann.«

»Ich werde Gott darum bitten, Euer Majestät überall so erfolgreich werden zu lassen.«

Das Seufzen, mit dem Bartoluzzi seine Worte begleitete, ließ den Kaiser erstarren. »Was meint Ihr damit?«

Bartoluzzi nahm den beinahe flehenden Blick wahr, den Karl VI. ihm schenkte, und erkannte zufrieden, dass der Herr über das Römische Reich Deutscher Nation Wachs in seinen Händen sein würde. »Euer Majestät wünschen sich doch schon so lange einen Sohn.«

Die Miene des Kaisers verdüsterte sich. »Ihr berührt eine schwärende Wunde in meinem Herzen, ehrwürdiger Vater. Es beliebt Gott, meine Gemahlin und mich zu prüfen, wie er einst Abraham geprüft hat. Ihm hat er schließlich Isaak geschenkt, und das lässt auch mich auf ein Wunder hoffen.«

»Von Gott ein Wunder zu fordern, heißt ihn zu versuchen!« Bartoluzzis Stimme klang schärfer, als es einem der mächtigsten Herrscher der Christenheit gegenüber angemessen war.

Auf dem Gesicht Karls VI. breitete sich jedoch keine Empörung aus, sondern die Qual tief sitzender Schuldgefühle. »Ich wollte Gott nicht versuchen, ehrwürdiger Vater.«

Bartoluzzi studierte das Mienenspiel seines Gegenübers und wusste, dass er die Schlinge nur noch zuziehen musste. »Aber Ihr seid dabei, der Häresie und der Ketzerei Tor und Tür zu öffnen!«

Der Kaiser zuckte zusammen. »Bei Gott, nein! Was meint Ihr damit, ehrwürdiger Vater?«

»Ihr führt Verhandlungen mit Preußen, diesem teuflischen Hort protestantischer Ketzer, und wollt ihm das Heiligste ausliefern, das Gott Euch gegeben hat, nämlich Euer Kind!«

»Prinz Eugen …«, begann Karl VI., aber Bartoluzzi ließ ihn nicht zu Wort kommen.

»Seid Ihr der Kaiser des Heiligen Römischen Reiches und der Beschützer der Kirche, oder ist es Prinz Eugen?«

Karl VI. fuhr auf. »Natürlich ich!«

»Dann beweist es auch, indem Ihr die Ketzer und ihre Helfershelfer in die Schranken weist.«

»Aber es geht doch um die Macht des Hauses Habsburg, die durch Reserls Ehe mit dem Preußenprinzen enorm gestärkt würde.« Die Stimme des Kaisers klang bettelnd wie die eines Kindes, das der Rute des Vaters entgehen will.

Der Jesuit setzte unbarmherzig nach. »Allein die Gnade des Allmächtigen kann das Haus Habsburg erhöhen!«

Karl VI. senkte das Haupt. »Ihr habt ja Recht, erhabener Vater. Spendet mir Euren Segen, damit die Gnade Gottes meine Schritte lenke.«

»Eigentlich müsste ich Euch meinen Segen verweigern, weil Ihr Eure Tochter mit einem Ketzer vermählen wollt. Doch da ich immer noch Hoffnung habe, dass Gott Euch erleuchtet, soll es geschehen.« Bartoluzzi schlug das Kreuz, sprach ein kurzes Gebet und redete dem Kaiser dann noch einmal ins Gewissen, sich Prinz Eugens Plänen mit aller Macht zu widersetzen.

»Was nützen Euch zwanzigtausend preußische Soldaten an der Seite Eures Heeres, wenn Gott dereinst Eure Seele wiegen und zu leicht befinden wird. Ewige Verdammnis würde Euer Schicksal sein.«

Karl VI. beugte demütig sein Haupt und nahm daher nicht wahr, dass Bartoluzzis Miene in wildem Triumph aufleuchtete. Äußerlich hatte der Jesuit sich schnell wieder in der Gewalt, innerlich aber frohlockte er. Wie leicht war es doch, die Mächtigen dieser Welt mit dem Hinweis auf die Flammen der Hölle zu erschrecken und zu manipulieren.

16

Abend für Abend wurde Charlotte zu kaiserlichen Empfängen oder zu Festen in die Palais der hochadeligen Familien eingeladen, kam sich dabei aber vor, als wäre sie ein Studienobjekt, das herumgereicht wurde, um die Neugier der Wiener Gesellschaft zu befriedigen. Ihr wurde bewusst, dass man sie im Grunde ablehnte. Doch erst als Zinggen nach einwöchiger Abwesenheit ins Belvedere zurückkehrte, erfuhr sie, dass Magnus von Mittstadt um die Tochter eines der bedeutendsten Adelsgeschlechter Österreichs warb und auf Erfolg hoffen durfte. Deshalb gaben sich die junge Dame und ihre Verwandten seit Charlottes Ankunft alle Mühe, die Lügengeschichten des Mittstädters zu verbreiten, und es war ihnen gelungen, das Ansehen der Regierenden Fürstin von Tresskau zu untergraben.

Die Erinnerung an die schrecklichen Ereignisse vor mehr als drei Jahren legte sich wie ein Ring um ihr Herz, und sie wusste, dass sie etwas unternehmen musste, wenn sie nicht scheitern wollte. Daher sprach sie ihren Gastgeber beim Frühstück darauf an, dass sie nicht nach Wien gekommen war, um sich die Stadt und den Kaiserhof anzusehen oder sich angaffen zu lassen, sondern um eine Audienz bei Karl VI. zu bekommen.

Prinz Eugen blickte lächelnd zu ihr auf. »Ihr seid zu ungeduldig, Euer Durchlaucht. Hier in Wien braucht alles seine Zeit. Aber wenn Ihr gestattet, würde ich mir die Dokumente gerne selbst einmal ansehen, um den Herren in der Geheimen Staatskanzlei, die die Unterlagen zuerst prüfen müssen, ein wenig Feuer unter dem – ihr wisst schon wo – zu machen.«

Charlotte ergriff aufatmend seine Hände. »Ich danke Eurer Hoheit herzlich für Euer Interesse und Eure Bereitschaft, mir zu helfen. Mir liegt sehr viel daran, das dumme Gerede aus der Welt zu schaffen und das Erbe meines Sohnes gegen unrechtmäßige Ansprüche zu sichern.«

Sie winkte Max zu sich, der wie gewohnt regungslos neben der Tür stand, und befahl ihm, die bewusste Kassette zu holen. Er verließ eilig den Raum und kehrte nach wenigen Augenblicken mit einem eisernen Kasten zurück, den er vor seine Herrin auf den Tisch stellte. Charlotte nestelte den Schlüssel aus einem in ihrem Gürtel verborgenen Täschchen, öffnete die Schatulle und reichte ihrem Gastgeber die darin enthaltenen Urkunden.

Prinz Eugen überflog die Schriftstücke mit dem geschulten Blick eines Diplomaten und reichte sie ihr mit einer freundschaftlichen Geste zurück. »Diese Belege sind unanfechtbar. Ich weiß nicht, wieso der Fürst von Mittstadt so fest überzeugt ist, dass Tresskau ihm hätte zufallen müssen. Schließlich hat er den Vollzug Eurer Ehe mit seinem Vetter Carl Anton mit eigener Hand beeidet.«

»Ich wäre Eurer Hoheit überaus dankbar, wenn dies auch in Wien bekannt würde. Die Leute behandeln mich nämlich, als wäre ich eine Betrügerin.«

Prinz Eugen maß sie mit einem verständnisvollen Blick. »Ich verstehe Euch gut, meine Liebe, denn ich kenne die Macht übler Nachrede. Louis Quatorze hat mich vor vielen Jahren aus Zorn über meine Flucht nach Österreich einen hugenottischen Ketzer genannt, und einige Kirchenmänner hier am Hof benutzen diesen Ausspruch immer wieder, um mir zu schaden. Aber ich habe bisher noch jeden Angriff parieren können, und das werdet Ihr auch. Ich lasse einen der Herren der Geheimen Kanzlei holen, der die Urkunden in Eurer Anwesenheit kopieren soll. Gebt aber um Himmels willen keines dieser Blätter aus der Hand, denn hier in Wien verschwinden wertvolle Dinge dieser Art sehr schnell, ohne dass man feststellen kann, wie sie entwendet wurden und wer es getan hat.«

Charlotte schenkte ihm ein dankbares Lächeln. »Ich bin Euch sehr verbunden, Euer Hoheit. Mit Eurer Hilfe werde ich mein Ziel wohl erreichen. Gestattet mir nun eine andere Frage. Wie kommt denn Baron Rankelfeld voran?«

Prinz Eugen legte den rechten Zeigefinger an die Lippen. »Nur unter dem Siegel strengster Verschwiegenheit, meine Liebe, denn das ist Staatsgeheimnis. Ich kann Euch versichern, dass der König von Preußen die letzten Vorschläge durchaus wohlwollend entgegennahm.« Er lächelte dabei zufrieden wie ein Mann, der sein Ziel am Horizont auftauchen sieht.

Charlotte, die in den letzten Tagen Augen und Ohren gründlich aufgehalten hatte und wusste, dass Staatsgeheimnisse in Wien beinahe Straßengespräch waren, glaubte nicht an den Erfolg des Preußen. Maria Theresia sah trotz ihrer neun Jahre nicht so aus, als ließe sie irgendjemanden über ihren Kopf hinweg bestimmen, und es gab genug Leute, denen die preußische Heirat ein Gräuel war und die der Erzherzogin den Rücken stärkten. Sie sagte jedoch nichts, sondern unterhielt sich mit dem Prinzen über den Empfang, den er in wenigen Tagen im Oberen Belvedere geben wollte.

17

Charlotte saß mit Zinggen in dem Salon, den Prinz Eugen ihr zur Verfügung gestellt hatte, und spielte Schach, als die Tür geöffnet wurde. Sentini trippelte fast geräuschlos herein und verneigte sich tief. »Der Herr von Kobenzl bittet von Euer Durchlaucht empfangen zu werden.«

Charlotte erinnerte sich an den jungen Beamten, dem sie bereits mehrfach begegnet war, und fragte sich, was er von ihr wolle. Gerade, als sie aufstehen wollte, trat Sentini an den Tisch und legte eine gefüllte Lederbörse vor sie hin.

»Mit den besten Empfehlungen Seiner Hoheit, des Prinzen von Savoyen. Der Herr von Kobenzl soll die Urkunden Eurer Durchlaucht für die Akten kopieren, und da hält mein Herr eine kleine Anerkennung für angemessen.«

Charlotte blickte peinlich berührt auf das Geld, denn schließlich war sie reich genug, eine solche Summe aus ihrer eigenen Schatulle zu bezahlen. Zinggens Blick hielt sie jedoch davon ab, das Geld zurückzuweisen. »Ich lasse den Herrn bitten.«

Sentini verbeugte sich wieder und schien sich lautlos aufzulösen.

Zinggen räusperte sich. »Ihr solltet Seiner Hoheit, dem Prinzen Eugen, am Ende unseres Aufenthalts ein Präsent übergeben, dessen Wert auch diese Summe einschließt.«

Charlotte lächelte erleichtert. »Es wird Eure Aufgabe sein, ein geeignetes Geschenk zu besorgen. Ihr werdet den Geschmack unseres Gastgebers mit Eurem Wissen und Eurem Gefühl für schöne Dinge gewiss treffen.«

Zinggen lächelte geschmeichelt, denn er hatte bereits ein Objekt ins Auge gefasst, das er bei einem Goldschmied in der Hinzinger Gasse entdeckt hatte und welches das Auge eines alten Feldherrn wie Prinz Eugen erfreuen würde. Er wollte seiner Fürstin davon berichten, doch in dem Moment wurde die Tür erneut geöffnet und Sentini führte den jungen Beamten herein.

Kobenzl trat mit selbstsicherer Miene auf Charlotte zu und verbeugte sich geziert. »Euer Durchlaucht, Seine Hoheit, Prinz Eugen, berichtete mir von Urkunden, die für das kaiserliche Archiv zu kopieren wären.«

Kobenzl musterte Charlotte mit einem Blick, den sie als Beleidigung empfand, und auch die ganze Haltung des jungen Mannes verriet, dass er auf eine Eroberung aus war. Sie verbarg ihren Ärger hinter einer kühlen Maske, bat Max, die Urkunden zu holen, und wandte sich Kobenzl zu.

»Benötigt Ihr Papier, Tinte und Feder?«

Kobenzl schüttelte lachend den Kopf. »Ein Beamter Seiner Majestät hat alles bei sich. Wenn Ihr erlaubt, lasse ich meinen Schreiber rufen.«

Charlotte nickte, und kurz darauf erschien ein hagerer, vornübergebeugter Mann mit einer dicken Brille auf der Nase, die seine Augen übergroß erscheinen ließ. Er war mit einem schlichten braunen Rock und grauen Kniehosen bekleidet und trug einen kleinen Koffer, den er vorsichtig auf einen der Tische legte und öffnete. Umständlich holte er eine Schachtel mit Schreibfedern, ein Stoß Papier und mehrere Tintenfässchen heraus. Dann nahm er ein Messer, spitzte eine der Federn zu und sah sich suchend um. Er schien nicht recht zu wissen, wen er ansprechen sollte, denn sein Blick irrte zwischen Charlotte und Kobenzl hin und her. Schließlich drehte er sich um und deutete mit dem Finger auf den Lakaien, der wie eine Statue an der Tür stand, um jederzeit die Befehle der Herrschaft entgegennehmen zu können.

»Ist es möglich, ein Schreibpult zu bekommen?«

Der Lakai warf einen Blick auf Charlotte, die zustimmend nickte, verließ den Salon und kehrte kurz darauf mit zwei kräftigen Burschen zurück, die ein Stehpult hineintrugen. Der Schreiber schien sich bei dessen Anblick sichtlich wohler zu fühlen, denn er nahm das erste Blatt Papier mit feierlichen Bewegungen vom Stapel und legte es auf die Pultschräge. »Ich wär so weit, Herr von Kobenzl.«

»Dann fange Er an, die Urkunden hier zu kopieren, und störe Er mich nicht weiter.« Kobenzl stellte ihm fast achtlos Charlottes Kasten hin und wandte sich dessen Besitzerin zu. »Euer Durchlaucht waren noch nie vorher in Wien?«

»Nein, es ist das erste Mal«, antwortete Charlotte mit so viel Freundlichkeit, wie sie aufbringen konnte.

»Dann brauchen Euer Durchlaucht dringend jemand, der Euch unsere schöne Stadt zeigt. Wenn Ihr es wünscht, stelle ich mich Euch zur Verfügung.«

Kobenzl blickte Charlotte dabei so siegessicher an, als wäre sie eine reife Frucht, die ihm gleich in den Schoß fallen musste. Die Gerüchte, die über diese Fürstin aus Tresskau in Umlauf waren, ließen ihn nicht erwarten, dass sie seinem Charme lange widerstehen würde. Wie er gehört hatte, war sie als blutjunges Ding von ihren verarmten Eltern für ein paar tausend Gulden an den Fürsten von Tresskau verkauft worden, zu dem einzigen Zweck, dem Herrn einen Erben zu verschaffen. Doch der Junge sollte nicht von dem Tresskauer stammen, sondern von August dem Starken gezeugt worden sein, und das noch mit Billigung des sodomitisch veranlagten Ehemanns. Da die Dame nun schon mehr als drei Jahre im Witwenstand lebte, nahm Kobenzl an, dass sie der kleinstädtischen Enge ihrer Residenzstadt wie auch der Leere in ihrem Bett auf dieser Reise hatte entfliehen wollen und nach einem diskreten Liebhaber suchte.

Das zuversichtliche Lächeln erstarrte auf Kobenzls Lippen, als Charlotte den Kopf schüttelte.

»Ich will Euch nicht von Euren Pflichten fern halten, Herr von Kobenzl. Prinz Eugens Intendant Sentini hat sich als eine wahre Quelle des Wissens erwiesen, was Eure schöne Stadt betrifft.«

Kobenzl gehörte nicht zu denen, die ein Nein auf Anhieb akzeptieren. Er trat auf Charlotte zu, so dass sein Atem ihre Wangen streifte, und streckte sich, bis er ihr tief in die Augen blicken konnte. »Sentini ist ein Domestik und gewiss nicht der Begleiter, der Euer Durchlaucht die wahren Schönheiten der Stadt zeigen kann. Ich wollte Euch einen kleinen Ausflug zu jenen Stätten vorschlagen, die nur von Edelleuten besucht werden, und diesen mit einem kleinen, intimen Souper in meiner Wohnung krönen.«

»So ein Souper ist mir ein wenig zu intim, mein lieber Kobenzl.«

Diese Abfuhr war überdeutlich. Kobenzl, der sich schon in dem Gefühl gesonnt hatte, bei seinen Freunden mit der Eroberung einer echten Fürstin anzugeben, suchte nach Worten, die den Panzer der Dame durchdringen konnten, ohne seine Verstimmung zu verraten. Doch da die Dame ein hochmütiges Gesicht aufgesetzt hatte und ihm mit ihrer ganzen Haltung zeigte, dass sie das Gespräch nicht fortzuführen wünschte, stand er auf und trat hinter seinen Schreiber, der mit sicherer Hand die Dokumente kopierte. Kobenzl hätte die Urkunden am liebsten gepackt und zerrissen. Doch einen solchen Affront gegen ein Mitglied eines herrschenden Hauses konnte er sich nicht erlauben.

Als der Schreiber Löschsand über das letzte Blatt geschüttet und ihn vorsichtig heruntergepustet hatte, drehte er sich zu seinem Vorgesetzten um. »Das wäre es, Herr von Kobenzl. Sie können sich die Sachen anschauen.«

Bevor Kobenzl die Blätter in die Hand nehmen konnte, hatte Max zugegriffen und trug Originale und Kopien zu Charlottes Tisch. Die junge Fürstin verglich die Blätter sorgfältig miteinander und stellte fest, dass der Schreiber jedes Wort buchstabengetreu übertragen hatte. »Das ist eine ausgezeichnete Arbeit!«

Kobenzl schien die Worte auf sich zu beziehen, denn er verbeugte sich und schaffte es jetzt auch wieder, seinen Mund zu einem Lächeln zu verziehen. »Das ist doch selbstverständlich, Euer Durchlaucht. Unsere Geheime Staatskanzlei erledigt alles exzellent. Von uns könnte sich das Heer ein paar Scheiben abschneiden. Wenn es so kämpfen würde, wie wir arbeiten, hätte Seine Majestät, der Kaiser, Spanien gewiss nicht aufgeben müssen.«

Dieser Pfeil galt Prinz Eugen. Charlotte ging jedoch nicht darauf ein, sondern reichte Max die Originaldokumente, damit er sie sicher verwahren konnte, und wollte Kobenzl schon verabschieden. Ein Räuspern von Max und sein beredter Blick erinnerten sie an die Börse, die Sentini ihr gegeben hatte. Es widerstrebte ihr, den jungen Mann für eine Arbeit zu belohnen, die ein anderer geleistet hatte, doch sie winkte ihn zu sich und drückte ihm das Portemonnaie in die Hand. »Ein kleiner Dank für Eure Mühe.«

Kobenzl spürte das nicht unbeträchtliche Gewicht, und seine Miene hellte sich schlagartig auf. So übel, wie er befürchtet hatte, war diese lange Fürstin wohl doch nicht, denn im Gegensatz zu ihrem Mittstädter Verwandten wusste sie, was sich gehörte. Wenn er sie so betrachtete, war sie ja auch nicht der Typ Frau, der ihm gefiel. Welcher Mann ging schon freiwillig mit einer Frau ins Bett, die ihn auf blanken Sohlen um mehr als einen halben Kopf überragte. Höchstens so ein Koloss wie der polnische König und Kurfürst von Sachsen oder der russische

Zar Peter, den er als Kind bei dessen Besuch in Wien bestaunt hatte. Halbwegs versöhnt verabschiedete er sich von Charlotte und sagte sich insgeheim, dass sein Freund Auersperg, der die Aussichten des Prinzen Magnus eruieren wollte, für die Einsicht in die Aktenkopien ein wenig tiefer in die Tasche würde greifen müssen. Kobenzl empfand es als ungerecht, dass dieser ungehobelte Sohn eines Hinterwäldlerfürsten bei den Auerspergs als willkommener Bewerber um die Hand des Fräuleins Antonia galt, während er es trotz seines Adelsdiploms nicht einmal wagen durfte, sich der jungen Dame zu nähern. Er war so damit beschäftigt, die Börse zu verstauen und dabei mit seinem Schicksal zu hadern, dass er nicht sah, wie Charlotte den Schreiber zu sich winkte und ihm einige blanke Gulden als Trinkgeld auf die Hand zählte.

18

Der große Empfang im Belvedere war das gesellschaftliche Ereignis des Jahres. Die Damen wetteiferten miteinander um die schönsten Toiletten, denn anders als in der Hofburg oder in der Favorita gab hier nicht die Tradition, sondern die Mode den Ton an. Der Gastgeber ließ seinen Gästen freie Hand, und so fielen die Dekolletés einiger Damen allzu großzügig aus, und die kunstvollen Spitzen, die die Herren an Kragen und Manschetten trugen, hätten am Hofe des Kaisers ein unwirsches Stirnrunzeln hervorgerufen. Im Allgemeinen hielt Prinz Eugen bei seinen Einladungen nur Maskenbälle ab, da er, wie er zu Charlotte gesagt hatte, die Leute oft genug in ihren normalen Kleidern sehen würde. Er gab dabei ein Motto vor und überließ es der Phantasie seiner Gäste, die entsprechenden Kostürne zu wählen. Aus Rücksicht auf Charlotte, die weder ein Kleid für ein solches Ereignis mitgebracht hatte noch eine Schneiderin in Wien kannte, die es mit Madame Aiguille aufnehmen konnte, hatte er seine Forderung diesmal auf venezianische Porzellanmasken beschränkt.

Da Prinz Eugen nicht verheiratet war und derzeit keine seiner angeheirateten Nichten in Wien weilte, hatte er Charlotte gebeten, als Gastgeberin des Festes einzuspringen. Sie war froh über diese Aufgabe, denn zum einen konnte sie auf diese Weise dem alten Feldherrn ihren Dank für seine Hilfe abstatten, und zum anderen war es ihr möglich, der Wiener Gesellschaft zu zeigen, dass der mächtigste Mann im Staat, der Erste Minister des Kaisers, ihre Ansprüche für rechtmäßig hielt. Seite an Seite empfingen sie die Gäste auf der Treppe zum großen Saal, von der aus man die Eingangshalle überblicken konnte, deren gewölbte Decke von vier gewaltigen Atlasfiguren getragen wurde. Da die kunstvollen, oft mit Edelsteinen verzierten Masken als Accessoires galten und es zudem unhöflich gewesen wäre, das Gesicht bei der offiziellen Begrüßung damit zu verhüllen, hielten Charlotte und der Prinz ihre Masken in der Hand, während die Gäste ihre Masken während der Verbeugung oder dem Knicks kurz lüfteten.

Der alte Herr, der neben Charlotte winzig und auch schon ein wenig verhutzelt wirkte, war in Schwarz und Silber gekleidet, Charlotte aber trug eine der berauschenden Kreationen Madame Aiguilles, eine Robe aus schilfgrüner Seide, die ihre schlanken Formen betonte und sie trotz ihrer Größe so ätherisch erscheinen ließ, dass sie sogar Antonia von Auersperg in den Schatten stellte, die als eine der feenhaftesten Frauen am Kaiserhof galt.

Antonia hoffte von ganzem Herzen, in diesen Tagen die Zustimmung ihres Vaters zur Heirat mit dem Erbprinzen von

Saalstein-Mittstadt zu erhalten, denn dann würde sie als zukünftige Gemahlin eines Regierenden Fürsten so hoch im Rang stehen, dass sie nur noch den Angehörigen des Erzhauses und fremden Souveränen den Vortritt lassen musste, und ihre Freundinnen Mizzi von Lantenheim und Fanny von Dobratsch fieberten mit ihr. Die drei jungen Damen maßen Charlotte bei der Begrüßung mit tödlichen Blicken, und Magnus von Mittstadt gönnte sowohl dem Prinzen wie auch Charlotte nur eine beleidigend knappe Verbeugung. Fürst Ulrich verbeugte sich auf den Millimeter so tief, wie es das Protokoll verlangte, aber sein hochrot angelaufenes Gesicht verriet, wie schwer ihm das fiel.

Prinz Eugens Gästeliste las sich wie ein Auszug aus den Adelskalendern des Reiches und seiner Nachbarländer, denn der österreichische Hochadel war ebenso erschienen wie ungarische Magnaten, spanische Caballeros, die Karl von Habsburg ins Wiener Exil gefolgt waren, und Vertreter der Kirche. Robert de Montfroy, der gemeinsam mit Franz Stephan von Lothringen kam, begrüßte den Gastgeber geradezu überschwänglich und Charlotte so huldvoll, als hätte sie eben ihr halbes Vermögen den Armen gespendet. Franz Stephan gab sich ebenfalls leutselig, musterte Charlotte aber mit einer Mischung aus Staunen und Ehrfurcht.

Er verneigte sich ein zweites Mal vor ihr. »Darf ich Euer Durchlaucht um den ersten Tanz dieses Abends bitten?«

Charlotte sah keinen Grund, ihm diese Bitte abzuschlagen. »Ich fühle mich geehrt.«

Franz Stephan grinste wie ein Schulbub und ging weiter, damit der schon ungeduldig murrende Graf Sinzendorf den Gastgeber begrüßen konnte. Der Strom der Gäste schien nicht enden zu wollen. Immer wieder sah Charlotte in fremde Gesichter, vernahm Namen, die sie noch nie gehört hatte, und begrüßte jeden seinem Rang gemäß. Sie atmete auf, als sich die Treppe vor ihr leerte und sie selbst den Festsaal betreten konnte.

Diener, deren Livreen den Uniformen jener Soldaten nachempfunden waren, welche unter Prinz Eugen gekämpft hatten, eilten umher und boten Erfrischungen an. Kurz darauf rief der Zeremonienmeister des Prinzen die Damen und Herren zum ersten Tanz. Prinz Eugen verschwand mit seinem Gesprächspartner in einem Nebenzimmer, um sich dieser ungeliebten Pflicht zu entziehen, während Charlotte den Zeremonienmeister mit Franz Stephan auf sich zukommen sah. Der junge Lothringer verbeugte sich vor ihr und reichte ihr den Arm. Der Zeremonienmeister hob seinen Stab und deutete auf das Orchester, welches auf einer Empore angetreten war. Die Musiker spielten einen Tusch und stimmten dann die gezierte Melodie eines französischen Schreittanzes an.

Franz Stephan tanzte ausgezeichnet und fand zu seinem Vergnügen in der Fürstin von Tresskau, die von Zinggen, dem Arbiter Elegantiarum ihres Hofes, geschult worden war, ein gleichwertiges Gegenüber. Charlotte gab sich ganz der Musik hin und war so in den Wechsel der Tanzfiguren vertieft, dass sie zunächst nicht wahrnahm, wie ein letzter Gast den Saal betrat, ohne von dem Zeremonienmeister ausgerufen worden zu sein. Es war Maria Theresia, die Franz Stephan mit einem scharfen Blick ausmachte und mit zusammengepressten Lippen zusah, wie er mit seiner Tanzpartnerin scherzte und flirtete.

Als Charlotte eine gezierte Wendung vollzog, die sie ganz in die Nähe der jungen Dame brachte, entdeckte sie die Erzherzogin und bemerkte gleichzeitig, dass das Mädchen sie mit wütender Eifersucht anstarrte. Maria Theresias Miene verriet, dass sie Franz Stephan bereits als ihr Eigentum betrachtete und in jeder Frau, für die er sich interessierte, eine Feindin sah. Der zornige

Blick der Erzherzogin folgte Charlotte und verdarb ihr das Vergnügen am Tanz. So war sie froh, als die Musik verstummte und Franz Stephan sie nach einer letzten Verbeugung verließ.

Im gleichen Moment tauchte Prinz Eugen an Charlottes Seite auf und runzelte beim Anblick ihrer nachdenklich zusammengezogenen Augenbrauen die Stirn. Er folgte ihrem Blick und entdeckte Maria Theresia, die Franz Stephan gebieterisch zu sich gewinkt hatte und nun leise, aber heftig auf ihn einsprach.

Der alte Feldherr seufzte. »Franz Stephan ist ja ein lieber Kerl und eine Seele von einem Menschen, aber trotzdem wünschte ich ihn an jeden anderen Ort der Welt als nach Wien.«

»Die Erzherzogin scheint eine starke Vorliebe für ihn entwickelt zu haben.«

Prinz Eugen verzog säuerlich das Gesicht. »Es ist mehr als bedauerlich, dass Prinz Friedrich von Preußen kaum etwas an sich hat, was ihn Maria Theresia empfehlen könnte. Ich kann nur hoffen, dass die beiden sich bei ihrem ersten Treffen halbwegs sympathisch finden werden.«

»Ihr bleibt also bei Eurem Plan, den Prinzen und die Erzherzogin einander in den nächsten Tagen vorzustellen?«

»Ja! Das Kind wird einsehen müssen, dass es sich als Erbtochter des Hauses Österreich der Staatsräson zu beugen hat.« Prinz Eugen schob kämpferisch sein Kinn vor und musterte Maria Theresia wie ein feindliches Heer. Charlotte aber entnahm seiner ganzen Haltung, dass der glorreiche Sieger so vieler entscheidender Schlachten den Einfluss einer Neunjährigen zu fürchten begann.

Maria Theresias eifersüchtiger Ärger war auch Franz Stephans Begleiter Montfroy aufgefallen. Der Bischof verfluchte im Stillen seinen leichtsinnigen Verwandten und war froh, als Antonia von Auersperg die Aufmerksamkeit der Erzherzogin auf sich lenkte, so dass Franz Stephan für einen Moment alleine dastand. Sofort trat er an seine Seite und packte den Arm des Lothringers.

»Wie konntet Ihr nur mit der Tresskauerin tanzen, wo Ihr doch wisst, dass die kaiserlichen Damen der Frau nicht wohlgesinnt sind. Euer einziger Trumpf, das Haus Lothringen zu erhöhen, besteht in der Zuneigung der Erzherzogin zu Euch. Gefährdet Ihr diese, bleibt Ihr ein Nichts, denn ein anderer Prinz, vielleicht sogar dieser lächerliche Preuße, wird die Erbin heimführen.«

Franz Stephan senkte betroffen den Kopf. »Ich wollte das Reserl gewiss nicht kränken, mein lieber Montfroy.«

»Dann denkt daran, bevor Ihr das nächste Mal um ein Weibsstück herumscharwenzelt, und vermeidet es in Zukunft, mit Euren so genannten Freunden Häuser aufzusuchen, in denen Moral und Sittlichkeit Fremdworte sind.«

Franz Stephan schüttelte sich. »Aber ich kann doch nicht all die Jahre, bis aus dem Reserl eine Frau geworden ist, wie ein Mönch leben!«

Montfroy antwortete ihm mit einem mahnenden Blick und machte ihn darauf aufmerksam, dass Maria Theresia die Komtess Auersperg abgeschüttelt hatte und seine Gesellschaft wünschte.

19

Am nächsten Tag wurde das Frühstück sehr spät serviert, denn Prinz Eugen und Charlotte waren erst in den Morgenstunden zu Bett gekommen und hingen nun ihren Gedanken nach. Zinggen respektierte ihr Schweigen, so dass Fräulein von Rüthen die Unterhaltung alleine bestritt. Sie erzählte ihrem Vetter mit empörter Stimme einige Klatschgeschichten, die sie während des Festes aufgeschnappt hatte, und als er nicht reagierte, ging sie auf das Thema über, welches sie im Augenblick am meisten bewegte.

»Ich finde es bedauerlich, dass Seine Majes…, eh, Baron Rankelfeld und sein Sohn nicht an dem Fest teilnehmen durften, obwohl sie seit Wochen Eure Gäste sind, Hoheit.«

Charlotte hätte ihrer Oberhofmeisterin erklären können, dass sie für ihren Teil froh darüber war. Friedrich Wilhelm hätte wohl kaum mit seiner Ablehnung gegen die in seinen Augen lockeren Wiener Sitten und die für ihn erschreckende Verschwendungssucht hinter dem Berg gehalten und an einem einzigen Abend den gesamten Adel Österreichs gegen sich aufgebracht. Prinz Eugen war anzusehen, dass er der gleichen Meinung war, Zinggen aber lächelte höchst amüsiert und bequemte sich zu einer Antwort. »Ein jeder muss Opfer bringen, meine Liebe! Der eine, weil er an so einem Fest teilnehmen muss, obwohl er Klatsch und Tanz verabscheut, und der andere, weil die Umstände ihm die Anwesenheit untersagen.«

Fräulein von Rüthen ließ sich nicht so leicht zum Schweigen bringen. »Prinz Friedrich hätte dabei sein und mit Maria Theresia tanzen müssen!«

Charlotte stellte sich den linkischen Prinzen und die trotz ihrer Jugend elegant tanzende Erzherzogin vor und schüttelte den Kopf. »Die beiden sollten sich in einem weniger festlichen Rahmen kennen lernen.«

»Den werden wir ihnen bieten.« Prinz Eugens Worte klangen beinahe wie eine Drohung.

»Wie verlaufen denn die Verhandlungen zwischen Friedrich Wilhelm und dem Herrn von Bartenstein?« Charlotte hatte die Frage schon gestellt, als ihr klar wurde, dass Prinz Eugen kaum in Gegenwart einer so redseligen Person wie ihrer Haushofmeisterin darüber sprechen würde, doch zu ihrer Verwunderung antwortete er ohne Umschweife.

»Die Gespräche laufen gut. Es sind zwar noch ein paar Punkte zu klären, wie zum Beispiel die Anzahl der Jesuiten, die in Berlin wirken dürfen, aber das sind Nebensächlichkeiten. Bei etwas gutem Willen dürfte der Vertrag binnen Wochenfrist unterschriftsreif sein.«

Nun verstand Charlotte, dass Prinz Eugen es eilig hatte, die Erzherzogin und den jungen Preußen einander vorzustellen. Sie war gespannt, wie dieses erste Zusammentreffen verlaufen würde, aber ihre Zuversicht hielt sich in Grenzen. Friedrich musste mit einem um vier Jahre älteren, selbstsicheren und überdies höchst charmanten Rivalen konkurrieren und konnte eigentlich nur hoffen, dass die Staatsräson Maria Theresia dazu bringen würde, in eine Ehe mit ihm einzuwilligen. Charlotte verglich die Situation der Erzherzogin unwillkürlich mit ihrer eigenen vor vier Jahren. Für sie war es selbstverständlich gewesen, eine arrangierte Ehe einzugehen, aber sie war ja auch nicht die verwöhnte Tochter des Kaisers, sondern ein Mädchen aus verarmtem Haus, das um jeden Bewerber hatte froh sein müssen.

Prinz Eugen erinnerte sie noch einmal daran, dass sie die Aufgabe übernommen hatte, bei der Zusammenkunft der beiden Königskinder den Chaperon zu spielen, und so erhob Charlotte sich vom Frühstückstisch und eilte in ihren Salon, um die Vorbereitungen zu kontrollieren.

Friedrich wartete geduldig in einem Nebenzimmer, doch die Erzherzogin ließ sich Zeit. Während Charlotte ungeduldig auf das Erscheinen der Kaisertochter wartete, schickte sie Max die Duellpistolen abholen, die sie für Friedrich bestellt hatte. Als er zurückkehrte, war die Mittagsstunde schon fortgeschritten und von Maria Theresia immer noch nichts zu sehen. Charlotte prüfte das Geschenk und freute sich, dass der Büchsenmacher ihre Anweisungen verstanden und getreulich erfüllt hatte. Der kleine Koffer bot nicht nur den beiden Pistolen, sondern in einem kunstvoll eingebauten Fach darunter auch einer wunderschönen Flöte Platz. Charlotte hätte das Instrument am liebsten auf der Stelle ausprobiert, doch das wäre ihr wie eine Entweihung vorgekommen. Friedrich sollte das Vergnügen genießen, als Erster auf dieser Flöte zu spielen. Sie entschloss sich, den Preußenprinzen holen zu lassen, und wollte Max gerade damit beauftragen, als Sentini in ihren Salon platzte. »Ihre Allerdurchlauchtigste Hoheit, die Erzherzogin, ist soeben eingetroffen.«

Charlotte seufzte, denn sie spürte die Last, die nun auf ihren Schultern ruhte. Prinz Eugen war eigens in die Favorita gerufen worden, um – wie sie vermutete – nicht eingreifen zu können, wenn Maria Theresia sich den jungen Preußen ansah.

»Bitte Er Ihre Hoheit zu mir«, wies sie Sentini an und unterwarf sich im Nachbarraum Rosas geschickten Händen, die ihre Frisur und ihre Garderobe in einen hoffähigen Zustand versetzten. Gerade, als sie den Salon wieder betrat, kehrte Sentini zurück und kündete Maria Theresia an.

Die kleine Erzherzogin trug ein allerliebstes Kleid aus blauer Seide, helle Samtschuhe und als Hütchen einen dunkelroten Dreispitz, der mit Perlenstickerei verziert war. Sie hätte einer kunstvoll ausstaffierten Puppe geglichen, wäre da nicht ihre hochmütige, abweisende Miene gewesen. Ihr Gefolge, das sie wie gut geschulte, wachsame Hunde begleitete, bestand aus ihrer Erzieherin Frau von Fuchs und Antonia von Auersperg, die trotz des Altersunterschieds von fast neun Jahren als ihre Freundin galt.

Maria Theresia hasste jeden Schritt, den sie in diesem Hause tun musste, und sie war auch nicht freiwillig hier. Ihr Vater hatte dem Drängen seines Feldherrn und Ersten Ministers nicht länger widerstehen können und ihr befohlen, sich den Preußenknaben anzusehen. Während sie in den Salon trat, dachte sie an ihr letztes Gespräch mit Bischof Montfroy, den sie aufgrund seiner Verwandtschaft mit ihrem angebeteten Franz und seines geistlichen Standes zu ihrem Ratgeber gemacht hatte.

»Vertraue auf Gott, mein Kind«, hatte er ihr geraten, »und folge deinem starken Herzen. Dann wirst du wie die heilige Barbara deinen Bedrängern widerstehen.«

»Aber mein Vater billigt diese preußische Heirat, und ich bin ihm Gehorsam schuldig!«, hatte sie ihm vorgehalten.

Der Bischof hatte ihr segnend die Hand auf den Scheitel gelegt. »Gott wird Seiner Majestät, Eurem Vater, den rechten Weg weisen, einen, der nicht in den Sumpf üblen Ketzertums führt, sondern geradewegs ins Himmelreich!«

Montfroy war dann vor ihr niedergekniet und hatte ihr erklärt, um wie viel ruhmreicher es sein würde, das Haus Lothringen, welches von Kaisern und Königen abstammte, mit dem Haus Habsburg zu verschmelzen, als zuzulassen, dass dem ketzerischen Nachkommen eines Burggrafen von Nürnberg die Krone Karls des Großen aufs Haupt gesetzt würde.

Maria Theresia wollte die Kaiserkrone des Heiligen Römischen Reiches lieber über Franz Stephans Stirn glänzen sehen als auf dem Kopf irgendeines anderen und war bereit, alles zu tun, damit die heiligen Insignien nicht von einem Ketzer entweiht wurden. Als sie vor ihre Gastgeberin trat, die ebenfalls eine Ketzerin war und überdies noch eine Thronräuberin, hob sie den Kopf noch höher und erwiderte den ehrerbietigen Knicks der Frau noch nicht einmal mit einem Nicken.

»Mein Vater hat mich hierher geschickt, damit ich mir den Sohn dieses preußischen Barons ansehen kann.«

Das ist kein guter Anfang, fuhr es Charlotte durch den Kopf. Die Erzherzogin sah so aus, als würde sie Friedrich bereits verabscheuen, bevor sie ihn kennen gelernt hatte, und sie drehte sich auch nicht um, als Max mit Friedrich hereinkam. Der Junge trug die blaue Kadettenuniform, die sein Vater an ihm sehen wollte, und zog eine Miene, als müsse er allein und ohne Waffen einen finsteren, verrufenen Wald durchqueren. Er warf Charlotte einen Hilfe suchenden Blick zu und verbeugte sich dann so unbeholfen vor der Erzherzogin, dass diese ihn wie einen Schwachsinnigen musterte und die Mundwinkel kräuselte.

Die Blicke der beiden Kinder kreuzten sich für einen Moment, dann senkte Friedrich schüchtern den Kopf, und Maria Theresia hob verächtlich die Nase. Ihr ganzes Wesen verriet jene Selbstsicherheit, die eine lebhafte Hofgesellschaft, in der der höchste Adel vieler Länder aus und ein ging, von ihrer künftigen Kaiserin erwartete, und Friedrich wirkte gegen sie wie ein tapsiges Kleinkind.

Maria Theresia drehte sich zu Fräulein von Auersperg um und zeigte auf den Prinzen, als handle es sich um ein unpassendes Präsent, das ihre Augen beleidigt. »Der gefällt mir nicht!«

In dem Moment betraten Diener mit vollen Tabletts den Raum und tischten allerlei Köstlichkeiten auf. Charlotte versuchte, ihr Lächeln nicht zu verlieren, und wies auf die Leckereien. »Wollen Eure Durchlauchtigste Hoheit und die Damen nicht eine kleine Erfrischung zu sich nehmen?«

Maria Theresia warf dem duftenden Gebäck einen sehnsüchtigen Blick zu, aber sie wollte alles vermeiden, was als Zustimmung ausgelegt hätte werden können. Dieses Opfer war sie ihrer Zuneigung zu Franz Stephan schuldig, sagte sie sich und schüttelte den Kopf.

Fräulein von Auersperg zog die schon ausgestreckte Hand mit einem enttäuschten Seufzer zurück. Wenn die Erzherzogin nichts nahm, durfte auch sie nichts davon naschen.

Charlotte fragte sich, wie sie den Panzer dieses störrischen Mädchens durchdringen sollte, und musterte die Begleiterinnen. Fräulein von Auersperg verschanzte sich hinter einer Miene, die ihre Abneigung gegen ihre Gastgeberin deutlich zur Schau trug, während Frau von Fuchs mit einer Geste gleichzeitig Bedauern über das schlechte Benehmen der kaiserlichen Erbtochter wie auch ein gewisses Verständnis für diese verriet. Da von beiden Damen keine Hilfe zu erwarten war, versuchte Charlotte, an Maria Theresias Liebe zur Musik zu appellieren.

»Seine Hoheit spielt ausgezeichnet Flöte. Wenn Ihr so freundlich wärt, einem seiner Stücke zu lauschen.«

Die Erzherzogin schürzte die Lippen. »Am Hof meines Vaters gibt es genug ausgezeichnete Musiker. Da sind Wir nicht auf die mageren Künste eines Dilettanten angewiesen.«

Charlotte glaubte, in einen Albtraum geraten zu sein, doch gerade, als sie meinte, es könnte schlimmer nicht mehr kommen, stieß Friedrich, der nervös von einem Fuß auf den anderen trat, eine der kunstvoll mit Zweigen und Blumen gefüllten chinesischen Vasen von ihrem Podest. Das Gefäß zerschellte am Boden, überschüttete Maria Theresia mit einem Schwall schmutzigen Wassers und verwandelte ihr Kleid in einen formlosen Lappen.

Die Miene der Erzherzogin gefror zu Eis. »Er hat Seine Manieren wohl zu Hause bei den Wenden und Kaschuben gelernt!«, herrschte sie Friedrich an, drehte sich abrupt um, ohne auf seine gestammelten Entschuldigungen zu hören, und verließ grußlos den Raum. Ihre beiden Begleiterinnen eilten erschrocken hinter ihr her, während Charlotte sich am Tisch festhalten musste, um zu verhindern, dass sie der kleinen Bestie folgte und ihr handgreiflich Manieren beibrachte. Hier wurde sie jedoch dringender gebraucht, denn Friedrich sah aus, als würde er sich am liebsten aus dem höchsten Fenster des Belvedere stürzen.

Er starrte Charlotte entgeistert an. »Ich … Das wollte ich nicht!«

»Natürlich wolltet Ihr das nicht, aber solche Dinge geschehen nun einmal. Ich bitte Euch, der Erzherzogin zu verzeihen. Ein neues Kleid ist nun einmal das Aufregendste im Leben eines kleinen Mädchens.«

»Sie hat mich auch vorher nicht gemocht«, antwortete Friedrich kleinlaut.

»Papperlapapp! Das ist keine Frage des Mögens, sondern des Müssens.« Friedrich Wilhelm war in den Salon getreten, ohne sich anmelden zu lassen, und hatte die letzten Worte seines Sohnes gehört. Auch wenn er nicht am Wiener Hof aus und ein ging, war ihm bekannt, dass Maria Theresia dem jungen Lothringer Hoffnungen machte, doch sie war nur ein Frauenzimmer, dazu noch ein Kind, und als solches nahm er sie nicht ernst. In seinen Augen gab es ein ausgezeichnetes Mittel, widerspenstige Söhne und Töchter zum Gehorsam zu zwingen, nämlich den Stock, und den hob er jetzt, um Friedrich dafür zu strafen, dass er der Erzherzogin nicht gefallen hatte.

Um dem Prinzen nach der Demütigung durch Maria Theresia wenigstens die väterlichen Prügel zu ersparen, griff Charlotte ein. Auf einen Wink von ihr brachte Max den Pistolenkoffer herbei und öffnete ihn. Der Glanz der blau schimmernden Läufe und der lackierten Pistolengriffe aus dem Wurzelholz eines Nussbaums lenkten den Preußenkönig ab, und sein Blick wanderte fragend zu Charlotte, bevor er sich wieder an den Waffen festsaugte.

Sie versank in einen tiefen Knicks. »Erlaubt mir, Majestät, Eurem Sohn dieses kleine Geschenk zu überreichen.«

Friedrich Wilhelm brummte etwas, das sich entfernt wie eine Zustimmung anhörte, nahm dabei eine der Pistolen aus dem Koffer und prüfte sie mit penibler Genauigkeit. Man konnte spüren, dass er die Waffen am liebsten in seine eigene Sammlung eingereiht hätte, doch er riss sich nach der sorgfältigen Musterung der zweiten Pistole von ihnen los und wandte sich mit zufriedener Miene an seinen Sohn. »Bedanke dich bei Ihrer Durchlaucht für dieses Geschenk. Sie ist eines der seltenen Frauenzimmer mit Verstand und weiß, was einem Prinzen zukommt und was nicht.«

Friedrich verbeugte sich mit einer Miene, die ebenso viel Dankbarkeit wie Erleichterung ausdrückte. »Ich danke Euch, Euer Durchlaucht.«

Charlotte verstand den Jungen. Er freute sich im Augenblick mehr über die Tatsache, dass das Geschenk die Wut seines Vaters hatte verrauchen lassen. Der König pfiff sogar den Regimentsmarsch seiner Garde, reichte Friedrich den Pistolenkasten und verließ mit einem zufriedenen Nicken in Charlottes Richtung den Raum. Friedrich wollte ihm wie gewohnt folgen, doch Charlotte legte ihm die Hand auf die Schulter.

»Bleibt noch ein wenig, Hoheit.« Sie wartete, bis sich die Tür hinter Friedrich Wilhelm geschlossen hatte, nahm dem Prinzen den Pistolenkasten ab und stellte ihn auf den Tisch. Sie winkte ihm, genau zuzuschauen, was sie jetzt tat, und löste die Verriegelung des Geheimfachs, so dass die Flöte zum Vorschein kam. Friedrich öffnete den Mund, brachte vor Staunen aber kein Wort über die Lippen.

Charlotte zwinkerte ihm lächelnd zu. »Diese Flöte soll ein Ersatz für das Instrument sein, welches Ihr bei Moritzburg verloren habt. Ich war der Ansicht, Ihr könntet ein Versteck brauchen, in dem man sie am wenigsten vermuten würde.«

»Mein Vater hat Recht, Ihr seid wirklich ein Frauenzimmer mit Verstand«, platzte Friedrich heraus.

»Warum sollte eine Frau dümmer sein als ein Mann?«, wandte Charlotte ein.

»Nun, die meisten sind es«, antwortete er wenig galant, und es war ihm anzumerken, dass er dabei nicht zuletzt an Maria Theresia dachte.

20

Zwei Tage nach diesem missglückten Zusammentreffen erschien am späten Nachmittag ein Besucher, der Charlottes Gedanken in eine andere Richtung lenkte. Es war Christoph Johann von Bartenstein, ein noch junger Beamter der kaiserlichen Verwaltung, dem es gelungen war, in den Hofkriegsrat aufzurücken, dem sonst nur Herren gehobenen Alters angehörten. Prinz Eugen hielt große Stücke auf ihn, und der Eindruck, den der Beamte auf Charlotte machte, schien die Meinung des Prinzen zu bestätigen. Bartenstein war der Vorgesetzte Kobenzls in der Geheimen Hofkanzlei und als solcher auch mit ihrem Problem konfrontiert. In erster Linie aber war er mit der Aufgabe betraut, den Vertrag für die preußische Heirat auszuarbeiten, und daher nahm sie zunächst an, der Diener hätte sich vertan und ihn fälschlich zu ihr statt zum König von Preußen geführt.

Sie neigte kurz das Haupt, wie es einer Regierenden Fürstin einem Mann minderen Adels gegenüber zukam, und lud ihn ein, sich zu setzen. Bartenstein wartete, bis sie selbst Platz genommen hatte, dann setzte auch er sich und musterte sie mit neugierigen Blicken. »Ich danke Eurer Durchlaucht, dass Ihr mich empfangen habt.«

»Das war doch selbstverständlich, mein lieber Bartenstein.« Charlotte hob die Hand und winkte dem Diener, eine Erfrischung für ihren Besucher zu bringen. Der Mann verbeugte sich und schlurfte gemächlich davon.

»Können wir unsere Unterhaltung fortsetzen, oder sollen wir warten, bis der Domestik mit dem Burgunder zurückkommt?«, fragte Bartenstein mit einem Lachen, das der Geschwindigkeit des Lakaien galt.

Um Charlottes Lippen zuckte es bei dieser Bemerkung verdächtig. »Wir können gerne gleich miteinander reden, Herr von Bartenstein.«

Der Hofrat kam zur Sache. »Ich habe mir die Kopien Ihrer Urkunden durchgelesen, die Kobenzl anfertigen ließ, und würde nun gerne die Originale sehen, bevor ich mir ein endgültiges Urteil bilde.«

Charlotte warf Max, der seinen gewohnten Platz neben der Tür eingenommen hatte, einen Blick zu und hörte ihn davoneilen. Wenige Augenblicke später und lange, bevor der Diener mit dem Wein erschien, kehrte er mit der Dokumentenschatulle zurück und stellte sie auf den Tisch. Charlotte öffnete den Kasten und reichte Bartenstein die Papiere. Der Hofrat las jedes einzelne Blatt sorgfältig durch, prüfte Siegel und Unterschriften und gab sie mit einem Lächeln zurück. »Die sächsische Hofkanzlei in Dresden besitzt wohl Kopien dieser Urkunden und würde sie bestätigen.«

Charlotte nickte nachdrücklich. »Ihr könnt jederzeit einen Boten zu Seiner Majestät, dem König in Polen, schicken.«

Bartenstein hob beschwichtigend die Arme. »Das wird nicht nötig sein, denn unsere … ehm, Informanten haben uns bereits von Eurem Besuch bei August dem Starken unterrichtet. Es wird Euch freuen zu hören, dass sich der Gesundheitszustand Seiner Majestät inzwischen gebessert hat.«

»Ich danke Euch für diese Nachricht, denn ich war in großer Sorge um Seine Majestät.« Charlotte atmete sichtlich auf und schenkte, da der Diener endlich mit dem Wein erschienen war, Bartenstein persönlich ein.

Er nahm das Glas und trank ihr zu. »Auf die Gesundheit Seiner Majestät, Augusts des Starken, und auf Euch und Euren Sohn, Durchlaucht! Ich habe mich persönlich überzeugen können, dass gewisse Gerüchte, die in Wien kolportiert werden, nicht der Wahrheit entsprechen. Weder ist Eure Herkunft zu gering für eine Fürstin des Hauses Saalstein-Tresskau, noch gibt es irgendwelche Zweifel an dem Vollzug Eurer Ehe mit Fürst Carl Anton oder an der Legitimität Eures Sohnes.«

»Ich danke Euch, Herr von Bartenstein. Die Gerüchte, von denen Ihr sprecht, haben mich in Sorge versetzt.« Charlotte bot dem Hofrat noch ein weiteres Glas Wein an. Er schüttelte jedoch den Kopf.

»Ich bedauere, Euer Durchlaucht, doch die Pflichten rufen mich fort. Seid versichert, ich werde die Rechtmäßigkeit der Ansprüche Eures Sohnes auf Tresskau sowie seine und Eure Ansprüche auf die Reichsgrafschaft Hollenberg in den Akten vermerken lassen. Erlaubt mir nun, mich zurückziehen zu dürfen.«

»Ich tue es von ganzem Herzen, denn Ihr habt eine große Last von meinem Herzen genommen.« Charlotte überlegte, wie sie Bartenstein danken konnte, und beschloss, Zinggen den Auftrag zu geben, ein schönes Geschenk für ihn zu besorgen.

Bartenstein verbeugte sich und verließ den Raum. Für einen Augenblick schwankte er, ob er König Friedrich Wilhelm aufsuchen und ein paar noch strittige Punkte des Vertrags klären sollte, doch er nahm mit einem gewissen Bedauern davon Abstand, denn er hatte einen Ruf aus der Favorita erhalten und den Weg vom Ballhausplatz zur Sommerresidenz des Kaisers nur kurz unterbrochen, um die leidige Tresskauer Angelegenheit endlich abschließen zu können.

Sein Fiaker brachte ihn rasch zur Favorita. Bartenstein hatte den Sommerpalast des Kaisers schon oft betreten, doch als er an diesem Tag das Tor durchschritt, kämpfte er mit einem Gefühl der Beklemmung, das sich noch verstärkte, als er nach einer schier endlosen Wanderung endlich vor dem Kaiser stand.

Karl VI. wirkte krank oder zumindest übermüdet. Seine Augen waren trüb von den langen, durchbeteten Nächten, und seine Hände zitterten. Er war sichtlich froh über Bartensteins Ankunft, schien aber nicht recht zu wissen, wie er seinen Entschluss formulieren sollte. »Der Glaube ist das Wichtigste im Leben, mein lieber Bartenstein. Wenn wir den Glauben verraten, bleiben uns die Pforten des Paradieses auf ewig verschlossen, und wir erdulden für unsere Sünden die schlimmste Höllenpein.«

Bartenstein blickte den Kaiser fragend an. »Euer Majestät, ich verstehe nicht ganz, was Ihr damit meint.«

Karl VI. hatte tagelang mit sich gerungen, ob er dem Drängen Prinz Eugens nachgeben und die preußische Heirat erlauben sollte, doch die Angst vor den Höllenstrafen, die Bartoluzzi ihm für diesen Fall angedroht hatte, überwog alle weltlichen Argumente.

Er schüttelte mit einem traurigen Lächeln den Kopf. »Ihr wollt mich nicht verstehen, mein lieber Bartenstein, weil Ihr genauso wie der Savoyer ein Mann seid, der nur auf das Nächstliegende starrt und nicht auf das, was uns im Jenseits erwartet. Für Euch zählen Soldaten, Steuern und Siege, und so achtet Ihr zu wenig auf das Heil Eurer Seele. Das solltet Ihr aber tun, wenn Ihr nicht von den Dämonen der Hölle gepeinigt und auf ewig von der Auferstehung ausgeschlossen werden wollt. Wenn am Jüngsten Tag alle Kaiser des Heiligen Römischen Reiches zur Rechten Jesu Platz nehmen, vom Großen Karl angefangen bis zu meinem Bruder Joseph; sollen sie dann den

Heiland fragen hören, wo denn der sechste Karl bliebe? Sollen sie ihm erklären müssen, ich sei auf ewig verdammt?«

Allmählich begriff Bartenstein, worauf sein Souverän hinauswollte. »Es geht um die preußische Heirat, und Ihr wollt nicht, dass sie stattfindet.«

Karl VI. wand sich. »Ich würde dieser Ehe mit Freuden zustimmen, wenn mit ihr der Glaube den Sieg davonträgt.«

Bartenstein atmete tief durch und versuchte, vorsichtig nachzuhaken. »Auf welche Weise sollte der Glaube denn siegen?«

»Alle Ländereien im Reich, die heute und fürderhin im Besitz der Hohenzollern liegen, müssen wieder katholisch werden und dem Erzhaus anheim fallen. Das Königreich in Preußen«, die Lippen des Kaisers kräuselten sich dabei vor Verachtung, »kann meinetwegen protestantisch bleiben, da es nicht zum Reich zählt, und darf als Herzogtum in die Hände eines jüngeren Sohnes dieses Baron Rankelfeld fallen. Der Königstitel aber hat mit seinem Ältesten auf das neue Erzhaus Habsburg-Hohenzollern überzugehen.«

Bartenstein entnahm der Stimme seines Herrn, dass dieser keinen Widerspruch dulden würde, und verabschiedete sich innerlich von dem Kompromiss, der sich endlich, nach langen, zähen Verhandlungen mit dem preußischen König, abzeichnete. Mit Schaudern dachte er daran, in welche Verwicklungen das Reich nach dem Scheitern der Heirat zwischen Prinz Friedrich und der Erzherzogin geraten würde, und er wollte für all das, was nun kommen würde, nicht verantwortlich gemacht werden. »Darf ich Euer Majestät um meine Demissionierung bei dieser Angelegenheit bitten? Ein anderer Beamter wird sie gewiss besser zu Ende bringen als ich.«

»Nein! Ihr seid mir für diese Verhandlungen verantwortlich und bleibt es auch«, erklärte der Kaiser, der diese heikle Angelegenheit nicht noch mit einem weiteren seiner Diplomaten ausdiskutieren wollte.

Bartensteins Miene wurde so lang, als wäre er soeben in den entferntesten Winkel des Reiches verbannt worden. Seine Karriere war ruiniert, denn er würde sich, ganz gleich, was er nun tat, einen der beiden mächtigsten Männer im Reich zum Feind machen. Er verbeugte sich, um die in ihm aufsteigende Verzweiflung zu verbergen. »Ich werde Eurer Majestät gehorchen. Doch ich habe Bedenken, dass Seine Exzellenz, Prinz Eugen, mir die Schuld am Misslingen seines Planes zuschreiben und mich zur Verantwortung ziehen wird.«

Karl VI. ärgerte es seit langem, dass viele Leute Prinz Eugen für mächtiger hielten als ihn selbst, und so schlug er mit der Faust auf die Lehne seines Stuhles. »Ich bin der Kaiser, und wenn ich meine Hand über Euch halte, mein lieber Bartenstein, wird der Savoyer Euch nicht schaden können.«

Bartenstein konnte nur hoffen, dass das als wankelmütig bekannte Oberhaupt des Reiches wenigstens diesmal sein Wort halten würde. Gleichzeitig aber sagte er sich, dass Prinz Eugen ein alter Mann war, der eher früher als später das Heft aus der Hand geben würde, nickte zufrieden und blickte dem Kaiser in die Augen. »Preußens Besitzungen im Reich werden katholisch, oder die Heirat unterbleibt. Das ist der Wille Eurer Majestät.«

Karl VI. hob die Rechte zu einer bejahenden Geste. »So ist es, mein lieber Bartenstein.«

Der Beamte sah sich verabschiedet und verließ den Raum. Draußen auf der Treppe begegnete ihm ein in einen modischen blauen Rock gekleideter Herr mit wallender Allongeperücke, in dem er den französischen Chevalier de Roumaire erkannte, einen der vielen Diplomaten des fünfzehnten Ludwig am Wiener Hof und – wie er nur allzu gut wusste – einer von dessen Spionen und schlimmsten Intriganten. Er gönnte dem Mann nur eine äußerst knappe Verbeugung im Vorbeigehen, ohne darauf zu achten, dass der andere die Geste weitaus gezierter und höflicher erwiderte, und verließ die Favorita mit einem Gefühl, beinahe in ihr erstickt zu sein.

Giles de Roumaire starrte Bartenstein mit verkniffener Miene nach. Von Kobenzl wusste er, mit wie viel Energie und Geschick der Hofrat die Verhandlungen mit dem Preußenkönig führte und mit welcher Ausdauer er jeden Versuch unterbunden hatte, sie zu beeinflussen. Kobenzl hatte ihn am Vorabend davon informiert, wie erschreckend weit sich die Standpunkte der beiden Parteien bereits angenähert hatten, und nun war er auf dem Weg, seinen allerletzten Trumpf auszuspielen.

Ein Lakai in roter Livree trat auf Roumaire zu und fragte ihn nach seinem Begehr. Der Franzose reichte ihm die Einladung, die er auf seine Bitte nach einer Privataudienz hin erhalten hatte, und wurde in die Gemächer des Kaisers geführt. Karl VI. kniete betend neben dem Fenster und küsste dabei immer wieder seinen Rosenkranz. Obwohl sein Leibdiener den Besucher laut angemeldet hatte, ließ er sich nicht in seinem Gebet stören. Seine Lippen bewegten sich fast lautlos, und nur manchmal vernahm de Roumaire so etwas wie ein Seufzen. Der Franzose trat nervös von einem Bein auf das andere, denn wenn die ihm zugebilligte Zeit vorbei war, würde der Diener ihn gnadenlos hinauskomplimentieren. Dennoch wagte er es nicht, Karl VI. anzusprechen. Endlich floh ein gehauchtes Amen von den Lippen des Kaisers. Er erhob sich und kehrte zu seinem thronartigen Sessel zurück, auf dessen Rückenlehne ein vergoldeter Reichsadler seine Schwingen ausbreitete.

»Ihr batet um ein Gespräch unter vier Augen, Herr de Roumaire.« Karl VI. bemühte sich nicht, höflich zu dem Vertreter einer Dynastie zu sein, gegen die er mehr als zwanzig Jahre seines Lebens Krieg geführt hatte, zuerst als Karl III. von Spanien und später, nach dem Scheitern seiner iberischen Träume, als der sechste Karl in der langen Reihe der römisch-deutschen Kaiser.

»Ich danke Eurer Majestät für die große Gunst, mich empfangen zu haben«, versuchte de Roumaire ihm zu schmeicheln.

»Was wünscht Ihr?« Der Kaiser zeigte seine Abneigung noch offener, aber das hatte sein Besucher nicht anders erwartet. Um nicht mit der Tür ins Haus zu fallen und sich die letzte, wenn auch geringe Chance damit zu verderben, begann er, den Ruhm des Kaisers, die Macht des Römischen Reiches und der Habsburger Besitzungen und schließlich auch die bereits jetzt erkennbare Schönheit der Erzherzogin Maria Theresia in den höchsten Tönen zu preisen. Die Miene des Kaisers, der wohlgesetzten Schmeicheleien immer zugänglich war, wurde zusehends freundlicher. Als de Roumaire glaubte, er habe den Boden gut genug bereitet, kniete er vor dem Kaiser nieder.

»Ich spreche nicht nur im Auftrag meines allergnädigsten Souveräns, König Louis XV. von Frankreich, sondern auch im Namen Seiner Majestät, Felipe V. von Spanien.« Roumaire verwendete die spanische Form des Namens Philipp, um den Kaiser nicht zu verärgern und um dessen Erinnerung an Spanien wachzurufen.

Tatsächlich musste Karl VI. sofort an Madrid denken, in dem er nur kurz hatte regieren können, und an das grüne, überreich gesegnete Katalonien, das ihm bis zuletzt die Treue gehalten hatte. »Was wünschen die Majestäten von mir?«, fragte er mit einem gewissen Interesse.

»Mir ist sowohl aus Madrid wie auch aus Paris aufgetragen worden, bei Eurer Majestät vorzufühlen, ob Ihr Verhandlungen über eine mögliche Heirat Ihrer Hoheit, der Erzherzogin Maria Theresia, mit dem Infanten Don Carlos von Spanien zu führen wünscht.«

Karl VI. stemmte sich halb aus seinem Sessel hoch und starrte den Franzosen mit weit aufgerissenen Augen an. »Der spanische Thronfolger will um meine Tochter werben?«

»Um Eure mögliche Erbin Maria Theresia!« De Roumaire war gewillt, jeden Zweifel von vorneherein auszuschalten. Wenn der bourbonische Erbe Spaniens schon eine Habsburgerin heiraten musste, so sollte es schon diejenige sein, die ihm die ausgedehnten Ländereien und die Kronen eintrug, auf die ihr Haus Anspruch hatte. Natürlich war es nicht im Sinne Frankreichs, der spanischen Dynastie so viel Machtfülle zukommen zu lassen, aber man würde sich gewiss einigen können. Frankreich würde noch nicht einmal verlangen, mit Habsburger Land für die Duldung dieser Heirat entschädigt zu werden, denn ihm würden schon die reichen und fruchtbaren Fürstbistümer von Trier, Mainz und Köln genügen, die es seit Jahrzehnten in Besitz zu nehmen trachtete.

Während de Roumaire überlegte, welche Gebiete Frankreich sonst noch für sich würde fordern können, bewegten sich die Gedanken des Kaisers in eine ganz andere Richtung. Er fragte sich, ob es der Wille Gottes war, ihm den ersehnten Sohn und Erben vorzuenthalten, um das Reich Karls V. durch seinen Enkel wieder entstehen zu lassen. Für einen Moment schob sich das Bild Franz Stephans von Lothringen vor sein inneres Auge, doch er vertrieb es sofort wieder. Die Sympathie für diesen prächtigen jungen Mann durfte ihn nicht daran hindern, das Wohl seiner Dynastie über alles zu stellen. Für einen Augenblick stellte er sich seine Tochter Maria Theresia mit der Krone Königin Isabellas vor, der Großmutter Karls V. und seines Ahnen Ferdinand, und fühlte Gottes Gnadensonne wieder über seiner Herrschaft aufgehen.

»Ich danke Euch für Eure Botschaft, mein lieber Roumaire. Ich bin davon angetan und bitte Euch, sowohl Rey Felipe wie auch Roi Louis mitzuteilen, dass sie bei mir ein geneigtes Ohr gefunden hat.« Karl VI. bedeutete de Roumaire, dass er sich verabschieden konnte, und kniete, noch ehe der Franzose den Raum verlassen hatte, erneut zum Gebet nieder. Diesmal aber jubelte sein Herz, denn er sah die Werbung des spanischen Thronfolgers als ein Zeichen des Himmels an, das ihn für seine Zurückweisung der preußischen Heirat belohnte.

21

Auch wenn sie keine Privataudienz bei Karl VI. erhalten hatte, sah Charlotte in Bartensteins Besuch einen erfolgreichen Abschluss ihrer Mission und wurde von Prinz Eugen darin bestärkt. Daher gab es für sie nun keinen Grund mehr, länger in Wien zu verweilen. Sie nutzte die Tage vor der vom Zeremoniell vorgeschriebenen Abschiedsaudienz beim Kaiser, um Geschenke für ihren Sohn und die Mitglieder ihres kleinen Hofstaats einzukaufen.

Als sie drei Tage vor der Abschiedsaudienz von einem ausgedehnten Einkaufsbummel in das Palais des Prinzen Eugen zurückkehrte, zeigten ihr die Mienen des Türstehers und der Lakaien im Empfangssaal, dass etwas äußerst Unangenehmes im Gange war. Ihre Neugier wurde auf der Stelle gestillt, denn im nächsten Moment schallte die Stimme des Preußenkönigs wie ein Donnerschlag durch das Haus. »Ich bleibe keinen Tag länger in dieser verfluchten Stadt! Morgen früh reise ich ab und werde sie nie mehr betreten! Und was den Kaiser betrifft, so mag er bitten und betteln, wenn die Türken wieder einmal vor Wien stehen; er wird keinen einzigen pommerschen Grenadier mehr von mir erhalten.«

»Jetzt beruhigt Euch doch, Euer Majestät. Es kann sich nur um einen bedauerlichen Irrtum handeln, der sich gewiss rasch aufklären wird.« Prinz Eugens Stimme klang verzweifelt, doch der Wutausbruch des Preußen ließ sich nicht dämpfen. Den Geräuschen nach zu urteilen, schlug Friedrich Wilhelm bei jedem Wort mit seinem Stock auf das Mobiliar ein.

»Der Kaiser hat mich und meinen Sohn nur als Bauern in seinem Schachspiel benutzt, um den Spanier dazu zu bringen, sich um Maria Theresia zu bemühen! Jetzt, wo dieser Roumaire ihm die entsprechende Nachricht überbracht hat, braucht er uns nicht mehr und schickt uns fort wie hörige Knechte. Das hat er mir jedoch nicht umsonst angetan, das schwöre ich Euch!« Bei dem Schlag, der dem letzten Ausruf folgte, schien einer der zierlichen französischen Sessel des Prinzen in seine Teile zersprungen zu sein.

Charlotte näherte sich ungläubig der Tür und trat trotz der abwehrenden Gesten des Lakaien in den Raum. »Darf ich erfahren, was geschehen ist?«

Friedrich Wilhelm drehte sich mit einem so dunkelrot angelaufenen Gesicht zu ihr herum, dass sie um seine Gesundheit bangte, und hieb mit seinem Stock auf ein weiteres Möbelstück ein. »Der Kaiser fordert, dass alle meine Besitzungen, die innerhalb der Reichsgrenzen liegen, katholisch und habsburgisch werden müssen und mein Friedrich nur als Prinzgemahl Maria Theresias gelten soll. Dafür dürfe er sich gnädigerweise die Kaiserkrone aufs Haupt setzen, da sie nicht an eine Frau weitergereicht werden kann. Könnte die Erzherzogin sie tragen, würde der Kaiser wohl auch diese Krone für seine Tochter fordern und meinen Sohn zu einem noch größeren Laffen machen, als er es jetzt bereits ist.«

»Ich verstehe das Ganze nicht. Herr von Bartenstein hatte mir bei seinem Besuch versichert, dass die Verhandlungen kurz vor einem guten Abschluss stünden, der beiden Teilen gerecht würde.« Charlotte drehte sich zu Prinz Eugen um und sah ihn an die Wand gelehnt stehen, so alt, müde und verbraucht, als lägen zehn Jahre und nicht zehn Wochen zwischen ihrer Ankunft und diesem Tag.

»Entweder ist Bartenstein verrückt geworden oder – was wahrscheinlicher ist – der Kaiser. Das ist ein Affront, wie er schlimmer nicht hätte kommen können. Wir haben alle unser Gesicht verloren.«

Friedrich Wilhelm stampfte wie ein kleiner Junge mit dem Fuß auf den Boden. »Ich bin nur froh, dass ich auf strengstem Inkognito bestanden habe. Es mag sich wohl ein Baron Rankelfeld hier aufgehalten haben, aber der König von Preußen hat diese Stadt nie betreten und wird es auch niemals tun.«

Charlotte sah ihm an, wie ihn diese Zurückweisung durch den Kaiser verletzt hatte, und fühlte plötzlich Mitleid mit ihm. Sie trat auf ihn zu und legte ihm die Hand auf die Schulter. »Es tut mir so Leid für Euch und Prinz Friedrich, Euer Majestät.«

Die Schultern des Preußen sanken nach vorne, und er wirkte mit einem Mal verloren und klein. »Ich werde morgen wieder nach Hause reisen, meine Gute, und rate Euch, dieses Vipernnest, das sich Kaiserstadt nennt, ebenfalls zu verlassen. Hier herrschen Lug und Trug, und Worte, die gestern noch galten, sind heute bereits wieder vergessen. Doch nun Gott befohlen!« Damit wandte er sich ab und schlurfte mit hängendem Kopf davon.

Als sich die Tür hinter Friedrich Wilhelm geschlossen hatte, drehte sie sich zu ihrem Gastgeber um, da sie sich mit einer höflichen Bemerkung zurückziehen wollte, doch Prinz Eugen bat sie, noch ein wenig zu bleiben.

»Trinkt ein Glas Wein mit mir, meine Liebe, denn ich fürchte mich davor, jetzt allein zu sein. Ich habe mich nach keiner verlorenen Schlacht so enttäuscht gefühlt wie heute.«

Charlotte setzte sich. Der Prinz winkte dem Diener, sich zu entfernen, und schenkte selbst zwei Gläser ein. Eines davon reichte er ihr, das andere hob er zum Trinkspruch.

»Mag das Glück Euch immer gewogen sein, Fürstin! Mir war es eine arg unstete Begleiterin, und jetzt, wo ich alt geworden bin, versagt es mir wohl endgültig seine Huld. Mehr denn je bedauere ich den Tod Kaiser Josephs, denn er war ein Mann mit Visionen und stets bereit, neue Wege zu gehen. Sein Bruder Karl hingegen – er hätte besser Musikus werden sollen! Er hat sich von diesem Roumaire, der nichts anderes vorhatte, als die preußische Heirat zu hintertreiben, Sand in die Augen streuen lassen. Besäße er einen Sohn, gäbe es keine Probleme, Maria Theresia mit dem Infanten Carlos zu vermählen. Doch England und die Niederlande werden es niemals zulassen, dass das Reich Karls V. wieder aufersteht. Ich habe bereits meine Erkundigungen eingezogen, und mir wurde von vielen Seiten klar gemacht, dass die Herrscher dieser Länder und ihre Minister nur einen Prinzen minderer Macht als Gemahl der Erbtochter akzeptieren würden. Eine Heirat mit Preußen läge ganz in ihrem Sinn, da es die Front gegen Frankreich und Spanien, ihren großen Rivalen zur See, zu ihren Gunsten verstärken würde.«

Der Prinz stellte das Glas ab und hieb mit der Hand durch die Luft, entschuldigte sich jedoch sofort für diese heftige Reaktion. »Pardon, Euer Durchlaucht, aber es ist wirklich zum Aus-der-Haut-Fahren. Ich habe zeit meines Lebens alles getan, um das Haus Habsburg zu stärken, doch wenn Karl VI. so weitermacht, waren all meine Erfolge und Siege umsonst, und ich hätte mich genauso gut von Ludwig XIV. in einen Konvent stecken und zum Priester machen lassen können.«

Er lachte bitter auf und tätschelte Charlottes Hand. »Die Geschichte wird einmal zeigen, ob ich Recht hatte. Doch nun will ich Euch nicht länger aufhalten, meine Liebe. Es war gewiss lästig genug für Euch, den Klagen eines alten Mannes zuhören zu müssen.«

»Euch zuzuhören, ist mir an keinem Tag lästig gefallen – im Gegenteil! Die Gespräche mit Euch waren interessant und lehrreich.«

Charlotte erhob sich und bemerkte erst dann, dass sie das volle Weinglas in der Hand hielt. Sie nippte kurz daran, stellte es beiseite und verabschiedete sich von dem Prinzen. Während sie in ihre Gemächer ging, wirbelten die Gedanken in ihrem Kopf. Die Art, wie man hier mit Friedrich Wilhelm umgesprungen war, ängstigte sie, und sie fragte sich, ob sie sich auf einen Kaiser verlassen konnte, der heute so und morgen anders sprach. Dann aber straffte sie die Schultern und schüttelte den Kopf. Weder sie noch ihr Sohn hingen von der wankelmütigen Gnade Karls VI. ab, denn ihre Ansprüche waren von der Geheimen Hofkanzlei geprüft und für gut befunden worden.

22

Ulrich von Mittstadt stapfte mit geballten Fäusten durch den größten Raum des Quartiers, das man ihm in der Favorita zur Verfügung gestellt hatte, und warf den vergoldeten Statuen antiker Götter und den Gemälden der habsburgischen Kaiser und Erzherzöge ringsum giftige Blicke zu. Sein Sohn saß in einem winzigen Sessel, der unter ihm ächzte, spielte mit der silbernen Kordel seines Säbelgriffs und starrte missmutig zu Boden.

Fürst Ulrich blieb abrupt vor ihm stehen. »Auersperg hat also deine Werbung abgewiesen?«

Magnus nickte mit herabgezogenen Mundwinkeln. »Nachdem Bartenstein die Ansprüche der Tresskauer Zuchtstute voll und ganz bestätigt hat, sind ihm meine Aussichten zu schlecht.«

»So eine Unverschämtheit! Was denkt sich dieser Auersperg eigentlich? Einen höheren Rang als die Gemahlin eines Regierenden Fürsten zu werden kann seine Tochter niemals erreichen.« Ulrich von Mittstadt spie seine Worte voller Wut hinaus.

Sein Sohn zog den Säbel halb aus der Scheide und starrte auf die blitzende Klinge. »Das ist allein die Schuld dieser Tresskauer Bohnenstange! Wäre sie nicht nach Wien gekommen, hätte ich Antonia von Auersperg längst zu meiner Gemahlin machen können, und wir besäßen wertvolle Verbündete am Kaiserhof.«

Ulrich von Mittstadt stieß mit dem Fuß einen Schemel beiseite und fluchte. »Der Teufel soll die Zuchtstute meines verblichenen Vetters und ihren Balg holen. Ohne die beiden könntest du bei der Wahl deiner Gemahlin weitaus höher greifen, bis zu einer Erzherzogin oder Prinzessin aus souveränem Haus. Da brauchtest du einer Auersperg keinen zweiten Blick zu schenken.«

Einen Augenblick lang berauschte er sich an diesem Gedanken, dann aber nahm er wieder einen gekränkten und trotzigen Ausdruck an und drehte seiner Widersacherin in Gedanken den Hals um. Mitten in der durchaus befriedigenden Vorstellung, das Weib tot zu seinen Füßen liegen zu sehen, wurde die Tür geöffnet und einer der ihm zur Verfügung gestellten Lakaien schlurfte herein.

»Draußen steht ein geistlicher Herr, der Euch sprechen will, Euer Durchlaucht.« Die Stimme des Mannes klang gerade noch höflich genug für jemand, der wesentlich höhere Trinkgelder gewohnt war, als der Mittstädter sie gab.

Magnus' Kopf ruckte hoch. »Ein geistlicher Herr, sagt Er? Das wird doch nicht etwa Seine Eminenz der Bischof Montfroy sein. Das ist nämlich ein guter Freund von mir.« Das war stark übertrieben, denn er hatte bisher nur ein paar Worte mit dem Lothringer gewechselt, wollte dem Lakaien aber imponieren.

Der alte Diener schüttelte etwas zittrig den Kopf. »Ein Bischof ist es nicht, sondern nur ein Jesuit. Er verlangt ausdrücklich, Seine Durchlaucht, den Fürsten von Saalstein zu sprechen.«

Die Nennung des Titels ohne den Zusatz Mittstadt ließ Fürst Ulrich aufhorchen, und er wedelte mit der Hand. »Was steht Er da noch herum? Führe Er den Herrn herein!«

Der Diener verneigte sich steif, zog die Tür hinter sich zu und kehrte kurz darauf mit einem untersetzten Mann in einer weißen Kutte zurück. Der Jesuit hob grüßend die Hand. »Gottes Segen mit Euch, Euer Durchlaucht, und Euch, erhabener Prinz.«

Magnus von Mittstadt stand überrascht auf und trat einen Schritt auf ihn zu. »Monsignore Bartoluzzi! Was führt Euch denn hierher?« Er war dem Jesuiten schon ein paar Mal begegnet und wusste, dass dieser jederzeit Zugang zum Kaiser erhielt.

Bartoluzzi schenkte ihm ein strahlendes Lächeln. »Ich komme in einer für die beiden Herren sehr wichtigen Mission, die aber vorerst noch geheim bleiben muss.« Ein scharfer Blick streifte dabei den Lakaien, der den Wink verstand und den Raum verließ. Bartoluzzi überzeugte sich, dass niemand an der Tür lauschte, und wandte sich dann den beiden Herren zu.

»Wie ich hörte, haben Euer Durchlaucht letztens eine äußerst unangenehme Nachricht erhalten.«

»Ihr meint die Weigerung Auerspergs, seine Tochter meinem Sohn als Gemahlin zu geben?«

Bartoluzzis Gesicht nahm einen erstaunten Ausdruck an. »Dann waren es zwei schlechte Nachrichten, die den Appetit Eurer Durchlaucht gewiss beeinträchtigen konnten.«

Ulrich von Mittstadt hatte am Morgen vor Ärger doppelt so viel gegessen wie sonst, doch er nickte. »Das könnt Ihr zweimal sagen, Monsignore! Bei dem, was ich hier in Wien erleben musste, kann es selbst einem Rossmagen den Appetit verschlagen.«

»Wenn dies so ist, kann ich Eurer Durchlaucht versichern, dass es auch gute Nachrichten gibt. Wichtige Persönlichkeiten aus der direkten Umgebung Seiner Majestät des Kaisers haben mich beauftragt, mit Euch zu sprechen.« Bartoluzzi legte eine kleine Pause ein, um seine Worte wirken zu lassen.

Fürst Ulrich schnappte nach dieser Nachricht wie ein hungriger Fisch nach dem Köder. »Was wollen diese – wie Ihr sagt – wichtigen Personen von mir?«

»Erst einmal ihr Bedauern darüber ausdrücken, dass Euer Durchlaucht Eure Ansprüche auf Tresskau vorerst zurückstellen müsst.«

Mehr als die Worte nahm Ulrich einen bedeutungsschweren Unterton in der Stimme des Monsignore wahr. »Das würde bedeuten, es gäbe doch noch eine Möglichkeit, Tresskau für mich zu gewinnen? Wie kann es das, bei all den Zusicherungen, die die Tresskauer Zuchtstute hier in Wien erhalten hat?«

»Welche Zusicherungen, Euer Durchlaucht? Es wurden nur von ihr vorgelegte Papiere kopiert und ins Archiv gelegt. Wie rechtmäßig ihre Ansprüche wirklich sind, kann man aus diesem Umstand noch nicht ableiten. Die kaiserlichen Behörden können natürlich nicht anders, als diese Dokumente anzuerkennen, zumindest so lange, wie sich zwei protestantische Herrschaften darum streiten. Ginge es aber darum, Angehörige des wahren, des einzig allselig machenden Glaubens gegen einen Hort der Ketzerei in Schutz zu nehmen, sähe die Sache ganz anders aus.« Bartoluzzi hatte bewusst provozierende Worte gewählt und wartete nun gespannt auf Fürst Ulrichs Reaktion. Er wurde nicht enttäuscht.

»Das heißt: Falls ich katholisch würde, könnte ich damit rechnen, dass der Kaiser mich unterstützt und meinen Besitzanspruch anerkennt?«

Bartoluzzi blickte ihn mahnend an. »Es wäre dringend erforderlich, dass die Leute in Eurem gesamten Herrschaftsgebiet in den Schoß der heiligen Kirche zurückkehren!«

Fürst Ulrich hatte an dieser Forderung sichtlich zu kauen, denn ihm war klar, dass eine Rekatholisierung nicht ohne Probleme vonstatten gehen würde, sein Sohn aber war Feuer und Flamme. »Das ist die Lösung! Als Katholik hätte ich keine Mühe, hier in Wien eine ebenbürtige Gemahlin zu finden. Und bei Gott: um Tresskau zu erlangen, würde ich selbst Heide werden.«

Bartoluzzi streifte ihn mit einem strafenden Blick. »Ihr versündigt Euch, Prinz. Denkt an Euer Seelenheil!«

»Verzeiht mir, Euer Eminenz.« Magnus sank vor dem Jesuiten auf die Knie und führte dessen Hand an seine Lippen.

Bartoluzzis Augen bekamen einen verklärten Ausdruck. In diesem Moment sah er sich mit Mitra und Krummstab vor dem festlich geschmückten Hochaltar des Tresskauer Domes das Hochamt zelebrieren. Er ahnte nicht, dass Montfroy, der ihm den Vorschlag gemacht hatte, Saalstein in den Schoß der katholischen Kirche zurückzuführen, ihn auf diese Weise vom Hof in Wien zu entfernen hoffte. Der Bischof durfte den Mann, den er vorgeschickt hatte, um die preußische Heirat zu hintertreiben, nicht länger in seiner Nähe dulden, denn sonst bestand die Gefahr, dass man ihn selbst mit deren Scheitern in Verbindung brachte.

Anders als Bartoluzzi und dem Kaiser war Montfroy klar, dass die angebliche Werbung Don Carlos' von Spanien um die Erzherzogin nur ein Trick gewesen war, um Karl VI. von dem Plan der Verschmelzung Habsburgs mit den Hohenzollern abzulenken, denn er kannte ebenso wie Prinz Eugen die Haltung der Seemächte zu diesem Thema und wusste, dass auch Frankreich nicht an einer neuen habsburgisch-spanischen Machtfülle gelegen war. Um Bartoluzzi loszuwerden, hatte er ihn bei den Damen der kaiserlichen Familie eingeführt und dabei das Gespräch auf die Situation in den beiden Saalsteiner Fürstentümern gelenkt. Die eine oder andere Bemerkung der Kaiserin und Maria Theresias, die leicht von ihm zu manipulieren gewesen waren, hatte alle Anwesenden zu dem Schluss kommen lassen, man müsse Fürst Ulrich helfen, sein Recht zu erlangen, so dass damit beide Saalsteiner Teilfürstentümer wieder für den wahren Glauben gewonnen werden konnten. Da Montfroy als Berater Franz Stephans in Wien bleiben musste, hatten sich die Augen der kaiserlichen Damen auf Bartoluzzi gerichtet. Ohne zu ahnen, dass er selbst nur ein Spielstein auf dem Schachbrett des Bischofs war, glaubte der Monsignore, von allerhöchster Stelle beauftragt worden zu sein, nicht eher zu ruhen, bis Saalstein vereinigt und in den Schoß der katholischen Kirche zurückgeführt worden war.

Er trat auf Fürst Ulrich zu und legte ihm in einer familiären Geste den Arm um die Schultern. »Vertraut mir, Euer Durchlaucht, und tut, was ich Euch sage. Dann wird Seine Majestät, der Kaiser, Euch bald schon als Fürsten des wieder vereinigten Saalsteins in Wien begrüßen können.«

VIERTER TEIL

Der Überfall

1

Georg Wilhelms fröhliches Jauchzen ließ Charlotte aufblicken. Ihr Sohn saß auf Max' Schultern, schwang seinen Säbel und tat so, als gäbe er einem Pferd die Sporen. Max trabte mit ihm durch den Salon und deutete zuletzt sogar einen Galopp an, während sein Reiter vor Freude krähte. Mit den weißblonden Haaren, dem schmalen Gesicht, das alle, die Carl Anton gekannt hatten, an seinen Vater erinnerte, und den großen, blauen Augen versetzte der Knabe die Damenwelt am Hof jetzt schon in Entzücken. Er steckte in einem grünen Uniformrock mit Epauletten, wie ihn die Offiziere der Tresskauer Jäger zu Pferd trugen, darunter hatte Rosa ihm beige Kniehosen, weiße Strümpfe und rote Schuhe mit silbernen Schnallen angezogen. Da der kleine Georg Wilhelm mit seinem Äußeren nicht zufrieden gewesen war, hatte Max ihm den kürzlich für ihn angefertigten, kunstvoll getriebenen Kürass aus versilbertem Blech vorgeschnallt und ihm auch den dazu gehörenden Helm mit dem mächtigen Federbusch auf den Kopf gesetzt, der dem Jungen jedoch noch etwas zu groß war.

Mit einem Mal blickte Georg Wilhelm seine Mutter ganz ernst an. »Wenn ich groß bin, werde ich eine Schwadron Kürassiere aufstellen und Ulrich von Mittstadt verhauen.«

Charlotte runzelte die Stirn. »So etwas solltest du nicht sagen, mein Liebling. Fürst Ulrich könnte sonst glauben, du wärest sein Feind.«

Der Fünfjährige bedachte sie mit einem überlegenen Blick. »Pößnitz sagt, Fürst Ulrich ist unser Feind!«

Charlotte schluckte ihren aufsteigenden Ärger. Mehr und mehr hatte sie feststellen müssen, dass ihr Wort als Mutter bei ihrem Sohn weniger galt als das des Kanzlers, der es sich zur Lebensaufgabe gemacht hatte, Georg Wilhelm als Nachfolger seines ermordeten Vaters zu erziehen. In ihren Augen war Pößnitz übertrieben ängstlich, er misstraute jedem fremden Lehrer und Erzieher und unterstellte allen, die nicht schon jahrelang unter Carl Anton gedient hatten, im Sold des Mittstädters zu stehen und dem Erben Tresskaus schaden zu wollen. Daher hatte er die Erziehung des Jungen in die Hand genommen und teilte sich dessen Ausbildung mit Zinggen.

So kam es, dass Georg Wilhelm all jene unschuldigen Vergnügen, die Charlotte in ihrer Jugend alltäglich vorgekommen waren, wie durch die Wälder streifen und auf Bäume klettern, noch völlig unbekannt waren. Pößnitz schien fest davon überzeugt, dass einer der Gärtner heimlich einen Ast ansägen oder ein Schütze im Forst auf seinen Schützling lauern würde, ließe man ihn draußen herumtollen. Charlotte war froh, dass Max ihrem Sohn die Spielkameraden ersetzte, die dieser nicht haben durfte, und schenkte dem geduldigen Leibwächter einen dankbaren Blick. Max' Augen leuchteten erfreut auf, und er lächelte ihr verschmitzt zu. In gewisser Weise waren sie Verbündete geworden, denn sie hatten beide das Ziel, zu verhindern, dass der Kanzler in seiner Überängstlichkeit Georg Wilhelm aller kindlichen Freuden beraubte. Hätte es einen Zauber gegeben, der den Jungen bis zu seinem achtzehnten Geburtstag, an dem er laut dem saalstein-tresskauischen Hausgesetz volljährig werden würde, in einen magischen Schlaf versetzte, der Kanzler hätte nicht gezögert, ihn einzusetzen, um den Thronerben vor allen echten und eingebildeten Nachstellungen aus Mittstadt zu schützen.

Fräulein von Rüthen neigte sich zu Charlotte hinüber. »Euer Durchlaucht sehen so ernst aus.«

Charlotte versuchte, die düsteren Gedanken zu vertreiben. »Ich habe eben an den Mittstädter gedacht, meine Liebe.« Während Zinggens Base nur verständnisvoll nickte, nahm die Baronin Ließnitz die Bemerkung zum Anlass, die neuesten Klagen über Fürst Ulrich zu wiederholen. »An diesen Mann kann man nicht anders denken als mit Verachtung und Zorn. Er bedrängt brave Christen und zwingt sie, sich das unverständliche Gebrabbel der Lateiner anzuhören und sich vom Gestank des Weihrauchs den Verstand vernebeln zu lassen. Mein Neffe Kasimir ist letztens auf dem Weg nach Hof durch Mittstadt gereist und hat mit einigen alten Bekannten und ihren Freunden gesprochen, heimlich natürlich, damit die Bluthunde des Fürsten und seiner Kuttenträger nichts mitbekamen. Was er sich von den Leuten dort anhören musste, ist kaum mehr zu beschreiben. Man hat neben der Heiliggeistkirche, den sie nun den Liebfrauendom nennen, einen Scheiterhaufen aufgerichtet, um den Mittstädter Bürgern und den Bauern zu zeigen, was ihnen blüht, wenn sie weiterhin am lutherischen Glauben festhalten, und sie sollen auch schon Leute darauf verbrannt haben.«

Charlotte zog angewidert die Schultern hoch und schüttelte sich. Vor zwei Jahren, als Ulrich von Mittstadt in der Begleitung eines katholischen Geistlichen aus Wien zurückgekommen war und seinen Untertanen befohlen hatte, den katholischen Glauben anzunehmen, hatten sie und die Tresskauer noch amüsiert den Kopf geschüttelt. Aber dann waren viele Mittstädter in ihrer Gewissensnot nach Tresskau geflohen und hatten von Zwangsmaßnahmen und barbarischen Strafen berichtet, mit denen jene überzogen wurden, die nicht freiwillig zum katholischen Glauben übertraten. Ulrich hatte mit wüsten Drohungen versucht, die Flüchtlinge zurückzuholen, und da Charlotte und Pößnitz einen bewaffneten Konflikt hatten vermeiden wollen, waren sie gezwungen gewesen, die Flüchtlinge weiterzuschicken. Die meisten von ihnen lebten nun in Preußen, aber bis auf wenige Ausnahmen warteten sie nur darauf, in die Heimat zurückzukehren und die Statuen der unzähligen Heiligen, die nun die Mittstädter Kirchen füllten, beseitigen zu können.

Die Entwicklung in Mittstadt hatte auch Auswirkungen auf Tresskau, denn Fürst Ulrich hatte zusätzliche Truppen aufgestellt, um seine Untertanen unter Kontrolle zu halten, und viele Tresskauer hatten Angst, er würde die Soldaten benutzen, um seine Ansprüche auf ihre Heimat mit Gewalt durchzusetzen. Hatte es in Tresskau vorher nur eine Kompanie Schützen und eine Kompanie Jäger zu Pferd gegeben, so exerzierten seit einigen Monaten noch eine Kompanie Grenadiere, eine Kompanie Bombardiere und ein Beritt leichter Kavallerie auf dem großen Platz vor dem Schloss. Es kostete ein Vermögen, diese Truppen zu unterhalten, Geld, welches Charlotte lieber zu anderen Zwecken eingesetzt hätte, doch Pößnitz sah es als unerlässlich an, über eine Heeresstärke zu verfügen, die dem Mittstädter jederzeit die Stirn bieten konnte.

»Ich hoffe, es ist der Hals von Fürst Ulrich und nicht der meine, den Ihr im Geiste umdreht, Euer Durchlaucht.« In Pößnitz' Stimme schwang leiser Spott mit, denn er nahm Charlotte, die für ihn immer nur die Mutter des Erben geblieben war, auch wenn sie den Titel einer Regierenden Fürstin trug, auch nach sechs Jahren nicht ernst.

»Warum sollte ich Euch, der Stütze und dem Halt des Landes, den Hals umdrehen, Euer Exzellenz? Natürlich dachte ich an Fürst Ulrich, der uns zu Rüstungsausgaben zwingt, die in Friedenszeiten sinnlos sind.« Charlotte neigte das Haupt in seine Richtung und sah dann wieder ihrem Sohn zu, der Max von einer Ecke des Raums in die nächste scheuchte.

»Der Prinz hat Recht, wir sollten eine Schwadron Kürassiere aufstellen. Es wäre die richtige Antwort.« Pößnitz sagte das so leichthin, als müsse er nur in seine Rocktasche greifen und die Reiter, ihre Ausrüstung und geeignete Pferde herausziehen.

»Wollt Ihr es Preußen nachmachen, Kanzler, von dem Spötter behaupten, es handle sich um eine Armee, die sich ein Land zugelegt hat?«

»Wenigstens wagt es niemand, Preußen zu bedrohen«, antwortete Pößnitz kühl.

Zinggen eilte Charlotte zu Hilfe. »Bis jetzt wird Tresskau von niemand bedroht.«

Pößnitz bedachte ihn mit einem verächtlichen Blick und deutete dann nach Süden, Richtung Mittstadt. »Fürst Ulrich wird nicht eher ruhen und rasten, bis er den Erben von Tresskau ausgeschaltet und den Platz meines ermordeten Herrn eingenommen hat. Ich habe an Carl Antons Bahre geschworen, dass es dazu niemals kommen wird.«

Charlotte wusste, dass es sinnlos war, weiter mit ihrem Kanzler zu diskutieren. In gewisser Weise hatte er Recht, aber sie war nicht davon überzeugt, dass die Gefahr durch fünfzig oder hundert weitere Soldaten verringert werden könnte. Solange Georg Wilhelm lebte, blieben Fürst Ulrich die Tore von Tresskau verschlossen, also musste alles getan werden, um ihn zu schützen.

»Tut, was Ihr für richtig haltet«, beschied sie Pößnitz mit einem Achselzucken.

Der Kanzler nickte zufrieden. »Ich tue alles, was Eurem Sohn Leben und Erbe erhält. Ihr aber solltet Eure Gedanken auf das richten, was Frauen zukommt. Wann werdet Ihr wieder nach Dresden reisen, um Eure Garderobe zu ergänzen?«

»In diesem Jahr habe ich keine Reise dorthin geplant.«

Pößnitz sah sie mit hochgezogenen Brauen an, aber Charlotte hatte nicht vor, ihm ihre Gründe darzulegen. Sie hatte ihre letzte Begegnung mit August dem Starken noch nicht ganz verwunden und wünschte so schnell keine weitere. Hatte der polnische König vor zwei Jahren noch auf den Tod daniedergelegen, war er ihr ein Jahr später so vital und lebenslustig erschienen wie selten zuvor, und sie hatte all ihre diplomatischen Fähigkeiten aufbringen müssen, um nicht als neueste Eroberung in seinem Bett zu landen. Auch wenn sie ihr eigenes Bett in den Nächten manchmal als kalt und einsam empfand, war sie doch nicht bereit, sich einem Mann hinzugeben, nur weil er es wünschte. Friedrich August hatte so plump und aufdringlich um sie geworben, als wäre sie eine leicht zu erhaschende Beute, und das hatte sie abgestoßen. Manchmal fragte sie sich, ob sie seinen Wünschen nachgekommen wäre, wenn er zartfühlend und diplomatisch vorgegangen wäre, wusste aber keine Antwort darauf. Er schien sich eingebildet zu haben, er könne eine Fürstin von Tresskau genauso behandeln wie eine polnische Gastwirtsmagd, die sich auf ein Fingerschnippen hin für den hohen Herrn zurechtlegt.

Baronin Ließnitz schüttelte konsterniert den Kopf, denn Charlotte wirkte sonst eher ausgeglichen, wenn auch selten fröhlich. »Eure Laune scheint heute außergewöhnlich schlecht zu sein, Euer Durchlaucht! Vielleicht solltet Ihr einen Kurort aufsuchen. Karlsbad soll sowohl der Seele wie auch dem Leib wohl tun.« Man konnte der Baronin ansehen, dass sie sich wünschte, den mondänen Badeort kennen zu lernen, in dem sich, wie es hieß, Prinzen und Prinzessinnen die Klinken in die Hand drückten.

Pößnitz' Miene hellte sich auf. »Eine solche Reise täte Euer Durchlaucht gewiss gut.«

Charlotte verkniff sich ein bitteres Lächeln, denn sie kannte die Hintergedanken ihres Kanzlers. Wenn sie unterwegs war, konnte sie ihm nicht in die Erziehung ihres Sohnes hineinreden. Ginge es nach seinem Willen, würde Pößnitz ihr den Jungen ganz entziehen, um ihn nach dem Bild zu formen, das ihm vorschwebte. Aber das durfte sie nicht zulassen, denn er war jetzt schon drauf und dran, ihren Sohn in ein aufgeblasenes, vor Wichtigkeit beinahe platzendes Bürschlein zu verwandeln, das unfähig war, ein kritisches Wort hinzunehmen.

Über Charlottes Gesicht huschte ein leicht boshaftes Lächeln, denn sie wusste, wie sie ihn mit seinen eigenen Waffen schlagen konnte. »Da Euer Exzellenz eine Kürassierschwadron aufstellen wollen, bleibt mir nichts anderes übrig, als auf eine solch teure Reise zu verzichten.«

Pößnitz, der ihr im Stillen Recht geben musste, hatte Mühe, sich seinen Ärger nicht anmerken zu lassen. Georg Wilhelm, der dem Gespräch zuletzt aufmerksam zugehört hatte, schien ebenfalls enttäuscht zu sein. Offensichtlich wäre es ihm nicht ganz unlieb gewesen, eine Weile mit Pößnitz allein zu bleiben, denn im Gegensatz zu seiner Mutter gab er ihm keinen Klaps, wenn er seine Hände nicht von den Süßigkeiten fern halten konnte oder die Köchin bedrängte, ihm seine Lieblingsspeisen zu kochen, obwohl seine Mutter etwas anderes bestimmt hatte. Dann aber zerwühlte der Junge Max das Haar, und seine Augen leuchteten wieder auf. Wenn seine Mutter zu Hause blieb, ging auch Max nicht weg, und der war ihm noch lieber als Pößnitz. Er zog an dem Seidenband, das Max sich als Zaumzeug zwischen die Zähne geklemmt hatte, und strampelte mit den Beinen.

»Ich möchte jetzt herunter und auf einem richtigen Pferd reiten. Kommst du mit?« Diese Frage war überflüssig, denn sein großer Freund ließ ihn im Palast nur selten aus den Augen und im Freien praktisch nie.

Max warf Charlotte einen fragenden Blick zu und sah sie nicken, Pößnitz aber setzte sofort eine tadelnde Miene auf. »Der Junge ist noch zu klein für ein Pferd.«

Georg Wilhelm schob missmutig die Unterlippe vor. »Für Lady Mary bin ich nicht zu klein, sagt Max.« Er sah Max dabei auffordernd an und war enttäuscht, weil dieser ihm nicht sogleich beisprang. Schnell drehte er sich zu Charlotte um. »Mama, das hast du doch auch gesagt!«

Charlotte stellte nicht zum ersten Mal fest, dass ihr Sohn ein Geschick dafür entwickelte, die Menschen seiner Umgebung gegeneinander auszuspielen, und sagte sich, dass sie auch hier aufpassen musste. Da sie ihm das Vergnügen, sich im Freien bewegen zu können, nicht versagen wollte, nickte sie. »Du kannst für eine Viertelstunde auf dem Pony reiten.«

»Eine Viertelstunde nur? Oooch! Das ist aber sehr kurz, so werde ich nie ein richtiger Kürassier!«

Max zwinkerte ihm zu. »Eine Viertelstunde ist eine lange Zeit, Euer Hoheit. Eure Durchlauchtigste Mutter wird ja gewiss nicht auf den Schlag der Turmuhr des Domes achten.« Den letzten Satz flüsterte er dem Jungen ins Ohr.

Georg Wilhelms Augen leuchteten auf. »Komm! Die Lady wartet!«

Er fasste Max bei der Hand und zog ihn mit sich. Pößnitz sah ihm einen Augenblick lang nach und blickte Charlotte dann tadelnd an. »Ihr hättet ihm dieses zu klein geratene Pferd nicht kaufen sollen, Euer Durchlaucht. Es ist zu gefährlich. Erinnert Euch nur daran, wie Ramira damals unter Euch durchgegangen ist.«

Charlotte sah wieder den hoch flammenden Kohlenmeiler vor sich und hörte den Todesschrei ihrer Stute in ihrem Kopf widerhallen, so wie sie ihn manchmal noch in ihren Albträumen vernahm. Schnell schüttelte sie sich, um die schrecklichen Bilder loszuwerden. »Ich glaube, Pößnitz, Ihr seht Gespenster. Ihr könnt meinen Sohn nicht in Eurem Zimmer einsperren, nur damit ihm nichts geschieht. Das Kind braucht Bewegung an frischer Luft, und solange Max bei ihm ist, habe ich keine Angst. Er wird Georg Wilhelm hüten wie seinen Augapfel.«

Wie so oft sprang Zinggen Charlotte gegen Pößnitz bei. »Ich stimme Ihrer Durchlaucht zu. Wenn es einen Menschen gibt, dem ich hundertprozentig vertraue, so ist es Max.«

Pößnitz machte eine wegwerfende Handbewegung. »Jeder Mensch ist zu kaufen.«

»Selbst Ihr?« Charlotte hätte Pößnitz in diesem Moment ohrfeigen können, verbarg diese Aufwallung aber hinter Spott.

Pößnitz' Gesicht färbte sich dunkel vor Zorn, doch er verkniff sich eine Antwort. Er selbst hätte sein eigenes Leben Max anvertraut, so gut glaubte er den jungen Mann zu kennen, aber es ging um sein Heiligstes, den Erbprinzen, und er würde erst wieder ohne Angst und Misstrauen durch das Leben gehen können, wenn Georg Wilhelm erwachsen war und die Thronfolge auf mehr als zwei noch wackligen Beinen stand.

2

Bartoluzzi eilte durch die engen Gänge der Mittstädter Burg, deren bedrückendes Halbdunkel durch die hellen Farben der Wandteppiche kaum gemildert wurde, und winkte dem Türsteher, ihm den Weg in die fürstlichen Privatgemächer zu öffnen. Der Mann kam der Aufforderung mit einem Eifer nach, als stünde jemand mit der Peitsche hinter ihm. Das Zimmer, das Bartoluzzi betrat, hatte sich in den letzten beiden Jahren stark verändert. Die glatten, wuchtigen Möbel aus Eichenholz hatten gepolsterten Sesseln und einem zierlichen Tisch im französischen Stil Platz machen müssen, und die vorher nur mit schlichten Behängen aus Wolle bedeckten Wände prangten bis auf die Stirnwand in standesgemäßem Schmuck. Noch dominierte ein riesiger Gobelin, der eine höfische Szene in der Favorita zu Wien zeigte, aber ein junger, künstlerisch begabter Jesuit arbeitete gerade an einem Gemälde, das die gewirkte Darstellung mit glühenden Farben übertreffen sollte. Es würde ein Reiterbild des Regierenden Fürsten werden, und daher saß der Herr über Saalstein-Mittstadt dem Mönch Modell, nur dass der Sattel statt auf einem Pferd auf einem primitiven Gestell lag. Ulrich trug den Fürstenhut und einen roten, mit schmalen Hermelinstreifen besetzten Samtmantel, der so geschickt drapiert war, dass der glänzende Brustharnisch mit dem eingearbeiteten Mittstädter Wappen in allen Einzelheiten festgehalten werden konnte.

Obwohl es Bartoluzzi drängte, mit dem Fürsten zu sprechen, blieb er neben der Tür stehen, um den Maler bei seinem Werk nicht zu stören. Er wusste, dass Ulrich von Mittstadt den erhabenen Ausdruck auf seinem Gesicht nicht lange würde beibehalten können, denn Geduld und Ausdauer waren nicht seine Stärken. Das bewahrheitete sich auch sofort, denn Ulrich entdeckte den Besucher, warf ihm einen neugierigen Blick zu und wandte sich unwirsch an den Jesuiten. »Ist Er denn für heute noch nicht fertig?«

Der junge Mann verstand den Wink und legte den Pinsel mit einer tiefen Verbeugung beiseite. »Wenn Euer Durchlaucht so gnädig sein wollen, morgen zur selben Zeit Modell zu sitzen.« Dann raffte er seine Malutensilien zusammen und schob sich lautlos wie ein Schatten durch die halb geöffnete Tür.

Ulrich blickte Bartoluzzi an. »Ihr seht so aus, als ginget Ihr mit großen Neuigkeiten schwanger, Euer Eminenz.«

Bartoluzzi hatte die Bischofsweihen noch nicht empfangen, doch die Kurie hatte bereits durchsickern lassen, dass man ihn spätestens nach der Wiederherstellung des alten Fürstentums

Saalstein und der Rekatholisierung des Tresskauer Teils in diesen Rang erheben würde. Hier in Mittstadt gab es niemanden, der die verschlungenen Pfade kannte, die eine Rangerhöhung im Gefüge der katholischen Kirche nahm, und so hatte Bartoluzzi sich bereits alle Insignien eines Bischofs zugelegt und achtete streng darauf, mit allen dieser Würde zustehenden Ehren behandelt und mit dem richtigen Titel angesprochen zu werden.

Als Fürst Ulrich ächzend aus dem Sattel kletterte, hob er segnend die Hand. »Ich habe die Freude, Euch die Ankunft Eures Sohnes mitteilen zu können.«

Der Kopf des Fürsten ruckte hoch. »Magnus ist hier?«

Bartoluzzi nickte bejahend. »So ist es, Euer Durchlaucht, und er bringt die besten Nachrichten.«

»Das will ich auch hoffen! Ich habe nicht vor, bis zum Jüngsten Tag auf Tresskau zu warten.« Fürst Ulrich nahm den von einem vergoldeten Stirnreif gehaltenen Pelzhut ab, der ihm als Fürst des Heiligen Römischen Reiches Deutscher Nation zustand, und legte ihn achtlos auf den Tisch. Den Samtmantel drückte er einem Diener in den Arm, der ihm auch die Schnallen des Harnisches öffnen musste. Darunter kam eine Weste zum Vorschein, die durch ihre aufwändige Goldstickerei mindestens ebenso schwer war wie der Panzer. Ulrich trug dieses Kleidungsstück voller Stolz, denn damit und mit den blauseidenen Hosen und den wadenhohen Stiefeln aus rotem Saffianleder konnte ihn selbst August der Starke nicht mehr als den Mittstädter Bauern bezeichnen.

Bartoluzzi hatte ihm den Wechsel der Garderobe angeraten, da es die Pflicht eines katholischen Landesherrn war, möglichst prunkvoll aufzutreten. Ulrich bedachte den Monsignore mit einem zufriedenen Blick, denn der Mann hatte sich als weitaus brauchbarer erwiesen als sein alter Hofprediger Meller, der nun im tiefsten Kerker der Mittstädter Burg für seine Weigerung büßte, gleich seinem Herrn die Religion zu wechseln. Bartoluzzi besaß Qualitäten, die man bei einem Kirchenmann nicht unbedingt erwarten konnte und die der Fürst von Saalstein-Mittstadt hoch zu schätzen wusste. Im Gegensatz zu seinem einstigen Vertrauten Lukas gab sich der äußerlich eher gemütlich wirkende Monsignore nicht mit so Kleinigkeiten wie einem Meuchelmord ab, sondern plante im großen Stil, und das faszinierte Ulrich immer wieder.

»Gehen wir. Ich bin gespannt, was Magnus zu berichten hat.«

»Nur das Beste, Euer Durchlaucht, nur das Beste!« Bartoluzzi lächelte sanft und wies den Diener mit einer Handbewegung an, ihnen die Tür zu öffnen.

Magnus von Mittstadt wartete in jener kleinen Turmkammer auf seinen Vater, in der der Plan für die Ermordung Carl Antons von Tresskau gefasst worden war. Im Unterschied zu damals war der Raum nicht mehr kahl und unwirtlich, sondern mit gepolsterten Stühlen und einem runden Tisch möbliert, dessen Intarsienarbeit ein Gegenstück zu dem großen Tisch im fürstlichen Arbeitssalon des Tresskauer Schlosses war, nur dass die Abbildung des Fürstentums Saalstein auf dieser Platte nicht durch eine rote Linie in zwei Hälften geteilt wurde. Neben Magnus, der in den letzten zwei Jahren einiges an Gewicht zugelegt hatte und nun wuchtiger wirkte als sein Vater, befanden sich zwei weitere Herren im Raum.

Der eine war Gerolf von Weitelburg, der einen auf den ersten Blick schlicht wirkenden, taubengrauen Rock trug, welcher jedoch aus bestem Tuch bestand, und eine dunkle, bequem sitzende Kniehose, die ebenfalls die Hand eines teuren Schneiders verriet. Der andere war ein mittelgroßer, dunkelhaariger Mann mit sonnenverbranntem Gesicht, das durch eine weiße Narbe auf der Wange gezeichnet war und erst dadurch interessant wirkte. Ein dunkelroter Uniformrock mit grünen Aufschlägen, Reithosen aus gelbem Leder und schwarze Stiefel verrieten, dass er zu der Masse der namenlosen Offiziere gehörte, die ihr Auskommen an kleinen Fürstenhöfen suchten, da sie in den Heeren der großen Mächte nur unbedeutende Posten erhielten. Der Mann hatte sich nicht nur auf Paradeplätzen herumgetrieben, denn der polierte Nussbaumgriff seines Pallaschs trug Spuren aktiven Gebrauchs. Ulrich hatte Gideon Tordenskjöld zum Oberst seiner Truppen gemacht, ein Rang, den der Mann genoss, nachdem er es in seinen früheren Diensten nur bis zum Dragonerhauptmann gebracht hatte.

Als der Fürst eintrat, salutierte Tordenskjöld, und Weitelburg verneigte sich, Magnus von Mittstadt aber lächelte ihm entgegen. »Ihr werdet erfreut sein, Herr Vater, wenn Ihr seht, was ich mitgebracht habe. Hier, mit den besten Empfehlungen Seiner Majestät, des Kaisers, und einiger Freunde Seiner Eminenz.« Bei diesen Worten legte der Erbprinz zwei schwere Beutel auf den Tisch.

Ulrich riss die Ledersäckchen an sich, öffnete sie hastig und ließ die goldenen Dukaten mit verzücktem Blick durch seine Hände rinnen. Bartoluzzis Lippen kräuselten sich zu einem spöttischen Lächeln, denn er musste daran denken, wie leicht es ihm gefallen war, Karl VI. als ergebenen Sohn der katholischen Kirche davon zu überzeugen, dass eine Rückgewinnung Saalsteins eine gottgefällige Tat sei, die der Himmel mit der ersehnten Geburt eines Thronerben belohnen könnte. Die beiden anderen hohen Herrn, die als Dauergäste am Wiener Hof lebten und ihn mit Geld unterstützten, taten es nicht des Himmels wegen, sondern zu ihrem eigenen Nutz und Frommen. England hatte schroff erklärt, eine spanische Verbindung Maria Theresias würde es nur dann akzeptieren, wenn diese auf ihr Erbrecht in den Habsburger Besitzungen verzichten würde, und so hatten Giles de Roumaire und Bischof Montfroy größtes Interesse daran, eine Wiederaufnahme von Verhandlungen mit Preußen zu verhindern. Ein vom Kaiser sanktionierter Coup d'État gegen Tresskau musste die Herzen der Protestanten im Reich mit Zorn erfüllen und würde jeden Ansatz einer Annäherung Preußens und Österreichs zunichte machen.

Fürst Ulrich hatte sich bald am Glanz des Goldes satt gesehen und musterte seinen Sohn, der ungewohnt guter Laune war. »Was hast du sonst noch zu melden?«

Der Prinz wechselte einen raschen Blick mit Bartoluzzi und legte dann mehrere Bogen Papier auf den Tisch. Sein Vater griff nach dem, der zuoberst lag, und legte es nach einem flüchtigen Blick verwirrt wieder zurück. »Da steht ja gar nichts darauf!«

Bartoluzzi zeigte das nachsichtige Lächeln eines sich überlegen fühlenden Mannes. »Ihr habt das Wichtigste übersehen, Euer Durchlaucht«, sagte er und wies mit der Hand auf das kaiserliche Siegel, das unten auf dem Bogen angebracht war.

Ulrich lief rot an. »Und was soll ich damit anfangen?«

Bartoluzzis Miene wurde noch sanfter und nachsichtiger, und nur ein scharfer Beobachter hätte den Spott in ihr bemerkt. »Diese gesiegelten Papiere sind die Waffe, die Tresskau in Eure Hand geben wird, Euer Durchlaucht.«

»Pah! Wie sollte es das?«

Bartoluzzi ließ sich von Weitelburg eine Schreibfeder und ein Tintenfass reichen, setzte mit sicherer Hand eine verschnörkelte Unterschrift auf eines der Blätter und hielt es Fürst Ulrich vors Gesicht. Dieser entzifferte den Schriftzug Carolus VI. »Das ist ja … Aber das geht doch nicht!«

»Kein Aber!«, befahl Bartoluzzi. »Wenn Ihr Tresskau gewinnen wollt, muss es ohne blutige Kämpfe geschehen, denn Ihr dürft die protestantischen Reichsstände nicht gegen Euch aufbringen und ihnen auch nicht die Zeit geben, einzugreifen.

Habt Ihr das Land erst einmal in Besitz genommen, werden sie heftig protestieren, wie es ihnen ja im Blut liegt, aber sie können nichts am Ergebnis ändern. Mit diesen Blankopapieren lässt dieses Ziel sich mühelos erreichen. Das Siegel des Kaisers wird jeden überzeugen, der nicht ahnt, dass der Text des Schreibens und die Unterschrift nicht von Seiner Majestät stammen, sondern von mir.«

Fürst Ulrich sah ihn groß an. »Ihr wollt den Tresskauer Kanzler und die fürstliche Zuchtstute mithilfe gefälschter Kaiserbriefe stürzen?«

»Nicht allein damit, aber sie werden uns den Acker bereiten, auf dem wir säen können. Eines ist jedoch unabdingbar: Die Fürstin und ihr Sohn müssen gefangen genommen werden, sonst könnten sie Verbündete finden, die ihnen helfen, Euch wieder aus Tresskau zu vertreiben.«

Bartoluzzi blickte Prinz Magnus und Tordenskjöld an, die beide eifrig nickten, und stieß einen zufriedenen Seufzer aus. »Die Tresskauerin wird versuchen, sich in der Festung Saalstein in Sicherheit zu bringen. Major Bender, der Kommandant der Veste, wird sie freundlich in Empfang nehmen, dann aber gefangen setzen und sie uns übergeben. Der Lohn, den er dafür fordert, ist ein vom Kaiser bestätigter Adelsrang und ein hübsches Gut, das ihm Karl VI. schenken wird.«

Fürst Ulrich lachte schallend auf. »Das heißt also, uns kostet es nichts.«

»Nicht das Geringste«, bestätigte Bartoluzzi.

Die Laune des Fürsten besserte sich sichtlich, und er klopfte dem Kirchenmann anerkennend auf die Schulter. »Ihr seid ein gerissener Kerl, wisst Ihr das? Je weniger wir für diesen Streich ausgeben müssen, umso mehr bleibt für uns selbst.«

Magnus rieb sich die Hände. »Dem reichen Erbprinzen des ungeteilten Sachsen-Saalstein wird kein Auersperg mehr seine

Tochter verweigern!« Zwar hatte er sich persönlich nichts aus Antonia von Auersperg gemacht, sondern sich nur für den Reichtum ihrer Familie und die politischen Verbindungen interessiert, doch die Zurückweisung schmerzte noch immer.

Sein Vater winkte lachend ab. »Wenn Tresskau uns gehört, kannst du bei viel höhergestellten Familien vorsprechen. Auersperg hätte damals zugreifen sollen, aber nun ist es für ihn zu spät. Was hältst du von Baden? Oder sollen wir eher eine legitimierte Bastardtochter Augusts des Starken ins Auge fassen, natürlich mit einer entsprechend großen Mitgift an Land und Gold?«

Bartoluzzi räusperte sich mahnend. »Bevor Ihr Eure Pläne weiterspinnt, mein lieber Fürst, solltet Ihr Euch der Sicherung Tresskaus widmen und nicht vergessen, was Ihr mir versprochen habt. Ihr wolltet mir die Ausbeute der Tresskauer Silberminen für ein Jahr überlassen, damit ich den Tresskauer Dom mit dem Schmuck versehen kann, der einer bischöflichen Kathedrale gebührt.«

Ulrich verzog das Gesicht und überlegte, wie er sich diesem überstürzt gegebenen Versprechen entziehen konnte. Es schmerzte ihn, dass er auf Bartoluzzi angewiesen war, wenn er die ihm zustehende Stellung im Reich einnehmen wollte, doch er wusste, dass er es sich nicht leisten konnte, den Bischof zu kränken, denn damit würde er sich die Gunst des Kaisers verscherzen. Daher bezwang er den aufsteigenden Unmut und versuchte, seiner Stimme einen einschmeichelnden Klang zu geben. »Freilich habe ich das nicht vergessen. Doch müsst Ihr den Dom auf einen Schlag umbauen? Ich werde ebenfalls größere Ausgaben haben, für die ich auf die Einkünfte der Silberminen angewiesen bin.«

»Auf einen Teil der Einkünfte, Euer Durchlaucht, auf einen Teil!« Bartoluzzi lächelte in sich hinein. Wenn er jetzt etwas nachgab, würde er viel länger als nur ein Jahr an den Einkünften der Silberminen partizipieren und konnte einiges mehr für sich selbst abzweigen. Der Reichtum der Tresskauer war legendär, und er hatte nicht vor, dieses Land für den katholischen Glauben zurückzugewinnen, ohne selbst davon zu profitieren.

»Damit wäre alles besprochen. Gibt es sonst noch etwas?« Die Frage des Fürsten war eher rhetorisch gemeint, doch Gerolf von Weitelburg bezog sie auf sich.

»Aus Zeubnitz sind wieder zwei Familien geflohen.«

Ulrich schlug zornig auf den Tisch. »Habt Ihr sie denn nicht verfolgen lassen?«

»Nach Sachsen-Weimar hinein? Von Zeubnitz aus kommt man selbst zu Fuß in weniger als einer Stunde über die Grenze. Die Leute sind in der Nacht verschwunden. Bis ihre Nachbarn es merkten und die Landbüttel informieren konnten, war es zu spät.«

Fürst Ulrich knirschte mit den Zähnen, musste Weitelburg im Stillen aber Recht geben. Würde er Untertanen, die nicht katholisch werden wollten, in die umliegenden protestantischen Länder Sachsen-Weimar und Sachsen-Altenburg hinein verfolgen, stünde ihm eine Menge Ärger ins Haus. Möglicherweise würden diese Länder Tresskau beim ersten Versuch seines Einmarsches zu Hilfe eilen und verhindern, dass er der Thronräuberin seinen rechtmäßigen Besitz abnahm.

Bartoluzzi ballte die Fäuste. »Ihr seid viel zu nachsichtig mit diesen Ketzern, Euer Durchlaucht. Schickt Ausrufer herum, die dem Pöbel erklären, beim nächsten Mal würden die engsten Verwandten der Flüchtlinge auf dem Scheiterhaufen neben dem Liebfrauendom verbrannt. Dann werden die Leute sich gegenseitig an der Flucht hindern.«

»Den Vorschlag hättet Ihr vor zwei Jahren machen sollen, als uns die Handwerker und Knechte gleich scharenweise davongelaufen sind, so dass mir und meinem Adel nun die Arbeitskräfte fehlen! Jetzt wird diese Maßnahme uns kaum noch etwas bringen. Wir sollten sie jedoch in Tresskau anwenden, denn ich muss verhindern, dass mir dort ebenfalls so viele Untertanen abhandenkommen. Ich verliere ungern meine Steuerzahler, genau wie Ihr die Schäfchen, die Ihr ins Himmelreich führen wollt.« Der Fürst lachte schallend auf und klopfte sich auf seinen stattlichen Bauch.

Um Bartoluzzis Lippen spielte ein zufriedenes Lächeln, denn je weniger Tresskauer fliehen konnten, umso geringer würde auch der Aufschrei im Reich ausfallen.

3

Am Abend eines wunderschönen Sommertages kehrte Charlotte vergnügt und angeregt von ihrem Ausritt zurück. Sie hatte Isabella genommen, eine spanische Stute, die sie vor kurzem für ihre Zucht erstanden hatte. Wohl war das Tier nicht so schnell wie Fatima, aber es ragte weit über den Durchschnitt der anderen Stuten hinaus. An ihrer Seite ritt Georg Wilhelm auf Lady Mary, dem englischen Pony, für das sie beinahe ebenso viel Geld ausgegeben hatte wie für Isabella. Für einen Fünfjährigen machte der Junge im Sattel eine ausgezeichnete Figur, was niemanden wunderte, der Max im Sattel gesehen hatte. Ihr unermüdlicher Beschützer, der ihr und ihrem Sohn wie ein Schatten folgte, hielt den Zügel in der Linken und die Rechte auf dem Kolben seiner Pistole. Dabei sah er sich ständig um, auf der Suche nach einer ungewohnten Bewegung oder anderen Spuren, die auf eine drohende Gefahr hinweisen konnten. Mehr und mehr stellte Charlotte fest, dass sie sich in

Max' Gegenwart völlig sicher und geborgen fühlte, und sie verstand nicht mehr, aus welchem Grund sie den jungen, gut aussehenden Mann mit dem gewinnenden Lächeln und den treuen blauen Augen so vehement abgelehnt hatte, obwohl er ihr von Anfang an ein treuer Diener und Beschützer gewesen war. Auf ihn hatte sie sich neben Zinggen am besten verlassen können. Lachend wandte sie sich zu ihm um und hob die Hand. »Das war ein herrlicher Ausritt, meinst du nicht auch, Max?«

»Das habe ich auch so empfunden, Euer Durchlaucht. Wenn ich daran denke, was für ein wunderbares Bild der junge Herr abgegeben hat, als er durch das Bachbett galoppiert ist, wird mir warm ums Herz. Ihr habt gut daran getan, ihm dieses Pferdchen zu kaufen, denn der Prinz hat alle Anlagen, einmal ein ausgezeichneter Reiter zu werden.«

Georg Wilhelm schwoll sichtlich die Brust. »Ich werde ein Kürassier!«

»Euer Hoheit werden einmal besser reiten als jeder Kürassier«, antwortete Max, ohne dabei die Umgebung aus den Augen zu lassen.

Georg Wilhelm nickte zufrieden und strampelte mit den Beinen, um Lady Mary anzutreiben. Charlotte stellte erleichtert fest, dass das Pony seine kurzen Beinchen schwang, ohne schneller zu werden, als ein erwachsener Mann auf kurze Strecken laufen konnte. Lady Mary war genau das richtige Reittier für Georg Wilhelm, der sich so früh genug an den Sattel gewöhnen konnte. Kinder aus adeligen Familien wurden normalerweise mit sieben oder acht Jahren auf ein richtiges Pferd gesetzt, weinten dann oft vor Angst und wurden dafür noch bestraft. Ihr Sohn zeigte keinerlei Furcht, auch nicht vor Osmin, dem besten Zuchthengst des Gestüts, in dessen Stallabteil sich nur die mutigsten Stallknechte wagten und auf dessen Rücken sich außer Max nur einer seiner Pfleger traute. Während die Knechte den Hengst für einen Dämon hielten und sich Schauergeschichten über ihn erzählten, liebte Georg Wilhelm ihn heiß und innig. Max hatte ihn schon einige Male zwischen Osmins Hufen hervorholen müssen, denn der Junge schien sich unter dem Bauch des großen Tieres so wohl zu fühlen wie in seinem Himmelbett. Es war, als würde der Hengst den Mut des Kindes anerkennen, denn er ließ sich alles von ihm gefallen, sogar dass es ihn an der Mähne zerrte oder in seine Nüstern griff. Wenn der Junge ihm lästig wurde, prustete Osmin ihm höchstens gutmütig ins Gesicht und hob den Kopf aus seiner Reichweite.

Charlotte war stolz auf ihren Sohn, doch nun kitzelte sie Isabella leicht mit dem rechten Sporn, damit der Abstand zwischen ihr und Georg Wilhelm nicht zu groß wurde. Sie hatten schon das Parktor passiert, als ihnen eine aufgeregt schwatzende Menschentraube den Weg versperrte. Max trieb seinen Hengst mit einem scharfen Zungenschnalzen an und war innerhalb weniger Wimpernschläge vor dem Jungen, um ihn abschirmen zu können. Sein Blick glitt dabei über die Leute, und er atmete auf, als er nur die bekannten Gesichter von Schlossbediensteten erkannte. Ganz vorne standen die Köchin Anne, ihr Bruder Thomas, Charlottes Speisenvorleger, ein paar Stallknechte und die Zofe der Fürstin.

Rosa trat vor die anderen und sah ihrer Herrin mit bleichem Gesicht entgegen, die Rechte fest gegen die Brust gepresst. »Es ist so schrecklich, Euer Durchlaucht.«

Charlotte zügelte Isabella und blickte erschrocken auf ihre Zofe herab. »Was ist geschehen?«

»Diese entsetzlichen Türken! Sie stehen wieder einmal vor Wien.« Es klang so ängstlich, als läge die Residenzstadt des Kaisers nur einen Pistolenschuss weit von Tresskau entfernt.

Max schüttelte irritiert den Kopf. »Die Türken vor Wien? Davon hätten wir doch hören müssen.«

»Sie sind auch noch nicht richtig vor Wien, Euer Durchlaucht, sondern erst auf dem Weg dorthin. Vor einem Monat sollen sie die Städte Buda, Ofen und Pest in Ungarn erobert und dort ein entsetzliches Blutbad angerichtet haben. Mehr als zwanzigtausend arme Menschen haben sie in den Orient verschleppt, um sie als Sklaven zu verkaufen, und viele junge Mädchen müssen in ihren Haremshäusern schreckliche Dinge erdulden.«

Charlotte sah sich zu Max um, doch der zuckte nur mit den Schultern. »Ich traue solchen Gerüchten erst, wenn sie sich als Wahrheit erweisen, Euer Durchlaucht.«

»Damit hast du Recht. Von wem habt ihr diese Nachrichten denn?« Charlotte blickte Thomas an, der von allen Bediensteten noch den besonnensten Eindruck machte.

»Vom Wirt des Ochsen. Der hat es gestern von einem reisenden Mönch gehört, der aus Böhmen kam.«

»Und ich von der Frau des Schusters Munk, der in der Saalsteiner Gasse seine Werkstatt hat. Ein adeliger Offizier hat sich von ihm seine Stiefel besohlen lassen und dabei gesagt, sie müssten bis Ungarn halten, da er dort gegen die Osmanen kämpfen solle«, setzte die Köchin hinzu.

Nun meldeten sich auch die übrigen Bediensteten zu Wort, und nach und nach reimte Charlotte sich zusammen, dass wenigstens fünf Leute an diesem Tag durch Tresskau gekommen waren und von dem Einfall der Türken in Ungarn berichtet hatten. Nun wurde sie doch nachdenklich. Wenn auch viele Meilen zwischen Ungarn, Wien und Tresskau lagen, so war doch zu befürchten, dass die Türken, wäre Wien erst einmal gefallen, nicht umkehren würden. Zweimal hatte die Stadt den Osmanen standgehalten, aber diesmal schien die Gefahr so groß zu sein, dass der Kaiser, wie einer der Gärtner gehört hatte, sich aus ihr zurückziehen und ihre Verteidigung Prinz Eugen überlassen wolle.

Charlotte beruhigte die Leute erst einmal mit dem Hinweis darauf, dass Wien ja noch lange nicht gefallen sei und Prinz Eugen es gewiss gegen die Türken halten würde, und ritt dann hinüber zum Stall. Ihre Gedanken kreisten um ihren Besuch in Wien, und sie fragte sich, ob diese Stadt noch fähig war, sich gegen einen Türkensturm zu halten. Nach dem, was sie von dem König von Preußen über Kriegskunst gelernt hatte, schien ihr das eher unwahrscheinlich.

Als die Fürstin und ihre Begleiter die Pferde in die Obhut ihrer Pfleger gegeben hatten und ins Schloss zurückkehrten, schlugen ihnen auf Schritt und Tritt weitere Gerüchte entgegen. In den Gängen summte es wie in einem Bienenstock, und niemand wusste mehr zu sagen, wie viel die Leute nun wirklich gehört und was sie dazugedichtet hatten. Charlotte sprach Pößnitz beim gemeinsamen Abendessen auf seine Einschätzung der Lage an und sah, wie er angewidert das Gesicht verzog. »Ich glaube erst an diesen Krieg, wenn ein schriftlicher Bericht aus Wien vorliegt, vom Kaiser eigenhändig gesiegelt. Nach all dem, was die Leute schwätzen, müssten die Türken Wien in den letzten zweihundert Jahren fünfmal erobert, zehnmal belagert und wenigstens zwanzigmal bedroht haben!«

Charlotte zwang sich zu einem zuversichtlichen Lächeln. »Ich weiß, mein lieber Pößnitz. Trotzdem wäre es mir lieber, Genaueres zu erfahren, schon wegen unserer braven Tresskauer, die vor Angst fast vergehen.« Das war nicht ganz von der Hand zu weisen, denn die Gesichter der Lakaien waren bleich, fast grau, und während sie die Speisen vorlegten, zitterten ihnen die Hände.

Pößnitz fuhr einen der Lakaien an, der ihm beinahe Soße über das Hemd gespritzt hätte. »Stell dich doch nicht so an, du Tölpel. Bis hierher sind die Türken noch nie gekommen, und das werden sie auch diesmal nicht tun!«

Dann sah er Charlotte so strafend an, als wäre sie an den Gerüchten schuld. »Solch loses Gerede sollte unter strengste Strafe gestellt werden.«

»Damit schafft Ihr es auch nicht aus der Welt«, fuhr Charlotte auf, aber Pößnitz hob nur spöttisch die Augenbrauen, als hätte ein Schoßhund ihn angekläfft.

Max versuchte, der Situation einen positiven Aspekt abzugewinnen. »Der Weg nach Tresskau führt für die Türken über Mittstadt. Also hätten wir vorher noch das Vergnügen, zusehen zu können, wie Fürst Ulrich sein Land und vielleicht auch sein Leben verliert.«

Charlotte funkelte ihn böse an. »Und was ist mit unserem Land und unserem Leben?«

»Aber, Euer Durchlaucht, wer wird denn gleich schwarz sehen? Wir stellen eine Schwadron Kürassiere auf und verhauen die Türken ganz fürchterlich.« Er ahmte Georg Wilhelms Ausdrucksweise so treffend nach, dass keiner am Tisch ernst bleiben konnte, außer dem kleinen Prinzen selbst. Dieser winkte Paul zu sich, den einstigen Leibdiener seines Vaters, der nun ihn umsorgte und verwöhnte, und befahl ihm, seinen Kürass und ein richtiges Schwert bereitzuhalten und Lady Mary gesattelt zu lassen, damit er jederzeit in den Krieg ziehen könne.

»Sehr wohl, Euer Hoheit.« Paul verbeugte sich würdevoll und ging dann mit gezirkelten Schritten davon. Der kleine Held blickte stolz in die Runde und wurde durch einen liebevollen Blick seiner Mutter und ein scheinbar erleichtertes Aufseufzen der Baronin Ließnitz dafür belohnt.

Max wiegte ein wenig zweifelnd den Kopf. »Dass Euer Hoheit sich die Waffen zurechtlegen lässt, halte ich für richtig, doch solltet Ihr Lady Mary nicht andauernd gesattelt lassen. So kann sie doch nicht schlafen, und Ihr braucht in der Schlacht ein ausgeruhtes Streitross.«

Georg Wilhelms blaue Augen leuchteten auf. »Du hast Recht, Max. Ich werde Paul gleich nachlaufen und meinen Befehl widerrufen.«

Er wollte aufspringen, doch da erhob Max sich bereits und bat ihn, sitzen zu bleiben. »Ich werde für Euch gehen, Euer Hoheit. Ihr wisst doch, es ist unhöflich, wenn Ihr den Tisch vor den Damen verlasst.«

Auch das sah Georg Wilhelm ein. Während er weiteraß, verließ Max den Speisesaal und kehrte nach wenigen Minuten zurück. »Es ist alles nach Euren Wünschen geschehen, Euer Hoheit.«

»Danke, Max, dafür darfst du mein Kompott essen.« Es handelte sich um Rhabarberkompott, ein Gericht, das Charlotte heiß und innig liebte, welches ihrem Sohn jedoch zu sauer war.

Charlotte wollte den Jungen zurechtweisen, doch Max' Blick hielt sie zurück. Er nahm die Schüssel mit dem Kompott entgegen und begann mit sichtbarem Genuss zu essen. »Es ist wirklich ausgezeichnet. Auf unserem Kriegszug werden wir auf solch leckere Sachen wohl leider verzichten müssen«, sagte er zwischen zwei Löffeln.

Georg Wilhelm starrte auf die immer leerer werdende Schüssel und schien sich zu sagen, dass Rhabarberkompott immer noch besser war als gar kein Nachtisch, und blickte dann zu seinem Speisenvorleger auf. »Hans, du kannst mir wohl noch eine Schale von dem Kompott bringen?«

»Sehr wohl, Euer Hoheit.«

Während der Mann ihm diesen Wunsch erfüllte, sah Georg Wilhelm seine Mutter mit vorgeschobener Unterlippe an. »Wenn es nachher kein Kompott mehr gibt, wäre es mir lieber, die Türken kämen gar nicht.«

»Mit diesem Wunsch stehen Euer Hoheit nicht allein«, antwortete Pößnitz, sichtlich zufrieden mit der Disziplin und der Intelligenz des Jungen.

4

Die Nachricht von dem angeblichen Türkeneinfall verbreitete sich wie ein Lauffeuer über ganz Tresskau und griff auch auf die Nachbarländer über. Pößnitz' Spione berichteten, dass man die Gerüchte in Mittstadt sehr ernst nähme und Fürst Ulrich seine Truppen in Alarmbereitschaft versetzt hätte. Da alles, was in Mittstadt geschah, Auswirkungen auf Tresskau hatte, ließ Pößnitz ebenfalls die Truppen sammeln und den Staatsschatz samt Archiv auf die Festung Saalstein schaffen. Am liebsten hätte er auch die Fürstin und den Prinzen dort eingesperrt, aber Charlotte protestierte energisch, denn sie sah keinen Grund, die Hauptstadt zu verlassen, bevor der erste Türke in der Umgebung Tresskaus aufgetaucht war.

Scharf wies sie den Kanzler zurecht. »Wien hat schon zweimal dem Ansturm der Osmanen widerstanden. Wieso redet Ihr Euch ein, dass es diesmal fallen wird?«

Pößnitz nahm dies mit steinerner Miene hin, so als wolle er nur warten, bis sie sich Luft gemacht hatte, um seinen Willen dann doch durchzusetzen. Max sah es schon zu einem Streit kommen, der allen Seiten schaden musste, und griff ein. »Verzeiht, Euer Exzellenz, doch ich stimme Ihrer Durchlaucht zu. Es besteht kein Grund, die Bevölkerung in Panik zu versetzen. Das aber würde unweigerlich geschehen, wenn Ihre Durchlaucht sich mit dem Erbprinzen nach Saalstein zurückziehen würde.«

Pößnitz bedachte Zinggens einstigen Pagen mit einem Blick, als würde er das erste Mal Anzeichen von Verstand bei ihm entdecken, und nickte unwillkürlich. »Du hast Recht, Max, es würde das Volk zu sehr beunruhigen. Du aber haftest mir mit deinem Kopf dafür, dass der Prinz umgehend in Sicherheit gebracht wird, wenn Gefahr im Anzug ist.«

»Euer Exzellenz können sich voll und ganz auf mich verlassen.« Max verbeugte sich und drehte dabei den Kopf leicht zur Seite, damit der Kanzler den heißen Zorn nicht bemerken konnte, der in ihm brodelte. Pößnitz' Fixierung auf den Erbprinzen störte ihn schon seit langem, allmählich hasste er ihn dafür, dass er die Fürstin als Gegenstand ansah, den man irgendwo liegen lassen und vergessen konnte. Max hatte noch nie eine mutigere und schönere Frau als Charlotte gesehen, und er war bereit, alles für sie zu opfern, das Leben und – wenn es sein musste – sogar seine Ehre. Er hatte manchmal Mühe, sich seine Gefühle für sie nicht anmerken zu lassen, denn trotz der Uniform, die er als Leibwächter des Prinzen und Reisemarschall der Fürstin trug, war er nichts anderes als ein gewöhnlicher Bediensteter. Die Fürstin hatte ihm zwar das Privileg verliehen, in ihrer Gegenwart sitzen zu dürfen, aber das nahm er nur höchst selten in Anspruch. Auch jetzt verneigte er sich vor ihr und zog sich auf seinen gewohnten Platz neben der Tür zurück, denn von dort aus konnte er die Fenster und den gesamten Raum im Auge behalten, und das war ihm wichtiger als seine Bequemlichkeit.

Charlotte blickte ihm dankbar lächelnd nach. Unter Max' Schutz fühlte sie sich und ihren Sohn geborgen, und im Gegensatz zu Pößnitz, der sie nach Georg Wilhelms Geburt wie ein überflüssiges und dazu noch sperriges Möbelstück behandelte, galt Max' Sorge im gleichen Maße ihr wie ihrem Sohn, und seine Fürsorge tat ihr gut.

Sie erhob sich und trat neben ihren Getreuen. »Ich würde gerne ausreiten.«

»Au fein! Dann kann ich mit Lady Mary auch gleich die Attacke üben, die ich gegen die Türken reiten will.« Georg Wilhelm schoss wie ein Irrwisch hoch und schlüpfte zur Tür hinaus, bevor ihn irgendjemand aufhalten konnte.

Pößnitz rümpfte die Nase. »Ich weiß nicht, ob es gut ist, wenn der Erbprinz sich in dieser gefährlichen Zeit so oft im Freien aufhält.«

»Soll mein Sohn sich den schönen Sommer über in seinen Gemächern aufhalten, nur weil ein türkischer Kaftan in Ungarn gesehen worden sein soll?«, fragte Charlotte bissig.

»Natürlich nicht! Nur gebe ich zu bedenken, dass Ulrich von Mittstadt die entstandene Unruhe ausnützen könnte, um Seiner Hoheit Schaden zuzufügen.«

5

Pößnitz' Misstrauen gegen den Mittstädter war beinahe schon krankhaft, und er besaß genügend Zuträger, sogar am Hof Fürst Ulrichs, die ihm alles berichteten, was in Mittstadt vor sich ging. Daher glaubte er gegen jeden Streich des Feindes gewappnet zu sein. Zwei Tage nachdem er versucht hatte, Charlotte und den Erbprinzen nach Saalstein zu schicken, tauchte einer seiner Spione ganz abgehetzt bei ihm auf und berichtete, dass sich die Mittstädter Truppen zum Aufbruch fertig machten.

Pößnitz saß einen Moment starr in seinem Sessel. »Fürst Ulrich setzt seine Soldaten gegen uns in Marsch?«

Sein Zuträger schüttelte erregt den Kopf. »Nein, Euer Exzellenz! Das ist ja das Eigenartige. Alle Kompanien bis auf die Palastwache sammeln sich im Süden an der Grenze zu Reuß-Schleiz, und soviel ich herausbekommen habe, hat der Mittstädter beim dortigen Reichsgrafen bereits um Durchmarscherlaubnis angesucht.«

»Das klingt verwirrend.« Pößnitz versuchte, sich einen Reim darauf zu machen. Wenn der Mittstädter seine Truppen wegschickte, verfügte er nur noch über seine Palastwache, die aus weniger als fünfzig Mann bestand und nicht stark genug war, um das immer noch gärende Land ruhig zu halten. Das konnte nur heißen, dass etwas anderes, Schlimmeres vor sich ging, und das hatte wahrscheinlich mit dem angeblichen Türkeneinfall in Ungarn zu tun. Zumindest deutete es darauf hin, dass die Truppen des Sultans auf Wien marschierten. Für einen Moment überlegte der Kanzler, ob er Charlotte diese Nachricht verschweigen sollte, sagte sich dann aber, dass Reisende aus Mittstadt die Gerüchte morgen schon nach Tresskau tragen würden und Geheimhaltung daher sinnlos war. Er entließ seinen Spion und eilte zu den Gemächern der Fürstin.

Charlotte saß in ihrem Lieblingssessel, der zwar weniger prächtig aussah als die anderen Möbel in ihrem Salon, dafür aber weitaus bequemer war, und las in einem Buch, während ihr Sohn sich mit Max im Fechtkampf übte. Zu seinem Leidwesen hatte Georg Wilhelm immer noch keine richtige Waffe bekommen, sondern durfte nur mit einem Holzschwert üben. Max hatte ihm zwar oft genug erklärt, dass jeder, der einmal ein großer Kämpfer werden wollte, viele Jahre lang üben musste, bevor er einen Pallasch oder Degen in die Hand nehmen durfte, aber dem Jungen sagte das Wort Zeit noch nichts, und er quengelte immer wieder. Doch er ließ sich ebenso schnell wieder beruhigen und setzte seinem Lehrer mit kräftigen Hieben zu, deren Max sich scheinbar kaum erwehren konnte. Auch Pößnitz' Erscheinen unterbrach den spielerischen Kampf nicht, so konnte nur Charlotte feststellen, dass ihr Kanzler das erste Mal, seit sie ihn kennen gelernt hatte, offensichtlich ratlos war und Hilfe suchte.

Er ließ sich schwerfällig wie ein alter Mann neben ihr auf einem Stuhl nieder, dessen Beine dünn wirkten wie die eines Weberknechts. »Ulrich von Mittstadt hat seine Truppen in Marsch gesetzt und an die Grenzen der Reußer Grafschaften verlegt.«

Charlotte zog die Augenbrauen zusammen. »An die Reußer Grenzen? Dann kann der Aufmarsch nicht gegen uns gerichtet sein.«

»Was mag er vorhaben?«, brach es aus Pößnitz heraus.

»Das fragt Ihr mich? Ihr habt doch Eure Spione in Mittstadt.«

Pößnitz nahm den Spott in Charlottes Stimme nicht wahr, so tief war er in seine sorgenvollen Gedanken verstrickt.

Das Geheimnis der Mittstädter Truppenbewegungen löste sich am Abend desselben Tages, als ein staubbedeckter Kurier auf einem schweißnassen Pferd am Eingang des Schlosses auftauchte und vehement forderte, zur Fürstin vorgelassen zu werden. Der Lakai, der ihn empfing, brachte ihn zu Pößnitz. Offensichtlich hatte man den Mann auf die Tresskauer Gepflogenheiten vorbereitet, denn er salutierte lässig vor dem Kanzler, holte ein versiegeltes Schreiben unter seinem weißen Uniformrock hervor und reichte es ihm.

»Halten zu Gnaden, mit den besten Empfehlungen Seiner Majestät, des Kaisers.«

Pößnitz erbrach das Siegel und überflog hastig die Nachricht. Sein Gesicht entfärbte sich. »Steht es wirklich so schlimm?«

»Noch viel schlimmer!«, antwortete der Kurier. »Der Kaiser weiß nicht mehr aus noch ein. Die Türken haben ein Heer unter der Führung des Prinzen Eugen bei Gran förmlich zerschmettert und marschieren jetzt schnurstracks auf Wien zu. Wenn es nicht zu einem weiteren Wunder von Kahlenberg kommt, ist die Hauptstadt verloren, und die Osmanen können tief ins Reich einfallen. Bayern, Böhmen und die hiesigen Staaten werden dann wohl die nächsten Opfer dieser Mordbrenner werden.«

Pößnitz las noch einmal den Brief, der keinen Zweifel daran ließ, wie verzweifelt der Kaiser die Reichsstände im Allgemeinen und das Fürstentum Saalstein-Tresskau im Besonderen um Hilfe anflehte, und starrte dann nachdenklich zum Fenster hinaus. »Kann Er mir mehr erzählen?«

Der Kurier kratzte sich am Genick. »Nicht mehr, als ich bereits berichtet habe. Als die Nachricht von der Niederlage kam, hat der Kaiser mich und zwei Dutzend meiner Kameraden auf den Weg geschickt, um alle souveränen Mitglieder des Reichstags zu warnen und um Unterstützung zu bitten. Ich wäre schon einen Tag früher hier gewesen, doch mein Pferd begann zu lahmen, und ich musste es bei einem Schmied neu beschlagen lassen. Der nach Mittstadt gesandte Kamerad ist schon gestern dort eingetroffen, denn er kam mir schon wieder entgegen. Fürst Ulrich schickt dem Kaiser jeden Mann, den er entbehren kann.«

»Damit hätten wir die Erklärung für die dortigen Truppenbewegungen.« Angesichts der Lage empfand Pößnitz keine Erleichterung, denn jetzt galt es, einer größeren Gefahr die Stirn zu bieten. Er starrte auf das Schreiben, als hätte dieses sich in seinen persönlichen Feind verwandelt. Es gefiel ihm nicht, das Land von Truppen entblößen zu müssen, doch Tresskau durfte nicht zurückstehen, wenn Fürst Ulrich dem Kaiser mit allem, was er zur Verfügung hatte, zu Hilfe eilte, sonst würde es sich das Wohlwollen Karls VI. verscherzen. Auch wenn Georg Wilhelm als Erbe und künftiger Fürst von Tresskau in Wien bestätigt worden war, würde ihm das nichts nützen, wenn ein gekränkter Kaiser sich auf die Seite Ulrichs von Mittstadt schlug. Also mussten die Truppen trotz aller Bedenken Richtung Wien in Marsch gesetzt werden.

Pößnitz winkte seinen Leibdiener zu sich. »Führe den Kurier des Kaisers in das kleine Speisezimmer, lass ihm eine ordentliche Mahlzeit auftischen und dann ein Nachtquartier anweisen. Schick aber vorher noch nach Oberst Walker und lasse ihn zu mir bitten.«

Pößnitz atmete tief durch, um den Ring zu lockern, der sich um seine Brust gelegt hatte, und blätterte mit fliegenden Händen einige Aktenstapel durch. Kurz darauf klopfte es energisch, und auf seine Aufforderung hin trat Sean Walker ein. Der mittelgroße, wuchtig gebaute Offizier schottisch-irischer Abstammung hatte in Sachsen gedient und war dort in heftige Meinungsverschiedenheiten mit dem Erbprinzen geraten. Pößnitz hatte ihn vor einem guten Jahr angeworben und es bis heute nicht bereut, denn Walker war ein Soldat bester englischer Schule und ein Edelmann durch und durch. Als der Kanzler ihm nun die Neuigkeiten mitteilte, leuchteten die Augen des Schotten freudig auf.

»Das hört sich an nach gutem Kampf!«, kommentierte er die Situation in einem etwas seltsam klingenden Deutsch.

Pößnitz schüttelte sich kaum merklich. »Ich bin nicht sonderlich erpicht darauf, unsere Soldaten in ein fremdes Land zu schicken und sie dort von den Osmanen abschlachten zu lassen. Aber wir dürfen dem Kaiser die Unterstützung nicht verweigern.«

Walker blickte ihn empört an. »Geholfen zu haben bei der Verteidigung von der Stadt Wien gibt Ruhm und Ehre für das Land. Noch heute kauen Preußen darauf herum, dass keiner von ihnen dabei gewesen ist bei der Schlacht am Kahlenberg, weil sich der Großvater des jetzigen Königs hat gestritten mit dem damaligen Kaiser.«

»Ihr mögt ja Recht haben, doch ich bin kein Soldat, sondern Politiker und sehe, dass in einem Krieg viel Geld verloren geht, das mühsam wieder hereingebracht werden muss.« Pößnitz schüttelte den Kopf und las den Brief des Kaisers ein drittes Mal. Ganz zuletzt stand ein Zusatz, den er bis jetzt nicht beachtet hatte. In diesem versprach Karl VI. den ihm zu Hilfe eilenden Ländern Geld und Vergünstigungen. Dem Kanzler war klar, dass pekuniäre Versprechen höchst selten eingehalten wurden, der Kaiser aber recht freigebig mit Rechten war, die ihn wenig oder nichts kosteten. Das war ein Grund mehr, die Truppen in Marsch zu setzen, denn wenn Tresskau am Krieg teilnahm, würde es dem Kaiser unmöglich sein, die unrechtmäßigen Ansprüche Ulrichs von Mittstadt zu unterstützen.

»Bis wann könnt Ihr Eure Leute in Marsch setzen, Walker?«

Der Schotte wiegte unschlüssig den Kopf. »In zwei bis drei Wochen. Alles Notwendige für einen längeren Kriegszug muss gut vorbereitet werden.«

Pößnitz schlug mit der Faust auf den Tisch. »Tut, was Ihr könnt, denn Ihr dürft höchstens einen Tag später aufbrechen als Fürst Ulrichs Truppen.«

Walker, der einen hellen Kopf für politische Verwicklungen hatte, nickte. »Vierundzwanzig Stunden nach den Mittstädtern wir brechen auf. Wie viele Leute soll ich nehmen?«

»So viele wir entbehren können. Auf Saalstein bleibt die Mindestbesatzung und hier in Tresskau die Palastwache zurück. Den Rest stelle ich unter Euer Kommando.«

Walker salutierte beinahe so zackig wie die Offiziere Friedrich Wilhelms von Preußen und grinste dabei über sein rotes, breitflächiges Gesicht. »Erlaubt mir, mich zu entfernen. Viel ist zu tun.«

»Ich halte Euch nicht auf.« Pößnitz wandte sich wieder seinen Akten zu. Zwischendurch dachte er daran, dass er Charlotte von dem geplanten Abmarsch der Tresskauer Truppen in Kenntnis setzen musste, verschob es aber auf später. Erst als er einen Brief an den Kaiser aufsetzte, in dem er ihn der vollsten Unterstützung Tresskaus versicherte, wurde ihm bewusst, dass die Unterschrift der Regierenden Fürstin am Wiener Hof ein höheres Gewicht besaß als die ihres Kanzlers, und er erhob sich, um sie aufzusuchen.

Als der Kanzler eintrat, saß Charlotte vor einer Staffelei und porträtierte ihren Sohn. »Euer Durchlaucht, wäre es möglich, Euch einen Augenblick allein zu sprechen?«

Charlotte legte den Pinsel weg und stand auf. »Gerne. Max, kümmere du dich um Georg Wilhelm.« Sie führte Pößnitz in ein kleines Erkerzimmer, das mit einer umlaufenden, gepolsterten Bank versehen war und mit seinem hohen Fenster einen herrlichen Blick auf den Park bot. »Nun, Herr von Pößnitz, was gibt es Wichtiges, das nur ich erfahren darf?«

Der Kanzler lachte nervös auf. »Nun, in Kürze wird jeder in Tresskau davon gehört haben. Aber Ihr solltet es von mir erfahren und nicht aus der Gerüchteküche. Die Türken sind tatsächlich in Ungarn eingefallen. Ich habe ein Schreiben des Kaisers mit der dringenden Bitte um Hilfe erhalten und aus sicherer Quelle erfahren, dass Prinz Eugen in Ungarn vernichtend geschlagen worden ist. Der Feind rückt auf breiter Front gegen Wien vor, und wenn die Stadt fällt, ist das Reich den Ungläubigen hilflos ausgeliefert.«

Charlotte presste ihre Hände auf die Brust. »Ich fürchte, das wird unser aller Untergang sein. Was können wir dagegen noch tun?«

»Der Kaiser hat uns ebenso wie Mittstadt und andere Reichsfürsten um Soldaten gebeten. Da Fürst Ulrich jeden Mann, den er aufbringen kann, nach Österreich schickt, um sich die Gunst des sechsten Karl zu sichern, darf Tresskau nicht zurückstehen.« Pößnitz' Stimme klang beschwörend. Zwar hatte er bereits alle nötigen Befehle erteilt, aber in dieser Situation wünschte er sich Charlottes uneingeschränkte Zustimmung.

Die Fürstin nickte bedrückt. »Ihr habt wohl Recht, Pößnitz. Ich sende ungern Leute in den Krieg, aber hier geht es nicht um persönliche Streitigkeiten, sondern um die Existenz des Reiches und das Leben jedes einzelnen Menschen darin.«

»Ich habe bereits alles in die Wege geleitet und einen Brief an Seine Majestät, den Kaiser, aufgesetzt, in dem Tresskau ihn jeder Unterstützung versichert. Wenn Ihr so gütig sein wollt, das

Schreiben zu unterzeichnen?« Pößnitz legte den Brief auf die Fensterbank und rief nach einem Diener, der Tinte und Federn bringen musste. Charlotte las den Text sorgfältig durch, nickte beklommen und setzte ihren Namenszug darunter.

»Ich werde es siegeln und dem Kurier übergeben, der uns die Schreckensnachricht gebracht hat.« Pößnitz nahm das Blatt an sich, verbeugte sich knapp und verließ den Raum. Charlotte starrte in das Grün, das sich vor dem Fenster ausbreitete. Erst als sie Georg Wilhelms fröhliche Stimme aus dem Salon dringen hörte, vermochte sie die in ihr aufsteigende Panik abzuschütteln. Sie durfte sich nicht vom Schicksal treiben lassen und tatenlos darauf warten, was auf sie zukommen würde. Sie hatte Pflichten als Fürstin und Mutter zu erfüllen und musste wachsam bleiben, denn wenn sich aller Augen auf die Türken richteten, mochte Ulrich versuchen, die Gunst der Stunde auszunutzen, um ihrem Sohn etwas anzutun. Sie stand auf, strich ihr Kleid glatt und kehrte mit gleichmütigem Gesicht in ihren Salon zurück, als wäre nichts geschehen.

Max war gerade dabei, die zerzauste Frisur des Jungen wieder in Ordnung zu bringen. Charlotte sah lächelnd zu, nahm den Pinsel zur Hand und bat Georg Wilhelm, sich wieder auf seinen Platz zu setzen.

6

Pößnitz siegelte die Hülle, in die er den Brief an den Kaiser geschoben hatte, und schickte nach dem Kurier. Es dauerte eine geraume Weile, bis der Mann erschien, denn er hatte es sich inzwischen gemütlich gemacht und sich von Anne mit allerlei heimischen Spezialitäten verwöhnen lassen. Als er endlich auftauchte, musterte der Kanzler ihn nachdenklich und wog das gesiegelte Schreiben unschlüssig in der Hand. »Glaubt Er, dass Er morgen früh nach Wien aufbrechen kann?«

»Aber freilich!«, antwortete der Mann fröhlich und streckte die Hand nach dem Brief aus. »Wenn es genehm ist, mache ich mich gleich bei Tagesanbruch auf den Weg. Bis wann können Seine Majestät mit den Tresskauer Truppen rechnen?«

Die Frage war eine Frechheit, denn es hatte den Kurier nichts anzugehen, was in dem von ihm beförderten Schreiben stand. Pößnitz aber nahm an, dass der Mann hinter seiner scheinbar sorglos guten Laune die Angst um seine Heimat verbarg und auf Unterstützung hoffte, und gab ihm daher Auskunft.

»Unsere Soldaten werden spätestens einen Tag nach den Mittstädtern aufbrechen und gewiss nicht später als diese vor Wien ankommen.«

»Da werden Seine Majestät sich aber freuen.« Der Kurier nickte zufrieden und steckte sich das Schreiben unter den Rock. Er salutiere noch einmal und verließ den Raum. Auf dem Weg zu dem Quartier, das man ihm zugewiesen hatte, schaute er sich interessiert um, pfiff durch die Zähne und grinste den ihn begleitenden Diener an. »Ihr lebt ja recht feudal hier. So was erwartet man in der Provinz eigentlich nicht.«

Der Lakai zog ein schiefes Gesicht, denn für ihn stellte Tresskau das Zentrum der Welt dar, und die Provinz war in seinen Augen Mittstadt. Er sagte aber nichts, denn in seinen Augen war der Österreicher ein dummer Mensch, dessen Verstand durch den langen Ritt zusätzlich gelitten hatte.

Der Kurier brach am nächsten Tag tatsächlich bei Morgengrauen auf, nachdem er im Schein einiger Kerzen ein reichhaltiges Frühstück zu sich genommen hatte. Auf Tresskauer Gebiet ritt er, als wäre der Teufel hinter ihm her, aber als die Grenze hinter ihm zurückgeblieben war, zügelte er sein Pferd und trabte im gemütlichen Tempo weiter. Einige Zeit später hielt er vor einer einsamen Schenke an, stieg aus dem Sattel und warf einem herbeieilenden Knecht die Zügel zu.

»Gut abreiben und die doppelte Portion Hafer«, befahl er und trat in die Wirtsstube. Dort warteten bereits mehrere Männer in den Offiziersmonturen der kaiserlichen Armee auf ihn, darunter auch Magnus von Mittstadt, dessen massige Gestalt unübersehbar war.

»Na, Pöldenstein, wie ist es gegangen?«, fragte er gespannt.

Der angebliche Kurier lachte und warf ihm Pößnitz' Brief zu. »Wie anders als gut? Diese Provinzler haben doch alle keinen Verstand und fallen auf jeden Schlich herein. Die Tresskauer marschieren einen Tag nach den Mittstädtern los, soll ich ausrichten, und zwar in voller Stärke. Außer zwanzig Veteranen auf der Festung und ebenso vielen Wachen am Schloss bleibt nichts zurück.«

Magnus von Mittstadt stieß ein wieherndes Lachen aus. »Wer hat das befohlen, die fürstliche Zuchtstute oder gar der Pößnitz selber?«

»Wohl der Kanzler. Die Fürstin hab ich gar nicht zu Gesicht bekommen. Sie war dabei, wie ich gehört habe, ihren Bastard zu porträtieren.«

»Wenn wir sie in Saalstein einkerkern, wird sie eine Menge Zeit dazu haben!« Der junge Mittstädter klopfte seinem Kameraden anerkennend auf die Schulter und nickte einem anderen zu. »Du kannst jetzt aufbrechen. Je eher die Männer meines Vaters losmarschieren, umso schneller ist die ganze Sache erledigt.«

»Sehr wohl, Euer Durchlaucht.« Der junge Leutnant salutierte lässig und verließ die Wirtsstube. Während er draußen aufsaß, schlug Prinz Magnus sich übermütig auf die Schenkel, wurde aber sofort wieder ernst. »Pöldenstein, du kehrst morgen mit zwei Mann zu unserem Regiment zurück und setzt es in Marsch. Ich reite nach Mittstadt, um die letzten Vorbereitungen zu treffen. In sechs Tagen treffen wir uns bei Stachnitz. Danach muss alles sehr schnell gehen!«

Pöldenstein grinste. »Sehr wohl, Euer Hoheit! Das wird auf alle Fälle eine Hetz. Ich hab mir den Palast angeschaut. Glaubt mir, ein Prinz Eugen wohnt kaum nobler als diese Hinterwaldfürstin. Wenn Ihr dort einmal regiert, braucht Ihr doch gewiss einen schneidigen Obristen.«

Auf Prinz Magnus' Gesicht erschien ein Ausdruck vollkommenen Wohlwollens. »Es wird keiner von euch zu kurz kommen, mein lieber Pöldenstein! Du ganz bestimmt nicht.«

Die österreichischen Offiziere stießen sich erwartungsvoll an. Es würde ein Heidenspaß werden, in das von Truppen entblößte Ländchen einzumarschieren und ihren Freund und Kameraden dort auf den Thron zu setzen. Vorerst würde sein Vater dort noch der Herr sein, aber selbst unter Fürst Ulrich konnten sie Titel und Würden erlangen. Mehr als einer von ihnen hoffte, einmal die Nachfolge Tordenskjölds als Kommandant über die Truppen des wieder vereinigten Saalsteins antreten zu können oder wenigstens ein hohes Offizierspatent zu erhalten. Außerdem war es eine gottgefällige Sache, einige zehntausend Ketzer in den Schoß der einzig wahren Kirche zurückzuführen, und der Ablass von ein paar tausend Jahren Fegefeuer, den ihnen der Regimentspfarrer versprochen hatte, war gewiss nicht zu verachten.

Magnus von Mittstadt musterte die Männer mit einem zufriedenen Schnaufen. Er hatte jeden von ihnen sorgfältig ausgesucht und konnte sich ihrer Treue sicher sein. Zwar stammten sie alle aus adeligen Familien, aber keiner von ihnen gehörte einem der einflussreichen Geschlechter Österreichs oder Böhmens an oder war anderweitig mit Reichtümern gesegnet. Diese Männer waren rein auf sich selbst und ihre Fortune angewiesen, und ein glücklicher Ausgang der Tresskauer Affäre und die versprochene Belohnung konnten der lang ersehnte Grundstein zu Vermögen und Aufstieg sein. Sein eigener Lohn aber, dachte Magnus, würde den dieser Männer um ein Vielfaches übersteigen. Er sah sich bereits als Nachfolger seines Vaters in Tresskau residieren und freute sich jetzt schon über das saure Gesicht dieses Auerspergs, der ihm seine Tochter etwas vorschnell verweigert hatte.

Noch als er am nächsten Morgen nach Mittstadt aufbrach, hatte er das Gesicht Antonias von Auersperg vor Augen, die bei ihrem nächsten Zusammentreffen in ihren tiefsten Hofknicks versinken und ihn als hohen Herrn begrüßen musste. Noch schöner wäre es, wenn sie sich gezwungen sehen würde, ebenso tief vor seiner Gemahlin in die Knie zu sinken. Er wusste zwar noch nicht, welche Herzogin oder Prinzessin er heimführen würde, doch einem katholischen Erbprinzen oder gar Fürsten beider Saalsteins standen fast alle Türen offen.

7

Der erste Mann von Bedeutung, der Magnus in Mittstadt begegnete, war Bartoluzzi. Der Prinz hatte seine anfängliche Achtung vor dem italienischen Kleriker abgelegt und hielt ihn jetzt nur noch für eine nützliche Kreatur, der er sich so lange wie möglich bedienen wollte. Als Fürst würde er einen Kanzler brauchen, dessen Interessen mit denen seines Landes eng verquickt waren, und da erschien ihm Bartoluzzi, der das Ohr des Kaisers besaß, als beste Wahl, und die Tatsache, dass der Monsignore keine Verwandtschaft hatte, die er protegieren musste, machte ihn doppelt wertvoll. Die Unterbringung diverser Neffen und Bastardsöhne auf höheren Posten ging meist auf Kosten des Landes und seines Souveräns, und Magnus hielt nichts davon, Geld für etwas anderes als für sich und seinen Ruhm auszugeben.

Bartoluzzis Miene entspannte sich beim Anblick des Erbprinzen sichtlich, denn Magnus von Mittstadt war der Erfolg des von ihm in die Wege geleiteten Täuschungsspiels schon von weitem anzusehen. Der Jesuit segnete den Prinzen und lächelte erwartungsvoll. »Es hat also begonnen.«

Magnus nickte eifrig. »Das hat es, Euer Eminenz. Pößnitz ist wie ein Gimpel auf Eure Leimrute gegangen. In spätestens zehn Tagen ist Tresskau unser, und Ihr könnt die erste Messe im dortigen Dom abhalten.«

Bartoluzzi reckte sich wohlig, denn er sah sich schon mit goldenen Lettern in den Annalen der katholischen Kirche als jener Kleriker verzeichnet, der den wahren Glauben wieder in einem Land protestantischer Ketzer verankert hatte. Dann würde er auch offiziell zum Bischof ernannt werden und als graue Eminenz hinter dem Saalsteiner Thron das Leben jedes einzelnen Menschen in diesem Land in Händen halten. Er fasste Magnus am Ärmel und sah ihn eindringlich an. »Der Plan darf um keine Handbreit fehlgehen!«

Ulrich von Mittstadt, der in diesem Augenblick den Raum betrat, begann zu lachen. »Was sollte schon passieren?«

Bartoluzzi grauste es vor dem Leichtsinn, der aus diesen Worten sprach. »Die Fürstin und ihr Sohn dürfen bei Gott nicht entkommen, denn nichts erregt mehr Mitleid als eine Witwe mit Kind, das um sein Erbe gebracht wurde.«

Magnus von Mittstadt klopfte dem kleineren, aber nicht gerade schwächlichen Kirchenmann so heftig auf die Schulter, dass dieser einknickte. »Seid ohne Sorge, Eminenz! Ich habe eine Schwadron ungarischer Husaren angeworben, die unverzüglich zum Tresskauer Palast vorstoßen und die Zuchtstute einfangen sollen. Wenn sie zu fliehen versucht, kommt sie nicht weit, und wenn sie sich vorher schon nach Saalstein zurückgezogen hat, wird der brave Bender sie uns auf dem Silbertablett servieren.«

Er lachte wie über einen prächtigen Witz. Sein Vater fiel in das Gelächter ein, und Bartoluzzi beruhigte sich ebenfalls wieder, denn in diesem Land gab es nichts, was einer Rotte ungarischer Reiter entkommen konnte.

8

Prinz Magnus führte seine Truppen am Morgen des sechsten Tages aus dem Land und sorgte dafür, dass die Nachricht schnell bekannt wurde. Prompt erfuhr er schon nach dem ersten Nachtlager, dass auch die Tresskauer Kompanien losmarschiert waren, und kehrte wie geplant mit seinem Heer um. Im Schutz der Dunkelheit rückten seine Österreicher und Tordenskjölds Mittstädter, die sich ihm befehlsgemäß angeschlossen hatten, in die andere Hälfte von Saalstein ein, die den Namen Tresskau nun bald verlieren würde. Die wenigen Grenzwachen an den Straßen wurden im Schlaf überrumpelt und beinahe lautlos gefangen genommen. Kurz hinter der Grenze teilte sich das Heer. Zwei Kompanien wählten den Weg zur Festung Saalstein, um diese einzunehmen, der Haupttrupp marschierte weiter in Richtung der Residenzstadt, und zwei berittene Schwadronen begannen, die Grenzen des Landes abzuriegeln. Die vierzig ungarischen Reiter, die ihre auffallend farbenprächtigen Trachten mit wehenden Jacken und Flügelhauben trugen, spornten ihre Pusztapferde an, um die Fürstin und den Erben zu jagen und gefangen zu nehmen. Einen Augenblick lang hatte Magnus von Mittstadt überlegt, ob er die Ungarn selber anführen sollte, dann aber hatte er sie seinem Freund Pöldenstein überlassen. Eine Frau von der Größe der Tresskauer Fürstin war zu auffällig, um sich in Bauernkleidung verstecken zu können, und sie würde kaum schnell genug eine Doppelgängerin finden, die ihren Platz einnahm.

9

Der Plan war gut durchdacht und exzellent vorbereitet, doch die Angreifer hatten einen scheinbar unwichtigen Punkt übersehen, nämlich den Wächter, den Pößnitz auf der noch intakten Stadtmauer postiert hatte. In dieser Nacht schien der Mond hell, und der Soldat hinter den Zinnen auf dem Südtor hatte gute Augen und ein noch besseres Gehör. Als er aus der Ferne das Getrappel der ungarischen Pferde vernahm, ergriff er das Fernrohr, das ihm der ewig misstrauische Kanzler zur Verfügung gestellt hatte, und richtete es auf die Straße. Zwar konnte er nur eine Art sich bewegende Wolke erkennen, aber er wusste aus Erfahrung, dass diese nur von einem großen Reitertrupp stammen konnte. Eine Schar dieser Größe, die zudem noch kurz vor Morgengrauen erschien, konnte keine friedlichen Absichten haben, daher hob er das Horn an die Lippen und blies Alarm. So schreckte er die Bewohner der Stadt zusammen mit denen des Palastes auf.

Charlotte hatte tief geschlafen, als sie bei den Schultern gepackt und heftig gerüttelt wurde. Sie schlug die Augen auf und sah Rosa in einem weiten, sackartigen Nachthemd vor sich, neben ihr Fräulein von Rüthen mit angstvoll geweiteten Augen. »Was ist geschehen?«, fragte sie verwirrt.

»Ein Türmer hat Alarm gegeben!«, brach es aus Rosa heraus.

»Brennt es?« Charlotte war mit einem Satz auf den Beinen und sah, wie ihre Zofe den Kopf schüttelte.

»Max sagt, er hätte Feinde angekündigt.«

»Feinde?« Nun wurde Charlotte doch blass. Sie ließ ihrer Angst jedoch keinen Raum, sondern zog das Nachthemd über den Kopf, schleuderte es in eine Ecke und kleidete sich so rasch an, dass Rosa kaum mehr dazu kam, ihr zu helfen. Sie ließ der Zofe nicht einmal die Zeit, alle Haken auf ihrem Rücken zu schließen, sondern stürmte aus ihrem Schlafzimmer. In ihrem Salon warteten Pößnitz, Zinggen und Max auf sie. Während der Kanzler in einem schwarzen und Zinggen in einem grünen Morgenrock steckte, war Max vollständig angekleidet, auch wenn er aufs Geratewohl in seinen Schrank gegriffen und zu relativ alten Hosen seinen besten Rock erwischt hatte. Alle drei hielten Pistolen in der Hand, während draußen die Kommandos für die Männer der Palastwache ertönten.

»Was ist geschehen?« Charlotte erhoffte sich eine präzisere Antwort als von Rosa.

»Eine Rotte Soldaten reitet im gestreckten Galopp auf den Palast zu. Sie werden in wenigen Minuten hier sein«, antwortete Max schwer atmend. »Ich war oben in der Galerie und habe sie kommen sehen.«

Pößnitz stöhnte auf. »Dahinter steckt garantiert der Mittstädter. Er hat wohl einen Teil seiner Soldaten heimlich zurückbehalten, um die Situation ausnützen zu können.«

Max schüttelte den Kopf. »Fürst Ulrich besitzt keine Reiter dieser Art. Soviel ich erkennen konnte, folgt ihnen ein ganzes Heer, und die Soldaten tragen helle, vielleicht sogar weiße Uniformen, aber nicht das Mittstädter Braun.«

Pößnitz starrte Max verwirrt an, als erwarte er von ihm Aufklärung. »Das ergibt doch keinen Sinn!«

Max warf unwillig den Kopf hoch. »Ich verstehe es auch nicht, aber es wird sich gewiss bald aufklären. Wir müssen davon ausgehen, dass es Feinde sind, und entsprechend handeln.«

»Zuerst muss der Erbprinz in Sicherheit gebracht werden. Max, du nimmst Georg Wilhelm und reitest mit ihm zur Festung. Sage Bender, er soll die Tore erst dann wieder öffnen, wenn der Feind, so es denn überhaupt einer ist, das Land wieder verlassen hat. Vielleicht sind es ja auch nur vor den Türken fliehende Österreicher. Die hellen Uniformen sprächen dafür.« Man konnte Pößnitz ansehen, dass er selbst nicht an diese Möglichkeit glaubte.

Auch Zinggen schüttelte ungläubig den Kopf. »Versprengte Soldaten kämen nicht in voller Ordnung ins Land, sondern in kleinen Gruppen oder einzeln.«

»Umso wichtiger ist es, den Prinzen zu schützen. Los, Max, geh jetzt und bring Georg Wilhelm in Sicherheit. Ich verlasse mich auf dich!« Pößnitz gab dem jungen Mann einen Stoß.

Max blieb steif stehen und verschränkte die Arme. »Ihre Durchlaucht muss ebenfalls weggebracht werden. Geriete sie in die Hände der Feinde, würde dieser einen Trumpf erhalten, mit dem er jeden Eurer Züge schlagen kann. Als Fürstin und Mutter kann sie die Identität des Prinzen gewiss glaubhafter gegen Anfeindungen verteidigen als Ihr oder gar Major Bender. Ulrich von Mittstadt würde Euch gewiss unterstellen, bei dem Knaben handele es sich nicht um Georg Wilhelm, sondern um ein untergeschobenes Kind.«

Pößnitz zollte ihm widerwillig Anerkennung. »Du hast Recht, an diese Möglichkeit habe ich noch gar nicht gedacht. Also los, Max, nimm die Fürstin und den Jungen, und dann nichts wie ab nach Saalstein. Wir anderen werden zurückbleiben und euch den notwendigen Vorsprung verschaffen.«

Er versuchte zuversichtlich zu klingen, doch der Lauf seiner Pistole zitterte, wenn auch mehr aus hilfloser Wut denn aus Angst. Max warf Charlotte einen Blick zu, nahm den schlaftrunkenen Jungen entgegen, den Paul ihm reichte, und rannte los. In dem Moment aber, als er die Tür zur Terrasse öffnen wollte, um auf dem kürzesten Weg zu den Ställen zu laufen, hielt Charlotte ihn fest und deutete durch einen nicht ganz geschlossenen Vorhang nach draußen auf die Reiter, die schon im Park schwärmten.

Max prallte zurück. »Hier kommen wir nicht mehr durch. Wir werden zu Fuß fliehen müssen.«

Charlotte raffte mit einer Hand ihre Röcke und winkte ihm, ihr zu folgen. »Zu Fuß kommen wir nicht weit. Wir müssen uns Pferde holen, und ich weiß auch schon, wie. Wir nehmen den Geheimgang, durch den de Tailleur und der andere Meuchelmörder damals eingedrungen sind.«

Max lockerte seinen Griff um das weinende Kind in seinen Armen und warf Charlotte einen ratlosen Blick zu. »Der wurde doch zugemauert!«

»Nein, zum Glück nicht! Pößnitz hat ihn nur von innen verriegeln lassen, um uns notfalls einen Fluchtweg offen zu halten. Komm, wir müssen schneller laufen, sonst holt man uns ein!«

In diesem Moment fielen die ersten Schüsse. Max spurtete los, hielt ihr aber jede Tür auf und schloss sie wieder, um eventuellen Verfolgern nicht ihren Fluchtweg zu verraten. Charlotte zog ihre Schuhe aus und nahm sie in die Hand, um besser rennen zu können, und so erreichten sie binnen weniger Augenblicke die Gemächer des ermordeten Fürsten, in denen seit seinem Tod kaum etwas verändert worden war. Dort trafen sie auf Paul, der gerade die verborgene Tapetentür frei räumte, um, wie er sagte, einige seinem verstorbenen Herrn kostbar gewesene Dinge in Sicherheit zu bringen. Da Max das Kind trug, drückte er Charlotte den brennenden Kerzenleuchter und eine Börse, die noch in Carl Antons Nachttisch gelegen hatte, in die Hand und öffnete den Geheimgang. »Beeilt Euch, Hoheit! Ich höre schon Schritte und fremde Stimmen!«

Charlotte schlüpfte in den muffig riechenden Gang und drehte sich um, um Max zu leuchten. Im gleichen Moment sah sie, wie Paul mit dem Fuß eine Kiste hinter den Eingang schob und mit der Hand nach dem Pistolenkasten ihres Gemahls griff.

»Wenn die Kerle hier eindringen, halte ich sie so lange wie möglich auf!«, rief der Diener noch und schlug die Tapetentür zu.

Charlotte kam sich wie eine Verräterin vor, weil sie ihre Getreuen im Stich ließ, aber sie wusste genauso gut wie Max und Pößnitz, dass ihr Sohn sie dringender benötigte. Während sie mit Tränen in den Augen den Gang entlangstolperte, schwor sie sich, alles zu unternehmen, um das Vermächtnis ihres Gemahls zu erfüllen und ihren Sohn auf den Thron von Tresskau zu setzen. Wenn Ulrich von Mittstadt hinter diesem heimtückischen Überfall steckte, woran für sie kein Zweifel bestand, würde sie ihn als Thronräuber brandmarken und ihn bekämpfen, wo sie nur konnte.

Der Geheimgang endete vor einer eisenbeschlagenen Tür, die in den Schuppen hineinführte, in dem Futtervorräte für die Pferde gelagert wurden. Als Max sie vorsichtig öffnete, rieselte ihm Heu entgegen, das man in diesem Teil des Schuppens locker aufgetürmt hatte. Er übergab Charlotte das Kind und bahnte ihr den Weg. Dann zog er seine Pistole und schob das auf Rollen laufende Tor einen winzigen Spalt zur Seite. In der Umgebung des Schuppens war alles ruhig, aber im Palast knallten Schüsse, und sie hörten das wütende Geschrei der Ungarn, deren Überraschungsangriff misslungen war. Max schloss das Tor wieder, öffnete die Tür, die in den Stall führte, und spähte vorsichtig hinein. Eine einzelne Kerze warf ihren Schein direkt auf Albans verbissen lächelndes Gesicht und beleuchtete zwei gesattelte Pferde.

»Ich habe gehofft, Ihr würdet es rechtzeitig schaffen, Euer Durchlaucht, und habe Fatima und Osmin gesattelt. Es sind die schnellsten Rosse im Stall und bestimmt geschwinder als die Gäule der Ungarn, die sich da draußen herumtreiben.«

Max klopfte dem alten Stallknecht auf die Schultern. »Das hast du sehr gut gemacht, Alban! Wenn der Feind wieder vertrieben ist, wird Ihre Durchlaucht dir deine Treue lohnen.«

Charlotte schüttelte die Hand ihres Getreuen. »Und ob ich das tun werde! Pass in der Zwischenzeit gut auf dich auf, Alban. Ich werde wiederkommen, das schwöre ich!«

Der Knecht nickte mit leuchtenden Augen, die keinen Zweifel verrieten, und half seiner Fürstin in den Sattel. Er wusste aus einer Bemerkung seiner Herrin, dass sie als Mädchen oft auf dem blanken Rücken ihres Pferdes geritten war, auch wenn das als höchst unschicklich galt. Daher hatte er die Stute auf Männerart gesattelt, so dass Charlotte die Schnelligkeit des Tieres ausreizen konnte. Alban reichte ihr Georg Wilhelm und führte das Pferd zu einer Pforte, durch die normalerweise das Stroh hereingeschafft wurde und die auf einen zwischen hohen Hecken verlaufenden Wirtschaftsweg führte. Charlotte musste sich tief auf Fatimas Rücken beugen, um die Tür passieren zu können, während Max, der sich vorsichtig umgesehen hatte, den größeren Hengst erst im Freien besteigen konnte. Sie warfen noch einen kurzen Blick auf den umkämpften Palast und ließen die Pferde im Schritt gehen, damit die Hufschläge keine Verfolger auf sich zogen.

Max kannte sich im Gewirr der Wege um den Palast gut aus, so dass er die Hauptstraßen meiden konnte. Als die aufgehende Sonne den Himmel wie mit Feuerzungen färbte und das Land in stechendes Rot tauchte, bog er in den Wald ab und folgte kaum sichtbaren Fußpfaden, auf denen sie zwar nur langsam, aber ungesehen vorwärts kamen. Ohne Pößnitz' Anweisung in Frage zu stellen, hielt er dabei auf die Festung Saalstein zu.

Charlotte folgte ihm eine Weile stumm, weil sie genug zu tun hatte, Georg Wilhelm zu beruhigen, damit er niemanden durch lautes Weinen auf sie aufmerksam machte, aber je weiter sie kamen, umso stärker wuchs in ihr das Gefühl, nicht vor der Gefahr davonzulaufen, sondern ihr entgegenzureiten. Saalstein war ihnen zwar immer als sicherer Zufluchtsort erschienen, doch nach dem Abzug der Truppen wurde die Veste nur noch von zwanzig Veteranen unter Major Benders Kommando gehalten, und Charlotte fragte sich, wie lange diese Männer einem zu allem entschlossenen Feind standhalten würden. Der Gedanke ließ sie Fatima zügeln, die erwartungsvoll schnaubte und sich umsah, weil sie sich ein paar Rübenschnitzel erhoffte.

Max, der vorausritt, vermisste die Hufschläge hinter sich und hielt ebenfalls sein Pferd an. »Gibt es etwas Besonderes, Euer Durchlaucht? Habt Ihr etwas Auffälliges gesehen?«

»Nein! Ich habe nur beschlossen, nicht nach Saalstein zu reiten. Die Festung ist nicht sicher genug.«

Max schüttelte den Kopf, nahm dann aber die entschlossene Miene seiner Herrin wahr und wusste, dass sie kein Argument gelten lassen würde. »Wo sollen wir denn sonst Zuflucht suchen?«

»In Sachsen. August der Starke wird uns helfen, Ulrichs Soldaten aus Tresskau zu vertreiben!«

Max' Gesicht hellte sich für einen Augenblick auf, denn das schien auch ihm die beste Lösung zu sein. Dann aber wiegte er den Kopf. »Das ist ein weiter Ritt quer durch unser Land, Euer Durchlaucht, und ich fürchte, es wird bald schon in jeder Ecke von feindlichen Soldaten wimmeln.«

»In Saalstein säßen wir wie Ratten in der Falle! Aber niemand wird damit rechnen, dass wir in die entgegengesetzte

Richtung reiten.« Charlotte wendete ihre Stute und trieb sie wieder an.

Max schloss auf und hielt sich an ihrer Seite, so gut es die eng stehenden Bäume erlaubten. »Also auf nach Sachsen! Wir sollten jedoch nicht tagsüber reiten und nicht auf geradem Weg. Ich bin sicher, dass der Mittstädter sämtliche Straßen überwachen lässt, um Euch und unseren Prinzen in die Hände zu bekommen.«

»Wir beide werden ihn schon überlisten.« Aus Charlottes Worten klang so viel Vertrauen, dass Max ganz warm ums Herz wurde und er am liebsten vor ihr in die Knie gesunken wäre. Da dies nicht ging, fasste er nach ihrer rechten Hand, in der sie die Zügel führte. »Ich schwöre, eher mein Leben hinzugeben, als Euch im Stich zu lassen, Euer Durchlaucht.«

»Das wird hoffentlich nicht nötig sein. Ich möchte ungern auf dich verzichten.« Charlotte hatte so leise gesprochen, dass Max sie kaum verstand, und ihre Stimme klang seltsam belegt. Er konnte nicht wissen, dass die Berührung ein Gefühl der Geborgenheit in ihr ausgelöst hatte, ebenso intensiv wie in einer Kirche.

10

Der Kampf um den Tresskauer Palast wurde erst entschieden, als die österreichischen Dragoner auftauchten und den Widerstand brachen. Als die Ungarn feststellten, welch hohe Verluste sie bei dem Scharmützel erlitten hatten, das angeblich nur ein Spaziergang hätte werden sollen, ließen sie ihrer Wut freien Lauf. Sie durchstreiften mit blutigen Säbeln die Räume, zerschlugen Bilder, Kunstgegenstände und Möbel und zerrten verängstigte Mägde aus ihren Verstecken, um ihnen unter dem Grölen ihrer Kameraden Gewalt anzutun. Andere rafften an sich, was sie tragen konnten, und verließen mit reicher Beute den Palast.

Die Österreicher wagten es nicht, sich den Pusztasöhnen in den Weg zu stellen, sondern sahen dem Treiben ihrer Verbündeten hilflos zu. Erst als einer der Ungarn versuchte, ein paar Vorhänge in Brand zu stecken, griff Pöldenstein ein.

»Jetzt reicht es! Der Palast wird nicht abgefackelt!«, herrschte er den Mann an und versuchte, ihm die Kerze zu entwinden. Da der Madjar ihn verständnislos anstarrte und drohend den Säbel schwang, wiederholte er den Befehl so gut er konnte auf Ungarisch. Der Husar warf die brennende Kerze in eine Ecke, schlug das Glas einer Vitrine ein, die von dem Vorhang verdeckt gewesen war, und holte eine mit Halbedelsteinen besetzte Uhr heraus. Pöldenstein trat die Kerze aus, damit nicht doch noch ein Unglück geschah, hinderte den Plünderer aber nicht weiter. Als er auf den Flur trat, sah er, dass seine Österreicher dem Beispiel der Ungarn folgten und ebenfalls Beute machten, und beschloss, sich seinen Anteil zu sichern. Er winkte seinem Burschen, brach die Tür zu den Gemächern des Fürsten auf und sammelte mehrere wertvolle Gegenstände, die sein Diener zu seinem Packpferd bringen und bewachen sollte.

Danach ging er mit weitaus besserer Laune als vorher in den Saal, in dem seine Leute die Gefangenen zusammengetrieben hatten. Zwischen etlichen Dienern, die ihre Bewacher teils mit ängstlichen, teils mit trotzigen Gesichtern anstarrten, saß eine Gruppe adeliger Damen, die sichtlich unter den Ungarn gelitten hatten, auf dem blanken Boden. Ein paar Herren von Stand, deren Wunden zeigten, dass sie sich heftig gewehrt haben mussten, waren wie Vieh in einer Ecke zusammengetrieben worden und wurden von einigen Dragonern mit blank gezogenen Waffen bewacht. Als Pöldenstein eintrat, schob ein älterer, schwarz gekleideter Mann, dessen Kleider blutgetränkt waren, die Klingen seiner Bewacher kurzerhand weg und trat auf ihn zu. Die Augen in seinem zerschlagenen Gesicht glühten vor Wut.

»Damit werdet Ihr nicht durchkommen!«

Pöldenstein zuckte mit den Achseln. »Beschwert Euch bei Fürst Ulrich!« Er drehte dem Mann den Rücken zu und befahl seinen Leuten, die Gefangenen einzuschließen und gut zu bewachen. Dann machte er sich auf den Weg zum Stall, um sich ein paar Pferde auszusuchen, denn sein eigener Gaul war alt geworden und das Ersatzpferd hatte er schon vor Wochen dem Schinder übergeben müssen.

11

Als Fürst Ulrich am späten Nachmittag in Tresskau eintraf, war er bester Stimmung und freute sich darauf, seinen Sieg im großen Saal des Tresskauer Palastes auskosten zu können. Er ließ seine Kutsche im Park anhalten und stieg aus, um sein neues Schloss in seiner ganzen Schönheit bewundern zu können. Leutselig begrüßte er die im Schlosspark lagernden Ungarn und Österreicher und schritt mit erwartungsvoller Miene weiter. Als das Schloss von Tresskau, der Traum und die Begierde so vieler Jahre, in voller Größe vor ihm lag, breitete er mit einem tiefen Atemzug die Arme aus, als wolle er es umfassen und an sich drücken. Er wartete nicht auf Bartoluzzi, der mit ihm gekommen war, sondern stieg mit beschwingten Schritten die Freitreppe empor. Erst das Fehlen eines Dieners, der ihm die Tür hätte öffnen müssen, beeinträchtigte seine gute Laune.

Als er die Eingangshalle betrat, ärgerte er sich zunächst nur über die umgestürzten Möbel und die beschädigten Statuen. Das ganze Ausmaß der Zerstörungen wurde ihm erst bewusst, als er im Festsaal stand, in dem die Hochzeit seines Vetters gefeiert worden war, und sich fassungslos umsah. Kein Bild und kein Wandbehang waren mehr heil geblieben, und von den mannshohen Kronleuchtern aus böhmischem Kristall erzählten nur noch die unzähligen Scherben auf dem Boden. Geschockt verließ Ulrich den Saal und begann ziellos durch die Räume zu gehen, doch überall bot sich ihm das gleiche Bild der Verwüstung. Als er auf seinen Sohn traf, der mit einem Gesicht wie ein verschrecktes Kaninchen umherirrte, packte er ihn an den Rockaufschlägen und begann unartikuliert zu schreien.

Magnus wedelte hilflos mit den Händen. »Ich weiß doch auch nicht, wie das passieren konnte. Man hat mir nur berichtet, dass es bewaffneten Widerstand gab und das Schloss dabei zu Schaden kam!«

Fürst Ulrich fand seine Stimme wieder. »Bewaffneter Widerstand? Es waren wohl kaum die Tresskauer, die die Lüster zerschlagen und die Bilder in der Ahnengalerie zerfetzt haben!« Er ließ seinen Sohn mit einer verächtlichen Geste los und hob die Hand, als wolle er ihn züchtigen.

Magnus wich einige Schritte zurück und fluchte stumm auf Pöldenstein, der die Plünderung des Schlosses nicht verhindert hatte. Ulrich von Mittstadt wandte sich mit geballten Fäusten ab und hastete mit wachsendem Ingrimm weiter durch ein Schloss, in dem kein Raum mehr heil geblieben war, bis er auf einen seiner eigenen Soldaten traf. Von ihm ließ er sich die Gefangenen vorführen. Aber auch deren Anblick konnte seine Laune nicht bessern. Der Zustand und die vielstimmigen Anklagen der Hofdamen und ihrer adeligen Freundinnen und Verwandten, die zur Zeit des Überfalls zu Gast gewesen waren, ließen keinen Zweifel daran, was den Frauen zugestoßen war, und aus den Augen der überlebenden Edelleute und Hofbeamten schlugen ihm Hass und Verachtung entgegen.

Ulrich hätte die meisten dieser Leute zur Führung und Verwaltung des Landes gebraucht, und für einen Augenblick glaubte er, in einen bodenlosen Abgrund zu schauen. Er würde Saalstein-Tresskau nur unter größten Schwierigkeiten übernehmen können, und das Land würde ihn möglicherweise zunächst mehr kosten, als es einbrachte, trotz der Silberminen und des Wohlstands seiner Bewohner. Jetzt konnte er die Wut, die sich in ihm angesammelt hatte, nicht mehr bezähmen. Er schnellte herum und schlug seinem Sohn, der hinter ihn getreten war, mit der geballten Faust ins Gesicht. »Du Kretin! Du erbärmlicher Narr! Wo warst du bei dem Angriff? Ich hatte doch strengsten Befehl gegeben, den Adel des Landes bis auf die paar Kreaturen um diesen elenden Pößnitz herum pfleglich zu behandeln.«

Magnus sprang zurück, doch sein Vater folgte ihm und schlug noch einmal zu, so dass Blut aus seinem Mund trat.

»Los, du Dummkopf, bring mir die Fürstin und ihren Bastard!«

Pößnitz straffte seinen Rücken trotz der Fesseln, die man ihm angelegt hatte, und maß Fürst Ulrich mit einem verächtlichen Blick. »Ihre Durchlaucht ist Euren Häschern entschlüpft und befindet sich mit ihrem Sohn in Sicherheit!«

Ulrich von Mittstadt packte den Verletzten, dessen Wunden nur notdürftig versorgt worden waren, und schlug ihn mit dem Kopf gegen die Wand. »So? Dann werdet Ihr mir verraten, wo sich die Zuchtstute meines verstorbenen Vetters befindet!«

Pößnitz stöhnte unterdrückt auf, ließ sich aber nicht einschüchtern, sondern kräuselte schadenfroh die Lippen. »Ich sehe keinen Grund, es Euch zu verschweigen. Ihre Durchlaucht hat sich auf die Veste Saalstein begeben, die Euren Horden mit Sicherheit widerstehen wird.«

Ulrich stieß den widerspenstigen Kanzler zu Boden, setzte den Fuß auf seine Brust und lachte ihm ins Gesicht. »Soso! Sie hat sich nach Saalstein begeben! Das, du Narr, war genau das, was wir erwartet hatten. Heute noch werde ich deinem heiß geliebten Bastardprinzen eigenhändig den Hals umdrehen – und zwar vor deinen Augen!«

Ulrich raste innerlich immer noch vor Zorn, weil sein Traum eines glorreichen Einzugs in den zauberhaft schönen Palast von Tresskau zerstört worden war, und glaubte, in Pößnitz und seinem Schützling endlich die Opfer gefunden zu haben, an denen er seine Wut ungestraft auslassen konnte. Doch seine Vorfreude, das Kind in die Hand zu bekommen, welches als letztes Hindernis zwischen ihm und der unangefochtenen Wiedervereinigung Tresskaus unter seiner Herrschaft stand, verwandelte sich wenige Stunden später in unartikulierte Raserei, als er erfuhr, dass die Fürstin nicht in Saalstein eingetroffen war. Seine Flüche drangen in jeden Winkel des Palastes und ließen auch die abgebrühtesten Soldaten erschauern.

12

Zinggen hatte zunächst wacker gegen die angreifenden Ungarn gekämpft und mit seinen zierlichen, aber zielsicheren Pistolen eine Reihe von ihnen aus dem Sattel geholt, ehe sie in den Palast hatten eindringen können. Dann aber gingen ihm das Pulver und die Geschosse aus, und er rannte in seine Gemächer, um Nachschub zu holen. Da er die Waffen als Sammlerstücke erworben hatte, musste er feststellen, dass er gerade noch genug Kugeln und Pulverkartuschen besaß, um dreimal nachladen zu können. Er steckte die Pistolen in seine Tasche und wurde sich dabei bewusst, dass er immer noch seinen Schlafrock trug. Er warf einen kritischen Blick in den Spiegel und sagte sich, dass er nicht im Nachtgewand in die Hände des Feindes fallen wolle.

Schüsse, Schreie und das Klirren von Glas verrieten ihm, dass in anderen Teilen des Palastes heftig gekämpft wurde. Trotzdem zog er sich in aller Sorgfalt um und wollte, als er fertig war, sein Zimmer verlassen, um den Eindringlingen in aller Ruhe entgegenzugehen. In dem Moment fiel sein Blick auf die Kassette mit seinen Wertsachen. Der Gedanke, dass sein Schmuck und seine wohl gefüllte Börse ein Raub fremder Soldaten werden sollten, ließ ihn innehalten. Er riss einen Bezug von einem der Kissen und packte alles, was handlich, aber von Wert war, hinein, um es an einer sicheren Stelle zu verbergen. Unterwegs fiel ihm ein, dass er auch noch den Schmuck der Fürstin und ihre Privatschatulle mitnehmen könnte, und drang kurz entschlossen in Charlottes Gemächer ein.

Kaum hatte er den Kopf durch die Tür zum Schlafzimmer gesteckt, ließ ihn eine schattenhafte Bewegung zurückzucken. Im selben Moment krachte ein Besen gegen die Stelle, an der sich eben noch sein Gesicht befunden hatte. Gleich darauf ertönte ein entsetzter, aber stark gedämpfter Aufschrei. »Herr von Zinggen! Ich habe gedacht … Bei Gott, ich wollte Euch nicht verletzen!«

»Wir haben keine Zeit für lange Reden, Rosa. Rasch, hole den Schmuck und das Geld Ihrer Durchlaucht, damit wir es verstecken können.« Zinggens ungewohnt energischer Tonfall ließ die Zofe rasch handeln. Sie warf den Besen beiseite, stürmte in das Ankleidezimmer der Fürstin und brachte zwei Schatullen herbei. Als sie sie neben Zinggen zu Boden stellen wollte, spähte dieser vorsichtig in den Korridor und winkte ihr zurückzutreten. Der Kampflärm hatte nachgelassen, und aus mehreren Richtungen erklangen deutsche und ungarische Befehle.

»Hier kommen wir nicht mehr heraus. Aber ich weiß einen Weg, auf dem wir mit viel Glück ungesehen verschwinden können.« Er schloss die Tür, drehte den Schlüssel im Schloss und klemmte den Besen als zusätzlichen Riegel unter die Klinke. Dann führte er Rosa in das Kabinett, in dem der Leibstuhl der Fürstin stand, schob das mit Intarsieneinlagen geschmückte Möbelstück mit dem Deckel in der Sitzfläche beiseite und zog an einem Teil der reich verzierten Wandvertäfelung. Sofort ließ ein hinter dem Holz verborgener Mechanismus den Riegel einer Falltür hörbar zurückschnappen. Zinggen bückte sich und hob den Teil des Bodens auf, der sich einen Spaltbreit geöffnet hatte, und legte eine Treppe frei.

Rosa schluckte überrascht. »Was ist das? Noch ein Geheimgang?«

»Früher war er nicht geheim. Das Gelass liegt an zwei Außenwänden, und so konnte die Treppe unauffällig zwischen zwei Pfeilern eingebaut werden. Die Mutter unseres ermordeten Fürsten hat das Treppenhaus errichten lassen, damit sie jederzeit in den Garten hinuntergehen und sich in die Laube setzen konnte, ohne einer der Mätressen ihres Gemahls begegnen zu müssen. Schnell, steig hinunter! Ich höre fremde Stimmen im Salon.« Zinggen nahm Rosa eine der beiden Schatullen ab und steckte sie in den Kissenbezug, damit die Zofe flinker die Treppe hinablaufen konnte. Dann schulterte er die Last und zog die Falltür hinter sich zu.

Sofort wurde es stockdunkel. Rosa blieb stehen, so dass Zinggen gegen sie prallte, und klammerte sich voller Angst an ihn. Er spürte den Druck ihres Busens auf seinem Gesicht und wurde einen Augenblick steif wie ein Brett. Dann aber zwang er seine verkrampften Muskeln, sich zu entspannen, löste sich vorsichtig aus Rosas Griff und lauschte. Oben krachten die Kolben der österreichischen Musketen gegen die Schlafzimmertür. Zinggen schob sich an Rosa vorbei, die vor Angst keuchte, ertastete den Riegel der Pforte, zog ihn zurück und versuchte die Tür zu öffnen. Licht fiel durch einen daumenbreiten Spalt, doch sonst tat sich nichts. Zinggen spähte vorsichtig hindurch und sah, dass ein Hollerstrauch die Tür überwuchert hatte. Kurz entschlossen legte er seine Last ab und stemmte sich stärker gegen die Tür. Doch erst, als Rosa ihm half, gelang es ihnen, die zähen Äste des Busches so weit beiseite zu schieben, dass sie sich ins Freie zwängen konnten.

Aus dem Innern des Palastes und von der Terrasse drangen Schreie misshandelter Frauen zu ihnen herüber. Rosa hielt ihre Schatulle schützend vor sich und blickte sich verängstigt um. Doch zwischen den blühenden Büschen und den Rosenspalieren im Garten rührte sich nichts.

Zinggen warf sich den Kissenbezug mit seinem sperrigen Inhalt wie einen Sack auf den Rücken, winkte der Zofe, ihm zu folgen, und rannte in der Deckung der Hecke, die den Garten umgab, Richtung Stall. Ganz außer Atem erreichten sie das Tor und liefen hinein. Die Stallknechte schienen davongerannt zu sein, denn niemand ließ sich sehen, und für einen Augenblick vernahmen die beiden Flüchtlinge kein anderes Geräusch als ihren eigenen, rasselnden Atem und das nervöse Schlagen der Pferdehufe. Zinggen lief in die Sattelkammer und wollte seinen Sattel vom Holm nehmen, als er trampelnde Schritte von draußen vernahm. Sofort nahm er Rosa, die ihm gefolgt war, bei der Hand, zog sie in die Futterkammer und verbarg die geretteten Schätze in der Haferkiste.

Gleich darauf hörten sie, dass das große Tor geöffnet wurde und lärmende Stimmen, die unzweifelhaft österreichischen Dialekt sprachen, die Stallgasse füllten. Zinggen hob den Deckel der Haferkiste wieder an, scheuchte Rosa mit heftigen Gesten hinein und folgte ihr. Der Futterkasten war groß und nur halb gefüllt, bot den beiden Flüchtlingen aber weniger Platz als ein Sarg. Jede Bewegung ließ mehr Haferkörner unter ihre Kleidung rieseln und erzeugte einen schier unerträglichen Juckreiz. Rosa hatte das Gefühl, ihre Beine, die unter den Röcken nackt waren, und ihr Dekolleté würden von Abertausenden beißender Insekten überfallen, und ihre Versuche, sich zu kratzen, machten alles noch schlimmer. Schließlich presste Zinggen ihr eine Hand auf den Mund, um ihr Gewimmer zu ersticken. »Sei still, Frau! Oder willst du ebenfalls diesen Schweinen zum Opfer fallen?«

Rosa wurde steif und lauschte angespannt. Doch die Österreicher schienen sich nicht für den Hafer zu interessieren, sondern nur für die Qualität der einzelnen Pferde. Den Hufschlägen nach zu urteilen, die im Freien verhallten, wurden die Tiere nach und nach weggeführt. Als nach einer Weile Stille einkehrte, hob Zinggen vorsichtig den Deckel der Futterkiste und blickte hinaus. Da niemand mehr zu sehen war, kletterte er ins Freie, schlich durch die halb ausgeraubte Sattelkammer und spähte in den Stall. Er musste an sich halten, um nicht geradezu unflätig zu fluchen. Die Angreifer hatten die herrlichen arabischen und andalusischen Pferde mitgenommen, die der ganze Stolz seines einstigen Liebhabers und Freundes Carl Anton von Tresskau gewesen waren, und nur Lady Mary verschmäht. Das kleine Tier stand wie verwundert mitten in dem riesigen Stall und blickte Zinggen mit braunen Ponyaugen an.

Zinggen hatte gehofft, zwei Pferde für sich und Rosa satteln zu können, um so schnell wie möglich die Landesgrenzen zu erreichen, doch die Plünderer hatten ihm einen Strich durch die Rechnung gemacht. Er starrte das Pony an und überlegte fieberhaft, was er tun konnte. Mit dem gemütlichen Trab, den das kleine englische Pferdchen einschlagen konnte, konnte er den Ungarn niemals entkommen, ganz abgesehen davon, dass er für das Tier zu schwer war. Er konnte sich auch nicht einfach zu Fuß davonmachen, denn er wollte weder Rosa den groben Händen der Soldaten überlassen noch ihnen den geborgenen Schatz ausliefern. Er griff nach zwei Satteltaschen, schüttete Schmuck und Geld wahllos hinein und lud sie dem Pony auf. Wenn das Tier auch nicht dazu taugte, Rosa oder ihn zu tragen, so konnte es ihm wenigstens dabei helfen, die Wertsachen fortzuschaffen. Nach kurzem Überlegen und einem entsagungsvollen Seufzer legte er seine prachtvollen grünen Hosen und den Rock in der Farbe frischer Lärchennadeln ab, in denen er kaum unauffällig durch das Land schleichen konnte, und stopfte sie samt Dreispitz und Perücke zu seinen Schätzen. Dann durchsuchte er die Kammer, in der die Stallknechte schliefen. Zum Glück fielen ihm fast auf Anhieb die Hose und der Kittel eines Rossbuben in die Hände, der etwa seine Größe hatte. Schaudernd zog er die nach Pferdedung und Schweiß stinkenden Sachen über sein Seidenhemd und kehrte zu Rosa zurück, die sich wie ein ängstliches Kind an Lady Marys Mähne klammerte. Die Zofe nickte anerkennend und bestätigte ihm, dass ihn so wohl niemand erkennen würde.

Zinggen legte dem Pony noch den Zaum an und führte es durch die gleiche Hinterpforte, die Charlotte und Max eine Stunde früher benutzt hatten. Im Schutz der Hecken strebten sie auf den Wald zu, doch bald sahen sie Soldaten in Mittstädter Röcken aufziehen, die offensichtlich den Befehl hatten, die Gegend zu durchkämmen. Zinggen drückte Rosa das Seil in die Hand, das am Halfter befestigt war, befahl ihr, das Pony gut festzuhalten, und kletterte vorsichtig auf einen Freisitz am Rand des Parks, dessen dichter Rosenbewuchs die Aussicht stark behinderte. Ein Blick durch das Grün verriet Zinggen, dass es nur noch einen Ausweg für sie gab, nämlich den Weg in die Stadt.

Als Rosa begriff, wohin er sie führen wollte, blieb sie stehen und hielt ihn fest. »Was macht Ihr denn, Herr Baron? Man wird uns schon am Tor erkennen und gefangen nehmen.«

Zinggen schüttelte energisch den Kopf. »Wir nehmen die kleine Pforte, die für die Schlossbeamten bestimmt ist. Der Schlüssel dazu befindet sich in meiner Börse. Wenn wir drinnen sind, suchen wir Unterschlupf bei Freunden, die uns gewiss helfen werden.«

Rosa protestierte leise, denn sie war überzeugt, dass man an dieser Pforte bestimmt schon auf Leute wie ihn warten würde, doch Zinggen nahm an, dass die Stadt sich noch gegen die Angreifer verteidigte. Als das westliche Haupttor der Stadt vor ihnen auftauchte, wurde er eines Besseren belehrt. Ein Torflügel stand auf und gab den Blick auf die leere Wachstube frei, in der offensichtlich gekämpft worden war. Zinggen konnte nur annehmen, dass der Mittstädter Männer in die Stadt geschmuggelt und Kollaborateure bestochen hatte, die wenigen Wachen zu überwältigen und die Tore zu öffnen. Es war jedoch kein Soldat und auch sonst niemand am Tor und auf der Straße dahinter zu sehen, so als wäre der Ort schlagartig entvölkert worden. Ein kurzer Blick zurück verriet Zinggen, dass Mittstädter Truppen im Anmarsch waren, deren Ziel eindeutig die befestigte Stadt war. Fürst Ulrich musste sich seiner Sache sehr sicher sein, denn die Soldaten führten keine Kanonen mit, um die Tore zu beschießen.

Zinggen zerrte Rosa und Lady Mary mit sich durch das Tor und bog in die nächste Seitengasse ein, um nicht doch noch von den Soldaten gesehen zu werden und ihren Musketen zum Opfer zu fallen. Zielsicher führte er seine Begleiterin durch ein

Gewirr von Höfen und schmalen Durchgängen, die teilweise wenig einladend wirkten, und blieb schließlich vor dem Hinterhof eines schmalbrüstigen Hauses stehen, das gepflegter wirkte als die Nachbargebäude. Auf sein Klopfen hin erschien ein Mann, der noch kleiner und schmächtiger war als er und in der einfachen, aber ausgezeichnet verarbeiteten Tracht eines Schneiders steckte.

Meister Zwirn starrte zur Tür hinaus und sah offensichtlich nur einen Mann in derber Kleidung mit einem kleinen Lasttier und einer Weibsperson in seiner Begleitung. Abwehrend schüttelte er den Kopf. »Wir kaufen nichts!«

Er wollte die Tür wieder zuschlagen, da stellte Zinggen den Fuß dazwischen.

»Was soll das, alter Freund? Willst du mich etwa von deiner Schwelle jagen?«

Der Schneider riss die Augen weit auf. »Herr von Zinggen? Bei Gott, warum steckt Ihr denn in dieser entsetzlichen Kluft?«

»Hast du noch nichts davon gehört, dass Ulrich von Mittstadt Tresskau überfallen hat? Er ist gerade dabei, das Land zu besetzen, und ich habe keine Lust, den Rest meines Lebens in einer Kerkerzelle zu verbringen. Du musst uns eine Weile Obdach gewähren, bis die Lage sich beruhigt hat.«

»Obdach?« Meister Zwirn starrte Rosa an, als wollte Zinggen ihm eine Seuche ins Haus tragen. Dann nickte er leicht widerwillig, trat aus der Tür und lief zu einem kleinen Anbau, in dem er zwei Ziegen hielt und der gerade noch Platz genug für Lady Mary bot.

»Stellt Euer Pferdchen hier ein! Da fällt es niemandem auf.«

Zinggen nahm die Satteltaschen ab, drückte sie Rosa in die Hand, die unter dem Gewicht sichtlich einknickte, und überredete das Pony mit sanfter Stimme, sich neben die Ziegen zu quetschen. Wäre das Tier nur eine Handbreit länger gewesen, hätte sich die Tür nicht mehr hinter ihm schließen lassen. Zwirn wischte sich den Schweiß von der Stirn, führte Zinggen und Rosa ins Haus und richtete alles so geschickt her, als hätten die beiden schon immer bei ihm gewohnt.

So trafen die Mittstädter Soldaten, die am nächsten Tag auf der Suche nach der verschwundenen Fürstin die Stadt durchkämmten, im Haus des Schneidermeisters Zwirn diesen selbst, einen Gesellen und eine Dienstmagd an. Dem Ziegenstall gönnten sie nur einen kurzen Blick, ohne sich um das seltsam proportionierte Fohlen darin zu kümmern. Jeder Mensch in Tresskau hätte ihnen sagen können, dass in Meister Zwirns Haus noch nie eine Frau gelebt hatte, doch die Nachrichten über die Exzesse bei der Besetzung des Palastes waren so schockierend, dass die Bewohner der Stadt die Männer in Fürst Ulrichs Diensten bereits mit dem Stempel von Schurken versehen hatten.

13

Da Charlotte und Max die Umgebung der Stadt weitaus besser kannten als die Mittstädter oder gar die mit ihnen verbündeten Österreicher, erreichten sie unbehelligt eine der tief im Wald versteckten Köhlerhütten. Der ausgeräumte Meiler zeigte ihnen, dass der Besitzer so rasch nicht zurückkehren würde. Trotzdem war die Hütte nicht verschlossen, sondern nur mit einem einfachen Riegel versperrt. Max schob ihn kurzerhand zurück und trat mit vorgehaltener Pistole ein. Die Vorsicht war überflüssig, denn außer einer mit Birkenreisig und alten Schafsfellen belegten Lagerstatt, einer einfachen Feuerstelle und einem primitiven Kasten, der auch als Tisch diente und vor dem ein Holzklotz als Hocker stand, war die Hütte leer. Leider gab es auch keine Vorräte.

Gegen Mittag begann Georg Wilhelm zu quengeln und fragte immer wieder, wann endlich zu Tisch gerufen würde. Max nahm schließlich das Risiko auf sich und eilte in den Wald hinaus, um ein paar Beeren für den Jungen zu pflücken. Als er nach einer Weile zurückkam, grinste er über das ganze Gesicht und wies neben einer hübschen Ausbeute an Brombeeren auch einen in der Schlinge gefangenen Hasen vor.

»Wie es aussieht, wird ein Wilddieb heute ohne Beute bleiben. Aber ich dachte, wir könnten das Langohr besser brauchen als er.«

Charlotte hob abwehrend die Hände. »Das Feuer wird uns verraten.«

Max wies erst auf die von großen Feldsteinen eingefasste Feuerstelle und dann auf das mit Baumrinde gedeckte Dach. »Wie Ihr seht, gibt es hier keinen Kamin, Euer Durchlaucht. Der Rauch zieht einfach durch die Risse da oben ab und verteilt sich. Wenn wir kein feuchtes Holz nehmen, wird nur jemand, der direkt vor der Hütte steht, den Rauch bemerken.«

»Also gut! Versuchen wir es. Was ist mit den Pferden? Sollten wir die nicht auch verstecken?«

»Das ist längst geschehen, Euer Durchlaucht. Ich habe Fatima und Osmin in die kleine Schonung hinter der Hütte gebracht. Wenn Ihr mir bitte folgen wollt? Ich zeige Euch, wo sie stehen, damit Ihr im Notfall rasch fliehen könnt.«

Charlotte nickte bekümmert und folgte Max zu dem Platz, an dem die beiden Pferde so missmutig an den Grashalmen rupften, als vermissten sie ihre tägliche Portion Hafer. Als sie zurückkamen, war Georg Wilhelm heißhungrig über die Beeren hergefallen und hatte keine einzige übrig gelassen. Charlotte betrachtete kopfschüttelnd ihren Sohn, dessen Wangen und Hände von Beerensaft trieften, doch sie schalt ihn nicht, sondern wischte ihm das Gesicht ab. Max hatte unterdessen trockenes Holz gesucht und entfachte nun mit dem Zunder, den er in einer Schachtel auf einem der Querbalken gefunden hatte, ein Feuer. Dann weidete er den Hasen aus und steckte ihn auf einen Ast. Nicht lange, da wehte der angenehme Geruch bratenden Fleisches durch die Hütte. Georg Wilhelm, den die Beeren nur kurz gesättigt hatten, schaute Max interessiert zu und fragte schließlich, weshalb er diese Arbeit denn nicht der Köchin überlassen würde.

»Anne ist doch im Schloss zurückgeblieben«, antwortete Max lächelnd.

Georg Wilhelms Kindergesicht verdüsterte sich. »Diese elende Kreatur! Dafür werde ich sie züchtigen lassen, wenn ich erst einmal Fürst bin.«

»So etwas will ich nicht hören!« Charlotte blickte ihren Sohn strafend an.

Max schob sich zwischen den Jungen und seine Mutter und zwinkerte dem kleinen Burschen zu. »Aber Euer Hoheit! Wie könnt Ihr nur so schlecht von der armen Anne denken. Der böse Fürst Ulrich hat unser Schloss überfallen und sie gefangen genommen. Dafür kannst du die arme Frau doch nicht bestrafen. Sie wäre gewiss lieber mit uns gekommen, als von Ulrich in einen Kerker gesteckt zu werden.«

Der Junge legte den Kopf schief und blickte nachdenklich zu Max auf. »Das verstehe ich. Anne konnte ja auch nicht mit uns fliehen, weil sie nicht reiten kann.«

Max unterdrückte ein Auflachen. »Das ist richtig. Dafür hat sie mit den anderen zusammen das Schloss verteidigt, damit Eure Hoheit und Ihre Durchlaucht entkommen konnten. Glaubt Ihr nicht, dass sie dafür eher eine Belohnung verdient hätte?«

Georg Wilhelm nickte. »Ja! Wenn ich zurückkomme, darf sie meinen leckersten Nachtisch essen. Aber sag mal, warum hast du denn nicht unser Schloss mit verteidigt?«

Max war erleichtert, als Charlotte ihm beisprang. »Aber Görgli, als Fürstin und Erbprinz können wir doch nicht ohne Gefolge verreisen wie einfache Leute«, rief sie scheinbar empört.

»Max bildet also unser Gefolge.« Georg Wilhelm betrachtete den jungen Mann, als hätte er ganz neue Facetten an ihm kennen gelernt. Max nickte und wies auf den Hasen, der an einer Seite bereits recht braun zu werden drohte.

»So ist es, Euer Durchlaucht. Erlaubt, dass ich mich jetzt wieder meinen Pflichten als Koch zuwende.«

Georg Wilhelm erlaubte es ihm gnädig, doch als er einige Zeit später auf dem zähen, ungewürzten Hasenfleisch herumkaute, konnte er sich einen gewissen Tadel nicht verkneifen.

»Die Anne kocht aber viel besser als du, Max!«

»Da haben Sie wohl Recht, Euer Hoheit. Auch ich würde es keine zwei Tage bei mir aushalten, wenn ich mich selbst verköstigen müsste.«

Charlotte lachte hell auf, während der Junge damit kämpfte, den Satz richtig zu verstehen.

»Aber du kannst doch gar nicht von dir weggehen, Max«, stellte er nach einer Weile verwirrt fest.

»Darum bin ich ja auch froh, dass im Schloss die Anne kocht und nicht ich. Für heute aber werden Euer Hoheit sich mit meinen Küchenkünsten begnügen müssen.« Max gelang es nicht nur, den Jungen zum Essen zu bewegen, sondern auch Charlotte zu beruhigen, und dafür war sie ihm dankbar. In seiner Nähe fühlte sie sich sicher und fand die Ruhe, über all das nachzudenken, was in den letzten Stunden auf sie eingestürmt war.

»Dem Mittstädter standen sowohl österreichische als auch ungarische Truppen zur Verfügung. Also muss der Kaiser selbst hinter dem Ganzen stecken.«

Max wiegte unschlüssig den Kopf. »Das ist möglich. Aber ich vermute, dass dieser jesuitische Eiferer, den Ulrich nach Mittstadt geholt hat, seine Hände im Spiel hat. Ich habe in Wien allerlei Gerüchte über den großen Einfluss gehört, den dieser Bartoluzzi und andere Schwarzkittel dort am Hof ausüben, und könnte mir vorstellen, dass der Mann ein paar der Truppen, die gegen die Türken ziehen sollen, hierher geholt hat.«

»Ohne Wissen des Kaisers? Das glaube ich nicht. Auf alle Fälle sind kaiserliche Truppen gekommen, um meinen Sohn wider jegliches Recht um sein Erbe zu bringen, statt gegen den schlimmsten Feind der Christenheit zu ziehen.« Charlotte zog ein Gesicht, als würde sie am liebsten schnurstracks nach Wien eilen und dem Kaiser den Hals umdrehen.

Max konnte es ihr nicht verdenken. Sie hatte alles getan, um ihrem Sohn den Thron zu erhalten, und er konnte ihr ansehen, dass sie sich auch jetzt nicht geschlagen geben wollte. »Vielleicht war die Nachricht vom Türkenüberfall gefälscht, um uns von unseren Truppen zu entblößen. Dem Mittstädter und seinem jesuitischen Betbruder würde ich solch einen gemeinen Betrug durchaus zutrauen. Wir sollten uns so schnell wie möglich nach Sachsen durchschlagen, denn dort werden wir mehr erfahren.«

»Du bist also auch der Meinung, es sei das Beste, August den Starken aufzusuchen? Ja, er dürfte der Einzige sein, der über genügend Macht und Einfluss verfügt, Ulrich von Mittstadt in seine Schranken zu verweisen.«

Charlottes Wortwahl und ihr Mienenspiel verrieten, dass sie Max nicht länger als Untergebenen betrachtete, sondern als Freund.

Er lächelte und fasste nach ihren Händen. »Den Einfluss besitzt er gewiss. Ihr werdet sehen, es wird wieder alles gut. Doch nun solltet Ihr Euch ein wenig hinlegen und schlafen. Es liegt eine harte Nacht vor uns.«

14

Als Charlotte und Max kurz nach Einbruch der Dämmerung aufbrachen, wimmelte das Land von Soldaten, die jeden Stein umdrehten, um die verschwundene Fürstin und ihren Sohn aufzuspüren. Daher mussten die Flüchtlinge sich zu Fuß durch unwegsames Gelände schlagen und weite Umwege in Kauf nehmen. Sie führten die Pferde am Zügel und wanderten schweigend durch die Nacht, bereit, bei jedem zweifelhaften Geräusch in Deckung zu gehen. Als der sich heller färbende Osthimmel sie mahnte, dass es an der Zeit war, sich ein neues Versteck zu suchen, hatten sie noch nicht die Hälfte des Weges zur nächstgelegenen Grenze zurückgelegt. Max erinnerte sich an eine kleine Höhle im Steilufer eines Baches, der in die Saale mündete, und führte Charlotte und den Jungen dorthin. In dem Moment, in dem sie in die Schlucht steigen und das letzte Stück Weges zur Höhle im Wasser zurücklegen wollten, nahmen sie eine Bewegung wahr und ahnten, dass sie gesehen worden waren. Sie konnten noch den Umriss einer Frau erkennen, die zwischen den Bäumen zu ihnen herüberstarrte und blitzschnell verschwand.

Max riss die Pistole heraus, ließ sie aber mit einem ärgerlichen Laut wieder sinken. Der Schuss hätte sie verraten. Er drehte sich zu Charlotte um, die müde an ihrer Stute lehnte und ihren völlig erschöpften Sohn im Sattel festhielt, und wusste, dass es keinen Sinn hatte, weiterzuziehen. In wenigen Augenblicken würde die Sonne über den Horizont aufsteigen und das Land in helles Licht tauchen, so dass sie weithin zu sehen sein würden.

»Vielleicht war es nur eine alte Kräuterfrau, die auf der Suche nach bestimmten Pflanzen war«, sagte er, um Charlotte und sich selbst Mut zu machen.

Sie nickte mit verkniffener Miene. »Wahrscheinlich hast du Recht. Sie hat keinen Grund, uns an Ulrich zu verraten.«

Max hätte ihr ein Dutzend Gründe nennen können, und der wahrscheinlichste war Geld. Aber sie hatten keine andere Wahl, als die Höhle aufzusuchen, denn in der Ferne erklangen die Rufe der feindlichen Patrouillen, die noch immer auf der Suche nach ihnen waren. Er packte den schnaubenden Osmin fester am Zügel und führte ihn in den engen, gut fünf Klafter tiefen Spalt zwischen den steil aufragenden Wänden der Schlucht. Charlotte musste sich zwingen, ihm zu folgen, sie hatte keine Kraft mehr. Seit dem Tod ihres Gemahls hatte sie sich nicht mehr so zerschlagen und innerlich wund gefühlt. Doch gerade um Carl Antons willen durfte sie nicht aufgeben, sondern musste seinen und ihren Sohn vor dem Zugriff seines mörderischen Oheims bewahren.

Die Höhle war kleiner, als Max sie in Erinnerung hatte. Wohl konnten sie die Pferde darin verstecken, doch sie selbst fanden nur am Eingang Platz. Zum Glück waren beide Ufer von schier undurchdringlichem Gestrüpp bedeckt, das jede Annäherung durch Rascheln und das Krachen trockener Zweige verriet. Für Max bedeutete es jedoch, den ganzen Tag Wache halten zu müssen, damit sie nicht überrascht wurden, obwohl sein Körper sich nach Schlaf sehnte. Diesen Tag wirst du wohl noch durchhalten, schimpfte er mit sich selbst, während er Charlotte half, ein Lager für den völlig übermüdeten Jungen zu richten.

Obwohl das Bett des kleinen Prinzen nur aus ein paar Zweigen und etwas Gras bestand, schlief der Junge schneller ein als auf den Daunenkissen im Palast. Auch Charlotte legte sich nieder und schloss die Augen. Max konnte jedoch nicht erkennen, ob sie schlief oder nur still ihren Gedanken nachhing. Während er sie betrachtete, wurde ihm nicht zum ersten Mal bewusst, dass sie die schönste und mutigste Frau war, die er je kennen gelernt hatte, und er sie inniger liebte als alles andere auf der Welt. Er brauchte nur den Arm auszustrecken, um sie zu berühren, und dennoch war sie weiter von ihm entfernt als der Mond. Am liebsten hätte er sie an sich gerissen und ihr seine Liebe gestanden, doch das hätte ihr Verhältnis auf immer zerstört. Charlotte war eine Fürstin aus uraltem Adel und er trotz aller Wohltaten, die Baron Zinggen ihm hatte zukommen lassen, nur ein abgeschobener Sohn einer verarmten, einflusslosen Familie.

Ein Geräusch am anderen Ufer setzte seinen sehnsuchtsvollen Betrachtungen ein Ende. Er blickte auf und zog die Pistole, bereit, alles zu tun, um der ihm anvertrauten Frau mit ihrem Kind die Flucht zu ermöglichen. Doch statt der erwarteten Soldaten sah er nur den Umriss einer altersverkrümmten Frau zwischen den Büschen und eine Hand, die einen Gegenstand schwenkte und ihn dann auf die Uferkante stellte. Dann löste sich die Gestalt wie ein flüchtiger Schatten auf. Neugierig geworden watete Max durch das Wasser und kletterte nach oben. Dort stand ein alter Korb, der mit einem zerschlissenen, aber sauberen Tuch zugedeckt war. Darunter fand er einen halben Laib schwarzes Brot, einen Steinguttopf mit Schmalz und mehrere Rettiche. Es war das Essen armer Leute, ihm aber war es nun willkommener als ein Festmahl im Schloss. Rasch kehrte er mit seinem Fund zum Versteck zurück und weckte die beiden Schläfer auf. Georg Wilhelm rieb sich die Augen und murmelte schlaftrunken, dass er hungrig sei.

»Darf ich Euer Hoheit zu Tisch bitten«, antwortete Max lachend. Er zog sein Messer, schnitt eine Scheibe Brot ab und bestrich sie dick mit Schmalz. Der Junge krauste ein wenig die Nase, als Max ihm die erste Scheibe reichte, biss aber beherzt hinein und kaute etwas zögernd darauf herum. Dann aber verschwand der Rest schnell hinter seinen Zähnen, und er bat um mehr. Er erhielt auch einen Rettich, der ohne Salz ein wenig scharf schmeckte, aber ebenso schnell verputzt wurde wie das Brot. Auch Charlotte zögerte nicht zuzugreifen, denn in ihrer Kindheit hatte es kaum etwas Besseres gegeben, und Max aß mit dem gesunden Appetit eines Mannes, der wusste, dass noch ein harter Weg vor ihm lag. Als der Korb leer war, legte er einen blanken Taler hinein und brachte ihn wieder dorthin, wo er ihn gefunden hatte.

»Wir werden wohl nie erfahren, wer unsere Wohltäterin war, aber sie soll ihren Lohn erhalten, auch wenn wir unser Geld zusammenhalten müssen«, sagte er zu Charlotte, als er zurückkehrte.

Die Fürstin verzog ein wenig das Gesicht. »Ich hätte klüger sein und meinen Schmuck mitnehmen müssen. Den hätten wir unterwegs verkaufen können. So sind wir auf die wenigen Münzen aus der alten Börse meines verstorbenen Gemahls angewiesen.«

»Nicht ganz. Pößnitz hat mir vor unserer Flucht noch einen Beutel mit Goldmünzen zugesteckt, von dessen Inhalt wir uns einige Jahre lang ernähren könnten, wenn wir uns eine einfache Bleibe suchen und bürgerlich leben wollten. Aber das Geld dürfte nicht reichen, Euch in Sachsen standesgemäß auftreten zu lassen.«

»Als einer vom Feind vertriebenen Witwe wird man mir hoffentlich nachsehen, wenn ich nicht mit Samt und Seide prunke.« Charlotte winkte ab und legte sich wieder hin. Doch während sich ihr Sohn nach der ausgiebigen Mahlzeit wie ein kleines Kätzchen zusammengerollt hatte und nun in einem Traumreich schwebte, in dem er nicht auf Gras liegen und Schwarzbrot mit Schmalz essen musste, wollte sich bei Charlotte der Schlaf nicht wieder einstellen. Sie setzte sich neben Max und blickte auf das rasch fließende Wasser zu ihren Füßen hinab. »Glaubst du wirklich, dass wir Ulrichs Häschern entkommen können?«

»Natürlich werden wir das, und ich bin auch fest davon überzeugt, dass wir zurückkehren und Tresskau von ihm befreien werden!«

»Wenn du es sagst, klingt es so selbstverständlich, dass ich es zu glauben beginne.« Charlotte lächelte versonnen und legte ihm die Hand auf die Schulter. Die Berührung ging ihm durch und durch, und er musste an sich halten, um sie nicht in seine Arme zu reißen und ihr zu sagen, um wie viel begehrenswerter sie war als jede andere Frau. Zu seinem nicht geringen Schrecken lehnte sie auch noch ihren Kopf gegen seine Schulter.

»Ich bin froh, dass du bei uns bist, Max. Auf dich konnte ich mich immer verlassen, selbst als du noch Zinggens Page warst. Weißt du noch, wie du mich damals auf der Veldenburg davor bewahrt hast, gegen das Kutschenrad zu laufen?«

Max blickte sie erstaunt an. »Daran erinnert Ihr Euch noch, Euer Durchlaucht?«

»Freilich! Ich war damals fürchterlich aufgeregt, weil Herr von Zinggen ausgerechnet mich, die als die Hässlichste unter den Töchtern unserer Familie galt, als Braut für den Fürsten von Tresskau erwählt hatte.«

»Ihr seid nicht hässlich, sondern eine wunderschöne und edle Frau«, brach es aus Max heraus.

Charlotte lächelte versonnen. »So etwas hört jede Frau gerne.« Die ungewohnte Nähe und die Wärme seines Körpers, die sie durch die Kleidung hindurch spürte, erregten sie in einer

Weise, wie sie es noch nie erlebt hatte. Wenn ihr Gemahl während der wenigen Monate ihrer Ehe zu ihr gekommen war, hatte es ihr recht gut gefallen, doch sie wäre nie auf den Gedanken gekommen, ihn aufzusuchen und ihn zu bitten, sie zu lieben. Nun aber machten sich die sechs Jahre ihres durch den Witwenstand bedingten Zölibats bemerkbar, und sie spürte, wie ihre Gefühle nach Erfüllung schrien. Wahrscheinlich, dachte sie, hatte der Schrecken über den Überfall der Mittstädter Schleusen in ihr geöffnet, die sie aus eigener Kraft nicht mehr würde schließen können.

»Wie war das mit Zinggen und dir, Max?«, fragte sie, als sie sich daran erinnerte, wie eifersüchtig sie auf den kleinen Baron gewesen war.

Max zog die Schultern nach vorne und kämpfte um die richtige Antwort. Im ersten Augenblick wollte er ihr schon sagen, dass sie derart intime Dinge nichts angingen, doch dann erwachte der Trotz in ihm. »Warum sollte ich mich dessen schämen? Der Baron hat mich nach dem Tod meiner Eltern meinen Verwandten abgekauft, die froh waren, einen unnützen Esser loszuwerden, mich erziehen lassen und zu seinem Pagen gemacht. Ich glaube nicht, dass er es nur getan hat, damit ich ihm sein Bett wärme, denn er hat mich lange Zeit nicht angefasst, obwohl die anderen Pagen und die Diener im Schloss es angenommen und mich verspottet haben. Wahrscheinlich war gerade der Spott auf den Mann, dem ich so viel zu verdanken hatte, der Grund, warum ich, als ich vierzehn wurde, freiwillig zu ihm ging und mich ihm hingab. Ich kann Euch nur versichern, dass nichts Schmutziges und Abstoßendes zwischen mir und Baron Zinggen geschehen ist.«

Charlotte war klar, dass ein schlechtes Wort über den kleinen Baron ihr Max mit einem Schlag entfremden würde, und sie achtete ihn deshalb noch mehr. »Herr von Zinggen ist der edelste

Mensch, den ich je kennen gelernt habe, und in gewisser Weise bedauere ich, dass er sich nichts aus Frauen macht. Wäre es anders, hätte ich die letzten Jahre wohl nicht allein in meinem kalten Bett verbringen müssen.« Der bittere Tonfall, mit dem sie es sagte, stachelte Max' Leidenschaft noch mehr an. Er glaubte zu spüren, dass sie auf den ersten Schritt wartete, und kämpfte einen Moment gegen seine Gefühle an. Dann nahm er ihren fragenden Blick wahr, zog sie an sich und überschüttete ihr Gesicht mit Küssen.

Charlotte erschrak für einen Augenblick vor so viel Leidenschaft, spürte aber gleichzeitig ein Feuer in sich, das sie zu verbrennen drohte. Keuchend öffnete sie ihr Mieder, um ihre Brüste zu befreien, dann aber fehlte ihr die Geduld, sich völlig auszuziehen. Sie zog Rock und Unterröcke hoch und gab sich der fordernden Leidenschaft des Mannes hin.

Noch lange, nachdem sie zur Erfüllung gekommen waren, lagen Charlotte und Max eng aneinander gepresst da, sprachen aber nicht miteinander, sondern hingen ihren Gedanken nach. Sie schämte sich ein wenig ihrer Zügellosigkeit und beobachtete ihren Sohn, um festzustellen, ob das Kind etwas gemerkt hatte. Georg Wilhelm bewegte sich leicht im Schlaf und strahlte über das ganze Gesicht, als würde er süß träumen. Daher beruhigte sie sich wieder, gab sich dem Widerhall der Gefühle hin, die ihren Körper noch immer wie eine Glocke schwingen ließen, und beschloss, nichts zu bereuen.

Max hingegen kämpfte mit seinem schlechten Gewissen und wusste nicht, wie er sich zu der Situation stellen sollte. »Wir hätten es nicht tun dürfen, Euer Durchlaucht. Nun vermag ich Euch nicht mehr in die Augen zu sehen.«

»Oh doch, das wirst du! Du warst mir immer ein treuer Freund, und das wirst du auch weiterhin bleiben. Sieh das, was geschehen ist, als Dank für deine selbstlosen Bemühungen an, mich und meinen Sohn zu retten.«

»Ganz so selbstlos war es nicht! Ich führe in Tresskau ein schönes Leben, das Fürst Ulrich mir zumindest vorerst genommen hat und das ich wiederhaben will.« Max lachte bitter auf und schob sich von Charlotte fort.

Seine Wärme fehlte ihr sofort, doch sie sagte sich, dass sie ihn nicht zu sehr bedrängen durfte. Schnell versuchte sie, ihm die Schuldgefühle zu nehmen. »Es war wunderschön, und ich bin froh, dass wir es getan haben! Du bist ein guter Liebhaber und wirst die Frau, die du einmal heiraten wirst, sehr glücklich machen.«

Kaum hatten die Worte ihren Mund verlassen, empfand sie eine heftige Abneigung gegen das weibliche Wesen, mit dem Max einmal das Ehebett teilen würde. Max aber starrte in die Ferne und schüttelte gedankenverloren den Kopf. »Wer einmal von den Früchten des Paradieses gekostet hat, wird sich später nicht mit Rettichen zufrieden geben können.«

Charlotte lachte hell auf. »Max, an dir ist ja ein Poet verloren gegangen!«

Irgendwie hatten seine Worte sie jedoch beruhigt. Sie ordnete ihre Kleidung und rollte sich zusammen. »Jetzt bin ich müde genug, um noch ein wenig zu schlafen.«

15

In der folgenden Nacht kamen sie besser voran, da die Mittstädter und ihre österreichischen Verbündeten hauptsächlich die Umgebung der Festung Saalstein absuchten und sich ansonsten damit begnügten, die grenznahen Bereiche möglichst lückenlos zu überwachen. Die Soldaten machten jedoch so viel Lärm, dass die Flüchtlinge früh genug gewarnt wurden.

Max wartete einen günstigen Moment ab und führte seine Schutzbefohlenen im Rücken eines Trupps zu einem Bachbett, dessen Ufer durch dichtes Erlengestrüpp gesäumt wurden.

Er brachte seinen Mund so dicht an Charlottes Ohr, dass er ihren Duft und ihre Wärme qualvoll nahe spürte. »Wenn wir bergauf durch das Wasser steigen, kommen wir ins Sächsische hinüber.«

»Dann wollen wir hoffen, dass unsere Feinde keinen Posten am Ufer aufgestellt haben, der die Reiter herbeirufen kann.« Charlotte stieg ins Wasser und krauste die Nase, als es unangenehm kalt in ihre Schuhe schwappte. Ihre Sohlen fanden auf den moosigen Steinen kaum Halt, und so musste sie sich an Fatima festhalten und vorsichtig Schritt vor Schritt setzen. Zum Glück schien die Stute zu spüren, dass sie ihre Herrin stützen musste, denn sie ging langsam und ungewohnt ruhig. Georg Wilhelm, der zwischendurch auf Fatimas Rücken geschlafen hatte, war hellwach und klammerte sich stumm an ihre Mähne. Mehr als einmal mussten die Flüchtlinge stehen bleiben, damit kein Platschen sie verriet, denn die österreichischen Patrouillen kamen auf beiden Seiten so dicht an das Bachbett, dass sie sich Parolen und knappe Berichte zurufen konnten. Charlotte legte Fatima jedes Mal die Hand auf die Nüstern, um sie am Schnauben zu hindern, und stand wie versteinert im Wasser, während ihre Häscher so nahe an sie herankamen, dass sie sogar leise geführte Gespräche verstehen konnten.

»Langsam wird es mir fad«, maulte einer der Soldaten, der sein Pferd halb in das Gebüsch getrieben hatte und mit dem Säbel auf die Zweige einhieb. »Jede Nacht hauen wir uns um die Ohren, um nach einer Fürstin zu suchen, die wir eh nimmer finden werden. Für mein Gefühl ist die schon längst in Sachsen drüben.«

Einer seiner Kameraden schnaubte verärgert. »Sag das nicht zu laut, Martl, sonst hört es der Korporal und lässt dich strafexerzieren.«

»Das wäre mir noch alleweil lieber als das, was wir jetzt tun«, hörte Charlotte noch, der Rest ging im Getrappel der Hufe unter.

»Diesmal war es sehr knapp«, flüsterte sie erleichtert.

»Der Mensch muss auch einmal Glück haben«, erklärte Max und entblößte seine Zähne zu einem freudlosen Lachen.

Charlotte sah sie im Licht des erwachenden Morgens weiß aufblitzen und unterdrückte den Wunsch, ihn zu küssen. Es hätte ihn nur verwirrt, und das wollte sie nicht riskieren, denn ihr Sohn und sie waren ganz auf seinen Verstand und seine Findigkeit angewiesen. Nach einer kurzen Weile schien ihm die Luft rein genug, und er forderte sie leise auf, weiterzugehen.

Irgendwann, nachdem sie eine halbe Ewigkeit durch die Kälte gewatet war, ließen Charlottes Kräfte nach. Ihre Füße schienen aus Eisklumpen zu bestehen, und sie musste die Zähne zusammenbeißen, damit sie nicht laut und vernehmlich klapperten. Ein paar Mal noch hatten sie die Österreicher gehört, aber zu ihrer Erleichterung waren sie nicht mehr so nahe gekommen, dass sie sie hätten entdecken können, und seit etwa einer Stunde war kein anderer Laut mehr zu vernehmen gewesen als das Gezwitscher der Vögel, die den Sonnenaufgang begrüßten. Charlotte fühlte sich so zermürbt, dass sie selbst bereit gewesen wäre, sich von ihrem Feind Ulrich aus dem Wasser ziehen zu lassen, so sehr sehnte sie sich nach ein wenig Wärme und Behaglichkeit. Außerdem machte ihr der Magen mit heftigem Knurren klar, dass die aus Schmalzbrot und Rettichen bestehende Mahlzeit schon geraume Zeit zurücklag.

Plötzlich prallte sie gegen Osmins Hinterhand und rutschte aus, doch Max griff im selben Moment zu und verhinderte, dass sie ins Wasser stürzte. »Ich glaube, wir sind weit genug gekommen und können das Bachbett verlassen. Trotzdem müssen wir vorsichtig sein, denn ich traue unseren Verfolgern durchaus zu, die Landesgrenze zu überqueren, um uns in die Hände zu bekommen.«

Charlotte nickte erschöpft. »Ich bin froh, wenn ich wieder auf Fatimas Rücken sitzen kann. Meine Beine wollen mich keinen Schritt mehr tragen.«

»Nur noch ein kurzes Stück, dann könnt Ihr aufsitzen.« Max fasste Osmins Zügel kürzer und trieb ihn das recht steile Ufer hoch. Charlotte wollte ihm mit Fatima folgen, doch ihr fehlte die Kraft. So band Max den Hengst an einen Erlenstumpf, stieg zu ihr hinunter und hob sie kurzerhand hinter Georg Wilhelm in den Sattel. Dann führte er die Stute vorsichtig die Böschung hinauf und reichte Charlotte die Zügel.

»Werdet Ihr es schaffen?«, fragte er besorgt.

Charlotte atmete erleichtert auf und schenkte ihm ein zittriges Lächeln, das Max mit einem fast übermütigen Grinsen beantwortete. Er sah sich noch einmal sorgfältig um und lauschte, ob irgendwo das Trappeln von Pferdehufen oder ein Alarmruf erklang, und als er nichts feststellen konnte, schwang er sich erleichtert in den Sattel und ritt los. Das erste Stück legten sie im Schritt zurück, um ihre Verfolger nicht durch ihre eigenen Hufschläge auf sich aufmerksam zu machen, doch gerade als Max hoffte, ein schnelleres Tempo vorlegen zu können, traf der Pfad, dem sie folgten, auf einen größeren Weg, auf dem eine Straßensperre errichtet worden war. Zum Umkehren war es zu spät, denn die Soldaten dahinter hatten sie schon gesehen und richteten ihre Musketen auf sie.

»Näher kommen und Hände von der Waffe, sonst schießen wir!«, schnarrte eine befehlsgewohnte Stimme. »Wer seid Ihr?«

Max beschloss, alles auf eine Karte zu setzen. »Ihr seht Ihre Durchlauchtigste Hoheit Charlotte Louise Karola Amelia, Fürstin von Sachsen-Saalstein-Tresskau, und Seine Fürstliche Hoheit, Erbprinz Georg Wilhelm, vor Euch!«

Jenseits der Straßensperre klangen überraschte Rufe auf. »Seht ihr, bei den vornehmen Herrschaften muss immer die Form gewahrt bleiben«, hörte er einen Mann im breitesten Sächsisch sagen. Dem kommandierenden Leutnant schien das Licht der Sonne, das spärlich durch das dichte Blätterdach fiel, nicht auszureichen, denn er befahl einem Untergebenen, eine Laterne anzuzünden. Als das geschehen war, trat er auf Charlotte zu und reckte sich, um ihr Gesicht im Schein des flackernden Dochtes zu betrachten. Ein kurzer Blick schien ihn davon zu überzeugen, dass Max die Wahrheit gesagt hatte, denn er reichte die Laterne mit einem zufriedenen, aber auch ein wenig entschuldigenden Nicken seinem Korporal und salutierte.

»Thaddäus Schriefling vom Dragonerregiment Dünewald zu Gnaden. Ich bin erfreut, Euer Durchlaucht im Kurfürstentum Sachsen begrüßen zu können.«

Charlotte sank erleichtert im Sattel zusammen. Ihre Flucht war gelungen.

16

August der Starke bestätigte Charlottes Verdacht, einem bösen Spiel des Mittstädters zum Opfer gefallen zu sein, und tobte vor Zorn über diesen dreisten Betrug. Dabei bedachte er Fürst Ulrich mit Bezeichnungen, die ebenso beleidigend wie ehrabschneidend waren, und nichts mehr an ihm erinnerte an den kranken, scheinbar bereits dem Tode geweihten Mann, den

Charlotte vor zwei Jahren angetroffen hatte. Er war wieder der Titan, als den ihn die Welt kannte, ein wohlbeleibter Titan zwar, aber ebenso maßlos in seinem Zorn wie die Söhne des Kronos.

»Ihr werdet Euer Fürstentum zurückerhalten, meine Liebe, oder man soll mich nicht mehr August den Starken, sondern August den Schwächling nennen. Ich werde die sächsische Armee umgehend in Marsch setzen, um diesen Ulrich aus Eurem Land zu werfen«, rief Friedrich August dröhnend.

Charlotte wollte ihm schon zurufen, was für ein großartiger Herrscher er sei und wie glücklich sie war, ihn als Freund und Beschützer zu haben, als sie wahrnahm, dass etliche Leute seines Hofstaats auf seinen Ausbruch mit betretenen Mienen und abwehrenden Gesten reagierten. Der Erbprinz, in helles Blau und Gold gekleidet, stand wie zu Stein erstarrt neben einer Säule. Sein gepudertes Gesicht war so weiß wie seine Perücke, und er hielt die rechte Hand seiner Gemahlin umfasst, als suche er bei ihr Halt. Maria Josephas Miene wirkte wie eingefroren, und sie schien sich des Gefühlsüberschwangs ihres Schwiegervaters zu schämen. Für einen Augenblick hatte Charlotte das Gefühl, als würden all ihre Hoffnungen, die sie auf den Sachsenherrscher gesetzt hatte, im Nichts zerrinnen, dann aber sah sie in die kämpferische Miene des Kurfürsten und atmete erleichtert auf. Der überaus herzliche Empfang, den August der Starke ihr hatte zukommen lassen, unterstrich sein Versprechen, ihr möglichst bald die Rückkehr nach Tresskau zu bahnen.

Sie und Max waren am späten Abend in Dresden eingetroffen und hatten zu ihrer Erleichterung erfahren, dass der Kurfürst derzeit hier Hof hielt und nicht in Warschau. Da ihr Kleid auf der Flucht stark gelitten hatte und sie auch sonst nicht hoffähig zu nennen war, hatten Madame Aiguille und ihre Näherinnen auf Schlaf verzichtet und ihr eine dunkelblaue Robe angefertigt, die ihr eine gewisse Würde als Fürstenwitwe und Mutter verlieh. Die Modistin hatte ein Wunder vollbracht, denn das Kleid passte ihr wie angegossen, auch wenn das Dekolleté Charlottes Ansicht nach ein wenig zu offenherzig geraten war. Die Augen des Kurfürsten waren auch prompt an ihrem Ausschnitt hängen geblieben und begehrlich aufgeflammt. Offensichtlich hatte sein Verlangen seinen Entschluss verstärkt, sich für sie in die Bresche zu werfen, denn er kam nach seinen viel versprechenden Worten auf sie zu, reichte ihr den Arm und führte sie mit gestelzten Schritten durch den Saal. Plötzlich blieb er stehen, berührte ihren Hals und ließ seine Finger bis auf die beiden warmen Hügel herabwandern, die von Madame Aiguilles Werk so prachtvoll in Szene gesetzt worden waren.

»Zu einer Dame gehört Schmuck. Ich werde Euch morgen meinen Hofjuwelier schicken, damit Ihr wieder so auftreten könnt, wie es Eurem Rang entspricht.«

Charlotte knickste so tief, wie es ihr möglich war, nicht zuletzt, um seinem fordernden Zugriff zu entgehen, der ihr unangenehm war. »Euer Majestät sind zu gütig.« Unwillkürlich dachte sie, dass ihr der Befehl an die sächsischen Truppen, Ulrich aus Tresskau zu vertreiben, lieber gewesen wäre als aller Schmuck dieser Welt. Doch August der Starke gab, wenn er es tat, mit beiden Händen.

»Ihr werdet auf Schloss Pillnitz wohnen. Dort werde ich Euch morgen aufsuchen«, fuhr der Kurfürst fort.

Charlotte knickste erneut und konnte nur wieder mit der gleichen Phrase antworten. »Euer Majestät sind zu gütig.«

Sie hatte Schloss Pillnitz bei einem ihrer Aufenthalte in Dresden besichtigt und wusste, dass August der Starke es für eine seiner bekanntesten Mätressen, Gräfin Cosel, hatte errichten lassen. Die Dame wohnte jedoch schon lange nicht mehr darin, sondern war ihres Einflusses beraubt in der Festung Stolpen eingekerkert worden. Charlotte gefiel es nicht, ausgerechnet dort untergebracht zu werden, es erschien ihr als böses Omen. Zudem hatte der Kurfürst ihr damit vor aller Ohren deutlich gemacht, dass er einen gewissen Dank für seine Bemühungen erwartete. Mit einem leichten Erröten dachte sie an das, was sich zwischen ihr und Max abgespielt hatte, und fragte sich, ob sie für diesen Mann ähnliche Gefühle würde aufbringen können. Wahrscheinlich nicht, sagte sie sich, aber sie musste nun einmal den Preis bezahlen, den der Kurfürst von ihr forderte.

»Erlaubt mir, mich zurückziehen zu dürfen, Euer Majestät. Ich bin müde und erschöpft von den Ereignissen in Tresskau und meiner Flucht.« Charlotte knickste ein drittes Mal und erhielt gnädig die Erlaubnis, den Saal zu verlassen.

»Ruht Euch nur aus, meine Liebe, und vergesst nicht, ich komme Euch morgen besuchen«, rief ihr August der Starke noch nach.

Für einen Moment wünschte Charlotte sich, der Kurfürst wäre auch diesmal so krank wie bei ihrem letzten Aufenthalt in Dresden, lachte dann aber über sich selbst und ihre Ängste. In seinem damaligen Zustand hätte er ihr gewiss nicht helfen können, also war es besser, ihn jetzt bei Laune zu halten und dafür ihr Fürstentum zurückzubekommen.

Sie verließ den Saal und eilte zum Eingang, wo eine Kutsche bereitstand. Als sie die Treppe hinunterstieg, löste sich Max wie ein Schatten von der Hauswand, verbeugte sich und stellte ihr die Trittstufe hin, damit sie einsteigen konnte. Charlotte ärgerte sich, weil er sich wie ein einfacher Lakai benahm und damit ihre Hoffnung zunichte machte, in ihm einen Freund und Vertrauten zu finden, mit dem sie von gleich zu gleich reden konnte, und vielleicht auch einen diskreten Geliebten. Er gab sich jedoch so steif, als wäre nicht das Geringste zwischen ihnen vorgefallen, und trug ein so verschlossenes Gesicht zur Schau, dass sie ihn nicht einmal anreden mochte. Dabei hätte sie gerade jetzt jemanden gebraucht, dem sie ihr Herz ausschütten konnte. Wie so oft in den vergangenen Tagen dachte sie an Zinggen, den sie heftig vermisste, und fragte sich besorgt, ob er und Pößnitz den Angriff auf das Schloss überlebt haben mochten. Aber selbst wenn es so war, würde dieser elende Ulrich die beiden Männer und ihre anderen Getreuen inzwischen in der Veste Saalstein eingekerkert haben. Sie war die Einzige, die ihre Gefolgsleute befreien konnte, und das war ein Grund mehr für sie, sich August den Starken zu verpflichten.

Während Charlotte auf dem Weg zum Schloss Pillnitz ihre Bereitschaft auslotete, sich dem sächsischen Kurfürsten hinzugeben, stampfte dieser wie ein wütender Stier über das Parkett des großen Saales, rief mal diesen und mal jenen Höfling zu sich und gab den Befehl, die sächsischen Truppen zu alarmieren. Sein Sohn und seine Schwiegertochter quittierten jede seiner Äußerungen mit nervösen Blicken und schienen ihm mehrmals ins Wort fallen zu wollen. Aber Sitte und Zeremoniell verboten es ihnen, ihm vor allen Leuten zu widersprechen. Als der Kurfürst sich einige Zeit später in sein privates Kabinett zurückziehen wollte, um den natürlichen Bedürfnissen seines Körpers nachzugeben, folgten ihm die beiden auf dem Fuß.

Der Kurprinz hielt seinen sichtlich rot angelaufenen Vater auf. »Erlaubt, dass ich ein offenes Wort zu Euch spreche.«

Friedrich August blieb mit verkniffener Miene stehen und drehte sich zu ihm um. »Ist es so dringend, dass mir nicht die Zeit bleibt, meinen kleinen Thron aufzusuchen?«

»Es ist sehr dringend!«, rief seine Schwiegertochter mit vorgeschobenem Kinn. »Majestät, Ihr dürft keinen Krieg gegen den Fürsten von Saalstein führen!«

Das Gesicht des Kurfürsten verzerrte sich. »Und warum nicht?«

Maria Josepha straffte ihren Rücken und blickte ihren Schwiegervater hochmütig an. »Ich weiß aus sicherer Quelle, dass Seine Majestät, der Kaiser, Fürst Ulrichs Schritt gutheißt.«

»Seit wann sind Eure Spione besser als meine?«, fragte Friedrich August bissig.

»Mein Wissen stammt von keinem Spion, sondern von meiner Mutter, der Kaiserinwitwe. In ihrem letzten Brief hat sie ihrer Freude darüber Ausdruck verliehen, dass nun ganz Saalstein für die rechtmäßige Religion wiedergewonnen und der Tresskauer Erbstreit endgültig beigelegt werden wird.«

»Meine Gemahlin hat Recht!«, sprang der Kurprinz ihr bei. »Ich hörte ebenfalls, dass der Kaiser sich in der Tresskauer Frage für Fürst Ulrich entschieden hat. Wollt Ihr gegen den Willen des Kaisers handeln? Er ist unser engster Verbündeter, und wenn Ihr ihn erzürnt, raubt Ihr mir jede Möglichkeit, Euch auf den polnischen Thron folgen zu können. Habsburg wird es niemals zulassen, dass der Sejm jemanden wählt, der gegen seine Interessen gehandelt hat.«

August der Starke spürte das Drängen seines Körpers, der nach Erleichterung schrie, blieb aber dennoch stehen und starrte auf seinen Sohn, ohne ihn richtig wahrzunehmen. Seine Gedanken kreisten um Polen und die Mühen, die es ihn gekostet hatte, die Krone dieses Landes zu erlangen und sie zu bewahren. Er dachte an all die Ortschaften, Städte und Stifte, die er zu diesem Zweck verpfändet hatte und von denen die meisten nun zu Brandenburg-Preußen gehörten, und an den großen Krieg mit Karl XII. von Schweden, der ihn beinahe mit einem Fingerschnippen aus Polen verjagt, ihm die Krone abgenommen und Sachsen besetzt und ausgeplündert hatte.

Damals hatte er seine Ehre verraten und seinen Vertrauten Patkul dem Schweden ausgeliefert, der ihn auf besonders widerwärtige Weise zu Tode hatte foltern lassen. Wäre Karl XII. nicht später tief nach Russland vorgedrungen und bei einem Nest namens Poltawa von Zar Peter besiegt worden, hätte er den Rest seines Lebens als ungeliebter Dauergast in Wien oder als Herr einer winzigen Grafschaft fristen müssen, statt die Herrschaft über Sachsen und die polnische Krone zurückzubekommen. In Augenblicken wie diesem fragte August der Starke sich, ob der Thron in Warschau tatsächlich all der Mühen wert gewesen war. Gewiss, er durfte sich König nennen, ebenso wie der Kurfürst von Hannover sich König von England nannte und der Brandenburger König in Preußen. Doch diese beiden Throne waren unbestritten erblich, während in Polen die großen Magnaten und ihre Anhänger darüber entschieden, wer dem verstorbenen König auf ihren Thron nachfolgen durfte. Diese Leute ließen sich nur mit Geld überzeugen und forderten mehr, als man in einem Lebensalter aus diesem Land herausholen konnte.

»Ist es wirklich so erstrebenswert, König in Polen zu sein?«, fragte er seinen Sohn, wartete aber dessen Antwort nicht ab, da sein Körper mit aller Macht auf sein Kabinett zustrebte.

Der Kurprinz blickte seinem Vater mit verkniffener Miene nach und ballte die Fäuste. »Er darf nicht gegen Fürst Ulrich ziehen! Ich würde es nicht ertragen, wenn mir die polnische Krone versagt bliebe.«

Die Kaisertochter lächelte süffisant. »Wir werden Euren Vater schon dazu bringen, unserem Wunsch zu willfahren, mein Lieber. Ihr müsst nur auf meinen Rat hören. Ich werde sogleich mit seinem Beichtvater sprechen, und Ihr sucht so schnell wie möglich die sächsischen Offiziere auf und erklärt ihnen, dass sie jeden Befehl, Saalstein anzugreifen, mit Ausflüchten beantworten sollen. Schließlich seid Ihr der nächste Kurfürst, und Euer Vater ist ein alter Mann. Also werden sie sich Eure Huld bewahren wollen.«

Der Kurprinz verneigte sich leicht vor seiner zu allem entschlossenen Gemahlin. »Ich danke Euch für diesen Rat, meine Liebe. Die Armee wird gewiss auf unserer Seite sein, denn der Erbfall stand bei der schweren Erkrankung meines Vaters schon allen vor Augen. Sie wissen genau, dass auch ein August der Starke nicht ewig herrschen wird.«

»Nicht bei seinem Lebenswandel«, antwortete Maria Josepha kalt.

Ihr Gemahl zog den Kopf ein, denn er sprach dem Wein ebenfalls gerne zu und war gewiss kein Verächter des weiblichen Geschlechts, auch wenn er seine Liebschaften diskreter handhabte als sein Vater. In gewisser Weise stach ihm die Tresskauer Fürstin trotz ihrer Größe ebenfalls in die Augen. Es wäre ein Triumph für jeden Mann, sie unter sich zu spüren und vor Lust erbeben zu sehen. Für einen Augenblick überlegte er, ob er ihre Bekanntschaft suchen sollte, entschied sich aber dagegen. Eine Liaison mit ihr hätte ihn verpflichtet, sie zu unterstützen, und das konnte er sich nicht leisten.

»Ich werde noch einmal in Ruhe mit meinem Vater über die ganze Sache sprechen, und auch mit Flemming, der mir gewiss beipflichten wird. Seine Majestät wird nichts gegen den Willen seines Ersten Ministers unternehmen, dessen bin ich mir sicher.«

Maria Josepha maß ihn mit stolzem Blick. »Ich rate Euch, schnell zu handeln, mein Lieber, denn ich bin nicht Eure Gemahlin geworden, um Euch nur mit dem Fürstenhut von Sachsen bekleidet zu sehen.«

17

Diesmal erschien Charlotte das Schloss Pillnitz mit seinen lichten, der Repräsentation dienenden Räumen und den kleinen, diskreten Salons mit ihren weichen Fauteuils und den leicht zu schließenden Brokatvorhängen, in die die Gestalten nackter Göttinnen eingewebt waren, wie der Stein gewordene Traum eines Liebenden. Im Schlafzimmer der ehemaligen Besitzerin verriet ein Himmelbett mit tiefroten, goldbestickten Vorhängen ebenso die ihm zugedachte Bestimmung wie das große Gemälde einer schönen nackten Frau, die in verführerischer Pose unter einem Baum lag, während ein kleiner, geflügelter Cupido mit gespanntem Bogen und erigiertem Glied um sie herumschwebte. Charlotte wusste nicht, ob es sich bei diesem Bild um ein Porträt der Gräfin Cosel handelte oder um eine unbekannte Schöne. Gewiss war nur, dass dieser Raum mehr als eine leidenschaftliche Bettszene gesehen haben musste. Bei diesem Gedanken kam der Wunsch in ihr auf, Max zu bitten, ihr in dieser Nacht Gesellschaft zu leisten.

Sie fand ihn wie einen Wächter vor ihrer Schlafzimmertür stehen und lächelte ihn an. Er kroch sichtlich in sich zusammen, und ehe sie ein Wort sagen konnte, bat er sie hastig, ihn zu entschuldigen. Er müsse den Marstall des Kurfürsten aufsuchen, um die Pferde für die Kutsche auszuwählen, die August der Starke ihr großzügig zur Verfügung gestellt hatte.

Max hatte sich so in der Gewalt, dass er mit keinem Blick und keiner Geste andeutete, wie sehr er Charlotte begehrte. Dabei krümmte er sich innerlich vor Eifersucht, denn er wusste genau, welchen Preis der Sachse von ihr zu fordern gedachte. Es ging ihn nichts an, was seine Fürstin tat, und er bereute mehr und mehr, in der Höhle nicht standhaft geblieben zu sein, denn er trug nun eine Wunde in seinem Herzen, die nie mehr verheilen würde. Da ihm nichts anderes zustand, flüchtete er sich in die Rolle eines ehrerbietigen Domestiken, der seine Gefühlsregungen im Dienst sorgfältig verbarg. Als sie ihn sichtlich enttäuscht entließ, fühlte er sich erleichtert und empfand doch gleichzeitig ein schlechtes Gewissen. Er schob dies schnell beiseite und holte Georg Wilhelm ab, dem er versprochen hatte, ihn zum Marstall mitzunehmen.

Nachdem Max sie verlassen hatte, empfand Charlotte das Fehlen ihrer vertrauten Umgebung als doppelt unangenehm. Die Zofe, die man ihr zugewiesen hatte, gab sich alle Mühe, tat aber keinen Handgriff, ohne zweimal nachgefragt zu haben, ob es Ihrer Durchlaucht so recht sei, und sie besaß auch nicht Rosas geschickte Hände. Während Charlotte die Bedienung mehr über sich ergehen ließ, statt sie zu genießen, trauerte sie nicht nur Zinggens Gesellschaft nach, sondern vermisste auch Fräulein von Rüthen und die restlichen Damen ihres Gefolges schmerzlich, obwohl diese ihr mit ihrem Geplapper oft auf die Nerven gegangen waren. Ihr wäre sogar eine Auseinandersetzung mit Pößnitz lieber gewesen als das Gefühl, eine Fremde zu sein, die in diesem wohl ausgestatteten Liebesnest fehl am Platze war.

In der Nacht träumte Charlotte, sie würde sich voller Lust ihrem toten Gemahl hingeben, aber mitten im Liebesspiel verwandelte Carl Anton sich in Max, und als sie am Morgen erwachte, tastete sie unwillkürlich nach ihm. Als sie begriff, dass sie einer Chimäre nachhing, überwältigte sie das Gefühl der Einsamkeit, so dass sie am liebsten in Tränen ausgebrochen wäre. Die Gegenwart der fremden Zofe hinderte sie jedoch daran, sich wie ein verwundetes Tier in ihre Kissen zu verkriechen.

Der Koch hatte sich alle Mühe gegeben, ihr ein ausgezeichnetes Frühstück mit allerlei Leckerbissen und Spezialitäten zu bereiten, und so gab sie sich diesen Genüssen ausgiebig hin. Kaum hatte sie abräumen lassen, erschien ein Juwelier und breitete einen Koffer voll Schmuck vor ihr aus. Die Stücke waren in ihren Augen viel zu wertvoll und zu protzig, doch der eifrige Mann versicherte ihr, dass August der Starke jedes einzelne nach seinem Geschmack für sie ausgewählt hatte. So blieb ihr nichts anderes übrig, als dem Juwelier zu gestatten, sie mit dem schlichtesten Collier zu behängen, das sie hatte finden können.

Den Rest des Tages verbrachte sie mit Warten auf den Kurfürsten, und sie begriff allmählich, wie öde und leer das Leben einer Frau sein konnte, deren einzige Aufgabe darin bestand, dem Erscheinen ihres Gemahls oder ihres Geliebten zu harren. Seufzend sagte sie sich, dass sie einem Geliebten mit fröhlicherem Herzen entgegensehen würde als ihrem Gastgeber, und folgte eine Zeit lang dem Lauf des Minutenzeigers auf der vergoldeten Standuhr, die auf einer spindelbeinigen, weiß lackierten Kommode stand. Schließlich wurde sie dessen müde und begann stattdessen, die im strengen französischen Stil zurechtgestutzten Bäume im Park zu zählen. Die Kronen waren als Pyramiden, Kegel und Kuben geformt und standen in Reih und Glied wie preußische Grenadiere. Der Engländer, von dem sie Lady Mary gekauft hatte, hatte ihr erzählt, in seiner Heimat würden wunderschöne naturgerechte Gärten angelegt, und sie beschloss, den Schlosspark von Tresskau nach ihrer Rückkehr im englischen Stil gestalten zu lassen.

Der Gedanke an Tresskau und die Veränderungen, die sie dort vornehmen wollte, lenkte sie so von ihrer unerfreulichen Situation ab, dass sie hochschreckte, als ein Diener den König und Kurfürsten ankündete. Nach dem Eintreten Friedrich Augusts zog der Mann sich diskret zurück.

August der Starke musterte Charlotte mit einem Blick, der auch einem verführerisch duftenden Braten hätte gelten können. »Ich hoffe, Ihr hattet eine ruhige Nacht, meine Liebe.«

»Danke ergebenst, ja, Euer Majestät.« Charlotte knickste und wollte auf ihre Probleme zu sprechen kommen.

Ihr Gastgeber wich mit schmollender Miene aus. »Lassen wir uns diesen herrlichen Augenblick doch nicht von jener hässlichen Affäre verleiden, meine Liebe. Ihr ahnt ja nicht, wie ich mich auf diesen Tag gefreut habe. Ich wollte Euch schon besitzen, als ich Euch zum ersten Mal sah, doch da seid Ihr die Braut des Tresskauers gewesen und unerreichbar für mich, bis Ihr Eure Pflicht erfüllt hattet. Doch nun gibt es nichts mehr, was mich daran hindern kann, Euch zu lieben.« Die Art, in der er sie an sich riss und seine Hand in ihr Dekolleté steckte, verriet Charlotte, dass er seinen Worten sofort Taten folgen lassen wollte und selbst vor Gewalt nicht zurückschrecken würde. Spöttisch fragte sie sich, ob Gewalt das Geheimnis seines Erfolgs bei den Frauen war, erinnerte sich aber an einige ihr bekannte Damen, die allein bei der Erwähnung seines Namens dahingeschmolzen waren. Friedrich Augusts rücksichtsloses Verhalten musste sie also entweder der Dummheit oder zumindest der übergroßen Nachgiebigkeit ihres eigenen Geschlechts zuschreiben, aber auch der Skrupellosigkeit vieler Ehemänner, denen Titel, Rang und eine diskret überreichte Börse lieber gewesen waren als ihre Ehre und die ihrer Gemahlinnen.

Charlotte wurde so rasch ausgezogen, als hätte der Kurfürst Zauberhände, und kam erst zu Atem, als sie nackt auf dem Bett lag. Dann warf er seine eigene Kleidung ab, wälzte sich auf sie und presste sie mit seinem Gewicht in die Kissen. Ohne ein freundliches Wort oder eine zärtliche Geste stieß er sein Glied in sie hinein. Charlotte besaß zu wenig Erfahrung, um zu erkennen, ob der Polenkönig ein guter und ausdauernder Liebhaber war oder nicht, aber sie hatte während der beinahe scheu vollzogenen Kopulationen mit ihrem Gemahl weitaus mehr empfunden, und es war kein Vergleich zu dem himmelstürmenden Gefühl, das Max in ihr entfacht hatte.

Als Friedrich August zur Erfüllung gekommen war, verriet ihr seine erwartungsvolle Miene, dass er ihr Lob hören wollte, und so pries sie seine Mannhaftigkeit und das gewaltige Glied, mit dem die Natur ihn beschenkt hatte. Der Kurfürst sog ihre Worte wie Honig in sich auf und verzog seine Lippen zu einem jungenhaften Grinsen. »Man nennt mich nicht nur deshalb August den Starken, weil ich Hufeisen verbiegen kann. Und wie Ihr sehen konntet, habe ich nichts von meiner Kraft eingebüßt. Ich glaube nicht, dass Euer Gemahl sich auf diesem Gebiet mit mir messen konnte.«

»Oh, nein, das konnte er nicht!« Charlotte bat Carl Anton in Gedanken um Verzeihung und kam sich dennoch wie eine Hure vor. Doch blieb ihr kaum etwas anderes übrig, denn sie musste sich die Gunst des Sachsen um jeden Preis erhalten. Deutlich nahm sie die Anzeichen eines ausschweifenden Lebens an seinem wuchtigen Körper wahr, zwang sich aber, ihm zu schmeicheln. »Ihr seid wahrlich August der Starke, und ich bin froh, dass Ihr mir mit Eurer Kraft und Eurer Macht beistehen und meinem Sohn zu seinem Recht verhelfen werdet.«

Der Polenkönig wandte das Gesicht ab und verbarg seine Verlegenheit hinter einem Hustenanfall, und als Charlotte besorgt nachfragen wollte, brüllte er nach einem Diener und scherte sich nicht im Geringsten darum, dass sie beide noch nackt auf dem Bett lagen. Der Lakai erschien so schnell, als hätte er draußen gelauscht oder durchs Schlüsselloch gestarrt, und erhielt den Befehl, Wein zu bringen. Er wandte sich erst ab, nachdem er einen neugierigen Blick auf Charlotte geworfen hatte, der es gerade rechtzeitig gelungen war, bei Augusts Befehl einen Zipfel des Lakens um sich zu schlingen. Der Diener verzog enttäuscht das Gesicht, denn seine frühere Herrin, Gräfin Cosel, war weitaus weniger schamhaft gewesen und hatte ihm tiefe Einblicke gewährt. Rasch kehrte er mit einer Karaffe und zwei Gläsern zurück, stilgerecht auf einem silbernen Tablett arrangiert, stellte sie auf einem weiß lackierten Tisch ab und schenkte umständlich ein. August der Starke griff sofort nach dem Wein, während Charlotte wartete, bis der Lakai den Raum wieder verlassen hatte. Dann erst nahm sie ihr Glas und trank ihrem Gastgeber zu.

»Auf Euch, Euer Majestät, und den Ruhm der sächsischen Waffen, die Ulrich von Mittstadt schon bald aus meinem geliebten Tresskau vertreiben werden!«

August der Starke brummte etwas und setzte das Glas an, ohne ihren Trinkspruch zu erwidern. Charlotte fand sein Verhalten befremdlich und setzte nach. »Wann wird Eure Armee nach Tresskau aufbrechen, Majestät?«

Der Kurfürst wagte nicht, sie anzusehen. »Nun, meine Liebe, so einfach geht das nicht. Ich muss den Landfrieden beachten und darf nicht einfach ein anderes Land mit Krieg überziehen. Zuerst müssen alle diplomatischen Mittel ausgeschöpft werden. Daher müsst Ihr Euch als Nächstes an den Reichstag zu Regensburg wenden, und wenn Ihr von dort keinen positiven Bescheid bekommt, Ulrich von Mittstadt vor dem Reichskammergericht in Wetzlar verklagen. Vor allem aber müsst Ihr den Kaiser um Hilfe angehen.«

Charlotte glaubte, sich verhört zu haben. »Den Kaiser, sagt Ihr? Aber es waren doch seine Truppen, die Ulrich geholfen haben, mir mein Land wegzunehmen.«

»Dabei muss es sich um ein Missverständnis handeln!«, antwortete Friedrich August rasch. »Der Kaiser wünscht Frieden und Verständigung im Reich und wird Ulrich von Mittstadt gewiss zurechtweisen. Ihr müsst ihm genügend Zeit lassen. Seid derweil mein Gast. Ich stelle Euch dieses Schloss zur Verfügung – ach was, ich schenke es Euch! Ihr werdet von mir Schmuck erhalten, schöne Kleider, Ländereien, alles, was Euer Herz begehrt. Was haltet Ihr davon, mich nach Warschau zu begleiten? Es ist eine wunderschöne Stadt, sage ich Euch, viel prächtiger als Dresden. Die Polen sind ein galantes Volk und werden Euch mit offenen Armen willkommen heißen.«

Er sprach, ohne einmal Atem zu holen, und sah dabei so schuldbewusst aus, dass Charlotte sich fragte, was vorgefallen sein mochte, dass er seine Meinung innerhalb eines einzigen Tages so radikal geändert hatte. Am liebsten hätte sie ihn gefragt, ob er möglicherweise doch zu August dem Schwächling geworden sei. Zu ihrem Leidwesen war sie auf seine Unterstützung angewiesen, denn sie besaß weder genug Geld, um für sich selbst sorgen zu können, noch die Macht, Ulrich aus Tresskau zu vertreiben. Wie es aussah, gab es für sie keinen anderen Ausweg, als die Mätresse des Polenkönigs zu spielen und zu hoffen, dass er seine Versprechungen einhalten würde. Sie schluckte und blickte ihn seufzend an. »Lasst mir ein wenig Zeit, Euren Vorschlag zu überdenken, Majestät. Es ist alles noch ein wenig verwirrend.«

Friedrich August atmete sichtlich auf, denn er hatte Tränen und Vorwürfe erwartet. Mit einem gönnerhaften Lächeln streckte er die rechte Hand aus und strich über die rosigen Spitzen ihrer Brüste. »Aber gewiss, meine Liebe, aber gewiss. Doch nun lasst mich Euch noch einmal zeigen, dass man mich nicht zu Unrecht August den Starken nennt.« Als er sich erneut auf sie wälzte und sie mit harten Stößen bearbeitete, hätte sie ihm am liebsten ins Gesicht geschlagen. Sie ballte jedoch nur die Fäuste, schloss die Augen und stellte sich vor, dass es ihr Gemahl wäre, der sie benutzte – oder Max.

18

Friedrich August verließ Schloss Pillnitz vor der fünften Nachmittagsstunde und ließ Charlotte als Opfer widerstrebender Gefühle zurück. Am liebsten hätte sie ihren Sohn genommen und Sachsen auf der Stelle verlassen, doch außer der Veldenburg, auf der sie aufgewachsen war, gab es keinen Ort auf der Welt, wo sie Zuflucht finden konnte, und sie wusste genau, dass sie ohne Geld auch dort nicht willkommen war.

Am frühen Abend erschien ein Bote der Kurfürstin und überbrachte ihr eine Einladung seiner Herrin. Charlotte wunderte sich zwar über den Wunsch Christine Eberhardines nach ihrer Gesellschaft, war jedoch froh, für kurze Zeit auf andere Gedanken zu kommen. Als sie wenig später in der Kutsche saß und zum Stadtschloss fuhr, fragte sie sich jedoch bang, wie Friedrich Augusts Gemahlin die Tatsache hinnehmen würde, dass sie im Begriff stand, seine neue Mätresse zu werden.

Wenn Christine Eberhardine von irgendwelchen Abneigungen gequält wurde, so zeigte sie dies nicht. Sie empfing Charlotte freundlich in ihrem Salon, in dem bereits Schokolade und Gebäck für den Gast bereitstanden, und schien sich zu freuen, sich ungeniert in ihrem heimatlichen Dialekt unterhalten zu können. Erst später, als die eifrigen Diener die Schokoladetassen abgeräumt und Wein und Konfekt gebracht hatten, kam die Kurfürstin auf die Probleme ihres Gastes zu sprechen.

»Wie ich hörte, hat mein Gemahl Euch gestern vor dem versammelten Hof Hilfe gegen Fürst Ulrich versprochen.«

Charlotte senkte den Kopf, damit ihrem Gegenüber ihre bittere Miene nicht auffiel. »Seine Majestät waren so gütig.«

»Verlasst Euch nicht zu sehr auf ihn«, fuhr Christine Eberhardine fort. »Mein Gemahl besitzt ein sehr impulsives Wesen und verspricht oft mehr, als er zu halten vermag. Ihr müsst wissen, dass Ihr nicht nur Freunde am Hof habt. Meine Schwiegertochter und mein Sohn haben Friedrich August massiv bedrängt, Euch jegliche Unterstützung zu versagen, denn wenn mein Gemahl sich Euretwegen mit dem Kaiser überwirft, würde das ihre polnischen Interessen gefährden. In meinen Augen ist die Polenkrone nicht die Mühe wert, die es kostet, sie zu erringen. Mein Gemahl wurde um ihretwillen katholisch und hat viel von Sachsens Substanz für sie geopfert, und ich fürchte, mein Sohn wird es ihm gleichtun. Das nächste Opfer, das meine Schwiegertochter für sie bringen will, seid Ihr, und mein Sohn stimmt ihr zu, denn es gibt Nachrichten, die besagen, dass der Kaiser Ulrichs Tat gutheißt.«

Charlotte fröstelte. Schonungsloser hätte die Kurfürstin ihr nicht beibringen können, dass sie hier in Sachsen vergebens auf Hilfe hoffte, und Christine Eberhardine schien ihr auch die letzte Illusion rauben zu wollen. »Mein Gemahl wird Euch vorschlagen, seine Mätresse zu werden, und versprechen, Euch mit Schmuck und Reichtum zu überschütten. Tatsächlich könnt Ihr in Warschau ein behagliches Leben führen, denn August der Starke gibt gerne mit offenen Händen. Doch denkt daran, dass der König das, was er Euch schenkt, ebenso schnell wieder nehmen kann, und was er Euch lässt, wird sich sein Sohn zurückholen. Mein Gemahl ist nicht mehr der Jüngste, wie Ihr selbst gesehen habt.«

Charlotte musterte die Frau, um herauszufinden, ob ihre Worte nur eine Warnung oder eine versteckte Drohung enthielten. Christine Eberhardines Blick ruhte jedoch mit einem Ausdruck des Mitleids auf ihr.

Charlotte begriff, dass die Kurfürstin nicht ihre Feindin war, und neigte sich vertrauensvoll zu ihr. »Was würdet Ihr mir raten, Euer Durchlaucht?«

»Wenn Ihr Euer Recht behaupten und Eurem Sohn sein Erbe erhalten wollt, dann verlasst Dresden und geht nach Potsdam zu meinem Vetter Friedrich Wilhelm von Preußen. Er wird nicht vor dem Kaiser einknicken wie der starke August.« Für einen Augenblick verzog die Kurfürstin die Lippen zu einem verächtlichen Lächeln. Sie blickte Charlotte eindringlich an.

»Ihr müsst selbst wissen, was Ihr wollt, meine Liebe. Es ist gewiss der bequemere Weg, meinen Gemahl nach Warschau zu begleiten. Aber ich halte Euch nicht für eine Frau, die so schnell aufgibt und sich an einen Mann hängt. Irgendwann würdet Ihr anfangen, Euren Gönner zu hassen, und darüber todunglücklich und verbittert werden.«

Charlotte dachte daran, dass sie August den Starken einmal sehr sympathisch gefunden hatte; jetzt aber begann ihre Abneigung gegen ihn jene freundlichen Gefühle zu überwiegen. Doch Potsdam war weit, und sie würde mit Max dorthin reiten müssen, denn sie besaß nicht genügend Geld, standesgemäß zu reisen und sich für unbestimmte Zeit in einem Gasthof einzumieten. Auf Friedrich Wilhelm wollte sie sich auch nicht verlassen, denn wenn er ihr nicht half, würde sie auf der Straße stehen und auf die widerwillige Mildtätigkeit ihrer Verwandten angewiesen sein. Nach den offenen Worten der Kurfürstin fühlte sie sich von Zweifeln und Ängsten zerrissen, dennoch bedankte sie sich herzlich für den Rat und die Einladung.

Auf dem Weg zu ihrer Unterkunft überlegte sie, ob sie trotz ihres Abscheus nicht doch die Mätresse Augusts des Starken spielen sollte, nur für eine gewisse Zeit, bis sie genügend Schmuck besaß, den sie zu Geld machen konnte, um standesgemäß nach Potsdam zu reisen und die wichtigen Männer um den Preußenkönig zu bestechen.

19

Nach einer schlaflosen Nacht und einem ereignislosen Vormittag saß Charlotte mit ihrem Sohn und Max auf der Terrasse des Schlosses und blickte so verbissen in die Welt, dass der Junge sie nicht zu stören wagte und Max sich zusammenreißen musste, um sie nicht in die Arme zu nehmen und zu trösten. Er hatte sich mit den Lakaien im Schloss angefreundet und einiges von ihnen über ihren Herrn Friedrich August erfahren, das ihm wenig gefiel, und er wusste auch, dass Charlotte am gestrigen Tag das Bett mit ihm geteilt hatte und es weiterhin würde tun müssen.

Unruhe an der Tür beendete das lähmende Schweigen. Ein Lakai streckte den Kopf herein und blickte die Fürstin verwirrt an. »Verzeiht, Euer Durchlaucht, doch vor dem Eingang befinden sich zwei Personen, die Euch dringend zu sprechen wünschen. Sie kämen aus Tresskau, sagen sie.«

Bei dem Wort Tresskau sprang Charlotte auf. Sie sehnte sich so sehr danach, endlich Nachricht aus ihrem Land zu erhalten, dass sie sich gar nicht fragte, wer es sein mochte. Sie schlüpfte an dem verdatterten Diener vorbei, rannte den Korridor entlang und sprang die Freitreppe in die Eingangshalle hinab, indem sie zwei oder drei Stufen auf einmal nahm. Ohne sich um die irritierte Dienerschaft zu kümmern, lief sie aus dem Schloss und sah einen Mann und eine Frau vor sich, die ein kleines, stämmiges Pferd mit sich führten. Ihre Zofe Rosa erkannte sie auf Anhieb, doch bei dem klein gewachsenen Begleiter in der Standestracht eines Schneidergesellen musste sie zweimal hinsehen.

»Zinggen? Bei Gott, Ihr seid es wirklich! Ich bin ja so froh, dass Ihr diesem schrecklichen Ulrich entkommen seid.« Sie umarmte den kleinen Baron und nach ihm auch Rosa und sah dann kopfschüttelnd auf Lady Mary herab, die mit einem Doppelpaar prall gefüllter Satteltaschen bepackt war. »Wie um alles in der Welt seid ihr darauf gekommen, ausgerechnet das Pony mitzunehmen?«

Der Baron lächelte bekümmert. »Es war das einzige Pferd, das die plündernden Österreicher uns gelassen haben, und Rosa und ich konnten dieses Gepäck nicht selber schleppen.«

Charlotte dachte an die kostbaren Hengste und Stuten, die die größte Freude ihres verstorbenen Gemahls gewesen waren und die sie nicht nur um seinetwillen geliebt hatte, und fragte sich, wie es all den ihr vertrauten Menschen in Tresskau ergangen sein musste. »Eurer Verkleidung entnehme ich, dass es eine gefährliche Flucht war. Was ist mit den anderen geschehen? Ich hoffe, sie konnten ebenfalls entkommen.«

Rosa schluchzte auf und schüttelte den Kopf. »Soviel wir wissen, haben die Österreicher alle überlebenden Edelleute am Hof gefangen genommen und in die Veste schaffen lassen. Herr von Zinggen hat uns beide gerettet, weil er auf die Idee kam, sich zu verkleiden, zuerst als Pferdeknecht und dann als Schneidergeselle.«

Zinggen breitete die Arme aus und sah traurig an sich herab. »Es war eher der wackere Zwirn, der uns gerettet hat. Er hat mich in dieses Kostüm gesteckt, und ich muss sagen, es hat seinen Zweck erfüllt, denn die Mittstädter, die die Stadt durchsucht und jedes Dielenbrett dabei umgedreht haben, hätten mich sonst erkannt und uns alle mitgenommen. Ihr müsst den Braven unbedingt zu Eurem Hofschneider ernennen, Euer Durchlaucht, denn das hat er sich redlich verdient. Nicht jeder hätte bei dieser Traglast der Versuchung widerstanden, uns für mehr als ein paar Silberlinge an die Mittstädter zu verraten.« Zinggen klopfte dabei an die Satteltasche und berichtete nun, dass er sein eigenes und Charlottes Geld sowie ihren Schmuck gerettet hatte.

»Ich habe angenommen, Ihr könntet diesen kleinen Schatz besser brauchen als der elende Ulrich, und habe mich mit allem, was ich einstecken konnte, aus dem Staub gemacht. Die brave Rosa hat mich zwar zuerst für einen der österreichischen Strauchdiebe gehalten und mir den Besen überziehen wollen, mir dann aber wacker beigestanden.« Der kleine Baron zwinkerte der Gefährtin seiner letzten Abenteuer zu und blickte dann mit einem gewissen Abscheu auf seine Tracht. »Wenn Ihr erlaubt, Euer Durchlaucht, würde ich gerne baden und mich umziehen. Den Rest unserer Geschichte könnt Ihr hinterher erfahren, wenn ich auch fürchte, dass Ihr wenig Erbauliches zu hören bekommen werdet.«

Charlotte zitterte vor Ungeduld, doch es war auch in ihrem Sinn, wenn ihr braver Freund sich wohl fühlte. »Erlaubt mir nur noch eine Frage. Wie ist es Euch gelungen, mit all diesem Geld die Tresskauer Grenzen zu überwinden? Ulrichs Leute dürften doch alle Straßen bewacht und das Gepäck der Reisenden kontrolliert haben.«

»Sie durchsuchen sogar die Karren armer Bauern bis auf die Bodenbretter. Mein Freund Zwirn hat mir deswegen geraten, einen kaum bekannten Pfad durch den Wald zu nehmen, den er von Zeit zu Zeit benützt, um gewisse Schriften ins Land zu bringen, die er den Zöllnern nicht zeigen will. Ich bitte Euch, diese Angelegenheit rasch wieder zu vergessen, denn es handelt sich nicht um Bücher oder Zeichnungen, die den Staat in seinen Grundfesten erschüttern könnten.« Zinggen sah Charlotte dabei so bittend an, dass selbst ein Stein davon gerührt worden wäre.

Sie lachte hell auf und zog ihn noch einmal an sich. »Es dürfte sich um Bücher handeln, wie man sie auch in Eurer geheimen Sammlung findet, nicht wahr?«

Zinggen nickte unglücklich. »Das stimmt, Euer Durchlaucht. Ich hoffe, es nimmt Euch nicht gegen den armen Zwirn ein.

Auch wenn einige Leute ihm übel nachreden, ist er doch keine Gefahr für die Seelen der Knaben in unserer Stadt.«

Charlotte erinnerte sich an Berichte über Hausherren, die es als ihr gutes Recht ansahen, ihre Dienstmädchen zu benutzen und sie gnadenlos vor die Tür zu setzen, wenn sie schwanger wurden. Der Schneider war gewiss kein schlechterer Mann als jene, selbst wenn er den einen oder anderen Lehrbuben in einer stillen Ecke an sich zog. »Sprechen wir nicht mehr darüber, mein lieber Baron! Nehmt jetzt Euer Bad und zieht Euch um, denn je rascher Ihr fertig seid, umso eher erfahre ich, was in Tresskau vorgegangen ist.«

»Aber das kann ich Euch doch berichten, Euer Durchlaucht«, bot Rosa ihr an.

Charlotte schnupperte kurz und schüttelte lächelnd den Kopf. »Du hast ein Bad ebenso nötig wie der gute Zinggen.« Dann drehte sie sich um und befahl dem Lakaien, der die Szene neugierig verfolgt hatte, Max zu suchen. Bevor der Mann auch nur einen Schritt tun konnte, öffnete sich das Tor hinter ihnen und Max trat mit Georg Wilhelm an der Hand hinaus.

Der Junge sah das Pony und stieß einen Jubelruf aus. »Da bist du ja, Lady Mary! Was für eine Freude, dich zu sehen.« Er lief auf das Pferdchen zu und schlang die Arme um dessen Hals. Das Pony stieß ihn mit den Nüstern an, als wolle es zeigen, wie froh es war, seinen Herrn wiedergefunden zu haben.

Georg Wilhelm hielt das Tier fest und sah auf. Im Gegensatz zu seiner Mutter erkannte er Zinggen sofort. »Mein lieber Zinggen, ich danke Euch, dass Ihr mir mein Pony gebracht habt. Für diese Tat werde ich Euch, wenn ich einmal Fürst bin, zum Grafen erheben.«

»Und mich wohl zur Gräfin«, spottete Rosa, während sie geziert vor dem Prinzen knickste.

Dieser blickte sie erstaunt an. »Aber das geht doch nicht! Meine Frau Mama ist viel zu sehr auf deine Dienste angewiesen, als dass ich dich über den Zofenstand hinaus erheben dürfte. Sie hat nämlich sehr gejammert, weil du nicht bei ihr warst.«

»So etwas hört man immer gern«, antwortete Rosa keck.

Charlotte zerzauste ihrem Sohn das lockige Blondhaar und bedachte ihn mit einem strengen Blick. »Ich habe nicht gejammert, mein Lieber, sondern mich nur beschwert, weil die mir zur Verfügung gestellte Zofe ihre Arbeit nicht so gut erledigen konnte wie Rosa. Aber für eine edle Tat darf man nicht den einen belohnen und den anderen nicht. Ein Fürst muss immer Gerechtigkeit üben. Wenn du Herrn von Zinggen zum Grafen machen willst, was nach Recht und Gesetz nur der Kaiser und einige wenige ausgewählte Geschlechter tun dürfen, so musst du Rosa mindestens zur Freifrau erheben. Sie hält dich sonst für undankbar, und das darf ein Fürst niemals sein.«

Georg Wilhelm blickte mit großen Augen zu seiner Mutter auf und nickte. »Du hast Recht, Mama. Rosa soll also Baronin werden.«

»Ergebensten Dank, Euer Hoheit.« Rosa knickste vor dem kleinen Mann und verschwand dann mit Zinggen im Haus, in dem die Bediensteten nicht so recht wussten, wie sie sich zu diesen sonderbaren Neuankömmlingen stellen sollten.

Charlotte wies auf Lady Marys Traglast. »Max, es wäre mir lieb, wenn du das alles in meine Gemächer schaffen lassen könntest. Es ist Herrn von Zinggen gelungen, einen Teil meines Schmucks und meines Geldes zu retten.«

»Sehr wohl, Euer Durchlaucht!« Max verbeugte sich wie ein hochherrschaftlicher Diener, trat selbst auf das Pony zu, statt andere Lakaien zu rufen, und lud sich die Packtaschen auf. Charlotte hätte ihm am liebsten befohlen, wie ein Herr aufzutreten und nicht wie ein gewöhnlicher Dienstbote um sie herumzuwieseln, kniff aber die Lippen zusammen, um die bösen Worte zurückzuhalten, die ihr dabei entschlüpft wären. Er schien ihre Gedanken lesen zu können, denn er drehte sich mit einem spitzbübischen Lächeln zu ihr um. »Lady Mary wollt Ihr doch gewiss nicht in Eurem Salon sehen?«

Damit brachte er Charlotte zum Lachen, und das war das Beste, was er in dieser Situation für sie tun konnte.

20

Zwei Stunden später saß Charlotte in ihrem Salon und lauschte Zinggens und Rosas Bericht. Ihr Herz krampfte sich zusammen, als sie hörte, wie wüst die Ungarn und Österreicher in ihrem Land gehaust hatten, und sie verfluchte Fürst Ulrich mit einigen drastischen Worten, die jemals zu benutzen sie Georg Wilhelm sofort bei Leibesstrafe verbot.

»Meine Damen und Dienerinnen wurden geschändet, Herr von Seeligenhain und die jungen Herren meiner Ehrengarde von den Ungarn umgebracht, Pößnitz und einige andere Herren in Saalstein eingekerkert und mein Schloss verwüstet. Das alles wird Ulrich von Mittstadt bitter bereuen, das schwöre ich!« Charlotte war außer sich vor Zorn und fühlte sich gleichzeitig so hilflos wie ein kleines Kind, denn sie wusste nicht, wie sie ihren Worten Taten folgen lassen sollte. Sie überlegte, ob sie den tresskauischen Truppen, die vom Kaiser auf eine so infame Art aus dem Land gelockt worden waren, nachreisen und Tresskau mit ihnen zurückerobern sollte. Ein solches Vorgehen würde jedoch in einem Blutbad und einer Niederlage enden, denn gegen die Truppenstärke des Feindes konnte sie mit ihren Leuten nicht viel ausrichten. Um ihr Land zurückzugewinnen, musste sie einen Verbündeten finden, dessen Einsatz die Waagschale zu ihren Gunsten senkte. Da August der Starke unter dem Einfluss seines Sohnes und dessen Gemahlin stand, würde er keinen Soldaten für sie in Marsch setzen, aber es gab da jemand anderen, an den zu wenden ihr die Kurfürstin geraten hatte.

Charlotte war so in ihren Überlegungen versunken, dass sie den letzten Teil von Zinggens Bericht beinahe überhört hätte.

»Am nächsten Tag kam dieser Schwarzkittel, dieser Bartoluzzi, den wir schon in Wien gesehen haben, aus Mittstadt herüber und erklärte, dass ganz Saalstein ab sofort katholisch sei und jeder Widerstand dagegen als Ketzerei angesehen und auf dem Scheiterhaufen enden würde. Als Domdekan Schliebrantz sich energisch gegen diese Forderung verwahrte, wurde er gefangen gesetzt, und vor unserer heimlichen Abreise hieß es, Ulrich wolle ihn zur Abschreckung für alle anderen auf dem Tresskauer Domplatz hinrichten lassen.«

Charlotte schreckte hoch. »Wie bitte? Ulrich will Schliebrantz umbringen, weil er seinen Glauben mit Worten verteidigt hat? Zu so etwas kann doch nur ein Barbar ohne Sitte und Vernunft fähig sein!« Für einen Moment dachte sie daran, Friedrich August aufzusuchen und ihn zu bitten, sich für den Tresskauer Domdekan einzusetzen, aber ihr wurde schnell klar, dass sie statt Hilfe zu bekommen in seinem Bett landen würde, und das wollte sie vermeiden. August würde ihr wohl kaum glauben, dass in diesen aufgeklärten Zeiten mitten im Reich Menschen wegen ihres Glaubens hingerichtet wurden. Wütend über ihre eigene Hilflosigkeit wandte sie sich an ihre Getreuen.

»Max, gib Befehl, meine Kutsche anzuspannen. Rosa, bereite alles für unsere baldige Abreise vor. Wir werden Dresden noch heute verlassen und in Preußen um Hilfe nachsuchen. Gebe Gott, dass der Friedrich mit dem Zusatz Wilhelm mutiger ist als der, der Friedrich August genannt wird.«

FÜNFTER TEIL

Der Soldatenkönig

1

Charlotte hatte sich in einen Pelzmantel gehüllt, der aus den warmen Winterfellen von Wölfen genäht worden war, und trug unter ihrem dicken Wollkleid mehrere Unterröcke, und doch fror sie wie nie zuvor in ihrem Leben. Trotz der festen Pelzstiefel spürte sie ihre Füße nicht mehr, und sie wünschte, die Etikette erlaube ihr, wie ihr Sohn neben ihr von einem Bein auf das andere zu hüpfen, um die Kälte aus ihren Gliedern zu vertreiben. Georg Wilhelms Gesicht wirkte schon blau gefroren, aber sie konnte nichts für ihn tun, außer ihn unauffällig an sich zu drücken und zu versuchen, ihn so ein wenig zu wärmen. Rosa würde ein heißes Kamillenbad für ihn herrichten müssen, damit er sich nicht erkältete und vielleicht sogar ernsthaft krank wurde. Dabei ging es Georg Wilhelm und ihr noch um einiges besser als Max, der in der Uniform eines preußischen Majors neben ihr stand und nur seinen Tuchmantel hatte, um sich vor dem eisigen Wind zu schützen, ganz zu schweigen von Kronprinz Friedrich, der auf Befehl seines Vaters den Mantel hatte öffnen müssen, um, wie der König gesagt hatte, sich nicht wie eine verweichlichte Memme aufzuführen.

Am meisten bedauerte Charlotte die Soldaten, die in knapp sitzenden Uniformen an ihnen vorbeiparadierten. Sie musste an das alte Sparta denken, in dem Härte und Selbstbeherrschung als höchstes Gut gegolten hatten. Dieses Beispiel schien Friedrich Wilhelm von Preußen, den wohlmeinende Menschen den Soldatenkönig und weniger wohlmeinende den Potsdamer Korporal nannten, noch übertreffen zu wollen. Die Männer marschierten im Gleichschritt an ihnen vorbei, mit vollkommen unbewegten Gesichtern, auf deren Wangen und Schnauzbärten die Schneeflocken haften blieben, bis der Wind sie wieder forttrug oder die Körperwärme sie schmelzen ließ.

Charlottes Blick suchte den König, der in einen prachtvollen Wolfspelz gehüllt mit leuchtenden Augen dem Ersten Bataillon des Potsdamer Garderegiments entgegensah. Es bestand aus seinen besonderen Lieblingen, die im Volksmund die Langen Kerls genannt wurden. Jeder dieser Männer war mindestens eine Handbreit größer als Charlotte und degradierte die meisten Menschen einschließlich des Königs zu Zwergen. Diese Riesen stammten aus aller Herren Länder und waren von ihren eigenen Herren für teures Geld an Friedrich Wilhelm verkauft oder ihm als Geschenk überreicht worden. Zar Peter von Russland hatte den Preußenkönig so lange mit hoch gewachsenen Untertanen bestochen, bis er im Gegenzug das herrliche Bernsteinzimmer erhielt, dessen Anblick ihn in seinen Bann geschlagen hatte.

Um die Kälte zu vergessen und auch die Langeweile, die mit jeder Einheit wuchs, die an der kleinen Tribüne vorbeizog, stellte Charlotte sich vor, wie es sein würde, wenn sie an der Spitze dieser Truppen in Tresskau einzog. Zwar hatte auch Friedrich Wilhelm ihr nicht die sofortige Rückeroberung ihres Landes zusichern können, doch anders als August der Starke hatte er keinen Zweifel daran gelassen, dass er kein anderes Ergebnis akzeptieren würde als ihre Wiedereinsetzung. Sie selbst verfügte nun auch wieder über Soldaten, denn Sean Walker hatte, als er die Nachricht von dem heimtückischen Überfall auf Tresskau erhielt, seine Kompanien in die Reichsgrafschaft Hollenberg geführt, um dieses Gebiet für seine Herrin zu sichern, und Friedrich Wilhelm hatte die Hollenberger Garnison noch durch ein Bataillon seiner Truppen verstärkt. Mochte die Grafschaft auch nur einen Bruchteil der Größe und Bedeutung

Tresskaus besitzen, so war Charlotte froh, das Ländchen in ihrer Hand zu wissen, gab es ihr doch das Gefühl, nicht als mittelloser Flüchtling nach Potsdam gekommen zu sein. Mit dem von Zinggen geretteten Geld und Schmuck konnte sie ihre Soldaten besolden und die Spione bezahlen, die sie über die Vorgänge in Tresskau auf dem Laufenden hielten.

Die Nachrichten, die sie bisher vernommen hatte, stellten ihr sämtliche Haare auf. Fürst Ulrich hatte Domdekan Schliebrantz tatsächlich im letzten Spätsommer als angeblichen Ketzer auf einem Scheiterhaufen verbrennen lassen, und seine Stelle nahm nun der katholische Hofprediger des Mittstädters ein, jener Bartoluzzi, der sich stolz Bischof von Saalstein nannte und der den Informanten zufolge auch als Kanzler ihres Widersachers fungierte. Schliebrantz' Tod war nur der Anfang gewesen, denn Ulrich und sein Handlanger hatten noch mehr als zwei Dutzend ihrer Untertanen verbrennen lassen, darunter sogar Kinder.

»Das sind prächtige Burschen, nicht wahr?«

Charlotte begriff im ersten Moment nicht, dass Friedrich Wilhelm seine Soldaten meinte und nicht Ulrich von Mittstadt und Bischof Bartoluzzi. Entschlossen schüttelte sie ihre düsteren Gedanken ab und atmete tief durch. »Ich werde Gott danken, wenn diese wackeren Kerle ihre Siegesparade auf dem Marktplatz von Tresskau abhalten.«

»Diese Parade werdet Ihr bald abhalten können, meine Liebe, vielleicht sogar eher, als Ihr denkt. Es gibt Neuigkeiten, die ich Euch nicht länger vorenthalten will. Sobald der letzte Mann vorbeigezogen ist, kehren wir zurück und werden darüber sprechen. Doch nun seht, dort kommt das Regiment Leopolds von Dessau, die strammsten Burschen von allen. Selbst meine Garde marschiert nicht so gut, und das will etwas heißen.« Mit dieser Feststellung wandte der König sich wieder seinen Truppen zu.

Charlotte heuchelte das Interesse, das er von ihr erwartete, und erfuhr, dass Leopold von Dessau bei den preußischen Truppen den so genannten Gleichschritt eingeführt hatte. Der König erklärte ihr stolz, dass die Männer selbst beim Vormarsch auf den Feind, wenn ihnen die Kugeln um die Ohren pfiffen, so marschieren würden. Charlotte musste daran denken, dass man von Friedrich Wilhelm sagte, er ginge trotz seines militärischen Gebarens einem richtigen Krieg am liebsten aus dem Weg. Eine Bataille wie der Einmarsch in Tresskau aber war vermutlich ganz nach seinem Sinn, denn bei dieser Aktion konnte er sich des Beifalls und der Unterstützung der protestantischen Reichsstände sicher sein, die dem Kaiser die gewaltsame Einführung der katholischen Konfession in Tresskau äußerst übel nahmen.

Charlotte verging fast vor Neugier, doch sie kannte den König gut genug, um ihn nicht mit Fragen zu bedrängen. Friedrich Wilhelm hatte einen merkwürdigen Spaß daran, Spannung in den Menschen zu erzeugen und ihnen die Neuigkeiten nur langsam und häppchenweise zu servieren.

Als das letzte Bataillon vorbeimarschiert war, wandte der König sich mit zufriedener Miene ihr zu. »Ihr kommt mit mir!«, befahl er und ließ die anderen stehen. Da die Kutsche des Königs das einzige Fahrzeug war, mussten alle anderen zu Fuß gehen.

Georg Wilhelm maulte und forderte seinen großen Freund auf, ihn zu tragen. Max schüttelte jedoch den Kopf. »Das halte ich für keine so gute Idee, Euer Hoheit. Der kleine Fußmarsch wird Euch gut tun, denn er wärmt die Knochen und macht Appetit. Wenn wir zu Hause sind, habt Ihr dann richtig Hunger.«

Der König hatte die Worte gehört und klopfte Max anerkennend auf die Schulter. »Brav gemacht, mein lieber Major. So lernen die Jungens von Anfang an, richtig zu marschieren und Strapazen auf sich zu nehmen.«

Er winkte Charlotte, ihm zu folgen, und stapfte zu seinem Wagen. Der Kutscher half ihnen beim Einsteigen und deckte sie mit dicken Pelzen zu. Dann raffte er seinen dicken Lammfellmantel, stieg wie ein tapsiger Bär auf den Bock und trieb die Pferde an. Zu Charlottes Verwunderung ließ der König den Wagen nicht zu seiner Residenz fahren, und als das Gefährt vor einem nicht allzu großen, aus dunkel gebrannten Ziegeln errichteten Gebäude hielt, wuchs ihre Anspannung. Das Haus, das sich von außen durch nichts von den anderen, armselig schlichten Bauwerken Potsdams unterschied, gehörte dem königlichen Minister Grumbkow, einem ebenso geschickten Diplomaten wie gerissenen Intriganten, auf den Friedrich Wilhelm große Stücke hielt. Diese Wertschätzung hatte den König jedoch nicht daran gehindert, das Gehalt des Ministers zu halbieren, da Grumbkow, wie er sagte, ja von Frankreich, Österreich und Russland ausreichend bezahlt würde. Der Minister schien tatsächlich gute Einnahmequellen zu besitzen, denn als Charlotte das Haus betrat, war es innen weitaus aufwändiger eingerichtet als die eher schlicht zu nennende Residenz des Königs. Natürlich konnte auch Grumbkows Wohnstatt sich nicht mit der barocken Fülle Dresdens oder gar der imperialen Pracht des kaiserlichen Wiens messen, doch in Potsdam gab es wohl kein zweites Gebäude, das hinter seinen schmucklosen Mauern mit so viel Luxus prunkte.

Grumbkow erwartete sie in seinem Arbeitszimmer, das mit den dunklen Schränken und vielen Aktenkästen ein wenig an Pößnitz' Kabinett in Tresskau erinnerte. Für die Gäste standen zwei bequeme Stühle und ein Beistelltisch bereit, auf dem schon mehrere Silbertabletts mit Speisen serviert worden waren. Der Wärme nach, die der Inhalt der meisten Schüsseln ausstrahlte, mussten sie just in dem Moment aufgetragen worden sein, in dem Charlotte und der König das Haus betreten hatten.

Friedrich Wilhelm grüßte seinen Gastgeber nicht, sondern schnauzte ihn sofort an. »Ich habe Ihn bei der Truppenparade vermisst, Grumbkow!«

Das runde Gesicht des Ministers, der einen schmucklosen braunen Rock aus bestem Tuch trug, behielt seinen dienstbeflissenen Ausdruck bei. »Ich bitte Eure Majestät, meine Entschuldigung anzunehmen, eine Erkältung hinderte mich an der Teilnahme. Gerade in der schwierigen Zeit, in der wir uns befinden, kann ich mir nicht erlauben, krank zu werden, denn ich muss Eurer Majestät mit all meiner Kraft dienen können.«

Der König winkte ärgerlich ab. »Für dieses Mal will ich es Ihm nachsehen, doch das nächste Mal ist Er wieder dabei, verstanden?«

»Sehr wohl, Euer Majestät.«

Charlotte sah Grumbkow an, dass der Mann bei der nächsten Truppenparade auf wärmeres Wetter hoffte, und sie konnte es ihm nicht verdenken. Wäre sie nicht händeringend auf das Wohlwollen des Preußenkönigs angewiesen, hätten sie heute keine zehn Pferde auf den Paradeplatz gebracht.

Friedrich Wilhelm hob den Deckel des ersten Tabletts und schnupperte wie ein Jagdhund, der die Witterung eines wilden Tieres aufgenommen hat.

Grumbkow lächelte nachsichtig. »Es ist nur ein kleiner Imbiss, aber ich nahm an, Euer Majestät würden hungrig sein.«

Der König ergriff ungeniert einen Suppenteller, füllte ihn bis an den Rand und begann geräuschvoll zu schlürfen. Charlotte wusste nicht so recht, ob sie sich ebenfalls selbst bedienen sollte, und zögerte ein wenig. Auf Grumbkows Wink eilte sofort ein Diener herbei und legte ihr vor. Schon beim ersten Löffel der köstlichen, heißen Fischsuppe merkte sie, wie durchfroren und hungrig sie war. Das Essen war alles andere als ein kleiner Imbiss. Nach der Suppe gab es drei Hauptgänge, bei denen der

König reichlich zugriff, nämlich Fasan, Lachs und Ochsenfilet in einer speziellen Soße, die schließlich mit Kaviar und Scheiben frisch gebackenen Weißbrots abgerundet wurden. Friedrich Wilhelm schenkte dem Brot nur einen verächtlichen Blick, während er die Schüssel mit dem Kaviar an sich nahm und Charlotte ein knappes Viertel zuteilte. Den Rest stellte er vor sich selbst hin und löffelte ihn genüsslich. Die als Nachspeise vorgesehene Weincreme und das Gebäck bezeichnete er als Weiberkram und schob sie von sich weg.

Zu den Hauptgerichten wurden drei verschiedene Weinsorten kredenzt, von denen der König den schweren Rotwein wählte, während Charlotte sich mit Rheinwein zufrieden gab. Grumbkow aß nichts, denn er hatte, wie er sagte, erst vor kurzem gespeist.

»Wohl besser als wir?«, fragte der König.

Sein Minister schüttelte empört den Kopf. »Aber Euer Majestät, das würde ich nie wagen!«

Charlotte hatte gehört, dass Friedrich Wilhelm, der dem eigenen Haushalt die Gelder nur sehr sparsam, ja geradezu widerwillig zuteilte, sich bei den ausgedehnten Gastmählern seines Ersten Ministers schadlos hielt. Das Gerede enthielt wohl einen wahren Kern, denn der König wirkte wie ein Kind, das endlich einmal ohne Angst vor Strafe die Leckereien in der Speisekammer der Mutter vertilgen darf. Er aß und trank, bis er nicht mehr konnte, wischte sich den Mund mit einer Serviette ab und warf diese mit einer zufriedenen Geste auf den Teller. Sofort eilten Lakaien herbei, um abzuräumen. Innerhalb von Sekunden war der Tisch leer und wurde entfernt. Sofort wurde ein Servierwagen mit Wein und Weihnachtsgebäck hereingebracht und an seine Stelle gerollt. Friedrich Wilhelm ließ sich nachschenken, wählte einen Pfefferkuchen, der mit viel Zimt und Nüssen zubereitet worden war, und lehnte sich gemütlich zurück. »Nun, mein lieber Grumbkow, jetzt berichte Er Ihrer Durchlaucht, was Er Neues über die Tresskauer Affäre weiß.«

Grumbkow verdrehte die Augen. »Die Angelegenheiten Ihrer Durchlaucht sind als ungewöhnlich verworren zu bezeichnen.«

Der König schnaubte verächtlich. »Es ist wohl die Absicht der Österreicher, diesen Eindruck zu erwecken. Sie versuchen, so lange aller Welt Sand in die Augen zu streuen, bis niemand mehr begreift, um was es geht.«

Grumbkow neigte kurz sein Haupt. »Sehr wohl, Euer Majestät, darin sind sie wirklich sehr geschickt.«

»Plump sind sie!«, fiel Friedrich Wilhelm ihm ins Wort. »Der Kaiser bestreitet noch immer, dass österreichische Truppen an der Besetzung Tresskaus teilgenommen hätten, dabei konnten wir seinen Gesandten die Nummer des dort aufgetauchten Regiments nennen.«

»Gestern kam ein Sonderbotschafter des Kaisers in Berlin an, Baron von Slezky. Er behauptet steif und fest, dieses Regiment könne nicht beteiligt gewesen sein, weil es in seinem Winterquartier bei Leitmeritz in Böhmen liegen würde. Ich nehme an, dass Teile davon wirklich dort zu finden sind, um die Öffentlichkeit zu täuschen.« Der Minister schien zu überlegen, bei welcher Gelegenheit er einen ähnlichen Trick in Szene setzen konnte.

Charlotte nahm seine Ausführungen mit wachsendem Ärger zur Kenntnis. »Ich bin der kaiserlichen Lügen allmählich leid!«

Grumbkow ließ sich von einem Diener Wein einschenken, trank einen Schluck und blickte sie dann lächelnd an. »Seine Majestät, der Kaiser, versichert Euch seiner besten Absichten und seiner Huld und wünscht, dass diese leidige Sache bald ein Ende findet.« Der Minister legte eine kleine Pause ein, um die Spannung zu erhöhen.

»Seine Majestät, der Kaiser, sieht in dem Tresskauer Erbstreit eine Angelegenheit, welche die Juristen des Reiches wohl noch auf Jahre beschäftigen wird, und bietet Euch daher einen Vergleich an. Ihr und Euer Sohn erhaltet von dem Augenblick an, in dem Ihr zustimmt, das Recht, Euch Reichsfürstin und Reichsfürst von Sachsen-Hollenberg zu nennen, dazu die Anwartschaften auf das Erbe des Teilfürstentums Sigmaringen-Hohenzell, die Reichsgrafschaften Bernheim und Weesekamp sowie das Anrecht auf die Markgrafschaft Folazzio in Italien.«

»Sigmaringen-Hohenzell ist Hohenzollernerbe und kann als solches nicht durch den Kaiser vergeben werden«, wandte der König grimmig ein.

»Außerdem ist es katholisch und müsste es den Worten des Kaisers zufolge auch bleiben«, setzte Grumbkow hinzu.

Charlotte erbitterte der Tanz um den heißen Brei, den der Minister da vollführte. »Ich will Tresskau zurück und nichts anderes!«

»Eine Rückkehr nach Tresskau ist nur mit Waffengewalt möglich, und der Kaiser beschwört Euch, den Frieden des Reiches nicht durch einen solchen Schritt zu gefährden«, erklärte der Minister beinahe beschwörend.

Charlotte riss der Geduldsfaden. »Ich soll den Frieden gefährden? Es war Ulrich von Mittstadt, der mein Land mitten im Frieden überfallen hat!«

Neben ihr begann der König zu kichern. »Wie viel haben die Österreicher dir gegeben, damit du diesen Vorschlag Ihrer Durchlaucht schmackhaft zu machen versuchst?«

»Viertausend Dukaten und eine goldene Spieluhr für meine Frau.« Grumbkow schien zu wissen, dass sein Herr ihn dafür nicht zur Verantwortung ziehen würde.

»Und wie viel haben dir die Franzosen geboten, damit du in ihrem Sinne auf die Fürstin einwirkst?«

»Mehr als das Doppelte, aber nur bei Erfolg.«

Charlotte funkelte den Minister zornig an. »Was, bitte schön, haben die Franzosen mit Tresskau zu tun?«

»Ihrer Ansicht nach sehr viel, doch das soll Euch ihr Emissär selbst darlegen.« Grumbkow winkte einen Diener zu sich heran und befahl ihm, seinen französischen Gast hereinzuführen. Der Lakai kehrte kurz drauf mit einem hoch gewachsenen Mann zurück, in dem Charlotte den Chevalier de Roumaire wiedererkannte, dem sie zweieinhalb Jahre zuvor in Wien begegnet war. Damals hatte er sie in einer fast beleidigenden Art übersehen, jetzt aber verneigte er sich vor ihr ebenso tief wie vor dem König und hob ihre Hand an seine Lippen.

»Ich bin untröstlich, Euch in diesen Umständen wiederzusehen, Madame. Seine Majestät Roi Louis XV. versichert Euch seines tiefsten Mitgefühls und lässt Euch durch mich mitteilen, dass er alle notwendigen Schritte unternehmen wird, Euch zu Eurem Recht zu verhelfen.«

Charlotte war im ersten Moment verwirrt, dass sich ein so großes und mächtiges Land wie Frankreich für ihr kleines Tresskau interessierte. Sie blickte den König Hilfe suchend an. Friedrich Wilhelm schien sich auf seine bärbeißige Art über sie zu amüsieren, wirkte aber nicht weniger ratlos. Allein Grumbkow war wie gewöhnlich Herr der Lage. Er lächelte sowohl Charlotte wie auch de Roumaire freundlich zu und bat den Franzosen, die Fürstin von Tresskau nicht weiter zu bedrängen.

»Wie Ihr seht, ist Ihre Durchlaucht von Eurem großzügigen Angebot überwältigt und bedarf zunächst einmal der Ruhe. Gewiss wird sie Euch in den nächsten Tagen eine weitere Audienz gestatten.«

»Ich bitte darum.« De Roumaire verneigte sich noch einmal vor Charlotte und verabschiedete sich geziert.

Für einige Augenblicke herrschte Schweigen, dann wandte Grumbkow sich an Charlotte. »Ihr habt de Roumaire gehört,

Euer Durchlaucht. Der König von Frankreich bietet Euch eine Armee an, um Euer Land wiederzugewinnen.«

Friedrich Wilhelm brummte wie ein gereizter Bär. »Er tut es gewiss nicht aus Freundschaft, sondern weil er sich einen Vorteil davon erhofft!«

Charlotte zog die Augenbrauen zusammen. »Welchen Vorteil könnte er aus seiner Hilfe für Tresskau ziehen?«

Grumbkow übernahm es, sie aufzuklären. »König Louis XV. hat nicht vergessen, auf welche Weise sein Urgroßvater, der vierzehnte Ludwig, vorgegangen ist, um sich zum Herrn Europas aufzuschwingen und das Reich Karls des Großen unter französischer Herrschaft wieder zu errichten. Frankreich strebt noch immer zum Rhein und wird alles tun, um neben Trier, Mainz und Köln auch unser preußisches Kleve in seine Hände zu bekommen. Ein Krieg im Reich käme den Absichten der Franzosen entgegen. Die österreichische Militärmacht ist trotz eines Feldherrn wie Prinz Eugen ein Koloss auf tönernen Füßen, und wenn Preußen und Bayern auf Frankreichs Seite stehen, wird Habsburg unterliegen. Das würde König Ludwig wieder einen Schritt näher an den Rhein bringen, Karl Albrecht von Bayern zu der erhofften Königskrone von Böhmen verhelfen und vielleicht sogar zur Kaiserkrönung als Nachfolger Karls VI. …«

»… und was bliebe für Preußen?«, unterbrach der König ihn scharf.

»Der Verlust Kleves, dafür aber der Gewinn sächsischer und polnischer Gebiete, da August der Starke gewiss zu Habsburg halten wird.« Grumbkow stand auf, stützte sich auf die Lehne seines Stuhls und durchbohrte Charlotte mit seinem Blick.

»Euer Durchlaucht müssen wissen, ob Ihr wegen eines kleinen Ländchens wie Tresskau das Risiko eines großen, europäischen Konflikts einzugehen bereit seid.«

Charlotte fühlte sich wie erschlagen. Nie hätte sie gedacht, dass ihre Probleme mit dem Mittstädter solche Ausmaße annehmen würden. Wenn es zu dem Krieg kam, den Grumbkow eben an die Wand gemalt hatte, dann würde nicht die Gerechtigkeit siegen, sondern Frankreich. Das Heilige Römische Reich, das vor fast tausend Jahren von Karl dem Großen gegründet und von Kaisern wie Otto den Großen, Friedrich Barbarossa und Maximilian, den man den Letzten Ritter nannte, zu höchstem Glanz geführt worden war, würde endgültig zerbrechen. Das war eine Last, der sie sich nicht gewachsen fühlte, und sie wollte dem König schon sagen, dass sie bereit sei, den Vorschlag des Kaisers mit Ausnahme Sigmaringen-Hohenzells anzunehmen. Dann aber erinnerte sie sich daran, dass Karl VI. lieber dirigierte, als die Krone des Heiligen Reiches zu tragen, und sich nicht zu schade war, das Symbol einstiger Größe durch Verrat zu besudeln.

Sie erhob sich und knickste vor dem König. »Wenn es sein muss, bin ich bereit, mich von Frankreich nach Tresskau zurückbringen zu lassen. Ich stelle nur die Bedingung, dass Kleve und alle anderen linksrheinischen Gebiete Preußens unter der Herrschaft Eurer Majestät bleiben müssen.«

2

Als Charlotte das Haus betrat, welches Friedrich Wilhelm ihr und ihrer Begleitung als Wohnstatt zur Verfügung gestellt hatte, sah sie aller Augen neugierig auf sich gerichtet. Selbst Georg Wilhelm, der sich in seinem Alter noch nicht für Politik interessierte, hoffte zu erfahren, wann es wieder nach Hause ging, denn er fühlte sich hier in Potsdam, in dem das Militär den Ton angab, alles andere als wohl. Wie die Erwachsenen musste auch er sich den hiesigen Gepflogenheiten beugen und steckte deswegen Tag für Tag in der grünen Uniform, die den Monturen der Tresskauer Jäger zu Pferd nachempfunden worden war. Auch Zinggen trug das Grün der Tresskauer Jäger, aber er hatte die Uniform seinem persönlichen Geschmack angepasst und glich in dem mit Goldlitzen verzierten, tannengrünen Rock, seinen lindgrünen Hosen und dem kessen schwarzen Dreispitz mit weißem Federflaum eher einem Theaterhelden.

Da Charlottes Sohn als Thronfolger die Farben Tresskaus tragen musste und Zinggen sich geweigert hatte, etwas anderes als Grün zu tragen, hatte Max es übernommen, dem Gastgeberland die notwendige Reverenz zu erweisen, und für seine Kleidung Preußischblau gewählt. Er tat es mit wohlwollender Ergebenheit und sah, wie Charlotte nicht zum ersten Mal fand, in der knapp sitzenden Uniform, die seine breiten Schultern und seine schmalen Hüften betonte, einfach hinreißend gut aus. Das ärgerte sie nicht wenig, denn die Montur unterstrich noch seine höflich reservierte Art und vertiefte den Graben zwischen ihnen. Sie aber sehnte sich mehr und mehr nach seiner körperlichen Nähe und wünschte sich, sie könnte mit ihm über all das sprechen, was ihr das Herz schwer machte.

»Nun, was hat der König gesagt?« Zinggens Frage riss Charlotte in die kalte Gegenwart zurück. Sie zwang sich zu einem Lächeln und ließ sich von Rosa aus ihrem Mantel helfen. Darunter trug sie ein Kleid, dessen Oberteil ebenfalls den Uniformen der preußischen Offiziere nachempfunden war. Allein Rosa hatte sich geweigert, den – wie sie es nannte – militärischen Unsinn mitzumachen, und trug weiterhin das strenge Gewand einer höheren Bediensteten. Sie murrte tagtäglich über die preußischen Zustände und wünschte sich nach Tresskau zurück, in dem der Mensch etwas galt und nicht nur der Rock, in dem er steckte.

Da Charlotte nicht geantwortet hatte, wiederholte Zinggen seine Frage. Sie zog unwillig die Schultern hoch. »Es sieht nach Krieg aus.«

Zinggen winkte mit leichter Hand ab. »Das dürfte keine große Bataille werden, denn Fürst Ulrich hat den Preußen nicht genug entgegenzusetzen.«

»Leider wird es nicht bei einer Auseinandersetzung zwischen Mittstadt und Preußen bleiben. Grumbkow befürchtet, dass Habsburg Ulrich verteidigen wird, und die Franzosen sind gewillt, sich einzumischen.«

»Was geht Tresskau die Franzosen an? Die suchen doch nur wieder einen Grund, Länder aus dem Reich herauszubeißen!«

Zinggens Jugend und seine Ausbildung hatten ganz im Zeichen der Kriege zwischen dem Deutschen Reich und dem vierzehnten Ludwig gestanden, und er vermochte sich nur schaudernd an die Zeit zu erinnern, in der sein erzürnter Vater ihn als Kornett in ein Reiterregiment stecken wollte, damit ein richtiger Mann aus ihm würde.

Charlotte ignorierte das beredte Mienenspiel des kleinen Barons, da ihr die eigenen Sorgen näher am Herzen lagen. »Der Comte de Roumaire, seines Zeichens Sonderbotschafter Seiner Majestät, Ludwigs XV., hat mir die Unterstützung seines Herrn angeboten. Den Preis dafür aber sollen andere bezahlen.« Sie versuchte, die Schuldgefühle abzuschütteln, die an ihr nagten, und wandte sich Max zu. »Nun, mein Guter, was gibt es Neues aus Tresskau zu vermelden? Hat diese Kröte Ulrich Fräulein von Rüthen und die anderen Herrschaften, die er widerrechtlich gefangen hält, endlich freigegeben?«

Max schüttelte bedauernd den Kopf. »Leider nein, Euer Durchlaucht. Er hat es gewagt, die Bitte Augusts des Starken abschlägig zu bescheiden. Seine Botschaft lautete, der Hofstaat Eurer Durchlaucht mit Ausnahme von Pößnitz, der nie mehr freikommen dürfe, könne Tresskau an dem Tag verlassen, an dem Euer Durchlaucht den Thronverzicht für Euer Durchlaucht, Euren Sohn und alle Nachkommen Eurer Durchlaucht vor sieben hochrangigen Zeugen beeidet und unterschreibt.«

»Das ist eine schamlose Erpressung«, rief Rosa empört.

Zinggen wollte sich ebenfalls äußern, bemerkte aber, dass Charlottes Augen vor Zorn sprühten, und stellte verwundert fest, dass ihr Unmut nicht dem Usurpator Ulrich von Mittstadt galt, sondern Max. Mit dem ihm eigenen feinen Gespür hatte er bereits herausgefunden, dass zwischen Charlotte und Max etwas vorgefallen sein musste. Er hatte seinen einstigen Zögling noch nie so melancholisch erlebt wie in diesen Tagen und empfand dessen Versuch, zwischen sich und der Fürstin einen breiten Wallgraben aus Höflichkeit und Ehrerbietung zu errichten, als lächerlich.

Die Fürstin tat jedoch das ihre dazu, diesen Graben zu vertiefen. »Mein lieber Max, wenn du dir angewöhnen könntest, mich nicht in jedem Satz dreimal mit Euer Durchlaucht zu betiteln, bliebe dir gewiss mehr Zeit, etwas für die Verbesserung unserer Lage zu tun.«

Charlottes Stimme klang ätzend, doch Zinggen musste ihr im Stillen Recht geben. Max stand mit hochrotem Kopf vor ihr und schien nicht zu wissen, wie er auf diese Zurechtweisung reagieren sollte. »Euer Durchlaucht, ich …«

»Ein Mal!«, unterbrach Charlotte ihn.

»Ich tue alles, was in meinen Kräften steht, Euer Durchlaucht.«

Obwohl Max die Wahrheit sagte, musste er Charlottes spöttisches »Zweimal« über sich ergehen lassen. Damit brachte sie ihn völlig aus dem Konzept, und er drehte sich Hilfe suchend zu Zinggen um. Das sanfte Lächeln des kleinen Barons war jedoch nicht geeignet, die in Aufruhr begriffenen Gefühle des jungen Mannes zu besänftigen.

Zinggen wollte ihm jedoch nicht seine Unterstützung entziehen. »Ihre Durchlaucht will damit sagen, dass wir hier als Kameraden für unsere Heimat kämpfen und die Einhaltung starrer höfischer Sitten nur störend wirkt. Mein lieber Max, es reicht wirklich, wenn du Ihre Durchlaucht einmal als solche ansprichst und das Gespräch mit Ihr und Euch fortsetzt.«

»Herr von Zinggen hat es auf den Punkt gebracht. Er ist ja auch ein vollendeter Kavalier.« Es tat Charlotte gut, Max diesen Hieb versetzen zu können, denn sie fühlte sich von ihm wie eine Hure behandelt, die man einmal benutzt und dann aus seinem Gedächtnis streicht. Sie erwartete nicht, dass er tagtäglich zu ihr ins Bett kroch, aber sie fand, dass ein freundliches Wort, ein aufmunterndes Lächeln oder eine liebevolle Geste nicht zu viel verlangt wären.

Max' Wangen brannten, als hätte Charlotte sie mit der Reitpeitsche bearbeitet. Konnte sie nicht einsehen, fragte er sich, dass sie ihn quälte? Er gehörte nicht zu jenen Hofschranzen, die untertags mit ergebener Miene vor ihrer Herrin dienerten und sie dann im Dunkel der Nacht mit einem strammen Riemen beglückten. Er liebte seine Fürstin mehr als sein eigenes Leben, und diese Liebe befahl ihm, alles zu tun, damit nicht der geringste Schatten auf ihren Ruf fiel. Es durfte nicht der Hauch eines Verdachts an ihr hängen bleiben, sie könne ein Verhältnis mit dem bedeutungslosen Spross eines nachrangigen Adelsgeschlechts unterhalten. Um seine aufgewühlten Gedanken zu bezwingen, besann er sich auf eine Nachricht, die ein Bote in einem unverschlossenen Brief gebracht hatte und die er nur ungern an sie weitergab.

»Euer Durchlaucht Mutter haben geschrieben und sich bitter beklagt, weil Euer Du…, weil Ihr die Zahlung der Apanage an Eure Veldenburger Verwandtschaft eingestellt habt, und sie hat erklärt, sie sei nicht in der Lage, Euch zu beherbergen, falls Ihr auf der Suche nach einem Asyl seid.«

»Das ist typisch für meine Mutter«, sagte Charlotte mit einem Achselzucken, welches zeigen sollte, dass der Ärger, den ihre Verwandtschaft ihr bereitete, ihr nicht so viel ausmachte. Ihr Blick wurde freundlicher. »Das war schon einmal ein Anfang, mein Guter. Wir gewinnen unsere Heimat nämlich nicht mit übertriebener Höflichkeit zurück, sondern mit Taten.«

»Daran soll es gewiss nicht mangeln.« Max verschluckte das »Euer Durchlaucht«, das ihm über die Zunge rutschen wollte, und salutierte so zackig, wie er es von den preußischen Offizieren abgeschaut hatte. Einen Augenblick lang überlegte er, ob er nicht doch Friedrich Wilhelms Angebot annehmen sollte, als Major in ein preußisches Dragonerregiment einzutreten. Dafür aber hätte er sich das Herz aus der Brust reißen müssen, denn seine ganze Treue galt der großen, stolzen Frau, die mit ernstem Gesicht vor ihm stand und so unerschütterlich wirkte, als könne nur Gott allein ihr etwas anhaben. Er wollte sie eben bitten, sich entfernen zu dürfen, als sie Zinggen und ihm lächelnd zunickte und Rosa und ihren Sohn anwies, ihr zu folgen. Max sah ihr nach, bis sie mit den beiden in ihrem Ankleidezimmer verschwand.

Als sie allein waren, blickte Zinggen Max ernst an. »Mich überkommt das seltsame Gefühl, Ihre Durchlaucht könnte von dir enttäuscht sein, mein Guter.«

Max senkte den Kopf und starrte unglücklich zu Boden. »Wenn es so ist, bedauere ich es außerordentlich und werde alles tun, um meine Pflichten noch besser zu erfüllen.«

»Rede doch nicht um den heißen Brei herum! Einen treueren Gefolgsmann als dich kann sich unsere Fürstin nicht wünschen. Erst gestern hat sie deinen Einsatz über den grünen Klee gelobt. Also muss etwas anderes zwischen euch liegen.« Zinggen las die Qual in Max' Augen und schlug die Hände zusammen.

»Bei Gott, das ist es! Du liebst sie, und sie liebt dich.«

»Gewiss nicht, denn für sie bin ich doch nur …« Max brach ab.

Zinggen lachte ihn aus. »Das, was du denkst, mein lieber Max, bist du für Ihre Durchlaucht mit Sicherheit nicht. Vielleicht solltest du einmal darüber nachdenken, wie sie sich fühlen muss. Sie kam als siebzehnjähriges Mädchen an den Hof von Tresskau, zu dem einzigen Zweck, einem widerstrebenden Fürsten einen Erben zu gebären. Kein halbes Jahr später war sie schwanger und Witwe. Den Druck, einen Sohn zur Welt zu bringen und ja kein Mädchen, hätte wohl keine andere Frau unbeschadet überstanden, doch sie behielt die Nerven und bescherte dem Land den Erbprinzen. Die Jahre danach waren vom Kampf gegen Ulrich von Mittstadt erfüllt, der mit Heimtücke und in die Welt gesetzten Lügen ihrem Sohn das Recht absprach, seinem Vater nachfolgen zu können. Auch das meisterte sie mit Bravour, und selbst jetzt, da Fürst Ulrich den päpstlichen Pfaffen in den Hintern gekrochen ist – verzeihe mir diesen harten Ausdruck –, um die Unterstützung des Kaisers zu erhalten, gibt sie sich nicht geschlagen, sondern hat zunächst bei Friedrich August von Sachen um Hilfe angesucht, und als dieser nach großmäuligen Ankündigungen feige gekniffen hat, dem polternden Preußen die Stirn geboten, um zu ihrem Recht zu kommen.

Glaube ja nicht, dass Frauen jene schwachköpfigen Wesen sind, für die Pößnitz sie hält. Wenn es welche gibt, die dem Bild unseres Kanzlers entsprechen, so wurden sie entsprechend erzogen und tragen vielleicht auch von Natur aus keinen besonders hellen Kopf auf den Schultern. Männer, die sich von dummen Frauen einen Erben erhoffen, sind Narren. Jeder, der Hunde oder Pferde züchtet, weiß, dass aus einem schlechten Muttertier selten ein rassiger Welpe oder ein edles Fohlen kommt. Schau dir doch unsere gekrönten Häupter an! Wie vielen fehlt selbst der nötigste Verstand für ihr hohes Amt? Von

Karl VI. sagte Prinz Eugen nicht umsonst, er wäre besser Komponist oder Musiker geworden, und unser wohlgeborener Gastgeber hat Marotten, die ihn mit Verlaub arg seltsam erscheinen lassen. Wenn ich mir dieses Potsdam so ansehe, eine ganze Stadt, die als einzige Kaserne erbaut wurde, und seine Vorliebe für diese Langen Kerls, zweifle ich, ob der Mann so intelligent ist, wie es einem Herrscher anstünde.«

Zinggen bemerkte, wie weit er sich von seinem eigentlichen Thema entfernt hatte, und schüttelte sich. »Doch ich sprach über unsere Fürstin. In all diesen Jahren hat sie nur zwei Freunde besessen, die ihr uneigennützig zur Seite standen, mich, den meine Standesgenossen verachten und den sie trotz meiner Neigungen nicht mit Abscheu von sich stieß, und dich. Sie mochte dich von Anfang an, auch wenn sie nicht sofort in dich verliebt war. Doch im Lauf der Jahre lernte sie deinen Wert immer mehr schätzen und schloss dich in ihr Herz.«

»Das träumt Ihr nur, Herr von Zinggen. Ich habe nichts dergleichen bemerkt.« Max bedauerte den harschen Zwischenruf sofort und wollte sich bei seinem Mentor dafür entschuldigen, doch Zinggen legte ihm den rechten Zeigefinger auf die Lippen.

»Mein guter Junge, ich habe dir etliches an Jahren und an Menschenkenntnis voraus. Ich weiß, was im Herzen unserer Fürstin vorgeht, und kenne auch ihren Stolz. Sie würde sich niemals zu einem Untergebenen herablassen, nur um nackter Lust zu frönen, ebenso wenig, wie ich einen Knaben von seinen Verwandten kaufen würde, um ihn zu benutzen. Ich weiß aber auch um die Eifersucht, die sie gegen mich gehegt hat, weil sie annahm, du und ich wären ein innig verbundenes Liebespaar. Sie hat sie gut in ihrem Herzen verborgen, doch meine Augen sind scharf, mein Guter. Und nun verrate mir, was auf der Flucht zwischen dir und ihr vorgefallen ist. Hat sie dir ihr Herz geöffnet, und du hast sie zurückgestoßen?«

Dem zwingenden Tonfall des kleinen Barons konnte Max nicht widerstehen. »Es ist noch schlimmer. Wir haben es getan.« Dieses Geständnis fiel ihm schwer.

Der Baron schüttelte den Kopf und gab Max einen Stoß, der diesen mehrere Schritte zurücktaumeln ließ. »Und du wagst es, ihr gegenüber so zu tun, als wärst du ein Lakai, den ein anderer Souverän ihr zur Verfügung gestellt hat und der seinen Dienst bei ihr nur widerstrebend erfüllt? Du bist ein noch größerer Dummkopf, als ich angenommen habe!«

Max hob verzweifelt die Hände. »Es geht doch um ihren Ruf! Was würde die Welt sagen, wenn es hieße, wir wären ein heimliches Liebespaar?«

»Wir beide standen uns auch sehr nahe, Max. Sind wir deshalb jeden Tag ins Bett gekrochen, um uns unseren Lüsten hinzugeben?«

»Nein«, antwortete Max verwirrt.

»Ich habe dich in den zehn Jahren, seit du zum ersten Mal zu mir kamst, kaum häufiger in den Armen gehalten, aber das waren mit die glücklichsten Augenblicke meines Lebens. Du hast mir weitaus mehr als nur die körperliche Erfüllung gegeben, nämlich das Gefühl, einen Freund zu besitzen, wie er treuer nicht sein kann. Versuche Ihrer Durchlaucht ein ebenso treuer Freund zu sein, ohne dich von deinem Verlangen nach ihr beherrschen zu lassen. Kommt es einmal dazu, dass du sie in deinen Armen halten kannst, dann genieße es, aber sieh es nicht als dein Recht an, diese Dienste von ihr zu fordern. Denn ein Dienst, den man leisten muss, um sich die Freundschaft des anderen zu erhalten, sät Erbitterung. Ich wollte dir nie das Gefühl geben, meine Freundschaft mit Liebesdiensten erhalten zu müssen.«

Der letzte Satz beschämte Max mehr als die ganze Rede, aber der kleine Baron gab ihm nicht die Zeit, sich in Selbstvorwürfen zu ertränken. »Auch eine so starke Frau wie Fürstin Charlotte benötigt von Zeit zu Zeit eine Schulter, an die sie sich lehnen, und ein Ohr, dem sie ihr Innerstes anvertrauen kann, ohne dass es weitergetragen wird. Liebe sie in deinem Herzen und sei ihr der Freund, den sie sich wünscht und den sie auch dringend benötigt. Es liegen noch harte Kämpfe vor uns, und mein Herz sagt mir, dass du keine geringe Rolle darin spielen wirst.«

Der kleine Baron bedachte seinen Zögling mit einem liebevollen Blick. Obwohl er ihn eben heftig zurechtgewiesen hatte, war er stolz auf die Selbstbeherrschung des jungen Mannes und seinen Takt. Die meisten Männer, die er in seinem Leben kennen gelernt hatte, wären versucht gewesen, aus dem Moment der Schwäche, den die Fürstin gezeigt hatte, ihren Vorteil zu ziehen.

3

Bartoluzzi legte die Stirn auf seine gefalteten Hände und lauschte mit geschlossenen Augen dem Hochamt. Es war das erste, nachdem der Tresskauer Dom umgestaltet und die schlichte protestantische Einrichtung durch aufwändigen Barock ersetzt worden war. Natürlich war das Gotteshaus noch lange nicht fertig, die Außenfassaden mussten noch erneuert werden, und im Innenraum wollte Bartoluzzi noch weitere Altäre aufstellen lassen. Mittlerweile standen schon die Statuen seiner Lieblingsheiligen an den Stellen, die er dafür vorgesehen hatte, und vergoldete Ranken überzogen die vorher weiß gekalkten Seitenwände. Der dreiflügelige, bis zur Fensterrosette aufragende Hochaltar zeigte Maria rechts bei der Verkündigung der Geburt Christi durch den Engel des Herrn, links mit dem Jesuskind im Stall von Bethlehem und in der Mitte als

Mater Dolorosa mit dem schwertdurchbohrten Herzen. Es war ein glanzvolles Monument des Glaubens und hätte selbst einen Künstler wie Bernini entzückt. Ebenso wie der Kaiser liebte Bartoluzzi die Bildhauer und Maler Italiens und zog sie allen anderen vor. All die Bildwerke in diesem Dom waren von gottgesegneten Händen florentinischer und lombardischer Künstler geschaffen worden und so eindrucksvoll, dass sie die Menschen, die dem Hochamt beiwohnten, allein durch ihren Anblick dem wahren Glauben zuführen mussten.

Als Bartoluzzi den Kopf hob und die Augen öffnete, bemerkte er unter den Besuchern seines Gottesdienstes jedoch noch viele ablehnende, ja sogar angewiderte Gesichter, die ihm verrieten, dass die Leute nur aus Angst gekommen waren. Mit einem Mal spürte er die Wut über dieses verstockte Volk wie Säure in sich aufsteigen. Wollten diese Menschen denn nicht einsehen, dass das alles hier zu ihrem ganz persönlichen Heil erschaffen worden war? Dass es seine liebevoll geöffnete Hand war, die sie der ewigen Verdammnis der Ketzerei entriss, der sie vordem gefrönt hatten, und sie zur ewigen Seligkeit an der Seite der Mutter Gottes führte? Der Anblick verdarb ihm nun die Freude, dem klaren Latein Pater Marcos lauschen zu dürfen, der zwar kaum ein Wort Deutsch sprach, in der Hochsprache des heiligen katholischen Glaubens aber wie kein Zweiter brillierte.

Um sich von seinem Ärger abzulenken, blickte Bartoluzzi zum Gestühl der fürstlichen Familie hinüber. Der Landesherr selbst rückte von einem Knie auf das andere und machte ein Gesicht wie ein Schaf, das den Schäfer sprechen hört, ohne ihn zu verstehen. Bartoluzzi ging es jedoch nicht um Fürst Ulrich und auch nicht um dessen Gemahlin Mathilde, die ihre Abneigung gegen den neuen Glauben nur schlecht verbarg, sondern einzig um deren Kinder. Prinz Magnus war bereits in Wien für die katholische Kirche gewonnen worden und hing inbrünstig an den Lippen des Predigers, ebenso sein Bruder Rudolf, den man nicht nur hier in Tresskau hinter vorgehaltener Hand den Krüppel nannte und der trotz seiner acht Jahre bereits einen klugen Kopf auf den Schultern trug. Bartoluzzi hatte die Ausbildung des Kindes in die eigenen Hände genommen und seinen Ehrgeiz geweckt, indem er ihm berichtet hatte, welch mächtiger Herr er als Bischof oder gar Kardinal werden könne. Auch Rudolfs mittlere Schwester Helene verfügte über die Fähigkeiten, einmal die Äbtissin eines großen Klosters werden zu können, vielleicht sogar hier im wieder vereinigten Saalstein, denn Bartoluzzi plante bereits einen Neubau, der auf der Grenze stehen sollte, die das Fürstentum bis zum letzten Jahr zerschnitten hatte. Es sollte sein größtes Werk werden und seinen Triumph in alle Welt hinausposaunen. Nun, da er endlich vom Heiligen Stuhl zum Bischof von Saalstein ernannt worden war, hatte er es nicht mehr nötig, den Handlanger für solche Kreaturen wie den Lothringer Montfroy zu spielen. Mochte dieser seinen Prinzen mit der Habsburgerin Maria Theresia vermählen, seinen Ruhm würde er nicht mehr überstrahlen können. Ihm, Gianluca Isidoro Ignacio Bartoluzzi, der als unehelicher Sohn der Schäferin Laura Panini auf den Hundenamen Matto getauft worden war und der sich Abkunft und Namen selbst hatte erringen müssen, war es gelungen, das Banner des wahren Glaubens im Kernland der deutschen Ketzer aufzurichten. In seinen Träumen sah Bartoluzzi sich im Zentrum einer großen Reconquista des katholischen Glaubens stehen, die von Tresskau ausgehend die umliegenden Länder erfassen und über Dresden hinaus bis nach Berlin reichen würde.

Ein letztes, mit volltönender Stimme gesungenes Amen Pater Marcos rief den Bischof in die Gegenwart zurück. Sein Blick flog über das Innere des Kirchenschiffs, in dem sich die Bewohner Tresskaus in fast beleidigender Eile aufmachten, den heiligen Raum zu verlassen. Dabei mussten sie dicht an der Statue der segnenden Jungfrau vorbeigehen, die er neben dem Eingang hatte aufstellen lassen. Seinen Befehlen zufolge hatte jedermann vor diesem Bildnis sein Knie zu beugen, wenn er nicht als Ketzer gelten wollte. Da Bartoluzzi die Leute scharf beobachtete, entging es ihm nicht, dass der Goldschmied Rettner versuchte, sich an der Statue vorbeizudrücken, ohne ihr die geforderte Reverenz zu erweisen. Er sprang auf und wies mit ausgestrecktem Zeigefinger auf den Mann. »Wachen, nehmt diesen Unverschämten fest!«

Eine Gruppe österreichischer Dragoner, denen der Bischof eher vertraute als Fürst Ulrichs Soldaten, unter denen er heimliche Ketzer vermutete, eilte herbei und schloss die Gruppe um die Statue ein. Bartoluzzi durchschritt mit wehendem Ornat die Gasse, die die erschrockene Menge ihm öffnete, und blieb wie ein rächender Geist vor Rettner stehen. Auf seinen Wink hin stießen die Dragoner die übrigen Leute beiseite und richteten ihre Karabiner auf den Goldschmied.

Bartoluzzis Blick durchbohrte den Mann, der ihn mit vorgeschobenem Kinn trotzig anstarrte, doch die winzigen Schweißperlen auf der Stirn und über der Oberlippe verrieten die Angst, unter der der Goldschmied sich innerlich krümmte. Nicht weit von Rettner stand seine Frau, die beiden kleinen Kinder an sich gepresst, und blickte den Bischof mit flehenden, schreckgeweiteten Augen an.

Bartoluzzi ging einmal um den Goldschmied herum und wies dann auf die Marienstatue. »Du hast vergessen, der Himmelsmutter den nötigen Respekt zu erweisen.« Seine Stimme klang sanft, doch es schwang ein Unterton darin mit, der den Umstehenden die Haare aufstellte.

»So ist es bestimmt gewesen, Herr – Euer Eminenz!«, rief Rettners Frau eilig, da ihr Mann keinerlei Anstalten machte, dem Bischof zu antworten. »Euer Eminenz, mein Mann hat viel zu bedenken, denn er muss ja nicht nur für den fürstlichen Hof arbeiten, sondern auch zwei Kerzenhalter und eine Monstranz für den Dom anfertigen. Da geht ihm vieles durch den Kopf, und er hat nicht daran gedacht, dass er ja vor der Heiligen Mutter niederknien muss. Er wird es aber gewiss gleich voller Inbrunst tun. Komm, Mann, erweise der Gebärerin Christi die Ehre!« Die Goldschmiedin packte den Ärmel ihres Mannes und versuchte ihn vor die Statue zu zerren, doch Bartoluzzi hob gebieterisch die Hand.

»Egal, was ein Mensch alles zu bedenken hat, an erster Stelle steht immer das Heil der Seele. Wer das vergisst, ist ein Ketzer.«

Die Goldschmiedin dachte an die Scheiterhaufen, die vor der Kirche gebrannt und in deren Flammen im letzten Jahr schon mehr als ein Dutzend Mitbürger eines elenden Todes gestorben waren, und kreischte auf. »Mein Gemahl ist kein Ketzer! Es ist nur alles so neu und ungewohnt.« Auch ihr Mann schien nun zu begreifen, in welcher Gefahr er schwebte, und sank mit einer steifen Bewegung auf die Knie. Bartoluzzi sah es mit Zufriedenheit, doch so leicht wollte er seine Beute denn doch nicht aus den Klauen lassen. Er winkte zwei Soldaten zu sich.

»Ihr werdet jetzt das Haus des Goldschmieds durchsuchen und nach ketzerischen Dingen forschen. Entdeckt ihr nichts, so will ich ihm in meiner Güte verzeihen, doch werdet ihr fündig, soll die Strafe des Himmels ihn treffen.«

Das Gesicht des Goldschmieds erbleichte für einen Augenblick, doch er wappnete sich sofort wieder mit der Zuversicht eines Mannes, der vorgebaut hat. Seine Hoffnung war jedoch vergebens, denn als die Soldaten nach einer Weile zurückkamen, brachten sie mehrere Bücher und eine silberne Gedenkmünze mit sich. Bartoluzzi warf einen kurzen Blick auf die Bücher und sah, dass es sich dabei um Erbauungsschriften der

Protestanten handelte. Die Münze trug das Bildnis Martin Luthers und war zur Feier des zweihundertjährigen Jubiläums der Reformation in Dresden geprägt worden.

»Das ist der Beweis, dass du in deinem Herzen ein verstockter Ketzer geblieben bist, Goldschmied. Also wird das Feuer deine Seele reinigen müssen. Führt ihn ab.« Bartoluzzi wandte sich der noch im Kirchenschiff versammelten Menge zu.

»Lasst euch das Schicksal des Goldschmieds eine Warnung sein. Nur wer den katholischen Glauben mit ganzem Herzen annimmt, wird dereinst ins Paradies kommen. Alle anderen werden Satans Beute werden. Es ist allein meine Hand, die euch vor diesem grausamen Schicksal bewahren kann, und ich werde alles tun, um eure Seelen zu retten. Werft die Schriften der Ketzer in den Abtritt, stellt die geweihten Bildnisse der Heiligen Jungfrau auf, die euch die frommen Brüder gegen ein geringes Entgelt verkaufen, und euer ist das Himmelreich. In den nächsten Wochen werde ich jedes Haus und jede Kate in Tresskau durchsuchen lassen, um zu sehen, ob ihr vom Dämon der Ketzerei befreit seid oder nicht!«

Diese Drohung legte sich wie eine düstere Wolke über die unfreiwilligen Gläubigen. Sie starrten den Bischof verängstigt an und wagten es zunächst nicht, die Kirche zu verlassen. Erst als die Soldaten einige mit den Kolben ihrer Musketen antrieben, kam Bewegung in die Menge. Niemand vergaß nun, das Knie vor der Marienstatue zu beugen und das Kreuzzeichen zu schlagen, so ungelenk es bei manchem auch wirken mochte.

Bartoluzzi war mit seinem Auftritt zufrieden, und selbst das ärgerliche Gesicht des Fürsten vermochte seine gute Laune nicht zu mindern.

Ulrich wartete, bis sie allein waren, und ging dann wütend auf den Bischof los. »Musste das sein? Schließlich ist Rettner der beste Goldschmied im Land, außerdem haben diese Scheiterhaufen eine verheerende Außenwirkung. Wollt Ihr denn, dass man der geflohenen Fürstin noch mehr Sympathien entgegenbringt?«

Ulrichs Gesicht färbte sich so dunkel wie edelster Burgunderwein, und man konnte ihm ansehen, dass er am liebsten mit der Faust dreingeschlagen hätte. Aber er durfte sich nicht an Bartoluzzi vergreifen, denn dieser hatte das Ohr des Kaisers, und er konnte es sich in seiner jetzigen Situation nicht leisten, Karl VI. oder gar den Vatikan zu verärgern. Um sich abzureagieren, fluchte er auf die Tresskauer Zuchtstute, der es gelungen war, seine Soldaten an der Nase herumzuführen, und die jetzt mit ihrem Bastard in Preußen Unterschlupf und Unterstützung gefunden hatte.

Bartoluzzi wartete, bis der Fürst sich wieder etwas beruhigt hatte. »Rettner ist ein schlechter Goldschmied. Ich werde Euch einen besseren besorgen, einen aus Italien.« Dann wollte er sich abwenden, um sich nach Hause zu begeben, wo Pater Marco auf ihn wartete.

Ulrich hielt ihn jedoch am Ärmel fest. »Ich muss dringend mit Euch sprechen.«

»Euer Eminenz. Einen Bischof spricht man mit Euer Eminenz an«, belehrte ihn Bartoluzzi.

»Und einen Fürsten mit Euer Durchlaucht«, blaffte Ulrich zurück.

»Im persönlichen Gespräch nennt ein Bischof auch einen Fürsten ›mein Sohn‹. Selbst der Kaiser beugt demütig sein Knie vor der heiligen Kirche und ihren Vertretern, mein Sohn Ulrich.«

Der Fürst empfand dies als Schlag ins Gesicht, und er fragte sich, wie aus dem fast devoten und liebedienerischen Monsignore, als den er ihn kennen gelernt hatte, ein solch arroganter und aufgeblasener Bischof hatte werden können. Der Mann schien sich selbst über ihn erhaben zu fühlen und benahm sich, als wäre er der Fürst des Landes. Nur mühsam bezwang er seinen Zorn und beugte sein Knie vor der Marienstatue, bevor er Bartoluzzi folgte. Er ließ die wartende Kutsche unbeachtet, dachte einen Moment nach und betrat dann das Fachwerkhaus, das einst dem Domdekan Schliebrantz gehört hatte und das nun Bartoluzzi bewohnte, bis ein in seinen Augen würdigeres Bischofspalais errichtet sein würde.

Bartoluzzi lobte Pater Marco gerade für seine gelungene Predigt, als der Fürst ohne anzuklopfen eintrat. »Ich sagte, ich muss mit Euch sprechen, Euer Eminenz!« Ulrich erstickte fast an dieser Anrede, doch er suchte Antworten auf Fragen, die ihm nur der Bischof geben konnte.

»Gewiss, gewiss. Hier sind wir vor unbefugten Ohren sicher und können miteinander reden.« Bartoluzzi lächelte dem Fürsten leutselig zu und wies dann Pater Marco auf Italienisch an, ihnen zwei Becher Wein zu bringen. Der junge Jesuit verneigte sich und verschwand lautlos wie ein Schatten. Kurz darauf kehrte er mit einem vollen Krug und zwei goldenen Bechern zurück und verließ mit einer weiteren Verbeugung endgültig den Raum.

Bartoluzzi ergriff einen der Becher, die aus Rettners Werkstatt stammten, und trank dem Fürsten zu. »Auf deine Gesundheit, mein Sohn!«

»Auf die Eure, Euer Eminenz.« Es wurmte Ulrich, dass er den Bischof wie einen Menschen ansprechen musste, der über ihm stand. Bei seinem protestantischen Hofprediger Meller war das nie nötig gewesen, denn der hatte gewusst, welche Achtung er einem gekrönten Haupt schuldig war. Andererseits hatte Bartoluzzi ihm Tresskau eingebracht, wenn auch mit einem Haufen Probleme, die von Tag zu Tag zu wachsen schienen.

Er schnaufte und trank den Becher bis zur Neige. »Die Nachrichten, die ich aus Potsdam bekomme, sind alles andere als in unserem Sinne!«

Der Bischof hob scheinbar erstaunt die Augenbrauen. »Was ficht Euch an?«

»Der König von Preußen hat wieder einmal lautstark erklärt, er würde seine Truppen einsetzen, um der vertriebenen Fürstin von Tresskau zu ihrem Recht zu verhelfen.«

Bartoluzzi machte eine wegwerfende Handbewegung. »In Wien sagt man, der preußische Hund bellt viel, doch er beißt nur selten.«

Damit konnte er den Fürsten nicht beruhigen. »Österreich wird er gewiss nicht beißen, da es viel zu mächtig ist. Doch Saalstein liegt nicht weit von seinen Grenzen, und er könnte versucht sein, mich doch anzugreifen, insbesondere, da sich jetzt auch noch die verdammten Franzosen einmischen.«

»Aber daran seht Ihr doch, dass das Geschrei des Brandenburger Ketzers nur leeres Geblöke ist. Die offene Stellungnahme der Franzosen ist ein Zeichen des Himmels, denn als Kurfürst und damit als Untertan des Kaisers wird der Preuße es gewiss nicht wagen, dem Erzfeind des Reiches das Tor zu öffnen. Er würde auf einen Schlag alle Sympathien der Reichsstände verlieren, denn der Verrat seines Großvaters, der Straßburg unter die Knute Ludwigs XIV. gezwungen hat, ist noch nicht vergessen.« Bartoluzzi maß den Fürsten mit einem Blick, als habe er einen Knaben vor sich, der sich vom Rauschen im Wald erschrecken ließ. Er durfte ihn jedoch nicht in seinen Ängsten verharren lassen. Daher schenkte der Bischof beide Becher nach, drückte dem Fürsten einen davon in die Hand und blickte ihn beschwörend an.

»Vertraue mir, mein Sohn, und auch der diplomatischen Kunst der kaiserlichen Behörden und der heiligen Kirche. Mag der Preuße auch Eingabe um Eingabe an den Reichstag senden, sie werden alle nutzlos verpuffen. Die katholischen Reichsstände stehen fest zu Euch und werden es niemals zulassen, dass die Witwe jener widernatürlichen Kreatur, die mit ihren Trieben Himmel und Erde gleichermaßen beleidigt hat, jemals zurückkehren kann. Irgendwann wird sie auch dem Preußenkönig lästig fallen, und dann bleibt ihr und ihrem Sohn nur die Möglichkeit, sich nach Hollenberg zurückzuziehen, und von dort aus können sie Euch nie mehr bedrohen.«

»Meint Ihr wirklich?« Ulrich blickte so dankbar zu Bartoluzzi auf, dass dieser ihm das fehlende »Euer Eminenz« verzieh.

Der Bischof tätschelte die Hand des Fürsten und lächelte ihm zu. »Selbstverständlich wird es so kommen, denn steht Euer Land nicht unter dem Schutz der Jungfrau Maria?«

Ulrich nickte, obwohl sein Vertrauen in die Himmelsmächte weniger ausgeprägt war als das seines Gegenübers. »Ihr habt gewiss Recht, ehrwürdiger Vater.« Im Stillen betete er, dass der Preuße diese renitente Zuchtstute bald aus seinem Land werfen würde, erst dann nämlich würde die Angst von ihm weichen, die ihm den ungeschmälerten Besitz beider Saalsteins verbitterte. Bis dahin musste er sich auf Bartoluzzi stützen, der ihm zu dem Thron seines Vetters verholfen hatte, und ihm weiterhin vertrauen. Wie es aussah, würde er Saalstein nur mit seiner Hilfe behalten und an seinen Sohn weitervererben können.

»Ich danke Euch, Euer Eminenz! Ihr habt mir eine große Last vom Herzen genommen.« Ulrich trank seinen Becher zum zweiten Mal leer, verbeugte sich vor dem Bischof und verließ das Haus mit dem festen Vorsatz, diesem für ihn so wichtigen Mann eine würdige Heimstatt zu schaffen. An den Goldschmied, den er eigentlich hatte retten wollen, um sich weiterhin seiner kunstvollen Hände bedienen zu können, verschwendete er keinen Gedanken mehr.

4

Zinggens Leibschneider Zwirn hatte den Dom mit aufgewühlten Gefühlen verlassen und war nach Hause zurückgekehrt, ohne wie sonst üblich auf einen Humpen Bier in die Ochsenschenke einzukehren. Ihn bedrückte das Schicksal des Goldschmieds, mit dem er trotz dessen gelegentlichen Anspielungen auf seine Neigung zum eigenen Geschlecht immer gut ausgekommen war, und er fühlte den schwarzen Schatten des Bischofs bedrohlich auf sich liegen. Wenn die Mönche, die Bartoluzzi ins Land geholt hatte, wirklich damit begannen, die Häuser zu durchsuchen, dann schwebte auch er in Gefahr, verbrannt zu werden. Wohl besaß er keine religiösen Werke ketzerischen Ursprungs, dafür aber Schriften und Bilder, auf die Bartoluzzis Schergen gewiss nicht weniger erpicht waren.

Zu Hause rückte er einen Schrank von der Wand und entnahm aus einem Geheimfach ein in Ölhäute und saubere Tücher eingewickeltes Paket. Als er die Schichten auseinander geschlagen hatte, kamen mehrere kolorierte Drucke nackter Knaben zum Vorschein. Darunter lagen etliche Bilder männlicher Paare in Situationen, die den Dienern des Bischofs gewiss nicht gefallen würden. Darüber hinaus enthielt das Paket mehrere dünne Bücher gleichen Inhalts, und er musste beim Anblick seines kostbarsten Stücks tief aufseufzen. Diesen wundervoll illustrierten Band hatte Baron Zinggen ihm als Geschenk überreicht, und Zwirn fragte sich, wie es seinem besten Kunden und gelegentlichen Liebhaber ergehen mochte. Gewiss fühlte dieser sich im Gefolge der Fürstin in Potsdam um einiges wohler als er hier.

Zwirn blätterte in dem Folianten, den er nun wohl zum letzten Mal in den Händen halten würde, und war darin so vertieft, dass er nicht wahrnahm, wie die Tür geöffnet wurde und die Witwe

Märthe, die zweimal in der Woche bei ihm putzte, hereintrat, sich an ihn heranschlich und ihm neugierig über die Schultern blickte. Obwohl ihre Zunge so scharf war wie ein Fleischermesser, duldete Zwirn sie für ein paar Stunden in der Woche in seinem Heim, denn sie hielt es gründlich sauber. Zu anderen Zeiten hätte sie die Lektüre in seiner Hand mit etlichen bösen Worten bedacht, jetzt seufzte sie nur tief und schnüffelte, als müsse sie nach innen weinen. Damit erschreckte sie den Schneider, der hochfuhr und beinahe seine kostbaren Schriften fallen gelassen hätte.

»Märthe, was machst du denn hier?«

»Aber Meister Zwirn, ich komme doch jedes Mal zum Putzen herüber, wenn Ihr Euch nach dem Kirchgang auf einen Krug Bier in den Ochsen setzt.«

Zwirn hatte die Frau ganz vergessen und schalt sich nun wegen seiner Sorglosigkeit, denn wenn die Witwe auch nur das Kleinste von dem verlauten ließ, was sie hier gesehen hatte, war es um ihn geschehen. Er wollte schnell die Tücher über die Bilder decken, doch Märthe nahm ihm eine Zeichnung mit einem besonders hübschen Knaben aus der Hand und betrachtete sie mit bitterer Miene.

»Bei Gott, was haben unsere braven Tresskauer über unseren seligen Fürsten Carl Anton gelästert und ihn einen widernatürlichen Knabenstecher genannt, obwohl er wahrlich keinen einzigen Knaben aus der Stadt zu sich gerufen hat und dem guten Zinggen und später auch diesem de Tailleur so treu blieb, wie es ein Mann seinem Weib gegenüber sein sollte. Damals haben viele den Tag herbeigesehnt, an dem Fürst Ulrich seinen Einzug in Tresskau halten würde. Doch nun begreifen sie alle, was sie an unserem alten Fürsten gehabt haben. Ich glaube, es gibt keine einzige Familie in der Stadt, die ihm nicht freudig einen Knaben für seine Lüste opfern würde, wenn sie ihn nur wiederbekämen und unsere liebe Frau Fürstin dazu.« Sie schniefte und wischte sich eine Träne aus den Augenwinkeln.

»Möge Gott unsere Fürstin und ihren Sohn doch endlich zurückbringen!«, entfuhr es Zwirn.

Märthes Kopf ruckte hoch. »Ihr wisst etwas über sie?«

Zwirn verfluchte zum zweiten Mal seine Unvorsichtigkeit, und nach einem Blick auf seinen Quälgeist wusste er, dass ihm nichts übrig bleiben würde, als die Frau einzuweihen. »Ja, aber du musst mir schwören, gegen jedermann zu schweigen.«

Die Witwe sah ihn beleidigt an. »Selbst auf einem Scheiterhaufen dieses Bluthunds Bartoluzzi wird kein Wort von meinen Lippen kommen.«

»Da wir wahrscheinlich auf demselben Scheiterhaufen enden werden, kannst du dort reden, so viel du willst!« Zwirn berichtete ihr, was er von Charlottes Bemühungen, Tresskau wiederzuerlangen, erfahren hatte. Er verschwieg ihr nur, dass er einer der Spione war, die die Fürstin mit Nachrichten über die Lage im Land versorgten.

»Ihre Durchlaucht hat uns und unsere Leiden also nicht vergessen!« Die alte Märthe schluchzte vor Rührung und bedauerte im selben Moment, dass sie diese Nachricht nicht in der Stadt verbreiten durfte, denn das hätte manchen gebeugten Rücken gestrafft. Unwillkürlich blieb ihr Blick auf den erotischen Bildern haften, und sie empfand mit einem Mal ein wohliges, längst vergessen geglaubtes Gefühl.

»Das dort solltet Ihr sehr gut verstecken, mein lieber Zwirn, und wenn die Zeiten sich gewandelt haben, würde es mich freuen, wenn Ihr mich dazu einladet, sie mit Euch zusammen zu betrachten. Es ist zwar sündhaftes Zeug, doch sind wir Menschen nicht alle Sünder? Gott wird das Betrachten eines hübschen Bildes gewiss leichter verzeihen als Diebstahl und üble Nachrede. Schließlich treiben wir ja keine Unzucht miteinander.« Sie lächelte Zwirn dabei so verschwörerisch an, dass dieser blass wurde.

»Nein, das treiben wir gewiss nicht«, würgte er hervor und hoffte dabei inständig, dass die Frau nicht auf den Gedanken kam, einige der Dinge, die sie sich ansehen wollte, an ihm auszuprobieren.

5

In Potsdam hatte der Frühling Einzug gehalten, ohne dass sich auch nur ein einziges Regiment in Marsch gesetzt hätte, um Tresskau zu befreien. Charlottes Laune sank so tief, dass sie sich manchmal fragte, ob es nicht besser gewesen wäre, bei August dem Starken zu bleiben. In Dresden und Warschau hätten sie und ihre Begleiter gewiss angenehmer gelebt als in dieser Kaserne aus dunklen Ziegelsteinen, schnurgeraden Straßen und Paradeplätzen, die nur ein Preuße eine Stadt nennen konnte. Hier hatte sich alles so stark dem Militär unterzuordnen, dass die wenigen Bürger, die nicht zur Armee gehörten oder für sie arbeiteten, von Offizieren und Soldaten gleichermaßen verachtet wurden. Die meisten Schneider, Schuster, Schmiede und Sattler waren jedoch Soldaten im Unteroffiziersrang, die ihre Fertigkeiten zum Nutzen der Armee ausübten.

Charlotte hieb mit der Hand durch die Luft und murmelte eine Verwünschung, die niemand im Besonderen galt, sondern nur ihren Ärger über die schleppende Behandlung ihrer berechtigten Anliegen durch alle möglichen Kanzleien, Ministerien und Versammlungen ausdrückte. Dann wandte sie sich mit einem heftigen Ruck an Max, der neben der Tür stand und sie aufmerksam beobachtete.

»Es ist zum Haareausraufen, findest du nicht auch?«

Max brauchte nicht zu fragen, was seine Herrin so wütend machte, denn wenn sie unter sich waren, nahm sie kein Blatt vor den Mund. Er verstand ihre Ungeduld, auch ihm zwickte es in den Fingern, nach Hause zurückzukehren, um das Terrorregime zu beenden, welches Fürst Ulrich und dessen Bischof mittlerweile errichtet hatten. Um die Stimmung der Fürstin nicht noch weiter anzuheizen, zwang er sich zu einem Lächeln.

»Bevor wir zu den Waffen greifen dürfen, müssen nun einmal erst alle friedlichen Möglichkeiten ausgeschöpft werden, zumal die wenigsten Reichsstände eine Beteiligung Frankreichs an dem Konflikt wünschen. König Friedrich Wilhelm käme in schlechten Ruf, würde er ohne Rücksicht auf die Wünsche der übrigen Reichsstände handeln.«

»In jeder Woche, die dadurch vergeudet wird, stirbt ein weiterer unschuldiger Mensch auf dem Scheiterhaufen«, fuhr Charlotte ihn an.

»In einem Krieg sterben noch viel mehr unschuldige Menschen«, antwortete Max ungerührt. Er hatte es sich abgewöhnt, sie in jedem Satz mit Euer Durchlaucht zu betiteln, und verwendete diese Anrede nur noch in der Gesellschaft Außenstehender. Die größere Nähe brachte es mit sich, dass er ihr öfter widersprach, wenn sie sich seiner Ansicht nach an etwas klammerte, das sowohl Zinggen als auch er für falsch hielten. Nicht immer hatte er dabei Recht, denn Charlotte trug wirklich einen klugen Kopf auf den Schultern. Sie irrte sich seltener als er oder Zinggen und schätzte Situationen meist besser ein. Wäre sie ein Mann gewesen, hätte sie sein bester Freund werden können. Da sie jedoch eine Frau war, achtete er auf einen Abstand, der groß genug war, um nicht anbiedernd zu wirken, der Fürstin aber auch nicht das Gefühl gab, ihn würde nicht interessieren, was sie bekümmerte.

Noch während Max über ihr Verhältnis nachsann, blieb Charlotte mit blitzenden Augen vor ihm stehen. »Es liegt allein an Grumbkow! Er zieht die Verhandlungen in die Länge, während der König seinen Worten längst Taten hätte folgen lassen. Was meinst du, Max, sollte ich nicht besser den Rest meines Schmuckes verkaufen, um den Minister zu bestechen? Vielleicht wäre er dann geneigter, das Problem Tresskau in unserem Sinn lösen zu helfen.«

Max wiegte unschlüssig den Kopf. »Das mag sein, aber Ihr kennt ja die Preise, die man für seine Gunst bezahlen muss. Mit dem, was er aus Wien und Paris erhält, werdet Ihr kaum Schritt halten können.«

»Das Schlimme ist, dass du Recht hast, Max. Ich fürchte, das Gold und die Preziosen, die unser Freund Zinggen gerettet hat, reichen nicht aus, um den Ersten Minister Preußens kaufen zu können, und Friedrich Wilhelm tut nichts, was Grumbkow nicht absegnet. Solange dieser Mensch der Ansicht ist, es würde seinen Interessen nützen, wenn Friedrich Wilhelm sich nicht in der Tresskauer Affäre engagiert, wird kein einziger preußischer Grenadier seine Kaserne verlassen.«

Charlotte ließ seufzend die Schultern hängen und sah so unglücklich aus, dass Max sie am liebsten in die Arme genommen und getröstet hätte. Er begnügte sich jedoch damit, ihr ein sauberes Taschentuch zu reichen, in das sie sich heftig schnäuzte und das sie mit einer ebenso heftigen Handbewegung zurückreichte.

»Wappnen wir uns also in Geduld, mein Guter.« Es klang, als müsse sie Max beruhigen und nicht umgekehrt.

»Was steht heute noch an?«, fragte sie ein wenig resigniert.

»Für heute Nachmittag hat der ehrwürdige Herr Doktor Harbius um eine Audienz bei Euch ersucht, und dann seid Ihr bei der königlichen Familie zum Abendessen eingeladen.«

Charlotte zog eine Grimasse. »Eine Einladung bei Grumbkow wäre mir lieber. Da würde man wenigstens satt und müsste sich nicht mit den bäuerlichen Genüssen zufrieden geben, die der Koch des Königs auftischen lässt.«

»Ich würde weniger dem Koch die Schuld geben als seinem Herrn, der ihm das Geld für die Tafel arg knapp zuteilen lässt. Als ich letztens in Berlin war, hörte ich die Leute spotten, der König hätte seinen jetzigen Küchenmeister nur deshalb zu den Soldaten gesteckt und in den Rang eines Sergeanten erhoben, damit er jeden Versuch des armen Mannes, sich seinen Diensten zu entziehen, als Fahnenflucht betrachten und bestrafen könne.« Max grinste bei diesen Worten jungenhaft und Charlotte wusste nun nicht, ob er nur aufgeschnapptes Gewäsch von sich gab oder sein Bericht doch den Tatsachen entsprach. Da sie den König in den letzten Monaten recht gut kennen gelernt hatte, nahm sie eher Letzteres an.

Sie schob die Gedanken an den geizigen, unentschlossenen Preußenkönig beiseite. »Wann kommt dieser Harbius?«

Max warf einen raschen Blick auf die schlichte Standuhr, die neben dem nun kalten Kamin stand. »In einer halben Stunde. Er soll ein sehr gelehrter lutherischer Prediger sein und eine verantwortungsvolle Stelle als Erzieher des mecklenburgischen Erbprinzen einnehmen.«

Charlotte schnaubte verächtlich. »Als wenn ausgerechnet Mecklenburg mir helfen könnte.«

»Der Hof von Mecklenburg-Schwerin verfügt über ausgezeichnete Beziehungen zum König von Preußen. Ihr solltet den Herrn deswegen freundlich empfangen. Vielleicht ist gerade sein Wort das Korn, das die Waagschale des Schicksals auf Eure Seite sinken lässt.« Max atmete auf, als Charlottes Miene sich entspannte und sie unwillkürlich nickte.

Als sie an ihm vorbeiging, klopfte sie ihm anerkennend auf die Schulter. »Ich wüsste nicht, was ich ohne dich und den braven Zinggen tun würde.«

Max liebte und verehrte seinen Mentor, aber er freute sich doch, dass die Fürstin ihn diesmal als Ersten genannt hatte. Schnell verbeugte er sich und führte ihre Hand an seine Lippen. »Es durften noch nie zwei Männer einer so verehrungswürdigen Dame wie Euch dienen!«

Obwohl sein Mund ihren Handrücken kaum berührte, durchzuckte es Charlotte wie ein Schlag. Sie fühlte ganz deutlich, dass sie Max ungeachtet aller Standesschranken liebte, und bedauerte es, ihm diese Liebe nicht offenbaren zu dürfen. Ihr Feind Ulrich hatte seine Spione überall. Er würde eine Affäre mit einem ihrer Getreuen sofort als Waffe gegen sie einsetzen und behaupten, sie wäre des Thrones von Tresskau nicht würdig. Sie war Max dankbar, dass er das eher begriffen hatte als sie selbst, denn es war etwas anderes, sich in der Abgeschiedenheit einer Höhle seinen Gefühlen hinzugeben, als in einem Palast, der vor neugierigen und schwatzhaften Dienstboten nur so wimmelte. Sie lächelte Max dankbar an und deutete auf die Tür zu ihrer Ankleidekammer.

»Da dieser Harbius so wichtig ist, sollte ich mich wohl in Rosas kundige Hände begeben, denn ich will ihn nicht in einem einfachen Tageskleid empfangen.« Sie eilte davon, und Max hörte sie kurz darauf lachend mit ihrer Zofe reden. Er war froh, dass es ihm gelungen war, ihre Laune wieder zu heben, und machte sich nun selbst für Harbius' Empfang zurecht.

Als der Doktor der Theologie eine halbe Stunde später auf den Glockenschlag hin erschien, begrüßte Max ihn in voller Uniform an der Tür und salutierte wie vor einem hohen Offizier oder gar einem Mitglied eines herrschenden Hauses. Harbius war ein lang aufgeschossener Mensch in der gebückten Haltung eines Mannes, der die meiste Zeit seines Lebens am Schreibpult verbracht hatte, und einen solch ehrerbietigen Empfang offensichtlich nicht gewöhnt war. Er begrüßte Max beinahe devot und stotterte, wie glücklich er wäre, dass Ihre Durchlaucht, die Fürstin von Tresskau, bereit sei, ihm die Ehre einer Audienz zu erweisen.

Seine Worte deuteten eher auf einen Freund hin als auf jemand, der Charlotte das Recht auf ihr Fürstentum absprechen wollte, dachte Max aufatmend. Selbst wenn Harbius' Unterstützung nur aus Worten bestand, würde sie willkommen sein. Er führte den Mann in den Salon. Rosa öffnete die gegenüberliegende Tür so schnell, als hätte sie gelauscht, und Charlotte schwebte in einem tannengrünen Seidenkleid herein, die rötlich blonden Locken durch ein Diadem gebändigt.

»Seid mir willkommen, mein lieber Harbius«, begrüßte sie den lutherischen Prediger scheinbar bester Laune.

Harbius verbeugte sich tief und entsann sich zuletzt noch, dass es höflicher sein dürfte, ihre Hand zu küssen, als sie ihr zu schütteln, wie er es aus bürgerlichen Kreisen gewohnt war.

Charlotte wies mit einer galanten Handbewegung auf einen Stuhl. »Wollt Ihr nicht Platz nehmen, mein lieber Doktor?«

Harbius schien sich von dieser Gunst so erschlagen zu fühlen, dass sein Hosenboden bereits über der Sitzfläche schwebte und dort im letzten Moment verharrte, bis die junge Fürstin Platz genommen hatte. Dann setzte auch Harbius sich und bemühte sich, mit gewundenen Worten sein Bedauern über die unerfreuliche Lage auszudrücken, in der Charlotte sich derzeit befand.

Charlotte hoffte, einen potenziellen Verbündeten vor sich zu haben, der ihre Sache in den protestantischen und wissenschaftlichen Kreisen verbreiten und verteidigen konnte, und nahm sich vor, ausgesucht höflich zu ihm zu sein. Sie blickte kurz zu Max auf. »Hole meinen Sohn, damit er den Herrn Doktor begrüßen kann, und weise dann die Dienerschaft an, uns eine kleine Erfrischung zu reichen.«

»Aber das ist doch nicht nötig, Euer Durchlaucht«, versuchte Harbius abzuwehren, freute sich aber sichtlich, dass die Fürstin von Tresskau vollendete Manieren und ein Herz für niedriger gestellte Personen besaß.

Max eilte in das Zimmer, in dem Zinggen gerade Georg Wilhelm unterrichtete. »Verzeiht, aber Ihre Durchlaucht wünscht die Anwesenheit Seiner Hoheit.« Während Zinggen unwillig das Gesicht verzog, entschlüpfte dem Prinzen ein leiser Jubelruf. Er war noch nicht ganz sechs Jahre alt, und doch forderte sein Lehrer von ihm, die ihm vorgelegten Begriffe sowohl auf Deutsch wie auch auf Französisch niederschreiben zu können.

Sichtlich froh, Zinggens Drill für ein paar Minuten entrinnen zu können, folgte der Junge Max und machte, als seine Mutter ihn dazu aufforderte, vor dem Gast einen schwungvollen Diener. Danach beäugte er leicht verwundert den Besucher, dessen langer, schwarzer Rock und dunkelgraue Kniehosen mehr auf Bequemlichkeit und zum Schutz gegen die Unbilden des Wetters gearbeitet worden waren.

»Ihr seid kein Soldat!« Es klang so, als sei der Junge direkt erleichtert, einmal einen Mann ohne Uniform vor sich zu sehen, denn hier in Potsdam trugen selbst die Diener eine Livree, die an die Bekleidung der preußischen Dragoner angelehnt war.

Charlotte strich ihrem Sohn über die Haare. »Der Herr ist Doktor der Theologie.«

Georg Wilhelm riss den Mund auf. »So wie der ehrenwerte Doktor Martinus Luther?«

»Mit dem großen Reformator wage ich nicht, mich zu vergleichen«, antwortete Harbius sichtlich geschmeichelt. Er fand den Prinzen allerliebst, denn dieser zeigte weder übertriebene Scheu, noch trat er so hochnäsig auf, wie er es bei anderen hohen Familien erlebt hatte, und so machte er Charlotte ein Kompliment.

»Georg Wilhelm ist mein Augapfel, und ich werde alles tun, damit er einmal den Platz seines Vaters einnehmen kann«, antwortete sie mit einem Lächeln, das ihre energisch blitzenden Augen nicht erreichte.

»Gott wird Euch beistehen, Euer Durchlaucht, und den Schänder Eurer Heimat vertreiben.«

»Ich hoffe, dass nicht nur Gott allein mir armen Witwe und meiner Waise beisteht.«

»Das ist gewiss nicht der Fall«, beeilte Harbius sich zu versichern. Er ergriff ihre Hand und blickte fast andächtig zu ihr auf. »Ganz Deutschland weiß um Eure Seelenstärke, Euer Durchlaucht, und es gereicht Euch zum Ruhm, dem bereits von der Verderbnis erfassten Hause Sachsen-Saalstein-Tresskau ein gesundes Reis aufgepflanzt zu haben.«

Charlotte wusste, dass er auf ihren Gemahl anspielte und dessen als Wüstling verschrienen Bruder, und sie musste an sich halten, um ihm nicht mit einigen deutlichen Worten zu erklären, um wie viel weniger schwer die Sünden ihres Gatten wogen, wenn sie ihn mit August dem Starken oder auch gewissen Fürsten protestantischen Bekenntnisses verglich. Die Zahl der Mätressen des Kurfürsten Georg Ludwig von Hannover, der vor mehr als einem Jahrzehnt als Georg I. auch Englands Thron bestiegen hatte, war Legion, doch selbst der sittenstrengste protestantische Prediger hätte es nicht gewagt, mehr als leisen Tadel zu üben.

Der Theologe schien anzunehmen, dass ihr Schweigen dem Gedenken an ihren Gemahl galt, und sprach ein Gebet. Als das Amen gesprochen war, wandte er sich mit salbungsvoller Miene an Charlotte. »Auch Euer Gemahl wird dereinst im Paradies sein und sich an Eure Seite setzen, denn es war Eure Hand, die ihn von der ewigen Verderbnis zurückriss und auf den rechten Weg geleitete.«

»Was sagt der Herr von meinem Vater?« Georg Wilhelm blickte neugierig zu seiner Mutter auf, die ihren Zorn über die unbedachten Worte des Theologen kaum verhehlen konnte.

Doch Harbius zog sich geschickt aus der Affäre. Er lächelte dem Jungen zu und wies dann mit der Hand zum Himmel. »Eure Hoheit sollten Eurem Vater danken, dass er Eure Mutter zur Gemahlin erwählte, denn eine edlere und frommere Frau hätte er wohl nicht finden können. Er wartet nun im Himmelreich darauf, dass Ihr und Eure Mutter nach einem hoffentlich langen Leben an seine Seite tretet.«

Charlotte senkte den Kopf, damit Harbius nicht in ihrem Gesicht lesen konnte, denn so fromm, wie er behauptete, fühlte sie sich bei weitem nicht. Sie musste nur an das denken, was während ihrer Flucht aus Tresskau zwischen Max und ihr geschehen war, und sich ihrer Träume entsinnen, in denen er nicht nur der höfliche und auf Abstand bedachte Freund war, sondern weitaus mehr. Als eine katholische Frau hätte ich wohl viel zu beichten, dachte sie mit einem gewissen Spott. Harbius ließ ihr jedoch nicht die Zeit zum Sinnieren, denn er fasste erneut nach ihrer Hand und seufzte ergriffen.

»Die ganze Christenheit, die auf den Lehren des ehrwürdigen Doktor Martinus Luther beruht, ist bereit, Euch zu unterstützen, Durchlaucht. In vielen Ländern des Reiches, ja sogar in Dänemark und Schweden, wurde in den Kirchen zu einer Spendensammlung zu Eurer Unterstützung aufgerufen, und es ist mir eine große Ehre, Euch die stolze Summe von zwanzigtausend Talern übergeben zu können. Sie liegt beim königlichen Hofbankier Liebmann in Berlin für Euch bereit und wird auf Eure Anweisung hin ungeschmälert ausbezahlt. Hier ist die Urkunde, die Euer Guthaben bestätigt.«

Charlotte starrte auf das mehrfach unterschriebene und gesiegelte Papier, auf dem die Summe in stark verschnörkelten

Buchstaben farbig hervorgehoben worden war, und blickte ihren Besucher in hilfloser Verblüffung an. Bis zu diesem Tag hatte sie nur wohlgesetzte Worte zu hören bekommen, und nun sollte sie zum ersten Mal Unterstützung in einer Form erhalten, die sie auch verwenden konnte? Harbius bekräftigte seine Aussage mit einem so devoten Nicken, als wäre er selbst der Empfänger dieser enormen Summe.

Charlotte bedankte sich beinahe scheu bei Harbius und fragte Max verärgert, wo der Wein und das Gebäck für den Doktor blieben. Da der Diener, den Max geschickt hatte, ausblieb, besorgte er die Sachen selbst und schenkte der Fürstin und dem Theologen ein. Georg Wilhelm erhielt ein Plätzchen und den leisen Rat, sich zu verabschieden und zu Zinggen zurückzukehren. Der Junge warf seinem großen Freund einen Blick zu, als hielte er ihn für den schlimmsten Verräter, verbeugte sich aber höflich vor dem Gast und verließ den Raum. Max nahm wieder seinen gewohnten Platz an der Tür ein und verfolgte das weitere Gespräch, das von Dr. Harbius leidenschaftlich und von Charlotte souverän geführt wurde. Harbius verstieg sich zuletzt zu den Worten, dass Gott die Feinde der Fürstin schlagen werde, wie er die Truppen des Pharaos und die Feinde Israels geschlagen hätte, und zuckte im gleichen Augenblick zusammen, weil die Standuhr neben dem Kamin zum zweiten Mal die volle Stunde geschlagen hatte. Wortreich entschuldigte er sich, die Zeit der Dame so übermäßig in Anspruch genommen zu haben, und verabschiedete sich.

Charlotte wartete, bis Harbius' Schritte auf dem Flur verklungen waren. »Ein bewundernswerter Mann, wenn auch sehr redselig.«

Max lachte wie befreit auf. »Wenn er bei jedem Besuch zwanzigtausend Taler mitbringt, kann er meinetwegen reden, so viel er will.«

Charlotte fiel in sein Lachen ein und wies kopfschüttelnd auf die Urkunde. »Was soll ich damit anfangen? Soll ich eine weitere Kompanie in Hollenberg aufstellen oder Grumbkow bestechen? Ich glaube, jetzt kann ich mit den Summen, die Habsburg und das Haus Bourbon dem Minister bieten, durchaus mithalten.«

6

Abgesehen von der Größe der Zimmer glich der königliche Haushalt eher dem eines wohlhabenden Bürgers. Die ausziehbare Tafel aus Kirschholz war bar jeden Schmucks, abgesehen von einer großen, gehäkelten Decke, von der es hieß, die königlichen Prinzessinnen Wilhelmine, Friederike Luise, Philippine Charlotte, Sophie und Luise Ulrike hätten sie selbst gefertigt. Die jungen Damen standen, als Charlotte eintrat, wie bei ihren früheren Besuchen in ihren eher schlicht zu nennenden Kleidern hintereinander aufgereiht und knicksten wie auf einen unhörbaren Befehl. Außer ihnen befand sich noch Kronprinz Friedrich im Raum sowie die sechsjährige Amalie, die ebenso wie ihre älteren Geschwister so steif und stumm dastand wie ein Rekrut auf dem Kasernenhof. Wie Charlotte wusste, gab es noch weitere Nachkommen des Königspaares, darunter auch den vierjährigen August Wilhelm, doch diese Kinder waren noch zu klein, um bei den Erwachsenen sitzen zu dürfen.

Königin Sophie Dorothee, die nur wenig aufwändiger gekleidet war als ihre Töchter und mit ihrer recht stattlichen Figur eher geschlagen als gesegnet schien, begrüßte den Gast mit einigen wenigen Worten, denen nicht zu entnehmen war, was sie von Charlotte hielt. Als Schwester des englischen Königs lag ihr neben ihrer jetzigen Heimat Preußen das Schicksal des Inselreiches am meisten am Herzen, und sie machte aus ihrer Abneigung gegen Frankreich keinen Hehl.

Charlotte, die Maria Josephas Wirken in Dresden miterlebt hatte, war klar, wie einflussreich energische Frauen sein konnten, und bemühte sich, besonders höflich zu Sophie Dorothee zu sein. Bevor jedoch ein Gespräch in Gang kommen konnte, trat der König ein. Friedrich Wilhelm trug ausnahmsweise einen Staatsrock, der sparsam mit Goldstickereien verziert war und den eine bereits arg zerknitterte Schärpe zierte, denn er hatte einige Gesandte hoher Herren empfangen und knapp abgefertigt. Nun grüßte er lärmend und ließ seinen Blick über die Anwesenden schweifen, bis er auf dem Kronprinzen haften blieb. Friedrich trug einen einfachen blauen Rock, eine schmucklose Weste und saubere, wenn auch bereits abgetragene Kniehosen, doch sein schwarzer Dreispitz war neu und mit einer modischen Borte aus gespaltenen Straußenfedern geschmückt.

Der König riss seinem Sohn den Hut vom Kopf und hielt ihn so nahe vor dessen Gesicht, als wolle er ihn ihm in den Mund stopfen. »Was soll diese Firlefanzerei? Schmückt sich mit Straußenfedern wie ein eitles Weib oder ein Franzose. Dir werde ich diese Marotten schon austreiben.« Er entfernte die Verzierung vom Hut, warf sie zu Boden und setzte Friedrich den lädierten Hut mit einer solchen Wucht wieder auf den Kopf, dass die Nackenwirbel des Prinzen krachten. Dann hob er den Stock, um sein Missfallen mit einigen kräftigen Hieben zum Ausdruck zu bringen, doch der verdatterte Gesichtsausdruck seines Sohnes brachte ihn zum Lachen.

»Seht ihn euch an, diesen Gimpel! So was will mir als König von Preußen nachfolgen.« Friedrich Wilhelm schüttelte sich und setzte sich auf seinen Platz. Als gläubiger Christ nahm er seinen eigenen Dreispitz ab, reichte ihn einem Diener und wies diesen an, auch den Hut seines Sohnes zu nehmen. Nun wagten die übrigen Anwesenden, sich zu setzen. Friedrich Wilhelms Töchter bedachten ihren Bruder teils mit mitleidigen, teils mit erleichterten Blicken, weil der Zorn ihres Vaters diesmal ihm und nicht ihnen gegolten hatte, und sie bemühten sich alle, sich so brav und gesittet wie möglich zu geben.

Da der König wenig von Zeitverschwendung hielt, wurde das Mahl nach dem Tischgebet ohne jede Zeremonie aufgetragen. Charlotte war in den letzten Monaten beinahe regelmäßig zu Gast gewesen und verabscheute die königliche Küche inzwischen von Herzen, und an diesem Tag übertrafen die Speisen noch ihre schlimmsten Befürchtungen. Zunächst gab es eine dicke Erbsensuppe mit ein wenig Speck und danach Hammelkaldaunen mit Sauerkraut. Charlotte hatte Innereien noch nie gemocht, und sie musste sich zwingen, ein paar Bissen davon zu essen. Auch Prinz Friedrich und einige seiner Schwestern kämpften sichtlich mit dieser derben Kost, während der König es sich schmecken und sogar zweimal nachlegen ließ. Dazu trank er einen großen Krug schäumenden Bieres, während den anderen nur Wasser gereicht wurde. Nachtisch gab es keinen, und Charlotte fragte sich unwillkürlich, ob die jüngeren Töchter überhaupt wussten, dass es so etwas gab. Eine Einladung zum Essen am Königshof mochte zwar eine Ehre sein, hier in Preußen aber war es eine Strafe für Gaumen und Magen. Charlotte war froh, dass sie in ihrer Jugend recht spartanisch aufgewachsen war, denn es half ihr, das Mahl mit Anstand hinter sich zu bringen. Schließlich schob der König den Teller zurück, trank sein letztes Bier aus und stand auf.

»Bleibt ruhig sitzen«, forderte er Charlotte und die anderen auf. »Ich habe meine Räte um fünf zu einer Besprechung zusammengerufen und muss mich beeilen, um nicht zu spät zu kommen. Es war mir eine Freude, Fürstin, Euch zu sehen.« Ohne seine Familie nur eines Blickes zu würdigen, eilte er mit wehenden Rockschößen durch die Tür, die ein eifriger Lakai vor ihm aufriss.

Die Königin wartete, bis die Tür geschlossen war, sprang dann auf und eilte an Charlottes Seite. »Meine Liebe, ich habe Post von meinem Bruder, dem König von England, erhalten. Er fleht Euch an, nichts zu unternehmen, was Frankreich in die Angelegenheiten des Reiches verwickeln könnte. Als enger Verbündeter Seiner Majestät des Kaisers verfügt er über großen Einfluss am Wiener Hof und ist gewillt, diesen zu Euren Nutzen einzusetzen, sofern nur Frankreich, das gleichermaßen ein Feind des Reiches wie auch Englands ist, keinen Vorteil dadurch erringen kann.«

Charlotte wusste im Augenblick nicht, was sie darauf antworten sollte. Friedrich Wilhelms Abneigung gegen seinen englischen Schwager war bekannt, dem Vernehmen nach sollten sich die beiden bereits als Knaben bei einem Zusammentreffen in die Haare geraten sein und sich geprügelt haben. Wenn sie dem König gegenüber nur andeutete, Rücksicht auf England nehmen zu wollen, lief sie Gefahr, seine Unterstützung zu verlieren. Andererseits sah Sophie Dorothee nicht so aus, als wolle sie sie ohne die Zusicherung fortlassen, alles zu tun, was deren Bruder von ihr forderte.

Noch während Charlotte um eine diplomatische Antwort rang, sprang die Tür auf und König Friedrich Wilhelm streckte seinen Kopf herein. Er schenkte seiner Gemahlin ein sarkastisches Lächeln und blickte dann Charlotte an. »Verzeiht, meine Liebe, doch ich vergaß Euch mitzuteilen, dass die protestantischen Reichsstände dem Kaiser ein Ultimatum gestellt und gegen Ulrich von Mittstadt die Reichsexekution beschlossen haben.«

Sophie Dorothee wurde kalkweiß und wirkte für einen Moment so, als wolle sie sich am liebsten in das nächste Mauseloch verkriechen. Auch Charlotte war klar, dass der König draußen gelauscht und das flammende Plädoyer seiner Gemahlin für England mit angehört hatte. Es schien ihm Vergnügen zu bereiten, dass er ihr in die Parade hatte fahren können, denn er schloss die Tür mit einem verschmitzten Gesichtsausdruck, den weder die Königin noch Charlotte zu deuten wussten.

Charlotte wollte es sich nicht mit Friedrich Wilhelms Gemahlin verderben und versicherte ihr, während die Schritte des Königs sich draußen entfernten, dass sie alles tun würde, was in ihrer Macht stand, um es nicht zu einem größeren Krieg kommen zu lassen. Dann verabschiedete sie sich von Sophie Dorothee und deren Töchtern und verließ die Residenz. Prinz Friedrich gab ihr bis zu ihrem Wagen das Geleit. So, wie er lächelte, schien er das Missgeschick mit seinem Hut bereits vergessen zu haben. »Ich konnte Euch in Wien nicht so für Euer Geschenk danken, wie ich es gerne getan hätte, und habe Euch hier noch nie unter vier Augen sprechen können. Ihr habt mir mit dem Pistolenkasten und seinem Inhalt ein wundervolles Geschenk gemacht. Immer, wenn mein Vater abwesend ist, nehme ich Eure Flöte und spiele. Ich habe mir sogar ein paar andere Flöten besorgt, die er unbedenklich zertreten kann, falls er überraschend zurückkommen sollte. Doch Eure Flöte ist ein Heiligtum für mich und ein Licht in dunkler Zeit.«

Charlotte war seine Begeisterung ein wenig peinlich, zumal sie die Flöte im Pistolenkasten längst vergessen hatte. »Ich freue mich, dass das Instrument Euch gefällt, Euer Hoheit. Wenn ich Euch einen weiteren Gefallen tun kann, so sprecht ihn ruhig aus.«

Friedrichs Augen leuchteten freudig auf. »Wenn Ihr so freundlich wärt, mir aus Berlin ein paar Bücher zu besorgen. Hier habe ich die Liste.« Er griff in seine Hosentasche und kramte darin herum, bis er einen zerknüllten Zettel zum Vorschein brachte. Charlotte nahm ihn entgegen und sah, dass der Prinz mehrere recht moderne Bücher aus Frankreich aufgeschrieben hatte.

»Beeilt Euch bitte, denn es kann sein, dass Euch nicht mehr viel Zeit dafür bleibt!«, drängte er und verabschiedete sich mit einer steifen Verbeugung. Charlotte blickte ihm nach, bis er ins Schloss zurückgekehrt war, und fragte sich, wie es kommen konnte, dass Vater und Sohn so unterschiedliche Charaktere aufwiesen. So wie Friedrich Wilhelm seinen Sohn erzogen hatte, würde sie Georg Wilhelm niemals behandeln.

7

Als Charlotte nach Hause kam, fand sie dort alles in fiebernder Aufbruchstimmung vor. Die angemieteten Diener packten unter Rosas und Max' kritischen Augen den Teil des Haushalts zusammen, den man nicht zurücklassen wollte. Charlotte blickte auf den Trubel um sich herum und winkte dann Max zu sich. »Was geht hier vor?«

»Es erschien vorhin ein Bote des Königs, alles für eine rasche Abreise vorzubereiten. Entweder sind wir in Ungnade gefallen, oder der Berg kreiste und gebar doch etwas mehr als ein Mäuslein.«

Charlotte erinnerte sich an die letzten Worte des Königs und nickte unwillkürlich. »Es kann durchaus sein, mein Lieber. Wie es aussieht, hat Harbius' Geschenk die Wende gebracht, auf die wir so lange gewartet haben. Grumbkow hat sich so gierig wie eine Harpyie auf das Geld gestürzt, aber da seit meinem Bestechungsversuch schon einige Zeit vergangen ist, habe ich befürchtet, Frankreich oder Wien hätten höhere Summen fließen lassen, so dass er seine Zusagen nicht einhalten würde.«

Max sah Charlotte ungläubig an. »Der Minister hat die gesamten zwanzigtausend Taler für sich genommen?«

»Er hat sie kassiert, mir aber in seiner seltsamen Offenheit in Gelddingen gesagt, er würde achttausend für sich selbst behalten und mit zwölftausend die Kosten des Kriegszugs decken. Was blieb mir anderes übrig, als ihm zu glauben? Ich muss zugeben, ich hatte schon das Schlimmste befürchtet, aber jetzt scheint es ja loszugehen.« Charlottes Lächeln verriet, welche Zweifel sie gequält hatten. Sie trat auf Max zu und fuhr mit den Fingern über sein Revers. »Du solltest dir eine neue Uniform besorgen, damit du ein gutes Bild bei der Siegesparade in Tresskau abgibst. Doch halt, bevor du dich darum kümmerst, könntest du mir und einem alten Bekannten einen Gefallen tun. Reite morgen nach Berlin, besorge diese Bücher und überbringe sie mit meinen besten Empfehlungen dem Kronprinzen. Sieh aber zu, dass der König nichts davon bemerkt.«

Max lachte schallend auf. »Gewiss nicht, denn mein Fell ist die Behandlung mit dem Stock nicht so gewohnt wie das seines Sohnes.«

Charlotte drohte ihm lächelnd mit dem Finger. »Zinggen und ich haben dich wohl zu gut behandelt und zu sehr mit der Rute gespart. Vielleicht sollten wir dies in Zukunft ändern.« Es klang leicht boshaft, und Max wusste im ersten Moment nicht, wie ernst es gemeint war. Die fröhlich blitzenden Augen seiner Herrin beruhigten ihn jedoch, und er verbeugte sich übertrieben geziert.

»Falls es Euer Durchlaucht Freude macht, mich zu schlagen, stehe ich Euch selbstverständlich zur Verfügung.«

»Führe mich nicht in Versuchung, mein Guter, denn manchmal juckt es mich wirklich in den Fingern, dir das Fell zu gerben. Doch nun sieh zu, ob es dir in diesem Tohuwabohu möglich ist, etwas Essbares für mich aufzutreiben, und es sollten nach Möglichkeit keine Hammelinnereien mit Sauerkraut sein, denn die versuche ich gerade mit aller Kraft zu vergessen.« Charlotte schüttelte sich noch bei der Erinnerung, als Max kurz darauf mit einem Diener zurückkam, der ein Tablett mit Schinken, Würsten, Pasteten in Steinguttöpfchen, einem Mostrichtopf und einem Laib weißen Brotes balancierte.

Max wies den Lakaien an, alles auf den Tisch zu stellen, und verbeugte sich vor seiner Fürstin. »Ich hoffe, Euer Durchlaucht sind mit dieser Kost zufrieden, doch es war mir nicht möglich, den Koch dazu zu bewegen, sich noch einmal an den Herd zu stellen. Er fleht übrigens Euer Durchlaucht an, ihn nicht aus Euren Diensten zu entlassen, denn er hat Angst, der König könne ihn sonst als Kompaniekoch zu den Soldaten stecken.«

»Wenn ihm daran liegt, bei mir zu bleiben, sollte er die Befehle befolgen, die du ihm erteilst, und wenn es mein Wille ist, dass er um Mitternacht ein siebengängiges Menü auf den Tisch zaubert!« Charlotte dachte an ihre Köchin Anne sowie an ihre anderen Bediensteten in Tresskau und fragte sich wieder einmal, wie es ihnen wohl ergehen mochte. Sie würde nicht mit neuem Personal nach Tresskau zurückkehren, denn das wäre ein schlechter Dank für die Treue der Zurückgebliebenen. Gedankenverloren setzte sie sich an den Tisch und begann zu essen. Da der Diener den Raum verlassen hatte, um unter Rosas Ägide weiterzupacken, legte Max ihr vor. Die Szene wirkte intimer auf sie als selbst ein heimliches Stelldichein im Schlafzimmer, und sie genoss gleichermaßen seine Nähe und seine Fürsorge.

»Wenn wir wieder in Tresskau sind, werde ich mir überlegen müssen, wie ich dich belohnen kann, mein Guter«, sagte sie lächelnd und ließ ein Stück der Pastete, die Max ihr eben auf den Teller gelegt hatte, genussvoll auf der Zunge zergehen.

Max senkte den Kopf und verzog das Gesicht. »Ich verdiene keine Belohnung, Euer Durchlaucht, denn mehr, als Ihr mir bereits gegeben habt, kann ich wahrlich nicht verlangen.«

Charlotte spürte mit feinen Sinnen, dass er an die Szene in der Höhle dachte und sie in guter Erinnerung hielt. Sie atmete tief durch und legte ihre rechte Hand auf die seine. »Ich bedauere, dass die Konventionen uns verbieten, so zu leben, wie wir es möchten. Doch lass dir gesagt sein, mein lieber Max, ich habe nie einen Menschen gefunden, der mir mehr bedeutet als du, ausgenommen meinen Sohn.«

Max' Gesicht glühte vor Freude auf. »Mit diesen Worten habt Ihr mich noch mehr belohnt als jemals zuvor. Gott soll mich strafen, wenn ich je eine Tat begehen sollte, die Euch Schaden bringt.« Er hob ihre Hand für einen kurzen Moment an seine Lippen und küsste sie. Danach ließ er sie los, als wäre sie glühend heiß, und trat einen Schritt zurück.

»Ich werde Euren Befehl sofort ausführen, Euer Durchlaucht.«

Charlotte wunderte sich ein wenig über diesen ansatzlos ausgesprochenen Satz, da merkte sie, dass einer der Diener die Türe geöffnet hatte, um einige Gegenstände hineinzutragen. Als der Mann kurz darauf zu den anderen Lakaien zurückkehrte, schüttelte er den Kopf. »Die Tresskauerin führt aber auch ein scharfes Regiment. Wenn man sieht, wie der Adjutant des Barons von Zinggen vor ihr pariert, lobe ich mir fast noch unseren König.«

8

So rasch, wie es zunächst ausgesehen hatte, ging die Abreise dann doch nicht vonstatten, und Charlotte musste mit ihrem Gefolge zwischen fertig gepackten Koffern und Truhen hausen. Zwei Wochen nach ihrem letzten Besuch bei der königlichen Familie wurde sie am Morgen durch laute Musik geweckt. Ein Blick auf die kleine Porzellanuhr auf dem Nachttisch zeigte ihr, dass es noch nicht einmal sechs Uhr morgens war. Wütend über die Störung sprang sie aus dem Bett und eilte ans Fenster. Unten war eine ganze Kompanie des Ersten Garderegiments zu Fuß in ihren blauen Uniformröcken, roten Westen und Kniehosen sowie den spitzen Grenadiermützen angetreten, während die Regimentskapelle einen Marsch nach dem anderen schmetterte.

Noch während Charlotte überlegte, was der Grund war, betrat Rosa ganz aufgeregt ihr Schlafzimmer. »Rasch, Euer Durchlaucht, Ihr müsst Euch waschen und anziehen. Die Soldaten sind da, um Euch abzuholen.«

»Abholen, wohin?«, fragte Charlotte verständnislos.

»Der König von Preußen setzt seine Armee gegen Ulrich von Mittstadt in Marsch!« Rosas Nachricht klang wie ein Fanfarenstoß, doch Charlotte, die während des letzten Jahres zu oft auf diese Nachricht gehofft hatte und jedes Mal wieder aufs Neue enttäuscht worden war, konnte es im ersten Augenblick nicht glauben. Erst als ihr Sohn halb angezogen ins Zimmer platzte und krähte, dass es nun wieder nach Tresskau zurückgehen würde, erwachte sie aus ihrer Starre.

»Rasch das Waschwasser, Rosa, und dann wirst du mich so schnell frisieren müssen wie nie zuvor. Wir dürfen die braven Kerle da draußen nicht warten lassen.«

Ihre Zofe winkte lachend ab. »Da macht Euch nur ja keine Sorge, die Burschen sind das Strammstehen gewohnt.« Es bedurfte jedoch Charlottes auffordernden Blickes nicht, denn sie half ihrer Herrin, so schnell wie möglich fertig zu werden. Die Fürstin war so aufgeregt, dass sie beinahe das Frühstück ausgelassen hätte. Max stellte sich ihr jedoch in den Weg, als sie den Salon verlassen wollte, und wies auf die Tür des Speisezimmers.

»Zuerst müsst Ihr Euch stärken, Euer Durchlaucht, denn eine so lange Reise, wie sie uns bevorsteht, zehrt an den Kräften.«

»Gut, dann lass aber auch den armen Kerlen dort draußen etwas bringen.« Charlotte setzte sich und zwang sich dazu, einige Bissen zu essen. Unterdessen schickte Max einen Diener los, auch wenn er nicht glaubte, dass die umliegenden Wirte in der Lage wären, aus dem Handgelenk heraus eine so große Schar zu verköstigen. Es reichte jedoch aus, um jedem Soldaten ein Stück Wurst, einen Krug Bier und eine dicke Scheibe Brot zukommen zu lassen. Als Charlotte wenig später in ihrem neuen Reitkleid mit dem an eine Offiziersuniform erinnernden Oberteil aus dem Haus trat, ließ man sie hochleben, und das Hurra der Langen Kerls klang geradezu begeistert. Max führte Fatima und Lady Mary herbei, da Charlotte und ihr Sohn wenigstens zu Beginn des Feldzugs reiten wollten, und half beiden in den Sattel. Zinggen saß ebenfalls auf, gekleidet in einen Traum aus grünem Samt und grüner Seide. Selbst sein Hut und der davon wehende Besatz aus gespaltenen Straußenfedern waren in seiner Lieblingsfarbe gehalten. Es hatte wohl selten einen prächtiger uniformierten Offizier als ihn gegeben, und einige der preußischen Grenadiere spöttelten leise. Der Spott verging ihnen jedoch, als Max' Blick streng über sie glitt und er einige der losen Mäuler besonders scharf ins Auge fasste.

»Mit dem Mann ist nicht gut Kirschen essen. Kein Wunder, dass der König den als Offizier gewinnen wollte«, flüsterte einer der Grenadiere seinem Kameraden zu, während er die Muskete schulterte und sich in den Zug einreihte.

Der andere schnaubte. »Schlimmer als unser König kann er auch nicht sein. Ich spüre immer noch die Stockhiebe auf meinem Rücken, die er mir gestern verabreicht hat.«

»Trotzdem bin ich froh, dass wir die Fürstin bloß bis vor die Stadt eskortieren und sie dort verabschieden. Weißt du, Jean, ich bin nicht scharf auf Krieg«, warf ein Dritter ein.

»Und warum bist du dann bei den Soldaten?«, fragte sein Kamerad ihn spöttisch.

»Ich war so dumm, mich eines Abends von ein paar Unbekannten zum Bier einladen zu lassen. Als ich am nächsten Morgen erwachte, lag ich gefesselt auf einem Wagen und wurde nach Preußen geschafft, wo man mir diese Montur verpasste und mich in die Garde steckte. Gäbe es eine Möglichkeit, zu verschwinden, ohne dass einen die Landjäger erwischen, wäre ich längst über alle Berge. Aber als ich gesehen haben, was sie mit den armen Kerlen anstellen, die zu fliehen versuchen und wieder aufgegriffen werden, ist mir die Lust vergangen. Möchtet ihr vielleicht durch die Gasse laufen und schier in Stücke gehauen werden?«

Seine Kameraden schüttelten den Kopf, aber so, dass es der Korporal, der mit seiner gesenkten Pike neben ihnen schritt, nicht bemerkte. Eine halbe Stunde später blieben die Gardegrenadiere wie ein Mann stehen und präsentierten das Gewehr. Die Kapelle spielte noch einen letzten Marsch, während drei Reiter von der anderen Seite herantrabten. Charlotte erkannte den König, den Kronprinzen und den Fürsten Leopold von Anhalt-Dessau, der als General in preußischen Diensten stand und für die Ausbildung der Infanterieregimenter verantwortlich zeichnete.

Der König zügelte sein Pferd neben Charlottes Stute und reichte ihr die Hand. »Ein prachtvoller Anblick, nicht wahr?« Sein Blick blieb beinahe liebevoll an seinen Gardegrenadieren hängen, seine Geste aber umfasste die vor der Stadt angetretenen Truppen, die nach Tresskau ziehen sollten.

»Ein wahrlich prachtvoller Anblick!«, antwortete Charlotte anstelle der bissigen Bemerkung, die ihr auf der Zunge lag. Es ärgerte sie, dass Friedrich Wilhelm sie Hals über Kopf hatte aufbrechen lassen, auch wenn sie wusste, wie gern der König sich solche Scherze leistete. Gleichzeitig spürte sie eine unendliche Erleichterung und Dankbarkeit, weil er ihr seine Soldaten für die Wiedergewinnung ihres Landes zur Verfügung gestellt hatte.

»Der gute Dessauer wird Euch bis Halle begleiten und dort noch Reserven mobilisieren, falls welche nötig sein sollten«, setzte der König hinzu und forderte dann Charlotte auf, die angetretenen Truppen mit ihm zu inspizieren. Sie lenkte ihre Stute an seine Seite und ritt die Front der angetretenen Soldaten ab. Friedrich Wilhelm saß auf einem wuchtigen, aber wohlproportionierten englischen Hengst, der mehrere Handbreit höher war als alle anderen Pferde, und sie auf ihrer eher zierlichen Stute. Dennoch überragte sie ihn immer noch, und das versuchte er auszugleichen, indem er sich in den Steigbügeln aufstellte. Charlotte senkte mit einem verständnisvollen Lächeln den Kopf, um ihm diesen kleinen Triumph zu gönnen, und ließ ihren Blick über die Bataillone wandern, die sie in ihre Heimat bringen sollten.

Es waren etwa fünftausend Mann, aufgeteilt in ein Regiment zu Fuß, eine Dragonerbrigade, eine Kompanie Pioniere und zwei aufgesessene Feldbatterien. Im Vergleich zu den Heeren, die Frankreich oder England in Marsch setzen konnten, war es eine eher bescheidene Truppe, doch innerhalb des Heiligen Römischen Reiches stellte sie eine beachtliche Streitmacht dar, der nur wenige Fürsten etwas Vergleichbares entgegenzusetzen hatten. Die Regimenter, die in Ulrich von Mittstadts Sold standen, würden der Schlagkraft dieser Armee nicht gewachsen sein, davon war Charlotte fest überzeugt. Falls Österreich sich nicht doch noch für ihn in die Bresche schlug, würde sie am Ende dieser Reise in den Fürstenpalast von Tresskau einziehen können.

Mit einem Mal kam es Charlotte vermessen vor, die Macht des Kaisers herauszufordern, denn sie konnte sich nicht vorstellen, dass Karl VI., der ihren Feind bis jetzt unterstützt hatte, ihn so einfach fallen ließ. Andererseits drohte ein militärisches Eingreifen von seiner Seite Europa in einen neuen, großen Krieg zu stürzen, dessen Ausgang zweifelhaft war. Sie versuchte, das Bild Karls VI. vor ihrem inneren Auge entstehen zu lassen, sah stattdessen aber die Erzherzogin Maria Theresia vor sich. Das Mädchen war nun zwölf Jahre alt, und es gab noch immer keinen Bruder, der ihr das Erbe der Habsburger hätte streitig machen können. Jede Intervention Österreichs würde Preußen und den größeren Teil der protestantischen Reichsstände gegen Karl VI. aufbringen und die Pragmatische Sanktion gefährden, um die der Kaiser nun schon so lange kämpfte.

Charlotte konnte die Angst, der Kaiser würde den gewaltsam in Tresskau eingeführten Katholizismus militärisch verteidigen, einfach nicht abschütteln, und sie fragte sich unwillkürlich, wie viele der Augen, die ihr unter steifen Grenadiermützen und den schwarzen Dreispitzen der Dragoner entgegenblickten, am Ende dieses Feldzugs für immer erloschen sein würden.

Während sie noch darüber nachsann, hatten sie die letzte Kompanie passiert, und der König stoppte sein Pferd. »Ich wünsche Eurer Durchlaucht viel Erfolg und hoffe, Euch in besseren Zeiten in Potsdam begrüßen zu können.«

»Dies ist auch mein Wunsch.« Charlotte neigte grüßend den Kopf, während er ihr zum Abschied zuwinkte und losritt. Der Kronprinz trabte auf sie zu, hielt sein Pferd vor ihr an und salutierte.

»Viel Glück, Euer Durchlaucht!« Leiser, so dass nur Charlotte ihn verstehen konnte, setzte er hinzu: »Ich danke Euch für die Bücher. Ich werde sie hüten wie einen kostbaren Schatz.« Dann ritt auch er an, um nach Potsdam zurückzukehren.

Der Dessauer kam an Charlottes Seite und salutierte zackig. »Wenn Euer Durchlaucht belieben, werde ich nun die Truppe in Marsch setzen.«

»Es beliebt mir.« Obwohl Charlottes Stimme fest klang, hatte sie das Gefühl, als bestünde ihre Zunge aus Sandpapier. Es kostete sie alle Kraft, sich mit dem Dessauer, Max und Zinggen an die Spitze des Heeres zu setzen, während Georg Wilhelm zu Rosa in die Kutsche gesetzt wurde und noch eine Weile quengelte, weil er nicht auf Lady Mary bis Tresskau reiten durfte.

9

Major Pöldenstein starrte auf das Schreiben, das ihm der Regimentskurier eben übergeben hatte, und versuchte den Sinn der Worte zu begreifen. Der Brief stammte von seinem Kommandeur, Oberst Franz Xaver von Hitzingen, und war beleidigend scharf formuliert. »Seine Majestät, der Kaiser, haben stets jede Beteiligung österreichischer Truppen in der Saalsteiner Affäre bestritten und wünschen auch fürderhin nicht, in diese Sache mit hineingezogen zu werden. Es ergeht daher schärfste Order, die vier Kompanien Dragoner sowie die Husaren, die nie in Tresskau stehen hätten dürfen, unverzüglich zum Sammelplatz Leitmeritz in Böhmen zu führen und dort Quartier nehmen zu lassen.«

Der Major wusste nicht, was er von dem Ganzen halten sollte, denn bislang hatte es so ausgesehen, als würde der Kaiser die Besetzung Tresskaus zumindest wohlwollend dulden. Sein Freund Magnus, der schon vor mehreren Monaten in die Kaiserstadt zurückgekehrt war, um der strengen väterlichen Aufsicht zu entgehen, hatte ihm zwar geschrieben, dass Prinz Eugen und einige andere Berater des Kaisers sich scharf gegen die Unterstützung Fürst Ulrichs ausgesprochen hätten, aber er hatte der Nachricht keinerlei Bedeutung beigemessen. Bisher war es dem einflussreichen Klerus in Wien gelungen, die Rekatholisierung Tresskaus als eine gottgefällige Tat hinzustellen, durch die Karl VI. sich den Schlüssel ins Himmelreich verdiente, und der strenggläubige Kaiser hatte unter dem Einfluss seiner Beichtväter die Einwände der Minister verworfen. Nun aber schien das Blatt sich gewendet zu haben.

Pöldenstein warf das Schreiben auf den Tisch und trat ans Fenster. Der Tresskauer Park war kaum wiederzuerkennen, denn er diente vor allem als Weide für die Pferde seiner Dragoner, und es gab keine Gärtner, die sich um ihn kümmerten. Seufzend wandte der Major sich ab und ließ seinen Blick durch das Zimmer wandern. Besser als hier hatte er noch nie gewohnt, und er fragte sich, ob er nicht den Dienst in der kaiserlichen Armee quittieren und sich Fürst Ulrich als Kommandant der Saalsteiner Truppen empfehlen sollte, da der Protestant Tordenskjöld nach einem Streit mit Bartoluzzi seinen Hut hatte nehmen müssen. Es widerstrebte ihm zutiefst, sich nach all den Monaten, in denen er seine Leute selbstherrlich kommandieren hatte können, wieder dem Befehl Hitzingens unterstellen zu müssen.

Er nahm das Schreiben noch einmal zur Hand und versuchte zu erkunden, wie eng er das Wort »unverzüglich« auffassen musste. Im Allgemeinen wurden derlei Dinge im Habsburger Reich eher locker gehandhabt, und er kannte Offiziere, die nach dem Erhalt eines solchen Befehls noch zwei Jahre in ihren alten Quartieren verblieben waren. Dieser Brief allerdings enthielt eine unterschwellige Warnung, die er nicht missachten durfte.

Pöldenstein klatschte das Schreiben zum zweiten Mal auf den Tisch, rief nach seinem Burschen und befahl ihm, umgehend die anderen Offiziere zu holen. Eine halbe Stunde später hatten sich drei der vier ihm unterstellten Hauptleute, vier Leutnants und zwei Fähnriche um ihn versammelt. Pöldenstein musterte sie mit einem spöttischen Blick und machte eine wegwerfende Handbewegung. »Kameraden, so wie es ausschaut, ist unsere schöne Zeit in Tresskau vorbei. Seine Majestät, der Kaiser, wünscht, dass wir uns zu unserem Regiment nach Böhmen begeben.«

Die Männer starrten ihn entgeistert an, und einer der Leutnants machte seinem Unmut Luft. »Aber Pöldenstein, das kann er doch nicht machen, der Kaiser! Ausgerechnet jetzt, wo ich in der Stadt einen feschen Hasen kennen gelernt habe.«

»Du wirst wieder in Böhmen auf Jagd gehen müssen, mein Lieber. Für uns heißt es erst einmal marschieren, und ich habe das untrügliche Gefühl, dass wir nicht zögern dürfen.« Obwohl Pöldenstein sich ebenfalls ärgerte, Tresskau verlassen zu müssen, amüsierten ihn die langen Gesichter seiner Untergebenen.

Einer der Offiziere hob abwehrend die Hände. »Fürst Ulrich wird von unserer Abreise nicht sehr erbaut sein.«

Pöldenstein zuckte mit den Schultern. »Ich kann es nicht ändern. Es ist wie beim Kartenspiel. Ober sticht Unter, und der Kaiser steht nun einmal über einem Fürsten von Saalstein. Also macht euch ans Werk und schaut zu, dass ihr eure Leute so schnell wie möglich in Marsch setzt. Wir sammeln uns an der Grenze zu Kursachsen und ziehen von dort nach Böhmen weiter.«

Die anderen nickten und verließen den Raum mit knappen Grüßen und unter etlichen Unmutsäußerungen. Pöldenstein trat ans Fenster und sah zu, wie sie nach ihren Pferden riefen und kurze Zeit später ausschwärmten, um ihre Truppenteile aufzusuchen. Auch er musste nun einige Befehle erteilen und Leute zum Packen abkommandieren, denn er hatte nicht vor, auf all die angenehmen Dinge zu verzichten, die er sich hier in Tresskau zugelegt hatte. Während er sein Zimmer verließ und den langen Flur im Erdgeschoss entlangschritt, dachte er daran, dass er als Nächstes den Fürsten über den geplanten Abmarsch seiner Truppen in Kenntnis setzen sollte. Ulrichs aufbrausendes Gemüt und die Anwürfe und Erpressungsversuche, mit denen der Mittstädter versuchen würde, ihn einzuschüchtern, ließen ihn jedoch von dem Gedanken Abstand nehmen. Er war ein Offizier des Kaisers und kein Lakai eines Duodezfürsten und hatte es nicht nötig, sich dessen Beschimpfungen auszusetzen.

10

Das preußische Heer marschierte über Magdeburg und Halle nach Süden und durchquerte bei Merseburg und Mücheln kursächsisches Gebiet, ohne auf größere Hindernisse zu stoßen als einen über die Straße hoppelnden Hasen oder einen kläffenden Hund. Der Dessauer erwies sich als ausgezeichneter Organisator, denn es mangelte nicht an Lebensmitteln, und wenn sie am Abend nach einem langen Marsch ihr Quartier erreichten, war dort alles so gut vorbereitet, dass die Soldaten nur noch ihre Zelte aufbauen mussten.

Auch für Charlotte stand ein Zelt zur Verfügung, doch sie benötigte es meist nicht, denn den Kommandanten und Honoratioren der vielen kleinen Städte, bei denen sie lagerten, war es eine Ehre, sie als Gast begrüßen zu dürfen. Sie legte nicht den gesamten Weg zu Pferd zurück, sondern nahm immer wieder in der Kutsche Platz, die sie sich mit Rosa, ihrem Sohn und oft auch mit Zinggen teilte. Ihre Anspannung wuchs von Meile zu

Meile, und als sie kurz vor der Tresskauer Grenze anhalten mussten, weil die Offiziere zunächst kleine Vortrupps ausschickten, um die Situation an der Grenze zu erkunden, war es ihr kaum noch möglich, ihre aufgewühlten Gefühle zu beherrschen.

Seltsamerweise meldeten die zurückkehrenden Späher nur eine kleine Abteilung Mittstädter Soldaten jenseits des Schlagbaums, gerade so viele, wie nötig waren, um den Grenzverkehr zu überwachen. Da sich in den Hügeln dahinter jedoch ein ganzes Heer verbergen ließ, marschierten die Preußen mit aller Vorsicht weiter. Die erste Kompanie bildete eine Schützenlinie und rückte mit gefälltem Bajonett vor.

Als die Mittstädter auf den Feind aufmerksam wurden, starrten sie ihn zunächst verwirrt an. Ein Unteroffizier trat den Preußen sogar entgegen, als wolle er sie fragen, was sie hier zu suchen hätten, überlegte es sich beim Anblick der auf ihn gerichteten Waffen jedoch anders und lief zu seinen Kameraden zurück. Als das erste Glied der Preußen niederkniete und die Musketen schussbereit machte, ließen Ulrichs Soldaten alles liegen und stehen und ergriffen schreiend die Flucht.

Zinggen, der sich notgedrungen auf sein Pferd gesetzt hatte und trotz des Säbels in seiner Hand alles andere als kriegerisch wirkte, atmete sichtlich auf. »Die haben uns anscheinend nicht so schnell erwartet«, rief er Charlotte zu, die gerade ihre Stute bestieg, um in der ersten Reihe der preußischen Grenadiere die Grenze zu überschreiten. Ihr schien es unglaublich, dass sie Tresskau ohne Kampf betreten konnte, doch als eine Kompanie Dragoner als Vorhut ausschwärmte, war weit und breit kein einziger Mittstädter oder österreichischer Soldat zu sehen.

Die Bewohner der Dörfer in der Umgebung schienen zu riechen, dass etwas Entscheidendes vorging, und verkrochen sich zunächst in ihren Hütten. Als die Preußen aber im Gleichschritt die Straße heraufmarschierten, kamen einige heraus und starrten mit großen Augen auf die junge, hoch gewachsene Frau, die an der Spitze ritt.

»Das ist unsere Fürstin!«, schrie einer der Bauern am Wegrand und riss seine Mütze vom Kopf.

»Unsere Fürstin? Wo denn?« Seine Frau kam ebenfalls aus dem Haus gerannt und starrte den Näherkommenden kopfschüttelnd entgegen. Als Charlotte an dem Paar vorüberritt, sank sie auf die Knie und faltete die Hände zum Gebet. Einige der zusammenlaufenden Dorfbewohner taten es ihr nach, während andere sich dem Zug anschlossen und die wiedergekehrte Herrin hochleben ließen. Mützen und Hüte flogen in die Höhe, Mädchen pflückten Löwenzahnblüten von den Wiesen und ließen sie als Willkommensgruß auf ihre Landesherrin und die Preußen niederregnen.

Charlotte wurde von der Begeisterung der Leute schier überrollt. Alte Frauen humpelten heran, ergriffen den Saum ihres Kleides und küssten ihn. Eine von ihnen, die noch besser zu Fuß war, fasste sogar ihre Hand und lief einige Schritte neben Fatima her. »Willkommen in der Heimat, Euer Durchlaucht! Es ist wunderschön, Euch und den Erbprinzen wiederzusehen.«

»Ich danke dir.« Charlotte lächelte der Frau etwas verlegen zu, und als der Jubel der Leute hinter ihr zunahm, drehte sie sich um. Zinggen hatte Georg Wilhelm aus dem Kutschenkasten gehoben und ihn vor Max aufs Pferd gesetzt. Für einige Augenblicke saß der Junge still und starrte auf die sich wie wild gebärdenden Menschen, dann schien er zu begreifen, dass sie ihn feierten, und zeigte auf das Pony. »Ich will auf meinem eigenen Pferd reiten.«

Max sah Charlotte nicken, winkte einem Knecht, Lady Mary herbeizuführen, und setzte den Jungen in den Sattel. Georg Wilhelm zog die Zügel straff und stieß Lady Mary die Fersen in die

Weichen, so dass sie innerhalb kurzer Zeit zu Fatima aufschloss. Die Stute schnaubte, als wollte sie das Pony warnen, sie zu überholen, und Lady Mary blieb tatsächlich ein wenig zurück.

Max trabte an den Preußen vorbei nach vorne und verzog besorgt das Gesicht. »Euer Durchlaucht, mir wäre wohler zumute, wenn Ihr und der Erbprinz nicht an der Spitze der Truppe reiten würdet. Wenn es zu Kämpfen kommt, seid Ihr in Gefahr.«

Ein preußischer Major lachte spöttisch auf. »Ihr vergesst unsere Vorhut, mein Guter! Unsere wackeren Dragoner warnen uns vor jedem Feind, wenn sie ihn nicht gleich selbst zum Teufel jagen.«

Max bedachte ihn mit einem strafenden Blick und sah Charlotte flehend an. Sie aber schüttelte den Kopf. »Unsere braven Tresskauer haben beinahe ein Jahr auf meine Rückkehr warten müssen, und ich will mich ihnen jetzt nicht hinter einem Kordon preußischer Grenadiere zeigen.« Sie hob die Hand und winkte der jubelnden Menge zu, die mit jeder Viertelmeile größer wurde und sie glückstrahlend willkommen hieß.

11

Als Fürst Ulrich die Nachricht vom Einmarsch erfuhr, wollte er es zunächst nicht glauben. »Was behauptest du da, du blutiger Narr? Die Preußen ständen an den Grenzen? Hast du schlecht geschlafen, oder bist du irregeworden?«

Gerolf von Weitelburg hatte es als Einziger gewagt, den Fürsten zu informieren. Nun aber bereute er seine Voreiligkeit und zog sich vorsichtshalber ein paar Schritte von dem rot anlaufenden Mann zurück. »Die Nachricht ist leider nur allzu wahr, Euer Durchlaucht. Es handelt sich um eine ganze Armee, mindestens sechstausend Köpfe stark, wenn nicht mehr, und sie marschiert ungewöhnlich schnell voran. Ihre Vorhut wird den Palast in spätestens fünf Stunden erreichen.«

Fürst Ulrich riss Mund und Augen weit auf. »In fünf Stunden? Bei Gott, wie konnte das geschehen? Warum wurden wir nicht vorgewarnt?«

»Auf diese Frage vermag ich Euch auch keine Antwort zu geben, Euer Durchlaucht.« Gerolf von Weitelburg war von der Entwicklung genauso überrascht worden wie sein Herr.

Ulrich ballte die Fäuste und presste die Augenlider zusammen, um sich zur Ruhe zu zwingen. Dann öffnete er die Augen und blickte sich in dem wiederhergestellten Fürstenzimmer um, als sähe er es zum ersten Mal. Die drei Porträts seines Vetters und das der fränkischen Zuchtstute waren in den Keller gewandert und durch prachtvolle Bilder ersetzt worden, die ihn und seine Gemahlin in vollem Staatsornat und seinen Erben in der prunkvollen Uniform eines österreichischen Generals zeigten. Wohl war Magnus noch einige Ränge von dieser Würde entfernt, doch Ulrich hatte Bartoluzzis kryptischen Andeutungen entnommen, dass der Kaiser seinen Sohn schon bald befördern würde. Beim Gedanken an Karl VI. fielen ihm Pöldensteins Österreicher ein. Er hatte den Major und dessen Kavallerie seit Tagen nicht mehr gesehen und nahm an, sie seien zu Feldübungen ausgerückt. Nun, dachte er, würden sie beweisen müssen, dass sie fähig waren, einem gut gerüsteten Feind zu widerstehen.

»Weitelburg, alarmiert meine Soldaten und vor allem die Österreicher. Sie werden die Stadt und den Palast gegen diese verdammten Preußen halten.«

Gerolf von Weitelburg zog sich so weit zurück, dass er die Tür im Rücken spürte, und sprach dann aus, was mit Ausnahme des Fürsten schon jeder in Tresskau wusste. »Major Pöldenstein und seine Soldaten sind letzte Woche abgerückt und auf dem Marsch nach Böhmen.«

»Was haben die Kerle in Böhmen verloren, wenn ich sie hier brauche?«, rief Ulrich verdutzt und begriff dann erst das gesamte Ausmaß des Spieles, das man mit ihm getrieben hatte. »Sie sind weg, weil sie sich nicht für mich schlagen wollen, nicht wahr? Der Kaiser und seine Bischöfe haben uns verraten und den Preußen zum Fraß vorgeworfen.« Er wollte noch mehr sagen, doch da betrat seine Gemahlin im Morgenrock und mit wirren Haaren den Raum, den Frisiermantel noch über der Schulter.

Sie lief auf ihn zu und packte ihn an der Brust. »Die Preußen kommen und bringen die Zuchtstute und ihren Balg zurück! Das ist die Strafe Gottes dafür, dass du deinen Glauben verraten und dich in die Fänge dieses verdammten Jesuiten begeben hast.« Ihre Stimme klang schrill, und Weitelburg konnte die Angst riechen, die ihr aus jeder Pore quoll.

Fürst Ulrich stieß sie von sich, trat ans Fenster und sah zur Stadt hinüber, die von den beiden wuchtigen Domtürmen dominiert wurde. »Bartoluzzi wird mir einiges zu erklären haben!«, stieß er grimmig hervor und befahl Gerolf von Weitelburg, sein Pferd satteln zu lassen. »Bereitet alles für die Verteidigung vor. Wir werden dieser Zuchtstute Tresskau nicht freiwillig überlassen!«

Weitelburg rang die Hände wie eine verzweifelte Frau und brach beinahe in Tränen aus. »Wir haben keine Möglichkeit zu geordneter Gegenwehr, Euer Durchlaucht! Eure Soldaten sind über das ganze Land verteilt und können nicht mehr rechtzeitig zusammengezogen werden. Die preußischen Dragoner würden sie abfangen. Wir müssen Tresskau aufgeben und uns zurückziehen, vielleicht sogar über Mittstadt hinaus.«

Ulrich wankte, als hätte ihn der Schlag getroffen, raffte sich dann aber auf und ging mit erhobener Hand auf Weitelburg zu, als wolle er ihn für diese Worte züchtigen. Dann aber schien er zu begreifen, dass der Mann nur die Wahrheit sagte, und verwandelte die Bewegung in ein heftiges Abwinken. »Bereitet den Rückzug vor und sorgt dafür, dass nichts von Wert zurückbleibt. Dann zündet Ihr diese Hütte an! Die Zuchtstute meines Vetters soll nichts als rauchende Trümmer vorfinden.«

Mit diesen Worten drehte Ulrich sich um und eilte mit festen Schritten davon, als habe er aus seiner hilflosen Wut neue Kraft geschöpft. Im Stall schnauzte er einen der Pferdeknechte an, ihm sein Pferd zu satteln, stieg nach ein paar weiteren Beschimpfungen auf und ritt auf die Stadt zu.

Ein gutes Dutzend Reiter seiner Garde hatte vor dem Stall auf ihn gewartet und schloss sich ihm ungefragt an. Sie hatten die schlechte Nachricht bereits vernommen und wussten, dass sie ihren Herrn von nun an auf Schritt und Tritt beschützen mussten. Ulrich hatte ihre Begleitung zunächst zurückweisen wollen, doch spätestens am Stadttor wurde auch ihm klar, dass er ohne den Schutz seiner Männer Tresskau nicht lebend würde verlassen können. Die Nachricht von der Rückkehr der Fürstin hatte sich wie ein Lauffeuer verbreitet. Höhnische Blicke streiften Ulrich, und er hörte deutlich, wie man ihn verfluchte und zur Hölle wünschte. Als er sich umdrehte und seinen Männern befehlen wollte, die Schreier festzunehmen, rotteten die Städter sich zusammen. Nicht wenige von ihnen hielten Werkzeuge in den Händen, die sich als Waffen benutzen ließen, und schienen auf eine Provokation zu warten, um sich gewaltsam für die Besetzung und den erzwungenen Glaubenswechsel bedanken zu können.

Ulrich wurde klar, dass er sein Leben aufs Spiel setzte, wenn er seine Trabanten gegen das Gesindel vorgehen ließ, und brüllte die Männer an, ihm zu folgen. Ohne auf die immer größer werdende Menge zu achten, ritt er zum Dom, neben dem die gesamte rechte Zeile der Wohnhäuser abgerissen worden war, um einer bischöflichen Residenz Platz zu machen. Noch war die Baustelle erst halb ausgeschachtet und der Grundstein nicht gelegt, daher residierte Bartoluzzi immer noch im Haus des ehemaligen Domdekans. Ulrich stieg direkt vor der Tür vom Pferd, warf die Zügel dem nächststehenden Gardisten zu und stürmte in das Gebäude.

»Wo ist Bartoluzzi? Ich muss ihn sprechen«, herrschte er Pater Marco an, der gemessenen Schrittes auf ihn zukam. Das hübsche Gesicht des jungen Italieners nahm einen bedauernden Ausdruck an, und er hob abwehrend die Hände. »Seine Eminenz ist in Kontemplation versunken und darf nicht gestört werden. Wenn Euer Durchlaucht in ein paar Stunden wiederkommen wollen?«, antwortete er in einer unbeholfenen Mischung aus Deutsch und Latein.

»In ein paar Stunden haben mich die Preußen am Wickel!« Ulrich packte den Jesuiten und schleuderte ihn quer durch den Raum. Pater Marco riss einen Stuhl um, prallte mit der Schulter gegen die Wand und blieb stöhnend liegen. Ohne ihn weiter zu beachten, stampfte der Fürst mit eingezogenem Kopf auf die Kammer zu, riss die Tür auf und trat ein. Er fand sich in einem kleinen, holzvertäfelten Zimmer wieder, das durch mehr als ein Dutzend Wachskerzen erleuchtet wurde, und sah Bartoluzzi mit entrückter Miene vor einem Bildstock knien, der die Jungfrau Maria als Milchspenderin mit entblößter Brust darstellte. Das Gesicht der Statue wirkte weniger heilig als leidenschaftlich erregt, und ihr eng anliegendes, kunstvoll gefälteltes Kleid umspielte einen wundervoll proportionierten Körper, an dem sich die Phantasie jedes Mannes entzünden musste.

Ulrich interessierte sich jedoch weniger für die Statue als für den Mann davor. Er fasste den Bischof beim Kragen und riss ihn hoch. »Deine Gebete werden dir auch nicht mehr helfen, wenn die Preußen kommen!«

Bartoluzzi starrte den Fürsten empört an und wollte ihn abkanzeln, weil dieser ihn wie einen Knecht angesprochen und behandelt hatte. Dann begriff er den Sinn der Worte. »Die Preußen? Hier? Aber das ist doch nicht möglich!«

»Sie sind an die zehntausend Mann stark und haben die Tresskauer Grenzen bereits überschritten. Bald werden sie hier sein, um die Zuchtstute und ihren Balg wieder auf den Thron zu setzen!« Ulrich kochte vor Zorn, gleichzeitig aber reizte ihn das Entsetzen, das sich im Gesicht des Bischofs breit machte, zu einem grimmigen Lachen.

Bartoluzzi schob Ulrichs Hand von seiner Schulter und warf einen Blick zum Himmel, als erflehe er sich Beistand von oben. »Du musst dich irren, mein Sohn. Die Preußen würden es nicht wagen, hier einzumarschieren, denn der Kaiser beschützt uns.«

Ulrich spie vor ihm aus. »Der Kaiser denkt gar nicht daran! Der hat seine Soldaten nach Böhmen zurückbeordert und schaut nun gemütlich zu, wie die Preußen uns fertig machen!«

»Das kann nicht sein! Wäre es so, hätte man mich gewiss gewarnt.« Noch während Bartoluzzi diese Worte aussprach, wurde ihm klar, dass er für den Kaiser und all die Herren, die seine Mission in Saalstein bislang unterstützt hatten, nicht mehr wert war als ein Bauer in einem Schachspiel, den man bedenkenlos opferte, wenn die politische Lage es befahl. Ihm war schon aufgefallen, dass der rege Briefwechsel, den er mit etlichen Damen und Herren in Wien geführt hatte, in den letzten Wochen versiegt war. Zumindest hatte er keinerlei Nachrichten mehr erhalten, weder offiziell noch privater Natur, und musste nun annehmen, dass man ihn und Fürst Ulrich absichtlich von allen Informationen abgeschnitten hatte, um es den Preußen zu ermöglichen, einen leichten Sieg davonzutragen. Er ahnte, dass diese Vorgehensweise darauf abzielte, Frankreich aus diesem Konflikt herauszuhalten, und ihm wurde schmerzhaft klar, dass er besser getan hätte, sich auf König Ludwig XV. zu stützen als auf Kaiser Karl VI., der sich als schwankendes Rohr im Wind erwiesen hatte. Nun aber war es zu spät, diese Fehleinschätzung zu bedauern.

Da Bartoluzzi scheinbar tief im Gebet versunken vor ihm stand, riss Ulrich der Geduldsfaden. Er hielt dem Bischof die Faust unter die Nase. »Du Hund hast mich in diese elende Lage gebracht. Dafür sollte ich dir das Genick umdrehen!«

Das hochrot angelaufene Gesicht seines Gegenübers machte Bartoluzzi klar, dass das keine leere Drohung war, und er riss die Hände hoch, um sich zu schützen. Aber Ulrich durchbrach mühelos seine Abwehr, packte seinen Hals und schüttelte ihn. Der Bischof röchelte, und seine Hände hingen kraftlos herab, denn Zorn und Scham über die Missachtung des kaiserlichen Hofes und des österreichischen Klerus lähmten ihn. Ihm war gelungen, ein tief in Ketzerei verstricktes Land dem wahren Glauben zuzuführen, eine Tat, der sich schon lange niemand mehr hatte rühmen können, und nun ließ man ihn einfach fallen und gab sein Werk dem Feind preis.

»Das ist nur der Neid der elenden Bischöfe und Kardinäle, die mir meinen Erfolg missgönnen!«, brach es kaum noch verständlich aus ihm heraus.

»Was für einen Erfolg, du Narr? Sieh her, wie sie jetzt schon über unseren Fall jubeln!« Ulrich ließ den Hals des Bischofs los, schleppte ihn wie ein Bündel Lumpen zu dem kleinen Fenster an der Schmalseite des Raumes und stieß es mit einer Hand auf. Dann presste er Bartoluzzi gegen den Rahmen, so dass der Bischof hinausblicken musste, und deutete auf die Menge, die sich auf dem Domplatz versammelt hatte. Die Tresskauer hatten Ulrichs Wachen eingeschlossen und überschütteten eine Gruppe von Jesuiten, die eilig Kirchengeräte und Heiligenstatuen aus dem Dom schafften, mit wüsten Schimpfworten. Zwischendurch ließen sie immer wieder ihre Fürstin hochleben. Noch wurden sie nicht handgreiflich, doch wenn die Preußen in Sicht kamen, mochte sich die Wut entladen, die sie bisher nur in Worte fassten.

Als Bartoluzzi sah, wie die Bildstöcke seiner Lieblingsheiligen in grobe Säcke gestopft und auf schmutzige Bauernkarren geladen wurden, damit sie nicht von den elenden Protestanten zerschlagen und geschändet werden konnten, wallte in ihm verletzter Stolz auf. Wenn er all das aufgab, um das er gekämpft hatte, würde er sein Lebtag nichts anderes mehr sein als der Handlanger und Laufbursche Höhergestellter. Wieder würde er Dinge erledigen müssen, an denen sich die hohen Herren nicht die Hände schmutzig machen wollten, und dafür nur Almosen ernten. Er hatte zu hart für seinen Aufstieg gekämpft, um einen jähen Absturz ertragen zu können. Während der Fürst neben ihm vor Verzweiflung heulte, arbeitete Bartoluzzis Verstand schärfer als je zuvor.

»Du sagst, die Preußen kommen und führen die ehemalige Fürstin und ihren Sohn mit sich?«

Ulrich nickte mit verbissener Miene. »So habe ich es gehört. Sie sollen in weniger als drei Stunden hier sein.«

Bartoluzzi wechselte wieder in den einem gekrönten Haupt gegenüber angemessenen Tonfall über. »Wenn dies so ist, halte ich es für besser, wenn Ihr diesen Landesteil so rasch wie möglich verlasst und Euch nach Mittstadt zurückzieht. Harret dort der Dinge, die da kommen werden, und haltet Euch für eine Rückkehr nach Tresskau bereit. Es bedarf nur einer einzigen kühnen Tat, um Euch zum unumstrittenen Fürsten beider Saalsteins zu machen. Hat nicht der heilige Bonifatius die Sachseneiche niedergelegt und sich dadurch zum Apostel der Deutschen erhoben?«

Ulrich ließ den Bischof los und starrte ihn fragend an. In diesem Moment glich sein Gesichtsausdruck mehr denn je dem eines Schafes, und seine Gesten verrieten, dass er innerlich bereits aufgegeben hatte. Bartoluzzi hatte jedoch nicht die Absicht, ihn über sein Vorhaben aufzuklären, sondern überlegte, welcher seiner Getreuen den Plan, der in seinem Kopf Gestalt annahm, in die Tat umsetzen sollte. Vielleicht konnte er Pater Marco damit beauftragen. Dann aber dachte er wieder an den heiligen Bonifatius und sagte sich, dass er dieses Werk selbst vollbringen musste, denn nur dann würde er den Ruhm und seine Früchte für sich ernten. Mit einer schier entrückten Miene erteilte er dem Fürsten den Segen.

»Gehe in Frieden, mein Sohn. Wenn wir uns wiedersehen, halte ich den Fürstenhut des vereinigten Saalsteins in meinen Händen, um dich damit zu krönen.«

Ulrich begriff immer noch nichts, aber er spürte Hoffnung in seinem Herzen keimen. Immerhin hatte Bartoluzzi ihm schon einmal zur Herrschaft über ganz Saalstein verholfen, und er traute es diesem listenreichen Fuchs zu, es auch ein zweites Mal zu erreichen. Jetzt aber galt es, zunächst einmal seine eigene Haut vor dem Pöbel und den Preußen zu retten. Mit wachsender Zuversicht verließ er das Haus des Bischofs, stieg unter den unflätigen Verwünschungen der Tresskauer auf sein Pferd und wischte die Spuren, die ein gut gezieltes Ei auf seiner Wange hinterlassen hatte, mit dem festen Vorsatz ab, es diesem Gesindel bei seiner Rückkehr heimzuzahlen.

12

Der Empfang in Tresskau war überwältigender, als Charlotte es sich hatte vorstellen können. Die Bürger ließen sie, Georg Wilhelm und die Preußen hochleben und jubelten auch Max und dem wackeren Zinggen zu, die mit angespannten

Mienen hinter ihrer Fürstin und dem Erbprinzen ritten. Noch war kein einziger Schuss gefallen, und Charlotte dankte Gott, dass sie ihre Heimkehr nicht mit Blut hatte erkaufen müssen.

Die Freude in den Gesichtern der Menschen erfüllte sie mit Stolz und Demut zugleich, und sie winkte ihnen zu, bis ihre Arme zu schwer wurden, um sie zu heben. Oft standen die Menschen so dicht vor ihr, dass sie anhalten und die Hände, die sich ihr entgegenreckten, schütteln musste. Die Preußen versuchten, ihren Gleichschritt und die Ordnung im Glied beizubehalten, doch junge Mädchen eilten auf die Soldaten zu, steckten Blumen in die Musketenläufe und küssten die Männer. Vergebens versuchten die Unteroffiziere, die Leute zurückzudrängen. Von einer Parade, wie sie auf den Straßen und Plätzen Potsdams abgehalten wurde, war der Einzug in Tresskau weit entfernt, und das stimmte Charlotte doppelt froh.

Als der Zug den Domplatz erreichte, traf der Anblick der halb ausgeschachteten Grube an der Stelle, an der eine Reihe schöner Bürgerhäuser gestanden hatte, Charlotte wie ein Schlag. Auch viele andere Veränderungen verrieten, dass Ulrich und sein Bischof in Tresskau mehr gewütet als gewirkt hatten, und sie hatte ein wenig Angst, den von diesen Händen geschändeten Dom zu betreten. Doch alles in ihr drängte sie, Gott für den so leicht errungenen Erfolg zu danken, und so lenkte sie Fatima auf die Stufen der Kathedrale zu. Georg Wilhelm folgte ihr auf Lady Mary, während Zinggen und Max von den dankbaren Menschen umringt und etwas abgedrängt wurden.

Gerade, als Charlotte absteigen wollte, durchfuhr ein Aufschrei die versammelte Menge. Das Tor des Doms wurde von innen aufgestoßen, und ein Mann im vollen Bischofsornat trat hinaus. Statt des Krummstabs hielt er ein goldenes Kreuz in der Rechten, welches er Charlotte wie einem Dämon entgegenstreckte.

»Fahre zur Hölle, ketzerische Brut!«, schrie er in einem Tonfall, als erwarte er, dass die Erde sich unter den Hufen ihres Pferdes öffnen und sie samt dem Tier verschlingen würde.

Einige der Umstehenden spotteten über diesen Aberglauben, im selben Moment aber nahm Bartoluzzi das Kreuz in die linke Hand, griff mit der Rechten unter seine rote Soutane und zog eine gespannte Pistole heraus. Er legte die Waffe auf Charlotte an.

Die junge Fürstin sah in die dunkle Mündung und erwartete jede Sekunde den Tod. Doch da ruckte der Lauf der Waffe ein Stück nach rechts und zielte auf Georg Wilhelm. Während Bartoluzzis Zeigefinger sich krümmte, durchströmte Charlotte alles Elend der Welt, und sie verfluchte sich, weil sie ihren Sohn so sorglos mitgenommen hatte.

Max war in dem Moment, in dem Bartoluzzi auftauchte, von einem Gefühl drohender Gefahr erfasst worden. Ohne auf die Umstehenden zu achten, trieb er sein Pferd an und stieß, als der Bischof die Waffe zog, Osmin mit aller Kraft die Sporen in die Weichen. Der Hengst wieherte empört auf und stürmte auf Bartoluzzi zu. Max kam zu spät, um den Schuss zu verhindern, doch als der Bischof abdrückte, befand er sich zwischen dem Lauf der Waffe und dem Prinzen. Er hörte den Knall und spürte gleichzeitig einen harten Schlag an der Hüfte. Sein Bein schien auf einmal nicht mehr zu ihm zu gehören; er verlor den Steigbügel und fühlte noch, wie er hart auf dem Pflaster aufschlug. Der Hengst aber raste in seiner Panik genau auf Bartoluzzi zu. Seine Hufe erfassten den Bischof und schleuderten ihn beiseite, so dass der Mann sich überschlug und hart auf die Stufen prallte. Die Umstehenden vernahmen ein knackendes Geräusch und ein letztes Aufseufzen, dann herrschte Stille.

Charlotte starrte auf Bartoluzzi hinab, der mit unnatürlich abgewinkeltem Kopf vor ihr auf der Domtreppe lag, drehte sich noch halb gelähmt vor Entsetzen zu Max herum und sah, dass sich die Pflastersteine unter ihm rot färbten. Gleichzeitig nahm sie wahr, dass ihr Sohn die Hände wie unter Schmerzen auf das Gesicht presste. Jetzt kam wieder Leben in sie. Sie rutschte aus dem Sattel, ohne auf eine helfende Hand zu warten, und rannte zu Georg Wilhelm. »Ist dir etwas passiert, mein Schatz?«

Der Junge schüttelte den Kopf. »Nein, ich bin ganz, aber Max …«

Charlotte drückte ihn an ihre Brust und trug ihn zu der Stelle, an der Max lag. Es war wie ein Stich ins Herz, als sie auf ihren reglosen Getreuen herabsah, der sich so selbstlos für ihren Sohn geopfert hatte. »Max hat dir eben das Leben gerettet! Das solltest du nie vergessen«, sagte sie zu ihrem Kind.

»Das hat er wirklich! Und ich glaube, er lebt noch«, antwortete Meister Zwirn anstelle des Jungen. Er hatte sich bis in die vorderste Reihe vorgekämpft, kniete neben dem Bewusstlosen nieder und hob dessen Kopf vorsichtig an. Neben ihm beugte sich auch Zinggen über seinen einstigen Schützling und sah nach der stark blutenden Wunde. Ein preußischer Unteroffizier holte den Regimentschirurgen, die Einheimischen riefen nach Doktor Bergius. Der einstige Hofmedikus hatte sich im letzten Jahr als besserer Bader über Wasser halten müssen, doch nichts von seiner Kunst verlernt. Auch er war unter den Zuschauern, und so bildeten die Umstehenden eine Gasse, durch die er zu dem Verletzten gelangen konnte.

Er untersuchte Max und drehte sich sichtlich aufatmend zu Charlotte um. »Die Kugel hat kein wichtiges Organ getroffen, sondern steckt in der Hüfte. Der Mann hat sich bei dem Sturz jedoch den Arm gebrochen und wahrscheinlich auch eine heftige Gehirnerschütterung zugezogen. Wenn Ihr gestattet, bringe ich ihn in mein Haus und versorge ihn dort.«

Zinggen schüttelte den Kopf und blickte Charlotte bittend an. »Bis zum Schloss ist es nicht weit, und dort gibt es genug Hände, die sich um den tapferen Max kümmern können.«

Charlotte blickte Bergius fragend an und hörte ihn wie befreit auflachen. »Ja, richtig! Ab heute darf ich mich ja wieder oben sehen lassen. Los, Leute, bringt eine Trage und schafft den wackeren Burschen, der uns eben das Leben unseres Erbprinzen erhalten hat, hinüber zum Schloss. Der Teufel soll euch holen, wenn ihr ihn nicht so sanft behandelt wie ein rohes Ei!«

Bergius' Anweisung wurde so rasch befolgt, als hätten die Leute Flügel bekommen. Da Zinggen an Max' Seite blieb und an nichts anderes mehr denken konnte als an das Wohlergehen seines ehemaligen Schützlings, übernahm Charlotte es, sich zumindest um das Notwendigste zu kümmern. Sie ließ den Stadtvorsteher zu sich rufen, der von den Umstehenden jedoch heftig beschimpft und als einer der Speichellecker Ulrichs bezeichnet wurde. Daher setzte sie ihn kurzerhand ab und winkte Meister Zwirn zu sich.

Der Schneider folgte der Aufforderung sichtlich verwirrt. Charlotte musterte ihn, als müsse sie ihre Entscheidung noch einmal überdenken, und nickte dann energisch. »Für die Treue, die Er mir bewiesen hat, ernenne ich Ihn zum neuen Stadtvorsteher. Wähle Er sich Beamte und Büttel aus, denen Er vertrauen kann, und sorge Er dafür, dass unsere preußischen Freunde gut untergebracht und versorgt werden.«

Der kleine Mann schien nicht recht begreifen zu können, wie ihm geschah, und brachte kein Wort heraus. In dem Moment schob sich die Witwe Märthe an seine Seite und knickste unbeholfen vor der Fürstin. »Es wird alles so geschehen, wie Ihr es wünscht, Euer Majestät.«

»Euer Durchlaucht ist die korrekte Anrede«, antwortete Charlotte mit dem Anflug eines Lächelns. Sie spürte, dass sie sich auf diese beiden Menschen verlassen konnte, winkte ihnen und den übrigen Bürgern noch einmal zu und folgte der Gruppe, die Max zum Palast trug. Als sie den verwilderten Park durchquerte, roch es nach Rauch. Charlotte schnupperte erschrocken und ließ ihren Blick mehrmals über die Gebäude wandern, doch nirgends schlugen Flammen aus den Dächern.

Ein preußischer Dragonermajor kam auf sie zu und salutierte. »Fürst Ulrichs rechte Hand, ein gewisser Gerold von Weitelburg, hat beim Abmarsch der Mittstädter den Palast in Brand setzen lassen, doch meine Leute kamen früh genug, um das Feuer mithilfe einiger Knechte löschen zu können. Einige Zimmer im Fürstentrakt haben jedoch stark gelitten.«

Charlotte erinnerte sich nur allzu gut an den einstigen Nachbarsohn, der zu Ulrich übergelaufen war. »Aus dem belanglosen Bürschlein, das einst meine Schwester Michaela mit grässlichen Versen angeschmachtet hat, ist also ein Brandstifter geworden. Dafür wird er bezahlen, sobald wir in Mittstadt eingerückt sind, ebenso wie sein verdammter Herr.« Mit diesen Worten wollte sie sich abwenden, sah dann aber, dass dem Major noch etwas auf dem Herzen lag. »Gibt es noch etwas?«

Der Mann salutierte erneut. »Halten zu Gnaden, Euer Durchlaucht, doch unser Befehl lautet, Tresskau zu befreien, die Grenze nach Mittstadt aber nicht zu überschreiten.«

Charlotte schlug mit der Reitgerte durch die Luft. »Soll das etwa heißen, dass mein Feind ungestraft davonkommen darf?«

Der Major zog den Kopf ein und wünschte sich auf seinen gemütlichen Exerzierplatz in Potsdam zurück, anstatt dieser energischen Fürstin Rede und Antwort stehen zu müssen. »Die Strafe für Fürst Ulrich festzusetzen, ist eine Sache für den Reichstag und das Reichskammergericht, aber nicht für die preußische Armee, Euer Durchlaucht.«

Charlotte sah dem Mann an, wie unwohl er sich fühlte, und sagte sich, dass es nicht in ihrem Sinn sein konnte, ihre Wut an einem unschuldigen Offizier auszulassen. »Es ist gut, Herr Major. Immerhin haben wir Tresskau befreit, und das war unser Ziel.«

Der Offizier atmete sichtlich auf, als er statt der befürchteten Vorwürfe ein freundliches Lächeln geschenkt bekam, und bat, sich entschuldigen zu dürfen, da er sich um seine Männer kümmern müsse. Er wartete gerade so lange ab, bis Charlotte zustimmend nickte, salutierte ein drittes Mal und entfernte sich mit schnellen Schritten.

Als Charlotte das Schloss betrat, das sie vor fast einem Jahr fluchtartig hatte verlassen müssen, fühlte sie, wie sie vor Aufregung zitterte. Erwartungsvoll und gleichzeitig ein wenig ängstlich wanderte sie durch die große Empfangshalle und die nun kahl und daher schier endlos wirkenden Korridore. Vielerorts standen die Türen offen und gaben den Blick in das Innere der Zimmer frei. Fürst Ulrich und seine Familie waren wohl ebenfalls überstürzt aufgebrochen, denn Truhen, Schubladen und Schranktüren waren geöffnet, und überall lagen Gegenstände und Kleidungsstücke auf dem Boden verstreut. In vielen Teilen wirkte das Schloss wie von einer ungezügelten Soldateska geplündert. Die kostbaren Kristalllüster waren durch einfache Radkonstruktionen aus Eisen ersetzt worden, in der Silberkammer herrschte gähnende Leere, und auch sonst war alles von Wert verschwunden, was ein oder zwei Mann hatten tragen können.

Charlotte vermutete, dass sich neben Ulrich auch dessen Anhänger und Lakaien kräftig bedient hatten, und stellte sich Gerolf von Weitelburg vor, wie er mit gierigen Fingern Preziosen in seine Taschen stopfte, bevor er Feuer an ihren Palast legte. Aber es waren weniger die Diebstähle, die Charlottes Zorn anfachten, als die sinnlosen Verwüstungen, die Fürst Ulrich und seine Leute angerichtet hatten. Der Palast, den man zu Zeiten ihres Gemahls und ihrer eigenen Regentschaft als liebevoll gestaltetes Kunstwerk hatte bezeichnen können, glich nun einem nach jahrelanger Misswirtschaft heruntergekommenen Armenspital.

Nach einer Weile gab sie es auf, sich über jeden löchrigen Teppich und jedes zerkratzte oder zerbrochene Wandpaneel zu ärgern, sondern rief sich in Erinnerung, dass eine Reihe von Pflichten auf sie wartete. Als Erstes suchte sie ihren Sohn und fand ihn zusammen mit Rosa in seinem Schlafzimmer, in dem außer dem Bett nur noch ein Schrank und eine schwere Truhe stehen geblieben waren.

Als sie eintrat, legte die Zofe den Zeigefinger an die Lippen. »Unser Prinz schläft jetzt. Er war ja so tapfer.«

»Ja, das war er.« Charlotte blickte liebevoll auf Georg Wilhelm herab, der sich wie ein Kätzchen zusammengerollt hatte und die Aufregung und den Schrecken, wie sie an seiner heftig wechselnden Miene erkannte, im Schlaf noch einmal durchlebte.

»Bleibst du bei ihm?«, fragte Charlotte die Zofe leise.

Rosa wiegte zweifelnd den Kopf. »Ich hoffe darauf, dass eine unserer alten Bediensteten zurückkehrt, damit ich für Euer Durchlaucht bereitstehen kann.«

Charlotte tippte ihr mit dem Zeigefinger auf die Nasenspitze. »Zur Not kann ich mich auch einmal allein zur Nacht zurechtmachen. Ich will nicht, dass mein Sohn aufwacht und niemand bei ihm ist.« Sie beugte sich zu Georg Wilhelm nieder, hauchte einen Kuss auf seine Wange und verließ das Zimmer. Ein Mann eilte ihr auf dem Korridor entgegen und verbeugte sich vor ihr.

»Willkommen, Euer Durchlaucht! Ich bin so glücklich, Euch wiederzusehen.«

Da er bürgerliche Kleidung trug, erkannte Charlotte ihn nicht auf Anhieb, doch dann lachte sie fröhlich auf. »Paul! Wie freue ich mich, dich wiederzusehen. Wie ist es dir im letzten Jahr ergangen? Ich hoffe, nicht allzu schlecht.«

»Wie man es nimmt«, antwortete der ehemalige Leibdiener ihres Gemahls. »Ulrich von Mittstadt hat mich und die anderen Bediensteten aus dem Schloss jagen lassen, und so haben wir uns halt ein Auskommen suchen müssen. Zu meinem Glück hat meine Schwester mich aufgenommen. Ihr Mann ist Schuster, und ich habe versucht, mich bei ihm nützlich zu machen. Nur fürchte ich, dass ich als Schuhmacher wenig tauge.«

Er brachte es so trocken hervor, dass Charlotte sich das Lachen verkneifen musste. Sie klopfte dem Mann auf die Schulter und wies mit dem Kopf auf Georg Wilhelms Zimmer. »Mein Sohn wird sich freuen, dich wiederzusehen, mein Guter, und Rosa noch mehr, denn sie würde gerne als Georg Wilhelms Betreuerin abgelöst werden, um sich meiner annehmen zu können.«

»Sobald ich eine passende Livree gefunden habe, werde ich meinen Dienst als Leibdiener Seiner Hoheit wieder aufnehmen.« Paul verbeugte sich und ging mit beschwingtem Schritt auf die Abzweigung zu, die in Richtung der Kleiderkammer für die Bediensteten führte. Charlotte bezweifelte, dass er hier im Palast eine Livree in den Tresskauer Farben finden würde, und sagte sich, dass das ebenfalls einer der Punkte auf einer schier unendlich langen Liste von Aufgaben war, die auf sie warteten. Zunächst aber musste sie nach Max sehen. Sie suchte seine Kammer auf, fand sie jedoch leer. Der Raum roch zu stark nach Rauch, um einen Kranken beherbergen zu können. Charlotte nahm an, dass man ihn in Zinggens Privatgemächer gebracht hatte, falls diese noch bewohnbar waren, und machte sich dorthin auf den Weg. Unterwegs begegnete sie einer Dienstmagd, die in zerlumpten Röcken steckte und angesichts der Verheerungen nicht zu wissen schien, wo sie anfangen sollte. Sie befahl der Frau, die in dem einen Jahr sichtlich gealtert und so eingefallen war, als hätte sie hungern müssen, die Fenster der verrußten Räume zu öffnen, damit diese auslüften konnten, und betrat dann Zinggens Salon. Die Tür zum Schlafzimmer stand offen, und sie sah Max auf dem Bett des Barons liegen.

Charlotte begann zu zittern, denn der Verletzte wirkte so bleich und starr, als läge er im Sterben. Zinggen, der neben ihm saß, sprang auf und fasste nach Charlottes Hand. »Ihr müsst keine Angst um ihn haben, Euer Durchlaucht. Er hat viel Blut verloren, aber er wird es überstehen. Der gute Bergius hat ihm eben die Kugel aus dem Fleisch geschnitten und ihm Laudanum eingeflößt, damit er schläft und die Schmerzen nicht spürt.«

Charlotte atmete tief durch. Das war eine gute Nachricht, allerdings bedauerte sie es, Max schlafend vorzufinden, denn sie hatte sich bei ihm bedanken und ihm sagen wollen, wie stolz sie auf ihn war. »Bitte kümmert Euch auch weiter um ihn, mein lieber Baron. Er hat meinem Sohn das Leben gerettet, ohne sein eigenes zu schonen.«

»Er liebt Euch von ganzem Herzen, Euer Durchlaucht! Gewiss wäre er mir jetzt böse, weil ich Euch sein Herzensgeheimnis anvertraue, aber ich meine, Ihr sollt es wissen. Er würde jederzeit sein Leben für Euch opfern.«

Charlotte sah den kleinen Baron durchdringend an, las in seiner Miene jedoch nur Ergebenheit und Wohlwollen. Ergriffen nahm sie seine Hand und hielt sie fest. »Ihr seid ein Freund, wie ich ihn mir besser nicht wünschen kann. Gott soll mich strafen, wenn ich das je vergesse.«

Dann beugte sie sich über den Schlafenden und küsste die blassen Lippen. Als sie ihren Kopf wieder hob, spielte ein melancholisches Lächeln um ihre Lippen. »Ihr und Max, ihr beide seid mir immer wie Vater und Sohn vorgekommen, beide gleich treu und bereit, mich jederzeit zu unterstützen.«

Bei dem Wort Sohn zuckte Zinggen leicht zusammen, doch dann nickte er. »In gewisser Weise habt Ihr Recht, Euer Durchlaucht. Ich habe Max erzogen und ich liebe ihn tatsächlich wie einen Sohn.«

Der kleine Baron dachte wehmütig daran, dass er Max nun wohl endgültig an die Fürstin verloren hatte, lachte dann aber über sich selbst. In Wahrheit nahm er schon seit Jahren nur noch die zweite Stelle in Max' Herzen ein, und bis jetzt war er damit zufrieden gewesen. »Wenn er aufwacht, werde ich ihm sagen, dass Euer Durchlaucht nach ihm gesehen hat. Er wird sich gewiss darüber freuen.«

Charlotte hob hilflos die Hände. »Am liebsten würde ich mich zu Euch setzen und mit Euch warten, bis er wieder zu sich kommt.«

Zinggen schüttelte energisch den Kopf. »Ihr seid die Fürstin und habt Euch um vieles zu kümmern. Zeigt dem Volk, dass Ihr wieder zurück seid und die Zügel in die Hand genommen habt.«

Charlotte nickte bedauernd. Ihr war klar, dass die Arbeit, die vor ihr lag, eines Herkules würdig gewesen wäre, und sie hätte, da Max ihr nun fehlte, Zinggens Unterstützung bitter nötig gehabt. Doch sie wollte den Mann, den sie liebte, nicht den Händen von Dienstboten überlassen. So verabschiedete sie sich von dem kleinen Baron, strich Max mit den Fingerkuppen über die Wange und wandte sich dann mit einer energischen Bewegung ab.

13

Der Palast, der Garten und die Ställe waren in einem Zustand, der Charlotte die Tränen in die Augen trieb. Aber das waren noch Schäden, die sich mit gemünztem Gold und fleißigen Händen beseitigen ließen. Viel tiefer, ja fast unheilbar waren die Wunden, die Ulrich von Mittstadts Schikanen den Bürgern und der Wirtschaft des Landes geschlagen hatten. Ihre Tresskauer waren bei den kleinsten Vergehen mit Geldbußen und Leibesstrafen belegt worden, so dass die Menschen ihr Hab und Gut hatten verkaufen müssen, um nicht zu hungern, und das hatte den Handel erlahmen lassen, der neben den Silberminen die wichtigste Einnahmequelle des Landes darstellte. Um seine neuen Untertanen einzuschüchtern und Geld zu sparen, hatte Ulrich zudem in jedem zweiten Haus Soldaten einquartieren lassen, die der Hausherr und seine Nachbarn hatten verköstigen müssen und die randaliert hatten, wenn ihnen die verlangten Speisen nicht aufgetischt worden waren.

Was Charlotte zu hören bekam, klang wie Berichte aus den Kriegen früherer Jahrhunderte, und als ihr Klagen über willkürliche Folterungen und ungeahndete Schändungen junger Mädchen zu Ohren kamen, wünschte sie sich die Macht, den preußischen Regimentern den Vormarsch auf Mittstadt zu befehlen. Sie verstand jedoch, warum Friedrich Wilhelm seinen Offizieren jeden weiterführenden Kriegszug verboten hatte. Es gehörte zum diplomatischen Geschäft der hohen Herren, dafür zu sorgen, dass möglichst alle Beteiligten ihr Gesicht wahren konnten. Der Kaiser hatte offen erklärt, nichts mit der Besetzung Tresskaus zu tun zu haben, und verlor nicht an Ansehen, wenn Ulrich seinen Raub wieder aufgeben musste. Würde Preußen jedoch Mittstadt besetzen, wären Karl VI. und die katholischen Reichsstände gezwungen, sich für Ulrich und dessen Erben einzusetzen. Charlotte verfluchte die Heuchelei und das Theater, das sich Diplomatie schimpfte, denn es machte nicht nur sie selbst, sondern auch jene zu Opfern, die glaubten, das Spiel zu beherrschen.

Da ihr nichts anderes übrig blieb, als das Ergebnis der preußischen Intervention zu akzeptieren, schob sie ihren Hass und ihre Verachtung auf Fürst Ulrich und seinen Handlanger Gerolf von Weitelburg beiseite und beschloss, in Zukunft noch achtsamer zu sein. Der Zwischenfall mit Bartoluzzi hatte ihr gezeigt, wie gefährdet ihr Sohn und damit auch ihre Stellung in Tresskau war. Sie konnte sich kaum vorstellen, dass Ulrich seine Niederlage tatenlos hinnehmen würde, und würde Georg Wilhelm noch intensiver beschützen lassen müssen als jemals zuvor.

Zunächst aber hatte sie sich den ganz alltäglichen Dingen zu widmen und durfte sich nicht von den Tresskauer Bürgern beschämen lassen, die allerorts in die Hände spuckten und schwungvoll darangingen, die Schäden der Besetzung auszubessern. Ein Großteil der alten Dienstboten waren noch am gleichen Tag zurückgekehrt und hatten junge Verwandte als Helfer mitgebracht. Sie bekundeten Charlotte ihre Ergebenheit und begannen sofort, den Schmutz und die schlimmsten Verwüstungen zu beseitigen, die ein Jahr Mittstädter Besatzung im Palast und um ihn herum hinterlassen hatten.

Preußische Offiziere sprachen vor und berichteten Charlotte von ihren Streifzügen durch das Land, das von den Mittstädter Truppen beinahe fluchtartig geräumt worden war. Nur an einer Stelle hatte es Widerstand gegeben. Einem kleinen Trupp Mittstädter Söldner, die zuvor mehrere Bauernhöfe geplündert und in Brand gesteckt hatten, war von einem Beritt preußischer Dragoner der Fluchtweg abgeschnitten worden. Anstatt sich zu ergeben, hatten sie versucht, sich bis zur Grenze durchzukämpfen. Bei den Preußen gab es zwei Verletzte, beim Feind mehrere Tote und der Rest war gefangen genommen worden. Charlotte lobte die Offiziere für ihren Einsatz, war jedoch erleichtert, als sie hörte, dass die Preußen nach dem leichten Sieg bis auf eine kleine Einheit von ein paar hundert Mann ihr Land so rasch wie möglich wieder verlassen wollten.

Als Charlotte sich am Abend darauf freute, sich endlich zurückziehen zu können, näherte sich ein Wagenzug der Residenz. Ein Vorreiter meldete, dass er die Leute brachte, die die Preußen aus der Veste Saalstein befreit hatten. Charlotte fielen vor Müdigkeit beinahe schon die Augen zu, doch sie hatte sehnsüchtig auf diese Nachricht gewartet, und so biss sie die Zähne zusammen und schlüpfte statt in ihr Nachtgewand in eine Empfangsrobe, um ihre Getreuen, unter denen sich die Spitzen des Tresskauer Adels befanden, endlich würdig zu begrüßen.

Beim Anblick der elenden Gestalten, deren verschlissene Kleidung den Moder der tief in den Felsen eingelassenen Kerker verströmte, musste sie einen weiteren Hassausbruch gegen Ulrich von Mittstadt unterdrücken. Pößnitz' hohe Gestalt wirkte kaum gebeugt, war aber ebenso ausgezehrt wie sein Gesicht, das von den Schmerzen seiner schlecht verheilten Wunden und den Strapazen der Gefangenschaft gezeichnet war. Er war so schwach, dass er sich an die Wand lehnen musste, doch seine Miene drückte nur Erstaunen über die ihm noch unbegreifliche Wendung seines Geschicks aus. Charlotte wollte auf ihn zugehen, doch Fräulein von Rüthen stieß einen recht wässrig klingenden Jubelruf aus und sank vor ihr auf die Knie.

»Ich wusste, Ihr würdet uns nicht im Stich lassen! Es war so schrecklich. Die arme Ließnitz ist vor vier Monaten gestorben, und seht selbst, was man Gesine von Ohrdruf angetan hat!«

Charlotte suchte unter den Befreiten nach ihrer jüngsten Hofdame und fand sie in eine Ecke gedrückt hinter Annette Schliebrantz stehen. Ihr Blick drückte Hoffnungslosigkeit aus, und sie drückte ein Bündel gegen die Brust, das wie ein Lumpenknäuel wirkte, dann aber zu greinen begann. Charlotte war sofort klar, dass das eine Folge der Vergewaltigungen bei der Erstürmung des Palastes sein musste, schüttelte Zinggens Base ab und drängte sich durch die Elendsgestalten, um Fräulein Gesine in die Arme zu nehmen.

Dem Hoffräulein quollen bei Charlottes Anblick die Tränen wie Bäche aus den Augen. »Ich wollte sterben, als es geschah, aber ich hatte nicht mehr die Kraft, mir etwas anzutun, und als das Kind kam, habe ich es nicht fertig gebracht, es zu erwürgen, so wie ich es mir geschworen hatte.«

Charlottes Gesicht wurde hart. »Ich werde dafür sorgen, dass dir Gerechtigkeit widerfährt, und wenn ich dafür eine Audienz beim Kaiser erzwingen muss.«

Dann wandte sie sich an die Witwe des ermordeten Domdekans, die samt ihren Kindern eingekerkert worden war, und zog sie an sich. »Ich kann immer noch nicht fassen, was man Eurem Gemahl und Euch angetan hat, und verfluche das Schicksal, das mir erst jetzt die Gelegenheit bot, Fürst Ulrich zu vertreiben.«

Frau Schliebrantz knickste schwerfällig und blickte Charlotte an, als sähe sie ein leibhaftiges Wunder Gottes vor sich. Ihre Lippen zitterten jedoch, und sie brachte kein Wort heraus. Dafür klang eine andere Stimme salbungsvoll hinter Charlotte auf. »Hadert nicht mit Gott, Euer Durchlaucht, denn er hat Euch zum Werkzeug unserer Befreiung gemacht. Ich bitte Euch, den frommen Schliebrantz und die gute Baronin Ließnitz in Euer Gebet einzuschließen und Euch mit dem Gedanken zu trösten, dass Christus, unser Herr, sich ihrer angenommen und sie zu Seiner Rechten gesetzt hat.«

Charlotte drehte sich dem Sprecher zu und erkannte Meller, den ehemaligen Hofprediger Fürst Ulrichs. Er wirkte von allen Gefangenen am schwächsten, doch dem Blick seiner Augen nach war sein Glaube ungebrochen. Er stützte sich auf seinen Nebenmann und verneigte sich tief. »Ihr wundert Euch, mich zu sehen? Nun, ich halte es für die Gnade Gottes, noch am Leben zu sein. Zu meinem Glück wurde ich zu einer Zeit eingekerkert, in der dieser Satansdiener Bartoluzzi noch keinen Gefallen daran gefunden hatte, Menschen auf dem Scheiterhaufen zu verbrennen, und als er gegen die wahren Gläubigen zu wüten begann, hatte man mich wohl vergessen, denn sonst würde auch ich bereits vor dem himmlischen Richter stehen. Bei Gott, wenn ich den armen Domdekan oder auch nur einen Einzigen der anderen hätte retten können, ich wäre mit Freuden auf den Scheiterhaufen gestiegen.«

»Herr Meller war uns ein Halt und eine Stütze in dunkler Zeit«, erklärte Frau Schliebrantz mit bebender Stimme.

Fräulein von Rüthen hob beschwörend die Hände. »Das stimmt wirklich! Ohne ihn wären wir wohl alle verzweifelt.«

Charlotte blickte auf den Prediger hinab und musste sich sagen, dass er der zurzeit wohl höchstrangige protestantische Theologe in ihrem Land war. Es ärgerte sie ein wenig, auf einen Mann angewiesen zu sein, der Pfarrer und Gläubige gegen ihren verstorbenen Gemahl aufgehetzt hatte, doch blieb ihr keine andere Wahl, als ihn wenigstens vorläufig in ihre Dienste zu nehmen. Sie wies durch das nächtliche Fenster in die Richtung, in der der Dom von Tresskau stand.

»Ich bitte Euch, bis auf weiteres die Stelle des Domdekans zu übernehmen, damit wieder geordnete Verhältnisse im Land einkehren. Auf Dauer kann ich Euch diesen Posten jedoch nicht überlassen, denn die Statuten schreiben vor, dass nur ein verheirateter Mann diese Stelle einnehmen darf.« Ihre Stimme klang nicht gerade freundlich, doch Meller verbeugte sich ehrfürchtig vor ihr und versprach, sein Bestes zu tun.

Nun schob Pößnitz sich auf einen jüngeren Edelmann gestützt nach vorne und neigte sein Haupt. »Es wäre mir eine Freude, Euch auch weiterhin dienen zu dürfen, Euer Durchlaucht.« Als er den Kopf wieder hob, schätzte er die Fürstin mit scharfen Blicken ab und erkannte, dass er eben zum zweiten Mal ein Opfer von Ulrichs Ränken geworden war. Er hatte es nicht mehr mit dem schüchternen Mädchen aus Franken zu tun, das sich willig seiner Führung anvertraut hatte, sondern mit einer selbstbewussten und energischen Frau, die sich die

Zügel nicht mehr aus der Hand nehmen lassen würde. Während er auf Charlottes Antwort wartete, sandte er einen lautlosen Fluch in Richtung Mittstadt. Dennoch atmete er erleichtert auf, als Charlotte ihm auf die Schulter klopfte.

»Ich freue mich, Euch als meinen Kanzler begrüßen zu können. Doch nun, so glaube ich, wird euch allen an einem warmen Bad, frischer Kleidung und einem kräftigen Nachtmahl mehr gelegen sein als an langatmigen Reden. Die Dienerschaft wird sich um euch kümmern, und ich freue mich darauf, euch alle morgen im hellen Sonnenlicht erneut willkommen zu heißen.« Charlotte nickte den Befreiten zu und verließ den Raum. Auf dem Weg zu ihren Gemächern beschloss sie, noch einmal nach Max zu sehen.

Zinggen erwartete sie bereits in seinem Salon. »Er ist wach«, flüsterte er ihr zu und eilte ihr voraus ins Schlafzimmer, um die dicken Vorhänge vor den Fenstern zuzuziehen. Charlotte fand Max immer noch blass und sehr erschöpft vor, aber seine Augen leuchteten bei ihrem Anblick in einer Weise auf, die ihrer Seele schmeichelte. Zinggen musterte sie und Max einen Moment und verließ dann lautlos den Raum.

Charlotte fasste nach Max' Hand, beugte sich über ihn und küsste ihn auf Mund und Wangen. »Sage nichts!«, mahnte sie, als er sie erschrocken abwehren wollte. »Seit heute verbindet uns ein Band, wie es fester auch ein Pfarrer nicht schließen kann.«

SECHSTER TEIL

Ein neues Leben

1

Charlotte presste die Lippen aufeinander und wünschte ihre Schwester zur Hölle oder zumindest an das andere Ende der Welt. Leider nahm keiner dieser Wünsche Gestalt an, und es geschah auch sonst kein Wunder, das sie von Michaela erlöste. Seit ihre zweitälteste Schwester nach dem Tod ihres Mannes von dessen Erben aus Fuchsheim vertrieben und von der Mutter zu ihr geschickt worden war, stellte sie, wie Zinggen es einmal treffend zum Ausdruck gebracht hatte, einen Dorn in ihrem Sitzfleisch dar. Michaela ging nicht nur ihr auf die Nerven, denn sie pochte auf ihre Stellung als Schwester der Fürstin und trat auf, als wäre sie eine der Erzherzoginnen am Wiener Hof und nicht nur eine von vielen Töchtern einer verarmten und einflusslosen Familie aus Franken. Eifersüchtig wetzte sie ihre Lippen an jedem, der Einfluss auf Charlotte zu haben schien, und hackte besonders heftig auf Max und Zinggen herum.

Gerade eben hatte sie wieder auf Max geschimpft und behauptet, Charlotte räume dem Hauptmann ihrer Leibgarde zu viele Rechte ein. Ohne sich von dem abweisenden Blick ihrer Schwester einschüchtern zu lassen, wechselte sie das Thema, und als Charlotte auf eine ihrer Bemerkungen nicht reagierte, packte sie sie an der Schulter und versuchte, sie zu sich hinüberzuziehen. »Diese Reise muss dir doch eine besondere Freude bereiten, nach allem, was dieser widerwärtige Ulrich dir angetan hat.«

Charlotte löste Michaelas Finger aus ihrem Kleid und schob sie von sich. »Für mich ist es eine unangenehme Pflicht, kein Vergnügen.«

Michaela lachte so grell auf, dass ihr voluminöser Busen beinahe ihr Dekolleté sprengte. »Das ist doch Heuchelei! Ulrichs Unglück bringt dir reichen Gewinn, während ich …« Wieder verlor sie sich in langatmigen Klagen über ihr hartes Schicksal, obwohl sie in Tresskau gewiss weitaus angenehmer lebte als auf Burg Fuchsheim, die in den Besitz ihres Stiefsohns Balduin übergegangen war. Charlotte fragte sich nicht zum ersten Mal, ob der junge Reichsritter ihre Schwester wohl wegen ihres scharfen Mundwerks fortgeschickt hatte, und empfand beinahe Neid auf den Mann. Ihr war es aus familiären Rücksichten nicht möglich, seinem Beispiel zu folgen. So ignorierte sie Michaelas Gezeter und ließ in Gedanken die vier Jahre, die seit der Vertreibung Ulrichs aus Tresskau vergangen waren, Revue passieren. Die Schäden, die sein einjähriges Regiment dort hinterlassen hatte, waren längst beseitigt, und Charlotte hatte alles getan, um auch die unverschuldet besudelte Ehre Gesine von Ohrdrufs wiederherzustellen. Nach etlichen scharfen Protesten beim Kaiser hatte dieser schließlich zugestimmt, Fräulein Gesine in einer Ferntrauung mit dem damals verantwortlichen österreichischen Offizier zu vermählen. Nun lebte sie als geachtete Freifrau von Pöldenstein auf einem hübschen Gut in Sachsen, das August der Starke ihr geschenkt hatte, und würde, sobald die schickliche Trauerzeit um ihren vor kurzem gefallenen Ehemann verstrichen war, ihren Nachbarn, einen Baron von Rülzberg, heiraten.

Bei dem Gedanken an den sächsischen Kurfürsten und polnischen König empfand Charlotte zwiespältige Gefühle. Friedrich August hatte sie in der bittersten Stunde ihres Lebens im Stich gelassen und sie schwer enttäuscht, sich nach ihrer Rückkehr nach Tresskau jedoch wieder für sie verwandt und sich als äußerst großzügiger Freund erwiesen. Es war nicht zuletzt sein Verdienst, dass Gesine von Ohrdruf auf ein neues Glück hoffen durfte. Ihr selbst hatte er ein Dutzend der besten polnischen

Zuchtstuten und zwei Hengste geschenkt, als Ersatz für jene Tiere, welche die Österreicher aus ihren Ställen geraubt hatten, und er war ihr auch sonst in vielen Dingen behilflich gewesen. Daher hatte sie sich im Geiste mit dem Sachsen versöhnt und die alte Freundschaft wieder aufleben lassen, auch wenn ein leicht bitterer Nachgeschmack übrig geblieben war.

Charlotte streifte die Erinnerung an August den Starken ab und richtete ihre Gedanken wieder auf das, was sie am Ende dieser Reise erwarten würde. Das Ereignis, durch das Gesine von Ohrdruf zur Witwe geworden war, hatte Ulrich von Mittstadts Untergang eingeleitet. Zusammen mit Major Pöldenstein war auch dessen Freund Magnus von Mittstadt bei einem völlig sinnlosen Scharmützel gegen die Türken gefallen, und das kurz vor seiner geplanten Heirat mit einer Gräfin Batthyány. Wenige Wochen danach war Ulrich von Mittstadts zweiter Sohn Rudolf bei dem Versuch, zu beweisen, dass er nicht der Krüppel war, für den ihn alle hielten, die Burgmauer hinabgestürzt und tödlich verunglückt. Als Fürstin Mathilde von Kummer zerfressen mit einem totgeborenen Sohn niedergekommen war, hatte das Schicksal ein letztes Mal zugeschlagen und Ulrich von Mittstadt wie einen morschen Baum gefällt. Mehr als einen Monat hatte ihr alter Feind dem Gebrauch seiner Gliedmaßen und seiner Stimme beraubt auf dem Sterbebett gelegen, bis der Tod ihn erlöste.

Seit jenem Tag war Charlotte klar gewesen, dass sie nach Mittstadt fahren musste, um dieses Land zu übernehmen, denn nach dem Ableben Ulrichs und seiner beiden Söhne gab es für die beiden Saalsteiner Fürstentümer nur noch einen einzigen Erben, nämlich Georg Wilhelm von Sachsen-Saalstein-Tresskau, ihren Sohn.

»Gleich sind wir da!« Michaela beugte sich zu Charlotte hinüber und rüttelte sie erneut.

Charlotte konnte ihren Zorn nicht mehr beherrschen. »Halte endlich den Mund und fass mich nicht mehr an!«

Michaela zog eine Schnute, so dass ihr rundes, rosiges Gesicht dem eines Schweinchens glich. Sie hatte in den letzten elf Jahren etliches an Gewicht zugelegt und drückte die arme Rosa erbarmungslos gegen die Kutschenwand. Viel lieber hätte sie neben Charlotte in Fahrtrichtung gesessen, doch diese wusste, was dann auf sie zugekommen wäre, und hatte Zinggen befohlen, an ihrer Seite Platz zu nehmen. Michaela blieb so oder so ein Störenfried, der ihr die Fahrt vergällte. Ein wenig beneidete sie Max, der als Anführer ihrer Eskorte neben der Kutsche ritt und das schöne, aber nicht zu heiße Wetter ohne störende Monologe genießen konnte.

Charlotte hob den Ledervorhang des Kutschfensters, den Michaela in ihre Richtung geschoben hatte, und blickte hinaus auf den Ort Mittstadt und die über ihm thronende Burg. Sie hatte diese Reise fast fünf Monate aufgeschoben, obwohl ihre Schwester und Pößnitz sie beinahe tagtäglich dazu gedrängt hatten. Auch jetzt näherte sie sich Mittstadt nur mit aller Vorsicht. Sie hatte Georg Wilhelm in Tresskau zurückgelassen, denn dort war er sicherer als in ihrer Begleitung. Sie selbst wurde von Max und fünfzig Tresskauer Jägern zu Pferd begleitet, die die Hände seit Überquerung der Grenze dicht an den Waffen hielten. Um ganz sicherzugehen, dass in Tresskau keine Falle auf sie wartete, hatte sie die Tresskauer Schützen- und Grenadierkompanien bereits in der letzten Woche vorausgeschickt. Trotzdem kämpfte sie gegen das Gefühl an, mit der Hand in ein Vipernnest greifen zu müssen.

Gegen Tresskau wirkte Mittstadt wie ein Dorf, ein recht schäbiges sogar. Das Städtchen war von einer niedrigen Mauer umgeben, der schon etliche Steine fehlten und in deren Ritzen Gras und kleine Büsche wuchsen. Einer der beiden Türme, die das Stadttor flankierten, neigte sich so stark, dass er einzustürzen drohte, und die Straße dahinter bestand aus mehr Schlaglöchern als Pflastersteinen. Als die Kutsche durch das Tor rollte, traten ein paar alte Männer aus der Wachkammer und präsentierten ihre abgenutzten Hellebarden. Charlotte warf einen Blick auf die abgeschabten Uniformen und das rissige Lederzeug. Sie hätte sich geschämt, ihre Soldaten so herumlaufen zu lassen. Doch auch die Häuser der Stadt sahen kaum besser aus. Sie kauerten sich eng aneinander und waren kaum höher als Bauernkaten. Von ihren Mauern war teilweise schon der Bewurf abgefallen, so dass man den Lehm und die Weidenruten zwischen dem Fachwerk erkennen konnte.

Die Straßen, durch die sie nun fuhren, und die von ihnen abzweigenden Gassen waren menschenleer, ebenso der kleine Marktplatz vor der Zufahrt zur Burg, der mehr einer zertrampelten, sumpfigen Viehweide glich. Auch wenn sie selbst niemanden sah, fühlte Charlotte die Blicke, die ihrem Zug folgten, auf ihrer Haut brennen. Es war, als hielten die Bewohner Mittstadts voller Angst den Atem an, weil sie fürchteten, dass ihr Leben unter der neuen Herrschaft noch elender und beladener sein würde als unter ihrem alten Fürsten.

Die Auffahrt zur Burg war in besserem Zustand als die übrigen Straßen, und am Tor stand ein halbes Dutzend Tresskauer Grenadiere Wache. Der Unteroffizier vom Dienst trat auf die Kutsche zu und grüßte. »Willkommen, Euer Durchlaucht! Melde gehorsamst, die Stadt und die Burg wurden ohne Probleme eingenommen und warten auf Euer Durchlaucht Erscheinen.«

»Das eben eingetreten ist«, platzte Michaela heraus, ohne Charlotte die Gelegenheit zu geben, dem Mann zu antworten. Sie erntete einen spöttischen Blick Zinggens, der mit seiner Base bereits eine Wette abgeschlossen hatte, wann es der Fürstin zu viel werden und sie ihre Schwester auf die Veldenburg zurückschicken würde.

Charlotte schob ihre Schwester energisch vom Kutschenfenster weg und streckte den Kopf hinaus. »Soldaten, ich danke euch, dass ihr eure Pflicht getan habt!«

Sie winkte den Männern huldvoll zu und gab dem Kutscher das Zeichen zum Weiterfahren. Kurz darauf hielt die Karosse vor einer Freitreppe im Burghof. Diener eilten hastig herbei, um die Ankömmlinge zu empfangen. Auch hier blickte Charlotte in verstörte Gesichter. Als sie ausstieg und auf die Leute herabsah, starrten einige sie so furchterfüllt an, als habe sich ein wilder Bär in ihre Mauern verirrt. Ein magerer, vornübergebeugter Mann, der gegen Charlotte trotz seines hohen Alters wie ein Kind wirkte und der einen einstmals prächtigen, nun aber stark abgeschabten Rock trug, trat auf sie zu und verbeugte sich steif.

»Erlauben Euer Durchlaucht, Euch willkommen zu heißen?«

Charlotte wunderte sich über den seltsamen Empfang. »Ich erlaube! Doch sage Er mir erst, wer Er ist.«

»Ich bin der ehemalige Haushofmeister Seiner Durchlaucht, des Fürsten von Saalstein-Mittstadt, und habe dieses Amt noch einmal übernommen, da mein Nachfolger das Land verlassen hat und niemand bereitstand, Euer Durchlaucht dem Protokoll gemäß zu begrüßen.« Der alte Mann sah so aus, als erwarte er Schläge statt Dank.

Charlotte schüttelte halb ärgerlich und halb lachend den Kopf. »Ich habe schon gehört, dass die Ratten das Land verlassen und dabei mitgenommen haben, was ihnen in die Hände fiel.« Sie spielte vor allem auf Pater Marco und die katholischen Kleriker an, die kurz nach dem Tode des Fürsten unter Mitnahme aller Kirchenschätze abgereist waren.

»Euer Durchlaucht sprechen wahre Worte.« Der Haushofmeister seufzte bedrückt und bat Charlotte, ihm zu folgen. Sie musste ihre Schritte zügeln, denn das Männlein schlurfte tattrig vor ihr her und vermochte kaum die Freitreppe zum Eingang zu bewältigen. Als der Haushofmeister stolperte, fing Max ihn auf und lächelte ihn so fröhlich an, dass der Alte erleichtert aufatmete.

»Ich danke Euch, mein Herr. Es wäre protokollwidrig gewesen, jetzt zu stürzen.«

Charlotte musste ein Auflachen unterdrücken, und wider Willen bewunderte sie den alten Mann, der als Einziger den Mut bewiesen hatte, sie zu empfangen. Sie trat einen Schritt vor, legte ihre rechte Hand auf seine knochige Schulter und zeigte mit der anderen auf die restlichen Treppenstufen. »Gleich sind wir oben, mein Guter. Lasst Euch von mir helfen, dieses letzte Stück zu bewältigen.«

Der Mann sah sie indigniert an. »Aber Euer Durchlaucht, das wäre ganz und gar gegen das Protokoll.«

Max blinzelte Charlotte zu. »Der Herr hat Recht, doch nichts spricht dagegen, wenn Er sich auf mich stützt.« Er blickte den Alten auffordernd an und brachte ihn tatsächlich dazu, sich seinem Arm anzuvertrauen. Charlotte zog ihre Hand zurück und folgte den beiden mit einem Gefühl von Wärme und gänzlich unpassender Heiterkeit. Max ist ein wundervoller Mann, dachte sie, taktvoll, hilfsbereit und stets Herr der Lage.

Sie waren nun seit vier Jahren ein Liebespaar, gaben sich aber alle Mühe, ihr Verhältnis vor der Welt zu verbergen. Von all den Menschen um sie herum wussten nur Zinggen davon und Rosa, die sofort bemerkt hatte, dass die Knöpfe der Kleider ihrer Herrin von einer anderen Hand geschlossen worden waren als ihren eigenen. Charlotte und Max konnten sich nur selten intimer Zweisamkeit erfreuen, denn ihr bot sich kaum die Gelegenheit, sich den Augen ihrer Hofdamen und Beamten wie auch der Dienerschaft zu entziehen, und zum anderen war ihr klar, dass sie auf keinen Fall schwanger werden durfte. Aus diesem Grund hatte Zinggen ihr Bücher beschafft, in denen gelehrte Herren und Hebammen die fruchtbaren und unfruchtbaren Tage einer Frau beschrieben hatten. Sie hatte sich an die dortigen Lehren gehalten und bislang Glück gehabt. Für einen kurzen Moment dachte Charlotte daran, dass die Natur ihr in den nächsten Tagen wieder die Gelegenheit zum Liebesspiel gewähren würde, doch hier in Mittstadt wollte sie kein Risiko eingehen.

Schlagartig verflog ihre heitere Laune, und sie wandte sich wieder ihrer Umgebung zu. Schritt für Schritt wurde ihr klar, weshalb die Stadt so verarmt war. Fürst Ulrich hatte seine Untertanen geschröpft, um sich selbst mit Luxus umgeben zu können. Die Wände in den Fluren waren mit seidenen Tapisserien behängt und mit Blattgold geschmückt, und als Charlotte neugierig hinter eine Doppelflügeltür mit einem mannshohen Mittstädter Wappen blickte, sah sie in dem großen, aufwändig dekorierten Raum zierliche Möbel aus französischer Produktion stehen und dahinter einen gewaltigen Gobelin die Stirnwand verdecken, der Ulrich von Mittstadt als neuen Herkules darstellte. Der Wandteppich war mindestens doppelt so groß wie jener, den August der Starke zu seiner Verherrlichung in Frankreich hatte anfertigen lassen, und ebenso gut verarbeitet. Fürst Ulrich schien nach seinem ruhmlosen Scheitern den letzten Heller aus seinem Land herausgepresst zu haben, um der alten Burg wenigstens einen Hauch des Tresskauer Glanzes verleihen zu können.

Der Haushofmeister führte Charlotte in einen ebenfalls prachtvoll ausgestatteten Salon, der jedoch recht düster und ein wenig unheimlich wirkte, da kein Lichtschein durch die zugezogenen Vorhänge fiel und nur wenige Kerzen in den Kandelabern brannten. Charlotte musste zweimal hinsehen, bis sie in der Frau, die auf einem einfachen, hölzernen Stuhl an der Stirnseite des Tisches saß, Fürstin Mathilde erkannte. Die Dame war in ein schlichtes, malvenfarbenes Gewand gekleidet und trug eine Witwenhaube, die ihr Gesicht noch zusätzlich beschattete. Hinter ihr standen zwei ihrer Töchter und blickten Charlotte wie verschreckte Hühner entgegen.

»Ihr habt Euch Zeit gelassen«, sagte die sichtlich gealterte Frau mit brüchiger Stimme.

Charlotte neigte grüßend das Haupt. »Es wäre mir lieber gewesen, ich hätte diese Reise nicht antreten müssen, Euer Durchlaucht.«

Die Fürstinwitwe von Mittstadt hob den Kopf und starrte Charlotte durchdringend an. Sie schien zu spüren, dass ihr Gast die Wahrheit sprach. »Ihr lasst mich mit Eurer Güte den Kelch der Bitterkeit bis zur Neige leeren, denn ich habe es damals genossen, in Tresskau einzuziehen, und Gott, den Herrn, damit erzürnt. Der Himmel hat mich für meinen Hochmut schon im Diesseits gestraft und ebenso für meine Schwäche, meinen Glauben an einen gerechten Gott hinzugeben für einen Götzendienst, der nur aus Blendwerk und Tand bestand und uns in den Untergang führte.«

Charlotte hatte bereits vernommen, dass Ulrichs Gemahlin sich zunächst geweigert hatte, katholisch zu werden, und diesem Glauben auch nicht mit dem Herzen angehangen hatte. Daher wunderte sie sich über diese Selbstanklage und noch mehr darüber, dass sie hier nicht mit Schimpfworten und Verwünschungen empfangen wurde.

Fürstin Mathilde schien keine Antwort von ihr zu erwarten, denn sie sprach nach einer kurzen, von Seufzern durchsetzten Pause weiter. »Durch den Tod meines Gemahls und meiner Söhne ist der Sinn meines Lebens im Sand verronnen. Ich bitte Euch, nehmt Euch meiner beiden unschuldigen Töchter an und erlaubt mir, mich in das Stift Laatzen zurückzuziehen, damit ich für die Seele meines Gemahls beten und für seine Sünden büßen kann.«

Charlotte konnte im ersten Moment nicht glauben, dass Frau Mathilde den ehrlichen Wunsch hatte, ihre prächtig ausgestatteten Gemächer in der Burg mit einem schlichten Zimmer im Damenstift zu vertauschen. Doch dann wurde ihr klar, was diese Frau bewegte. Nach all dem Unglück, das über sie hereingebrochen war, sehnte Fürstin Mathilde sich nach einem Ort, an dem sie die Welt aus ihren Gedanken ausschließen und ihren Frieden finden konnte.

»Ich werde Eurem Wunsch willfahren, doch mache ich Euch darauf aufmerksam, dass Ihr erst vor aller Welt dem katholischen Glauben entsagen müsst, um in Laatzen Aufnahme zu finden.«

Die Fürstin nickte und hob die protestantische Bibel, die auf ihrem Schoß lag, mit verkrampften Händen hoch. »Dazu bin ich mit Freuden bereit! Ich hoffe, der ehrenwerte Doktor Meller befindet sich in Eurer Begleitung, damit meine beiden Töchter und ich diesen Schritt vollziehen können.«

Charlotte schüttelte bedauernd den Kopf. »Domdekan Meller ist leider in Tresskau zurückgeblieben, doch ich werde sofort Befehl geben, ihn zu holen.«

»Der gute Meller! Wie ich hörte, hat er die Witwe des armen Schliebrantz geheiratet.«

»Ja, er hat dies und vieles andere getan, um die Wunden zu heilen, die dieser Fanatiker Bartoluzzi meinem Land geschlagen hat. Wie ich ihn kenne, wird er sich freuen, Euch zu Diensten sein zu können.« Sie wechselte einen kurzen Blick mit Max, der einem Mann der Leibgarde den Befehl gab, nach Tresskau zu reiten und den Domdekan nach Mittstadt zu holen. Meller hatte sich seit Charlottes erster Begegnung mit ihm sehr gewandelt. Sie erinnerte sich noch an ihre Verärgerung, als der Prediger sie gebeten hatte, Annette Schliebrantz heiraten zu dürfen, denn sie hatte angenommen, ihm ginge es nur um seine Stellung als Domdekan von Tresskau. Doch Meller hatte sich als fürsorglicher Familienvater erwiesen und einen großen

Teil seines Eiferertums verloren, so dass er den kleinen Schwächen der Menschen verständnisvoller gegenüberstand und es sogar fertig brachte, einem Mann wie Meister Zwirn die Hand zu reichen, ohne ihm gleich mit ewiger Verdammnis zu drohen. Meller würde es auch Fürstin Mathilde und ihren Töchtern leicht machen, wieder zu ihrem alten Glauben zurückzufinden. In diesem Moment fiel Charlotte auf, dass nur zwei Mädchen anwesend waren, und sie fragte nach der dritten Tochter.

Das Gesicht der Witwe wurde hart und abweisend. »Ich habe nur diese beiden Töchter.«

Die Ältere der beiden löste sich von ihrer Schwester, deren Hand sie umklammert gehalten hatte, und trat zitternd und mit aufgerissenen Augen an Charlottes Seite. »Ich flehe Euch an, Durchlaucht, Mama nicht nach Helene zu fragen, denn unsere Schwester ist mit den katholischen Priestern nach Österreich gezogen, um dort die Äbtissin eines Klosters zu werden. Für Mama ist sie damit gestorben.«

Charlotte strich dem Mädchen sanft über das Haar. »Du bist, soweit ich weiß, Anna, und das ist Christine.«

Mathildes Tochter knickste. »Ja, Euer Durchlaucht.« Charlotte sah ihr die Angst vor der Zukunft an und lächelte ihr aufmunternd zu.

»Ich werde dich und deine Schwester mit nach Tresskau nehmen und euch zu jungen Damen erziehen. Immerhin seid ihr Angehörige des Hauses Sachsen-Saalstein und werdet gewiss Freier finden, die eurem Rang entsprechen.«

»Nicht mit der Mitgift, die mein Gemahl ihnen hinterlassen hat.« Fürstin Mathilde vermochte trotz ihrer Frömmigkeit noch Gift zu verspritzen.

Charlotte hob beruhigend die Hand. »Dafür lasst mich sorgen. Ich bin es der Ehre meines Sohnes schuldig, seine Kusinen standesgemäß zu verheiraten.«

Mathilde starrte Charlotte verwundert an, erhob sich dann und sank vor ihr auf die Knie. »Ich danke Euch, Euer Durchlaucht, und werde Eure Güte in meinen Gebeten preisen.«

Die Szene war Charlotte peinlich, und sie beugte sich nieder, um der Dame aufzuhelfen. Eine untersetzte Frau mit derbem Gesicht, die die Tracht einer Zofe trug und still im Hintergrund gewartet hatte, kam ihr zuvor. »Kommt jetzt mit, Hoheit! Es ist Zeit für Euren Nachmittagsschlaf.« Anna von Saalstein-Mittstadt half der Zofe, die Mutter aus dem Raum zu führen, Christine aber blieb bei Charlotte zurück und blickte sie entschuldigend an.

»Die schrecklichen Ereignisse, die in diesem Jahr über uns hereingebrochen sind, haben Mamas Lebensmut zerstört. Anna und ich werden erleichtert sein, wenn sie in Laatzen weilt, denn dort wird sie nichts mehr an ihr früheres Leben erinnern. Die letzten Monate war sie kaum noch zu ertragen.« Bei den letzten Worten knickste sie und lief so schnell aus dem Zimmer, als fürchtete sie, zu viel gesagt zu haben.

Charlotte fühlte Mitleid mit den beiden Mädchen, denn es musste eine Qual für sie gewesen sein, zu erleben, wie ihre Mutter am Leben verzweifelte und sichtlich verfiel. Ihre Schwester Michaela war aus einem härteren Holz geschnitzt, denn sie schnaubte ein paar Mal missbilligend, und als Charlotte sie immer noch nicht zur Kenntnis nahm, packte sie sie am Arm und zog sie zu sich herum.

»Was soll das heißen? Du willst diesen beiden Bälgern, die dich nicht das Geringste angehen, eine ansehnliche Mitgift verschaffen, während du bei deinen eigenen Blutsverwandten knauserst? Wäre ich mit einem standesgemäßen Heiratsgut ausgestattet, hätte ich längst eine neue Ehe eingehen können und müsste nicht mehr die Brosamen von deinem Tisch essen!« Charlotte sah Michaelas Augen vor Neid und Missgunst sprühen und war froh, dass das Hüsteln des Haushofmeisters sie davon abhielt, ihrer Schwester sehr unstandesgemäß die Meinung zu sagen. Als sie sich umdrehte, um den Alten nach seinem Begehr zu fragen, sah sie einen Mann eintreten, dessen Äußeres eine neue Welle des Zorns durch ihren Körper jagte.

Es handelte sich um einen katholischen Mönch in einer härenen braunen Kutte, der barfuß ging und eine Tonsur trug. Sein grauer Bart und sein ausgezehrtes Gesicht verrieten sein hohes Alter. Als er auf Charlotte zukam, hob er seine Arme und wies seine leeren Handflächen vor, um zu zeigen, dass er in friedlicher Absicht kam.

Der alte Haushofmeister dienerte entschuldigend vor Charlotte. »Bruder Martin bat mich dringend, Euch sprechen zu dürfen, denn Fürstin Mathilde hat ihn nicht empfangen wollen.«

Charlotte musterte den Mönch mit verkniffener Miene. »Du hast wohl vergessen, rechtzeitig abzureisen.«

Der Mönch schüttelte den Kopf. »Ich kam erst nach Mittstadt, als die Kleriker, die auf Fürst Ulrichs Ruf hin erschienen sind, das Land verlassen hatten. Einer hat sich ja der verängstigten Herde annehmen müssen, die jene im Stich ließen.«

»Für einen wie dich gibt es in Mittstadt keine Aufgabe mehr«, antwortete Charlotte scharf.

»Ich sehe die Sache anders als Ihr, Euer Durchlaucht, denn es gibt durchaus Katholiken in diesem Land.«

Charlotte fauchte. »Ja, Leute, die von deinesgleichen mit Gewalt dazu gemacht worden sind und die diese Last jetzt mit Freuden wieder von sich werfen werden!«

Bruder Martin blieb zwei Schritte vor ihr stehen und beugte ächzend seine Knie. »Das gilt wohl für die meisten. Doch einige wenige werden an ihrem neuen Glauben festhalten wollen, und dann gibt es noch Katholiken aus anderen Teilen des Reiches und aus Italien, die Fürst Ulrich in seinem Land angesiedelt hat und die im Gegensatz zu den geflohenen Klerikern kein Kloster und auch sonst keinen Ort finden werden, an dem man sie willkommen heißt. Wollt Ihr diese Menschen mit Gewalt zwingen, protestantisch zu werden, oder sie aus diesem Land vertreiben, welches Gott, der Herr, in Eure Hand gegeben hat? Wollt Ihr die Tat, die ein Einzelner begangen hat, an Unschuldigen rächen?«

Die Stimme des Mönches hallte von den Wänden des Raumes wider und echote in Charlottes Kopf. Sie wusste, dass er weniger Ulrich als vielmehr Bartoluzzi meinte, den einige Kirchenleute als Verrückten bezeichneten, während andere bereits seine Seligsprechung als Märtyrer betrieben. Wegen dieses Mannes, der beinahe zum Mörder ihres Sohnes geworden wäre, hatte sie jede Spur papistischen Aberglaubens, wie sie die katholische Konfession nannte, aus Saalstein tilgen wollen, doch nun wurde ihr klar, dass sie, wenn sie ihr Vorhaben ausführte, nicht weniger schändlich handeln würde als Fürst Ulrich. Sie presste die Kiefer zusammen, bis ihre Zähne knirschten, und bedachte Bruder Martin mit einem Blick, der ihn erbleichen und das Kreuz schlagen ließ. Doch als sie zu sprechen begann, glätteten sich seine Züge, und er starrte sie ungläubig an.

»Ich will meine Herrschaft über Mittstadt nicht mit dem Geruch brennender Scheiterhaufen beginnen, wie Fürst Ulrich es in Tresskau getan hat. Aus diesem Grund erlaube ich den Katholiken in ganz Saalstein, ihren Glauben ungehindert auszuüben. Es darf jedoch nicht missioniert und kein Mensch daran gehindert werden, eure Konfession wieder zu verlassen. Außerdem müsst ihr die protestantischen Kirchen zurückgeben, die ihr beschlagnahmt habt. Es sei euch gestattet, hier in Mittstadt eine eigene Kirche zu errichten sowie kleinere Kapellen in jenen Dörfern und Städten, in denen mehr als eine katholische Familie wohnt.«

Dieses Zugeständnis reute Charlotte bereits in dem Augenblick, in dem sie es gab, doch sie wusste, dass ihre Entscheidung richtig war. Sie wollte in Frieden über Saalstein herrschen und es ihrem Sohn einmal als glückliches, prosperierendes Land übergeben.

Bruder Martin rutschte auf sie zu, ergriff ihre Hand und presste sie gegen seine Stirn. »Ihr seid eine wahrhaft große Frau, Euer Durchlaucht. Gott wird es Euch lohnen.«

Charlotte entzog sich ihm. »Gehe jetzt, Bruder, und bringe deinen Schäflein die frohe Kunde. Wenn du morgen zur Mittagsstunde in die Burg kommst, wird dir das Toleranzprivileg gesiegelt und unterschrieben ausgehändigt werden.«

Sie drehte sich um, ohne darauf zu achten, ob der Mönch nun ging oder nicht, und sah Max fragend an. »Was ist eigentlich mit Ulrichs Beamten geschehen? Haben die es auch vorgezogen, den Staub dieses Landes von ihren Schuhen zu schütteln?«

Ihr Geliebter verdrehte ein wenig die Augen und sah dabei so verschmitzt drein, dass sie misstrauisch wurde. Bevor sie jedoch nachfragen konnte, verbeugte er sich vor ihr und wies zur Tür. »Einige der Herren harren Eurer in der Schreibstube und machen sich, wie unser braver Haushofmeister sagte, durchaus Hoffnungen, in Eure Dienste wechseln zu können.«

Charlotte verzog das Gesicht, denn nach der Misswirtschaft, die sie in Mittstadt gesehen hatte, war ihr jeder suspekt, der in Ulrichs Diensten gestanden hatte. Auch nahm sie diesen Leuten die Behandlung Tresskaus während der Besetzung übel und traute ihnen eher zu, sich die eigenen Taschen zu füllen, als ehrliche Arbeit zu leisten. Da sie diese Begegnung ebenfalls hinter sich bringen wollte, folgte sie Max und wurde zunächst unangenehm überrascht, denn Gerolf von Weitelburg zählte nicht gerade zu den Menschen, die sie in Mittstadt zu sehen erwartet hätte. Bevor sie jedoch ihrem Unmut Ausdruck geben konnte, kreischte ihre Schwester vor Freude auf. »Gerolf! Bei Gott, Ihr seid es wirklich. Das ist aber eine Freude, Euch zu sehen!«

Charlotte dachte an den Brand im Tresskauer Palast, ballte die Fäuste und schenkte Weitelburg, der mit den Jahren etwas breiter geworden war, aber immer noch recht gut aussah, einen finsteren Blick. »Eine Freude, die von mir nicht geteilt wird! Er hätte aus diesem Land verschwinden sollen, als Er noch die Zeit dazu hatte.«

Michaelas Jugendfreund stieg nervös von einem Bein auf das andere. »Ich begebe mich in Eure Hand und flehe Euch um Gnade an, denn alles, was ich tat, geschah auf Fürst Ulrichs Befehl.«

»Hat er Euch auch befohlen, Euren guten Dienst in Tresskau aufzugeben und in den seinen zu treten?« Charlottes Stimme klang scharf wie ein Peitschenknall, und Weitelburg riss die Arme hoch, als wolle er einen Schlag abwehren.

»Euer Durchlaucht, ich …«, begann er sich zu rechtfertigen, doch Charlotte schnitt ihm mit einer heftigen Handbewegung das Wort vom Munde ab.

»Ich habe mir geschworen, Euch, wenn ich Eurer habhaft werden kann, in die Veste Saalstein bringen und einkerkern zu lassen, so wie Ihr es mit meinen Getreuen getan habt. Ich weiß sehr wohl, dass Ihr ihnen die Haft hättet erleichtern können, aber es aus Niedertracht nicht getan habt.« Nachdem Charlotte ihren Zorn weder an Fürstin Mathilde noch an Bruder Martin hatte auslassen können, kam ihr Weitelburg gerade recht. Da er für Fürst Ulrich zum Brandstifter geworden war, nahm sie an, dass er als sein Vertrauter auch von Bartoluzzis Mordanschlag auf ihren Sohn gewusst und ihn gutgeheißen hatte.

Gerolf von Weitelburg war wie vor den Kopf geschlagen, als er ihr Urteil vernahm, hatte er doch gehofft, Charlotte würde ihn trotz allem als alten Freund begrüßen und ihm eine Stellung mit einem angenehmen Einkommen geben. Nun stand nicht mehr das gutmütige Mädchen vor ihm, das ihn einst über seinen Trennungsschmerz wegen Michaela hatte hinwegtrösten wollen, sondern eine Frau, die Rache für all das Ungemach suchte, das ihr von Fürst Ulrich und dessen Handlangern angetan worden war.

Charlotte wollte eben Max anweisen, Weitelburg verhaften zu lassen, als ihre Schwester sie packte und heftig schüttelte. »Du kannst den armen Gerolf nicht auf Saalstein einkerkern lassen! Wie sollen wir unseren Nachbarn, den Weitelburgs, dann noch in die Augen schauen?«

Charlotte wollte ihr schon ins Gesicht schleudern, dass es sie nicht interessierte, was die Weitelburgs von ihr dachten, doch in dem Moment glomm der Funke einer Idee in ihr auf und hob ihre Laune in unerwarteter Weise. Sie warf einen Blick auf Gerolf, der mit vor Entsetzen geweiteten Augen vor ihr stand und zitternd die Hände rang, und musterte dann ihre mehr als mollige Schwester, als sähe sie sie zum ersten Mal. Dabei erinnerte sie sich an die schmachtenden Liebesgedichte zu Michaelas Ehren, die sie sich vor vielen Jahren hatte anhören müssen.

»Also gut, Michaela, dir zuliebe werde ich Gnade vor Recht ergehen lassen. Gerolf von Weitelburg wird nicht eingekerkert.« Gerolf von Weitelburg atmete sichtlich erleichtert auf, doch als Charlotte weitersprach, wurde sein Gesicht wieder länger. »Wenn Meller morgen kommt, werdet ihr beide den Bund fürs Leben schließen und dann unverzüglich nach Mecklenburg reisen. Dort hat mir ein exzentrischer Graf ein Gut vermacht, und das soll mein Hochzeitsgeschenk für euch beide sein.«

Während Michaela vor Freude aufkreischte, starrte Gerolf von Weitelburg Charlotte entgeistert an. Von seiner einstigen Verliebtheit schien nichts mehr übrig geblieben zu sein, doch schließlich brachten Charlottes drohender Blick und der Gedanke an die Veste Saalstein ihn dazu, sich vor Michaela zu verbeugen und sie um ihre Hand zu bitten.

Charlotte nickte ihrer Schwester zu. »Ihr dürft euch nun umarmen!«

Leicht schadenfroh beobachtete sie, wie ihre Schwester ihren Verlobten an ihren üppigen Busen presste und ihn mehr auffraß als küsste, dann wandte sie sich den Beamten zu, die hinter Weitelburg in den Raum getreten und dem Schauspiel mit großen Augen gefolgt waren. Die Männer sahen aus, als würden sie zwischen Hoffen und Bangen hin- und hergerissen, gaben sich aber alle Mühe, die Fragen ihrer neuen Fürstin korrekt zu beantworten. Sie zeigten sich dabei so eifrig, dass Charlotte misstrauisch wurde. »Mich wundert, dass ihr mich so herzlich willkommen heißt, obwohl ihr euren Eid auf Fürst Ulrich von Mittstadt geleistet habt.«

Einer der Männer stieß hörbar die Luft aus der Lunge und zeigte auf seinen an den Ärmeln bereits arg speckigen Rock. »Ich bedauere den schlechten Eindruck, den Ihr von uns gewonnen habt, Euer Durchlaucht, und ich gestehe, dass sich jeder von uns mindestens schon einmal der Unterschlagung und der Bestechung schuldig gemacht hat. Doch hört uns bitte an, bevor Ihr uns verdammt. Fürst Ulrich hat uns in den letzten Monaten seiner Herrschaft keinen roten Heller mehr bezahlt, und seit seinem Tod leben wir von dem, was uns die Bürger geben, wenn sie mit einem Anliegen zu uns kommen. Es handelt sich dabei weniger um wohl gefüllte Börsen als um ein Stück Fleisch, ein Säckchen Mehl oder ein paar Eier. Die meisten von uns müssen eine Familie ernähren, und wenn man hungrige Augen auf sich gerichtet sieht, fällt es einem schwer, ehrlich zu bleiben.«

Der Mann sah so aus, als sähe er sich bereits zu Festungshaft verurteilt, so dass seine Frau und seine Kinder auf den Kirchentreppen sitzen und betteln mussten. Charlotte imponierte sein

Mut, daher trat sie auf ihn zu und klopfte ihm auf die Schulter. »Stelle Er zusammen, was Er und Seine Freunde an ausstehendem Gehalt zu fordern haben, und ihr werdet es in den nächsten Tagen erhalten. Ansonsten dient mir treuer als eurem früheren Herrn und lasst euch nicht einfallen, lange Finger zu machen oder euch bestechen zu lassen. Ich habe ein offenes Ohr für Klagen und höre mir alle Parteien an, bevor ich ein Urteil fälle.«

Der Mann sank vor ihr auf die Knie und küsste mit Tränen in den Augen ihre Hand, während seine Kollegen ein noch zittriges, aber von Herzen kommendes Hurra auf ihre Fürstin ausbrachten.

Charlotte hob die Hände und befahl ihnen, still zu sein. Dann wechselte sie einen kurzen Blick mit Max und bat ihn um seine Börse. Er reichte sie ihr und nickte zufrieden, als sie jedem der Beamten einen guten Tresskauer Silbertaler in die Hand drückte. »Hier, damit ihr für eure Familien etwas auf dem Markt kaufen könnt, denn ich will nicht, dass in meinem Land jemand hungert.«

Einige der Männer schüttelten sofort den Kopf und erklärten mit leuchtenden Augen, dass sie diese Münzen als Andenken behalten würden. »Die Bauern und Händler geben uns gewiss etwas auf Kredit, wenn wir ihnen diesen Taler zeigen«, sagte einer von ihnen, und als sie Charlotte erneut hochleben ließen, klang es weitaus fröhlicher als vorher.

2

An diesem Tag gab es noch vieles zu erledigen, und Charlotte musste selbst beim Abendessen Entscheidungen treffen. Daher war sie froh, als sie endlich die Zimmerflucht aufsuchen konnte, die Max für sie hatte reservieren lassen. Auf dem Weg dorthin vertrat ihr eine zornglühende Michaela den Weg.

»Du musst deine impertinente Zofe bestrafen!«, forderte sie mit Nachdruck. »Wagt dieses Miststück es doch, mir das Schlafzimmer neben dem deinen zu verweigern, und will mich am anderen Ende des Korridors bei den Knechten und Mägden einquartieren! Sie behauptet, das andere Zimmer habe dieser anmaßende Max für sich reserviert, weil er als Hauptmann deiner Leibwache in deiner Nähe sein müsse.«

»Das stimmt ja auch. Max hat nur getan, was ich ihm befohlen habe, denn er ist verpflichtet, Tag und Nacht über mich zu wachen. Was die anderen Zimmer betrifft, so bezweifle ich, dass in diesem Trakt der Burg Knechte oder Mägde untergebracht sind. Also sei zufrieden mit dem Raum, den man dir zugewiesen hat.« Charlotte wandte Michaela brüsk den Rücken zu.

Als sie in ihr Zimmer trat, traf sie Rosa so zufrieden lächelnd an wie selten. Der Sieg über Michaela schien die Zofe geradezu zu beflügeln. Sie löste Charlotte die Haare und kämmte sie aus, half ihr dann aus dem Kleid und legte ihr den Morgenmantel um.

»Hier sind noch ein paar Akten, die Max Euch anzusehen bittet«, sagte sie und verließ den Raum. Charlotte nahm seufzend die Papiere zur Hand und las sie aufmerksam durch. Nach einer Weile hörte sie die Tür gehen und gleich darauf das Geräusch, mit dem der Schlüssel im Schloss umgedreht wurde.

»Es ist gut, dass du zuschließt, Rosa, sonst kommt meine Schwester womöglich doch noch auf den Gedanken, mich mitten in der Nacht zu überfallen und um eine noch größere Mitgift anzugehen.«

Eine Hand legte sich warm auf ihre Schulter, und sie hörte ein amüsiertes Glucksen. »Ich bin nicht Rosa. Die meinte, ich sollte diese Nacht das Zimmer mit ihr tauschen.«

Charlotte blickte auf und sah in Max' strahlende Augen. »Rosa weiß eben, was gut für mich ist. Außerdem kann sie mir nicht so gut die Schultern und den Nacken massieren wie du.«

Max entblößte ihre Schultern und begann sie mit sanften Händen zu massieren. Charlotte schloss die Augen und stöhnte wohlig auf. »Nach einem Tag wie heute brauche ich das.«

Max hauchte ihr einen Kuss auf den Nacken und brachte sie damit zum Kichern. »Du warst wundervoll, so souverän, gleichermaßen streng und zur Gnade bereit. Das Volk von Mittstadt wird dich lieben.«

»Es reicht mir, wenn du mich liebst.« Charlotte fasste seine Hände, zog sie tiefer, bis sie auf ihren Brüsten ruhten, und genoss das wohlige Gefühl, das von dort in ihren Körper ausstrahlte. »Du darfst ruhig ein wenig kühner werden, Max, denn schließlich soll Rosa nicht umsonst umgezogen sein, auch wenn ich glaube, dass du ihr Bett wohl kaum benützen wirst, zumindest nicht in dieser Nacht.« Sie sah lächelnd zu ihm auf und nahm die Liebe und die Ergebenheit, die ihr aus seinen Augen entgegenstrahlten, wie goldenen Regen in sich auf. So warme Gefühle brachten wohl nur wenige Männer ihren Frauen oder Geliebten entgegen. In diesem Augenblick fühlte sie sich das erste Mal uneingeschränkt glücklich und hoffte, dieses Glück auch in Zukunft genießen zu können.

3

Die Vereinigung der beiden Saalsteiner Fürstentümer unter Charlottes Regentschaft wurde von den Einwohnern beider Teile erleichtert begrüßt, beendete sie doch eine Zeit großer Wirren. Während die Fürstin von Pößnitz, Zinggen und vor allem von Max unterstützt daranging, die Wunden zu heilen, die Ulrichs Herrschaft in Mittstadt geschlagen hatte, schien die Welt das kleine Fürstentum Saalstein vergessen zu haben. Ein neuer Krieg hielt die Großmächte in Atem. Diesmal ging es um die Krone Polens, für die nach dem Tod Augusts des Starken ein neuer Träger gesucht wurde. Es gelang dessen Sohn, sich als August III. von Polen durchzusetzen, doch das mit ihm verbündete Österreich musste dafür harte Schläge hinnehmen. Selbst Prinz Eugen, der auf das Flehen des Kaisers hin alt und krank zu den Truppen eilte, gelang es nicht mehr, Franz Stephans Herzogtum Lothringen zu erhalten. Es wurde dem unterlegenen polnischen Thronprätendenten Stanislaw Lesczynski zugesprochen und sollte nach dessen Tod als Erbe seiner mit Ludwig XV. verheirateten Tochter Maria an Frankreich fallen. Preußen wurde bei der Verteilung einiger Gebiete, auf die es ein Anrecht zu haben glaubte, ein weiteres Mal von Karl VI. düpiert, und man hörte bereits Stimmen, dass der Thronerbe Friedrich seinem Vater geschworen hätte, die vielfachen Kränkungen den überheblichen Habsburgern bei nächster Gelegenheiten heimzuzahlen.

Saalstein blieb von allen Kriegen und politischen Intrigen verschont. Die Jahre vergingen in einem friedlichen Gleichmaß, und ehe Charlotte sich versah, feierte sie das zehnjährige Jubiläum ihrer siegreichen Rückkehr nach Tresskau.

Als sie am Abend dieses festlichen Tages auf dem Balkon ihres Schlosses stand und ihren jubelnden Untertanen zuwinkte, wurde ihr zum ersten Mal bewusst, dass sie nicht mehr auf ihren Sohn herabsehen konnte. Georg Wilhelm war bereits so groß wie sie und würde sie wohl bald überragen. Sie hoffte, dass er nicht zu sehr in die Höhe schoss, denn das hätte den noch immer verbreiteten Gerüchten, er könne doch ein illegitimer Sohn des verstorbenen polnischen Königs und sächsischen Kurfürsten sein, neue Nahrung gegeben. Auf sie selbst kam nun eine schwierige Entscheidung zu, denn in zwei Jahren würde ihr Sohn den Hausgesetzen Saalsteins zufolge volljährig werden und die Nachfolge seines Vaters antreten können.

Charlotte wusste, dass nicht wenige ihrer Untertanen hofften, sie würde das Zepter auch über diesen Zeitpunkt hinaus in der Hand behalten, und sie fühlte die Verlockung, es zu tun, denn ihr Sohn war noch jung und würde gewiss Fehler machen. Zu ihrem Leidwesen hatte er sich auch nach der Rückkehr wieder eng an Pößnitz angeschlossen, in dem er einen Ersatz für den nie gekannten Vater zu sehen schien. Trat sie zugunsten ihres Sohnes zurück, würde der Kanzler, dem sie nach ihrer Rückkehr aus Potsdam die Zügel aus der Hand genommen hatte, wieder der eigentliche Herrscher über Saalstein sein.

Diese Zweifel quälten Charlotte in den nächsten zwei Jahren, und Zinggen und Max, die ihre Zerrissenheit spürten, versuchten ihr zu helfen, so weit es in ihrer Macht stand. Als sie an einem lauen Sommerabend, den sie auf der Terrasse von Zinggens Landsitz verbrachte, die beiden fragte, was das Beste für Saalstein wäre, ihre weitere Regentschaft oder die Übergabe der Macht an ihren Sohn, zog der kleine Baron erschrocken den Kopf ein.

Max aber fasste ihre Hand. »Das ist eine Entscheidung, die nur du treffen kannst, doch ganz gleich, wie sie ausfällt, ich werde dazu stehen.«

»In erster Linie muss ich dazu stehen«, antwortete Charlotte gereizt.

Max' Lächeln wurde noch liebevoller. »Ich bin mir sicher, dass du klug und weise entscheiden wirst.«

»Ich wollte, das wäre ich auch.« Charlotte starrte nach Westen, wo die Sonne eben den Horizont berührte und ihn in flammendes Rot tauchte.

Zwei Tage später befand sie sich wieder zu Hause und hielt Zwiesprache mit dem Bildnis ihres Gemahls, das sie in ihrem Salon hatte aufhängen lassen. Was würde er ihr raten, fragte sie sich. Die Antwort konnte sie sich selbst geben, denn sie wusste ja, dass er einen Sohn auf dem Thron hatte sehen wollen. Sie war nicht als Fürstin, sondern als menschliche Zuchtstute nach Tresskau geholt worden, um ihm diesen Wunsch zu erfüllen. Zum ersten Mal seit langer Zeit erinnerte sie sich wieder an ihre Ankunft in Tresskau und an die Schwierigkeiten, gegen die sie hatte ankämpfen müssen. Sie hatte sich gegen alle durchgesetzt, gegen de Tailleur, die männliche Hure ihres Gemahls, gegen Ulrich von Mittstadt und seine österreichischen Verbündeten, aber auch gegen Pößnitz, der ihr am liebsten nur zugestanden hätte, seine Dekrete zu unterschreiben und alles abzunicken, was er tat.

Sie fragte sich, ob sie es wirklich fertig bringen würde, all jenes, für das sie gekämpft hatte, so einfach aufzugeben und sich mit der bedeutungslosen Rolle einer Fürstinmutter zufrieden zu geben. Alles in ihr wehrte sich dagegen, ins zweite Glied treten zu müssen, gleichzeitig aber erinnerte sie sich daran, dass ihre Kämpfe ja eigentlich nur einem Ziel gegolten hatten: ihrem Sohn das Erbe seines Vaters zu erhalten. Jetzt durfte sie nicht den Fehler machen, es ihm vorzuenthalten. Also blieb ihr keine andere Wahl, als ihm die Herrschaft an seinem achtzehnten Geburtstag offiziell zu übergeben. Da bis dorthin noch einige Monate verstreichen würden, unternahm sie eine Reise durch mehrere Nachbarländer und blieb dabei auch einige Wochen in Marienbad in Böhmen. Sie trank dort das heilende Wasser, obwohl sie sich alles andere als krank fühlte, und genoss das intime Zusammensein mit Max, das sich auf Reisen besser einrichten ließ als in Tresskau.

Dabei war sie wohl ein wenig nachlässig geworden, denn wenige Tage vor dem achtzehnten Geburtstag ihres Sohnes erwachte sie mit den Anzeichen einer starken Übelkeit, und ihr wurde klar, dass sie sich für die nächsten sieben, acht Monate an einen abgelegenen Ort würde zurückziehen müssen. Im ersten Augenblick war sie starr vor Entsetzen, dann aber sah sie das neue Leben, das in ihr wuchs, als Zeichen des Himmels an, dass ihr Entschluss, zugunsten ihres Sohnes zurückzutreten, richtig war. Obwohl sie nicht wusste, ob sie sich je würde offen zu ihrem Kind bekennen können oder ob sie es schamhaft vor der Welt verbergen würde müssen, freute sie sich darauf, denn es war ja auch ein Teil ihres Geliebten.

4

Als der Tag der Machtübergabe anbrach, schlief Charlotte so fest, dass Rosa sie wecken musste. Auch wenn sie sich schon lange innerlich auf dieses Ereignis vorbereitet hatte, stand sie missgelaunt auf, wusch sich ausgiebig und scheuerte dabei ihre Haut, als wolle sie sie abschaben. Dann ließ sie sich von Rosa mit einem weichen Tuch abtrocknen. Die Zofe hatte ihr die Staatsrobe, die sie bei der Zeremonie tragen musste, bereits zurechtgelegt und half ihr hinein. Charlotte fühlte sich durch den Reifrock und das Korsett so eingezwängt, dass sie sich kaum rühren konnte, doch ihr würde nichts anderes übrig bleiben, als dieses Prunkgewand einen Tag lang zu ertragen. Während Rosa sie frisierte, frühstückte sie ohne besonderen Appetit, obwohl ihre Köchin und der Bäcker sich an diesem Morgen besondere Mühe gegeben hatten, und schob schon den Teller weg, als Rosa das mit Perlen und Smaragden geschmückte Diadem in dem aufgesteckten Haar befestigte. Die Zofe nickte ihrer Herrin zu und lächelte, was sie sonst eher selten tat.

»So können wir uns sehen lassen, Euer Durchlaucht. Wenn Ihr wollt, lasse ich den Herren mitteilen, dass Ihr bereit seid.«

Charlotte stand mit einer unwirschen Handbewegung auf. »Bringen wir es hinter uns.« Sie verließ ihre Suite und schritt, durch die Masse der Unterröcke und den Reifrock behindert, den Korridor entlang und betrat den Salon ihres verstorbenen Mannes, in dem ihr Sohn sie erwartete. Georg Wilhelm hatte einen goldbestickten grünen Rock und weiße Kniehosen angelegt und trug eine Zopfperücke, die noch vor wenigen Jahren höchstens von einem Schreiber oder einem Offizier minderen Ranges akzeptiert worden wäre – oder von einem König von Preußen, dachte Charlotte, die sich an ihren Aufenthalt in Potsdam erinnert fühlte. Nun aber war diese schlichte Form auch bei hohen Herrschaften in Mode gekommen. Neben dem Prinzen standen Pößnitz, der einen schwarzen, mit silbernen Stickereien geschmückten Staatsrock angezogen hatte, Zinggen in einem prachtvollen grünen Rock, der aus einer vergangenen Epoche zu stammen schien, und Max in der kleidsamen Uniform des Oberbefehlshabers der Saalsteiner Truppen.

Georg Wilhelm trat auf seine Mutter zu, verbeugte sich steif und küsste ihr die Hand, ohne etwas zu sagen. Pößnitz schnaufte tief und, wie Charlotte fand, sehr zufrieden. Auch er verbeugte sich wortlos vor ihr, genau wie Zinggen, der wehmütig wirkte, während Max zackig salutierte und sie dabei mit einem ganz unmilitärisch liebevollen Blick streichelte.

Charlotte neigte leicht den Kopf. »Meine Herren, es ist Zeit!«

Ohne auf Antwort zu warten, drehte sie sich um und verließ den Raum. Georg Wilhelm wechselte einen kurzen Blick mit seinem Mentor Pößnitz und folgte dann seiner Mutter auf den Vorhof des Schlosses, in dem zwei Kutschen bereitstanden, um die Fürstin und den zukünftigen Herrn über Tresskau samt ihrem engeren Gefolge zum Dom zu bringen. Charlotte stieg als Erste in den offenen Wagen, gefolgt von ihrem Sohn, der eine verschlossene Miene zur Schau trug. Pößnitz und Zinggen, die beide das sechzigste Lebensjahr hinter sich gelassen hatten, nahmen in der anderen Kutsche Platz, während Max auf Pascha ritt, einem Enkel der in Saalstein bereits legendär gewordenen Araberpferde Fatima und Osmin, auf denen Charlotte und er vor Fürst Ulrichs Truppen geflohen waren.

Auf dem Weg zur Stadt standen die Bürger Spalier. Charlotte hörte ihre Hochrufe wie durch einen dichten Schleier und musste sich zwingen, den Leuten huldvoll zuzuwinken. Ein Seitenblick auf ihren Sohn zeigte ihr, wie Georg Wilhelm es ihr gleichtat, und er schien ebenso erleichtert zu sein wie seine Mutter, dass der Jubel der Menschen mindestens ebenso dem künftigen Fürsten wie der Regentin galt.

Dekan Meller empfing sie vor der Domtreppe und verbeugte sich zuerst vor Charlotte und dann vor ihrem Sohn. Wie Pößnitz und Zinggen war auch er vom Alter gezeichnet, aber er hatte sich zu einem so beliebten und gerechten Seelsorger entwickelt, dass sein Ausscheiden aus dem Amt eine spürbare Lücke hinterlassen würde. Er führte seine Fürstin und den Erbprinzen in den Dom, in dem nichts mehr an die Zeit erinnerte, in der Bartoluzzi die heilige Messe nach katholischem Ritus hatte halten lassen, und blieb neben dem Fürstengestühl stehen. Erst in dem Moment, in dem Charlotte sich setzte, wurde sie sich des mit Laub und weißen Blüten geschmückten Tisches bewusst, auf dem die fürstlichen Insignien lagen, die sie während der Zeremonie ihrem Sohn übergeben würde, und sie drückte unwillkürlich die Hand auf ihr heftig pochendes Herz.

Bitterkeit stieg in ihr hoch, und für einen Augenblick hätte sie ihre Entscheidung am liebsten rückgängig gemacht. Da begann Meller seine Predigt. Die flammende, kluge Ansprache wusch jeden Zweifel aus ihrem Herzen. Der Dekan erinnerte die versammelten Adeligen und Honoratioren noch einmal an die dunkelsten Stunden Tresskaus und malte ein Bild von der

Fürstin als Befreierin und Erneuerin des Landes, wie es strahlender nicht sein konnte. Die Erinnerung überwältigte Charlotte und ließ sie mit den Tränen kämpfen. Erst als Meller von der Kanzel stieg und die in der Kirche versammelte Menge das Vaterunser anstimmte, wurde ihr bewusst, dass nun aller Augen auf sie gerichtet waren und sie ein Lächeln aufsetzen musste.

Sie stand auf, so energisch, wie man es von ihr gewohnt war, trat zugleich mit dem Dekan vor den Tisch mit den Kroninsignien und winkte ihrem Sohn. Georg Wilhelm sah sie einen Moment lang mit aufgerissenen Augen an, als könne er immer noch nicht so recht begreifen, dass sie ihm das Zepter übergeben wollte, und erhob sich langsam. Meller stimmte ein Gebet an, das den Segen des Herrn auf die Veränderung herabbeschwor, die dem Land nun bevorstand, und die Menschen in der Kirche lauschten mit so ergriffenen Gesichtern, als müssten auch sie ihre Tränen schlucken.

Währenddessen hob Charlotte wie von fremder Hand geleitet den mit Hermelinstreifen besetzten Krönungsmantel hoch, präsentierte ihn den Anwesenden und legte ihn ihrem Sohn um. Dann setzte sie ihm den mit perlenbesetzten Zacken geschmückten Fürstenhut auf und schob den neuen Fürsten mit sanftem Druck nach vorne, so dass er alleine vor seinen Untertanen stand. In diesem Moment empfand sie einen schier unbändigen Stolz auf Georg Wilhelm, dessen Ähnlichkeit mit ihrem Gatten nun unverkennbar war, und auch auf sich selbst, denn ohne ihren zähen Kampf um Tresskau hätte es diese Stunde niemals gegeben. Gleichzeitig wurde ihr klar, dass dies ihre letzte Handlung als Regierende Fürstin von Saalstein gewesen war. Von nun an war sie ein Untertan wie alle anderen auch. Sie rückte den Fürstenhut noch ein wenig zurecht, trat zur Seite und versank in einen Hofknicks.

»Lang lebe Fürst Georg Wilhelm!« Mellers Stimme brach sich an den Wänden des Kirchenschiffs und hallte, von den Menschen im Dom aufgenommen, machtvoll zurück.

»Lang lebe der Fürst!«, sagte Charlotte mit einem Lächeln, das ihr alle Kraft und Beherrschung abforderte, und reihte sich unter ihre Hofdamen ein. Georg Wilhelm, nun Regierender Fürst von Sachsen-Saalstein, schritt durch den Dom und beugte sein Haupt vor dem Altar, um zu zeigen, dass es eine Macht gab, der auch er sich unterworfen fühlte, und nach einem letzten Gebet verließ er unter dem Klang der Orgel das Kirchenschiff. Als er von sechs Pagen in den Farben Tresskaus geführt ins Freie trat, brandete der Jubel der auf dem Domplatz versammelten Menge auf, und Charlotte, die auf ihrem Platz stehen geblieben war, glaubte zu spüren, wie der Sinn ihres Lebens ihr unter den Händen zerrann. Mit einem Mal fühlte sie sich nutzlos und alt, und zu ihren Füßen klaffte ein Abgrund, der sie zu verschlingen drohte.

Plötzlich spürte sie eine leichte Berührung am Arm. Sie schreckte auf und sah in Max' lächelndes Gesicht. »Du warst wundervoll!«

Es klang wie ein Hauch, und doch ließen die drei Worte die Schwärze von ihr zurückweichen und ihr Herz leichter werden. Sie erwiderte sein Lächeln und verließ an seiner Seite den leer gewordenen Dom.

Als sie ins Freie traten, strömten die Bewohner der Stadt und des Umlands, die sich zu den Feierlichkeiten versammelt hatten, bereits in den Park des Schlosses, der an diesem Tag für alle geöffnet worden war. Fleißige Hände hatten Schaukeln und ein Karussell aufgebaut, und an Dutzenden Ständen wurden Backwerk, Bratwürste und Bier an die Feiernden aller Stände verteilt. Die Bürger überbrachten dem neuen Fürsten ihre Glückwünsche und kleine Geschenke und bedachten dabei auch ihre

Fürstin, deren Regentschaft ihnen mehr als ein Jahrzehnt Frieden und Wohlstand gesichert hatte. Charlotte freute sich, als sie beobachtete, wie leutselig Georg Wilhelm mit den Menschen umging und auch Meister Zwirn zuwinkte, der noch immer an der Spitze des Magistrats stand und sein Amt zu Charlottes vollster Zufriedenheit ausgefüllt hatte.

Sie folgte ihrem Sohn und reichte Zwirn die Hand zum Kuss. Der kleine Mann berührte die Hand kurz mit seinen Lippen und blickte dann mit demütiger, aber auch ein wenig ängstlicher Miene zu ihr auf. Sie nahm die Hand des Schneiders und trat vor ihren Sohn. »Erlaubt mir, dass ich Euch Meister Zwirn herzlichst empfehle, Euer Durchlaucht. Er stand in dunkelsten Stunden treu zu uns und achtete nicht auf sein Leben, um Uns dienen zu können.«

Um Georg Wilhelms Lippen spielte ein Lächeln, denn er kannte den Schneidermeister schon von Jugend auf und wusste, dass dessen Neigung einst auch von seinem Vater geteilt worden war. Er hatte viel Widersprüchliches über Carl Anton von Saalstein-Tresskau gehört, doch die meisten Menschen waren des Lobes voll gewesen. Pößnitz hatte ihm nahe gebracht, welch guter Mensch und Regent sein Vater gewesen war, und seine Mutter hatte oft genug bedauert, so früh Witwe geworden zu sein. Auch Zinggen, dem man ebenfalls hinter vorgehaltener Hand verächtliche Dinge nachsagte, stand ihm als leuchtendes Beispiel vor Augen. Einen besseren und treueren Untertan als den grünen Baron konnte es kaum geben. Georg Wilhelm kannte nur noch einen, dessen Hingabe mindestens ebenso unerschütterlich war. Der junge Fürst blickte kurz über die Köpfe der Umstehenden zu Max hinüber, der die Szene wie immer unauffällig und dennoch wachsam verfolgte, und lächelte in sich hinein. Mit ihm und Zinggen hatte er noch etwas Besonderes vor. Er besann sich aber rasch wieder des Schneiders, der leicht ängstlich vor ihm stand, und klopfte ihm auf die Schulter.

»Madame, Ihr müsst mir unseren guten Zwirn nicht extra anempfehlen. Ich habe ihn als stets braven Mann kennen gelernt, der Uns gewiss noch lange Jahre treue Dienste leisten wird.«

Meister Zwirn errötete vor Freude und brachte stammelnd seinen Dank zum Ausdruck. Charlotte fühlte sich auf einmal unendlich erleichtert. Georg Wilhelm war genau der Sohn und Nachfolger, den ihr Gemahl sich gewünscht hatte, und gewiss würde er auch der Souverän sein, den sie sich für ihr Volk erhoffte.

5

Die Stunden vergingen, ohne dass Charlotte ihrer richtig gewahr wurde. Sie folgte dem Defilee des Saalsteiner Adels, der seinem neuen Landesherrn seine Ehrerbietung überbrachte, und zog sich, als der Hauptteil der Feierlichkeiten vorüber war, in ihre Gemächer zurück. Rosa hatte bereits alles gepackt und half ihr nun beim Umkleiden. Charlotte schritt noch einmal durch die Zimmer, in denen sie so viele Jahre gelebt hatte, und spürte den Schmerz des Abschieds. Natürlich drängte sie niemand, Tresskau zu verlassen, aber sie wollte die Abreise nicht hinausschieben, denn sie befürchtete, dass ihr schon am nächsten Tag die Kraft dazu fehlen würde.

»Ich will keine Nacht mehr hier verbringen. Rosa, sorge bitte dafür, dass mein Reisewagen in einer halben Stunde bereitsteht.«

Die Zofe schüttelte den Kopf. »Wenn wir jetzt aufbrechen, erreichen wir nicht einmal die Grenze, denn es wird bald Nacht.«

Ein Blick auf ihre Herrin verriet ihr, dass nicht mit ihr zu reden war, und sie lief los. Bevor sie einen Diener in den Stall schickte, gab sie Fräulein von Rüthen, Zinggen und Max Bescheid. Die drei schienen Charlottes Entscheidung gekannt oder zumindest geahnt zu haben, denn sie fanden sich schon nach kurzer Zeit reisefertig im Salon der Fürstin ein.

In dem Moment aber, in dem Rosa die Schmuckschatulle ihrer Herrin an sich nahm, wurde die Tür von außen geöffnet und Georg Wilhelm stürmte herein. Hinter ihm tauchte Pößnitz auf, der sein Alter und seine Würde vergessen zu haben schien, denn er wirkte so abgehetzt, als sei er gerannt. Georg Wilhelm starrte auf die Reisekleidung seiner Mutter und ihrer Freunde und schüttelte den Kopf. »Das habe ich befürchtet! Bitte, Mama, bleib hier! Wenn du jetzt abreist, heißt es, ich hätte dich vertrieben.«

Es klang so erschrocken, dass Charlotte ihn am liebsten in die Arme genommen und getröstet hätte. Da er aber kein Kind mehr war, sondern ein erwachsener Mann und unumschränkter Herrscher seines Landes, zwang sie sich zu einem Lächeln. »Es muss sein! Du bist nun der Regierende Fürst, und ich will, dass die Leute dich ansehen, wenn du einen Befehl erteilst, und nicht erst mich fragend anblicken, um zu erfahren, ob ich deine Worte gutheiße oder nicht.« Sie sah Pößnitz nachdenklich nicken und schämte sich ein wenig, weil ihre großmütig klingenden Worte nur eine Ausrede waren, die den wahren Grund ihrer Abreise kaschieren sollten, nämlich ihre langsam erkennbare Schwangerschaft.

Ihr Sohn wechselte einen kurzen Blick mit seinem Mentor, der ebenso ratlos zu sein schien wie er selbst. In den letzten Monaten hatte Georg Wilhelm oft an seine Krönung gedacht und sich gewünscht, seine Mutter würde Tresskau danach für einige Monate verlassen, damit er zu Beginn seiner Regentschaft nicht in ihrem Schatten stand. Doch jetzt, da das Schicksal ihn erhört hatte, spürte er, wie sein Herz sich schmerzhaft zusammenzog. Er empfand plötzlich Angst vor dem Verlust der schönen, stolzen Frau, die ihn oft genug zurechtgewiesen, aber als Kind auch häufig an sich gedrückt und getröstet hatte, um ihm über Trauer oder Schmerz hinwegzuhelfen. Ich hätte Mutter weniger mit Achtung als mit Liebe begegnen sollen, fuhr es ihm durch den Kopf, und er wollte sie schon anflehen, zu bleiben, damit er ihr zeigen konnte, wie viel sie ihm bedeutete. Da bemerkte er einen verzweifelten Ausdruck in ihren Augen und die Bitte, sie gehen zu lassen.

Leicht gekränkt versteifte er sich. »Ich akzeptiere Euren Wunsch, Frau Mutter. Es muss wohl sein. Adieu!«

Charlotte war konsterniert. So einen knappen und kühlen Abschied hatte sie nicht erwartet, aber sie würde sich damit wohl zufrieden geben müssen. Sie knickste noch einmal vor ihrem Sohn und wandte sich zum Gehen. Sie hatte die Tür jedoch noch nicht erreicht, als der Ruf »Mama!« sie innehalten ließ. Es klang so verzweifelt, als ertränke er. Verwundert drehte sie sich um, sah ihren Sohn auf sich zukommen und lag einen Augenblick später in seinen Armen.

»Danke, Mama! Danke für alles«, flüsterte er so zärtlich, wie er es früher als Kind getan hatte.

Pößnitz trat an seine Seite und lächelte, eine Gefühlsregung, die er so selten zeigte, dass der Augenblick es wert war, im Kalender vermerkt zu werden. »Madame, als der gute Zinggen Euch vor vielen Jahren nach Tresskau brachte, hatte ich große Bedenken. Seit langem aber schon weiß ich, dass er keine bessere und weisere Wahl hätte treffen können. Auch wenn Ihr die Regentschaft in die Hände Eures Sohnes gegeben habt, wird Euer Rat uns stets willkommen sein.«

Charlotte spürte, dass der Kanzler es ehrlich meinte, und schloss im Herzen Frieden mit ihm. Sie drückte ihren Sohn noch einmal an sich und wollte sich endgültig abwenden, als der lausbubenhafte Ausdruck auf Georg Wilhelms Gesicht sie innehalten ließ. »Meine liebe Mama, vor vielen Jahren, als ich noch ein Kind war, habe ich versprochen, einige besonders treue Menschen zu belohnen, und dies will ich nun wahr werden lassen. Mein lieber Pößnitz hat in den letzten Monaten in meinem Auftrag nach Wien geschrieben und Karl VI. dazu gebracht, meine Wünsche zu erfüllen. Eines dieser Dokumente verleiht der guten Rosa das Recht, ein ›von‹ in ihrem Namen zu tragen. Ich glaube jedoch nicht, dass sie ihren Dienst bei dir aufgeben wird, und so wirst du fortan über eine adlige Zofe verfügen.«

Er gab Pößnitz einen kurzen Wink. Der Kanzler verneigte sich und verließ den Raum. Als er zurückkam, hielt er mehrere gesiegelte Urkunden in seinen Händen. Georg Wilhelm nahm zwei von ihnen entgegen, reichte eine der errötend knicksenden Rosa und wandte sich dann Zinggen zu. »Mein lieber Freund, Euch versprach ich, Euch zum Grafen zu machen, und freue mich nun, Euch das entsprechende Diplom überreichen zu können.«

Zinggen nahm die Urkunde entgegen und suchte ganz offensichtlich nach den richtigen Worten. Da forderte Charlottes Sohn Max auf, sich neben Zinggen zu stellen. »Ein Grafentitel ist etwas, das ein Mann einem Sohn vererben sollte. Daher habe ich vom Kaiser das Privileg erwirkt, dass Graf Zinggen dich adoptieren kann. Knie nieder.«

Max gehorchte verwundert und sah, wie Georg Wilhelm einen Degen ergriff und ihm damit leicht auf beide Schultern tippte. »Erhebt Euch nun, Maximilian, Graf Zinggen, und nehmt von mir die Erlaubnis entgegen, um meine Mutter werben zu dürfen.«

Charlotte sog erschrocken die Luft ein. War ihr Verhältnis zu Max so offensichtlich gewesen, dass alle davon wussten? Sie glaubte doch alles getan zu haben, damit es geheim blieb.

Pößnitz schien ihr die Gedanken von der Stirn abzulesen. »Madame, Ihr wart von bewundernswerter Diskretion. Doch oft kann schon ein einziger Blick verräterisch sein. Euer Sohn hat schon lange bemerkt, dass Ihr Euer Herz verschenkt habt, und es gutgeheißen. Dies gereicht ihm zur Ehre, denn wer wäre es mehr wert, Euch heimführen zu dürfen, als jener Mann, der ihm sein Leben und sein Erbe bewahrt hat?«

Pößnitz verbeugte sich zuerst vor Charlotte und dann vor Max und zeigte damit, wie sehr der einstige »Lustknabe des kleinen Barons« in seiner Achtung gestiegen war.

Charlotte wusste im ersten Augenblick nicht, was sie dazu sagen sollte. Sie starrte ihren Sohn an, ergriff seine Hände und drückte sie. »Ich danke Euer Durchlaucht! Darf ich Euch sagen, wie glücklich ich bin, das Vermächtnis meines Gemahls erfüllt und Saalstein-Tresskau dem Erben geschenkt zu haben, den er sich wünschte?«

Um zu verhindern, dass der Abschied sich bis in die Nacht hineinziehen würde, ließ sie ihren Sohn los, strich ihm über die Stirn, wie sie es früher oft getan hatte, und sagte mit tränenerstickter Stimme »Adieu«.

»Einen Augenblick noch.« Pößnitz steckte ihr ein gesiegeltes Dokument zu. »Seine Durchlaucht hat den Wunsch geäußert, Euch zu seiner Stellvertreterin in der Reichsgrafschaft Hollenberg zu ernennen. Ich stimme ihm aus vollem Herzen zu, da es niemand Besseren dafür gibt als Euch.«

»Ich hoffe, Mama, du kommst bald zu Besuch!«, rief Georg Wilhelm Charlotte hinterher, als sie den Raum verließ.

Das wird wohl etliche Monate warten müssen, dachte sie ein wenig wehmütig, als ein Diener die Tür hinter ihr und ihren Begleitern schloss. Auf dem Schlosshof standen schon zwei Kutschen und zwei Gepäckwagen für sie bereit. Fräulein von Rüthen wartete, bis Charlotte eingestiegen war, und folgte ihr. Danach kamen Zinggen und Max, der zum ersten Mal darauf verzichtete, zu reiten. Er setzte sich neben Charlotte und fasste ihre rechte Hand.

Zinggens Base zog die Stirn kraus, doch ein warnender Blick ihres nunmehr gräflichen Vetters verhinderte, dass sie etwas sagte. Charlotte lehnte sich in die Polster zurück und spürte, wie die Kutsche anrollte. Eine Welle der Übelkeit erfasste sie, und sie bat Fräulein von Rüthen um deren Riechsalz.

»Was ist, hat dich das Ganze zu sehr aufgeregt?«, fragte Max besorgt.

Charlotte lächelte etwas kläglich und umklammerte seinen Arm. »Wir sollten unterwegs bei einem Pastor halten und uns trauen lassen, mein Lieber, denn ich fürchte, du wirst in sieben Monaten Vater sein.«

Epilog

A.D. 1722: Der Spanische Erbfolgekrieg und der Große Nordische Krieg, die Europa seit Anfang des Jahrhunderts in ihren Klauen gehalten haben, sind vorüber, und die geschundenen Länder erhalten eine Atempause. Doch in der Ferne ziehen bereits neue Wolken am Himmel auf. In Wien sitzt mit Karl VI. ein Kaiser, dessen Gemahlin ihm wohl etliche Töchter geboren hat, dem der erhoffte Thronerbe jedoch versagt zu bleiben scheint. Der Versuch des Kaisers, seine Erblande mithilfe der Pragmatischen Sanktion an seine älteste Tochter Maria Theresia zu übergeben, endet schließlich im Österreichischen Erbfolgekrieg und den drei Schlesischen Kriegen. Wohl gelingt es, das Reich im Großen und Ganzen zu erhalten, doch der Einfluss Österreichs verringert sich und der Preußens, das im Jahr 1701 Königreich geworden ist, nimmt stark zu.

Prinz Eugen von Savoyen, der große Feldherr und Berater des Kaisers und seines Vorgängers Josephs I., war einer der großen Gegner der Erhebung Preußens zum Königreich und sieht sie noch immer als gefährlich für das Haus Habsburg an. Seiner Ansicht nach gibt es nur eine einzige Möglichkeit, die drohende Konfrontation mit den Hohenzollern zu vermeiden, nämlich die Vereinigung der beiden Häuser durch eine Heirat Maria Theresias mit dem preußischen Thronerben Friedrich.

Der politischen Logik des Savoyers steht jedoch die Rivalität der Konfessionen entgegen. Prinz Eugen, dessen bester Freund und Verbündeter der anglikanische Engländer John Churchill, Herzog von Marlborough, war, kann sich im erzkatholischen

Wien nicht durchsetzen. Die Männer der Kirche weisen empört den Vorschlag zurück, die Erbin solle einem calvinistischen Ketzer die Hand zum Bund reichen und damit dem Protestantismus in Österreich eine Gasse bahnen. Ihr Ziel ist es noch immer, den Katholizismus über das ganze Reich zu verbreiten, und sie können dabei beachtliche Erfolge aufweisen. So ist die Kurpfalz wieder in den Schoß der katholischen Kirche zurückgekehrt, und in Sachsen bekennen sich sowohl der Kurfürst Friedrich August, der als August II. auch König in Polen ist, wie auch dessen gleichnamiger und mit einer Kusine Maria Theresias verheirateter Sohn zum katholischen Glauben. Das Traumziel des katholischen Wiens, nämlich den Protestantismus ganz aus Luthers Heimat Sachsen zu vertreiben, scheitert jedoch am Widerstand der sächsischen Stände und dem mangelnden Einsatz, den August der Starke diesem Vorhaben widmet.

Prinz Eugens Bemühungen scheitern, und Maria Theresia heiratet den ebenso charmanten wie unbedeutenden Lothringer Prinzen Franz Stephan und verschafft diesem die Krone des Heiligen Römischen Reiches, die zu diesem Zeitpunkt jedoch eine äußerst unbequeme Kopfbedeckung ohne Macht und Einfluss geworden ist.

Inwieweit die Konkurrenten Habsburgs, vor allem Frankreich und Bayern, eine Allianz mit Preußen hingenommen hätten, bleibt dahingestellt. Es wurde jedoch zumindest eine Chance vergeben, das Reich stärker zu einen und die immer wieder aufflammenden Streitigkeiten zu beenden. Die einzelnen Staaten des Reiches gehen in der Folgezeit immer stärker ihrer eigenen Wege, und schon bald ist vom Heiligen Römischen Reich der Deutschen nicht mehr übrig als ein paar Preziosen im Wiener Staatsschatz und die Erinnerung an eine Zeit, in der vieles besser war.